——不出户，知天下；不窥牖，见天道

大端文库

俄罗斯文学经典

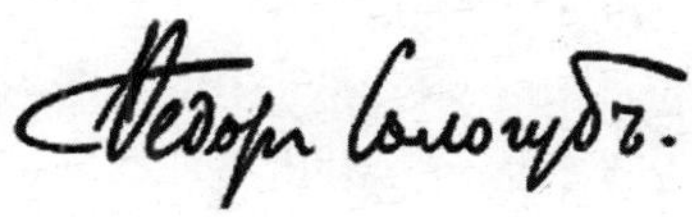

创造的传奇

ТВОРИМАЯ ЛЕГЕНДА

[俄] 费·库·索洛古勃 著
张 冰 译

新星出版社 NEW STAR PRESS

目录

俄国象征派语言艺术大师
索洛古勃和他的创作

二十世纪九十年代以来，俄国“白银时代”文学渐渐进入我们的视野，并成为进行历史文化反思的思想文化资源。在此宏大背景之下，费·库·索洛古勃的文学成就也日渐凸显出来。索洛古勃名著《创造的传奇》中文版的出版，必将把这位俄国语言艺术大师的研究推进到一个新的高度。面对这个一度远离、如今又逐渐走近我们的身影，作为译者，心中不由涌起万般感慨。

费多尔·库兹米奇·索洛古勃（本姓捷杰尔尼科夫，1863～1927）是诗人、小说家、戏剧家和翻译家，俄国早期象征派即所谓颓废派代表人物之一。在白银时代俄国文坛文艺美学思潮中，索洛古勃以独具一格的悲观主义个人主义而著称，其所领导的“星期三”沙龙在当时文坛起着十分重要的作用。

索洛古勃最初是以诗人身份走上文坛的。尼·古米廖夫指出：“索洛古勃作为一个诗人的力量在于他曾经是、至今仍是唯一一位彻头彻尾的颓废派……他笔下的意象如昙花一现转瞬即逝，却把一种隐约可闻的旋律，或不如说一种馨香留在了身后。”谢·阿·文格罗夫也认为：索洛古勃是唯一一位真正的颓废派诗人，其一生创作始终忠实于他那个时代的精神氛围。①

在同时代人的记忆里，索洛古勃的创作似乎从一步入文坛起便即定型，此后他始终保持特定风格而无重大变化，以至人们可以任意编排他作品的时间顺序而不会引起任何误读。这种“定论”大概

① 转引自《白银时代俄国诗人》二卷集第一卷，列宁格勒，列宁格勒大学出版社，1991年俄文版，第128页。

来源于弗·霍达谢维奇。这位后来侨居国外的大诗人指出："实际上从九十年代初以来索洛古勃便已经全副武装了。他一下子就'找到了自我'，一下子就划定了自己的范围，并且再未走出这个圈子。随着岁月的迁徙，他那种从一开始就得以确定的风格对他来说是越来越得心应手了。……我们一看到索洛古勃时他便已成熟，并且一旦成熟便保持到最后。"① 这种说法首先受到作家本人的挑战。索洛古勃认为认识一位作家必须立足于其全部创作，而这在作家生前断无可能。因此，他觉得同时代人并不能真正理解他。妨碍批评界认识索洛古勃的另外一个原因，是作家生前吝于为公众提供生平材料。索洛古勃的观点似乎和钱锺书有相近之处：公众和批评界如果不下功夫研究作家的作品，则有关其生平的资料越丰富越无意义。

在索洛古勃研究中，以往的弊病是不以史（生平传记）证诗，而以诗（作品）证史。大家不约而同地把索洛古勃作品中表现的人格（或隐或显地存在于字里行间），甚或把作家笔下的人物，直接当作作家本人的人格写照。和许多作家一样，索洛古勃也有过一段苦苦挣扎和奋斗的历史；但由于他不愿多谈及自己早年的经历，以至当时文坛中人，只认识成名后的索洛古勃，对成名前的他则不甚了了。在大多数同时代人心目中，出现于任何场合的索洛古勃，都像是一个已届耄耋之年的"穿长礼服的砖"：体态笨拙，语调平稳，神情冷漠，沉默渊深；但往往令人感到，他灵魂深处潜藏着一个巫师，隐含着一种魔力。善于见微知著的吉皮乌斯甚至从作家的外表和长相，推测出他人品和文品的特点：把现实生活和虚幻的传奇巧妙地融合起来：

"当索洛古勃走上舞台，面无表情，用毫无感情、僵硬呆滞的嗓音读着非常神奇的诗，他是他自己的可悲的对立面，是我与非我的结合，现实和幻想的结合。还有一个问题：也许真正的现实便是自古有之的两类矛盾的神秘融合？"②

---

① 《世纪之交的俄罗斯文学史》，第一卷，俄罗斯科学院高尔基世界文学研究所，"遗产"出版社，2001 年俄文版，第 882 页。

② 《白银时代·名人剪影》，中国文联出版公司，1998 年版，第 238 页；《白银悲歌》，中国电影出版社，1998 年版，第 23～30 页；还可参见拙文《"一块穿长礼服的砖"——索洛古勃》，《俄罗斯文艺》1997 年第 3 期。

当今俄国文学史上一般把索洛古勃的创作分为早期（1878～1892）、中期（1893～1904）、成熟期（1905～1913）、晚期1（1914～1919）、晚期2（1920～1927）。[①] 本文为简略起见，只大致依照时间顺序，并按照诗歌、小说的发展脉络，对作家的创作做一个尽可能全面的介绍。

索洛古勃最初的诗歌习作宛如诗体日记，洋溢着苏里柯夫派民间诗歌朝气蓬勃的精神。“我今年已二十二，/在克列斯特教书两年多，/讲课时还赤着双脚，/像个孩子，面对办公桌”，云云。索洛古勃成名时已年过四十，他的诗已经写得很老到很精美。他已能像普希金所说的那样，“自己充当自己的最高法官”，但要赢得公众的认可，似乎还有一段距离。

贯穿索洛古勃创作始终的主题之一是孤独，这或许是当时整个自由派知识分子所处社会困境的写照：四顾茫茫，横无际涯，一叶扁舟，随波漂流，莫知所终。对于孤独，早期象征派代表人物有各自的理解和表述。吉皮乌斯笔下“我的窗户高高在上”和索洛古勃笔下的秋千，都是他们表达孤独感的符号。也许，深味佛教堂奥的叔本华，会和索洛古勃彼此一诉心曲——只有“世界是我的表象”的作者，才能体会另一个“唯我论者”的心声吧！常常奔凑于其笔端的意象，是死神、恶、生命的恐惧：“一切的一切都是我，只是我，没有他人，从前没有，将来也不会有……我创造了并仍在创造着时间和空间……除我之外没有存在，也没有存在之可能。”索洛古勃可以说与历史上所有悲观主义者心灵相通，声气相求。悲观主义的世界感受导致索洛古勃走向过去的一切矛盾都将永恒回归的学说，而且世事沧桑，一代不如一代。颓废派，尤其是以索洛古勃为代表的一支，可以说是浪漫主义精神中最消极的一支。作为颓废派里的颓废派，“过眼烟云的爱好者”，一个用诗的意象进行思考的存在主义哲理诗人，索洛古勃平生所致力的，是在非生活中寻找生活！索洛古勃针对那些批评他不热爱生活的批评家道：他不是不爱生活，而是只爱值得去爱的生活。

---

① 《世纪之交的俄罗斯文学——1890～1920年初》，第一卷，俄罗斯科学院高尔基世界文学研究所，“遗产”出版社，2001年俄文版，第882～932页。

孤独是索洛古勃笔下始终一贯的主题："我住在黑暗的洞穴，/我看不见白夜，/在我的希望和信仰里，/没有光照和星月。"（《В поле не видно ни зги》，1897）

索洛古勃长于表现世纪末诗人个人主义的感受，和脱离社会、落落寡合的失落的心境。他长期安于中学教学生涯，除了孩子外没有过多的社交活动。并且他似乎也懒于和他人交往："Быть с людьми—какое время!"（"和他人交往——哪儿来的时间!"）

日常生活既是如此这般灰暗沉闷，诗人便把他的理想和乌托邦式的幻想，寄托在一个虚无缥缈的彼岸世界中——他笔下一再出现的奥伊拉大地和马伊尔星：

在遥远而美丽的马伊尔星，
寄托着我的全部爱恋和我的灵魂。
在遥远而美丽的马伊尔星，
歌声发出甜蜜和谐的共鸣，
人们在歌唱存在的怡然之情。

那里有马伊尔星星光闪耀，
那里人人欢歌，百花妖娆。
那里有马伊尔星星光闪耀，
透明的大气晴波缭绕，
异样的安宁把大地笼罩。

蓝色的利戈伊河波光潋滟，
异域之美将万物点染。
波光潋滟的利戈伊河啊——
你总是那么幸福安乐恬静怡然，
你是我灵魂皈依的伊甸园。

（《马伊尔星》，1898 年）

只有对这一虚无缥缈的幸福国度的充满诗意的美丽幻想，能够给他提供赖以生存的勇气。

世纪之交诗人们最喜爱用的形象之一是太阳，但索洛古勃对太阳的诠释却与众不同。在他笔下，太阳是“浑身被火包裹着的，统治着全宇宙的疯狂而凶恶的蛇”。他歌颂和喜爱的是月亮，它冷却无罪。

死亡，是索洛古勃诗中一个主导意象。在他看来，死亡才能使人摆脱恶作的生活。作家具有总结意味的诗集《火圈》（1908，题献给早逝的妹妹）中，有一章的标题就叫《死亡之网罟》（Сеть смерти）。世界犹如一座牢狱，人的一生都不过是在与死亡对话。索洛古勃有时能找到生活丑恶的来源，但他以为恶不可能被消灭，它是生活中所固有的。对生命与死亡的这种态度，不能不具有其独特的诗学。他诗中用得最多的词汇是诸如死亡（смерть），死尸（труп），棺材（гроб），灰尘（прах），墓穴（склеп），坟墓（могила），葬礼（похороны），黑暗（тьма），阴云（мгла），等等。

由于经常探讨死亡问题，索洛古勃甚至被鲁迅称为“死的赞美者”①。索洛古勃通过诗文喋喋不休地宣扬他的颓废派信仰：生活可怕而无法忍受，只有死亡才能给人以终极的美。他创作的哲学基础是唯我主义：世界是我的表象，我在，世界在；我不在，世界何所立足？

索洛古勃具有如此强烈的悲观主义世界观，除其所属自由派知识分子在当时我国社会所处的困境以及诸多社会历史原因外，有些原因只能在作家成长过程中的个人因素中寻找。

答案在于其悲惨身世。索洛古勃是厨娘和裁缝之子，童年是在陀思妥耶夫斯基所描写过的贫民窟里度过的。在那个时代，一个如此出身的人即使才华卓越，也难以出头。这也就是高尔基笔下的“底层”。农奴出身的父亲是私生子，很早死于肺痨。母亲带着年仅四岁的索洛古勃和他两岁的妹妹，为一个法官当厨娘。索洛古勃是在富家子弟的白眼下长大的，但他犹如石缝里的小草，生命力顽强。好在农奴制改革后，对平民子弟的限制放宽，确有才华的，还有机会接受教育。关于自己的童年，索洛古勃不愿过多谈及——那

① 《鲁迅全集》第七卷，第179页。

是他心中的隐痛。在短篇小说《安慰》中那位厨娘之子身上，或许寄寓着这位敏感诗人心中的最痛：只有死才是最终的安慰。无论活着是多么卑微，但活着是值得的！这就是索洛古勃笔下所发出的最高亢的旋律了。

索洛古勃虽系厨娘之子，但所寄居的法官阿加波夫一家，对下人还算宽容。他得以和自己的家人一起欣赏音乐、观剧、读书，所有这一切，都构成了他早年教育的内容。索洛古勃很早就想当作家，他从十二岁开始写诗，十六岁写长篇小说（未完成）。为练习写作，曾翻译歌德和海涅的诗作。十六岁入师范学校。一八八二年毕业后，到诺夫哥罗德省任教。侍奉母亲，养活妹妹，生活贫寒，但他内心向往文学，向孩子们心灵灌输光明与爱的热诚，不曾消减。“什么是我的命运，/它幸还是不幸？/机器在动，大家都在劳动。//我就是那机器上，/一枚小小的螺钉。/每天傍晚回家，/光脚面对孤灯。//枯燥的一本本作业，/我得一一改毕，/自己命运如何，/早已被我忘记。”

诚如苔菲所言，初入诗坛时年届三十的索洛古勃，在当时人的意识中，已经是一位成熟的诗人。他的诗歌风格首尾一贯，稳定执著。不过当时人们并不知道他来自何方，早年从事什么。别雷甚至以为他是个来自西藏喜马拉雅山的喇嘛。关于自己的童年，索洛古勃三缄其口。偶尔听他一诉衷曲的别雷感慨道：听他一席话宛如开水淋头……这样的恐惧还是不知道为好！心理失衡的母亲稍不如意——因他调皮、迟到、弄脏衣服——就会对他罚站、抽耳光、鞭打。直到他三十岁成为家庭的供养者之前，一直如此。索洛古勃却把体罚视为“天降大任”的征兆而坦然承受。他在文学上崛起之心反而愈挫愈奋。以后，其笔下个人的痛苦，竟然上升成为国家民族苦难的象征。

痛苦的童年印象在他创作中打下了不可磨灭的烙印。果戈理笔下的小人物阿尔卡基·阿尔卡基耶维奇式人物一再出现在他的诗中。他的诗朴实直白，与巴尔蒙特的华美炫丽形成鲜明对比。此种朴实简洁近似于普希金，是深思熟虑精心结撰的结果：言简意深，充满意象的线条美和音乐性。这其实是一种高度复杂化的简洁。

作为诗人的索洛古勃，身前身后赢得了人们的普遍赞美。著名文艺理论家米·巴赫金“一直认为索洛古勃是位天赋极高的诗人”，他不仅喜欢和推崇他的诗作，而且对他独立不倚的个性多所称扬。巴赫金说索洛古勃尽管为人不太招人喜欢，很难相处，但却受到人们的普遍尊重，而且，他“诗写得极好，是写诗的出色的大手笔”，[①] 能娴熟地应用传统格律和日本短歌体等笔法。

关于诗歌创作，索洛古勃有一段话说得十分精辟：“在诗歌创作中，我认为有两种倾向：一种是肯定的、讽刺的，对世界说‘是’，从而揭示出生活的与生俱来的矛盾性；一种是否定的、抒情的，对这个世界说‘不’，从而创造出另一个世界，一个人所期待的、不可或缺的、不可能离开对这个世界的彻底改造的世界。”[②] 前者导致对现实生活的否定和谴责，后者导致对理想社会的理性追求和传奇的创造，其间却呈现出日益背离的趋势，这在索洛古勃创作中得到明显的表现，也是导致诗人精神痛苦的根本原因。现实生活尽管粗陋贫乏，毕竟是创造得以维系的来源：“给我哪怕一点尘世的生活吧/让我编织出新的歌曲！”[③] 艺术成为调和二者间尖锐矛盾的唯一出路。所以，在索洛古勃笔下，有大量诗歌歌颂能给诗人以静谧、灵感地从事孤独创作的夜晚：“我像奴隶一般辛勤劳作/为自由呼唤夜、黑暗和安宁。”

索洛古勃不仅是一位优秀的诗人，同时也是一位出色的小说家。早在上个世纪二十年代，米·巴赫金在论及索洛古勃一九〇四至一九一三年间短篇小说创作问题时就指出：它们的主要特征是“善于在两个层面展开叙述”，而且这种“双重性”在这位作家笔下几乎处处可以见到。[④]

索洛古勃共出版过五本短篇小说集：《短篇小说与诗歌》(1886)、《死神之剑》(1904)、《烧毁的面具》(1907)、《离别书》

① 《巴赫金全集》第五卷，河北教育出版社，石家庄，1998年，第493页。

② 郑体武著，《俄国现代主义诗歌》，上海外语教育出版社，1999年版，第121～122页。

③ 转引自郑体武著：《俄国现代主义诗歌》，第124页。

④ 参见《世纪之交的俄罗斯文学史——1890～1920年初》，第一卷，俄罗斯科学院高尔基世界文学研究所，“遗产”出版社，2001年俄文版，第915页。

（1908）和《入迷》（1909）。而最为人们称道也是一般文学史常常提及的，是他的中篇小说《小人物》。这篇小说构思奇妙，带有强烈的卡夫卡式的荒诞色彩，但却把人情浇薄、尔虞我诈的社会现实揭露得体无完肤，淋漓尽致，堪称索洛古勃小说精品名作。

长篇小说《沉重的梦》（1883～1884）大概是索洛古勃的长篇处女作。作品提出了尖锐的社会问题，描写了卑鄙庸俗的外省生活，尖锐地揭露了社会之恶，广泛描写了“八十年代人的”命运。这是俄国最早自觉继承陀思妥耶夫斯基传统的长篇小说之一。小说中事件的现实铺垫显得不够自然，而这恰恰是索洛古勃所采用的艺术手法。主人公洛金作为一个“病态时代之子”，不光具有社会和心理色彩，而且还具有形而上色彩。正如作家在一首诗中所说：“心灵被各种追求，/撕得四分五裂，//慵倦的生活啊，/你既阴暗又美好。”

一八九一年，索洛古勃结识象征派先驱人物、哲学家尼·马·明斯基，这对他一生的创作产生了重大影响。经明斯基介绍，索洛古勃结识了梅列日柯夫斯基、吉皮乌斯夫妇和巴尔蒙特。他开始启用“索洛古勃”这样一个暗示“出身名门”的笔名。只是为了与当时一位小有名气的作家有所区别，在名字中少写了一个字母“л”。接着，他移居首都，担任教师和督学。

索洛古勃一八九二年起笔，一九〇二年完成了长篇小说《卑劣的小鬼》。他为出版此书曾给许多出版社写信（原信现存莫斯科档案馆）。关心利润甚于学术的出版社，纷纷回答“不”。一九〇五年，该书终于面世，并获得极大反响。短短五年，再版五次。这不仅是索洛古勃最优秀的作品之一，也是整个象征派小说中最重大的成果之一。它为作家赢得了广泛声誉。

然而，《卑劣的小鬼》的出版，似乎也从一开始就预兆着不祥。一九〇五年激烈的社会冲突和矛盾，使得评论界对于这部反映了尖锐迫切社会问题的小说的接受进一步复杂化。一些批评家根据小说的讽刺性认为，索洛古勃继承了俄国讽刺文学如契诃夫、果戈理和萨尔蒂科夫-谢德林的优秀传统。别雷指出：在《卑劣的小鬼》里，果戈理的影响卓然可见，并且出现了和《死魂灵》里一样的外省小市民世界。两部名著蒙着把它们隔开六十多年岁月的灰尘。

“彼列多诺夫有其原型”。[①]

但《卑劣的小鬼》里人物灵魂死亡的程度，要比果戈理笔下的人物深得多。小说主人公彼列多诺夫远远超越了果戈理笔下的乞乞科夫，也超越了契诃夫短篇小说《套中人》的主人公别利科夫。这部小说对社会现实的彻底否定，是俄国文学中从未有过的。

引起批评界关注的另一个问题，是作品的艺术真实性问题。彼列多诺夫是我们中间的每个人——亚·勃洛克如此概括主人公身上的典型特点。作家在第二版序言中写道：“一些人认为作者是个非常坏的人……因而提供了一幅个人的肖像，描绘他自己。另有一些人却认为，小说中描绘的彼列多诺夫精神是一种相当普遍的现象。”作者明确表示自己更喜欢后一种解释，因为“我们中间的每一个人只消仔细地审视一下自己，都能在自己身上发现不容置疑的彼列多诺夫的特点。”作者声称他在创作彼列多诺夫形象时，“自己的周围拥有足够的‘原型’”可以使用，“如果说小说的写作值得肯定，那么只是由于偶然升华到了必然。”“不，我可爱的同时代人，我的这部小说写的就是你们。”[②] 作家创造了时代主人公的形象，但却对这部小说的元历史意义以及从小说标题中透露出来的象征意蕴（这可能来自莱蒙托夫的《给孩子们的童话》：“是伟大的撒旦本人亲自来过/还是连一官半职也没有的一个卑劣的小鬼？”）讳莫如深。不容否认，《卑劣的小鬼》深受普希金和陀思妥耶夫斯基的影响。但作者笔下并非单纯的讽刺，而是带有淡淡的浪漫主义的怪诞和讥嘲，因而使得小说更像是一部神话，一部关于人的理性如何堕落，世界怎样回归混沌的神话。

索洛古勃在这部小说中，一反俄国十九世纪经典文学“小人物”形象画廊的主旨；在他笔下，因自己的缺陷而深陷于不幸中的小人物其实是小市民形象，这正体现了人的异化问题。米·巴赫金曾断言：《卑劣的小鬼》“堪称二十世纪的小说精品。这是一部极

---

① 《世纪之交的俄罗斯文学史——1890～1920年初》，第一卷，俄罗斯科学院高尔基世界文学研究所，“遗产”出版社，2001年俄文版，第900页。

② （俄）费·索洛古勃著：《卑劣的小鬼》，刁绍华译，辽宁教育出版社，2000年版，第二版作者序言。

好的小说，很深刻、很有意思，几乎是部预言性小说……”① 彼列多诺夫不是通常意义上的正面主人公，而是“反面主人公”（минус-герой）。整部小说犹如他疯狂的呓语。彼列多诺夫的“自撰性”表现为小说的情节是以他在癫狂状态下所说话语写成的，这种话语姿态的优势地位使得连现实也屈服于其脚下。对现实的否定在这部小说中达到了前所未有的程度：“《卑劣的小鬼》的作者力求实施一种‘个人的毁灭行为’，他描写了世界之恶（这可以说是作者的一个艺术发现）；揭露和描写总是包含有疏离和毁灭的成分。”②

当时文坛颇有人基于对作品的印象，断定作者很“恶”。对此，对索洛古勃本人和作品深有了解的霍达谢维奇写道：“我认为实情不完全是这样。”“他的不幸在于世间人们的不完善及其愚昧、下流和卑琐都忍无可忍地刺激着他的双眼。他之所以会对人们那么狰狞，恰恰因为他们以其身上的罪恶妨碍他去爱他们。为此他才会向他们实施报复，他仿佛漫不经心地、或许倒是故意地以其人之道来还击其人：即采用愚昧和下流的手法。像许多人那样认为他本人身上就隐藏着一个彼列多诺夫是不对的，但要是说在对彼列多诺夫懊恼之余，他往往采用彼列多诺夫式的手法来对付那些人，则一点儿都不错。”③

和其他象征派诗人一样，索洛古勃也是用美来改造和创造新生活的信奉者。他多少算是个唯意志论者。世界是必然性统治的王国，存在是不变的、日常的和重复性的；自由只是一种幻想。人一降生即陷于不自由之中。人要想获得自由，只有两条途径，一是打破时空；二是确证自我。个人只有在孤独自处中才是自由的。其次是诉诸创作，即充分表达自己的体验和感受。这来源于诺瓦利斯的诗人即世界的创造者的观念。诗人只有创造出属于自己的、充满了幻想和神话的世界，把自己的意志灌注其中，才能克服“宿命”，

---

① 《巴赫金全集》第五卷，河北教育出版社，1998 年，石家庄，第 491 页。

② 转引自《世纪之交的俄罗斯文学史——1890 ~ 1920 年初》，第一卷，俄罗斯科学院高尔基世界文学研究所，“遗产”出版社，2001 年俄文版，第 904 页。

③ 弗拉基斯拉夫·霍达谢维奇：《弗拉基斯拉夫·霍达谢维奇文集》第四卷，第 318 页，莫斯科，和解出版社，1997 年俄文版。

战胜“铁的必然性”的法则。上述观点表明索洛古勃是一个新浪漫主义者。这也就是时人称他为“北方的斯芬克斯”的缘故。索洛古勃对于日常生活现实表现出深深的厌恶，称之为“阿尔东莎”（日后在其散文作品中这一带有象征意味的人名还会出现），那么，如何才能使存在得以提高呢？答案是只有经由创造。这一追求贯穿于索洛古勃的全部创作中。通向自由的道路只有创造。

索洛古勃秉承了陀思妥耶夫斯基、费特、弗·索洛维约夫等人关于“美拯救世界”的信条，对于艺术改造生活的作用笃行不疑。康·瓦·莫丘利斯基指出：索洛古勃创作的本质，不在于其诗歌的意象，而在于他的激情（пафос）。

长篇小说三部曲《创造的传奇》开宗明义第一句话就是：“我撷取一段粗陋乏味的生活，然后用它来创作一则甜蜜的传奇，因为我是诗人。而对你——灰暗而又平庸的生活，我——一个诗人——在黑暗里坐得不是腿脚僵硬发麻就是浑身燥热难耐，在绞尽脑汁杜撰着美丽迷人的传说。”

批评界一般把作家的这段宣言当作作家的美学纲领。由于书中主人公也有类似的表述，所以，人们相信“索洛古勃与其人物（其中首先是特里罗多夫）的美学追求是完全一致的。”作家通过他笔下的诗人特里罗多夫表达了创造新生活的热情。以创造的奇迹为职志的特里罗多夫身上带有诱惑者和预言家的特征。他敢于把生活中刚刚开始萌芽的意念，通过个人意志来加以实现。特里罗多夫根据经验断定社会主义制度必将实现，而群岛王国恰好就是进行社会主义试验的最佳地点。对生活和人进行试验乃是实现理想的唯一手段。

米·巴赫金指出：“特里罗多夫只追求事物身上为你所提供的一面……他把对象身上的物质性分离出来加以否定，而赋予对象身上的另一面以特殊的意义，因为他已深入探讨了主人公心灵和精神传记的领域。”[①]

当然，在《创造的传奇》中，主人公的立场并不等同于作者的

① 转引自《世纪之交的俄罗斯文学》，第919页。

立场。主人公热衷于干预现实，而作者关注的则是艺术的创造，而这里所谓艺术，即改造生活的模式。这样一来，“小说在文体上的自由使之成为创造新意的一种机制，从而把‘本然现实’与现实的可然性融为一体。”

把本然、已然和或然、必然融合，导致《创造的传奇》的两条平行线索的交织。书中人物无不过着一种平行的两面的生活。小说中人物生活的某个瞬间，往往会成为与永恒连接起来的交点。伊丽莎白在森林里险遭一伙流氓强奸。第二天，女王奥尔特鲁达充满屈辱的人生之路，一一浮现于伊丽莎白脑际；当奥尔特鲁达被窒息死去，一阵脚踏草地的沙沙声惊醒了伊丽莎白。这种两个人物意识交叉融合的现象在小说中多得不胜枚举。

不仅如此，奥尔特鲁达也在体验伊丽莎白的人生：“她感觉到她人生的开头那么幸福而如今却是那么不幸，但这也只不过是一场梦而已。她仿佛觉得自己仍是异国他乡里的一个幸福而勇敢的少女，她可以去她想去的地方，做她想做的事儿，并且也能幸福无比地尽情地热爱她想爱的人。她常常能清晰地看见一条清澈的小河和河上的伊丽莎白，那条河就在她的坦克连德常常给她讲述的那个地方。”

有关这一点，《20世纪俄罗斯文学史——白银时代》的撰写者写道：“在奥尔特鲁达和伊丽莎白之间存在着一种平行存在或镜式生存的神秘联系，按照爱德加·爱伦·坡的看法，这对小说的结构具有决定性意义。伊丽莎白得以把自身与她幻想中的远方的‘姐妹’等同起来。”①

小说中类似这种人物之间的“对应”，不光存在于其他人物（如特里罗多夫和坦克连德），也存在于小说的背景——俄国和联合群岛王国——之间。火山喷发和森林火灾的烟尘，人民起义，民众教育，死者复活等等都呈现出对应性。小说不仅有着空间的双重平行，更有可能世界——奥伊拉大地——与之平行。作品体现的元小说性，加强了小说文本的自我意识和自我发展特点，突出了小说作为自由文体的自我操作性。凡此种种诗学特征，都对整个二十世纪

① 乔治·尼瓦等著：《20世纪俄罗斯文学史——白银时代》，进步出版集团，莫斯科，1995年俄文版，第299页。

小说艺术的发展，做出了巨大的贡献，产生了重大影响。

索洛古勃的一生命运多舛。一九〇七年，一直与他相依为命的妹妹死于肺病，成为他生命中的一大损失。这一年也是他一生中的转折点：他得到长达二十五年的退休金，此后他得以专心从事文学创作。在科米萨尔热夫斯卡娅剧院，由梅耶荷德执导上演了他的悲剧《死神的胜利》，成为实验剧在革新传统道路上的一次新的尝试。此后，梅耶荷德和叶甫列莫夫陆续导演了他的滑稽戏《万卡·克留奇尼克》和《夜之舞》。次年，索洛古勃与阿·尼·切勃塔列夫斯卡娅结婚。新娘是一个受过全面教养的知识分子、作家、文学批评家和翻译家。切勃塔列夫斯卡娅和索洛古勃年龄差距较大，最初人们以为很不般配，但事实证明这是一对合作十分默契的作家夫妻。切勃塔列夫斯卡娅十分景仰自己的丈夫，两人同写剧本，出版《作家日记》杂志和《论费·索洛古勃文集》等等。

十月革命成为索洛古勃一生中又一个重大转折点：他的全家被赶出住宅，家具和书籍被没收，作品无从发表，只得靠翻译谋生。生活的艰难窘况使本有心理疾患的切勃塔列夫斯卡娅病情加重。索洛古勃一生中最悲惨的一幕，就是在此期间发生的：为了给妻子治病，索洛古勃提出出国申请，问题被提交政治局讨论。此事由于和另一位大诗人亚·亚·勃洛克相关而复杂化了。最初的决定是不允许时患重病的勃洛克出国：万一一去不回怎么办，倒是允许索洛古勃走。时任教育人民委员的卢纳察尔斯基闻讯大怒，写了一封措辞激烈的信，对于政治局决议表示不满：怎么会这样？一个如勃洛克那样的革命诗人、骄子不让出国，反倒让一个仇恨无产阶级、诋毁革命的反动诗人出国？卢纳察尔斯基此举颇有些“大义灭亲”的味道。因为切勃塔列夫斯卡娅乃是他的一个亲戚。于是，前一个决议被彻底推翻。后来，在高尔基的干预下，政治局又收回成命，允许索洛古勃出国了——因为此时勃洛克已病入膏肓——但最终还是把给索洛古勃的出国签证没收了。就在出国之事反复折腾之际，再也无法承受巨大心理压力的切勃塔列夫斯卡娅，从图奇科夫桥跳进了冰冷的涅瓦河。承受丧妻之痛的索洛古勃从此一蹶不振，万念俱灰。然而，噩耗接踵而至：妻子的亲妹妹，也由于同样原因，自沉于涅瓦河。这一连串命运的打击使他沮丧消沉。晚年的索洛古勃基本上已从出版物中消失了，只在一九二三年出版过一本诗集《伟大的钟声》。他仍旧一如既往地笔耕不辍，努力维持超然于恶浊现实之上的高昂的创作热情，但却“吟罢低眉无写处”，只能把写好的诗稿存入写字台。晚年索洛古勃在其诗中传达了与其所处现实极不协调的忧患和不安。

晚年索洛古勃创作的主题仍然是“创造”，因为创造是作家赖以摆脱其生活困境的唯一出路。只不过他创作的取向不再瞄准外在现实，而是走向内心的意义空间，以使诗人自己成为改造世界的模式和范型。现实生活既然那么不如意，索洛古勃便只有遁入内心：

我创造了迷人的传奇，
用我的理念，
那是些不会被岁月磨洗的传奇，
不会与时俱灭。

关于那些人，我不曾向人们吐露半分，
我固守着自我，
他们从中认出的那个恶人，
压根不是真的自我。

或许尘世间的俗人们，
没必要了解这些美梦，
而我也乐于固守我的沉默——
我的心既哀伤又欢欣！

而只有上帝知道沉默是多么痛苦，
知道我心里的苦楚。
我只有在自我放逐中了此残生，
在这异己的国度。

（《我创造了迷人的传奇》，1923）

晚景凄凉的索洛古勃与世界的联系越来越少，与此相反，与彼岸的关系却越来越密切。他似乎在苟延残喘中默默无言、朦朦胧胧地渴盼着最终解脱一切的日子的到来，甚至预言了自己的死期——“我将死于一九二八年三月十六日，距一九二一年九月二十三日（其妻的死期）三百三十九周。误差大约不超过四十天”。

索洛古勃晚年的诗风与前期高度一致，体现了他诗歌一贯的本质：“请听听我的预言，请相信我悲伤的话语：在寒冷而又狞厉的孤独中，我将像林中兽一般死去。严酷的秘密束缚我犹如铁链，铁链一天紧似一天。如今任何人也无法以偶然的温存，令我展开苦涩的笑颜。”晚年索洛古勃给人的印象是身心疲惫已到极点，死神已经站在了门口，它冷冷地逼视着他，守候着他，期待着随时引领他的灵魂飘入天国。他缠绵病榻达九个月之久，生的渴望——无论这生活多么不值得——和死的恐惧在垂死的诗人心中交战不已：“请把我尘世生命再延续几天，好让我再谱写几首新歌。”

晚年的索洛古勃曾挂名列宁格勒作协主席之职，仍一如既往地指导青年习作者，为作协公务奔忙不已。他曾对前来探望他的费定说：想穿着长礼服参加拟议中的第一届苏联作家代表大会。

但他终究没能等到那一天。一九二七年十二月五日，索洛古勃被安葬在斯摩棱斯克墓地。叶·扎米亚京在葬礼上致辞：

“对于俄罗斯文学来说，一九二七年十二月五日与一九二一年八月七日是一样的日子：那年八月勃洛克去世，而这年十二月索洛古勃去世。随着他们的去世，俄罗斯文学史翻过了不可遗忘的一页。还有，我们失去的两人都是有着丰富而鲜明个性的人，他们各自有着很不相同的信念并至死忠于这一信念……他的肉体现在是冷的，无声的，但是他们作品中留下的思想感情的火焰是不灭的。今天我们只是对费多尔·索洛古勃说‘永诀’的话：诗人费多尔·索洛古勃将与我们同在。”①

张　冰

① 弗·阿格诺索夫著 《白银时代俄国文学》，译林出版社，石国雄、王加兴译，2001年版，第121页。

第一部 血滴

1

我撷取一段粗陋乏味的生活，然后用它来创作一则甜蜜的传奇，因为我是诗人。而对你——灰暗而又平庸的生活，我——一个诗人——在黑暗里坐得不是腿脚僵硬发麻就是浑身燥热难耐，在绞尽脑汁杜撰着美丽迷人的传说。

在事件的因果关系被搞得一团糟的情况下，无论怎么开头都显得会是一种偶然。但我不妨还是从被尘世体验为美抑或不过是漂亮怡人的事情开始讲述吧。美妙的肉体，人的青春和欢悦，自然界清澈的河水，阳光以及美妙的夏日。

那是一个夏天的正午，阳光灿烂刺眼，暑气蒸腾。火蛇那万道金针般的目光[①]笔直地照射在斯科罗坚河上。河水、阳光、夏日的暑气，全都充满欢悦明亮的气息，阳光明媚，四野辽阔，从遥远的异国他乡吹来的风，啾啾鸣叫的百鸟以及两个脱得光光的女孩，全都兴高采烈。

这是一对姐妹——伊丽莎白和叶莲娜——正在斯科罗坚河里洗

---

① "黄金般的"、"火焰般的"、"燃烧着的"、"狰狞的" 蛇，是一个对于理解索洛古勃象征主义非常重要的核心形象，在他的小说和诗歌中屡屡可见。

澡。阳光下河水在欢呼雀跃，因为这两个姑娘都那么美丽而且还光着身子。而这两个姑娘也欢天喜地，清清爽爽，她们正在尽情地跳跳蹦蹦，嘻嘻哈哈，说说笑笑，相互打趣。姐妹俩正在聊着一个使她们的想象力被大大激活的某个人。

这两个姑娘是某个有钱财主的女儿。她俩洗澡的那段河面，紧挨着她家庄园的一座古老的大果园。在这条河里洗澡令两个姑娘感到分外惬意，这也许是因为她们感到自己是这条水流湍急的小河以及在脚下飞快地沙沙作响的这片沙滩的女主人吧。因此，她们在这条河里又跳又笑，她们自信而又自如，宛如这片天地天生的女主人一般。无人知道自己的统治权限究竟有多大，然而，那些敢于证实自己的所有权和统治权的人，是有福的啊！

她俩时而顺水漂流，时而横渡湍急的河水，相互比赛着游泳和潜水的技巧。如果有人站在园子里，从安置在陡峭的河岸边的椅子上，尽情欣赏她们那细嫩而又富于弹性的紧绷的皮肤的话，那么，她们那隐约现出水面的美妙的身体，该会是一幅多么美轮美奂的画面呀。她们那粉红色的身体泛着光泽，犹如一颗颗肉红色的宝石。但她们身上最鲜艳夺目的是她们的脸，以及身体上通常总是开放的那部分肢体。

庄园对面的河岸十分陡峭。岸上到处散落着一些灌木丛，再往远就是一片片的庄稼地，而在天地相接的远方，隐约现出近郊乡下农家的小屋。农家的小孩子们有时会到岸边来玩。他们才不会看这两个正在洗澡的小姐呢。但却有一个从城市的那头大老远赶来的中学生，蹲在灌木丛后在偷看。他直后悔没带照相机，一个劲儿骂自己是傻瓜。但接着他又安慰自己，心想："明天一定得把这幅画面拍下来。"

中学生飞快地瞥了一眼手表——他要记住这两个女孩出门洗澡的时间。这两个姑娘他都认识，因为他跟她们的一个亲戚、他的同学到过她们家。此刻，他最喜欢的是妹妹叶莲娜：她更苗条，更丰满，更欢快，更白皙，更粉红，手脚也更小。他不喜欢姐姐伊丽莎白，因为她手大脚大，而且又太红了。加上她的脸也红扑扑的，晒得黢黑，人也显得又高又大。

"这不要紧，"他想，"可她毕竟很苗条，这一点无可否认。"

退休副教授、化学博士格奥尔基·谢尔盖耶维奇·特里罗多夫迁居斯科罗多日城已经快一年了。有关此人，从他刚一迁居起，就有许多传言，而且这些传言还大多不怀好意。所以，正在水里洗澡的两个粉红黑发女郎谈到他，便丝毫也不会令人惊奇了。姑娘们一边哗哗地扑打着绿宝石般的水花，一边热切地发着议论。

“这一切可真是太蹊跷了！”妹妹叶莲娜说道，“没人知道他的财产是从哪儿来的，也不知道他成天躲在家里干什么，他办这个儿童夏令营又有什么用处。城里到处是流言蜚语。真的，这人可真是太蹊跷了。”

叶莲娜的这番话，让伊丽莎白想起前几天在一本莫斯科的哲学杂志上读到的一篇文章。伊丽莎白的记忆力很好。她于是一边回想一边说道：

“理性不可能君临这个世界，也不可能根除所有稀奇古怪的事。”

她本想继续往下回忆，可忽然意识到叶莲娜是不会对此感兴趣的，于是，便叹了口气，不做声了。叶莲娜脸上露出习惯的既欣赏又崇拜的表情，看了她一眼，说道：

“此时此刻，我们周围阳光灿烂，不由得就想让一切都变得亮堂堂的。”

“难道此时此刻亮堂吗？”伊丽莎白反诘道，“阳光刺眼，水汽蒸腾，可就在这亮得刺眼的世上，我们却不知道，离咱俩两步之外，是否有人在偷看咱俩。”

此时，姐妹二人正站在长满绿草的斯科罗坚岸边齐胸深的水里歇息。蹲在灌木丛后的那位中学生听见了伊丽莎白的这番话。中学生慌窘得手脚冰凉，他四肢着地，隐在灌木丛后，爬离岸边。然后钻进一片黑麦地，一屁股坐在一条田埂上，装出一副休息的样子，甚至装出浑然不知哪里有条河似的。然而，他的表演无人看见，就好像压根儿没有他这么个人似的。

中学生又坐了一会儿，便动身回家。心里隐隐感到有几分失望，几分委屈，几分困惑。不知为什么，只要他一想到，对于这两位女浴者来说，他只不过是一个被推断可能存在，而实际上根本就不存在的人，心里就感到别扭。

世上的一切都有其结局，两姐妹的洗浴也结束了。姐妹俩当下不约而同从喧闹凉爽的深水走上沙滩，来到空气中，来到天空下，享受着正在缓慢沉重上升的太阳的温暖的抚摸。她俩在岸上又站了一会儿，任由蛇芯一般的太阳亲吻着，随后，两人走进封闭的放衣服的更衣室更衣。

伊丽莎白的打扮很简朴。一条由东尼卡[①]缝制的没有袖子、不长不短、黄绿色的连衣裙，外加一顶普通的草帽。伊丽莎白几乎永远都穿黄色连衣裙。她喜欢黄色，毛莨和黄金。虽然有时候她说她之所以喜欢黄色，只是为了不致显得太漂亮，但实际上她只不过是真挚而无私地喜欢黄色罢了。伊丽莎白对黄色的喜爱，是一种对于深远的潜意识的回忆，它似乎来自先前有过的另一个世界。

伊丽莎白有一条又黑又粗的大辫子，漂亮地盘在她的头顶上，从后面看，她的发髻盘得很高，露出一段晒得黝黑、又细又长的脖子。她那张美丽的脸上的表情，意志和智力生活远胜于情感生活这一点表现得十分鲜明，甚至可以说是过分鲜明。她嘴唇的线条很迷人，笔直细长，多少有些奇特。她的眼睛是蓝色的，而且，即使嘴唇不笑，眼神也是欢快的。她的眼神不但充满欢乐，而且还充满深思和温情。鲜艳的粉红色和太阳晒的黝黑色出现在这张脸上，似乎使人感到多少有些意外和奇特。

正在等叶莲娜穿衣的伊丽莎白缓缓地在沙岸上踱着步，眺望着景色单调的远方。细软温暖的沙子温柔地抚摸着她那被水浸泡得冰凉的光脚。

叶莲娜不慌不忙地穿着衣服。她喜欢这样，因为她觉得，无论她穿什么，都会增添她的美色。她喜欢欣赏自己身上那些淡红色的反光，欣赏自己那件用浅绿色接近于白色的衣料做成的漂亮松软的连衣裙，系着珠母色扣袢的宽大的玫瑰色的丝绸腰带，和那顶里面缀着粉黄色丝绸，又有一根浅粉色帽带的草帽。

---

① 古罗马的一种无袖衬衣。

叶莲娜终于穿戴完毕。姐妹俩沿着直达岸边那条缓缓上升的小路，随兴地走了上去。姐妹俩喜欢长时间徒步行走。此前她俩曾经几次路过格奥尔基·特里罗多夫家和庄园附近，却还从未进去过。今天，她俩还是想往那个方向走，这样可以多看一眼，从而看到点什么。

姐妹俩在林子里走了几俄里。一路上她俩小声聊着各种事儿，并且都稍稍有些兴奋。好奇心往往是使人兴奋的原因之一。

这条有两道车辙的蜿蜒的林间小路，它的每处弯道都风景如画。姐妹俩选定的这条小路最终把她俩带进一条峡谷。峡谷里长满了灌木丛和硬如铁丝的野草，一切都充满了野性的美。从峡谷的深处，徐徐飘来一阵阵温柔甜蜜的草木气息，峡谷的底部，可以看得见这种草那白白的花絮，峡谷顶部悬挂着一条狭窄的小桥，底下仅靠一根细小的村干支撑着。小桥后面有一道栅栏，栅栏的门正对着小桥。

姐妹俩扶着细窄的白桦木栏杆，战战兢兢地走过小桥。她俩用手碰碰栅栏门，门是锁着的。她俩对视了一眼。伊丽莎白懊丧地红着脸说：

“只好打道回府了。”

“是啊，怨不得人们都说这里根本就进不去，”叶莲娜说，“人们还说必须从篱笆墙上翻过去，可也不知为什么，没人翻得过去。奇怪，这家人究竟有什么秘密？”

此时，篱笆墙下的灌木丛里，传出一阵轻微的沙沙声，浓密的枝叶被什么人拨开了。一个脸色苍白的小孩子轻轻地跑来了。用他那双显然明亮，但却异常平静，甚至平静得不像活人的眼睛，飞快地瞥了姐妹俩一眼。伊丽莎白感到这男孩嘴部的线条苍白而奇特。在他那抿紧的嘴角里，隐然深藏着一种凝固而又悲伤的表情。小男孩打开篱笆门，好像还说了句什么话，可声音太小，姐妹俩没听清。要不，就是小男孩根本就没说什么，是微风在富于弹力的枝桠间弄出的响动。

小男孩很快就在灌木丛后消失了，就好像压根不曾出现过一样。他消失得太快，姐妹俩既来不及感到吃惊，也来不及表示谢意。就好像栅栏门是自行打开的，再不就是不知是姐姐还是妹妹，不经意间把门给碰开的。

姐妹俩犹豫不决地站了一会儿。刹那间，一种莫名其妙的窘迫感攫住了她俩的心口，但很快又消失了。好奇心终究还是占了上风。姐妹俩跨进小门。

"那小男孩是怎么把门打开的?"叶莲娜问道。

伊丽莎白一声不吭，快步走到前面去。她俩终于走进来了，这令伊丽莎白很高兴。关于那个面色苍白的小男孩，她已经不愿意去想，甚至已经把他给忘了。那张奇特的小白脸仅在她模糊的意识的某个地方，倏地一闪。

和进门时一样，园子里是同样的森林，它们同样现出一副沉思的样子，高耸入云，与天空争锋，以其无穷的奥秘吸引着陌生人。然而，与园外不同的是，这里的森林看上去似乎已经被人类的生命活动给征服了。林中不远的地方传来人的说话声、喊叫声和哈哈笑声。林间空地上到处丢弃着各种各样的玩具。羊肠小道时而会与一条条铺着细沙的较宽的小路交叉。姐妹俩快步沿着蜿蜒的小道，向儿童们发出的说话声、尖叫声、笑声最响亮的地方走去。随后，这多声部的交响被凝聚在一起，汇合成一片高亢悦耳的歌声。

终于，一片椭圆形的林中空地呈现在姐妹俩面前。草地四周长满了一排排高耸入云的松树，宛如辉煌壮丽的宫殿里一根根巍峨的巨柱。草地上空是蔚蓝的天空，蓝得如此鲜明，如此清澈，如此庄严。空地上有许许多多各个年龄段的孩子。他们三人一堆，两人一伙，或坐或躺，也有一个人的。草地中央约三十名小孩子正在唱歌跳舞，他们的舞蹈与歌曲的节奏严丝合缝，准确地传达着歌词的内容。一个嗓音高亢嘹亮，梳着两根雍容华贵的金色辫子，有一双欢快的灰眼睛，身材高大苗条的姑娘，正在指挥孩子们跳舞唱歌。

所有的人，无论是孩子还是他们的老师——一眼看去，老师大概有三四个——全都穿着一模一样的衣服，简单而又朴素。但简单朴素的衣服穿在他们身上也显得很漂亮。看见他们令人觉得赏心悦目，这或许是因为他们身上的衣服并未把人身上活动的肢体，如手脚遮盖起来的缘故吧。衣服应当是用来保护、而非遮盖人体的，所以，人应当穿衣服，而不是用衣服把自己给包裹起来。

帽子和衣服上那些蓝红色斑点，绝妙地烘托着他们的脸和手脚的明亮色调。这里的一切都是那么明快，在这么高远明亮碧蓝的天宇之下，他们那大胆袒露的身体和明亮的暖色调，似乎全都充满了节日般欢快的气息。

几个没参加合唱的孩子，走到姐妹俩跟前，他们脸上挂着和蔼信任的笑容，看着这姐妹俩。

“你们可以坐一坐，”一个眼睛分外碧蓝的小男孩说道，“喏，这是凳子。”

“谢谢，亲爱的。”伊丽莎白说道。

姐妹俩坐了下来。孩子们很想聊会儿天。一个岁数很小的女孩子说：

“刚才我看见一只松鼠，它蹲在一棵枞树上，我哇地叫了一声！只见它忽地一下就跑了！”

接着，其他人也开始或者讲述或者询问着什么。那些唱完歌的孩子们，也都跑向四面八方玩耍去了。那个一头金发的女教师走到姐妹俩跟前问道：

“你们是从城里来的？喜欢我们这里吗？”

“是啊，你们这儿真棒，”伊丽莎白说，“我家庄园和你们是邻居。我们是拉缅耶夫家的。我叫伊丽莎白。这是我妹妹叶莲娜。”

那位金发姑娘脸上飞起一片红晕。好像是因为有钱人家的小姐看见自己裸露的肩背和膝盖以下的光腿光脚而不好意思似的。可是，当她发现小姐们也和她一样没穿鞋，这才宽慰地笑了笑。

“我叫娜杰日达·维谢泽罗娃。”她说。

说完，她仔细地瞧了姐妹俩一眼。伊丽莎白心想自己肯定在城里什么地方听到过这人的姓氏，似乎有过一些传言，可内容却记不得了。不知为什么，她没把此事告诉娜杰日达。或许，她听说的那件事实在很难开口说。

这在伊丽莎白身上是常有的事——她不敢向人打听过去的事。谁知道在这灿烂的笑容后面隐藏着多少阴暗面，光明由怎样的黑暗产生，美丽的骗局，靠不住的尘世体验之美会倏地幻化成怎样的美景。

“我们这儿不难找吧？”金发的娜杰日达和蔼而又狡猾地问道，“要来我们这儿可不那么容易。”她随即解释道。

伊丽莎白说：

“是一个脸色很白的小男孩为我们打开的门。随后飞快地跑了，我们连声谢谢也来不及说。那孩子好文静呀。”

娜杰日达的笑容忽然不见了。

“嗯，那男孩不是我们这儿的人，”她嗫嚅地说道，“他们是那边的，是特里罗多夫家的。这样的男孩有好几个呢。要不和我们一起吃早餐？”她忽然打断自己的话头，问道。

伊丽莎白感到娜杰日达急于转换话题。

“我们整天都生活在这里，吃喝、学习、游戏，全都在这里，”娜杰日达说道，“人们建造城市是为了躲避野兽，可人自己反倒变得像野兽一样凶恶。”

从她的语调里可以听出一种哀伤的语气，这是曾经沧海发出的回声吗？抑或不过是在转拾他人的牙慧？

她说道：

“我们离开城市隐居森林，就是为了逃避城里的野兽和野蛮的风习。我们必须把野兽杀死，野狼、野狐、鸱鸺，都是些残忍凶恶的野兽。必须杀死它们。”

伊丽莎白问道：

“可是，对于那些已经盘踞在城里，身上长出钢牙铁爪的野兽，我们该怎么消灭它们呢？是这些野兽在杀人，而且，它们的暴行简直是无法无天。”

娜杰日达蹙紧眉峰，绞紧双手，固执地嘀咕道：

“我们要杀死它，杀死它。”

2

面对盛情款待，姐妹俩没有拒绝。她们吃了也喝了。她们在此待了一个多小时：和孩子们以及她们的教师进行了愉快的谈话。孩子们全都那么可爱，对人充满信任。而老师们呢，也和孩子们一样，朴实可爱，欢快活泼，就像一些生活无忧，前来度假的人一样。但老师们常常很忙，大家全都发现，原来时时处处需要老师们加以关注。话说回来，也有许多孩子，利用某种组织——姐妹俩对这一组织此刻还一无所知——自己排练和表演节目。

这里把学习和玩耍结合在一起。其中一位女教师邀请姐妹俩旁听她讲的一节课，姐妹俩怀着浓厚的兴趣，聆听了一席生动的谈话，所谈的都是今天孩子们在森林里观察到的现象。此外还有些女教师是从森林里更远的地方来的——时时有孩子进了森林，而另外一些孩子则从森林里来。

邀姐妹俩听课的那位女教师，在结束讲课以后，忽然飞快地跑到不知什么地方去了。一些孩子也跟她跑了。在浓荫匝地的树丛后面，到处闪现着女教师和孩子们那一顶顶小红帽和晒得黢黑的手脚。空地上又只剩下姐妹二人。已经无人对她俩表示特殊的关照了。看起来，这些人不想让任何人窘迫，也不想妨碍任何客人。

“咱们该走了。”叶莲娜说。

伊丽莎白站起身来。

“好吧，咱们走吧，”她说，“跟他们在一起挺惬意的，可总是待在这儿也不行。”

姐妹俩的离开被人发现了，几个小家伙连忙跑到两姐妹身边。孩子们欢快地叫嚷道：

“我们送你们一程，要不然你们会迷路的。”

姐妹俩走到出口附近时，伊丽莎白觉得好像有人躲在暗处悄悄地盯着她。她困惑地心情沉重地环顾着周围。原来，栅栏后面的灌木丛里，隐藏着一个男孩和一个女孩。那两个孩子和这边所有孩子，表面看上去似乎一模一样，但却长得非常苍白，就好像从炽热的天空中隆隆驶过的那条龙[①]的吻，不曾烧焦他们那柔嫩的皮肤似的。无论那男孩还是女孩，眼睛都一眨不眨地全神贯注地盯着她。他们那无辜的目光似乎深深扎进人灵魂的深处，这不知为何令伊丽莎白有些窘迫。她对叶莲娜耳语道：

① 龙是索洛古勃诗歌中经常出现的一个神话人物。

“你看，这两个孩子多么奇怪！”

叶莲娜朝着伊丽莎白目光所指的方向瞥了一眼，淡淡地说：

“是些残废。”

叶莲娜这一奇特的定义令伊丽莎白很吃惊——这两个躲避着的孩子，煞像两个正在祈祷的小天使。

此时，前来为两姐妹送行的孩子们，已经又说又笑地返回去了。只有一个小男孩还和两姐妹在一起。小男孩打开栅栏门等着，准备等她们一出去，就把门重新锁上。伊丽莎白悄悄问他道：

“那是什么人？”说着，她微微点头，向他示意躲在灌木丛里的小男孩和小女孩。快乐的小男孩顺着她目光的方向看了一眼，然后把目光转向她，说：

“那边什么人也没有啊。”

咦，真的哎，果然，灌木丛里已经不见了人影。伊丽莎白说：

“可我刚才还看见一个男孩和一个女孩。两人都白白的，根本不像你们那样晒得黑黑的，两个人就只是安安静静地站着看着。有一双快乐的黑眼睛的小男孩仔细盯了伊丽莎白一眼，微微蹙紧眉峰，垂下双眼，沉吟片刻，随后又打量了姐妹俩一眼，悲伤地说：

“那里面，在格奥尔基·谢尔盖耶维奇家里，还有许多安安静静的男孩呢。他们从不跟我们玩。他们总是安安静静的。从不玩耍。他们都有病。或许是病还未痊愈吧。我不知道。我只知道他们从来不和我们来往。”

小男孩说这番话时，语速缓慢，似在沉思，好像仍在纳闷，为什么主人家里会有一些异样的、安安静静的、从不跟别人玩的孩子呢。忽然，只见他欢快地一甩头，像是要把一个不合时宜的念头从脑袋里甩出去似的，摘下帽子，高兴而又温和地大声说道：

“亲爱的姐姐们，一路顺风！请沿着这条道儿一直往下走。”

说罢，小男孩鞠了一躬就跑了——此时，姐妹俩身边已经没有任何人了。两姐妹于是朝着小男孩指的方向走去。一条幽静的山谷展现在她们面前，远处现出一道白墙，墙后隐约现出特里罗多夫家。姐妹俩继续朝他家走去。一个穿白衣的小男孩躲在灌木丛后，始终走在两姐妹前面，像是在为她俩指路似的。

周围静悄悄的。一条火龙高高地盘踞在那儿，前面另有一块深紫色的档板把它和人隔开。火龙热切而又凶狠地从伪装色的、潦草堆放的挡板后面探出头来，发出耀眼的火光。火龙十分郁闷，因为它想让自己高兴，也想让人们能为它高唱颂歌。火龙想要统治一切，它只是表面看上去一动不动，但它从未想要去歇一歇。然而深紫色的疲惫已经开始逼迫它前往西方。火龙大发雷霆，它的吻是那么炽热，它那疯狂的目光在姑娘们的视野里罩上一袭深紫色的迷雾。

有人在寻找姑娘们的视线，也有人在寻找特里罗多夫家。

特里罗多夫家坐落在城郊一俄里半的地方，但不是在烟熏火燎、肮脏破败的工厂贫民窟那头，而是位于城市的另一端，在斯科罗多日城上游的斯科罗坚河上。这幢带有庄园的房子占地很广，周围由石墙圈起来。庄园的一面通向小河，另一面靠近城市，其他两面则是田野和森林。房子坐落在一座花园的中央。越过高高的白色的石板墙，只能看见树梢。树林里，高高耸立着两座塔楼，一个略高于另一个。好像什么人正从塔楼上观察着这对正在接近的姐妹。

当这幢房子尚属于从前那位主人——拉缅耶夫姐妹俩的一个亲戚马托夫——时，有关这幢房子，就有着一些不好的传言。人们传说这幢房子里住满了幽灵和来自坟墓里的鬼魅。属于这幢房子的庄园的北面，有一条小道穿过森林，直通克鲁季茨墓地。城里人管这条小路叫忌日道，大白天也不敢走这条道。关于这条道流行着许多传说。当地知识分子曾竭力打破这些传说，却白费心力。人们有时候甚至还把这座庄园也叫做忌日宫。还有人则信誓旦旦地说他们曾亲眼目睹庄园大门上有一句费解的留言：“进去三个，出来两个。”可是，如今已经找不到这句留言了。大门上只能看见一行凿得很浅的数字，上下排列：上面是个3，中间是个2，下面是个1。

所有这些不祥的传言和规劝都未能阻止格奥尔基·谢尔盖耶维奇购买这幢房子。他对这幢房子进行了改造，随后，当他为时短暂的教学生涯被粗暴中止后，便迁居入住此处。改建和装修这幢房子用了好长时间。隔着高高的石墙，外人无法看到里面在鼓捣什么。这反倒更加激起城里人的好奇心和流言蜚语的盛行。工人都不是本地的，而是不知从远处的什么地方找来的。这些工人不懂得当地人的话，而且很少在大街上露面，表情阴郁，个头矮小，肤色黝黑。

“这些黑家伙个个凶巴巴的，”城里人纷纷议论，“随身带着刀，成天在忌日宫挖地道。主人胡子刮得干干净净的，像个德国佬，土方工人全是从外地请来的。”

“我挺喜欢那个金发女郎教师娜杰日达·维谢泽罗娃。”叶莲娜说。

伊丽莎白疑惑地瞥了妹妹一眼。

“是啊，她很真诚，”伊丽莎白说，“是个好姑娘。”

“那儿的人全都那么可爱。”叶莲娜更加自信地说。

“是啊，”伊丽莎白犹豫不决地说，“只是那一个，就是从我们身边跑开的那位，她似乎有些什么不可告人的事儿似的。好像多少有些虚伪。”

“为什么？”叶莲娜问。

“不为什么，只是我的感觉。她笑得太甜了。太温情脉脉了。从各方面看，她本是个恬淡的人，但却竭力装出活跃的样子，而且她的话也未免有些夸张。”

石墙后面的园里一片寂静，此时此刻，吉尔沙没事儿干。可他也没玩耍——没心思玩耍。

小吉尔沙是特里罗多夫前不久死去的前妻给他留下的儿子，长得又瘦又黑。他的一张脸表情特别丰富，而一双黑色的眼睛却又出奇的平静。他的穿着和林里那些男孩们一样。今天他显得很不安分。不知为何他有点儿害怕。他总感觉到似乎有一个隐形人始终在召唤他，用无声的嗫嚅勾引他，要求着他——要求什么？而走近我家来的是什么人？为什么？是朋友还是敌人？无疑是外人，可又亲近得异乎寻常。

当姐妹俩离开林中的孩子们时，吉尔沙显得异常激动。在园子远处的一个角落里，他看见一个穿着白衣的小男孩朝自己跑过来。两个男孩小声嘀咕了好一会儿。随后吉尔沙就去找父亲了。

格奥尔基·谢尔盖耶维奇·特里罗多夫一个人在家。他正躺在沙发上，读王尔德[①]的小说。

---

① 奥斯卡·王尔德（1854~1900）英国诗人，散文家，剧作家。

特里罗多夫四十开外，身材细瘦。头发剪得很短，脸上刮得很光——这使得他的面相显得分外年轻。你只有贴近细看，才会发现他头上有许多白发。眼角有许多鱼尾纹和抬头纹。他脸色灰白，额头显得分外宽大，这是因为他下巴窄小，腮帮凹陷和秃顶的缘故。

特里罗多夫读书的那间屋，是他的书房，很大也很明亮。陈设很简单，地板是白木的，没有上油漆，像镜面一样平展。书房的四面墙都摆着开放式书柜。在正对窗户的那面墙的两个书柜相邻的地方，留出了一个可容一人的狭窄空隙。书房中央放着一张很大的写字台。写字台上堆着书和纸张，还有另外几件奇特的物品——一个不知什么材料做成的六面体棱镜，沉甸甸的，很结实，是深红色的，上面有紫红色、蓝色和灰色的斑点或血丝。

吉尔沙敲了敲门就走了进来。人小小的，很恬静，同时又很激动。特里罗多夫担心地看着儿子。吉尔沙说：

“林子里来了两个小姐。对一切都很好奇。在我们的夏令营里到处乱跑。现在她们又想到我们这儿来。想走一走，看一看。”

特里罗多夫把带着浅色花纹的浅绿色书签夹在书里，把书搁在沙发旁的茶几上，握住吉尔沙的手，往自己身边了拉了拉，仔细地打量着儿子，稍稍眯缝着眼睛，轻轻地说：

“你肯定又问那些恬静的小男孩了吧?”

吉尔沙脸红了。可依然镇静地、笔直地站立着。特里罗多夫继续责备道：

“我说过你多少次了，这样做不好！喔，无论对他们还是对你，都不好。”

“他们无所谓。”吉尔沙小声反驳道。

“你怎么知道?”特里罗多夫说。

吉尔沙固执地一耸肩膀说：

“凭什么让他们待在这儿?他们是我们的什么人?”

特里罗多夫猛地站了起来。转身走到窗前，神色忧郁地望着园子。此刻，他脑子里大概还在为一件迟疑未决的事而斟酌不已。吉尔沙悄悄走到父亲身边。他轻轻地走在温暖的白色地板上。他的腿晒得黝黑，光溜溜的，脚掌很宽，脚面很高很长，脚趾则漂亮而又自由地摸索着地面。他碰了碰父亲的肩膀，用晒得黝黑的手轻轻地抚着父亲的肩膀，声音很低地说：

“你又不是不知道，亲爱的，我很少做这种事，除非非常必要。今天我就很担心。我早知道今天准会出事。”

“会出什么事？”父亲问道。

“当然这只是我的感觉，”吉尔沙用祈求的语调说道，“你得让她们进我们家。让这些好奇心强的小姐们进来。”

特里罗多夫非常仔细地看了儿子一眼，笑了笑。吉尔沙脸上没有笑意地说：

“大小姐长得很漂亮。长得有点像妈妈。另一个小妹妹也挺好，很可爱的。”

“她们为什么非来不可呢？”特里罗多夫又问，“就再等一等，总会有大人把他们领到这里来的。”

吉尔沙嘿嘿一笑。随后，他轻轻叹口气，耸耸肩膀，沉思地说：

“所有女人都很好奇。对她们，你毫无办法！”

特里罗多夫脸上的笑容不知是高兴还是残忍，他又问道：

“你妈妈不回家？”

“哎，她要是来倒好了，哪怕只待一小会儿呢！”吉尔沙叹气道。

“我们该怎么对待这两个姑娘？”特里罗多夫又问。

“请她们进来到处看看呗。”吉尔沙说。

“连那些恬静的孩子们？”特里罗多夫又问。

“那些恬静的孩子们也喜欢大小姐。”吉尔沙说。

“这些姑娘是什么人？”特里罗多夫又问。

“就是我们的邻居，拉缅耶夫家的。”吉尔沙说。

特里罗多夫嘿嘿笑着说：

“是啊，看得出来，她们很好奇。”

他皱紧眉头，走到写字台前，抓起那只深色的、沉甸甸的棱镜，轻轻举了举，随后又小心放回原地，对吉尔沙说：

“去迎迎她们，把她们带到这儿来。”

吉尔沙喜不自禁地问：

“走正门还是走山洞？”

“还是走地下暗道吧。”

吉尔沙出去了。只剩下特里罗多夫一个人。他打开写字台抽屉，从里面捧出一个形状奇特、里面装着深色液体的绿玻璃瓶，朝暗门那边瞅了瞅，恰在此时，那道暗门霍地一下轻轻拉开了。从暗门里走出一个小男孩，脸色苍白，安安静静，他用镇静纯洁恬静而又理解人的眼光望着特里罗多夫。

特里罗多夫走到他身边。责备的话已经到了嘴边。但他一句也不能说。怜悯和温情涌到他嘴边。他默默地把那个形状奇特的瓶子交给小男孩。小男孩悄无声息地出去了。

3

姐妹俩来到森林中的一片小林区。蜿蜒的小路把她俩的脑袋都搞晕了。那幢老式楼房的塔楼忽然从视野里消失了。周围的一切立刻变得陌生起来。

“咱们肯定迷路了。”叶莲娜兴奋地说。

“总会走出去的，”伊丽莎白应道，“总会有出口的。”

正在这时，个头矮小，肤色黢黑，漂漂亮亮的吉尔沙走出灌木丛，朝她们迎面走来。他漂亮的黢黑的眉毛长得连成一条线。没戴帽子的脑袋上一头卷曲的黑发，使他的外表看起来像一个野蛮的林妖。

“亲爱的，你是从哪儿蹦出来的？”伊丽莎白问道。

吉尔沙仔细地用正直无辜的眼神看着姐妹俩，说：

“我叫吉尔沙·特里罗多夫。请沿着这条小路直走——就能走到你们要去的地方。请跟我来。”

说着，他转身就走。姐妹俩跟在他身后，沿着高大的树木中间这条狭窄的小路往下走。林子里到处散落着各种野花——小的、白的、散发着芬芳香味的。有的花则散发着一种奇特的辛辣的气味。姐妹俩高高兴兴又懒洋洋的。

吉尔沙一声不吭地走在她俩前面。

路走到了尽头。姐妹俩面前出现一座山岗，上面长满杂乱丑陋的杂草。山岗脚下现出一道生锈的铁门——里面大概藏着什么宝贝吧。

吉尔沙在口袋里摸了摸，掏出钥匙，打开铁门。铁门发出刺耳的吱呀声，门里透出一股清凉、潮湿和恐怖的气息。门口出现一条幽暗的通道通向地下深处。吉尔沙摁了摁门口的某个机关。幽暗的通道被照亮了，就好像里面点起了电灯。可是，从外表看连一盏灯也看不见。

两姐妹走进山洞。光来自四面八方。可她俩怎么也找不到光源来自何处。表面看似乎是墙体本身在发光。光线非常均匀，既没有强烈的反光点，也找不到任何阴影。

她俩继续往前走。此刻，就剩下姐妹二人了。铁门在她们身后吱呀一声阖上了。吉尔沙跑到前面去了。姐妹俩很快就看不见他的身影了。通道弯弯曲曲。不知怎么搞的，姐妹俩怎么也走不快。仿佛某种东西坠住了她们的双腿。看起来，这条通道似乎通到深深的地底下——通道微微向下倾斜。姐妹俩走了很长时间。洞里又潮湿又闷热。而且，热得令人越来越难受。洞里有一股奇怪的味道——那是一种香气，异样而又使人郁闷。这股香气越来越使人郁闷，越来越使人昏昏欲睡。脑袋被这股香味熏得发晕，心脏也因甜蜜的痛苦而几乎要停止跳动。

走的时间太久了！脚步移动得越来越慢。石板地面也变得越来越坚硬！

“走路真吃力啊，”伊丽莎白嘀咕道，“太吃力了！”

“石板怎么这么硬，”叶莲娜叫苦道，“我的腿脚都冰凉了。”

走的时间可真太久了！在令人窒息的潮乎乎的地下洞穴里，姐妹俩吃力地拖着沉重的脚步。她们觉得似乎已经走了整整一个世纪了。这条通道似乎没有尽头。于是，她们便只好沿着狭窄弯曲的地下通道继续走下去，而且不知道将去往何方！

光线渐暗，满眼雾蒙蒙的，洞里彻底陷入一片黑暗。可是，还是不见出口。多么可怕的洞穴呀！

忽然间，黑暗艰难的路到头儿了！姐妹俩面前是一道敞开的大门，一道白光，刺目而又辉煌的白光从门外照射进来——姑娘们心里充满终获解放的喜悦。

原来，她俩这是进了一间巨大的温室。温室里种着些长相奇特、绿得怪异、异常强壮的植物。里面非常湿润而闷热。镶着铁框的玻璃幕墙可以让大量阳光长驱直入。阳光似乎太强烈了——强烈得眼里的一切似乎都在跳动！

叶莲娜直盯着自己的裙子发怔。她觉得裙子的颜色变得黯淡了、陈旧了。强烈的光线吸引了她的目光。她不觉看得入了迷，以至于把自己也给忘了。温室那玻璃的、蓝绿色的天空水汽蒸腾，炽热难耐。凶猛的蟒蛇对把大地气息给隔断的这道玻璃膜感到很好奇。它疯狂地吻着自己心爱的毒草。

“这里比地下通道里更可怕，”伊丽莎白说道，“咱们得赶快离开这里。”

“不，这里多好呀。”然而，正在欣赏一座圆形池里盛开的各种小花的叶莲娜，却幸福地笑着说。

可是，伊丽莎白却飞快地走到通向园子的出口。叶莲娜追赶上来，抱怨道：

“你急着到哪儿去？这儿有椅子，我们不妨坐一会儿。”

伊丽莎白和叶莲娜走进园子。特里罗多夫正在温室旁边的小路上迎候着她们。他直截了当地说道：

“你们对这幢房子及其主人很感兴趣，是吧。喏，我就是主人，如果你们不反对，我领你们看看我的一部分领地。”

叶莲娜脸上飞起红晕。伊丽莎白镇静地一躬身，说：

“是啊，我们是好奇心重。这幢房子从前属于我家的一个亲戚。可以前一直荒废着。人们都说这里发生了许多变化。”

“是啊，变化太大了，”特里罗多夫小声说，“可主要的部分还保留原貌。”

“大家感到吃惊的是，”伊丽莎白又说，“您居然决定迁居此处。这幢房子的坏名声丝毫也未能阻止您的决定。”

特里罗多夫领着姐妹俩观看园子和房子。宾主的谈话轻松而又自如。两姐妹已经摆脱了最初的窘迫感，和特里罗多夫相处她们觉得很惬意。特里罗多夫友好平静的语调打消了姐妹俩的尴尬念头。她们边走边看。然而，在他们周围，远远近近，却隐藏着另外一种生活。偶然可以听到音乐声——令人忧郁的拨弦声和长笛轻轻的幽咽。时而一声长笛吹起一首充满幽怨的轻歌。

在一片林中草地上，在古树浓密的树阴下，浓密而又怡人的枝叶遮挡着火蛇的毒光。一些身穿白衣的小孩儿正在静静地跳着环舞。姐妹俩刚一走近，孩子们就四散而去。他们跑得悄无声息，只见树叶微微一动，人已经不见了踪影——就好像根本不曾有过他们这些人似的。

姐妹俩边走边欣赏园景，边听特里罗多夫讲述。园里有各种各样的树木，草地，池塘，小岛，哗哗流淌的喷泉，景色怡人的凉亭，五彩斑斓、色调欢快的花坛。姐妹俩有一种奇特的倦怠感。但她俩都很愉快，很高兴，高兴自己居然进了这座封闭的庄园，高兴得像是小学生，还高兴自己只是由于破坏了优良社会的公认准则才来到这里。

此时她们走进这家人的某个房间，只听叶莲娜发出一声惊叹：

“这间屋多么奇怪呀！”

“这是魔法小屋。”特里罗多夫笑着说。

这屋果然奇特——屋里的一切都是反常的：天花板是倾斜的，地板是凹面的，屋角是圆形的，墙上画着些莫名其妙的图画和莫名其妙的线条。其中一个角落里摆着一件又大又结实的深色东西，装在一个黑木雕刻的框子里。

“这是一面镜子，看看吧，很有意思，”特里罗多夫说，“不过要看必须到那头去，到三角地，到墙边的角落里去。”

姐妹俩走进角落里照起镜子来——镜子里映出两张皱纹纵横的老人的脸。叶莲娜吓得发出一声惊叫。伊丽莎白脸色苍白，转身面对妹妹笑了一笑。

“别怕，”她说，“这是魔术。”

叶莲娜看了一眼姐姐，惊恐地嚷道：

“你已经变成一个十足的老太婆了！白发苍苍。多么可怕！”说完，她从镜子后面扑出来，惊恐万状地喊道：

“这是怎么回事？这是怎么回事？”

伊丽莎白随后走了出来。她不明白究竟发生了什么事，心里很紧张，却竭力掩饰自己的窘迫感。特里罗多夫镇静而又单纯地瞥了二人一眼。他打开一个嵌在墙里的橱柜。

“别慌，”他对叶莲娜说，“把我给你的水喝下去。”

说着，他把一杯装满无色透明像水似的液体递给她。叶莲娜连忙把那杯又酸又甜的水喝下去，她突然感觉轻松多了。伊丽莎白也喝了。叶莲娜又扑向那面镜子。

“我又变年轻了！”她大声叫嚷道。

说着，她跑出来，拥抱着伊丽莎白，欢快地说：

“伊丽莎白，你也变年轻了。”

姐妹俩的欢喜之情无以言表。两人手拉着手，跳起舞来，在小屋里转起圈来。两人忽然不好意思起来。两人站在屋子中央，不知该往哪儿看，接着又窘迫万状地笑了起来。伊丽莎白说：

“咱俩多蠢啊！您是不是看我们特别可笑，是吗？”

特里罗多夫温和地笑了。

“这间屋的特点就是这样，”他说，“恐惧在此是和欢乐分不开的。”

姐妹俩在这幢房子里见到了许多新鲜有趣的玩意儿——许多用做祭祀崇拜的艺术品，它们诉说着遥远国度和烟波浩渺的往事。令人心旌摇荡、形状奇特的版画，多彩石，绿松石，珍珠；各种偶像，丑陋的、可笑的、恐怖的；神像——它们是经过多少人的手画出来的，但令伊丽莎白吃惊的只有一张脸……

使叶莲娜开心的只是那些像玩具似的玩意儿。许多玩意儿可以玩，因为它们把时空转换和魔术混合起来了。

姐妹俩看过的东西真不少——好像竟然过了整整一个世纪。可实际上，有的时候一小时等于一百年，还有的时候一小时等于一瞬间，而我们把它们混淆了。

“什么，刚两小时！”叶莲娜说，“可还有那么多那么多没看呢。该回家吃午饭了。”

“就不能晚点回去吗？”特里罗多夫问。

“那可不行！”叶莲娜嚷道。

伊丽莎白解释道：

“我家午饭时间是必须严格遵守的。”

“会把你们及时送到的。”特里罗多夫说。

姐妹俩对主人表示了谢意。她俩不得不离开了。两姐妹立刻觉得又疲倦又悲伤，和特里罗多夫告辞后，默默地往回走。一个白衣小男孩走在两姐妹前面，为她俩指点园中的路。

姐妹俩再次走进那条地下通道，看见柔软的床榻，两人忽然觉得浑身软塌塌的，连腿都提不起来了。

“咱们坐一会儿吧。”叶莲娜说。

“好吧，”伊丽莎白答道，“我也累了。真奇怪呀！怎么这么乏呀！”

两姐妹坐了下来。伊丽莎白小声说：

“这里的光都是不知从何而来的死光，太可怕了，可此刻我最害怕的，是那张可怕的怪物的嘴脸，浑身热气，在咱俩头顶上燃烧着。”

“那是可爱的太阳。”叶莲娜轻轻地说。

“那轮太阳是会死寂的，”伊丽莎白说，“它会死寂的，那个非正义的发光体，可是，在地底深处的通道里，那些摆脱了烈焰灼人的蛇和深入骨髓的寒冷的人们，会建设一种理性的新生活的。”

叶莲娜嘀咕道：

“可一旦大地冻结，人们也就死掉了。”

“大地不会死。”伊丽莎白同样小声说。

姐妹俩睡着了。她俩睡了不一会儿就醒了，醒来后，两人立刻觉得此时此刻自己周围的一切，都像是一场梦，两人接着又慌了手脚。

“早就该回家了。”叶莲娜不安地说。

两人跑了起来，地下通道出口处的大门是敞开的，门外的路上停着一辆二轮轻便马车。吉尔沙坐在车上手执缰绳。姐妹俩坐上车。伊丽莎白驾车。吉尔沙三言两语告诉她们怎么走。双方说话很少，一两个词儿，说完即了，更多的是沉默。

车到自家庄园门口，姐妹俩下了马车。两人都感到似乎被一种似梦非梦的情绪所笼罩。两人还没来得及表示一下感谢，吉尔沙就匆匆驾车走了。路上扬起一道灰尘，响起一阵马蹄的嗒嗒声和车轮碾压碎石的沙沙声。

4

姐妹俩刚刚来得及换上吃午饭的衣服。两人神情涣散，疲惫不堪地走进餐厅。大家——父亲、土地所有者拉缅耶夫，马托夫兄弟俩：大学生彼得·德米特里耶维奇和中学生米沙，即已故特里罗多夫庄园从前的主人、拉缅耶夫姑表兄弟的儿子们——都在等着姐妹俩入席。

姐妹俩很少说话。尤其是今天去了哪儿，见了什么，她们只字不提。可从前她俩一直都很健谈，喜欢滔滔不绝地讲述她们的见闻。

彼得·马托夫是个个子高挑、身材细瘦、脸色苍白的年轻人，两眼炯炯有神，一看就是一个正准备投考神学校的学生，此刻却一副心事重重、性情急躁的样子。不知何故，他的神经质——缺乏自信的笑容和笨拙的举动——竟也反映在米沙身上。米沙是一个吃得胖乎乎的小男孩，脸上粉嘟嘟的，眼疾手快，性情欢快，但是，看样子，他的感受力过分敏锐。此刻，从外表看得出来，他那微笑着的眼睛和嘴角似乎有些不明就里地微微颤动。

拉缅耶夫个头不高，是个身材结实的小老头，举止安详，一看就是一个受过良好教育、心态平衡的人，他努力不让别人看出自己是在等待女儿，不慌不忙地坐在餐桌前自己的位置上。在这间深色橡木雕刻的宽大餐厅里，白发苍苍的太太，身体力行地体现着主人家的优裕生活，此刻，她正在镇静地分发菜汤。

拉缅耶夫察觉女儿累了。他隐隐有些担心。但他即刻扑灭正在身上燃烧的不满的微火，和蔼地冲女儿们笑了一笑，低声地像是在小心地暗示什么似的说道：

“我亲爱的女儿们，今天是不是走得远了点儿？”

说罢，经过一阵虽然短暂却尴尬的沉默后，像是为了抵消自己话里的隐秘含义，也是为了打消女儿们的慌窘感，又说：

“我发现，你们有段时间不骑马了。”

随后，他转向弟兄们当中年长的那位，说：

“城里有什么新闻吗？别佳？”

姐妹俩有些不自在。她俩在努力参与大家的谈话。

这正是一个如此艰难的岁月，血腥的杀人恶魔正在我们家乡的上空肆虐逞凶。它那可怕的行径在多少安详的家庭里播下了仇恨和不和的种子。这家的年轻人，和家家户户的年轻人一样，经常议论所发生的事儿，也为即将发生的事儿而争论不休。人们到处都在议论，很少有意见一致的时候。儿童时代结下的友谊和良好教养，仅使思想上的对立和冲突具有了比较柔婉的形式。但争论常常也会达到势不两立的地步。为了回答拉缅耶夫的问话，彼得开始讲述工人的暴动和正在筹备中的罢工。听得出他的话里有一股怒气。彼得是那些对于宗教哲学意识问题十分热衷的人之一。他认为人类一体化的神秘生活应当完结于一种辉煌而迷人的政教集中制政体[①]形式中。他认为自己热爱自由——基督教式的自由——但风起云涌、动荡不安的运动却是他极端仇视的。君临天下的火蛇，凶恶而又报复心重的阿多尼[②]令他心仪，他也仰慕阿波罗[③]的庄重和谐和金色芦笛的诱惑。

“有些可怕的新闻，”彼得说，“正在准备总罢工。听说明天城里所有工厂都停工。”

米沙出乎意外地笑了，笑得像个孩子，声音欢快而又脆亮，只听他充满喜悦地感叹道：

“要是你们亲眼看见，每逢这种时候，厂长们脸上那副表情就好了！”

他的嗓音既柔和又清脆，因而听起来也既温柔又和蔼，就好像他正讲的都是些纯洁的有福之人，是天堂居民在门口玩的一种天使

① 政教集中制政体，是在一个人身上集国家首脑和教会首脑为一体的政体形式，如拜占庭和梵蒂冈。

② 犹太教中对上帝的一种“秘密称谓”。

③ 希腊神话中的太阳神，也是诗和艺术之神。

的无辜的游戏一般。从他嘴里飞出的词语——罢工、起哄[1]——宛如甜得十分罕见的一种美食的名称，他很高兴，并且忽然想像小孩子一样淘气一会儿。于是，他拖长声音喊道："起立，立正……"

可是，他当即不好意思起来，声音蔫了，不做声了，脸也红了。姐妹俩笑了。彼得眼神分外忧郁。拉缅耶夫和蔼地一笑。加尔森小姐装出一副并未察觉他这番表演的样子，平静地摁了摁吊在餐桌上方枝形吊灯上的电铃按钮——该换一道菜了。

午餐按照平日的节奏在继续。争论越来越激烈，论题也从一个到另一个无序地转换。都说俄国人争论的方式就是如此，但这或许也是所有人在谈到特别激动的问题时，都会采用的一种全球方式。要想让争论有序进行，应当一开始就选举一位主席。自由谈话总是会在不同论题间跳来跳去的。

彼得情绪激昂地嚷道：

"凭什么无产阶级的专制政体就一定比现有政体好呢？而且，瞧这些口号有多么野蛮愚昧吧！'谁不跟我们一起，谁就是我们的敌人。''谁是主人，请从这儿滚开，离开我们的筵席！'"

"现在谈论我们的筵席为时尚早。"叶莲娜用克制的声音反驳道。

"您知道我们追求的是什么吗？"彼得继续说道，"普加乔夫起义正在向我们走来，行将到来的这场动荡，是俄国有史以来从未经历过的。问题不在于这些老爷们在说些什么或做些什么，因为他们总以为自己是在创造历史。问题在于这是两个阶级的冲突，是两种利益、两种文化、两种世界观和两种道德观的冲突。可是，谁将获得统治权呢？下流无耻的汗[2]正在走来，他会吞噬我们的文化。"

伊丽莎白略含责备地说：

"这叫什么话——下流无耻的人！"

彼得神经质地嘿嘿一笑，不无几分懊恼地问：

"你不喜欢？"

---

① 国会中妨碍议事的行动。

② 汗，圣经神话中义人诺亚从大洪水中拯救了的三个儿子之一。汗对父亲极不恭敬，因而受到诅咒，是一个没教养、随时可以做出下流举动的否定性形象。二十世纪初俄国哲学家和政论家称俄国正在期待中的震荡是"伟大的汗的到来"。

“不喜欢。”伊丽莎白平静地说。

习惯于总是顺着姐姐的思路和情绪的叶莲娜也说：

“这个词太粗野了，这词透着腐朽的农奴制的腐败气息。”

“可如今这个词相当文雅，”彼得脸上挂着不可捉摸的笑意说，“况且无论你怎么称呼，问题不在于用词上。我就亲眼看见过无数的例证，一个精神上的无赖汉，对一切都凶狠冷酷，野蛮，残忍，不可救药，醉得再过几代人也醒不过来。可就是这么一个人，居然敢推翻一切——科学、艺术，总之一切。喏，眼前就是一个典型的汗，就是你们那位谢米洛夫，也就是你，伊丽莎白如此同情的那个谢米洛夫。就是这个熟不拘礼的好小伙儿，行为高尚的斯麦尔佳科夫[①]。

彼得专注地凝视着伊丽莎白。伊丽莎白心平气和地说：

“我认为你这么对他是不公正的。他是个好人。”

午餐结束了。大家都很高兴。谈话却令人肝火上升。甚至就连平日总是波澜不惊的加尔森小姐也比平时更急急忙忙地从座位上起身。拉缅耶夫和平常一样，回了自己的屋——他得睡一小时。年轻人去了花园。米沙和叶莲娜跑到坡下的河边去了。多么想无忧无虑地跑一跑，跳一跳呀。

“伊丽莎白。”彼得叫道。

他的声音有些神经质地颤抖。伊丽莎白站住了。一棵老菩提树马上用浓密的树阴把她罩住。伊丽莎白把双手贴放在胸口——不知怎么心口突然怦怦跳动起来——她的手臂细溜溜光溜溜的——疑惑地瞥了彼得一眼。多么美的玉臂——权力的魅力——呵，假使一阵突然迸发的激情让这玉臂扑向我怀中，那就好了！

“伊丽莎白，可以和你说几句话吗？”彼得问。

伊丽莎白脸上泛起一层淡淡的红晕，她一低头，悄声说：

“找个地方坐一会儿吧。”

说罢，她当即向悬崖上的凉亭走去。彼得默默地跟在她身后。两人默默地登着陡峭的台阶。伊丽莎白坐下，把手搁在敞开的凉亭那低矮的篱笆墙上。一幅丘陵起伏的广阔画面展现在她的眼前——

① 陀思妥耶夫斯基长篇小说《卡拉马佐夫兄弟》中的一个行为卑贱的人物。

这景色她从小就熟悉，可每次看，仍然会伴随一阵习惯了的甜蜜的激动。她已经不再只是紧盯着这幅美景中的某个细节——大自然像音乐一样，以其多变而不竭的色彩和不安分的音响向她发出倾诉。彼得面对她，深情地凝视着她那张美丽的脸庞。西斜的火蛇舔着伊丽莎白那被照得红通通的脸——她的皮肤透着光线，血色和肉色交映在一起。

两人都没说一句话。两人都感到有些累，有些不自在。彼得神经质地撅折了一根长在凉亭旁边的白桦树枝。伊丽莎白问：

"你想对我说什么?"

听得出她的声音有点儿疏远和冷淡，甚至不乏几分仇恨。从中透出她内心的惊恐。这一点他感觉到了，于是，温柔而又胆怯地笑了一笑。

"还需要说么!"彼得小声而又坚决地说，"还不是和往日一样。伊丽莎白，我爱你!"

伊丽莎白脸红了。她的眼神亮了一下又暗了下去。她心情激动地站起来说道：

"彼得，为什么你要再次无端地折磨自己也折磨我呢?我和你从小就很亲近——可也将如此亲密地分手!我们走的路不同，我们的想法和信仰都不同。"

彼得脸上带着极不耐烦和懊恼的神情听她说这番话。伊丽莎白还想继续发挥，可彼得开口打断她："咳，说这些……有什么用呢!伊丽莎白，此时此刻，请你忘掉我们的一切分歧。分歧无关紧要!即使分歧很大，也可以忽略不计。而我想说的是，政治以及那些把我们分开的东西，全都不过是一层薄薄的浮垢，是我们广阔无边的生活海洋上的一个转瞬即逝的泡沫。爱才是永恒的真理，而甜蜜的爱就是永恒真理的启示。谁不生活在爱中，谁不追求与所爱者结合，谁就是死人一个。"

"我热爱人民，热爱自由，"伊丽莎白小声说，"我最爱的是起义。"

彼得听也没听她的话，继续说：

"你也知道我爱你。很久以前我就爱上了你。我的整个灵魂，像光明一般，充满对你的爱。我在为你而嫉妒——我毫不害羞地告诉你这一点——为了你，我吃所有人的醋，比如这个穿短褂的家伙[1]，此人如果有足够的智慧和勇气做同谋的话，早就会被你以及你热衷的那些古怪想法所利用了，不就是不想爱我吗?”

伊丽莎白再次小声地说：

“为了我所珍视的东西，你谴责我，为了比我优秀的，你责备我。你想让我成为另外一种人。你爱的不是我——勾引你的是一头美丽的兽，那就是会冲你笑、会给你温存的我年轻的肉体……”

彼得又一次不等听完她的话，就说道：

“伊丽莎白，亲爱的，爱我吧！当然，此刻你什么人都不爱。不，你不爱是吧？你还没学会爱自己，从而束缚自己的灵魂。你像一个人的初恋那样自由，也像他最后一位妻子那么美丽。你已经成熟到爱的季节了——对我的爱而言——你已经在渴望拥抱和接吻，你也和我一样，会因情欲而颤抖——啊，伊丽莎白，爱我吧，爱吧!”

“我怎么爱?”伊丽莎白问。

“伊丽莎白，爱是戒律!”彼得感慨地说，“先应有爱的愿望。请你千万理解我是多么爱你——而你也会爱上我的。我的爱应能在你身上燃起回应的爱之火。”

“我的朋友，在构成我的一切元素中，你其实什么也不爱，”伊丽莎白反驳道，“你并不爱我。我不相信——请你原谅——我不理解你的爱。”

彼得忧郁地皱紧眉头，阴沉沉地说：

“你被那些虚伪而又空洞的大话——自由——给搞晕了。你从未仔细琢磨过它的含义。”

“我没仔细琢磨过的还不止这些呢，”伊丽莎白心平气和地反驳道，“但自由感仍是我心中最珍重的。我不善于用话语来向你表达什么是自由感——但我知道，我们都被必然性和因果律这一铁的桎梏束缚在大地上——但我灵魂的自然力——自由，乃是一种激情燃烧的自然力，尘世间束缚人的铁链，都会被它的大火烧掉。我知道我们这些生活在世上的人，从来都是软弱、贫穷和孤独的——可

① 暗指谢米洛夫。

是，当我们跨越那净化人灵魂的伟大的火后，新天地就会展现在我们面前——而我们终将在自由而又伟大的团结中确证我们的终极自由。这一切我说得很糟糕，乱七八糟——我不善于清晰表述我的一切知识——不过，对不起，这个问题我们以后再说。”

伊丽莎白疾步走出凉亭。彼得慢慢腾腾地跟在她身后。他眼睛炯炯有神，脸上却是一副悲伤的表情——他实在找不出话可说了——感到自己是黔驴技穷了。突然，只见他浑身一振，猛然抬起头来，笑一笑，追上伊丽莎白。

“伊丽莎白，你是爱我的，”他高兴而又充满自信地说，“你爱我，尽管你不愿意说。当你说你不理解我的爱情时，你说的不是实话。你知道我的爱，你相信我的爱——你说，一个人难道可以在相信人家爱着自己的情况下而仍然不爱吗?”

伊丽莎白站了下来。她的眼睛发出奇特而又喜悦的光。

“我再说一遍，”她平静而又坚决地说，“你爱的不是我，你爱的是初恋的恋人。可我却会离开你的。”

彼得站住了，他浑身软弱，脸色苍白晦暗，无奈地望着她。在鲜红欲燃的日暮时分的天幕下，一个火红色的连衣裙在灌木丛中晃动。伊丽莎白离开往日熟悉的生活那堆狭隘的小火，走向猛烈而又勇敢的正在诞生的事物，并拜倒在它的伟大诱惑之下。

5

彼得和伊丽莎白最后一块走到河边，来到停放小船的码头。两只小船在水中摇摇晃晃，尽管平滑如镜的水面一丝波纹也看不到。远处灌木丛后，现出更衣室的帆布顶篷。叶莲娜、米沙和加尔森小姐已经到了。此刻，他们正坐在通向码头的那条小路拐弯处的一张长椅上。从这个地方，可以看见这条静静流淌的小河转弯处那宁静怡人的风景。冥色四合，水光潋滟，水面上渐渐染上一层铅灰色。

米沙和叶莲娜跑得脸上红扑扑的，欢快的笑声怎么也止不住。

英国女人平静地望着河水，傍晚时分的大自然和平静无波的河水，没有什么东西能拨动她的心弦。可是，接着又来了两个人，同时也把自己紧张的情绪、双方的尴尬和内心的骚乱也带来了，于是，又一轮永无休止的争论开场了。

坐在那张椅子上，可以望得很远，而且，进入视野里的一切都那么宁帖静谧。大家从椅子上站起身来，向下走去，一直走到岸边。河水毕竟还是那么平静无波。不安分的人们的不安分的话语，也未能撼动河水的波浪。米沙挑选了一些结实的小石片抛向远处，让石片在水面上跳跃。他这么做完全出于习惯。争论令他心情激动。他的手直发抖，扔出的石片反弹得很糟糕——这真令人懊丧，可他竭力掩盖自己的懊丧之情，竭力做出高兴的样子。

伊丽莎白说：

“米沙，咱们比一比，看谁扔得最好——打五戈比。”

于是，两人开始玩。米沙输了。

此时，在河水转弯处出现一条城里来的小船。

彼得仔细端详了一会儿，沮丧地说：

“谢米洛夫先生又一次大驾光临了，他可是我们这里最自觉的工人，俄国社会民主工党党员啊。”

伊丽莎白笑了。她语气温柔但略含责备地问：

“你究竟为什么不喜欢他呀？”

“不，你告诉我，”彼得感叹道，“为什么这个党叫全俄党，而不叫俄国党？为什么这么自负？”

伊丽莎白平静地说：

“当然，全俄意味着它不光属于俄国，因为不光俄国人可以，而且，就连拉脱维亚人、亚美尼亚人、犹太人，以及俄国的所有公民都可以加入这个党。我觉得这太好理解了。”

“可我不理解，”彼得固执地说，“我看这不过是在搭草台班子，毫无必要。”

说着说着，只见那条小船已经靠岸了。船上坐着两个人。摇船的是阿列克塞·马卡洛维奇·谢米洛夫，一个年轻工人、钳工，穿一件蓝色工作衫，戴一顶灰色软帽，个子不高，身材很瘦，嘴角总挂着一丝嘲讽。伊丽莎白是去年秋天和谢米洛夫认识的。从那开始，她和几位工人和党的活动家有了交往。

谢米洛夫把船靠了岸，非常敏捷地跳上码头。彼得过分殷勤地打着招呼，语含讽刺地说：

“向各国无产者致敬。”

谢米洛夫平静地回答道：

“大学生先生有礼了。”

他和大家打过招呼，然后主要是对伊丽莎白说：

“我把您的财产给您运来了。差点儿被人从我手中偷了去。我们那贫民窟里对神圣的私有财产权有自己特有的观点。”

彼得懊恼至极。这位年轻的短衫工的样子令他生气，他甚至觉得谢米洛夫的话语作派都流里流气的，于是，他生硬地说：

“据我所知，根据你们的观点，神圣的不是权力，而是粗暴的占有。”

谢米洛夫打了个呼哨，说：

“老兄，粗暴的占有乃是任何财产的来源———一旦粗暴地攫取了，事情也就了结了。有产者便有福——俗话说得好，粗暴占有者心宽体胖。”

“这一知半解您是从哪儿搞来的？”彼得嘲讽地问。

“有钱人的餐桌上也会有一星半点儿智慧落在我们头上的。”谢米洛夫模仿他的语调回答道，“我们也就靠这一星半点儿为生呗。”

船上还有一个年轻人，看样子也是一个工人。此人外表看像个胆小鬼，人很瘦，双眼炯炯有神，话不多，人还很年轻。他手握舵绳坐着，不无担心地打量着岸边。谢米洛夫讽刺地看了他一眼，热情地招呼他道：

“爬上来吧，基里尔，别怕——这儿的人全都是好心人，尤其喜欢我们自己的兄弟。”

彼得生气地嘟囔了一句什么。米沙笑了。他喜欢新来的人，虽然他对针尖对麦芒似的争论有几分担心。基里尔笨拙地爬出小船，笨拙地走上沙滩，低下头叉开双脚。他笑了笑，像是想以此掩饰自己的窘迫感。彼得很懊丧。他尽量友好地说：

“请坐吧。”

基里尔用极不自然的男低音答道：

“我已经坐够了。”

他一边笑着，一边坐下，但却坐在椅子边儿上，差点儿没掉下去——挖掌着的双手弄脏了伊丽莎白的衣服，接着又生起自己的气来，脸也红了，最后，远离椅子边儿坐下，说：

“我蹲了两个月，是行政拘留。”

这句怪话的意思大家都懂。彼得问：

“为了什么？”

基里尔窘促起来，笨拙而又阴郁地说：

“在我们那儿惩罚是家常便饭——一出事儿，马上就会采取致命措施。”

与此同时，谢米洛夫悄声对伊丽莎白说：

“一个好小伙儿。这同志想和您认识一下。”

伊丽莎白默默一点头，热情地冲基里尔一笑，随即握住他的手。基里尔容光焕发。

拉缅耶夫来了。他客气又冷淡地与客人打了招呼。或许，他故意做出的体面规矩的印象毫无必要。谈话进行得有些尴尬。伊丽莎白的一双蓝眼睛温柔而又沉思地看着肝火旺盛的彼得和他对之冷淡而又仇恨的谢米洛夫。

彼得问：

“谢米洛夫先生，您难道不愿意对我解释一下，为什么人们会大说特说什么无产阶级专制政体呢？您的意见究竟是什么？前进一步在此究竟是什么意思？”

谢米洛夫简洁而又安详地答道：

“你们这些有产者老爷们，什么都不愿意给我们，不管是政权还是所有权，就连一佐洛特尼克①也不愿意给，所以，弄得我们也没办法呀。”

“什么是你们的最近目标？”拉缅耶夫平静地问。

“最近还有最远，还有什么！”谢米洛夫说道，“我们的目标只有一个：生产资料的社会化。”

“那么土地呢？”彼得尖叫地问道。

---

① 旧俄重量单位，1 佐洛特尼克约等于 4.266 克。

“我们把土地当作生产资料。”谢米洛夫说。

“你们是不是以为俄国的土地多得用不了呀？”彼得恶意嘲弄地问。

“当然不是，尽管如此，对于当今居民而言是足够用了，而且还有富余。”谢米洛夫平静地反驳道。

“一个人可分数十俄亩，一百俄亩？”彼得嘲弄地问，“是这样吗？你们这么向农夫们一说，他们就高兴得不亦乐乎了。”

谢米洛夫又打了声口哨，然后镇静而又略有些不屑地说：

“亲爱的，这是胡说八道，农民才不会那么蠢呢。不过，话说回来，我倒要问问，我们的对立面也向农民们灌输正确的思想吗？”

彼得气愤地起身离开，跟谁都没打招呼。拉缅耶夫安详地望着他的背影，对谢米洛夫说：

“彼得太挚爱文化，或确切地说，太热爱文明了，所以他能珍重自由。而您对自己阶级利益的主张太坚决了，因此，自由反倒对您没那么大吸引力。而我们，俄国的立宪主义者们，担负着为自由而斗争的重任。”

谢米洛夫边听边克制住自己别发出讥笑。他说：

“是啊，我们和你们观点不一致。你们需要在自由的空气里尽情散步，而我们还在想着如何吃饱肚子——吃不饱啊。”

拉缅耶夫沉吟了一会儿，小声说：

“这种野蛮化令我恐惧。杀人，杀人，没完没了地杀人。”

“没办法呀！”谢米洛夫笑着说，“您想要的，或许只是家庭用的袖珍似的舒舒服服的自由吧。”

拉缅耶夫毫不掩饰他想要中止谈话的意图，微微笑着站起身来，握住谢米洛夫的手，说：

“我不得不请您自便了。”

米沙本想跟他走，随后打消了这个念头，他跑到河边，从更衣室附近找出自己的鱼竿，走进齐膝深的河水里。很久以来，每当欢乐或是悲伤使他激动，或是需要认真地想一个什么问题时，他都习惯性地往河边跑。米沙是一个十分腼腆的自尊心很强的小男孩，他喜欢一个人耽于沉思或幻想。在脚边哗哗流淌的冰凉的河水，抚慰着他，令他睡意全消。

此刻，光脚站在水里，他又变得心平气和，性格温柔了。

很快，叶莲娜也来了。她站在岸边默默地望着河水出神。不知何故，她感到郁闷，很想大哭一场。

伊丽莎白稍有些不满地盯了谢米洛夫一眼。

“你干吗那么生硬，阿列克塞。”她说。

“你不喜欢吗？同志？”谢米洛夫以问代答。

“不，不喜欢。”伊丽莎白坚决又朴实地说。

谢米洛夫没吱声，沉吟了一会儿，说：

“我们和你哥之间的距离还是太大。甚至比我和你父亲之间的还大。很难说得拢啊。他们的利益——这一点您也了解得很清楚——是用人来堆起一座金字塔；而我们的利益，却是要把这座人的金字塔拆得和地面一样平。区别就在于此，叶丽扎维塔同志。”

伊丽莎白懊恼地纠正道：

“是伊丽莎白。我跟您说过多少次了。”

谢米洛夫嘿嘿一笑：

“老爷式的讲究，伊丽莎白同志。不过话说回来，怎么叫由您。虽然发音有些别扭，要按我们的叫法，就叫您丽扎维塔。”

基里尔开始抱怨自己总不走运，抱怨警察局，侦探和爱国主义者[①]。令人厌烦的抱怨枯燥乏味。他被逮捕过，失去了工作。看得出受过不少罪。眼睛里还有饥饿的神色。基里尔说：

“警察局可是让我受够了，就连自己人……”

他自知失言，连忙刹车，随后又忧郁地说：

“我们厂时时处处都会采取侮辱人的措施。光是搜身就够人受的。”

“他们探人隐私。都是私下交谈……无法无天。”

他讲了他们的绝食斗争，还讲了一个生病的老太婆的事。这些故事本来很感人，可由于频繁重述而被磨得褪了色，怜悯心好像也被人踩脏了似的，而基里尔本人好像也成了一种材料，成了大众中

① 爱国主义者，此处指俄国1905～1917年间的极右翼组织。“俄罗斯人民联盟”、“米哈伊尔·阿尔汉格尔联盟”及其他组织，其口号是君主专制政体、大国沙文主义和反犹太主义。

那样一种人，他们的情绪总是会为了政治之类因素的利益而被人利用。

谢米洛夫说：

“黑色百人团已经组织起来了。热尔别涅夫先生眼下正在为此事忙个不亦乐乎——他可是我们这儿真正的俄国人。”

“克尔巴赫和他在一起，他也是个爱国者。”基里尔说。

“热尔别涅夫是我们这个城市里最有害的家伙。是条危险的毒蛇。”谢米洛夫轻蔑地说。

“我杀了他。”基里尔冲动地说。

伊丽莎白说：

“要杀一个人，首先必须确信，一个人大大优越或是不如他人，与他人的差别不是偶然和社会的，而是神秘主义的。也就是说，杀人证实了人之间的不平等。”

谢米洛夫说：

“伊丽莎白，我们找您，部分也是为了谈正事。”

“说吧，什么事？”伊丽莎白冷静地说。

“过几天有几位同志要从卢巴尼来谈一谈，诸如此类吧，”谢米洛夫说，“这你不是已经知道了嘛。”

“我知道。”伊丽莎白说。

谢米洛夫接着说道：

“借此机会，我们想在离此不远的地方为城里工厂的工人举行一次群众集会。因此说么，您，伊丽莎白最终得作为一个演说家在会上发言。”

“我能对大伙儿有什么用呢？”伊丽莎白反问。

“您，伊丽莎白，擅长表述，”谢米洛夫说，“您嗓音洪亮，说起话来不打壳，善于把话说得通俗易懂。您要是不在大会上发言，那是罪过呀。”

“伊丽莎白同志，请您原谅，”谢米洛夫说，“或许基里尔还不知道您的父亲是个立宪民主党人。再加上他为人朴实。”

基里尔脸红了。

“我懂得太少，”伊丽莎白腼腆地说，“我该怎么说，说什么好呢？”

“您懂得的就足够了，”谢米洛夫信心十足地说，“比我和基里尔多多了。您为人正直，伊丽莎白。您说的话全都那么准确简洁。”

“那我讲什么好呢？”伊丽莎白问道。

“描述一下工人生活的总的状况，”谢米洛夫说，“就像资本家们把自己锻炼成铁锤那样，我们要把工人组织起来。”

伊丽莎白红着脸默默地点了点头。

“嗯，这么说，一言为定，同志？”谢米洛夫说。

伊丽莎白笑了。

“一言为定，同志！”她愉快地说。

听见了这严肃而又真挚热情的语词——“同志”——心里怎么能不高兴呢？

6

夜晚降临——它可爱而又静谧。魔法在散播，生活那乏味的喧嚣覆盖上薄薄一层遗忘的轻烟。月亮悄悄浮上天际，它明亮、安详，像是患上了病，却显得分外亮——月亮把自己整个裹在光辉中，通体透明。云封雾锁的月亮俯视着大地——宛如把正在燃烧的晚霞那全部的光亮和透明，全都掌握在手中一般。大地、河水笼罩着一片寂静，寂静把田野上的每一棵树，每一丛灌木和每一根小草，全都搂在自己的怀里。

伊丽莎白的心境宁恬而又平静。她感到奇特的是，自己的同志怎么会像敌人一样，相互对立，相互争吵不休呢？他们为什么不能爱人呢？不能奉献呢？不能屈从别人的愿望呢？屈从他的愿望吗？我的愿望呢？为什么要喧嚣不休地争吵，用漂亮的言词大谈什么斗争、利益呢？言语固然漂亮，可它距我们的生活太远。

看样子，家里所有的人都累得够呛——因为炎热？争论？隐藏心中的忧郁？困倦？还是对安宁的渴望？姐妹俩比平常略早就回屋睡觉了。疲惫和令人倦怠的忧伤也令人昏昏入睡。姐妹俩的卧室是紧挨着的。两卧室之间的那扇门总是开着的。她俩彼此能听见对方的呼吸声——睡梦中两姐妹平稳的呼吸声使得这一可怕的夜和梦的世界有了几分生气。

伊丽莎白和叶莲娜临睡前说了没几句话。两人很快回了各自的屋。伊丽莎白脱掉衣服走到镜前，点亮蜡烛，开始欣赏自己那映在冰凉、僵硬、冷淡的玻璃里的躯体。她苗条身体的每一根线条都映着月亮那珠宝色的反光。上面镶着两颗红宝石的白皙的处女的乳房，在微微颤动。在清冷的静谧的月光下，她的躯体显得结实饱满，充满火热的激情，而且，白得奇美，还在微微颤动。肚子和双腿之间的那条曲线，清晰而细腻。腿上紧绷的皮肤，表明体内蕴藏着富于弹性的巨大活力。而她小腿和脚掌的曲线也同样富于弹力和充满活力。

伊丽莎白感到浑身燥热，就好像一把火在她整个甜蜜而富于感性的身体内燃烧起来，多么想、多么想紧紧地贴上去，粘着他、搂着他呀。假如他来就好了！他也只是在白天，由于被非常令人难受的火蛇之吻所伤，才对她诉说那些死板空洞的爱的话语。啊，假如他能晚上来，来亲近这一盛开的躯体那熊熊燃烧的大火，那该多好啊！

他爱还是不爱？他爱的是那种终极的、统一的、被天国的阿芙洛狄忒[①]那永恒的气息所鼓舞的爱情吗？哪里有爱，哪里就有最肆无忌惮的大胆妄为。难道爱情是甜蜜、温柔和百依百顺的吗？爱情不是蓬勃如火吗？致命的爱情一旦有了愿望，便会不管不顾，一刻也不能等待。幻想在沸腾——这是多么迫切渴望的幻想啊。假使他来了，那他就是一个年轻的神祇。可他仅仅只是一个拜倒在其偶像脚下的一个普通人，是一个小魔鬼的小奴隶。他没来，不敢来，也不想来——伊丽莎白蓬勃而兴的甜蜜情欲被蒙上一层暗淡的抑郁色彩。

伊丽莎白望着镜中自己那美妙的倩影，嘲弄地想：

“此刻他也许正在祈祷吧。弱者和自负者们，他们是如何祷告呢？他们就连高兴喜悦也得学一学——应该改造宗教，使之成为新

① 希腊神话中爱与美的女神。

教派里最好的。”

伊丽莎白睡不着。欲望使她燥热不安——她不知道自己究竟想要什么——出走还是等待？她走到凉台上站了好久——她觉出光脚掌下的木板又温暖又潮湿。她望着朦胧的月光下晦暗不明、烟云笼罩的园子出神。今天散步时的每个细节——浮现于她的脑际——他们在特里罗多夫家里见过的一切，映在脑际竟是如此鲜明，简直清晰得如同幻觉。随后，倦意阵阵袭来。伊丽莎白甚至都不记得自己是怎么钻进被窝的。就好像来过一个隐形人，把她抱进屋，裹起来，哄着。她立刻就睡着了。

可梦境更令人不安，更令人倦怠——可怕的幻象一个接着一个。幽灵变得越来越实体化，越来越鲜明。

梦里出现一个落满灰尘的房间。屋里的空气如此窒闷，就连胸口也能感到它的压力。四面墙都是书橱。写字台上堆着一摞摞封皮鲜亮的书，全是新的薄的小书。书名不知为何又可怕又沉甸甸的。来了一个大学生，个子高挑细瘦，一头直直的长发，神色忧郁、灰暗，带一副眼镜。他嘀咕道：

“把这藏起来。”

说着，他把一摞小书和小册子放在写字台上。伊丽莎白身后有人伸手接过书，把它们塞进桌子下面。接着来了一个高等女校的女生，和那位男生像得出奇，但却截然不同，五短身材，体格肥胖，腮帮通红，一头短发，喜气洋洋，戴一副夹鼻眼镜。她抱着一摞书轻声说：

“把这藏起来。”

伊丽莎白把书藏进书橱——总归有点不放心。

来了一些大学生、工人、小姐、中学生、士官生、官员、马车夫——每个人都把一摞书放在写字台上，小声说：

“把这藏起来！”

说罢，便不见了人影。于是，伊丽莎白就开始藏书——写字台、抽屉里、书橱里、书桌底下、沙发底下、门后面、壁炉里。可写字台上的书却越来越多，而那小声的嘀咕声也越来越纠缠不休：

“把这藏起来！”

可是没地方藏了。——但还是有人不断地递书来。到处都是书，书摞书……

感到胸口憋闷的伊丽莎白懊恼地从梦中醒来。有人把脸附在她的头上。她身上的被子从她美丽的身体上滑落下去。叶莲娜正对她耳语着什么。伊丽莎白用慵懒的声音问：

“我把你吵醒了？”

“你喊的声音真大。”叶莲娜说。

“我做了个荒唐的梦。”伊丽莎白嘟囔道。

说罢，她又入睡了。——又出现了那个库房。书可真多呀——就连窗台也堆满了书，暗淡和满是灰尘的光线勉强照进来。不祥的寂静使人压抑。柜台后，她身边站着一个大学生和两个少年，他们笔直地站在那儿，样子奇特：他们脸色苍白，似乎正在等待着什么。突然，门无声无息地被打开。一些身材魁梧的人脚步笃笃地走进来——警察，戴金边眼镜的侦探，扫院人，农夫，警士，农夫，扫院人——他们走呀，走呀，整个房里都挤满人了，可一言不发，神色忧郁，身材高大的人们还是不断地涌进来。伊丽莎白感到胸口憋得慌——就又醒来。

伊丽莎白再次入睡，再次被幽灵般的噩梦折磨得身心疲惫，胸口憋闷，只得再次醒来。

她梦见有人正在对她家进行搜查。

“不守法纪的女人！”侦探恶狠狠地盯着伊丽莎白，把一本小书摞在书桌上说。

非法出版物在写字台上越积越多。

人们在撕扯、蹂躏这些书。警察坐下来书写笔录。笔尖沙沙移动——可纸太小。

“纸！”警察所长喊道。

纸写满了一张又一张。警察所长挥动手枪威胁着、嘲弄着。

醒了——原来又是一个梦。

来了个尖声叫喊的教师，个头矮小，体质羸弱。他身后跟着第二、第三乃至无数的人——这些恬静人们组成的队伍发出暴动的呐喊。

醒了——原来又是一个梦。

广场上阳光灿烂。一个农夫站在那儿高喊：

“为了生存，为了神圣的罗斯。”

第二、第三乃至第四个农夫，相继前来响应他的召唤。呐喊的民众缓慢而又笨拙地越聚越多。人群中走出一个带着牌子的农夫，戴着白围裙，歪扭着嘴角，走近前来，狂热地喊：

“为了种族，照叶戈理①的吩咐办！消灭！”

说完，他扑向伊丽莎白，把她给掐死了。

又醒了。

此后又一连做了好多可怕的阴郁的梦。什么也看不出也不明白，只有恐惧感渗透了漆黑的夜幕。夜幕里，人影越来越稠，黑暗稍稍变亮了些，空气呈着不祥的灰白色。她梦见一个狭小的院子，四周围着高墙，窗上有密密的格栅。心儿在清晰地低诉：

“这是监狱，监狱的院子。”

清冷的早晨，狱卒们正在把被捕者从一道狭窄的小门带往阴暗的院子里。人们鱼贯而入——士兵、囚犯、士兵、囚犯、士兵、囚犯——看不见尽头，脚步咚咚地横穿过院子。墙上的铁门吱扭一声被打开。人们都走了出去。隔着墙，伊丽莎白已经能看见厚厚实实、无边无际、尚未化冻的雪白的原野和原野上一排排的绞架——田野上无数的绞架向无穷的远方延伸下去——无数的绞架无穷地延伸下去。人们走啊走，越来越近，——有人会把他们一个个吊起来的。

她不记得这究竟是怎么回事了，但她发现自己也走在人们的队列里。走在她前方的，是个士兵；士兵前方，是个男孩。男孩背对着她，但她认出来了，他是米沙。恐惧令舌头卡了壳——想喊却喊不出声。恐惧令腿脚发软——想跑却连一步也动不了。恐惧束缚了双手——想动，可是软塌塌地动不了。

前方已经在绞人，人们走过被绞者身边，朝下一个绞架走去。米沙正被人吊起来。绳子断了。又把他吊起来。绳子又断了。于是，人们开始不停地把他吊起来，可每次绳子都会断。

眼前闪现出一个人狰狞的脸和灰色的短髭。一个恶狠狠的声音

---

① 叶戈理即格奥尔基·波别多诺斯采夫，俄国当时读书最多的神父之一，被宣称为莫斯科的庇护人。

在喊：

“打死他！”

枪声响了——声音沉闷，沉重的一击——男孩倒在地上在挣扎。又响了一枪——男孩手脚乱动。枪声越来越密——可他仍然活着。

伊丽莎白醒了——这回是彻底醒了。心口怦怦地跳，有些疼，但也有些欢悦——谢天谢地，好在这只是一场梦！是梦而已！她的心灵想要欢呼雀跃……看一眼那条安静祥和的龙身上，那些轻柔的、斜斜地下坠的金色指针，可以看出时间还早。远处传来咩咩的叫声和母牛的哞哞声。卧室的墙微微泛白。清晨第一缕灿烂的阳光照亮了窗户——白日透过窗户说，这将是新的美好的一天。一股潮气和清晨第一批鸟的啁啾声透过敞开的窗户涌进卧室——清晨的大自然是永恒的欢乐。听得出叶莲娜也醒了。

新的沸腾而又欢快的一天就这样降临了。可那些夜晚的幽灵们呢？

啊，被淹没在晨雾中濒死的我们啊！一个嘶哑的声音小声道出积聚在我们嘴边的最后一句可怕的话：

“宽恕吧！”

7

两姐妹都没睡好。伊丽莎白被噩梦折腾得很苦，而叶莲娜一晚上醒了好几次，每次都去找姐姐。两人都觉得噩梦被毒龙用镰刀斩断后，脑袋里有一种甜蜜而又明亮的眩晕。鲜亮的记忆像一组未经排列、五光十色的镜头一般闪过脑际。昨日拜访的每个细枝末节都被回忆起来了。两姐妹仍然感到一种难堪的窘迫——不如说是羞耻。但今天姐妹俩多少已经克服了这种感觉。等只剩下她们二人时，姐妹俩大谈特谈起她们在特里罗多夫家和他的夏令营的所见所闻。姐妹俩似乎患了一种奇特的健忘症——当时的环境已经有些被忘掉了，详情细节更是淹没了。——说到细节，她俩常常出错，于是，便相互纠正。就好像是一场梦。况且，此时此刻，是醒着还是在梦中？二者的界限何在？无论梦境是甜蜜还是苦涩——啊，生活，你何尝不是迅疾演变的幻象！

三天过去了。又是一个恬静明亮的日子，天上的巨龙再次发出恶毒的、亮得刺眼的微笑。巨龙摇晃着身子，它数点出火红色的秒箭和火焰般的分箭，伴随着隐约可闻的隆隆声，将铅一般沉甸甸的透明晶亮的时箭撒向土地。此时是午后三点——最炎热、最毒辣、最粘滞的时刻刚刚过去。早餐刚过。拉缅耶夫和马托夫兄弟都在家。伊丽莎白和彼得又开始一场耗时良久、混乱无序而又激烈对峙的争论，而且，这争论仍然毫无希望，不会有什么结果——结果两个激动万分、烦闷无聊的人，在以其朦胧的不安把心绪宁帖的加尔森小姐折磨够以后，就分手了。

现在只剩下姐妹二人了。两人走到最低一层凉台，默默地坐在那儿，装出在读书的样子。而实际上她们是在等着什么。怦怦跳动的心脏和起伏不已的胸部，说明她们的期待是多么迫切。

伊丽莎白的书掉在了膝盖上，正午时分沉默被突然打破，只听她说：

“我看他今天肯定来咱家。”

刮起一阵小风，柔软的枝杈发出一阵颤抖，一只小鸟展开歌喉啁啾——看起来，就连寂寞的园子也在为急速响亮而又活泼的话语而欣喜若狂。

“你指谁?”叶莲娜问道。

话一出口，便因这个问题问得不合适而红了脸——她又不是不知道姐姐说的是谁。伊丽莎白瞥了妹妹一眼，嫣然一笑，说：

“当然说的是特里罗多夫了。多么奇怪，我们居然会等他。”

“好像是他自己答应要来的。”叶莲娜犹豫地说。

“是啊，”伊丽莎白说，“当时在他家，在那面奇特的镜子旁边时，他是说了句什么。”

“是在那之前说的。”叶莲娜反驳道。

“嗯，的确是，”伊丽莎白说，“是我搞混了。我不明白怎么这么快就都给忘了呢?”

“是啊，我自己也把许多事儿给搞混了，”对自己也感到吃惊不已的叶莲娜说，“我不知怎么搞的觉得非常非常累。”

传来一阵车轮碾在沙土路上发出的轻柔的沙沙声，一辆马车轻快地驶近。一辆由一匹套着英式辔头的马拉着的二轮轻便马车，沿着楼前的白桦林阴道缓缓驶近，接着停了下来。姐妹俩站起来。两人心情激动。可是，两人脸上的表情，都是习以为常的礼貌的笑容，而且，两人的手也未发抖。

特里罗多夫把缰绳交给吉尔沙。吉尔沙赶车返回去了。

初次见面似乎有些尴尬。礼貌空洞的客气话，掩饰不住姐妹二人的窘态。大家进了客厅。拉缅耶夫和马托夫两兄弟出来迎接客人。宾主双方相互致意——认识——无意义的话语，正如人们时时处处所做的那样。

彼得笨拙而又恨意难消。说起话来也断断续续，有头无尾，显然极不情愿。米沙好奇地东张西望。他喜欢特里罗多夫——他很招人喜欢，况且米沙以前就听到过有关此人的好的传言。

快速而又礼貌的谈话开始了。但有关姐妹俩到过特里罗多夫家一事，都只字未提。

拉缅耶夫说：

“我听到许多关于您的事。很高兴认识您。”

特里罗多夫微笑着，但他的笑意似乎微带嘲讽。伊丽莎白问：

“您是否以为有关高兴的语词‘认识’仅仅是一句空话?”

这话听起来似乎有些太生硬了。伊丽莎白也察觉了，她的脸上飞起红晕。拉缅耶夫吃惊地盯了她一眼。特里罗多夫说：

“不不，我不这么认为。认识人是件令人高兴的事。”

“出于习惯，人人都这么说，这是句惯用语。”彼得小声说。

特里罗多夫笑着瞥了他一眼，然后转向拉缅耶夫说：

“我说这话完全是真诚的——我很高兴和您认识。我一个人过很寂寞，因此，有此际遇也就更感到高兴。——我是无事不登三宝殿呀。”

“有事?”拉缅耶夫吃惊地反问一句。

“噢，初次接触，我只有两句话，”特里罗多夫说，“我想扩大自己的产业。”

拉缅耶夫语气略带悲伤地说：

“您不是已经把普罗相尼林地最好的一半买下了吗?”

特里罗多夫说：

“那一半对我来说有点太小了。能把另一半也买下来就好了——这是为我的夏令营买的。”

“那一半属于彼得和米沙，”拉缅耶夫说，“另一半我可不想卖。”

“至于我么，”彼得说，“我会满意地把它卖掉的，趁‘同志们’还没把它白白夺走。”

米沙没吭声，但看得出来，卖掉祖居的土地这种想法，他是极端厌恶和反感的。他的样子似乎是马上就要哭鼻子了。拉缅耶夫说：

“依我看我们不能卖。但这建议我不会提。米沙那份地在他成人之前我们是不会卖的，而且，你——彼得，我也建议你别卖。”

米沙高兴了，他感激地看了拉缅耶夫一眼。拉缅耶夫继续说：

“我不如另外指给你们一块地。那块土地也在出售，而且，或许对您更合适。”

特里罗多夫表示感谢。

话题转到他的教学机构上来。拉缅耶夫说：

“为了这所学校，您就不得不跟人民中学校长打交道。您和他的关系怎么样?”

特里罗多夫不屑地一笑。

“一般吧。”他说。

“这个娘娘腔的先生很难与人相处啊，”拉缅耶夫说，“他是个冷酷的官迷。他会竭力坏您的事的。”

特里罗多夫镇静地说：

“我已经习惯了。我们大家全都对他习惯了。”

“他们会把学校关闭的。”彼得讽刺而又生硬地说。

“但也可能不关闭。”特里罗多夫反驳道。

“可万一被关闭呢?”彼得坚持己见。

“我们只能凡事往好处想。”拉缅耶夫说。

伊丽莎白温柔地看着父亲。特里罗多夫安详地说：

“学校他们可以关闭，但要妨碍人们在大地上生活并进行经营管理那可就太难了。假如这所学校将来不光是一所学校，而且还是一个教育产业的话，那它准会成功地取代大地主占有的那些大型产业。”

“嗯，这是乌托邦。”彼得沮丧地说。

“可我们能把这乌托邦付诸实现。”特里罗多夫以同样平静的语气反驳道。

“而为此需要一开始先毁灭已有的一切？”彼得问。

“为什么？”特里罗多夫惊奇地问。

彼得不知为何分外激动地回答：

“‘同志似的’瓜分白白得来的别人的土地会导致文化和科学的可怕堕落。”

特里罗多夫平静地说：

“我不理解您居然会为文化和科学担忧。无论前者还是后者都足够强大，它们是岿然不动地站立着的。”

“然而，”彼得又说，“如今正在取代我们的那些个下流无耻的人，却会高高兴兴地毁掉那些文化的纪念碑的。”

“并不是只有我们这里的文化纪念碑在毁灭，”特里罗多夫平静地反驳道，“当然，这事是很悲伤，而且，我们应当采取措施。可是，人民的苦难是如此深重……人生命的价值要比文化纪念碑的价值大啊。”

就这样，话题按照俄国人的习惯，很快便转到一般论题领域了。特里罗多夫平静而又充满自信，话也说得比别人多。大家全都十分专心地听他讲话。

在场的五个人中，只有彼得一个人没被客人所吸引。对特里罗多夫的敌意使他的心境越来越糟糕。他怀疑而又仇恨地盯了特里罗多夫一眼。特里罗多夫充满自信的语调，他那“教师爷式”的讲话派头，都令他十分气恼。彼得和特里罗多夫的全部对话，都充斥着尖锐的讽刺和明显的粗话。拉缅耶夫以几乎不加掩饰的懊丧之情时不时瞅一眼彼得，而特里罗多夫却像是对他的作派根本没有察觉，照旧平静、朴实，热情。到最后，彼得不得不讲和，丢弃生硬的语调。从那以后他就不再多说话了。特里罗多夫告辞后，彼得当即去了不知什么地方，显然是在回避有关客人的谈话。

8

天气闷热无风，万物无力地展开在那条凶龙的毒眼和利箭之下。总有某些城里人会在水上饭馆——这是斯科罗多日人对轮船码头的小卖部的称呼——寻找凉爽。在水上饭馆那亚麻布的遮阴篷下，不会那么炎热，而且，水面刮来的小风还会带来一丝凉爽。

彼得和米沙进城买了些东西。他俩也顺便来到这家水上饭馆——来喝柠檬汽水。一艘来自下游某条大河商埠的大船刚到。轮船正在卸货——上游河水变浅了，船不能通行。一时间水上饭馆里人声嘈杂。一张张餐桌后坐着几个城里人和过路人——官吏和地主。这些人边喝啤酒边大声而又平和地聊天，按照乡下人的习惯粗声大气地嚷嚷——因此，可以听出，许多话题或多或少都与政治有关。

有两个人正围着其中一张餐桌在密谈，虽说气氛比较和谐，但也还是有些火气。二人中一位是退休检察官克尔巴赫，一位是退休上校热尔别涅夫。此二人都是大地主，爱国者，俄罗斯人民联盟的成员。两人说话都是大嗓门，很激烈。话语里夹杂着一些奇特的语词——背叛、叛乱、吊死、消灭、打死。

尼古拉·伊里奇·克尔巴赫个头矮小，身材很瘦。他的脸刮得干干净净，只有口髭留得很长，耷拉了下来，像是有意留下来的。在这样一张脸上，往往会出人意料地现出狰狞凶恶的表情。此人总是大大咧咧的，坐在椅子上还老是晃来晃去。他身上的外套大得像条口袋，五光十色的坎肩扣子都没系，领带半系不系地像条绳子一样吊在脖子上。总之，此人外表一看就是个不喜欢受约束的人。一个大约八岁的小男孩——他的儿子——坐在他对面的椅子上扭来扭去，这孩子鼻子上挂着鼻涕，牙是黑的，洋红色的下嘴唇耷拉下来。

安德列·拉夫连季耶维奇·热尔别涅夫又细又高，腰板挺直，气宇轩昂，笔直而又凝然地坐在椅子上，像是被人钉在椅子上似的，神色严峻地环顾着四周。所有扣子都系紧的制服穿在他身上，犹如穿在一个青铜偶像身上一般。

“我要说的是，一切一切都是父母的过，”克尔巴赫仍然用和先前一样恶狠狠的声音说道，“应当从童年起就培养。有关我的……”

话未说完，他叫了儿子一声，声音大得异乎寻常，尽管儿子就坐在他身边的椅子上，坐立不安。

“谢尔盖！”

“干稀么？”拖着鼻涕的小男孩发音不清地答应道。

“起来回答我的问题。”父亲下令道。

小男孩爬下椅子，雄赳赳气昂昂地站在父亲面前，又问：

“干稀么？”

说完，狡猾的眼睛飞快地扫了一眼邻桌的客人。

“我们应该如何对待沙皇和祖国的敌人？”克尔巴赫问道。

“应当消灭他们！”小男孩机灵地说。

“然后呢？”父亲继续问。

“然后把祖国卑鄙的敌人那可耻的尸体丢进污水坑。”

克尔巴赫和热尔别涅夫高兴得哈哈大笑。

“说得对，就是可恶的死尸！”热尔别涅夫嘶哑地说。

一个谁也不认识的先生——一个中等身材的中年人，穿一条相当破烂的围裙，高高胖胖，皮肤松弛，有一双炯炯有神的小眼睛——坐在邻桌，叫了一瓶啤酒。克尔巴赫和热尔别涅夫飞快地极不友好地审视了对方一眼。两人把这个陌生人当作持相反观点的家伙，都加重话语中激烈的火气，越来越火力十足地奢谈什么叛乱者，俄罗斯母亲，列举了本地图谋不轨的人的名单，最后聊起了特里罗多夫。

新来的陌生人久久地端详着这两个对话人。显然，克尔巴赫和热尔别涅夫在交谈时屡屡提到的特里罗多夫的名字，引起此人关注甚至使其兴奋了。他死死盯着这两个谈话者，以至那两人也察觉了，懊丧地相互递了个眼色。

陌生人终于鼓足勇气加入谈话。

“请原谅，”他说，“请问一句，如果我没听错的话，您刚才提到特里罗多夫先生了?”

“亲爱的先生，您……”克尔巴赫开口道。

陌生人连忙跳起来施礼。

“请原谅我大不恭敬的好奇心。我叫奥斯特罗夫，是个演员，悲剧演员。二位或许听说过?”

“初次听说。”克尔巴赫郁闷地说。

“从未听说。”热尔别涅夫说。

陌生人愉快地一笑，像是听人赞美一般，不流露出半分窘态，继续说道：

“怎么会呢，我在许多城市里演出过。此地是路过。此次是要到鲁班省办些自己的事。这不，您刚才偶然提到一个我熟识的人的姓氏。”

克尔巴赫和热尔别涅夫交换了一个眼色。两人的脑际再次闪现出许多有关特里罗多夫的不好的念头。奥斯特罗夫又说：

“我毫不怀疑特里罗多夫就住在这里。他是我的老朋友，老熟人。可以说是知音吧。”

“原来是这样。”热尔别涅夫不赞同地盯了奥斯特罗夫一眼，然后严厉地说。

奥斯特罗夫的语调和做派，马上现出与其谈话对手作对的意思。毫无疑问他的目光是无所畏惧的。他的一举一动，一言一行里有一种大胆挑衅的味道。但尽管如此，他仍是无可挑剔的。他的话语分寸把握得十分得体。

“我们已经多年不见了，”奥斯特罗夫说，“他在这儿过得怎么样?”

“嗯，特里罗多夫先生看样子很有钱。”克尔巴赫不太情愿地说。

“有钱?这使我很高兴。特里罗多夫先生的这笔财产，得来绝没有多久。这一点我确实知道得很清楚。来了没多久啊。”奥斯特罗夫狡猾地眨眨眼又说道。

“而且也不十分干净?”克尔巴赫问。

说着，他给热尔别涅夫递了个眼神。后者咯的一声后便蹙紧眉头。奥斯特罗夫小心地看着克尔巴赫。

“您怎么会这么想？”他问道，“不不，这话可不是我说的。完全干净。我之所以敢说，正是因为钱的来路干净。”他脸上表情特殊地重复道。

米沙好奇地打量着这几位交谈者。他很想听到几句有关特里罗多夫的话。可彼得却急急忙忙地付了账，起身要走。克尔巴赫的话使他停住脚步。

“喏，他就是您的朋友特里罗多夫的朋友。”他说。

“我还没来得及和特里罗多夫交朋友呢，”彼得生硬地说道，“况且我也不想和他交朋友，更何况他的朋友呢，每个人都多少有几个怪怪的熟人的。”

说罢，便和米沙走了出去。奥斯特罗夫嘿嘿笑着，瞥了他的背影一眼，说：

“好一个正经的年轻人。”

“特里罗多夫先生竟然把他和他弟弟的土地给夺走了。”克尔巴赫解释道。

彼得·马托夫对特里罗多夫的不满，看起来起源于一个偶然事件，即特里罗多夫购买了从前属于马托夫父亲的那幢房子和普罗相尼林地的一部分。

斯科罗多日城里的许多人对德米特里·亚历山大罗维奇·马托夫——彼得和米哈伊尔·马托夫的父亲——仍然记忆犹新。他当过一任县土地管理局的委员。第二次任期他没被选上。他不善于隐瞒自己的关系和交易——结果使他名声扫地，尽管交易没弄出什么丑闻：从前那个时代还比较平静。他在土地局工作期间，经常超过必要地拜访省长。

在此期间，土地管理局局长因某人告密而被采用行政手段发配到了奥洛涅茨省。有关马托夫有些流言蜚语。第二次选举时他只得了几票——总归票数太少。于是，他不得不离开土地局。

德米特里·亚历山大罗维奇·马托夫的财务状况很是糟糕。他过着悠闲放荡、纵酒狂欢的生活，花天酒地，游戏人间。他胆大自负，放荡不羁，活着只为自己快乐。好几次他倾尽家产，不名一文。忽然不知又从哪里得到一笔钱，于是，又纵酒狂欢，花天酒地起来。田园被一再抵押，与农民的关系也糟到极点。耕地交错加上马托夫本人分外挑剔，导致与农民争吵不断。日子一长，就成了一堆久拖未决的麻烦事——禾苗被踏坏，私放牲口，纵火，蹲监牢。

普罗相尼林地常常从财大气粗、花钱大方的时期过渡到一文不名、穷困潦倒的阶段。这是因为幸运的马托夫得到过好几次遗赠。人们不光传说这小子有福气，而且，有关假遗嘱、闷死婶婶、毒死孩子的事，也有过许多传言。总有一些来历不明的冒险家让马托夫时而富甲一方，时而一贫如洗——此外还有令人匪夷所思的国家租让，也是一种永远狂热，但并非永远干净的赌博……

在一贫如洗的日子里，庄园里一切奇思妙想的建筑工程都停了下来，畜群锐减，粮食快速低价出售，森林以极低价格卖给人家采伐，工人挣了工资却领不到钱。而在幸福欢乐的日子里，即某个亲戚死后，庄园里处处焕发生机。出现了木工队，石工队，盖房队，油漆队。所有奇异的构想都能尽快实现。花钱非常慷慨，根本不锱铢必较。

德米特里·亚历山大罗维奇·马托夫年龄已在四十开外，身后拖着许多件说不清道不明的疯事儿，此时，令大家甚至也令他本人出乎意料的是，他忽然和一位家境富有可来历不明的年轻姑娘结了婚。据说她曾是某个高官显贵的情妇，后来招他厌烦了，但却仍然保持关系，便给了她一笔资产。如果不是左腮上好像是被烫而留下的一块奇特的伤疤损害了她的面相，她本可以说是个美人呢。这块印记很扎眼，并且彻底掩盖了她脸上的全部美色。

很快夫妻间便产生了不共戴天的仇恨，而且两人都不知道是什么原因导致的。好事者都说这是因为他的期待落空了，而她则知道他有情妇，他酗酒无度以及他遗产来历不明的有关谣言。口角越来越频繁。马托夫常常出走，而且每次都很突然。有一次，他卷走所有值钱的东西消失了，而把已经抵押了的庄园、债务和两个儿子丢给了妻子。起初人们还能听到一些有关他的流言。据说有人在敖德萨，还有人在满洲里见到过他。到后来便连有关他的传言也听不到了。

他最终死于遥远的一座南方城市的消息，是突然传来的。死因最终也没有搞清。甚至连尸体也未找到。人们只知道有人将他诱进一栋空荡荡无人居住的楼房里——他人一进去便踪迹全无了。

马托夫的遗孀过了不久就偶染急病死了。儿子们则留在了他们的监护人拉缅耶夫家。

“鼓动家和谋逆犯。”热尔别涅夫严厉地说。

奥斯特罗夫笑着说：

“可我仍然还是得为我的朋友辩护。不知此地，对不起，有没有爱国主义的诽谤？当然，这是出于最高尚的动机的一种诽谤?”

“我对诽谤没有研究。”热尔别涅夫冷冷地说。

“对不起。但我不敢过多打扰您二位。感谢您真挚的谈话和有趣的信息。”

奥斯特罗夫走了。克尔巴赫和热尔别涅夫小心议论着此人。

“瞧他那德行！长了一双兽眼。”

“是啊，是个人物啊。我可不愿与你在森林里相见。”

“我们的诗人和化学博士的朋友可真不赖啊！”

9

伊丽莎白和叶莲娜又一次走在普罗相尼林地和拉缅耶夫庄园之间的那条小路上。使姐妹俩高兴的是，周围的一切是如此静谧空旷，显现这是一个远离尘嚣的净土。这里是如此遥远，以至普通的峡谷，会带有某种天堂般幻想的色彩。贫穷而有罪的大地上，一片稚嫩欢愉的森林也宛如伊甸园里的丛林。生活及其全部忙忙叨叨的内容，此刻似乎已远离她们，姐妹俩很高兴今天能摆脱生活的种种约束，而在松软的土地和沙路上，在黏土和草地上光脚走一走，以儿童般的心境充分感受纯洁朴实的生活所具有的欢乐。

姐妹俩的穿戴也一模一样——一身短袖短裙，皮带系得高高的，裙角兜上来交叉系在胸口。

两人蹦蹦跳跳，越走越远，眼睛充满爱意地扫视着谷地幽暗的远方、森林和小树林。她俩心中充满了对这可爱的自然最朴实最真挚的爱——这是一种甜蜜温柔的爱心！这种爱已在伊丽莎白心中滋生，她只是期待着一个联结的契机或一种外貌，以便能把它置于全部的土地上和天国道路的交点之上，来对之顶礼膜拜。

这是一种甜蜜而又温柔的爱心！这种爱心如春风沉醉一般在少女叶莲娜身上涌动，而叶莲娜也已经在爱了。这不是对某人的爱，而是一种泛爱。犹如春天里那充满爱意的、欢乐的亲吻万物的空气。它犹如充满爱心的湍湍急流，温柔地亲吻着少男少女那粉嫩的小腿——这是一条在姐妹俩眼前蜿蜒前行，最终流向斯科罗坚的小溪的湍流。

离桥很远。姐妹们遂徒步趟过小溪。脚下冰凉的溪水涌起甜蜜的水花。姐妹俩站在岸边，久久地欣赏着身上长满青苔、绿莹莹、慢悠悠地爬动的刺猬，欣赏着河底被水打磨得光溜溜的石头。冰凉的双腿仍然长久地滞留着对爱心之吻的那种感觉。

正如湍流亲吻敢于投入它怀里的任何美人一样，叶莲娜也深深爱上了呈现在她眼前的可爱的一草一木。

她的爱心更多时候是指向彼得的。彼得对伊丽莎白的爱伤害了叶莲娜的心，令她心里既甜蜜又痛苦。

在特里罗多夫夏令营附近，姐妹们走进峡谷，又向上走过一段她们已经熟悉的小桥，然后，打开篱笆门——这次门在她俩手下轻轻地应声而开——走了进去。没走多远，只见一片湖水展现在眼前。孩子和女教师们正在湖里游泳。在哗啦啦欢腾嬉戏的湖水里，不光晒得黝黑的裸体，就连水花、笑声和喧闹声，也都充满了喜气！

孩子和女教师们上了岸，光着身子在沙滩上跑啊跑。赤裸的身上晒得黝黑，但在绿草绿树的映衬下，一双双白腿宛如地里长出来的白桦树干。

姐妹俩发现，她们已经被一群狂欢的、湿漉漉的、美丽的裸体包围在核心，人们围着她们在跳着狂热的环舞。姐妹俩忽然觉得丢在岸边的衣服竟是如此陌生，如此多余——这衣料多么粗陋，做工多么粗糙啊！

永恒的、可爱的肉体啊，有什么能比你更美、更可爱呢！

后来，姐妹俩才知道，原来这里的人光着身子比穿衣服的时间都多！

心境坦然而又不无几分担忧的娜杰日达对姐妹俩说：

“让野兽昏昏欲睡，把人从梦中叫醒——我们赤身裸体的目的正在于此。”

黑发黑肤，性情欢快的玛丽娅说：

“我们脱掉脚上的鞋，便和亲爱的大地更亲近了，我们也就像伊甸园里的人一样，变得快乐而又朴实了。接着，我们扒掉身上的衣服，就和亲爱的自然力亲近了。美丽的阳光火一般地亲吻着我们，抚爱着我们，于是我们发现了自己身上的人。这既非渴血的野兽，也非斤斤计较的小市民，这是一个活人纯洁的肉体和爱情。”

在此裸露出青春美丽的胴体，已经成为一种不成文法则，成为一种必然履行的仪式，所以，后来需要穿乏味的衣服时，大家都百般不乐意。姐妹俩也光着身子，长时间地跳环舞，到湖里戏水，或是躺在树阴下的草地上。在健美、苗条的裸体环绕下，尽情感受自己肉体的美、灵巧和敏捷，是一种多么惬意的事情啊。

在善于观察的伊丽莎白看来，这些高高兴兴、裸着身子的教师姑娘们，可以很容易地分为两种类型：一类是真高兴，另一类是在作假。

在特里罗多夫的夏令营里，有着发自内心的喜悦的女教师们，能以酒神①以的迷狂精神投身生活，让自己投身于纯洁的自然，热情不拘地履行夏令营里规定的各项仪式，高高兴兴地摒除自己身上的羞耻感和恐惧感，和大家休戚与共，甘苦共尝，怀着激情渴望建立功勋或沉醉于爱情，这种渴望是这贫乏的大地上的水也无法浇灭的火焰。面露忧色的娜杰日达和欢天喜地的玛丽娅，就属于这种类型的教师。

另一类作假的姑娘不过是在出卖时间，她们牺牲自己的习惯、爱好和体面是为了金钱。她们只是装模作样地喜欢孩子、简朴的生活和肉体的美色。要她们作假并不难，因为其他人就是她们最可靠的榜样。

今天，姐妹俩还被请进夏令营的主楼里。人们给她俩展示了一

---

① 希腊神话中的狄俄尼索斯，植物、酒和欢乐之神。

小时内所能展现的一切：孩子们自己制作的玩具，以及属于某个孩子的物品——书和绘画。还领着她们观看了果园，果园里有果树、菜畦和花坛，有蜂群的嗡嗡声，有百花发出的蜜香，还有浓密的草丛发出的浓郁香气。

可姐妹俩心急，所以，很快就离开了。

两人本想回家的，但却不知怎么把路搞混了，结果不期然走到特里罗多夫家。伊丽莎白一眼看见白墙上方高高的塔楼，想起特里罗多夫那张不年轻也不漂亮的脸，甜蜜的爱心如令人心醉的箭头，扎进她的内心。

姐妹俩不知不觉间竟然走到特里罗多夫庄园门口来了。她们本来是想回家的。可这里不是家，眼前是一堵白墙和一扇关得紧紧的沉重的大门。篱笆门微微敞开一条缝，有个恬静的白白的人正透过门上的洞，以召唤似的眼神望着姐妹俩。姐妹俩犹豫不决地对视了一眼。

“咱们进去吗，韦托齐卡？”叶莲娜小声问。

“进。”伊丽莎白说。

两人走进去——一进去是个园子。在入口处，他们见到了苍老的叶利科尼达。她坐在门口的长椅上，嘴里不紧不慢、模糊不清地嘟囔着什么。看不出有谁在听她嘟囔。也许，这老太婆不过是在自言自语吧。

老太婆叶利科尼达从前奶过吉尔沙。如今她已履行完她所担负的经济职责。她任何时候都阴沉沉的，和人谈话从来不愿浪费一个多余的词。姐妹俩竭力想和老太婆聊一会儿，跟她打听点什么——比如特里罗多夫家中的规矩，他的习惯什么的——谁叫这两个姑娘好奇心那么重！主要提问的是叶莲娜。伊丽莎白也没拦她。况且，反正她们什么也没打听到。老太婆的视线越过姐妹俩身边，她对所有问题都只会嘟囔一句：

“我知道我所知道的东西。我见过我所见过的东西。”

来了一些恬静的孩子们。孩子们一动不动地站在古树的树阴下，脸上没有表情，目光直勾勾的，如死人一般紧盯着姐妹俩。姐妹俩心里直发毛，好在孩子们也马上离开了。只听叶利科尼达冲着孩子们的背影，忧郁地嘟囔道：

“我见过我所见过的东西。”

恬静的孩子们发出一阵幽微的、轻轻的笑声，犹如秋天的落叶发出的飒飒声。

姐妹俩默默地往家走。此刻，她们已经记起了回家的路而不会再迷路了。暮色苍茫。她俩加快了脚步。潮湿而又温暖的土粘在她俩的脚上，妨碍她们快走。

姐妹俩走到离家不远的地方时，忽然在林子里撞见了奥斯特罗夫。看样子他是在林中踅摸什么。一看见姐妹俩，他就往旁边一跳，躲在大树后，然后，猛地疾步而又出乎意料地走近姐妹二人。他的动作如此意外，使得叶莲娜浑身打颤，连伊丽莎白也愤怒地蹙紧眉头。奥斯特罗夫半系嘲讽半系礼貌地鞠了一躬，说：

“美丽迷人的姑娘们，我可以向你们打听一件事吗？”

伊丽莎白安详地瞧了他一眼，不慌不忙地说：

“问吧。”

叶莲娜余悸未消，一声不吭。

“你们在散步？”奥斯特罗夫又问。

伊丽莎白还是简短地回答：

“是的。”

叶莲娜还是不吭声。奥斯特罗夫似问非问地说：

“特里罗多夫先生的家就在这附近，如果我没弄错的话！”

“是啊，很近。喏，就沿着我们来时的这条道走过去。”叶莲娜开口道。

她想战胜自己心中的恐惧感。奥斯特罗夫眯缝起眼睛，冲她挑逗地挤一挤眼，说：

“万分感谢。可你们究竟是什么人呢？”

“这大概是您不必非得了解的吧？”叶丽莎白似问非答地说。

奥斯特罗夫哈哈一笑，不客气地说：

“不是什么必要不必要，而是非常好奇。”

姐妹俩连忙上路，可他一步不落地缠着她们。此人令姐妹俩感到很讨厌。他的纠缠不休让人有些害怕。

“噢，这么说，可爱的姑娘们，”奥斯特罗夫又说道，“看样子，你们是本地人，那就请允许我问一问，有关特里罗多夫先生，你们都有哪些了解，我对此很感兴趣。”

叶莲娜噗嗤一声笑了，或许，她的笑有几分做作，为的是掩饰自己的窘态和担心。

“我们或许还不算本地人呢。”她说。

奥斯特罗夫打了个呼哨。

“不见得，”他大声说，“你们俩光着脚丫子，该不会是从莫斯科走到这儿的吧。”

伊丽莎白冷冷地说：

“我们无法告诉您任何您感兴趣的事情。您最好还是找他本人问吧。这样做恐怕更省事。”

奥斯特罗夫又哈哈一笑，充满讽刺意味地说：

“说得对，有什么可说的，可爱的光脚姑娘。可是，万一他本人很忙，怎么办？万一那样，为了得到令我感兴趣的消息，您会要我怎么办？”

姐妹俩没吱声，而是越走越快。奥斯特罗夫问：

“你俩该不会是他那个夏令营里的人吧？如果我没弄错的话，你们俩是那儿的女教师。根据你们所穿的薄裙子和你们对鞋子的轻视，我可以断定我没弄错，对不对？请告诉我，那里的生活有意思吗？”

“错了，”伊丽莎白说，“我们不是教师，而且也不住在那个夏令营里。”

“真遗憾！”奥斯特罗夫一脸将信将疑的表情，“我倒是可以给你们讲一讲特里罗多夫先生的一些往事。”

说着，他仔细地端详了姐妹俩一眼。她俩没吱声。他又开口道：

“我在这儿，也在其他地方都收集了一些材料。人们讲述的事情都很有意思，很有吸引力啊。他的钱是从哪儿来的？总之，这件事有许多可疑之处啊。”

“谁感到可疑？”叶莲娜问，“况且这事和我们又有什么关系？”

“和你们有什么关系，亲爱的小美人儿？”奥斯特罗夫反问道，“我有十足的理由认为你们和特里罗多夫先生认识，因此我希望你们跟我聊聊有关他的事。”

“您最好别抱什么希望。”伊丽莎白说。

“真的吗？”奥斯特罗夫语气放肆地反驳道，“可我早就认识他。从前我和他在一起生活，一块吃吃喝喝，花天酒地。可忽然间他从我视野里消失了，而此刻忽然又找到他了。因此我很想知道一些事。我们曾经是朋友啊！”

“喂，”伊丽莎白说，“我们不愿和您聊天了。您还是到您要去的地方吧。我们不知道任何您感兴趣的事，而且也不会跟您说的。”

奥斯特罗夫嘿嘿一笑说：

“什么什么？嗯，美丽的姑娘们，你们这么说既不谨慎，也是徒劳的。要不我猛地吹一下口哨，行不？”

“为什么？”伊丽莎白惊讶地问。

“为什么？或许那些人等不急，会冲着呼哨声出来的吧。”

“那又怎么样？”伊丽莎白问。

奥斯特罗夫不做声了，随后，他竭力赋予其嗓音以恐吓的味道，说：

“真诚请求您讲讲特里罗多夫先生在他家围墙里做了些什么，越详细越好。”

“愚蠢！”伊丽莎白懊恼地说。

“不过，我只是开个玩笑。”奥斯特罗夫换了语气说。

他倾听起什么来。有人正迎面走过来。姐妹俩听出是彼得来了，便快步迎上去。看见她俩急急忙忙的窘态，彼得就明白了：姑娘们对这个死缠着自己的家伙感到不快。他仔细瞧瞧那人，想起自己在什么地方见过他，于是，皱着眉头问姐妹俩：

“这人是谁？”

“一个好奇心重的人，”伊丽莎白笑着说，“他不知怎么，忽然想让我们给他讲讲有关特里罗多夫的趣事。”

奥斯特罗夫摘掉帽子说：

“在水上饭馆我已有幸见过您了。”

“可那又怎么样呢？”彼得生硬地问。

“因此，我要荣幸地提醒您。”奥斯特罗夫礼貌过度地说。

“您到这儿来干什么？”彼得又问。

“荣幸地见到这两位美丽的姑娘。”奥斯特罗夫开始辩白道。

彼得不客气地打断他的话：

“现在请您别缠着这两位姑娘，并且从这里滚开吧。”

“为什么我就不能以有趣的故事和礼貌的提问向这两位高尚的姑娘求教呢？”奥斯特罗夫说。

彼得没理他，转身对姐妹俩说：

“你们二位，姑娘们——和任何流浪汉交谈，都取决于你们自己的意愿。”

奥斯特罗夫脸上现出悲伤的表情。这或许只是在演戏，但他演得实在是太巧妙了。彼得感到不自在了，奥斯特罗夫问：

“流浪汉？什么是流浪汉？”

“什么是流浪汉？”彼得慌窘地重复道，“一个多么奇怪的问题啊！”

“嗯，是啊，是您自己说的这个词，而我感兴趣的是，刚才您在用这个词指我时，究竟是在什么意义上使用这个词的。”

彼得被这个问题难住了，感到很沮丧，于是生硬地说：

“流浪汉是指那么一种人，他们无家可归，不名一文，到处流浪，自己不干事儿，反而总纠缠正派人。”

“谢谢您的解释，”奥斯特罗夫深施一礼说，“我身上的钱的确不多，而不得不到处流浪——没办法，职业如此。”

“您什么职业？”彼得问。

“演员！”

“我不相信，”彼得硬生生地说，“您更像个侦探。”

“您猜错了。”奥斯特罗夫窘迫地说。

彼得转身背对他。

“赶快回家去。”他对姐妹二人说道。

10

又是暮色苍茫时分。奥斯特罗夫来到特里罗多夫家庄园门口。

他脸上的表情显得很激动。此刻比白天看得更清楚的一点是，他是个被生活打垮的人，而在朝特里罗多夫家走去时，他可怜巴巴、惴惴不安地对什么东西抱有希望。在下决心摁响门铃前，他沿着将特里罗多夫家庄园隔开的那堵漫长的石墙来回走动，仔细打量过这堵墙，但他见到的，仍然只是这堵墙很小的一部分。矗立在他眼前的，就是一堵从河岸到湖岸延伸下来的高高的石墙。

当奥斯特罗夫终于站在大门前时，天色已经完全黑下来。门口那半已磨损的数字和家族徽章，他也只短暂而又蜻蜓点水似的留意了一下。

他已经小心翼翼地抓住门铃的铜把手，但在最后关头，像是出于某种习惯，他又重新斟酌了一下，而就在这时，他忽然浑身发抖。从他身后传来一个嘹亮的儿童的声音，声音虽不高，但很清晰：

“不是这儿。”

奥斯特罗夫唯唯诺诺神情警觉地微弯着上身，缩着脖子打量着四周。一个一身白衣服，蓝眼睛，脸色白皙的小男孩，静静地站在几步之外，紧紧地盯着他。

“摁这，里面听不见。走开吧。”他说。

“那往哪里走？”奥斯特罗夫粗鲁地问。

小男孩用手指了指左边——动作从容优雅。

“那边，请摁篱笆门的门铃。”

小男孩说完便一溜烟跑了，就好像压根儿没有过似的。奥斯特罗夫朝男孩所指的方向走去。他看见一道又高又窄的篱笆门。门旁边一个木质的深色轮箍上，有一个白色的电铃按钮。奥斯特罗夫按了按按钮，仔细听着。什么地方响起一阵尖利清晰而又从容不迫的电铃声。奥斯特罗夫等待着。门并未打开。奥斯特罗夫又按了一次。门后面还是没有动静。

“要我等多久？”奥斯特罗夫嘀咕道。他又嚷了一声：“喂，里面有人吗？”

湿润的空气里传来一个模糊的声音，像是一个人在嘿嘿地笑。奥斯特罗夫抓紧门的铜把手。篱笆门轻轻地、无声地朝外打开了。奥斯特罗夫小心翼翼地走进去，小心翼翼地环视一圈，并故意让门保持开启状态。

他所在的地方是一个小院，两侧围着一堵不算很高的墙。他身后的门随着一阵金属的哗啦声又被关紧了。是他自己一急之下亲手把门关上的？——他已经记不得了。他急急忙忙地往里走，但并没走出多远——大约十多步吧。眼前出现一堵墙，比两侧的墙高两倍，墙上嵌着一扇笨重的橡木门，门侧有一个白得亮眼的电铃按钮。奥斯特罗夫又按了按电铃按钮。按钮摸上去冰凉，像是结了一层冰。一种尖利的冰凉感传遍奥斯特罗夫全身。

门楣上方高高地悬着一扇圆形的窗户，什么人的一只眼睛正透过窗户警觉地、凝然地、晦暗地盯着下方。

奥斯特罗夫还需在此站着等多久，这一点连他自己也说不好。他产生了一个奇特的感觉，以为自己已经冻僵了，而且从狭窄的时间中走出来了。他仿佛觉得似乎好几个昼夜如短暂的一分钟一般，匆匆地过去了。一束强光投射在他脸上随即又灭了。奥斯特罗夫心想，这一定是有人从门口上方那扇窗户里，向他脸上投来的强烈的灯光——那光是如此之强烈，连他的眼睛都被刺疼了。他懊恼地别转身子。他不愿让主人在他尚未进去之前认出他是谁。这也就是为什么他要赶在天黑以后的晚上来的原因。

然而，显然，里面的人已经认出他了。门再次无声无息地被打开。他走进一道两边是厚墙的狭窄的短走廊。走廊尽头是第二进院子。院里一个人影也没有。奥斯特罗夫身后的门又无声地关紧了。

“这座鬼窟里究竟有多少个院子啊？”奥斯特罗夫气恼地嘟囔道。

他的脚下是一条窄窄的石板路。远处有一盏灯照得路上明晃晃的。这盏灯的反光镜正对着奥斯特罗夫，所以，他只能看清自己脚底下被照得明晃晃的光滑的灰色石板。小路的两边黑咕隆咚，你根本搞不清两边是墙还是树。奥斯特罗夫没别的选择，只能一直往前走。但他还是停留了一会儿，用手摸了摸四周，确信路的两边都是栽种得十分茂密的、带刺的灌木丛。看样子灌木丛后还有栅栏。

“搞什么把戏。”奥斯特罗夫嘟囔道。

一种朦胧但却越来越强烈的恐惧感袭上心头，他慢腾腾地往前走去。他决心一切小心从事，同时将左手伸进膝盖上满是尘土、已经褪色的裤兜里，摸出一把硬硬的手枪，然后把枪挪到右边裤兜里。

特里罗多夫正在家门口迎候他。特里罗多夫脸上没有任何表情，但明显看得出他在努力使自己喜怒不形于色。他缺乏热情地冷冷地说：

“没想到您会来。”

“是啊，可我毕竟还是来了，”奥斯特罗夫说，“无论您愿不愿意，总归得接待一位尊贵的客人。”

他的声音里有一种嘲弄和挑战的味道。他的眼神蛮横得不无几分夸张。特里罗多夫眉头微扬，盯着奥斯特罗夫的眼睛，奥斯特罗夫连忙避开了。

“请进，”特里罗多夫说，“您为什么不事先写封信说想见我？”

“可我怎么知道您居然会在这儿呢？”奥斯特罗夫粗鲁地嘟囔道。

“可您还是知道了。”特里罗多夫不快地嘿嘿一笑。

“是偶然知道的，”奥斯特罗夫说，“是在码头上打听到的。聊过一会儿天。不过，您对这不感兴趣。”

他不乏某种暗示地嘿嘿一笑。特里罗多夫说：

“请进吧，跟我来。”

他们走上一座楼梯，楼梯很陡，很窄，但每个台阶都很宽，并不高，四面八方的每个角落里，都有许多转弯，每段楼梯的转角都有一段很长的平台——每个平台上都有一扇紧紧关闭的门。灯光明亮而又凝滞。每盏玻璃灯泡里，被烧得发白的弯弯的金属丝，都透出一种清冷、凝固、既欢快又不祥、半系嘲讽的气息。

“不不——这就是我们发出的光和回答。”金属丝凝滞的光在说。

有人脚步轻轻地、小心翼翼地走在二人身后。可以听到轻微的关闭开关的咔嗒声——已经走过的每处转角都淹没在一片黑暗中。

楼梯终于走完了，一道长长的走廊通向一间晦暗的大屋。墙边是一个餐具厨，中间放一张桌子，四面墙边是装满木雕餐具的矮脚橱——一看就知这是餐厅。

“您这算做对了，”奥斯特罗夫嘀咕道，“先喂饱肚子再说。”

餐厅的光线分布得很奇特——餐厅和餐桌的一半都隐没在阴影

里。两个白衣男孩把食物端上餐桌，奥斯特罗夫蛮横无理地冲他们眨眨眼。

可男孩目光平和，摆完食物就出去了。特里罗多夫坐在餐厅黑暗的另一半。奥斯特罗夫坐在餐桌上。特里罗多夫问：

“您找我有什么事？”

“好一个实质性问题，”奥斯特罗夫嗓音嘶哑地说，“很实质啊。不十分客气，但很实际呀。有什么事？首先，见到您我很高兴。毕竟，我们还有某种关系，童年等等。”

“非常高兴。”特里罗多夫冷淡地说。

“我深表怀疑，”奥斯特罗夫蛮横地反驳道，“嗯，其次，亲爱的，我到底还是有求于您。什么事，您猜得一点儿没错。您一直都是一个出色的心理学家嘛。”

“到底什么事？”特里罗多夫问。

“您自己猜猜看？”奥斯特罗夫眯着眼睛问。

“猜不到。”特里罗多夫冷冷地说。

“既然这样，那可就没办法了。我直说吧，我需要钱。”奥斯特罗夫说。

他发出一阵嘶哑的极不自然的笑声，随即给自己斟了杯酒，贪婪地一饮而尽，嘟囔道：“这酒不赖。”

“是人都需要钱，”特里罗多夫冷冷地说，“可您想从哪儿弄钱呢？”

奥斯特罗夫坐在椅上忸怩起来。他使劲眨着眼，嘿嘿笑着，搓着手掌，说：

“这不就找您来了。您不用说，有的是钱，而我没有。结论就像报上说的，自然而然就出来了呗。”

“是这样。如果我不给呢？”特里罗多夫问。

奥斯特罗夫打了一个刺耳的口哨，蛮横地盯着特里罗多夫。

“嗯，亲爱的，”他粗鲁地说，“我不希望您会做出如此明显的蠢事。”

“为什么？”特里罗多夫笑着问。

“为什么，”奥斯特罗夫反问道，“我觉得其中的缘故您和我一样一清二楚，如果不是比我更明白的话，不过，这些事我们就不宜扩散了吧。”

“我可什么都不欠您，”特里罗多夫小声说，“而且我不明白，为什么要我给您钱。您反正会把钱白白挥霍掉的——也许还会过花天酒地的生活。”

“而您花钱就很明智了是吗？”奥斯特罗夫恶毒地狞笑着问。

“即使不够明智，也是经过精打细算的，”特里罗多夫答道，“不过，我愿意帮帮您。但我实话对您说，我手头活钱很少。即使有一点儿，我也不可能给您很多。”

奥斯特罗夫嘶哑而又短促地一笑，坚决地说：

“少了对我一点儿用也没有。我需要很多钱。不过，或许在您看来，这点儿钱不算什么？”

“多少？”特里罗多夫一字一顿地问。

“两万。”奥斯特罗夫紧张而又坚决地说。

“我给不了这么多，”特里罗多夫平静地说，“况且我也没有。”

奥斯特罗夫俯下身来，对特里罗多夫耳语道：

“那我就告密。”

“那又会怎么样？”特里罗多夫镇静地反问道。

“那您就糟了。这可是刑事罪啊，亲爱的，这不是别的事！”奥斯特罗夫威胁地说。

“这是您的自由，亲爱的。”特里罗多夫依然镇静地说。

“我会没事的，而您却会栽进去的。”奥斯特罗夫笑着说。

特里罗多夫耸耸肩，说：

“您错的不止一星半点儿。我没有理由怕任何事。”

可奥斯特罗夫看上去却一分钟比一分钟更蛮横无理。他又打了个呼哨，以嘲讽的口气说：

“请您坦白地说，您真的没杀过人？”

“我？没有，我没杀过人。”特里罗多夫说。

“那是谁杀的？”奥斯特罗夫嘲弄地问。

“他还活着。”特里罗多夫说。

“胡扯！”奥斯特罗夫嚷道。

说罢，又发出嘶哑的笑声，声音很大很蛮横，但却透出几分慌张。于是，他又问：

“可那些棱镜呢？就是您生产出来的那些棱镜？据说，它们现在就放在您书房的写字台上。”

“这不假。”特里罗多夫冷冷地说。

“人们还传说您的今天并不是那么干净。”奥斯特罗夫说。

“是吗?”特里罗多夫嘲讽地问。

“是的，”奥斯特罗夫以讽刺的语调说道，“说您的夏令营里，第一是谋反，第二是淫荡，第三是残忍。”

特里罗多夫皱着眉头严厉地盯着奥斯特罗夫，鄙视地问：

“您想必已经收集了一打诽谤谣言了吧。”

奥斯特罗夫恶狠狠地说：

“是的。是不是诽谤，我不知道。只是这些事太像您干的了。姑且就拿施虐这件事情说吧。您想起来了吗？年轻时代的事，我倒是可以给您提醒个一两件。”

“您自己也知道这都是胡说八道。”特里罗多夫冷静地反驳道。

“据说，”奥斯特罗夫又说道，“所有这一切，都在您这个偏僻的避难地又出现了。”

“假如真是这样，”特里罗多夫大声说，“那您也从中捞不到任何好处。”

特里罗多夫的眼神宁静而又安详。看起来他似乎置身于很遥远的地方。他的声音听起来平静镇定。

奥斯特罗夫激动地嚷道：

“您千万别以为我这是落了陷阱。假如我活着出不了这道门，我在外面已经准备好的材料，足以把您送进大狱。”

“不值一提，”特里罗多夫安详地说，“我不怕这一套。您能对我怎么样呢？大不了我侨居国外就是了。”

奥斯特罗夫狰狞地哈哈一笑。

“穿上政治侨民的外衣呀！”他凶恶地嚷道，“这是徒劳的！我们的警察局，可都是些正派人，他们要抓的，首先是我——但我只不过是第一个罢了！您别忘了！他们可是哪儿都找得到！会抓住的！您逃不掉的！”

“我有地方逃的，”特里罗多夫说，“那地方很可靠，你们抓不到我的。”

“那您要去的究竟是什么地方呢?”奥斯特罗夫狞笑着问,“您该不会保密吧?”

“那地方就是月亮。”特里罗多夫平静而又简洁地说。

奥斯特罗夫哈哈大笑。特里罗多夫说:

“而且,这轮月亮是我自己造的。它就在我的窗前,时刻准备接纳我。”

奥斯特罗夫狂怒地从椅子上跳起来,跺着脚喊道:

“您居然敢嘲弄我!休想!您那愚蠢的童话骗不了我。您拿这些荒唐无稽的事去骗那些外省的傻瓜去吧。我是只老家雀,撒点谷糠就想骗我吗?”

特里罗多夫平静地对他说:

“您发火也没用。我会帮您的。也许我会给您钱的。但有一个条件。”

“什么条件?”奥斯特罗夫压抑着怒气问。

“您得离开,离得远远的,永远离开。”特里罗多夫说。

“这我还得认真考虑一下。”奥斯特罗夫恶狠狠地说。

特里罗多夫笑着看了他一眼,说:

“我只能给您一个礼拜时间。一周后您来找我拿钱。”

奥斯特罗夫忽然感到一种莫名的恐惧。他觉得自己已经完全落入别人的掌握之中了。他很气恼。特里罗多夫脸上现出狰狞的笑容。他小声说道:

“您的价值就只有这么大,以至我可以心平气和地把您像一条蛇似的杀死。可我累了,即使让别人动手也懒得做了。”

“我的价值?”奥斯特罗夫嘶哑而又疯狂地嘟囔道。

特里罗多夫愤怒地说:

“您问您的价值吗?一个受雇的杀手、奸细和叛徒呗。”

奥斯特罗夫沮丧地说:

“可我不是还没出卖您嘛。”

“那只是因为对您不利,你才没出卖罢了,”特里罗多夫反驳道,“其次,您没这胆量。”

“您到底想要干什么?”奥斯特罗夫和解地问,“您的条件是什么?要我到哪儿去?”

11

特里罗多夫给拉缅耶夫留下了很好的印象。拉缅耶夫急于回拜特里罗多夫，于是和彼得一起去了特里罗多夫家。彼得本不愿意去特里罗多夫家，可到底还是没拒绝。彼得一路上拧紧眉头，但在特里罗多夫家则竭力表现得很有礼貌。但他的恭敬显得有些不够自然。

米沙很快就和吉尔沙成了好朋友，同时也认识了其他男孩。拉缅耶夫和特里罗多夫成了熟人，当然，熟的程度不超过特里罗多夫不近人情，以及他喜欢隐居生活的限度。

有一次，特里罗多夫和吉尔沙到拉缅耶夫家做客，稍一耽搁时间就过去了，只得留下吃午饭。饭前，又有几个拉缅耶夫的熟人来到年轻人那里聚会。年纪大点的是些立宪民主党人，小点的自认是社会民主党人和社会革命党人。

客人们起先针对一位年轻客人——市中教师沃罗诺克带来的消息——今天白天，警察局长在自家附近被人打死了，凶手逃跑了——而神情激动地争论了一番。

特里罗多夫几乎不参与谈话。伊丽莎白担心地望着他，使得她那一身黄色的连衣裙也成了一种悲伤的颜色了。大家一眼看出，特里罗多夫今天心事重重，神色忧郁，好像正为什么事而担忧。午饭开始时，他显然在努力把握自己，以使自己不致显得心不在焉，心慌意乱。最后，大家的注意力全都转向了他一个人。尤其是当他对其中一位姑娘的提问，回答得文不对题以后。

特里罗多夫察觉大家都在看他一个人。他感到既尴尬又懊恼，而这种懊恼感使他很快克服了自己的心不在焉和窘迫。他一下子活跃起来，就好像抖掉了束缚自己身心的桎梏，忽然变得健谈起来。于是，伊丽莎白那双深蓝色的眼里浮现出喜悦之色。

彼得继续着刚开了头的话题，以其所特有的先知式自信的口气说：

“如果不是彼得大帝时期发生的这一巨大转折，一切的一切该会走上另外一条轨道的。”

特里罗多夫略含讥讽地笑一笑。

“错了，你没觉得吗？”他问，“既然要在俄国史中寻找错误，那到彼得以前的历史中寻找岂不更简单？”

“到哪儿？到创世年代吗？”彼得粗暴地嘲笑道。

特里罗多夫笑一笑，矜持地问：

“当然，创世年代就不必说了。我们没必要走那么远，实际上，只追溯到蒙古人统治时期就足够了。”

“可是，”拉缅耶夫说，“您是否追溯得太远了点。”

特里罗多夫又说：

“历史错误在于当时俄国没有和鞑靼人联合起来。”

“可我们给鞑靼人上的贡还少么？”彼得气恼地说。

“正因为上的贡多，所以才没能实现联合，”特里罗多夫反驳道，“我们本应该建立一个蒙古—俄罗斯帝国的。”

“同时皈依伊斯兰教？”斯韦季洛维奇博士问道。此人很可爱，但却对一切无所质疑的东西都过分信任。

“不，为什么呢！”特里罗多夫说道，“鲍里斯·戈都诺夫①曾是个基督徒。况且问题不在这里。反正不管怎么说，我们和西欧的天主教徒都把对方视作异教徒。不然的话，我们原本该是一个世界性帝国。那样的话，即使把我们归入黄色人种，那黄色人种也仍然会被当作优秀人种，黄皮肤也会被当作十分高雅的颜色。”

“您发挥了一种十分奇特的——蒙古式的悖论。”彼得轻蔑地说。

特里罗多夫说：

“反正直到如今欧洲人也几乎把我们当作蒙古人看，至少认为我们是一个与蒙古混血的种族。没听人们说么：剥开一个俄国人的皮，原来是个鞑靼人。”

于是，争端再起，而且，直到大家都起身离桌，也未结束。

---

① 鲍里斯·戈都诺夫，俄国沙皇，1598～1605年在位。

彼得·马托夫整个午餐时就一直心绪很不佳。他搜肠刮肚，没话找话地应付自己身边那位邻座，一个黑眼睛黑头发，年轻漂亮的女中学生。漂亮的女中学生开始频频转向坐在她另一边的神父扎克拉辛。神父紧挨中学生，就信念而言，他毕竟比十月分子马托夫更接近她一些。

使彼得不快的是伊丽莎白不理他，反而看着特里罗多夫听他说话。更使他不快的是，不知为何，就连叶连娜有时也把她那双脉脉含情的目光长久地停留在特里罗多夫身上。彼得身上有一种可怕的欲望变得越来越强烈，那就是痛痛快快说一些能令特里罗多夫不快的话。

“可他是客人啊。”彼得压抑自己的性子，心想。可与此同时，他感到再也忍无可忍，无论如何，不管怎样，他得做点什么，好摧毁特里罗多夫的自信心。彼得拖着两条又细又长的腿，身子摇摇晃晃地走到特里罗多夫面前，用一种极其仇恨并且丝毫不加掩饰的语调，说：

“前几天有个过路人在码头上打听您。克尔巴赫和热尔别涅夫正在那儿喝啤酒，说蠢话，那人坐了过去，对您很感兴趣呀。”

“我很荣幸。”特里罗多夫不太情愿地说。

“嗯，我不知道您荣幸到何等程度，”彼得恶毒地说，“依我看，前景不妙。那人的长相非常可疑——一身破衣烂衫。尽管他一再说他是个演员，可总有点儿不太像。说什么他和您是老朋友。真恬不知耻！”

特里罗多夫微微一笑。伊丽莎白担心地说：

“前几天在您家附近我们还碰见过他呢。”

“这个地方够冷僻的。”特里罗多夫语义模糊地自语道。

彼得描述了此人的外貌。

“没错，就是他，演员奥斯特罗夫。”特里罗多夫说。

伊丽莎白非常不安地说：

“看样子，他总在我们这一带流窜，该不是在踩点吧。不会是想干什么坏事吧？”

“很明显，此人是个奸细。”年轻的女中学生轻蔑地说。

特里罗多夫脸上不带一点惊奇表情地说：

"您这么认为吗？或许吧。我不知道。我已经约五年没见过他了。"

年轻的女中学生以为特里罗多夫会为自己的熟人而生她的气，于是，拉长声音说道：

"您了解他，所以请您多包涵。"

"我不知道他现在的情况，"特里罗多夫说，"一切都有可能呀。"

"您难道可以为所有偶然认识的人担保吗？"拉缅耶夫说。

特里罗多夫问彼得：

"他说我什么了？"

但他的声音却没透露出特别感兴趣的意思。彼得充满讽刺意味地笑着说：

"他说得很少，更多的是在打听。他说您和他很熟。不过，我没说几句就走了。"

特里罗多夫低声说：

"不错，他和我很早就认识。也许，还说不上了解，但我毕竟认得他。我和他有过一段来往。"

"他昨天到过您家？"伊丽莎白问。

特里罗多夫答道：

"他是天黑后到的我家。昨天。已经很晚了。我不知道他为什么选择这么晚的时候来。求我帮帮他。他的要求太高了。我会尽我所能帮他的。他还要继续往前走。"

这番话说得断断续续，似乎不太情愿。这时没人愿意继续谈这个话题，但令人出乎意料的是，吉尔沙也参与谈话了。他走到父亲身边，小声但非常清晰地说：

"他故意等很晚了，我睡了他才来，为的是不让我看见他。可我记得这人。我很小的时候，他曾给我表演过一个非常可怕的魔术。如今我已经记不得当时他做了些什么。我只记得，当时我害怕得都哭了。"

大家全都惊讶地望着吉尔沙，相互对视一眼，都笑了。特里罗多夫镇静地说：

"你这是做梦，吉尔沙。一定年龄段的小男孩喜欢新奇童话，"

他转身面对成年人继续说道，“就连我们，我们也喜欢乌托邦。我们也爱读威尔士。我们此刻正在创造的生活，本身就是由现实的日常生活和幻想的乌托邦这两种成分融合而成的。例如，比方说这件事……”

就这样，特里罗多夫中断了他有关奥斯特罗夫的话题，把谈话转向另一个问题，在当时，这是能激动全社会的问题之一。在此之后，他马上就走了。其他人在他之后也相继离开……

留下的只有主人，他们当即感到几分懊丧和仇恨。拉缅耶夫责备彼得说：

“喂，别佳，孩子，可不能这么做。这不是待客之道。自始至终你一直盯着人家特里罗多夫，就好像你想叫人家滚蛋似的。”

彼得沉郁地答道：

“说的正是，我就是要他滚蛋。伯父，您看出我的情绪了。”

拉缅耶夫困惑地瞧了他一眼，问：

“可这究竟是为什么，我的朋友？”

“为什么？”激愤的彼得大发雷霆道，“他究竟算个什么东西？招摇撞骗者？幻想家？巫师？他是不是总和魔鬼打交道？您怎么看？莫非他本人就是个魔鬼，只不过化身为人的形象？不是黑色，而是一个灰色的鬼，一个平庸的鬼？”

“够了，别佳，你说的这叫什么话！”拉缅耶夫懊恼地说。

伊丽莎白脸上现出忠实于命运之嘲弄者的不忠实的笑容，那笑容既灿烂又悲壮，她那一头黑发丛里的那朵黄玫瑰则更显得凄凉。叶莲娜惊奇得瞪大一双眼睛。

彼得又说：

“伯父，您自己好好想想，看看周围，您没看到么，他已经把我们家的小姑娘全都给蛊惑住了。”

“即使他蛊惑了，”叶莲娜愉快地笑着说，“那我也是受毒最少的。”

伊丽莎白脸红了，但话说得很平静：

“是啊，听起来倒是蛮有意思的。大家可别塞住耳朵啊。”

“瞧见没有，她已经承认了！”彼得气咻咻地嚷道。

“承认什么了？”伊丽莎白吃惊地问。

“为了这个冷漠、虚荣的利己主义者，你情愿把大家都忘在脑后。”彼得激动地说。

“我既没看出他虚荣，也没看出他的利己主义。”伊丽莎白冷冷地说。

“这倒令我很吃惊，你不是已经或好或坏地早和他认识了吗？”

彼得生气地又继续说道：

“他今天发表那段可怜巴巴、荒诞无稽的废话，只不过是想显摆显摆自己罢了。”

伊丽莎白以其惯有的尖锐说：

“别佳，你这是在嫉妒他。”

可话刚出口，就觉得此话说得太鲁莽，于是，她红着脸说：

“请原谅，别佳，可你的抨击如此严厉，以致给人的印象好像你是出于个人恩怨。”

“我嫉妒，是吗？嫉妒什么呢？”彼得激烈地反驳道，“请你告诉我，他做什么有益的事了？他是发表了几个短篇小说，出了几本诗集。可你哪怕给我指出他的一个作品，无论是诗歌也好散文也罢，里面含有一点一滴的艺术内涵和社会意义。”

“他的诗。”伊丽莎白开口道。

彼得打断他：

“请你告诉我他的才华何在？他因为什么成名？谁知道他？他所写的一切只是看样子像是诗罢了。读几页你就知道，所有东西都太书卷气，太做作，太枯燥。毫无才气的魔鬼的诱惑。”

拉缅耶夫以调解的语气说：

“你这么说也是徒劳的。不能把人家否得一无是处！”

“那好，即使我们假定，他写的东西里也有一些不算太糟糕，”彼得又说，“在我们这个时代，谁不会吟诵几句诗！可说到底我究竟应该尊重他身上的什么品质呢？一个淫荡的、秃顶的、可笑的、鼠目寸光的家伙，却被伊丽莎白当作好一个美男子！”

伊丽莎白惊奇地说：

“我从来没说过他的长相如何。可你说他淫荡——此话从何谈起。城里的谣言诋毁？”

伊丽莎白脸红得皱紧了眉头。她那双蓝眼睛此刻奇特地蒙上了一层绿色的云翳。彼得气恼地走了出去。

“什么使他这么生气？”拉缅耶夫吃惊地问道。

伊丽莎白如小孩一般腼腆地低下头，说：

“不知道。”

说着，她为自己说的胆怯的话害羞地一笑，因为她感觉自己是一个隐瞒某种秘密的小女孩。她克服着羞怯感，说：

“他是在吃醋。”

12

特里罗多夫喜欢一个人静静地独处。幽居独处和沉默寡言就是他的节日，他高度重视他幽居独处时的体验，同时也感到对幻想的热爱是多么甜蜜的一件事，有人来了，什么事情出现了。不知是梦里还是醒着但都是奇妙的现象。它们能够烧毁寂寞。

寂寞是特里罗多夫习惯的心理状态，只有在写诗和写散文时，他才能走入忘我之境——这是一种奇妙的境界，每逢这时，时间停滞了，时间在燃烧；奇妙的灵感以其充实的喜悦，为了其所承担的全部苦难，全部混沌无序的生活，奖赏这位优选者。他写得多而发表的很少。他的知名度十分有限——很少有人读过他的诗和散文。而在那些读过他的诗文的人中，承认他有才华的人也同样少得可怜。他的作品无论是小小说还是抒情诗，都没有什么特点，既不是特别令人费解也缺乏特别的颓废派的奇思妙想。但他的作品带有某种精细而又奇崛的印记。要想喜欢这些外表简单，但却如此极不寻常的诗歌，就必须具备一种极为特殊的心灵构造。

而对于另外一些对他了解很深的人来说，他的不知名显得有些奇怪。他有足够的能力吸引人们对他表示惊讶，从而关注和认可。可是他竟如此鄙视人们，以至达到过分的程度，或许这是因为他对自己的才华过分自信的缘故吧——他从未做出任何努力以取悦大众或使大众喜欢自己，因此，他的作品几乎从未在任何出版物上正式发表。

况且，一般说来，特里罗多夫很少也不太愿意与人交往。以一种不自觉的深刻的洞察力看透他人沉郁的内心里那些阴暗的角落，这会令他心情沉重。

他只在和妻子相处时心境才变得宽松。爱情使两颗心变得亲近。可他妻子几年前去世了。妻子死时，吉尔沙已经快六岁了。吉尔沙还记得自己的母亲——他无法忘怀，记得所有的一切。不知为何，特里罗多夫总把妻子的死和儿子的诞生联系起来。虽然其间并无明显的联系——他妻子死于一种急病。特里罗多夫心想："她生了孩子，因此也该死了。只有无辜者才配活着。"

她早已死去，可他一直都在等着她，并且总是满心欢喜地想："她会来的，她不会骗我。会发出信号的。会带我去的。"

于是，生活变得分外轻松，犹如一场甜蜜的梦那缥缈无凭的幻影。

他喜欢凝视妻子留下的肖像。在他书房的墙上，就挂着一幅英国著名画家为她画的肖像。他还保留了她的许多照片。欣赏相片上她那美丽的脸庞和可爱的身体，他会随时沉湎于幻想，而幻想会令他感到心里甜蜜无比。

有时候，他的幽居生活也不时会被喧闹的外部生活和表面的、感情冷漠的爱情生活所打断。有个女人常来他这儿，他和她从去年开始发生关系，这女人很奇特，没有什么要求，不知从哪儿来，也不知到哪儿去。这女人叫叶卡捷琳娜·尼古拉耶夫娜·阿尔金娜，是本地女子中学的一位教师，恬静，冷艳，安详，一头深红色的头发，有一张细腻的粉白色的脸。这张脸上，一张大嘴和鲜艳的红唇显得十分突兀，就好像这张脸上全部的肉感和秀色，都被纳入这鲜艳得令人感到突兀的充满罪感和可怕的红唇中了。这女人结过婚，可又和丈夫离婚了。她和前夫有过一个儿子：儿子由她抚养。她是个社会民主党员，在组织里工作，但在她的生活中，这一切都只是一种偶然。特里罗多夫和她是由于从事党的事业而认识的。她的同志们凭感觉都明白，要想和与大家不远不近的特里罗多夫搞好关系，就必须先从这个女人下手。

喏，阿尔金娜又来了，一来就和往常一样，说：

“我找您谈点事。”

特里罗多夫用深邃而又安详的眼神瞥了她一眼，一边像平常那样履行着殷勤待客的各项礼节，一边用通常的话语答复着她。阿尔金娜由于要隐蔽自己的意图因而显得稍稍有些激动地谈起“事业”来。

早些时候就曾有过约定，为拟议中的群众集会而邀请的那位党的鼓动家来了，将住在特里罗多夫家：他家被公认是最安全的地方。今天，阿尔金娜通知他那位鼓动家傍晚到。需要有人把他领到特里罗多夫家，并且要做到不让城里任何人知道这件事。于是，大家商量好，哪儿的门要为他打开，特里罗多夫便出去做一些必要的指示。一种正在参与机密的神圣感，使他心中充满了喜悦。

特里罗多夫返回时，见阿尔金娜正站在书桌前，信手翻阅着一本新书。她的手在微微颤抖。她用有所期待的眼神望了特里罗多夫一眼。她似乎想说点什么重要而又充满温情的话，可是，话一出口，又不自觉地用一种激动的响亮的声音，说起了事业。她开始讲述城里、中学里以及组织里的新闻——讲一份地方报纸被取缔，人员遵从警察局的命令被驱逐出城；讲工厂里正在发生的骚乱。特里罗多夫问：

“本地人中谁将在群众大会上讲话？”

“波杰耶夫，中学来的。”阿尔金娜答。

“我不喜欢他写的东西。”特里罗多夫说。

阿尔金娜怯怯地一笑，说：

“他是一个优秀的党的工作者——这一点不可否认。”

“您也知道，我的党性并不强。”特里罗多夫说。

阿尔金娜没吭声，只是浑身一颤，她站了起来，心情激动。她那张白皙的脸上，似乎只有那红唇分外生动、鲜明，并在缓缓翕动。她平静地问：

“格奥尔基·谢尔盖耶维奇，您不想跟我温存一下吗？”

特里罗多夫一笑。他安静地坐在安乐椅上，直视着她，显得毫不动情，并且迟了一会儿，才回答。阿尔金娜不无悲伤而又格外温情地又问了一句：

“那么您是没有时间还是不太情愿？”

特里罗多夫安详地说：

“不，卡佳，我很高兴。只是到那儿您会很舒适。”他用眼神指了指通向旁边一间小屋的敞开的门，说。那间小屋没有别的出口。

阿尔金娜脸上泛起一层红晕，说：

“如果您允许，我不如就在这里脱。我喜欢您能长久地看着我。”

特里罗多夫帮她解开裙子的扣环。阿尔金娜坐在椅子上，弯腰解开鞋扣。随后，她慢慢腾腾、心满意足地交替着把双脚从鞋子的束缚下释放出来，光脚踩在地板上，走到门口，把门从里面锁上，说：

“您也知道我只有这一件高兴的事。”

她灵巧地脱去衣服，站在特里罗多夫面前扬起双臂——她身材颀长，身段灵活，像一条白蛇。她把上扬的双手手掌合起来，挺起整个身躯，全身显得如此苗条，如此灵巧，似乎马上就要弯成一个白皙的圆环了，随后，她垂下手臂，变得安详而又冷漠，说：

“您先好好地看看我。我还不算老吧？还没有完全凋谢吧？”

特里罗多夫欣赏着她，小声说：

“卡佳，您还像平常那么美。”

阿尔金娜半信半疑地问：

“真的？被衣服蹂躏的肉体，被时间磨损的皮肤，这样的肉体怎么还会美呢？”

“您是那么苗条，那么灵活，”特里罗多夫说，“您身体的线条在长度上稍有些伸展，但看上去非常洁净。如果有人想用尺子量一下的话，那他也无法在您身体的比例上找出任何瑕疵。”

阿尔金娜仔细打量着自己的身体，仍然半信半疑地问：

“您说线条美。那肤色呢？您有一次说过，说俄国人的肤色往往不那么讨人喜欢。每次我看见自己白皙的身体，就觉得那种白令人想起石膏。我曾为我长得那么丑而哭鼻子。”

“不，卡佳，”特里罗夫反驳道，“您身体的白皙不像石膏。而像大理石，稍带有玫瑰色。您的肤色像牛奶，像倒进一个红色水晶器皿里的牛奶。这是高山顶上，被晚霞映红的雪色。这是渗透了玫瑰色欲望的白色的幻想。”

阿尔金娜乐不可支地笑了，她脸上泛红地问：

“您今天不想再给我照几张照片吗？不然我会哭的，因为我长得这么丑，我是这么瘦小，以致您都不愿回想我的脸和我的身体。”

“是吗，”特里罗多夫说，“我还准备了好几个胶卷呢。”

阿尔金娜高兴得笑了，说：

“您先吻吻我。”

她身子贴了上来，几乎躺倒在特里罗多夫的怀抱里。他的吻似乎没有罪感，十分平静——就好像哥哥吻妹妹。他的手抚摸着她那柔软而又富于弹性的皮肤。阿尔金娜顺从地依偎着他，投身于他。特里罗多夫把她抱到松软宽大的床上。她宁静而又顺从地躺在他手上，纯洁而又朴实的目光直视着他的眼睛。

当甜蜜时刻过去后，疲惫和羞耻心抬了头，阿尔金娜一动不动地躺着，半闭着眼——忽然，她问：

“我一直都想问问您可又下不了决心。您不会看不起我吧？或许您认为我是个恬不知耻的女人？”

她转过头来，用一种惊恐而又羞涩的眼神打量着他。特里罗多夫以其惯有的坚决的语调说：

“不，卡佳。一个人之所以会有羞耻感，乃是为了克服它。”

阿尔金娜放心地又躺了下去，温存地将自己坦诚地呈现在他的目光下，像呈现在高云上那条金蛇的光线下一样。特里罗多夫没吭声。阿尔金娜轻轻地笑了笑，说：

“我丈夫从前总是那么规规矩矩的——既凶恶又有礼貌。他从不打我——这不奇怪，谁叫人家是知识分子呢——甚至从不说一句粗话。可他哪怕叫我一声傻瓜呢。如今我甚至觉得，如果当初我俩的争吵不是那么平平静静，如果他当初打了我，揪住我的辫子拽我，或是用什么东西抽我，我兴许还不会离开他。”

“您觉得那样很舒服？”特里罗多夫问。

“生活是那样平淡，”阿尔金娜又说，“就觉得自己像被缠在由小小的不快织成的网里旋转。我多么想号几嗓子，尖叫几声，太寂寞了，太悲伤了，那痛苦太难忍受了。”

她以自己也不十分习惯的激情说完这番话，便平静下去了。

13

白日又一次逼近黄昏，特里罗多夫又陷入孤独，为永远笼罩他的烦闷无聊所苦。他的脑袋发晕。处于一种半睡半醒的状态，就好像预先品尝到了恶梦的味道。可怕而又紧张的幻想，白日里的种种印象，充斥他那似梦非梦，似幻非幻的心境。

天刚刚黑下来，城市的高坡上燃起一堆篝火。城里的小孩们正在那里淘气。他们点起一堆篝火，然后把烧焦的木头往空中扔——正在燃烧的木块，在蔚蓝色的夜空里，像火箭一样发出嘶叫。黑暗中飞向空中的美丽的火球，既令人欣喜也令人哀愁。

吉尔沙来找父亲，像平常一样寡言少语。他站在窗口，一声不吭，一双黑色的悲伤的眼睛，注视着伊万之夜远处的火光。特里罗多夫走到他身边。吉尔沙轻轻转身对父亲小声说：

“这会是一个可怕的夜晚。”

特里罗多夫同样小声回答说：

“不会有任何可怕的事的，吉尔沙，别害怕。快睡觉去吧，亲爱的，该睡了。”

可吉尔沙似乎根本没听到他的话。他说：“死人马上就该从坟墓里站起来了。”

特里罗多夫回答他道：

“死者已经从坟墓里站起来了。”

说着，心里怦然一动，他感到惊异，为什么他会谈起这个呢，要不就是他早就想问这事。

吉尔沙也不知是问，还是讲述，他幽幽地说：

“死人会走阴间道，死人会说阴间的话。”

好像受他意志驱使似的，特里罗多夫再次回答他道：

“死者已经复活，他们正从阴间路走向阴间城，正用阴间话说着阴间路。”

吉尔沙问：

“你也去吗？”

特里罗多夫沉吟片刻后小声说：

“我去。”

“我也跟你去。”吉尔沙坚决地说。

“你不能去，亲爱的吉尔沙。”特里罗多夫和蔼地说。

可吉尔沙固执地嘀咕道：

“今夜我要和你一起过，我要到阴间小道上看个够，听个够，我要瞧一瞧死人的眼睛。”

特里罗多夫严厉地说：

“我不想带你去——你得留在这儿。”

吉尔沙恳切地请求道：

“或许妈妈也要来的。”

特里罗多夫想了想，轻声说：

“那就去吧。”

夜晚显得既漫长又瘆人。父子二人在等待。天全黑下来了——于是他们出发了。

他们走过果园，走过玻璃闪烁着幽光的封闭的温室。恬静的孩子们还没入睡呢，他们正在园子里静静地荡着秋千。秋千上的铁环发出轻微的叮当声，木板则小声地吱扭着，一些恬静的儿童，坐在秋千上，身上泛着清冷的月光，不畏夜间冰凉的山风，嘴里哼着歌，正在静静地荡秋千。夜聆听着他们那首静静的歌，还有一轮明月，也是一轮满月，发出清冷的光。吉尔沙压低嗓音——怕那些恬静的孩子听见——问：

“孩子们为什么还不睡觉？荡什么秋千呢——既然不是在地下而是在地上，也不是在天上。他们这是干什么呢？”

特里罗多夫同样小声回答他道：

“今夜他们不能睡觉。在朝霞染红天际并发出笑声之前，他们是不能睡的。他们不该睡。他们可以白天睡。”

吉尔沙又问：

“他们跟我们来吗？他们也想来。”他轻声说。

“不行，吉尔沙，他们才根本不想呢。”特里罗多夫说。

吉尔沙忧郁地重复道：

“他们不想！”

“他们不应该跟我们走，如果我们不叫他们的话。”特里罗多夫说。

“我们叫？”吉尔沙喜悦地反问道。

“我们只能叫一个。你想叫哪个？”

吉尔沙想了想，想起一个来。他说：

“格里沙。”

“那就叫上格里沙吧。”特里罗多夫说。

吉尔沙望了望秋千，喊道：

“格里沙！”

那个长得颇像总是忧心忡忡的娜杰日达的小男孩轻轻跳下秋千，但却并未走近，而是跟在他们后面。其他那些恬静的孩子们静静地望着他们的背影，和先前一样边摇边唱。

特里罗多夫打开篱笆门走出去，吉尔沙和格里沙也紧跟其后。他们面前伫立着一道夜幕，而阴间之路则在其中泛着一种不同寻常的黑色。吉尔沙浑身一颤——沉甸甸的泥土冰凉地粘在光脚上，冰凉的清新湿润的夜风吹拂着裸露的膝盖，吹拂着半敞开着的冰凉的前胸。特里罗多夫小声地问：

“吉尔沙，你怕不怕？”

“不怕。”吉尔沙吸了一口湿润的露水和薄雾的气息，小声嘀咕道。

月光既甜蜜又朦胧。月亮板着脸僵笑着，安详地说：

“从前的事还会上演。从前的事还会不止一次地重演。”

这是一个宁静而又清亮的夜。他们——特里罗多夫、吉尔沙和远远跟在他们后面的恬静的格里沙——走了好久。终于不远处的浓雾后面出现一堵并不太高的墓地的白墙。前面出现一条岔路。这路并不宽，路上铺着旧的鹅卵石在月光下发出暗淡的幽光。活人的路和死人的路交叉了——交叉点就在墓地的入口处。可以看出十字路口附近的野地里，有一些起伏的小丘——那是自杀者和被处死刑者的没有十字架的坟地。

这一带笼罩着一种神秘而又恐惧的气息。平坦的原野延伸到远方，原野上笼罩着薄雾。城市的灯光穿透浓雾在远处隐约闪烁——那火光是那么遥远，像是给城市镶了一道雾霭的框，而把尘世的喧嚣和嘈杂声摒除在夜的原野之外，压抑在自己的内心。

一个满头白发的老巫婆，佝偻着身子，手握拐杖，磕磕绊绊，急急忙忙正去往什么地方。她生气地嘟囔道：

“这不是咱们的味儿，来了生人了。生人是怎么进来的？这儿要生人干什么？他们到这儿找什么？这儿没他们想要的东西。咱们的人一定会发现他们，会把他们撕成碎片，一片片把他们丢到荒野上。”

忽然不知什么发出一阵窸窣声，嗓音尖细的锐叫声，什么东西引起一阵骚乱。只见从路口向四面八方腾起一片灰尘，原来是一群数不胜数的灰不溜秋的妖魔鬼怪飞跑而来。他们跑得是那么快，以致任何活物以及不坚定的灵魂，都会被他们裹挟而去。已经可以看得见，这其中还有可怜巴巴的小人物的灵魂在跑。吉尔沙怯怯地嘀咕道：

“快来呀，快来呀，恬静男孩，快用你夜间的棍子画个圈儿把我们框起来。”

恬静的格里沙泛着白色，穿过轻柔的白雾走上前来。小男孩走到特里罗多夫跟前站住，把一根又细又长、银白色的拐杖朝特里罗多夫伸过来，脸上挂着宁静的笑容。特里罗多夫说：

“就用这根拐杖把我们框起来吧。”

说着，从格里沙手中接过拐杖。格里沙站在父子俩身边，在满月的月光下浑身雪白，他凝然不动，犹如死了一般，又像一个执勤的天使似的站着。特里罗多夫手握拐杖在阴间小道的细灰上画了一个圈。格里沙小声嘀咕道：

“划线线，两线联，一合拢，就成圈。妖魔鬼怪圈外站，左瞧瞧，右看看，瞧瞧圈上有缝没，咱们快往圈里站，妖魔鬼怪不敢犯。我的圈啊圈，别让阴魂有空钻，妖魔鬼怪啊，请你靠边站。”

神奇的圈刚刚画好——死人已经开始沿着阴间小道陆续走来。一群群死人顺从某个人的恶毒诅咒，在往城里走。寂静的夜里，路上走着刚从坟里出来的人，他们留在路上的脚印很奇特，轻微得勉强可以分辨。周围是死人们的悄声细语，说的是阴间的话。死人的队列不遵循任何特定的顺序。任何人都是走哪儿算哪儿。众多的声音起先汇集成一片嗡嗡声，只是后来仔细一听，才可以听出个别的词语和句子。

“重要的是你要洁身自好。”

“得了吧，这是淫荡和无道德。”

“吃得好，穿得好，戴得好——你还要什么！”

“我真有点小罪过。”

“他们这是活该。你不要跟他们亲吻。”

前来的所有死人起先汇成一堆灰蒙蒙的人群。随后，只要一仔细打量，便可分辨出其中的个别死人来。

一个戴着带红帽圈的制帽的贵族，安详而又清晰地说：

“神圣的私有财产权不应受到任何侵犯。我们和我们的祖先建设了俄罗斯大地。”

一个和他并肩而行和他一样是贵族的人说：

“我的口号是——专制政权，东正教和人民性。我信仰的符号是——强大的拯救政权。”

一个身披黑色长袍，手里挥动着香炉的神父，用男高音嚷道：

“每个灵魂都应服从现行政权。给予者的手是不会凋萎的。”

来了一个聪明的农夫，他嘟囔道：

“我们什么都懂，只不过暂时保持沉默罢了。对无知者的处罚也小，可你无法给嘴上贴封条啊。”

几个死了的士兵一块儿走来。他们大声哼唱着下流的歌曲。他们的脸是灰红色的。他们身上散发着汗味，腐烂味儿，马合烟味儿和伏特加味儿。

“我是为信仰沙皇和祖国而牺牲的。”一个相貌年轻的上校得意地说。

一个长得像耶稣会教徒的瘦子，嗓音尖细地嚷道：

“俄罗斯人的俄罗斯！”

一个胖乎乎的商人附和道：

“既不生气，也不出卖。皮袄也可以反着穿。钱少也是自己的好。”

一个满脸麻子表情严肃的女人说：

“我既是你婆娘你可以使劲儿地揍呀，可要抛弃活着的妻子去找小姑娘，世上可没有这样的法律。”

她身边走着一个农妇，脏兮兮臭烘烘的，一声不吭地打着嗝。

又来了一个贵族，蓬头垢面，面目狰狞，又高又大。只听他号叫：

“吊死！抽打！”

特里罗多夫说：

“吉尔沙，别害怕——这都是死人的话。”

吉尔沙噤若寒蝉地点一点头。

一个小姐和她的侍女边走边相互责骂着：

“上帝就没让森林齐一化。我的骨头是白的，你的是黑的。我的骨血是贵族的，你是农夫的。”

“你虽是小姐，可还不如一堆破烂。”

“虽是一堆破烂，那也出身贵族。”

紧靠神奇圈，走来一个穿着华丽的太太和一个年轻男子，两人都衣着讲究，并且极力想要使自己与众不同。两人是不久前才被安葬的，身上散发着新鲜的死人气息。太太卖弄风骚地撅着半已烂掉的嘴唇，用嘶哑、走风漏气的声音抱怨道：

“非逼我们和大家，和这些下流无耻的家伙一块走。本来可以把我们和那些普通人分开的。”

那衣着讲究的年轻人忽然充满怒气地号叫起来：

“走开，你，种地的，别挤。这农夫真脏！”

那农夫显然刚从坟墓里钻出来——好不容易才被人叫醒——还没完全醒过来，还没搞清自己身在何处。他一身破衣烂衫。他眼神浑浊。一串串下流的骂人话从他嘴里吐出来。别人打搅了他，这使他很生气，嚷道：

“你有什么权力？我躺得好好的，我碰到谁了，一眨眼间，你瞧，走吧！哪儿来的新权力——打搅死人！难道我就不想吗？我只想找到我那块地——可别把我赶跑。”

那农夫瞪着眼珠子，摇摇摆摆，气急败坏地咒骂着，直冲冲地朝特里罗多夫爬过来。农夫凭直觉感到此人是个仇人，是个异己者，因此竭力想要消灭他。吉尔沙吓得浑身哆嗦，脸上发青。他惊恐地依偎着父亲，恬静的小男孩依旧恬静而又悲伤地站在父子二人身边，煞象一位正在值勤的天使。

农夫一脚踩上那条被施了魔法的线，一阵惊恐和疼痛穿透他全身，他瞪大一双死人眼看了看——连忙垂下视线，活人的目光令他难以忍受，只见他额头叩着线外的土地，请求原谅。

“滚！”特里罗多夫说。

农夫身子一跃跑开了。他在几步开外处站住，又骂了几句下流话，随后接着跑开了。

接着来了两个小男孩，身子单薄，脸色发白，衣衫破烂。一双赤脚踩着破鞋呱唧呱唧作响，一个小男孩说：

“你瞧 他们打我，折磨我。我跑了——又被他们抓了回来。我没力气了。我爬上阁楼，就上吊了。我不知道这回他们会如何惩罚我。”

另一个脸色发青的小男孩说：

“他们干脆就用浸了盐水的树条抽我，我活儿干得很漂亮。”

“是啊，你是挺好的。”前一个小男孩不无羡慕地说，“人家会奖你一个金花环的，可我呢？”

“我会为你祈求天使长、司智天使和六翼天使的保护的——你把你的姓名地址告诉我。”

“我罪孽深重啊，我叫米季卡·索西帕特罗夫，地址是尼日科洛季洛夫卡。”

“你别担心，”被抽打致死的小男孩说，“他们只要一让我上去进正房，我就扑通跪在圣母脚下，为你祈祷，直到她原谅你为止。”

“是啊，请行行好吧。”

吉尔沙脸色苍白地站着。他的双眼炯炯有神。他浑身发抖地一味叨咕道：

“妈妈，快来！妈妈！快来！”

死人堆里一个明亮的幽灵出现了——吉尔沙高兴得浑身颤抖，吉尔沙的妈妈正从旁边走过，她一身素白，温婉娴静。她抬眼恬静地望着亲人，却无法穿越那条致命的线，只轻轻嘀咕道：

“我就来。”

吉尔沙充满狂喜地一动不动地站着，他的双眼炯炯有神，犹如一个正在值勤的恬静的天使。

一群群异样的死人再次蜂拥而来。一位省长走上前来。他全身焕发着权力和伟岸的气息。他还没完全醒过味儿来，嘟囔道：

“俄国人民应当信任俄国省长。给俄国省长让路！我真忍受不了。我不允许！你们不要恐吓我。什么？让饥饿者有饭吃！”

说着说着他好像醒过神来，环顾一下四周，耸耸肩膀，惊奇地说：

“怎么混乱得这么奇怪呀！我怎么跑到人堆里来了！警察在哪儿！”

他忽然嘶喊道：

“哥萨克！”

随着省长的喊声，一对哥萨克骑马冲过来，他们没发现特里罗多夫和孩子们，手里挥动着马鞭，疾驰而过。死人们聚成一堆，被哥萨克的坐骑包围在核心，他们用恶毒的嘲笑，回敬马鞭对死人肉体的抽打。

头发苍白的老巫婆坐在路边的石头上，望着混乱的人群，发出丑陋的、嘶哑的哈哈笑声。

14

伊丽莎白把自己打扮成一个小男孩。她喜欢男装，并且常常做这样的恶作剧。我们的生活实在是太单调太乏味了——改扮男装至少可以向我的有限性来个挑战！

伊丽莎白穿了一件白色蓝领的水手衫，蓝色短裤，膝盖以上裸露着，她的一双美腿是那么匀称，只不过晒得黝黑，她戴了顶草帽拿着鱼竿来到河边。

伊丽莎白穿上这身衣服，样子就像一个年约十四岁的高个儿少年。

河边阳光明媚，十分静谧。伊丽莎白坐在岸边的一块石头上，把腿放进河水里，全神贯注地盯着浮标。河上出现一条小船。伊丽莎白仔细看了看——谢米洛夫正驾着小船驶近前来。

他喊了一声：

“小伙子！你也许是本地的吧，请你告诉我，亲爱的……”

话刚出口又戛然打住，因为伊丽莎白咯咯地笑了。

“你真不是伊丽莎白同志？”他说。

“同志，没认出来，是吗？”伊丽莎白乐不可支地说。她一边说一边走向码头，谢米洛夫已经把小船靠上了岸，谢米洛夫紧紧握住伊丽莎白的手说：

“我得承认我第一眼没认出来，我来是专门为了找你的，群众大会打算今晚就举行。”

“今晚？”伊丽莎白问。

由于窘迫和激动，她感到手脚冰凉，此时她想起自己曾经答应今天要在会上发言的。谢米洛夫说：

“今天。您不会是改主意了吧。”

“我还以为是明天呢。您等等，我收一下鱼竿，把竿子藏在老地方。”

她飞快地朝岸上跑去。脚板飞快地敲打着湿漉漉的黏土小道。谢米洛夫坐在小船上边等边吹着口哨。伊丽莎白很快返回来，动作灵巧地跳上小船。

他们寻坐船穿过整座城市。岸上的人谁都没认出穿一身男孩服的伊丽莎白。谢米洛夫家坐落在城郊。那是陡峭河岸上一间有一个小菜园的陋屋。

别人还没到。伊丽莎白拿起放在桌上的一本小册子，问：

“同志，说说看，这些书您喜不喜欢？”

谢米洛夫瞥了一眼。那书被打开的那一页上，印的是特里罗多夫的诗。谢米洛夫嘿嘿一笑，说：

“有什么好说的？他的诗歌具有革命的内容，但很一般。不过，如今是人都写这样的诗。而且，他的其他作品却不是写我们的。老爷的美食无法令我们喜欢啊！”

“我好长时间没来您这里了，”伊丽莎白说，“您这里怎么也不收拾一下？”

“缺个女主人呗。”谢米洛夫不好意思地说。

伊丽莎白立即着手整理家务，洗洗涮涮。她的动作很麻利。谢米洛夫欣赏着她那双美腿：晒黑的皮肤下，腿部肌肉的动作真好看。他用充满喜悦的声音响亮地说：

“您多么苗条啊，伊丽莎白！就像雕像一般！我从没见过这么美丽的手脚。”

伊丽莎白咯咯一笑，说：

“真的，我都感到害羞了，阿列克塞同志。您当面夸奖我，就好像在夸奖一个好东西似的。”

谢米洛夫涨红了脸，感到不好意思起来，这种表情令人感到意外，也和他平常总是充满自信的性格抵牾。他吃力地吸了一口气，窘迫而又口吃地说：

“伊丽莎白同志，您是个好人。您不会为我的话生气的，对吧。我爱您。我知道对您来说社会不平等全是胡扯八道，可您知道对我来说您的金钱，也是胡扯八道。假如我并不那么让您讨厌的话……”

伊丽莎白直起身来，她显得有几分忧郁，但神情安详，她慢慢地用毛巾擦了擦因冰水变红的双手，恬静地说：

“对不起，阿列克塞同志，——有关我的观点，您说得很对，但我爱另一个人。”

她不知道这一番连她自己也感到奇特的话语，是如何从嘴里脱口而出的。我爱另一个人！她心底的秘密居然会被有形的话语意外地袒露无遗。可这另一个人究竟爱不爱她呢？

此时两人都感到窘迫。谢米洛夫勇敢地克服了自己的窘迫感。他窘迫地紧盯她那双蔚蓝色的眼睛，说：

“请原谅，伊丽莎白，把我的话忘了吧。我误会了，放了个空炮。我没想到您会爱上他。您别生我的气。也不要看不起我。”

伊丽莎白和蔼地说：

“够了，阿列克塞，您知道我有多么尊敬您。我们是好朋友，把手给我。”

谢米洛夫以同志的方式紧紧握住了伊丽莎白的小手，随后，鞠了一躬，吻了吻她。伊丽莎白身子紧贴谢米洛夫，像妹妹和哥哥那样，宁静而又甜蜜，纯净而又无辜地吻了吻他的唇。随后，她抓起自己的小包裹，走进穿堂里的小贮藏室更衣。这间储藏室的地板下还藏着一箱书。

伊丽莎白在穿堂碰见了基里尔。他刚从菜园进屋，习惯地跺着脚，看也没看伊丽莎白就问：

“小伙子，阿列克塞同志在家吗？”

“在家，”伊丽莎白说，“请进，基里尔同志。”

听到熟人的声音，基里尔抬起眼皮，看见一个将辫子盘在头顶上的小伙子，便吃了一惊。他随即认出原来是伊丽莎白，自己反而很不好意思起来。伊丽莎白躲在小储藏室的门后，基里尔则在穿堂来回走了好几趟，气喘吁吁地摸索着，慌窘得竟一时找不到屋门在哪儿。

其他人也陆续到了：中学老师波杰耶夫，市中老师沃罗诺克，应邀而来的鼓动家和陪同他的阿尔金娜。

伊丽莎白穿一身普通的深蓝色连衣裙走出来。

“喂，该开始了。”谢米洛夫说。

大家走出小屋，上了小船。船开行后，由于都有些激动，大家都没吱声。只有那个新来者心绪平静，因为他已经习之若素了，他那一双近视眼透过眼镜，淡然地扫视着四周，他一支接一支地抽着烟，讲述着某些新闻。他是个个头高高的年轻人，脸细瘦，胸部凹陷。他有一头栗色的长长的直发和一部轻软的络腮胡。一顶在阳光下晒得褪成了红褐色的软塌塌的帽子，使他的样子煞像一个工人。

船驶到预定集合的树林里时，天已经黑下来了。上岸后，他们还得在林子里走半俄里路。向晚的夜色浓浓地汇聚在森林那永恒的穹顶上，树叶发出窸窣的絮语，伴随着隐藏或潜行于林中的小动物们发出的咕咕声和沙沙声。

大家集合的地方是林高树密的森林中比较开阔的一块空地。月亮镶在高高的夜空中，黝黑的树影遮蔽了半块空地，树木安静而又若有所思地站在那儿，像是一心想要听听这些聚在它们脚下的人说什么话似的。然而，实际上它们根本听也不想听，因为它们有自己的生活，它们和人连一点关系也没有。在它们浓密的阴影下，聚集了这么多甜蜜地挚爱着解放理想的少女这一点，丝毫也不会令这些树木们或喜或悲。在这些热爱解放理想的少女中就有伊丽莎白，她为解放的理想建造了一座少女激情的圣殿，而又把解放的理想寄托在一个住在一栋神秘住宅里的人的身上，这位陷入甜蜜的爱情中的少女，这位由于突然向他表白了自己的爱情而激动不已的少女，又用温柔而又锋利的语言向另一个男人表白：我是爱着另一个人的少女。

在黑暗的树阴下，烟头闪烁着漂亮的火星。烟丝的气味渗入清新而又清凉的空气里，使空气变得甜蜜而又清香。年轻的、激情洋溢的声音辛辣地打破了夜的寂静。人们无心关注一片静谧中神秘的森林发出的各种清晰的响动。人们像在自己家里一样或盘腿而坐，或来回走动，大家都在热切地交谈。人的谈话声不时会变得喧闹起来，每逢这时，就能听到组织者要求大家小心的警告。于是，谈话声便立即压低了。

这里聚集了大约三百名形形色色的人——有工人，有年轻的在校生，年轻的犹太人和许许多多的少女。全城所有的犹太男女青年都到了。他们比所有人都更激动，他们的话语声常常变成激情洋溢的喧哗。人们期待得太久了，他们的愿望是多么地迫切呀！他们是多么热切地向往解放的理想啊！

这里面也有特里罗多夫夏令营里的女教师：神情忧伤的娜杰日达，心情狂喜的玛丽娅及其他几个人。这里面还有一些男女中学生。中学生们全都竭力显得很随便，以便要人知道他们已经不是第一次参加这样的集会了。这里还有一些男女大学生。所有的年轻人都是那么激动万分！而每个参加者也全都激动万分！人们是在为解放的理想而激动，他们对这一理想的爱，既温情脉脉，又激情万丈！在这个集会上，没有一个年轻的心，不是把处女般的激情与解放的理想融合起来，他们的心中，燃烧着解放的火焰，燃烧着年轻人的炽热的爱——解放与爱情，起义和牺牲，酒与血——这是渴望者和献身者的一个甜蜜的爱情的宗教神秘剧！看见那个可爱的形象，不止一个人的双眼放出光芒，不止一个人的嘴角发出呢喃：

“他在这儿!”

“她也在这儿!”

在空地外围的阴影里，在那些不驯的目光看不见的地方，饥渴的双唇凝成一个迅疾而又胆怯的吻。人影又倏地一下相互跳开：

“我们没迟到吧，同志？”

“没有，纳塔丽娅同志，你们没迟到。”

于是，叫出一个人甜蜜的名字。

“嗯　咱们走吧，瓦连金同志。”

又叫出一个甜蜜的名字。

一个戴着便帽的人向伊丽莎白走来。他穿一件黑色的斜领衬衫，一双高筒靴，有一部黑色的络腮胡和口髭。他有一张既熟悉又陌生的脸，并且不知为何显得很激动。他大声说：

“伊丽莎白，您没认出我吗？”

伊丽莎白认出来了，是根据声音认出来的，她先是浑身一震，咯咯地笑了，随后，又喜悦地说：

“您一说话我才认出来。大胡子，口髭——根本认不出来。”

“是粘上去的。”特里罗多夫说。

两人说起话来。特里罗多夫听见自己身后有人在嘀咕：

“这位是伊丽莎白·拉缅耶娃同志。她是我们这座城市里首屈一指的大美人。”

不知为何，这句话令特里罗多夫很高兴，而且，使他更高兴的，是伊丽莎白也听见了这句话，并且脸色绯红，这一点即便是在阴暗的月光下，也看得很清楚。

几个密探甚至还有一个奸细也混了进来。除这几个家伙外，参加集会的人谁也不知道，警察局早已知道要举行集会的事，这片林子马上就要被哥萨克包围了。

集会正式开始前人们都在谈话。人们聚成一堆堆的。本地的鼓动员们正在和一些非党工人说话。有人把一些最关心事业的人带来与应邀而来的鼓动员见面认识。

谢米洛夫嗓音嘹亮地说：

“同志们，请注意。我提议选阿勃拉姆同志担任主席职务。”

“同意，同意。”响起了一片压低了的响应声。

阿勃拉姆同志跳上一棵被砍倒的高高的树墩上。演说开始了。马上该轮到自己发言了，伊丽莎白很激动。她心里惴惴不安，甚至有些害怕　因为特里罗多夫将要听她演讲。

演说充满了骄傲的话语、热情饱满的口号和大胆无畏的指示。一个奸细也发了言。可他激进地号召人们即刻举行起义的做法，暴露了自己的身份。一个响亮的声音从人群中响起：

“同志们，这家伙是个奸细。”

会场起了骚动。奸细喊了一句什么，在为自己辩白。他被人们赶出会场去了。

接着发言的是谢米洛夫，然后是新来的鼓动员——伊丽莎白越来越激动。可是，当主席说：

“伊丽莎白同志，现在该您发言了。”

伊丽莎白当即镇静如常。她跨上充当讲坛的树墩，开始讲演。她平静浑厚的声音传出很远。林子里有人尖叫了一声——是警告人们不要吵嚷。身边有一个亲近的、可爱的人在倾听——周围都是亲切而又可爱的同志们。数百双眼睛全神贯注地望着她，这些友好的、亲爱的视线，宛如盾牌后面交叠在一起的长矛，把她高高地举起在喜悦的纯净的空气中。

甜蜜而又喜悦的时刻飞快地如梦一般消逝了——她结束演讲，走进人堆，人们用热情的话语和紧紧的握手迎接她，——啊，这手握得多么紧啊——啊，有时，手被握得太紧了！

“哎呀，同志，手断了！您怎么那么有劲儿?”

回答她的，是一个微笑。

“对不起，同志，我的手比您的手有力气！”

说话人觉得好笑。

演讲结束了。人们唱起歌来。骄傲勇敢的话语，解放和起义的歌声，在林子里发出响亮的回声。歌声突然戛然而止，人群中传出一阵模糊不清的吵嚷声。有人喊道：

“哥萨克！”

又有人喊：

“快跑，同志们！”

有人跑了。有人又喊：

“同志们，安静！”

哥萨克们藏在林子里，距集会地点大约有两俄里。好多哥萨克早已喝得醉醺醺的。他们围坐在篝火前，唱起一首欢快的歌，歌声响亮而又无耻下流。可军官命令他们不要出声。于是他们不得不闭口而谛听着动静。

一个神色慌张的密探跑过来，向上校耳语了几句。很快，传来了命令。哥萨克们敏捷地跳上马背，骑马跑了，而把将熄未熄的篝火丢在身后。枯草和躺到在地上的干枯树木已经腐烂多年了。燃起了森林大火。

“这是什么?”伊丽莎白问。

有人向她飞快地耳语道：“听见没，是哥萨克。他们在哪儿?我们都不知道该往哪儿跑。”

“哥萨克是从城里来的。”有人说， “我们只能往奥帕里哈撤退。”

组织者们在大声宣布：“同志们，安静。快速分散撤退。不要乱挤。通往杜布基的路上没人。”

紧挨伊丽莎白的地方，黑黝黝的树后现出几匹马头，神情温良而又迟纯，一双善良的眼睛既有所见，又懵懵懂懂地看着她。一群年轻人裹胁着伊丽莎白飞跑起来。伊丽莎白感到困惑和迟纯。她想：“跑有什么用——会被追赶上的，到哪儿也跑不脱的!”

可是，她已经没有勇气停下来了。大家全都在跑，而她也和大家一样。可蓦然间，前面也出现了一队哥萨克。人群中发出一阵尖叫和哭泣。人们向四面八方跑散了。周围都被哥萨克的铁环紧紧地从四面围住。

许多人逃出了这个包围圈——他们脸上挂着道道血印，衣服被撕得条条缕缕。没来得及跑出去的人，被哥萨克的马队越来越紧地包围在一个很小的圆圈里。这时人们才看出，哥萨克是在把人群往空地中央驱赶。只有那些从一开始就跑出包围圈的人，才有逃跑的希望。随后，包围圈越缩越紧。包围圈里的集会者有好几百人。哥萨克赶着集会的人群进了城，一路上用皮鞭粗暴地抽打着那些掉队的人。

远处响了几下枪声。这是那个奸细，他是在往空中打枪。枪声惹恼了哥萨克。他们开枪射击那些敢于逃跑的人。

伊丽莎白和与她在一起的阿尔金娜，幸运地逃出了第一个包围圈。可是，四下里仍然听得见哥萨克的呐喊声。她俩停住脚步，依偎在一棵古老的橡树下，不知该往哪儿走。特里罗多夫走来：

“快跑呀，”他说，“站这儿多危险。”

“没处跑了。”伊丽莎白镇静地说。

而阿尔金娜也同样镇静地说，她的话就像伊丽莎白的回声：

“没处跑了。”

“跟我来，”特里罗多夫说，“我好像能找到安全的地方。”

“新来的鼓动员呢？”阿尔金娜问。

“别想他了，”特里罗多夫不耐烦地说，“他的安全，我们早为他想好了。他现在平安无事。走吧。”

他自信地走进灌木丛，她俩也连忙跟在他身后。

哥萨克的巡逻队正在林中到处搜索。一个哥萨克的身影猛地从灌木丛后站起来，面对着逃跑者。他挥鞭向伊丽莎白抽来，跑动中的伊丽莎白一闪身躲了过去，鞭梢在她身后扫了一下。哥萨克猛地一冲，抓住了伊丽莎白的辫子，把她往身边拉。伊丽莎白疼得发出一声尖叫。特里罗多夫抽出手枪，几乎连瞄也不瞄就开了一枪。哥萨克一声惨叫松开了手。三个人连忙钻进带刺的灌木丛跑远了。小路尽头横着一道深深的峡谷。

“喂，你们看，”特里罗多夫说，“到这儿我们差不多就算安全了。”

三个人几乎是连滚带爬地下到沟底，手脚都被划伤了，衣服撕成了破布条，几乎没时间仔细认路。在峡谷的一处陡壁下，在距沟底不远的地方，他们发现一条雨水冲刷出的一道深沟，上面覆盖着浓密的灌木，于是，便躲藏在里面。

“过一会儿再爬上去，”特里罗多夫小声说，“这里离小河不远。”

上面忽然传出灌木被折断的噼啪声，接着是一声枪响，紧接着是一片呐喊声。黑暗中现出一个飞跑者的人影。

“基里尔！”伊丽莎白压低声音叫了一声，“往这儿跑。”

基里尔听见了，他连忙钻进灌木丛，朝她们躲藏的方向跑来。接着，在距伊丽莎白很近很近的地方，现出基里尔那双睁大着的眼睛，眼神疲惫而又凶狠。响起一个响亮的枪击声。枪声很近。基里尔打了一个趔趄，一头栽倒在地，身下的灌木丛发出沉重的折断声。

上面像是从天而降一般，一个从马上跳下来的哥萨克飞快地跑来。他跑得距躲藏者那么近，以至被他刮断的树枝打在了阿尔金娜的肩上。可阿尔金娜连动也不敢动一下，脸色煞白地站在那儿，镇静、苗条的身子紧贴着冲沟那几乎垂直的陡壁。哥萨克俯身看了看基里尔，在他身上翻找了一会儿什么，然后直起腰，嘀咕道：

“哎呀，没气儿了。唉，你这臭小子！”

说罢，转身准备往上爬。待被打动的灌木枝的哗啦声消停后，特里罗多夫说：

“现在我们必须小心翼翼地沿着峡谷往河边走。这条河，你们也知道，拐了一道弯，通向城里——我们所在的地方，几乎就在我家庄园的对面。咱们得想办法渡过这条河。”

三个人慢慢地，小心翼翼地穿过谷底稠密的杂草丛。特里罗多夫走的是一条黑乎乎的小道，紧跟其后的是他的两个偶然相遇的、致命的命运女神——摩伊拉、爱萨和阿南刻[①]——送给他的这两个女人。

灌木丛变得湿润了，河边飘来一阵阵清凉的气息。这时，阿尔金娜走到特里罗多夫身边，小声对他呢喃道：

“如果您很高兴让她爱上您的话，就请告诉我——我会为您高兴的。”

特里罗多夫紧紧攥住她的手。

一条静静流淌的小河泛着幽暗的光。小河那边，他们用解放的理想而创造的生活的恐惧和劳动果实，在静静地等待着他们。

在迷蒙而又冷清的月色下，河上浮起一层迷雾——乏味枯燥的日常生活世界被一层幻想的雾幛所笼罩，而一种正在被创造的、可望而不可及的生活，以其朦胧幽微的剪影，正从雾幔之后隐隐浮现。

---

① 摩伊拉是希腊神话中的命运女神。爱萨是索洛古勃笔下的偶然性和无常世界的女神。阿南刻，希腊语意思是“必然性”，体现命运的女神。

15

夜间的斯科罗多日城街道上，突然响起一阵喧闹声，声音传得很远，但很快就沉寂下去了。被吓醒的城里人慌慌张张地爬出温暖的被窝，轻轻掀开窗帘的一角，向外偷看，原来，黑乎乎的街上，哥萨克们正在押送森林里的被捕者们。待马蹄的嗒嗒声和人们的喧嚷声沉寂下去后，市民们放心地又钻进被窝睡了。戈季娃夫人肯定会对人们居然如此谦抑而满意的：什么都看了，还不必出门，两不耽误。

小市民们在重新躺下时，仍然在和他们的妻子们絮絮叨叨。热爱自由的资本家会唠叨：

"还让不让人睡了。马蹄声响了一夜。骑自行车多好。"

对许多人来说，这是一个可怕的夜。这一夜使得整个生活都渗透了冰冷的恐惧，将对整个尘世生活的巨大恐惧植入人的内心，而生活本已在天空中燃烧的那条火蛇的高压下喘息了。天空中的火蛇在为什么而欢呼。为什么呢？是不是因为所有我们这些生活在这个地球上的人，全都那么凶恶而又残酷，全都相互折磨，喜欢看到一滴滴的血液和眼泪？

我们的本性中充满了残酷的、尘世的和阴暗的淫欲。人类本性的不完善使得同一只高脚杯里，甘美异常的爱的欢乐和下流淫荡的诱惑被搅混在一起，并用羞耻和疼痛，以及对羞耻和疼痛的渴望，毒化了这一混合液体。令人愉悦的性快感和令人愉悦的性倒错的快感，居然出自同一个源泉。我们受苦的原因仅在于它同时也使我们欢乐。当母亲打女儿耳光时，无论是响亮的一记还是脸颊上的红印，都会令女儿欣喜万分，一旦母亲操起树条，女儿的心更是会因狂喜而停止跳动。

经过一路上被搜身的恐惧后，许多人被投入大狱。另有一些人被释放了。萨布罗娃和斯韦季洛维奇被交给父母监管。

这之后，城里迎来了一个不安的、阴暗而又不祥的早晨。从城外远处的森林里，飘来一阵阵甜得腻人的森林着火后的焦糊味儿。

死者被认出来了：基里尔和另一个拖家带口的工人克留金。工人们愤怒了。

死尸被运进市医院的停尸房。一群人，脸色阴郁，无声无息，神情坚毅，一大早就聚集在停尸房门前。其中多数是工人和他们的妻儿。医院门前的广场上充满清晨湿冷的倦意——地上长满杂草，灰蒙蒙的，被踩进烂泥里的草茎，和灰不溜秋、散发着酸味儿的小铺子。正在冉冉升空的火蛇那斜射的光线，蒙着一层轻柔的云烟纱幔，冷冷地投射在人群中那一张张阴郁的脸上，也冷冷地照着板墙和紧闭的大门。古代的火蛇并非我们今天的太阳。

站在紧闭的医院门前的人，脸色都是阴沉沉的。医院不放任何人进。人们打算秘密安葬死者。人群中愤怒的吼叫声越来越大。

此时出现了一队哥萨克。他们骑马飞驰而来，围着人群站成一圈。瘦削而又漂亮的马在敏感地颤抖。骑在马上的哥萨克们，都十分彪悍威武，晒得黝黑，黑眼黑眉黑发，高筒帽下露出的黑发，显然并未像士兵那样剪得很短。人群中的女人们情不自禁地不无羡慕地打量着这些哥萨克们。

喧哗的人群还没散开。还有人陆陆续续走来，人群仍在扩大。此刻广场上已经站满了人。看样子一场流血冲突似乎在所难免。

特里罗多夫一早坐车去见了县警察局长和宪兵队长。他告诉他们秘密安葬只会加重工人们的怒火。县警察局长呆呆地听完他的话，叨咕道：

“不行。不能。”

说此话时，他的一双眼睛呆呆地盯着脚底下，红红的脖子绷得紧紧的，像是青铜浇铸而成，与此同时，手上不紧不慢而又坚韧顽强地转动着一枚戒指，就好像那是可以保护他不受敌人侵犯的护身符。

看来倒是宪兵上校更明白事理也更好说话一些。最后，特里罗多夫终于获许把死者的尸体交还给家属。

县警察局长骑马来到广场。迎接他的，是人群发出的一片充满威胁性的杂乱的喧哗声。局长站在他的四轮轻便马车上猛地一挥手。人群静下来了。警察局长说：

“你们想要安葬？喔，那也行。不过要小心，千万别惹出任何……不必要的麻烦。不过，一旦出事，哥萨克们会摆平的。现在我下令，把你们同志的尸体交还给你们。”

16

伊丽莎白醒来时，已经是艳阳高照时分。她立即回想起昨夜经历过的一切，飞快地穿好衣服，半小时后，就已坐着二轮轻便马车去找特里罗多夫，心里充满莫名的不安。她在大门口碰见了特里罗多夫。他刚从城里回来，三言两语向她讲述了他和地方当局谈判的结果。伊丽莎白毅然决然地说：

“我要去见死者的家属。”

特里罗多夫说：“家属在哪儿连我自己也不知道。咱们得去找沃罗诺克，他那儿是所有消息的汇总站。”

“咱们现在去，他能在家吗？”伊丽莎白问。

“应该在，”特里罗多夫说，“如果他在，我们可以叫上他一块儿去。”

于是，他们走了。一条尘土飞扬的路在飞快的车轮底下延伸，将一幅暗淡、平庸、死气沉沉的景色展现在坐车人面前。炎热的空气里被车轮扬起的灰尘久久不散，如一条长蛇逶迤在车后。在高不可及的空中，火龙眨着通红的眼睛，瞪着这片贫瘠的土地。在火龙那炽热灼人的光线里，充满了对血腥的渴望，也充满了因人们所流出的每一滴无价的活人的血而产生的狂喜。在渗透着灼人热气的空气中，在奔向喧哗的城里的路上，特里罗多夫以平淡甚至有些乏味的语言，讲述道：

“他们一大早就对好几家进行了搜查。在谢米洛夫家搜出许多书籍。他被捕了。”

人们纷纷传言说警察局在对被捕者行刑。伊丽莎白没吭声。

沃罗诺克的住处坐落在一个非常舒适的位置——在市中心和工厂区之间。他家是许多人常来的地方，因为沃罗诺克为当地的社会民主党组织做了许多工作。他的主要任务是在青少年和工人中发展党员。顺便向他们灌输党的观点，以及有关工人阶级目标的正确观念。

来找沃罗诺克的，多是他在市中教的学生、同事以及家里或街上常见到的熟人。这些小伙子多数都很可爱、真挚、有头脑、明白事理，但穿着却总是破破烂烂，同时又非常自尊。沃罗诺克发展党员的工作，进行得非常努力也非常成功。小伙子们很快就树立了同情工人和无产阶级的观念，仇恨脑满肠肥的资本家，都意识到各个阶级的利益是不可调和的，同时也了解了一些重要的历史事实。市中每个衣衫褴褛的小伙子和沃罗诺克进行的每次谈话，总是一成不变地以抱怨中学制度和督学开场。多数情况下他们的牢骚都是针对一些鸡毛蒜皮的小事而发。他们往往委屈地说：

“他们强迫我们把校徽戴在帽子上。”

“就好像我们都是小孩子。”

“好让大家看看这些来自市中的小孩子。”

“逼迫我们剪发，我们的头发碍他们什么事儿了？”

沃罗诺克对他们很同情。他通过这一点来维持小伙子们身上的反抗情绪。小伙子们的朋友们同样衣衫褴褛，连学都上不起，他们也牢骚一大堆，埋怨父母，埋怨警察局，逮谁埋怨谁。但他们的怨言，远不如由于整个学校制度而引发的中学生的怨言那么强烈，那么频繁。沃罗诺克既给前者也给后者分发一些价值一戈比的小册子，但在保持党的纯洁性方面，他却十分的严格。

年轻的成年工人也常找沃罗诺克。而且，不知为何，来找他的人，全都是衣衫褴褛，皮肤粗糙，神情抑郁，那模样就好像他们全都受了一辈子的委屈，已经永远丧失了微笑和打趣的能力似的。沃罗诺克给他们读一些内容深刻的小册子，并对费解的地方进行解释。小组约定了进行阅读和讨论的时间。通过讨论，沃罗诺克得以引导自己的听众朝着理想的方向发展：工人们往往能够很快并且很牢固地掌握党的所有纪律。他还给工人们分发书籍要他们在家里阅读。许多工人还自己掏钱买书。

就这样，书籍和小册子如河水般不断地流过沃罗诺克的家。有时，他还会精选出一批书来，交给可靠的人带到乡下散发。

伊丽莎白和特里罗多夫来时赶上沃罗诺克正在家。他的样子并不怎么像一个党的工作者：殷勤礼貌，寡言少语，他给人的印象是一个矜持稳重，受过良好教育的人。他身上总是穿一件浆硬了的高领衬衫，系一条漂亮的领带，戴一顶圆顶礼帽，头发剪得很短，一部大胡子梳得一丝不乱。

沃罗诺克客气地说：

“我很高兴能跟你们去。”

他拿起手杖，戴上礼帽，飞快地向挂在间壁上的镜子瞥了一眼，又说：

“我已经准备好了。可你们呢，也许歇一会儿再走？”

他俩也不歇了，于是，和沃罗诺克走出门来。

笼罩在阳光明媚的大街上那一片可怕的寂静似乎是在窥伺或期待着什么。在这一片破破烂烂的小木屋、令人乏味的板墙和摇摇晃晃、吱吱扭扭的小桥中间，这三个人显得像是外来人。他们多么想问自己一声：

“我们来这儿是干什么来了？”

然而，看起来，正是这件事，使这三个人快速的心跳变得更谐调，心和心贴得更近了。在这里，贫穷生活的全部图景以其全部令人乏味的日常性展现出来，一些与别的地方一样肮脏而又顽皮的孩子在嬉戏，他们毫无顾忌地骂人、打架——一个步履蹒跚的醉汉——一个穿着灰扑扑破连衣裙的脸色灰白的女人，肩上灰扑扑的扁担上挑着两只灰扑扑的水桶，晃里晃荡。

死者家的贫寒似乎已经成了这家人乏味的日常生活的内容了。脸色发黄的死者正躺在桌上，身上穿着被匆匆忙忙穿上的殓衣。一个脸色苍白的农妇正站在床头无声地饮泣，哭声拖得很长，而又毫不减弱。不知从哪儿冒出三个小孩，头发灰白，脸色发青，痴痴地看着来人——他们的眼神很奇特，迟钝得看不出悲欢，而是永远蒙上了一层云翳。

伊丽莎白走到那个女人身边。一位风华正茂，脸色红润，身材苗条的姑娘和一个脸色煞白，哭得脱了形的村妇站在一起，前者对后者轻轻地说了一句什么，后者摇摇头，嘴里仍在哭诉着一些已经不再必要的、迟来的话。特里罗多夫小声问：

“需不需要钱?”

沃罗诺克同样小声答道：

“不需要，同志们会把他安葬的，我们能对付。这家人以后会用到钱。”

出殡的日子到了。所有工厂都停工了。那天阳光明媚，天幕下的人群既庄重又喧闹，浓郁的芳香和森林火灾后淡淡的焦糊味儿混杂在一起。中学生也都罢课来参加葬礼。还来了一部分女中学生。胆小的女孩子留在学校没来。

特里罗多夫夏令营里的孩子们也决定来参加葬礼。他们送了两个花圈。花圈是用河边的黄草编织的，绿蜡一般的叶片上还留着闪烁多变的晨露的光彩。恬静的孩子们都来了。他们单独站在一起一声不吭。

市警察局也全体出动参加葬礼。甚至还从县里抽调了一些小警察。人群中和往常一样混入了一些小奸细。

人群开始庄严肃穆地移动。队伍举着一个个花环——花环上红花灼目，红带飘飘。哥萨克骑马维护着人群。他们眼神悒郁，充满怀疑——时刻准备实施弹压。响起了如歌的祈祷辞。每当沉寂了的祈祷再次响起来时，哥萨克们都会竖起耳朵仔细倾听。还好，幸亏念的都是祈祷辞。

伊丽莎白和特里罗多夫紧跟在棺材后面走在人群中。他俩谈论着如何使渴望欢乐的人欢乐，使渴望安宁的人恐惧的事。走在尘土飞扬，杂草丛生的路面那尖锐的碎石上，这给伊丽莎白留下了深刻的印象。

这条路很远。祈祷辞也一直伴随着，它既严肃又协调。随后，终于到了墓地，接着，是在小教堂门口台阶前烦闷的等待——需要尽快做一次安魂弥撒。

哥萨克们有点儿不耐烦了，但还是像一个紧紧的铁箍一般围护着人群。

棺材从教堂里被抬出来了。花圈又开始在人群头上摇曳。人们抬着棺材念着祈祷辞又走了好久。

突然，一个女人放声大哭起来——是死者家属在墓坑前哭泣。波杰耶夫老师从棺材前面站了起来。他用尖细响亮、传得很远的嗓音喊道：

“同志们，我们来到这里，来到这座公墓……”

一个宪兵队军官走上前来，冷峻地说：

“不行。请不要发表演讲举行示威。”

“可这是为什么?”

“不准许，求您了。不行。”军官冷冷地说。

波杰耶夫耸耸肩膀，走到一边，沮丧地说：

“我只好服从野蛮的势力。”

“是服从法律。”一个穿深色制服的军官严厉地纠正道。

人们拥挤在墓坑前，一个挨一个依次往坑里丢土。沉重的湿土呼啦啦地打在木板做的棺材上。

墓坑被填平了。人们静静地肃立着。随后又静静地离开。

突然，响起一个人的歌声。

紧接着，人群唱起一首骄傲而又哀伤的颂歌。哥萨克们用抑郁的眼神望着这一切。传来一声口令。哥萨克们飞快地跨上坐骑。歌声沉寂了。

走到墓地的围墙后，伊丽莎白说：

“我饿了。”

“到我家吃点儿吧。”特里罗多夫提议道。

“谢谢您，”伊丽莎白说，“不过最好找个小饭馆。”

特里罗多夫吃惊地瞥了她一眼，但没提出异议。他明白她好奇心重。小饭馆里人声嘈杂。特里罗多夫和伊丽莎白找了个窗口坐下。桌上铺着一块满是油渍、脏兮兮的桌布。他们要了些冷肉和三月牌啤酒。

一张桌前坐着一个小伙子，穿着一件红衬衫，大大咧咧地喝着酒。此人耳后夹着一根烟，而马车夫通常在那块地方夹一支铅笔。小伙子缠着邻桌，嚷道：

“谁他妈的醉了?”

“是啊，谁醉了?”邻桌一位年轻工人也轻蔑地反问道。

“是我呀!”红衣醉汉喊道，“我是谁你知不知道?”

“是啊，你是谁呀?是个什么家伙?”身穿细棉布黑色短衫的年轻工人嘲讽地反问道。

“我是博罗杜林!”醉汉的神情像是在宣读某位要人的名字。

邻桌上腾起一片哈哈大笑，还有人骂着粗话加以讽刺。红衣小伙子生气地嚷道：

“你是怎么想的?你以为博罗杜林是个农民吗?”

黑衫工人不知怎么生气了。他那凹陷的两颊泛起红潮。他从座位上跳起来生气地喊道：

“那么你到底是什么人?说!”

“按身份证是农民。预备役士兵。是吗?你以为就这些?”博罗杜林问道。

“嗯，什么人?”那工人逼近醉汉生气地嚷道。

“要按编号我是什么人?你知道吗?”博罗杜林问。

说着，他眯起双眼，脸上现出一副莫测高深的表情。同伴们把那位年轻工人拉回自己桌，小声劝着他。

“别管我。我什么没见过。”

“我是侦探!你以为我是什么人!”博罗杜林神气地说。黑衫工人鄙夷地啐了口唾沫，走回自己的桌。博罗杜林又说：

“你以为我糊涂?才不呢，老兄，我什么没见过。那你以为我是什么人?我是侦探。我能把任何人烤熟了。”

邻桌上的人们竖起耳朵听着，相互递着眼色。博罗杜林仍在胡闹。

“你是不是想进局子?”中间一张桌上的商人生气地问。他的一双黑色的小眼睛咄咄逼人。

博罗杜林哈哈一笑，嚷道：

“警察局被我攥在股掌之中。在我名下警察局就处于这么个位置。”

食客们大发牢骚。有人威胁道：

“趁你手脚还全，快滚!”

博罗杜林算完账就走了出去。突然人们听出街上聚起了一群人。伊丽莎白和特里罗多夫隔着窗子，看见那红衣小伙子在街上闲溜达，在离饭馆不远的地方纠缠路上的行人。街上传来他的喊声：

“我要告密！我逮捕你！给我十戈比！”

许多路人出于害怕都给了。博罗杜林不放过每个过路人：对男人，他摘下人家的帽子；对女人，他拽着人家；对小孩，他揪人家耳朵。女人们尖叫着躲避他的纠缠。胆小的男人拔腿就跑。勇敢点儿的一脸怒气站在原地。博罗杜林也不敢动这类人。小孩们一群一伙地跟在他身后，哈哈大笑，咕咕大叫。博罗杜林嘟囔道：

“你到我家看看！你知不知道我是谁？”

“喂，你是什么人？”被他撞了的小伙子问道，“酒囊饭袋！”

两人身边聚起了一群人。人群的脸色阴郁不祥。博罗杜林有些心虚，但还是放着胆子胡闹。他喊道：

“我得带走两三个人！”

人群突然揪打起博罗杜林来。一个年轻强壮的小伙子从人群中跑出来，手里拿着一块大石头。小伙子喊了句：

“谁家的狗在这里咬人？”

说着用石头狠狠地砸在博罗杜林的脑袋上。不幸的是，这一击打得太准了。脑袋里淌出一些黏糊糊富于弹力的东西。博罗杜林栽倒在地。人们仍在揍他。而用石头打他的那个工人却拔腿跑了。

伊丽莎白和特里罗多夫隔着窗子望着这一切。特里罗多夫喊道：

“哥萨克！”

街上的人四散跑开。血红的路上躺着一具一堆肉酱似的死尸。

17

奥斯特罗夫给特里罗多夫带来许多烦恼。特里罗多夫不止一次回想他和奥斯特罗夫初次认识以及最近和他们在斯科罗多日见面的情景。

在初次造访过了一周后，奥斯特罗夫第二次来到特里罗多夫家。初次见面后的那一个礼拜里，奥斯特罗夫始终未能摆脱那种奇特的窘迫不安的感觉。在他的记忆里，那次造访和与特里罗多夫的谈话，其全部详情细节都被他给搞得混乱不堪。不知怎么，他常常忘记今天是什么日子。对他来说，这一周时间过得太快了。或许这是因为在这一周时间里，他又认识了许许多多有趣的人的缘故吧。他甚至开始成为本城的一位名人了。

星期二深夜，奥斯特罗夫来到特里罗多夫家。这次没要他在门外等很久。他一到就被人领到一楼的一个房间。一分钟后特里罗多夫就来见他了。特里罗多夫似乎稍有些吃惊，略有些不自然地问：

“您有何吩咐？丹尼斯·阿列克谢耶维奇？”

奥斯特罗夫闷闷不乐地说：

“来取钱呗。来取慷慨大方的您答应给我的善款呀。”

特里罗多夫说：

“我等您周三来呀。”

奥斯特罗夫凶狠地一笑，说：

“干嘛非得周三，周二不也可以？您是不是不舍得您的钱呀？您已经大大地资本家化了啊。格奥尔基·谢尔盖耶维奇？”

特里罗多夫像是蓦然想起一件什么事儿似的。他露出微含讥讽的笑容，说：

“对不起，丹尼斯·阿列克谢耶维奇。我以为您明天来，这是咱们约好的呀。我还没准备好将要给您的钱。”

奥斯特罗夫很沮丧。他那张骨骼粗大的脸变得发黑了。红红的双眼露出凶光。他气恼地说：

“您要我过一周后来，我就过一周来了。我可没时间来它四十次。我还有别的事要办。既然答应给钱，那就给吧。再怎么不舍得，也得破破财呀。”

他越说越凶狠，到最后，居然用强有力的拳头猛拍起面前那张细腿的白色圆桌来。特里罗多夫平静地说：

“今天是星期二。也就是说，还不到一周的期限。”

奥斯特罗夫粗鲁地反驳道：

"怎么就没到！我上周二也不是没来过。您怎么搞的，是不是您所说的一周共八天，按法国人的算法，是不是？这对我可不合适。"

特里罗多夫依然耐心地说：

"您上周是周三来的。正因为此，我今天才没来得及准备好给您的钱。"

奥斯特罗夫不明白这是怎么回事。他疑惑地看了特里罗多夫一眼，沮丧地说：

"没准备好？还准备什么！不就从保险箱里抽出钱，数一数，不就给了么——这有什么难的。又不是多么大的资产——对您来说，不过是小菜一碟。"

特里罗多夫平静地反驳道：

"这得看是谁了。对我来说这绝不是小菜一碟。"

奥斯特罗夫粗野地哈哈一笑，嚷道：

"别装穷了！你以为我是个假哭穷的人呀！当初我们怎么会信任您呢。"

特里罗多夫腾地站起来，专注而又严厉地直视着奥斯特罗夫的眼睛，坚决地说：

"一句话，今天我无法给您这些钱。请您费神明天再来一趟，大约也在这个时候吧。"

奥斯特罗夫极不情愿地从椅子上站起来。他感到自己好像马上要被什么人揪住领子，强拉硬拽地拖出门口。奥斯特罗夫生硬地说：

"您可不要以为明天您仍能把我给骗了。我可不是那种用一顿早餐就能打发走的人。"

他那双小眼睛发出凶光。宽大的下巴凶狠地颤抖起来。可一双腿却不由自主地把他带到门口。

特里罗多夫平静地回答他道：

"不会的，我没想要骗您。您明天准能拿到钱。"

第二天晚上同一时间，奥斯特罗夫准时来了。这次，他被人带进了特里罗多夫的书房。奥斯特罗夫粗野地问：

“喂，怎么样啊，今天有钱没有啊？这次您不会又装假吧？”

特里罗多夫从书桌抽屉里抽出一包事先准备好的债券，递给奥斯特罗夫，说：

“请数一数。这里有两千。”

奥斯特罗夫打了个呼哨，悒郁地说：

“这太少。我要的比这多得多。”

特里罗多夫坚决地说：

“多了没有。这些对您来说足够了。”

奥斯特罗夫嘿嘿一声冷笑，问：

“要不，再多少加点儿。”

“不行。”特里罗多夫冷冷地说。

奥斯特罗夫用威胁的口气说：

“这点儿钱还不够我从这儿起身呢。”

特里罗多夫皱紧眉头严峻地看了一眼奥斯特罗夫。他脑子里涌现出一些新的想法，说：

“这样做对您可没什么好处。您要想留下来，那也请便，不过您在此地的一言一行都将在我的掌握之中。”

“那好吧 我走。”奥斯特罗夫嘿嘿发出一声蠢笑。

他拿起钱，认真地数了一遍，然后把那包钱藏进汗渍渍的常礼服口袋里，站起身来准备走。特里罗多夫对他说：

“再坐会儿。谈会儿话。”

与此同时 不知从哪个阴暗的角落里，忽然走出一个一身白衣的恬静的小男孩。他站在特里罗多夫的椅子后面，盯着奥斯特罗夫。小男孩白脸上那一双长长的黑眼睛，盯得奥斯特罗夫心里直发毛。奥斯特罗夫像一只口袋似的沉甸甸地颓然倒在书桌前的安乐椅上。他的脑袋直发晕。随后，一种奇特的无所谓和听天由命的感觉，攫住了他的全部身心。他脸上现出一种迟钝的表情，似乎愿意随时服从某个忽然征服了他的全部意志的强者的命令而做一切事。特里罗多夫仔细打量了奥斯特罗夫一番，说：

‘嗯，说说吧。现在您就亲口对我说说，你到这儿来为什么事，您在这里参与了那些事儿。您当然还没来得及做好多事儿，但有的我们已经知道了，说吧。”

奥斯特罗夫有点儿愚蠢迟钝地嘿嘿一笑，像穿在一根弹簧上似的忸怩了一下，说：

“好吧。我一文不收地给您讲些十分有趣的事。”

特里罗多夫依然用沉重的、关注的目光死死盯着奥斯特罗夫的脸，重申道：

“说吧。”

恬静男孩那顽固而又带有疑问的目光，也始终死盯着奥斯特罗夫那张脸。

“您知道是谁把警察局长给杀死的吗？”奥斯特罗夫问。

特里罗多夫没做声。奥斯特罗夫仍然毫无意义地嘿嘿笑着，同时也毫无意义地忸怩着身子，说：

“杀了人就溜了。就像报纸上说的那样，利用周围人的混乱和黑暗，溜了。警察局到现在也没抓到凶手，而且，当局也不知道他是什么人。”

“可您知道吧？”特里罗多夫语调平稳、冷漠地问。

“我知道，可我不会告诉您的。”奥斯特罗夫歹毒地说。

“说吧。”特里罗多夫坚定地说。

说罢，用更加严厉坚决的口气，大声重复了一遍道：

“说吧，是谁把警察局长给杀死的！”

奥斯特罗夫身子倒在椅背上。他那张涨得通红的脸上浮现出一层灰白色。充血的双眼半睁半闭，煞像一只被人丢弃的、肚子里装有机关的半躺半坐的玩具娃娃。奥斯特罗夫像个濒死者一样有气无力地说：

“是波尔季宁。”

“他是您的朋友？”特里罗多夫问，“喂，接着说呀。”

奥斯特罗夫依然有气无力地说：

“这不此刻他正被通缉。”

特里罗多夫继续问：

“波尔季宁为什么要杀死警察局长？”

奥斯特罗夫嘿嘿一声蠢笑，说：

“这是微妙的政治！事出了，也就是，有这必要呗。至于究竟为什么，这我不能告诉您。即使我愿意也不能。我自己也不知道。

我只是大胆猜想罢了。可我的猜测又能有什么意义呢?”

“是啊,”特里罗多夫说,“这一点您也许也真的无法了解。接着往下说。”

“现在才接触到正题了,”奥斯特罗夫说,“这对我们来说乃是个千载难逢的好机会。简直是一块到嘴的肥肉。”

“是吗?”特里罗多夫问道。

从他脸上看不出惊奇之色。奥斯特罗夫说:

“我们有个铁哥们,叫波采卢伊契科夫。”

“是个小偷?”特里罗多夫简洁地问。

奥斯特罗夫几乎是有意识地嘿嘿一笑,说:

“贼不贼的,反正对他你得把东西放好了。这是一个在这方面很严谨的人。”

奥斯特罗夫双眼流露出恬不知耻的表情。特里罗多夫问:

“那么他对您所说的那桩大买卖究竟怎么看?”

奥斯特罗夫解释道:

“我们常打发他去找那些当地的土财主们。”

“去敲诈勒索?”特里罗多夫问。

奥斯特罗夫十分满意地回答:

“正是。比方说,他来找一个土财主。他说我来是为了和您谈一桩秘密交易,对您个人会有极大利益。等到身边就只剩下他和土财主两人时,他又说给我五百卢布。那土财主,不用说,是坚决不答应——这叫什么事?凭什么报这么高价呀?他说,嗯,是这样呀,这不就是服务费嘛。要不然啊,他说,我会把您的大儿子送进监狱,因为我有证据。您大儿子涉嫌谋杀了勇敢的警察局长。”

“土财主会给吗?”特里罗多夫问。

“有的给,有的却会把他赶出去。”奥斯特罗夫回答。

特里罗多夫鄙夷不屑地说:

“真是一帮好伙伴!你们还想干什么事?”

奥斯特罗夫仍和先前一样毫无意志地服从特里罗多夫的吩咐,对特里罗多夫讲了他们这伙人想要盗窃附近修道院一尊能显灵的圣像的图谋。他们打算把偷来的圣像烧了,把圣像身上镶嵌的贵重宝石卖了。这件事很难办,因为圣像被看得很严。但奥斯特罗夫那些朋友们打算充分利用夏季的某个节日，到时候，等送走著名的朝圣者们后，修士们会一醉方休。因此，小偷们还有一个多月时间用来筹备这次盗窃，他们打算利用这段时间和修士们交朋友，混进修道院去踩点。

特里罗多夫默默听完这一席话，随后对奥斯特罗夫说：

“别忘了您从未对我讲述这一切。拜拜。”

奥斯特罗夫慌了。看样子他好像是才从睡梦中醒来似的。他搞不清导致自己如此窘迫的原因是什么，只是笨拙地道了别，就走了。

特里罗多夫想自己必须对本地主教辖区的主教，发出有人正在策划盗窃能显灵的圣像的预警。

主教佩拉吉就住在那座保留着一尊备受人们崇拜的圣母像的修道院里。而在这同一座修道院里，还保留着一位长老的干尸。人们从俄国的四面八方涌到这里来朝拜这些圣物。因此，这座修道院很有钱。

特里罗多夫思考了很久，想究竟采用什么办法通知佩拉吉主教这桩正在策划中的偷窃。他讨厌采用寄匿名信的方式。他认为自己亲口告诉或是以自己名义写封信给主教可能会更好。可要这样做，问题就来了，特里罗多夫本人究竟是从哪儿得知这桩阴谋的呢。要知道，说不定有人会怀疑他——特里罗多夫本人就是那帮罪犯的同伙。即使不这样，本地的市民们也早已对特里罗多夫不正眼相看了。

使他害怕的是自己又要被卷入一桩蹊跷的案件中了。他早已对自己身上这种奇特的旺盛的好奇心而自责不已，正是这种好奇心迫使他强迫奥斯特罗夫供出实情。其实，要是对这桩罪恶阴谋一无所知倒未尝不是一件好事。可他认为自己没有任何理由隐瞒这件行将发生的窃案。他认为修道院生活的阴暗面，不足以证实奥斯特罗夫的同伙策划的这桩窃案的合理性。更何况这件事的后果可能会非常危险。

特里罗多夫最终决定要亲自去一趟修道院。“到了那里，”他想，“一切就会看得更清楚，总归能找到通知主教的好办法的。”可是，他对这次出门是那么不喜欢，以致一而再再而三地拖延了行期。

18

特里罗多夫知道自己爱上了伊丽莎白。他熟悉这种感觉——既甜蜜又痛苦的恋情。爱情又来了，并再次照亮了整个世界。可为什么这一广阔而又无以企及的世界，竟会充满有关过去和过去的人的回忆了呢？可是，爱上她，爱上伊丽莎白，这也就意味着，要爱和接受世界——整个世界呀。

这种感觉令特里罗多夫不安。对尚未从心中摆脱的过去的困惑，又加上对由于奇妙的灵感而肇始的、尚未仔细斟酌的今天，对未来新的无以预计的关系的困惑。而爱情本身难道不就是实现理想的工具吗？

起初，特里罗多夫想要把自己身上这一新的恋情压抑下去，把伊丽莎白彻底忘掉。他竭力远离拉缅耶夫家，不到他家去，可是，爱情却一天比一天更强烈。有关伊丽莎白的思绪和幻想越来越经常地萦绕在心中。它们与其心灵的全部内容融为一体，密不可分了。他常常用铅笔在纸上勾勒出她那洋溢着解放气息的欢乐的青春的、既严峻又温柔的侧影，她简朴的装束，她肩膀和脖子以及她那条宽带的结扣的速写。

一个残酷的愿望一再袭上他心头——压抑和打消温情脉脉的甜蜜恋情。所以，特里罗多夫已经一连好几天没来拉缅耶夫家了。甚至在那些按照迅速养成的习惯，拉缅耶夫一家人本应期待他到场的日子里，也不露面。

伊丽莎白觉得特里罗多夫的这种做法，意在故意表现他对此事并不重视，所以，使她很伤心。可是，每当彼得破口大骂特里罗多夫时，伊丽莎白仍然竭力为他辩护。她常在心里通过想象再现他的外貌特征——善于观察的深邃的目光，嘴角唇边那讽刺的自负的微笑，像演员一样刮得泛青的、像面具一样冷漠的苍白的脸。她爱得是如此痛苦而又甜蜜，以至她那双蓝眼睛的每次眨动，都泄露了内心深藏的甜蜜的理想。

很久没见到特里罗多夫，拉缅耶夫明显感到十分寂寞。他那么快就已经习惯于他了。和特里罗多夫聊聊天，有时甚至吵吵嘴，他感到很愉快。大约两次，他来找特里罗多夫却赶上他没在家。拉缅耶夫一连写了好几封邀请函。特里罗多夫的回信很礼貌，拐弯抹角地表达了自己对不能前来而感到遗憾。

一天晚上拉缅耶夫冲彼得发了火：

“就是因为你的愚蠢，这人从此以后再也不来了。”

彼得生硬地说：

“他不来我才高兴呢。”

拉缅耶夫严厉地盯了他一眼，说：

“可我不高兴。这个荒凉偏僻的地方总共只有一个有趣的人，还让你们给吓跑了。”

彼得连忙道歉。他感到很不自在。他一个人走出家门，并没有什么目的，就只是想离开家人独自待一会儿。

晚霞长久地在天边燃烧着，痛苦万分地不愿退去，就好像这会是它的末日一般，直到最后才终于消失。整个夜空变得一片蔚蓝——蓝幽幽的。只有西北方向的天边现出一抹透明的绿色。寂静的星星透过高远的蓝色的夜空泛着颤巍巍的光。在亮得透明的夜空中，月亮早已经泛着青白色，此时，它升得更高了，变得又黄又亮。地上已经黑得几乎伸手不见五指。在炙热的白天过后，河岸弥漫着清凉的气息。空气中弥漫着一种森林火灾留下的焦糊味儿，但在清爽宜人的夜霭里，这种气味所包含的讨厌的辛辣的苦味儿，也大大地减淡了许多。一条碧发绿眼的美人鱼，正在黑乎乎的矮坝附近戏水。水波发出哗哗的水声，应和着美人鱼那嘹亮的笑声。

彼得沿着湖边的林阴道默默地踱步，心里在想着伊丽莎白，他的思绪忧郁而又慵懒，确切地说，他是在回忆或幻想，要不就是不由自主地让自己的大脑神经处于一种忧郁而又自由组合的状态。万籁俱寂的、如此熟稔的静静的夜晚，无声地向他诉说了许多能令人清醒的话，那就是，对于像伊丽莎白这样强大、直爽而又朴实的𬌗娘来说，他灵魂的构造是太恬静柔弱了。

他敢于在小事上出出风头，但却缺乏伟大的勇敢无畏的精神。他只信仰基督，只信仰反基督，只相信自己的爱，和她的冷漠！他只是会寻找真理却不会创造真理——既不会把上帝从虚无中召唤出来，也不会从辩证的狡辩中把魔鬼，从偶然的激情中把胜利的爱情，从固执的“不”中把胜利的仇恨——创造出来。可他爱着伊丽莎白啊！他很久以来就爱上了她，爱得醋意盎然，爱得软弱无力。

爱过！多么令人悒郁啊！春天的慵懒，清晨的喜悦——远方的回声——眼眶里的泪水——而她嫣然一笑：一切就会过去——亲爱的！我是多么悒郁！世上的一切是多么晦暗不明——无论是爱情还是冷漠的心。

突然，彼得发现特里罗多夫就在自己身边。特里罗多夫直冲冲地向彼得走来，就好像根本没看见他似的。他走得很快，但又像机械一样刻板，煞像一具靠装在肚里的机关运行的玩具娃娃。他的一只垂下的手里拎着帽子，脸色青白，眼神疯狂，目光炯炯。嘴里断断续续地说着什么，他走得是那么快，以至彼得都来不及闪避。他俩在几乎相撞的最后一刻才面对面地站住了。

特里罗多夫像是猛然惊醒一般发现对面还有一个人。他脸上显出惊恐之色。彼得笨拙地闪避在一旁。特里罗多夫快步走近前来，仔细地瞅了一眼后，迅即转身背对月光。彼得也不由自主地学他的样子，也转过身来。于是，月亮恰好照在彼得那张漂亮的脸上，清冷的月光下，他的脸白得十分奇特。

特里罗多夫用惶惶不安、微微颤抖的声音说：

“噢，原来是您？”

“正如您所见。”彼得嘲弄地说。

特里罗多夫说：

“没想到会在这里遇见您。我还以为您是……”

可他的话没来得及说完。彼得闷闷不乐地问：

“您把我当成什么人了？”

特里罗多夫没理他这个问题，又问：

“可您怎么会在这儿？……这没什么人。您没听说点儿什么？”

彼得懊丧地说：

“我所受的教育不允许我偷听。更何况诗的片断更是我无以问津的。”

“偷听！这是谁说的！”特里罗多夫敏捷地说，“不不，我是说，您是否不自觉地听到过一些令您感到奇怪、费解或可怕的话没有。”

“我到这儿纯属偶然，”彼得说，“我只管走路，没空儿偷听。”

特里罗多夫仔细打量了彼得一眼，叹了口气，一低头，小声说：

“对不起。我的神经有点紊乱。我已经养成了在我的幻想和我那恬静孩子们的和平社会里生活的习惯。我喜欢隐姓埋名。”

“您那些恬静的孩子们都是从哪儿来的？”彼得沮丧地笑着问。

特里罗多夫却像是没听见一般，继续说：

“对不起。我常常会把仅在我想象中存在的东西当作现实。或许始终如此。我靠对理想的热爱而活着。”

这番话语调诚恳，渗透着一种莫可名状的忧郁情绪，使得彼得也不由地可怜起特里罗多夫来。他对特里罗多夫的仇恨之心突然淡化了，犹如月亮在徐徐上升的太阳光下隐没一般。

特里罗多夫哀伤地小声说：

“我身上有太多奇怪的特点和怪异的习惯。我走向人群总归徒劳。要是能让我一个人和我那些无辜恬静的孩子们，以及我的秘密和梦境永在一起，那就好了。”

“为什么？”彼得问。

“我有时觉得别人都在妨碍我。”特里罗多夫说，“他们自己烦闷无聊，而他们那些琐细的日常小事也同样索然乏味。而且它们与我有何关系呢？唯有我是唯一无可置疑的。和人相处是一个沉重的负担。他们所能给我的是那么少，而为了这很少的一点儿东西，这些贪婪而又凶恶的人们，却要吞噬掉我的整个心灵。在多少次我走出由这些人组成的社会时，被搞得筋疲力尽，备受屈辱和蹂躏。呵，幽居独处，孤独的甜蜜，对我来说简直就是美妙的节日！哪怕只有两个人也行。”

“可您还不是得两个人一起过吗！”彼得突然狠狠地说。

特里罗多夫仔细打量了他一眼，说：

“生活是悲剧性的。它以残酷无情的嘲弄的力量在粉碎一切幻想。您当然也知道，伊丽莎白的心灵是悲剧性的，一个人必须具有极大勇气，才敢于走到她面前对她说出生活中那一伟大的‘是’。是的，伊丽莎白……”

由于嫉妒发狂，彼得浑身颤抖地喊道：

“伊丽莎白！啊！您为什么要说起伊丽莎白呢？”

特里罗多夫眼睛紧盯着彼得。稍顷，他以一种十分奇特的嗓音缓缓问道：

“您不害怕吗？”

“我有什么可怕的？”彼得郁闷地答道，“我压根儿就不是什么悲剧性人物。我走的道路我很清楚，而且我也知道领我前行的是谁。”

“这人您并不知道，”特里罗多夫反驳道，“不过，叶莲娜也挺可爱。什么人害怕承担恐惧而伟大的事业，什么人喜欢甜蜜的靡靡之音，叶莲娜就是为他准备的。”

彼得没吱声。一些新的——别人的？——思想盘旋在他的脑际。他倾听着这些思想，突然说道：

“您很久没去我们家了。您很招我们家人喜欢。您在那儿不会感到任何不便。一旦愿意就请来，事先说也好，不说也行，随您的便。”

特里罗多夫默默地笑了一笑。

彼得·马托夫很晚才情绪灰暗地回到家。家人都正坐着吃晚餐。伊丽莎白看了他一眼，那神情似乎是在寻找另外一个什么人。

“我迟到了，”彼得窘迫地说，“我也不知怎么搞的走得太远了。”

他自己也搞不明白是什么使他如此窘迫。他好不容易才认出打扮成男孩的伊丽莎白：穿一身水手装的短裤和短上衣。她仪态万方地坐在桌前，脸上露出心不在焉的淡淡的笑容。

叶莲娜脸上不知为何红扑扑的，一举一动都无声无息——她的举动令人觉得有一些谨小慎微，或是隐藏着一种胆怯的愿望。彼得依其所愿，坐在她的身边。叶莲娜看他的眼神是温柔的，充满爱意的。她的目光打动了他的心灵。他想：“为什么我就不能爱叶莲娜呢？为什么我就不能只爱她一个人呢？这是不是由于意志软弱蒙蔽了双眼而犯下的一个奇特的错误呢?”

看着叶莲娜，他开始充满柔情地和她说起话来，心中燃起对于新的恋情的渴望之火。就好像那位在清爽的河边的那个奇人，以其奇妙的权利，而把这一新的爱情植入他的心里。叶莲娜心中也充满了喜悦。

19

从此以后，特里罗多夫又开始常来拉缅耶夫家了，他对恬静悠闲的独居生活的热爱，也多少被克服了一些。他已经不在心里与这种想要与伊丽莎白见面的无法遏止的欲望作对了，而是深情地凝视着她那双蔚蓝色的、深邃的眼睛，倾听她甜蜜话语，倾听她发出的银铃般悦耳的声音，全身心地感受她身上清新的、处女般的、青春的气息和魅力。凝望她那身朴实的衣着，给人以信任感的肩背，双腿经日晒后留下的淡淡的黑色以及她脸上俊美的线条，是多么令人心旷神怡的一件事呀。

和特里罗多夫相处，伊丽莎白那阳光般金黄的深谷被化为一座蔚蓝色高耸入云的山峰。伊丽莎白的爱以及爱的愿望，也变得日益强烈，想要克服一切讨厌的障碍。

拉缅耶夫喜爱地看着伊丽莎白和特里罗多夫，心里燃烧着一种老年人特有的喜悦之情。他似乎在想：“等他们结婚，会给我生一大堆小孙子的。”

家里人甚至已经约好了特里罗多夫到来的时间。他和伊丽莎白常常单独在一起。这种摆脱了他人——无论亲疏远近——的单独相处，使两个人更加亲近了。他俩常常走进园子深处某个荒凉空旷之处，躲在清新飘逸的黑杨那枝繁叶茂，散发着艾蒿的香气和淡淡苦味儿的树阴下长谈。

和伊丽莎白相处时，特里罗多夫像他幽居独处时一样自在，总是诚挚朴实地有啥说啥。他俩聊过的话题是那么多，就好像他们必须把整个世界，都纳入由急速奔跑的话语组成的一篇狭仄的概述里去。

走过陡峭的河岸，走在高大的黑杨和美丽的鞑靼槭浓密宽大的树阴下，聆听着岸边灌木丛里小鸟欢快的啁啾声，伊丽莎白说：

“存在的感觉真甜蜜，它充满喜悦和生命力。就好像在我的头顶展现了一片新天，大地被初露滋润，紫罗兰和铃兰初次盛开，就如可爱无比的、芬芳馥郁的香草夫人初次捧出五月的琼浆。”

特里罗多夫哀伤地一笑，说：

“而我却感到生活无比沉重。可又有什么办法呢？我不知道什么将是我的命运，哪儿的生活悠闲而宁静。”

“可为什么要让生活悠闲而宁静呢？”伊丽莎白反驳道，“我渴望烈火和激情。哪怕为此死去也罢。我要让自己在起义和欢乐的烈火中燃烧——啊！”

“是啊，”特里罗多夫说，“咱们是需要在自己身上发掘新的潜力和力量。只有那时，新的生活才得以创造。您说我们需不需要新生活？”

“那我们得怎么做？”伊丽莎白问。

“我也不知道。”特里罗多夫忧伤地说。

“可您到底想要什么？”她又问道。

“或许我什么都不想要，”特里罗多夫说，“我好像对生活一无所求似的。而我现在正在做的那些事，我做起来就像是在建立一种伟大的功勋似的。”

“您的生活过得好吗？”伊丽莎白惊奇地问。

他说：

“我生活在一个十分奇特而又极不可靠的世界里。我是活着，可是生活却从我身边流逝。女人的爱情，青春的热情，年轻人激情洋溢的希望——所有这一切都被永久地封闭在一个可望而不可及的可能性的领域里了。或许会永远无法实现。”

伊丽莎白在心里默默地，一下一下地数着属于自己的沉默不语但却激情满怀的时刻。这些有关软弱和颓丧的忧伤的话语，令她也感到分外压抑——可她并不相信这番话。而特里罗多夫却像是故意用漂亮而又软弱悲伤的话语刺激她似的说：

“费了好大力，却没得到多少快乐。生活就像一场疯狂而又痛苦的梦一般消失了。”

“噢，那没关系，只要它足够辉煌！只要它足够沸腾！”伊丽莎白感慨道。

特里罗多夫笑笑说：

“觉醒的时刻就要到了。人到暮年，寂寞难耐呀。空虚而无目的的生活正朝着一个未知的世界走去。你会情不自禁地问自己，而又没有找到应有答案的任何希望：为什么我会穿着这么一身奇特而又偶然的外衣活着？为什么我会选择这么一种命运？为什么我会这么做？”

“可这是谁的过失呢？”伊丽莎白问。

特里罗多夫答：

“已经成熟到可以认识全部宇宙的意识告诉我，全部过失都在我。”

“而全部功勋也都在我。”伊丽莎白说。

“而功勋是不可能有的！”特里罗多夫说，“奇迹是不可能有的。我很想但却无法使自己摆脱这一存在的牢固的枷锁。”

伊丽莎白说：

“您说，对您来说爱情是无以实现的。可您不是还有过一个妻子吗？”

特里罗多夫忧郁地说：

“有过，那段时间短得像白驹过隙。那是爱情吗？我不知道。一阵激情，癫狂之后，便是死亡。”

“可生活中还会有甜蜜的事物的。”伊丽莎白充满信心地说。

特里罗多夫回答她道：

“是啊，会有另外一种生活，可它与我有何关系？让自己成为另外一个人，一个简简单单的人，成为一个婴儿，一个手拿鱼竿、赤着双脚、傻乎乎大张着嘴的小男孩。实际上，只有孩子们是在真正地活着。我对他们嫉妒得心疼。我对那些距离这些不能给人以任何欢乐的理性的果实相当遥远的、朴实得不能再朴实的孩子们，嫉妒得心疼啊。活着的只有孩子们。成年是死亡的开始。”

“你是说要热爱——死亡？”伊丽莎白笑嘻嘻地问。

她一边谛听着这一番清脆悦耳、不无忧伤的漂亮言辞，一边小声复述着，同时，她听到一个低低的声音说：

"要热爱死亡！"

她侧耳谛听着，随即便听到他说：

"她爱过就死了。"

伊丽莎白小声问道：

"您的第一位夫人叫什么名字？"

话一出口，却连自己都吃了一惊：她为什么会说"第一位"——他只有过一个妻子呀。于是，她脸上渐渐泛起一阵红晕，直到红霞满天。

特里罗多夫沉吟片刻，像是根本没听见似的没吱声。伊丽莎白也就没有再问这个问题。可他突然一笑，说：

"比方说咱俩，不也感到自己都是活人，不也感到世上没有什么东西比我们自己的生活，我们对生活的感觉，更无可置疑的吗？可是，或许我和您压根儿就不是什么活人，而不过是一部长篇小说里的人物，而这部长篇小说的作者压根儿不会费心去思考什么外在的逼真性问题。他用他那奇妙无比的想象力虚构了这片阴郁的土地，然后又用这块黑乎乎的、罪孽深重的土地，培植出了这些奇美的鞑靼槭，这些高大的黑杨，这些躲在灌木丛里叽叽喳喳的小鸟儿和我们。"

伊丽莎白吃惊地望着特里罗多夫，随后，笑着说：

"我只希望这部小说本身有趣好看就成。哪怕它以死亡结束也罢！可您不妨说说，为什么您写得那么少呢？"

特里罗多夫以一种出乎意外的紧张甚至激愤的语气答道：

"为什么我要写一部又一部书，为的仅仅是不厌其烦地讲述他们怎么相爱，怎么又不相爱这个过程呢？我要写就写只有我自己才能说，而且从未有人说过的话。可前人说过的话实在是太多了。与其写一卷又一卷毫无必要的书，倒不如只给前人补充一句话。"

"有些永恒的主题是永远不变的，"伊丽莎白说，"难道不正是它们才构成了伟大艺术的内容吗？"

"我们永远都不会是首创者，"特里罗多夫说，"当我们出现在这个世界上时，世界已经有了现成的遗产。我们则是永恒的继承者。因此，我们不是自由的。我们其实是在用别人的，死者的眼睛在观看这个世界。可我只要活一天，就要写一天属于我自己的东西。”

通常，在特里罗多夫和伊丽莎白单独谈话的同一时刻里，彼得则常常会一个人爬到山顶上。有时候，从山顶下来的他会双眼通红——不是因为哭鼻子，就是因为山顶狂暴的风。他的日子过得可不轻松。有时，对特里罗多夫的仇恨和妒忌，还是会阵阵地袭上心头，折磨着他的心灵。

彼得有时会有意给伊丽莎白制造一些令她不快或尴尬的场面。他既爱她也恨她。他想杀了她——可他又怎么下得了手啊！即使是深入骨髓的仇恨，他也无法坚持多久——无论是对伊丽莎白还是对特里罗多夫。

他对特里罗多夫的了解更近了一步——因此仇恨也就失去了以往的强度，不再像以前那样如一团燃烧的荨麻那么火爆了。他怀着好奇心仔细观察，这才开始慢慢有所理解。无意识的仇恨消失了，取而代之的是对把他俩分隔开的深渊的清醒认识。可这却使他更加烦恼不已。

他一再下决心离开，犹犹豫豫，举棋不定，最后还是又留了下来，他始终在郁闷中，在徘徊中。

可米沙却完全被特里罗多夫给迷住了。他喜欢和伊丽莎白在一起尽情谈论特里罗多夫。

一天晚上，彼得来找特里罗多夫。他是多么不愿意来呀，他心里相互对立的情感冲突不已。可是，按照不成文的礼貌规矩，他又不能不来一趟。

两人这次又吵了起来：按照彼得的观点，革命使宗教和文化受到了伤害。这场争论既无必要也很乏味！可是，彼得还是忍不住为了抨击“解放运动”的极端性而说了几句狠话。

争论中他始终感到不自在。一直想在怀里抱个什么东西，做点儿什么事似的。他感到自己六神无主，惶惶不安。他从写字台上时而抓起件什么东西又放下。接着他抓起一个棱镜。特里罗多夫浑身一颤。随即小声而又模糊地嘟囔了句什么。彼得没听清，他惊奇地打量着手中沉重的棱镜，笨拙地放在手中把玩着，心里在捉摸这东西为什么这么重。特里罗多夫神经质地颤抖着。而此时笨手笨脚把玩棱镜的彼得，不小心磕了桌角一下。特里罗多夫浑身又是一颤，嚷了句什么，随即一把从彼得手中夺下棱镜，余悸未消地说：

“别碰这个。”

彼得吃惊地看了特里罗多夫一眼。他很懊恼。显然特里罗多夫也很不好意思。彼得不自然地笑着问：

“这是件什么东西?”

“怎么对您说呢!”特里罗多夫说，“这东西关联着……请原谅我说话鲁莽。我刚才感到这件东西马上就要从您手中掉下去了，而我不愿……这好像有点儿任性……而实际上，这事说起来十分无聊……这么说吧，这件东西和我一个非常遥远的记忆有关。真的，连我自己也弄不明白，我为什么要在自己的写字台上保留这么一件压根不好看的玩意儿呢？可有些非常私密的回忆和它……您能理解吗……而我，真的，非常遗憾……”

彼得困惑地听着这番话。他突然意识到自己长时间保持沉默是极不礼貌的，于是，不知为何也不好意思地说：

“请别担心。我很理解有些东西……如果谈起此事您感到心情沉重或不快，就请您……”

特里罗多夫窘急慌忙，前言不搭后语地又说了一番话：又是请求原谅，又是表示感谢。他直到看到谢米洛夫走进来，才如释重负地松了口气。

彼得把一腔怒火转移到再次返回的人，用嘲讽的语气问：

“又自由了？这次能持续多久?”

“溜之大吉了，”谢米洛夫宁静地说，“现在转入非法状态了。”

彼得很快就走了。

“今天?”谢米洛夫问，“在这儿?”

“是的，咱们在我这儿集合，”特里罗多夫说，“他还没走，有要事和重大新闻。需要组织个什么，散发点什么。”

“您的家倒是很合适，”谢米洛夫说，“咱们可以尽情玩一会儿吗?”他一边舒适地坐在宽大的沙发上，一边指着香烟匣子问道。“很合适呀。”他点着香烟，又重复了一句，“那帮人暂时还没想到，即使他们来，所有这些出入口和隐秘角落……非常合适。

至于藏书——地方也有的是，不像我那儿，只有一只木箱可以藏书。"

20

城里不太平静：人们正在准备罢工，爱国主义的游行示威此起彼伏。一些可疑的人来到城郊，走村串户地散发一些狗屁不通的传单和宣传品。传单声称农民如果不起义，他们就要放火。放火的，是那些因罢工而被工厂解雇的"大学生"。农民们相信了这一传言。有的村里夜里安排了守夜人捕捉那些纵火犯。

奥斯特罗夫开始在城里扮演主角了。他把他从特里罗多夫那里弄来的钱很快就挥霍一空。目前他还没胆量再去求特里罗多夫，但他显然有所希求，因此，留在城里没走。

奥斯特罗夫在城里碰见他的一个老朋友雅科夫·波尔季宁。

克尔巴赫和热尔别涅夫写信把雅科夫·波尔季宁及其他两位黑色百人团成员从首都召来。这么做明显的目的，是在他们和科诺帕茨卡娅将军夫人最近共同建立的全俄黑色百人团联盟当地组织和中央组织之间建立联系。而潜在目的，有关这一目的，这些可敬的人们即使是相互之间也不直说，而仅只采用暗示，这目的是借此三人之力在这个城市干一件爱国主义的大事——直截了当地粉粹知识分子。

雅科夫·波尔季宁领奥斯特罗夫造访每个爱国者的家庭。城里有一帮时刻准备赴汤蹈火的可疑人。雅科夫·波尔季宁把奥斯特罗夫拉进了这一伙人中。

有一次，当这伙人聚在雅科夫·波尔季宁坐落在城郊的肮脏的小破屋纵酒狂欢时，产生了想要盗窃修道院那尊为人所仰慕的圣像的想法。波尔季宁说：

"那圣像身上的珍贵宝石多得不计其数——钻石、宝石、红宝石。数百年财富累积而成。东正教的俄罗斯教母辛勤积攒的【

果呀。”

小偷波采卢伊契科夫对他随声附和：

“绝不会少于二百万。”

“嗯，夸张了吧。”奥斯特罗夫将信将疑地反问道。

雅科夫·波尔季宁摆出一副知情者的样子说：

“一点儿没夸张。再不济，也有二百万，弄不好，还会有足足三百万呢。”

“怎么出手呢？”奥斯特罗夫问。

雅科夫·波尔季宁自信地说：

“这我有办法。人家付的钱相比而言数量很小，可咱们毕竟能赚个五十万。”

这伙人开起了亵渎神像的玩笑。

雅科夫·波尔季宁早就产生了想要干件大事，好把水搅浑的隐秘想法。暗杀警察局长的确产生了强烈的效果。可这和雅科夫·波尔季宁正打算做的那件事比起来，不过是小事一桩。偷窃并毁坏能创造奇迹的圣像，这才叫真正的大事呢！雅科夫·波尔季宁说：

“人们一定会以为是社会主义革命者们干的。为了党的事业而剥夺，准是这样。谁都不会怀疑到我们头上。”

“这对那些神父们可是一次极大的震撼。”从前的教师，曾因酗酒闹事和小偷小摸蹲过监狱，丧失权利的莫林嘀咕道。

同伙们开始策划密谋中的盗窃事件。时而这个时而那个，分头开始到修道院踩点儿。

奥斯特罗夫尽管常常喝得酒气熏天，但也还是时常到修道院转悠，去的次数远比他那些同伙多。修道院的人很乐意接待奥斯特罗夫。他以其表面的虔诚赢得了管理修士的长老的欢心。这座教堂里有好多酗酒的修士，那帮人更喜欢奥斯特罗夫。这帮修士撺掇奥斯特罗夫加入本地的黑色百人团组织。他们说这是能够取悦于上帝的事业。他们和奥斯特罗夫进行爱国主义的、甜得肉麻的密谈，还和他纵酒狂欢，通宵达旦。

修道院对波尔季宁和波采卢伊契科夫也丝毫不敢怠慢。

人和人之间有时会织成一种十分奇特的关系网。尽管彼得·马托夫对奥斯特罗夫极不友好，但奥斯特罗夫竟能和他攀上交情。他们的交情居然发展到有一次彼得和奥斯特罗夫谈妥一块去修道院。

富有的将军遗孀格拉菲拉·帕芙洛芙娜·科诺帕茨卡娅在本城具有极大影响力，这是一个精力充沛，喜欢独断专行的太太。她是黑色百人团各类活动最积极、最慷慨的赞助人。由于她的慷慨好施，她被选为全俄黑色百人团联盟本省委员会主席。本地黑色百人团分会的会议，以及其他被冠以华丽的与革命和无政府主义积极斗争之美名的秘密协会，也都在格拉菲拉·帕芙洛芙娜家举行。

登记入盟的仪式往往被搞得十分庄重严肃。联盟尤其注重吸收工人参加。发给每个新入盟的成员一枚徽章，一把勃朗宁手枪和一点经费。然后是集体痛饮狂欢。

当地爱国者们一提及格拉菲拉·帕芙洛芙娜家，就会说："这里有俄罗斯精神，这里洋溢着罗斯的气息！"

每次会后她家就会到处弥漫着伏特加和马合烟的气味。她家人夏天打开窗户，冬天则把壁炉烧得暖暖的，来拼命驱散这种污浊的气体。

有些工人或为了贪财，或出于无知加入了他们的联盟。工人当中信仰坚定的黑色百人团分子数量极少。还有两三个信仰坚定的革命者，和雅科夫·波尔季宁一样同时既为我们也为他们的目标服务的人，也加入了这个从事积极斗争的联盟。他们领到勃朗宁枪后就把它们转交给了革命组织。联盟很晚才发现这一事实。

克尔巴赫和热尔别涅夫是好客而又舒适的格拉菲拉·帕芙洛芙娜家的常客。一些长舌妇们甚至散布一些流言蜚语，把将军夫人的名字时而和克尔巴赫，时而和热尔别涅夫的名字搅和在一起。但这全是胡说八道。将军夫人的心里，只装着一个在省长身边负有特殊使命的年轻官员。

有一次在科诺帕茨卡娅家的午饭后，克尔巴赫和热尔别涅夫对格拉菲拉·帕芙洛芙娜讲了奥斯特罗夫的事。是克尔巴赫先开的头。他说：

"格拉菲拉·帕芙洛芙娜，我这儿物色了一个人，我想您应该了解了解他。"

"我这儿也有个真挚热情的小伙子。"热尔别涅夫说。

克尔巴赫不十分友好地盯了打断自己的热尔别涅夫一眼，说：

“起初我对此人没什么好感。”

可热尔别涅夫并不甘心。

“我说的这个人刚开始，我也同样不十分看好他。”他说。

“他的样子一看就像个强盗。”克尔巴赫说。

热尔别涅夫也不甘落后。

“一点儿不差，我说的那个人也一样。”他像是在宣布一件兴高采烈的事似的说。

克尔巴赫说：

“可他内心像儿童一样纯真，是个热情的爱国者。”

“是啊，是啊，我那个也一样。”热尔别涅夫亦步亦趋地说。

格拉菲拉·帕芙洛芙娜和蔼地冲这两人笑着。

大为扫兴的克尔巴赫最后问了一句：

“可您说的究竟是谁？”

热尔别涅夫说：

“是啊，我这有这么一个人，他叫什么来着？我和您有一次在码头上见到过这个人呀。您还记得吗，此人还说了一些有关特里罗多夫的话。”

“奥斯特罗夫？”克尔巴赫猜想道。

“说的就是他。”热尔别涅夫说。

“可我说的也是他呀。”克尔巴赫说。

“太妙了！”热尔别涅夫感慨道，“不约而同。这么着儿吧，格拉菲拉·帕芙洛芙娜，我们把他吸收到咱们的联盟里吧。他是个非常有用的人，一听说犹太人气就不打一处来，就会嗷嗷地叫，像一根链子拴的家狗似的。”

格拉菲拉·帕芙洛芙娜断然道：

“当然要吸收他。我们非常需要这样的人。”

奥斯特罗夫就是这样和这个联盟有了联系。奥斯特罗夫为这个联盟做了好多好多的事。

黑色百人团组织的主要任务之一就是告密。他们向省长和学区的督学告密，说特里罗多夫的学生们参加了在森林里举行的死难工人的葬礼。

特里罗多夫创办的这个夏令营很久以来就已使城里人既感困惑又感诱惑。早在这之前就有过内容各异的小报告。如今奥斯特罗夫为小报告增添了许多新信息，其中主要部分是他本人或穷极无聊的小市民们杜撰的。督学发函给人民中学校长责成其展开调查。省长也采取了相应的措施。就这样，特里罗多夫的夏令营已是风雨压城。

联盟还付出巨大的精力调动一部分文盲居民仇恨犹太人和“知识分子”的情绪。

城里人的情绪到了一触即发的地步。哥萨克常常在大街上发动突袭。工人们则仇恨地看着哥萨克们胡作非为。有人散布谣言说城里正在准备武装起义。一些小小不言的琐事也会引发剧烈的冲突。

一天晚上，人们聚集在夏园里散步游玩，在露天舞台上听音乐和歌剧片段。又是一个晚霞满天、恬静幽谧的傍晚。夏园旁边那条小路上，尘土飞扬，一片灰蒙蒙的、细细的尘埃随风落在夏园洋槐那尖细的叶片和路边那些树丛中的淡紫色花蕾上。傍晚的天幕透过灰蒙蒙随风飘舞的尘埃显出玫瑰色的晚霞——灰与红的结合融合成为一种十分悦目的奇妙的色调。

红色的巨魔打破了盖上所罗门王大印的瓶子，从里面冲了出来，站在城外，无声地、嘿嘿地、令人厌恶地冷笑着。他的呼吸就是森林火灾发出的焦糊味儿。他做出十分伤感的样子，撕扯着巨大的雏菊那白色的花瓣，用沸腾着年轻人血液的激动不已的嘶哑的声音嘀咕道：

“他喜欢，不喜欢，都会砍，都会吊的。”

游玩的人们没有发现他，他们望着天空说：

“多么美呀！我非常热爱大自然！你也热爱大自然吗？”

其他人都只是淡淡地看了一眼，心想反正都无所谓。爱好自然的人们都喜欢在他们面前吹嘘，说他们喜欢美不胜收的晚霞，说他们善于欣赏自然的美景。他们对其他人说：

“你们，老兄啊，真是冷淡的面包干。你们就不懂得到绿色的田野上去看看？”

人们摩肩接踵地挤挤擦擦地行走在杂草丛生的小路上。人们孝在为自己感到惬意而高兴。人们笑语喧哗，小姑娘们嘻嘻哈哈地笑着，因为有些中学生和年轻的小官员在逗他们笑。人群里有一帮小顽皮，常常把一些令姑娘们感到害怕的东西放在她们的肩膀上，或是把毛茸茸的小爪子伸进小姐们腰间的衬衫底下，让小姐们发出一阵惊呼声。小姐们全都穿得漂亮华丽，充满节日气息。她们那隐在薄薄的花花绿绿的织物后的高耸的乳峰引逗得小伙子们一刻不肯安宁。

一个哥萨克军官也来散步了。他稍稍喝了点酒，脸上红扑扑的，笑眯眯的，说出的话也变得大言不惭了：

“我们要砍尽所有的人，要吊死那些所有的家伙！”

商人们讨好他，吻着他，并对他嚷嚷道：

“砍吧，求求您行个好，狠狠地砍那帮家伙。这帮该死的活该这样。使劲糟蹋那些女人小妞。”

娱乐节目换了一个又一个，一个比一个更逗乐——一部愚蠢的淫秽的轻松喜剧时而在剧院，时而在露天舞台上演：剧中歌唱的片段都紧密结合现实（引起如雷般的掌声）——一个机灵的善于唱小曲的女歌手，耸动着光溜溜的白嫩嫩的肩膀，使劲眨巴着涂得很重的眼睛，发出一声声尖锐的喊叫声。一个女杂技演员正在别人手上跳舞，把一条穿着紧身裤的绷得紧紧的腿高举过头顶。所有这一切热闹景象给人的印象，似乎是城里没有守卫部队，而哥萨克们也似乎并未沿着各条街道巡逻。

忽然夏园的人群里有人高喊了一声。

人群中发生了一阵莫名的骚乱。许多人急速奔向出口。有的人则跳过围墙逃跑。忽然，涌到大门口的人群发出一声惊叫，呼啦一下退了下来，退到园中。

一群哥萨克不知从哪儿骑马跑来，嘴里发出嗷嗷的叫声，沿着夏园里的林阴道疾驰。他们的出现是那么突然，就好像是响应某个地方发出的一声号令一般。他们手中的鞭子发出尖锐的噼噼啪啪声。小姐们身上薄薄的衣服被抽得一条一条的，她们那娇柔白皙、裸露出来的成熟的皮肤上，布下了一条条漂亮的、青的和红的鞭印。大滴大滴的血，如橘一般，飞溅到渗透着傍晚清凉气息、混合着草叶的气息和香水味的空中。随着皮鞭在人身上发出的每一声钝响，都会响起一个尖锐响亮的呻吟声。

人们左冲右突，四散奔跑。哥萨克们抓住了几个头发蓬松的小伙子和头发剪得很短的少女。他们还错抓了两三个城里最受尊崇也最平和的人家的小姐。随后又把她们给释放了。

一帮小流氓正聚在一家肮脏的啤酒馆里大吃大喝。他们正在为不知什么事而高兴，大手大脚地花钱，聊着即将到手的赃物，发出哈哈大笑。尤其是其中一张桌前发出的声音更响亮。这张桌前坐着本城最有名的胡闹汉尼尔·卡拉萨夫采夫和他的三个朋友。他们喝了一气酒，唱了许多流氓歌儿，随后算了账走出酒馆。酒馆外面响起他们粗野的歌声：

> 癞痢汉要造反，要把沙皇拉下马。
> 犹太人想把世界揣在自己怀里。
> 要是能宰一个犹太女人就好了！
> 全部土地归犹太人。

天已经黑下来了。小流氓们沿着城里的主干道斯列坚卡街走去。周围静悄悄的，路上只有稀稀拉拉的几个行人，在和栅栏墙前站着的几个人聊天。一个寡居的犹太女人正坐在自家门前，和邻居——一个犹太裁缝聊天。犹太女人的孩子也聚成一堆，一个比一个小一点，也在旁边，叽叽喳喳语速飞快地聊他们感兴趣的事。

尼尔走到犹太女人身边喊道：

“癞痢女人，快为东正教沙皇向上帝祈祷吧！”

“这和你有什么关系！”犹太女人喊道，“我不碰你，你快走你自己的路吧。”

“啊，原来是这样啊！”小流氓呐喊道。

一把长刀在夜色里寒光一闪，拿刀的手臂在空中划了个半圆，然后一下子扎进女人身体里。她发出一声尖叫——倒在地上——死了。那个犹太男人恐惧地跑了，可怕的尖叫声撕破了夜空。孩子们也哭喊起来。小流氓们却笑着扬长而去。

21

白天最炎热的时刻似乎过得太慢。森林的深处四周静悄悄的，空气清新，纯洁异常。而在河边，却是一片炎热，已经精疲力竭、丧失毒气的那条火龙，只懒散地摆动一下满是鳞片的身躯，懒洋洋地爬上天空最高处。

特里罗多夫为伊丽莎白和自己选择了这块幽静的地方。他俩已经不止一次来过这里——读会儿书，说会儿话，或在长满苔藓的石头上稍稍坐一坐，石头上盘根错节地长着一棵又细又弯的花椒树。站在这块长满青苔的石头旁的伊丽莎白，又高又苗条，美丽惊人，她穿一件朴素的短裙，露出两条晒得黢黑的浑圆的手臂，美丽的双腿连同脚底都晒成了黑色。

伊丽莎白正在大声朗读诗歌。她有一副金嗓子，如银铃般悦耳，像火龙或阳光一样清脆响亮。特里罗多夫微微嘲讽地笑着倾听着她的朗读，他对这些诗句都很熟悉，永远都感到亲切和含义深邃。而对于生活来说，它们却又是那么不可理解。

伊丽莎白朗诵完，特里罗多夫说：

“即便以一个人的一生为代价，也未必能有这么出色的思想。”

“这么说我们每个人只能为自己选择一种思想了？”伊丽莎白问道。

“是啊，”特里罗多夫说，“一旦人们都懂得这个道理，那人类的知识就会得到前所未有的空前进步。可我们又是那么害怕。”

而就在此时，在他们身后很近很近的地方，就有粗野生活的野蛮侵入。伊丽莎白忽然由于丑陋现象的意外出现而发出一声微弱的惊叫。只见一个样子粗野、浑身肮脏、衣衫褴褛的汉子轻轻走过长满苔藓的土地向他俩走来——脚步轻得就像林妖。他伸出一只肮脏的、满是麻斑的手，说话的口气压根儿不像是在求人：

“先生们，请给穷人一口面包吧。”

特里罗多夫懊恼地皱紧眉头，看也不看请求者一眼，从穿着的制服外套的小口袋里掏出一枚银币。他的口袋里总是装着备用的零钱——是为意外的邂逅作准备的。流浪汉嘿嘿一笑，把玩儿着银币，随后又把它抛起来，然后灵巧地把它放进口袋里，说：

“十分真挚地感谢您的崇高善举。愿上帝保佑您身体健康，娶一位有钱的妻子，事业有成。不过有句话我得告诉您。”

说着，他沉吟起来，意味深长地看着特里罗多夫。特里罗多夫越加皱紧眉头，阴沉沉地问：

“您到底想告诉我什么？”

流浪汉用一种明显带有嘲弄之意的口气说：

“是这样。亲爱的先生，您读的那本小册子，不是应该读的那本。”

说完，他发出一种可怜巴巴而又下流无耻的笑声。就像一条胆怯的狗嘶哑、下流而又胆怯地吠叫一般。

特里罗多夫吃惊地问道：

“不是那本？为什么？”

流浪汉做了一个含义不明的姿势。看起来，他满可以把话说得很好很漂亮，但却故意装得很粗鲁很愚昧地开口说道：

“您刚才的话，我听了好久。就在这片灌木丛后。这我承认，我刚才躺在那边睡觉来着——睡着睡着你们就来了。你们这边一开口，就把我给吵醒了。小姐朗读得确实不错。咬字清晰而且充满感情。一眼就看得出是发自内心的。使我不喜欢的只是朗读的内容，以及这本小册子里的其他一些东西。”

“为什么您不喜欢呢？”伊丽莎白平静地问道。

“依我之见，”流浪汉说道，“这不是您要的样式。而且，对您来说也不合适。”

“那我们必须读什么样的书呢？”伊丽莎白问道。

她像是极不情愿似的微笑着。流浪汉在身边的一个树墩上坐了下来，不慌不忙地说：

“当然了，不光是对您二位不合适，亲爱的先生们，一般说，对于那些喜欢穿着西服革履到处炫耀的先生们和穿着丝绸衣裙而看不起我们这些流浪汉的女士们，都不太合适。”

“您说的是哪本书？”伊丽莎白又问。

“请您读一读福音书。”流浪汉说。

他仔细而又严厉地盯了伊丽莎白一眼——他用专注的眼神把她周身上下、从红扑扑的脸到脚认真地打量了一番。

“读福音书有什么用？”特里罗多夫问道。

他忽然变得忧郁万分。看样子，像是忽然想起了什么事，却又一时委决不下，而犹豫不决是最令人难受的。流浪汉不急不忙地说：

“用处就在于您可以得知一切万物都十分可靠。我们将到天堂里享福，而你们当中的魔鬼将会到地狱里被剥皮抽筋。我们将会冷静地坐在一边观望而且还会拍手称快。那该多有意思。”

流浪汉哈哈大笑起来，他的嗓音嘶哑但很嘹亮，可是声音里却听不出高兴的味道，显然是装的。就连他的笑声也显得下贱卑鄙。伊丽莎白浑身一颤。她谴责地说：

“您这人怎么这么恶！您为什么要这么做？”

流浪汉气恼地瞅了她一眼，随后紧盯着她那双深蓝色的眼睛，咧开大嘴笑了笑，说：

“谁是恶人！你们难道是善人？恶不恶，首先必须办事公道。老爷，我只爱你。”说着，他忽然转身对特里罗多夫说道。

特里罗多夫淡然一笑，说：

“谢谢您的好话，不过，您爱我究竟因为什么？”

他仔细打量这个流浪汉。他忽然感到一种恐惧和无聊，于是，便垂下眼皮。流浪汉不慌不忙地点起辛辣刺鼻的烟斗，深吸了一口，沉吟片刻，又说：

“别的先生那张嘴脸总是越来越高兴，就好像他们刚才为你吞咽了一大堆奶油薄饼，再不就是刚刚顺利地伪造了伯父的遗嘱。可你呢，老爷，总是挂着一副吃斋人的面孔。你的这一特点我可是很早以前就注意到了。显然，你心里肯定有事儿，而且十有八九是件刑事案件。”

特里罗多夫没吭声。他撑着臂肘欠起身来，死死地紧盯着这个流浪汉的眼睛，眼神是专注的，表情是奇特的。他眼睛一眨不眨，眼神顽强而又带有命令的意味。

流浪汉不做声了，就像是一时被冻僵了似的。接着他忽然手忙脚乱起来，就像是被什么东西吓着了似的。他像刺猬一般萎缩着身子，摘掉帽子，露出一头从不梳理的蓬乱的头发，嘴里嘀咕了句什么，哧溜一下钻进灌木丛，悄无声息地消失了——煞像一个林妖。

特里罗多夫阴郁地望着此人的背影，像是被森林里静悄悄的奥秘迷惑了似的。他没做声。伊丽莎白觉得他故意不看她。伊丽莎白窘迫得很。但她很快稳住心神，笑了一笑，装出高兴的样子说：

“这人多么怪呀!”

特里罗多夫调转悲伤的眼睛望着她。他轻轻地说：

“此人说话就好像他知道什么。说的就像他亲眼见过似的。可是，谁都无法得知过去的事。”

哎呀，假如他知道真相就糟了！要是能改变过去发生的事情那就好啦！

这些日子里，特里罗多夫又一次回想起与彼得·马托夫的父亲有关的那件可疑的往事。特里罗多夫一不小心被卷入这件事里，如今，这件往事逼迫他不得不认真对付这个敲诈者——奥斯特罗夫。

彼得的父亲德米特里·马托夫落入了他亲手给别人设下的陷阱。德米特里·马托夫混进了一个秘密的革命小组。这个小组不知从哪儿很快得知他与警察局有联系，于是决定揭露他的真面目并且处死他。

小组成员之一是年轻的医生鲁尼岑，自愿担任叛徒角色。他向德米特里·马托夫许诺要把一份能够揭露其他人真面目的重要文件交给他。为了并不很大的一笔钱他们谈妥了。他们约定进行钱物交换的地点离当时特里罗多夫所住的城市不远，是一个小地方。

在约定的时刻，德米特里·马托夫在约定见面的铁路车站上走出列车车厢。那时已经是深夜。德米特里·马托夫戴着一副墨镜，脸上粘着假胡子——一切都按事先约定好的办。鲁尼岑在距小站几步远的一座房子里等着他，这座专门为此次行动租用的房子坐落在一个非常偏僻的地方。

小屋里已经准备好了晚饭。德米特里·马托夫心满意足地吃饱喝足了。鲁尼岑谎称他们正在筹备一次暗杀行动。马托夫渐渐放松了警戒心理，开始吹嘘他与警察局的关系，吹嘘他如何狡猾地出卖了多少多少人。

通向邻屋的门上只蒙着一层糊墙纸。有三个人躲藏在旁边的屋里——特里罗多夫、奥斯特罗夫和一个年轻工人克罗夫林。他们能偷听到两人的全部对话。克罗夫林怒火填膺。他小声愤怒地对其他二人说：

"啊，这个混蛋！这条毒蛇！"

奥斯特罗夫和特里罗多夫好不容易才安抚下他。两人一再说：

"别吭声。让他把底儿都兜出来。"

最后，德米特里·马托夫的下流无耻使得克罗夫林再也忍耐不住了。他从隐藏的屋里跑出来，嚷道：

"原来是这样！是你把我们的人出卖给警察局的！这可是你自己招认的！"

德米特里·马托夫吓得脸色都发青了。他朝约他谈话的人嚷道：

"杀死他！他偷听了咱们的谈话。快开枪呀。不能让他活着。他会把咱俩都出卖了的。"

此时，另外两个人也走了出来。鲁尼岑用枪管逼着德米特里·马托夫的前额，问道：

"叛徒，要杀死谁呀？"

此时德米特里·马托夫才明白自己上了圈套。但他还想摆脱困境，不惜使出浑身解数，求助于自己的狡猾和全部下流伎俩。德米特里·马托夫的背叛行径被彻底揭露无遗。起先他还想竭力为自己辩解。说什么他只不过是在欺骗警察局，说什么他之所以和警察局搞关系，为的是搞到对自己同志有用的情报。但他的谎言很快就黯然失色了。二是，他乞灵于告饶。说他有妻儿老小需要赡养。

德米特里·马托夫的告饶无法打动在场的任何人。大家全都坚定不移地判决了他的死刑。德米特里·马托夫的命运已经无法挽回。大家一致对其宣布了判决词——绞死。

德米特里·马托夫被捆了起来。绳套已经套在他脖子上了。此时，特里罗多夫问道：

"你们准备把他弄到哪儿去？抬出去很费劲儿，留下来又太危险。"

鲁尼岑说：

“谁会到这儿来！除非偶然。先吊着，什么时候发现什么时候算。”

克罗夫林悒郁地说：

“那咱就把他像条狗似的埋在园子里吧。”

“把他交给我吧，”特里罗多夫说，“我来收拾他的尸体，保证谁都找不到。”

其他人巴不得地同意了。奥斯特罗夫无耻地笑着说：

“格奥尔基·谢尔盖耶维奇，您是不是要让您的化学派上用场了？话说回来我们对此无所谓。我们只要惩罚一个害人的家伙就成，而您哪怕把他做成标本也无妨。”

特里罗多夫从口袋里掏出一个装着无色透明液体的香水瓶。

“喏，”他说，“把这药给他灌下去就能让他休眠。”

他用一只细管的注射器给德米特里·马托夫皮下注射了几滴药水。马托夫轻轻地哼了一声，就沉甸甸地倒在地上了。一分钟后，一具没有呼吸、全身发青的躯体躺在众人面前。鲁尼岑仔细查看了德米特里·马托夫以后断定：

“准备就绪了。”

三人相继走出小屋。只有特里罗多夫留下来陪着德米特里·马托夫的尸体。特里罗多夫把马托夫身上的衣服脱了个精光，然后把衣服扔进壁炉里烧了。接着，他把刚才那种液体又往马托夫身上喷了几滴。

夜晚的时间似乎过得很慢。特里罗多夫没脱衣服躺在沙发上。他睡得不实，恶梦连连。而且还时常惊醒。

旁边那间屋里德米特里·马托夫横躺在地板上。注射进他血液里的液体产生了奇妙的作用。他的身体缓慢而又平稳地萎缩并迅速地干枯下来。数小时后，他已经失去了体重的一半，体格变得异常微小，身体变得十分柔韧。但他全身的比例仍然得以完整保持。

特里罗多夫把这具尸体包裹在一个很大的塑料袋里，外面包了层毯子，然后用绳子捆好。不知实情的人会以为里面裹着一个枕头。特里罗多夫随身带着德米特里·马托夫的尸体，坐早晨的火车回了家。

回到家后，特里罗多夫把马托夫的尸体放进一个盛着绿色液体的容器里。这种液体的成分是特里罗多夫自己发明的。躺在这种液体里的德米特里·马托夫的躯体变得更小了。他的长度已经不满四分之一俄尺。但他全身的比例依然如故。

随后，特里罗多夫制备了一些特殊的造型物质。把德米特里·马托夫的全身涂满了这种物质。将他紧紧地压进一个立方体中。然后，他把这块立方体的东西放在自己的写字台上。于是，这个由从前的人变成的东西从此就站在他的写字台上，成为和其他物品一般无二的另一个物品。

但特里罗多夫对奥斯特罗夫说，马托夫并没有被杀死，这句话毕竟说对了。是啊，尽管对于一个人来说他的外形很奇特，他的躯体也沉甸甸地凝固不动，但德米特里·马托夫并没有死。在这块褐色的物品身上，生命的潜能仍在酣睡。特里罗多夫已经不止一次想到是不是到了恢复德米特里·马托夫，让他重归活人世界的时候了呢。

迄今为止他还没有打定主意这么办。因为他对这么做是否会引起麻烦没有把握。恢复原貌这一过程需要有一个私密的空间，要完全孤立并且安静，而且，所需时间得一年多。

今年初夏，特里罗多夫决定开始实施恢复过程。他准备了一只长约三俄尺的大桶。给桶里装满了无色液体。然后，把包裹着德米特里·马托夫躯体的立方体放了进去。

一个缓慢的恢复过程从此开始了。那个立方体开始以人眼所难以察觉的速度溶化和膨胀起来。至少再过半年，立方体就会溶化到露出躯体的地步。

22

索妮娅·斯韦季洛维奇在那个可怕的夜晚受到一连串残酷而又

野蛮事件的沉重打击。她病了。失去知觉的她一连躺了大约两个星期。人们都担心她会死去。但她是个身体强健的小女孩，她战胜了疾病。

在发高烧说胡话的沉重时刻，在这个可怜的女孩脑海中，夜里噩梦场景如电影一般闪过。一些灰扑扑长着一双双黯淡的、残暴的眼睛的恶魔在她头顶萦绕，残忍地嘲弄她，并在不停地疯狂肆虐。面对他们凶恶的气焰，她感到无处可逃。

斯韦季洛维奇家里笼罩着压抑的气氛。索妮娅的母亲哭泣不已，不时愤怒地擤着鼻涕。索妮娅的父亲正待在自己的书房里，当着许多朋友的面，喋喋不休地热烈而又雄辩地讲述着什么，不时还会漂亮地做着手势，表达他的愤怒。索妮娅那些年幼的弟弟们正在策划如何实行报复。索妮娅妹妹的保姆别尔特小姐，正在大骂野蛮的俄罗斯。

斯韦季洛维奇一家的所有熟人也都破口大骂。但他们的怒火仅采取了柏拉图式的形式。当然，城里那些多多少少独立的人们都对斯韦季洛维奇一家做了吊唁性拜访。甚至还来了一个自由主义的税务总监。他此时正在斯韦季洛维奇医生那里看病，所以便在医生接诊时来访问医生——向他表达了自己的同情之心，顺便也问问自己此次的微恙，但酬金却没有支付——不要忘了他这是吊唁性拜访啊。

索妮娅的父亲，医学博士谢尔盖·利沃维奇·斯韦季洛维奇属于立宪民主党。党员中的人们公认他是最左倾的。和他的朋友立宪民主党人拉缅耶夫一样，他观点比较中立，是立宪民主党的委员会成员。

斯韦季洛维奇医生当然不会容忍警察局行为不当。他曾写信给省长和总检察官告警察局的状，并给此二人写了详尽的申诉状。与此同时，他最关切的一件事，就是不要在申诉书里不小心说出一两句会侮辱人的话。

斯韦季洛维奇医生一向就是一个十分规矩的诚实守法的人。即使他周围的所有人在极其特殊的情况下都惊慌失措而忘掉了自己的原则，即使他周围所有人——无论是熟人还是陌生人，是朋友还是敌人——举措失当或行为违法，那斯韦季洛维奇医生也是会始终忠实于自己的。任何情况以及任何力量，无论是尘世间的还是天国的，都无法使其偏离他早已选定的、他认为唯一正确的、符合立宪民主党基本观点的道路。斯韦季洛维奇医生不怎么关心有关行为是否合宜的问题。只要大的原则正确就可以。至于行动会导致什么后果，他把责任归之于那些想要贯彻别的路线的人。因此斯韦季洛维奇医生在党内很受党员们的尊重。同志们都十分尊重他的意见，他对策略问题的反应往往是不容置疑的。

在斯韦季洛维奇医生递交申诉书几天以后，警察分局局长来到他家。局长签字后交给斯韦季洛维奇医生一张粗糙的灰纸，灰纸的左上角盖有斯科罗多日省省府大印，另有一份来自检察官的公文。公文袋里装着一张折叠了四层的白色的结实的纸，纸上盖有检察官漂亮的印章。在粗糙的灰纸和结实的印章纸上，都以大致相似的用语对斯韦季洛维奇医生的申诉作了答复。这两份公文告诉斯韦季洛维奇医生，已经就其所申诉的问题展开周密调查，随后说明，斯韦季洛维奇医生关于警察局官员有违法行为以及在森林里被扣押的少女们遭到鞭打的申诉，经调查，未得到证实。

索妮娅终于康复了。当着索妮娅的面，家人和朋友们都竭力不提及那天夜里发生的悲惨事件。大家在和她谈话时，都竭力谈别的事儿，谈一些无关紧要或令人愉快的事儿，以便能让这个可怜的姑娘开心。为此，一天晚上，家人请来了一些客人。一些客人是发信请来的，还有一些则是斯韦季洛维奇医生亲自登门邀请的。斯韦季洛维奇医生坐着他那辆驾着两匹吃得圆滚滚的马的四轮轻便马车去了拉缅耶夫家和特里罗多夫家。

在邀请特里罗多夫时，斯韦季洛维奇医生特意嘱咐他从自己作品里挑选一些不致勾起索妮娅不快回忆的作品来朗读。特里罗多夫这次爽快地答应了，尽管他一般避免在任何场合朗读自己的作品。

晚上，特里罗多夫准备出门时，选了一条彩色领带，这时，吉尔沙以其惯常的严肃神情对他说：

“你最好今晚不要去斯韦季洛维奇家。最好待在家里哪儿也不要去。”

对吉尔沙这一意外的建议丝毫也不感到惊奇的特里罗多夫笑了

笑，问：

“为什么不能去?”

吉尔沙拉住他的手，忧郁地说：

“如今咱家庄园四周到处都是侦探。他们这是想干什么！今天在斯韦季洛维奇家，说不定警察会进行搜查的——我有预感。”

特里罗多夫嘿嘿一笑，说：

“不要紧。我早已对此习以为常了。至于你，亲爱的吉尔沙，你的好奇心是不是太强了——总喜欢打听一些你不该过问的事。”

吉尔沙闷闷不乐地说：

“我的眼睛能看见，我的耳朵能听见——难道这是我的错!”

在斯韦季洛维奇家舒适而又华丽的客厅里，在青铜枝形吊灯的三盏球形灯泡黯淡的照耀下，帝国风格家具的蒙面发着蓝绿色的梦幻般美丽的色彩。嘹亮的三角钢琴的每个黑色的面都熠熠闪光。小茶几上在蒲葵那巨型叶片底下放着一个相册。沙发背后的墙上挂着一幅老人的肖像，肖像上的老人有一部长长的白色的髭须，脸上露出年轻而又愉快的笑容。客人们就聚会在这样一个怡人的、毫无沉闷气氛的环境里。客人们笑语殷殷，气氛热烈。

参加聚会的主要都是些本地的立宪民主党人。客人当中有三个医生、一个年轻的工程师、两位律师、当地一家进步小报的主编、民事法官、公证人、三个中学老师和一个神父。几乎所有的客人都是带着太太和小姐来的。其中还有几个大学生、中学高年级学生。

一位同情立宪民主党的年轻神父尼古拉·马特维耶维奇·扎克拉辛，曾在特里罗多夫的学校里讲过课。在自己那帮神父兄弟们中，此人以具有自由思想而著称。城里神学界很看不起他。而教区大主教也对他没什么好感。

扎克拉辛神父是神学院毕业的。他口才不错，笔杆子也行，不仅在神学杂志，而且也在世俗杂志上写稿。他的头发浓密卷曲但剪得很短。一双灰色的眼睛总是笑眯眯乐呵呵的。他穿的那一身神父祭衣看上去总是崭新而华贵。他的举止矜持而又从容。他的样子一点儿也不像通常人们所能见到的俄罗斯式的神父，倒是非常像一位胸前佩戴着金色十字架、留着一部大胡子的天主教大主教。扎克拉辛神父家里灯光明亮，气氛活跃，雍容华贵。墙上挂着表现神圣的家族历史的木刻画。书房四面的书橱里放着好多好多书。从书名可以看出，扎克拉辛神父的阅读范围十分广泛。总之，他是个在一切方面都喜欢无可置疑、令人信服和理性主义的事物的人。

他的夫人苏珊娜·基里洛夫娜，是一个长相漂亮、身材丰满、恬静娴雅、对立宪民主党的正义性深信不疑的太太，此时凝然坐在斯韦季洛维奇家客厅的沙发上在不容辩驳地宣讲着真理。她尽管具有坚定的立宪民主党人的信念，但却是一个名副其实的神父之妻，一个顾家的女主妇，话多但也胆小的女人。

扎克拉辛神父的妹妹伊琳娜·马特维耶芙娜，或像大家习惯称呼的那样，伊丽努什卡，被神父之妻宣扬为教会中学女生，是个年轻貌美、身段苗条、脸色红润的小姐，长得很像哥哥。她常常喜欢犯急，情绪激烈，年长者们于是不得不常常安抚她，态度温和地嘲笑她那年轻人特有的急躁情绪。

拉缅耶夫则带了他的两个女儿、马托夫兄弟俩以及加尔森小姐来了。此外还有特里罗多夫。

气氛几乎可以说很活跃。有人在高谈政治，有人在纵论文学，还有的在讲述本地新闻，更有人在议论别的事。索妮娅的母亲也坐在客厅里，正在大谈妇女平等问题，谈论克努特·加姆森的作品。索妮娅的母亲十分喜欢这位作家，喜欢谈论她在国外偶遇这位作家的经过。她家的写字台上就挂着一幅克努特·加姆森肖像，底下还有作家本人的签名，这是斯韦季洛维奇全家人最值得骄傲的一件宝物。

在客厅旁边那间被称做茶点部的小屋里，此时，索妮娅正在为满屋的年轻人斟茶。而在索妮娅父亲的书房里，人们正在议论城市周围的乡村里，现在正在开始出现骚乱。有些地主家的庄园被人烧了。发生了好几起抢劫乡下一些富农家的粮仓的事件。

有人提议要索妮娅的母亲演奏几支曲子。她略事推脱后便以满意的神情走到钢琴前，演奏起格里格的歌剧来。随后演奏的是那个公证人。在他的伴奏下，被神父之妻广事宣扬的教会中学女生伊丽努什卡，腼腆地红着脸但表情丰富地唱了一首新出的民歌：

一个大学生是我的所爱，

他来自遥远的塔什干，
今天我就嫁给他，
全村人喝酒乐哈哈。

香甜的美酒斟满杯，
新婚的祝辞把人醉，
老爷们心里多苦恼，
农民有地他心碎。

忽然发出砰一声，
一个警士闯家门。
“我奉命将你和你丈夫
押送到索科利岛服酷刑。”

“哎呀，亲爱的你快收拾，
换衣服不要慢腾腾。
你们的事业固然好，
等待你的是大牢。”

我才不怕蹲大牢。
我和丈夫永不分。
农民一起来求情。
赶跑警士闹欢腾。

这首民歌恰好表现了刚才议论到的乡下人的情绪。所以此歌取得很大成功。大家都为伊丽努什卡的演唱叫好赞美。伊丽努什卡脸红扑扑的，心里在为自己不会唱另一首类似的民歌而惋惜遗憾。

随后特里罗多夫朗读了他写的一篇讲述美丽自由爱情的短篇小说。他朗读得朴实而宁静，完全不像演员在表演。他一读完就感到听众的赞美其实是冷淡而极不自然的，因而感到自己和这些人是那么格格不入。他心里像往常一样再次泛起一个念头——自己怎么会和这帮人打成一片呢。

"我和他们之间太缺乏共同语言了。"特里罗多夫心想。使他心里稍感安慰的只有伊丽莎白的微笑和赞美。

随后是跳舞，打牌，和任何时候和任何家庭一样。

23

客人都到了，已经不用再等待什么人了。餐厅里晚饭已经摆上餐桌。忽然，响起一阵尖锐刺耳固执的门铃声。侍女慌慌张张地跑到前厅。客厅里有人惊奇地说：

"迟到的客人。"

大家不知为什么忽然感到有点害怕，全都战战兢兢地期待着某种令人恐惧的事——忽然有一帮强盗闯了进来，忽然有人送进来一封内容不祥的电报，忽然有人气喘吁吁地、疲惫不堪地跑进来，通报一个什么可怕的消息等。大家心里这样揣测，但出声谈论的却全然是另一回事。太太们揣测说：

"谁会这么晚来呢？"

"除了彼得·伊万内奇，这个时候来的还会有谁？"

"是呀，也就爱迟到。"

"记得在塔拉诺夫家的那次聚会吗？"

彼得·伊万诺维奇走近前来，大喊一声：

"您说什么呀，玛利亚·尼古拉耶夫娜！我这不早就来了吗。"

玛利亚·尼古拉耶夫娜不好意思地说：

"哎呀，请原谅。那会是谁呢？"

"过一会儿就知道了。咱们看看究竟是谁。"

好奇的工程师跑到前厅打探，和一个正疾步走进客厅，身穿灰色大衣的人撞了个满怀。在寂静的恐惧中有人说道：

"是警察。"

侍女应声打开门时，只见一伙外人挤挤擦擦身躯笨重地挤进前厅——原来是一些警士、扫院人、宪兵、侦探、警察分局局长和一个宪兵军官及两个派出所所长。侍女由于害怕嗫嚅起来。局长呵斥她道：

“到厨房去！”

一对警士和扫院人在派出所所长的指挥下留在院子里。他们的任务是不让任何人进出斯韦季洛维奇家。

闯进家里的有大约二十名警士。所有警士都带着装上刺刀的步枪。警士身后站着三个样子猥琐、可怜巴巴的穿便服的人，是侦探。两位警士把着门口。其余两个奔向电话——电话就挂在前厅。显然，他们的角色早已事先被一个对于此类事情很有经验的人分配好了。剩下的人全都一股脑拥进客厅。警察分局局长抻着脖子，紧张得脸发红，眼睛瞪得溜圆，嗓音嘹亮地喊道：

“都不许动！”

说完，满意地看了一眼宪兵军官。

女士和先生们全都木呆呆地坐在原地一动不动，像是在表演一个生动的场景。全都一声不吭地呆望着闯入者。

警士们笨拙地端着步枪，笨重的靴子踩着镶木地板，向各个房间冲进去。他们站在每个房间的门口，惊恐而又怒气冲冲地盯着先生们，手里笨拙地攥着枪管，竭力要使自己显得像是真正的士兵。显然，这些过分卖力的家伙们随时都会朝任何敢于做出可疑动作的人开枪的：他们以为参加聚会的都是些暴动分子。

所有房间里都挤满了外人。空气中弥漫着马合烟、伏特加和汗味儿。在进行搜查前，许多人为了壮胆都喝了几杯：他们担心会碰上武装抵抗。

宪兵队长把他那个沉甸甸的上校公文包放在客厅里的钢琴上。宪兵队长走到房间中央，枝形吊灯的灯光从上到下几乎直射在他那已经谢顶的脑袋上、高高的前额上和那淡褐色毛茸茸的胡髭上。只听他用军官的语气说：

“这家的主人在哪儿？”

他在努力装出并不认识什么斯韦季洛维奇医生，也不认得其他人的样子。而他实际上几乎和这里的所有人都认识。斯韦季洛维奇医生走到他身边：

“我是这家的主人，斯韦季洛维奇医生。”他同样以官方的口气回答道。

穿深色制服的上校冷冷地说：

“斯韦季洛维奇先生，我要对您宣布我要对您家进行搜查。”

斯韦季洛维奇医生问：

“是谁赋予您这种权力？您的搜查证呢？”

宪兵队长走到钢琴前，伸手在公文包里摸索了一会儿，可什么也没拿出来，说：

“我当然有书面命令了，这不用您操心。如果还有怀疑请打电话问。”

说罢，转身对警察分局局长说：

“费心把所有人都赶到一个屋里去。”

于是，所有人，除斯韦季洛维奇医生外，都被赶进餐厅里。此刻餐厅人满为患，挤挤擦擦。前厅和餐厅两道门的每个角落里都站着持枪的警士。他们脸上的表情都很木然，而他们的武器在这样一种平和的环境下也显得多余和荒谬，只会使客人们的处境更加令人不快。

侦探不时从客厅门口向里张望。他仔细端详着每个人的脸。从他那张下贱的淡黄色的脸上的表情来看，他似乎正在嗅空气。

宪兵上校在客厅里对斯韦季洛维奇医生说：

“现在请您费心告诉我，斯韦季洛维奇先生，您在自己家开会的目的是什么？”

斯韦季洛维奇医生嘲讽地笑着说：

“目的就是跳跳舞，吃顿便饭，仅此而已。您自己也应该看见了，这都是些安安静静的人。”

上校用粗鲁的语调一字一顿地说：

“好吧。按照您所说的目的聚在这里的所有人的姓氏您想必都知道吧？”

斯韦季洛维奇医生惊奇地耸耸肩膀，说：

“当然知道了！我请来的客人我怎么会不知道呢！我以为他们当中的许多人您也认识呀。”

上校问道：

“劳您大驾，请您说出您所有客人的名字。”

说着，他从公文包里掏出一张纸，放在钢琴上。斯韦季洛维奇医生每说出一个人的姓名，上校就在纸上记下。等斯韦季洛维奇医生说完后，上校简短地问：

“全有了？”

斯韦季洛维奇医生同样简洁地回答：

“全有了。”

“请出示您的身份证。”上校说。

警士们走进书房，把一切翻了个底儿朝天。他们翻查藏书和写字台，对书信很感兴趣。上校下令：

“打开书橱和抽屉。”

斯韦季洛维奇医生说：

“钥匙，您也看见了，就在这儿呀，在锁上。”

说完，他把双手插进兜里，站在窗前。

“劳驾您自己打开。”上校说。

斯韦季洛维奇医生提出异议道：

“我不打。我认为自己没必要帮你们进行搜查。”

这位立宪民主党员的灵魂里充满了骄傲之情。他感到自己的表现是合宜的和勇敢的。那好吧——不速之客们于是自己动手打开书橱和抽屉到处乱搜。一个警察搜出一摞可疑的书籍。警察还搜走了另外一些在俄国公开出版、公开发行的书籍。他们之所以搜走一些内容完全无害的书籍只是因为书的标题令人觉得带有谋反的意味。

宪兵队长宣布：

“把书信和手稿都拿走。”

斯韦季洛维奇医生懊恼地说：

“我向您保证这些东西没有任何犯罪内容。手稿是我工作必需的。”

“让我们看看再说。”上校冷冷地说，“别担心，一切将保持原样的。”

随后，他们又搜查了所有的房间。甚至连床铺都搜到了——查查有没有枪。

回到书房后，上校对斯韦季洛维奇医生说：

“嗯，现在，劳驾请交出罢工委员会文件。”

“我没有这种文件。”斯韦季洛维奇医生反驳道。

上校意味深长地说：

“是这样！嗯，斯韦季洛维奇先生，请您直截了当地告诉我，你们的武器藏在哪儿？”

“什么武器？”斯韦季洛维奇医生吃惊地问。

上校讥讽地说：

“任何武器，有什么交什么——手枪、炸弹、机枪。”

斯韦季洛维奇医生笑着说：

“我什么武器也没有。我甚至都不会打猎——我能有什么武器呢！”

“那我们就搜搜看。”上校不怀好意地说。

于是，又把整个家翻了个底儿朝天。当然，什么武器也没找到。

与此同时，特里罗多夫正在餐厅朗读他自己和别人的诗歌。警士们木呆呆地听着。他们什么都没听明白，只是一味等待着是否会爆发出谋反的话语来，可终究没等到此类话语的出现。警察分局局长来到餐厅。警士们全都毕恭毕敬地看着他。他像宣布马上要开始做一件有益而又重大的事似的庄严地说：

“先生们，现在我们开始对在场的每个人进行搜身。请听好了，一个个来。喏，从您先开始。”他转向工程师说。

警察分局局长脸上露出尊严的表情。他的一举一动都显得自信而庄重。显而易见，他不仅不为他所说所做的一切害羞，而且，他甚至不知道他本应为此而害羞的。年轻帅气的工程师耸着肩膀，鄙视地一笑，走进分局局长用一只红通通的巨手笨拙地指给他的书房。

神父夫人在餐厅里给自己找到一把安乐椅。可她却丝毫也没有因为这一发现而轻松多少。她浑身颤抖，像一块薄薄的鱼冻一般坐在椅子上。她嘴唇发白地对名声远播的教会中学女生说：

“伊丽努什卡，亲爱的，咱们也免不了要让人家搜身的。”

身段苗条、模样清新的教会中学女生伊丽努什卡脸红得就像刚刚洗净的胡萝卜，由于害怕而耸着耳朵——她的女友们对她的这一本领忌妒到流泪和吵架的地步——对神父夫人耳语了句什么话。

警士恶狠狠地盯了神父夫人和教会中学女生一眼，然后用严厉的、稍稍有些伤风因而像公鸡打鸣似的嗓音叫嚷道：

“恳请诸位不要在此喧哗吵闹。”

带枪的警士们警惕性分外高。由于分外卖力，他们身上即刻汗涔涔的了。神父夫人和教会中学女生由于害怕身子都僵硬了。但教会中学女生即刻就忘掉了自己的恐惧而怒气冲冲起来。也许，她的火气比她刚才害怕的程度都大。她的眼里泪花闪闪。前额和脸上都现出细小的汗滴。这个大发雷霆的少女此时脸红得已经不是像胡萝卜，而是像刚出土的甜菜。在这间屋里，只有她一个既青春焕发又怒气冲冲，浑身燃烧着愤怒的火焰。极端的愤怒使她变得美丽异常，她嚷道：

“真新鲜！连说话都不让！怎么，你们该不会是害怕我们嘀咕两句就把你们心术搞坏了吧？”

可此时所有的立宪民主党员以及他们的妻子女儿们，都在餐桌旁背靠墙坐着，惊恐万分地转头望着教会中学女生，所有人全都在对她发出嘘声。如果可以，他们早就对她挥手了，有人甚至可能会冲上去堵住她的嘴——当然，谁都不敢动一下。他们凝然坐在那里，用因惊恐而睁得大大的眼睛瞪着教会中学女生，同时嘴里发出嘘声。

教会中学女生害怕了，连忙住口。餐厅里只能听到一片嘘声。就连警士们也对立宪民主党党员的嘘声如此整齐一致而发笑。待嘘声止息，伊丽努什卡心绪宁静地说：

“我们没有嘀咕什么有罪的话。我只是在说您，警士先生，我说您是个迷人的黑发男子。”

看见拉缅耶夫姐妹俩在笑，伊丽努什卡对伊丽莎白说：

“是不是，韦托齐卡，警士先生是个迷人的黑发男子？”

警士脸红了。他搞不明白这位脸色红通通的姑娘是在嘲讽他还是在说实话。为了以防万一，他还是蹙紧了眉头，神气地抿了抿黑黑的髭须，喊道：

“请勿喧哗！”

事后，按照扎克拉辛神父的说法，伊丽努什卡由于行为不审慎而受到自己人的狠狠谴责和痛骂。生气最厉害的是神父之妻。可怜的伊丽努什卡哭了不止一次。

但这都是后来的事。此刻，警察分局局长和宪兵上校坐在斯韦季洛维奇医生的书房里，他把客人一个一个请进来，翻找他们的口袋，没收了书信、字条和笔记本。

拉缅耶夫心地善良、心境宁帖。他对这一切稍稍带有嘲讽之意。特里罗多夫竭力想要保持镇静，但结果却表现得比他想要表现的激烈。对女人的搜身是在卧室里进行的。为了对女人进行搜身，专门带进来一个女警士。此人脏兮兮的，狡猾而好谄媚。她摸摸揣揣的手的触摸令人感到厌恶。伊丽莎白在经过搜身以后觉得自己浑身都被这个女警士的“爪子”给弄脏了。叶莲娜则由于恐惧和厌恶浑身发冷。

经过搜身的客人已经不能回到餐厅了。他们被押送进客厅。几乎所有被搜身者都为此感到自豪。他们的神气就像是过命名日的主人。

没有逮捕任何人。开始做笔录。特里罗多夫小声和一位宪兵说起话来。宪兵悄悄告诉他：

“我们不能相互交谈。那些混蛋侦探在盯着我们呢，就是不让我们随便和外人谈话。他们转身就会打小报告。”

“您的差事也不好干呢!”特里罗多夫说。

警察分局局长大声宣读了笔录。斯韦季洛维奇医生、分局局长和见证人分别签了字。

之后，这些不速之客才离开。于是，主人和客人这才坐下来吃晚饭。

这时才知道，原来事先预备好的啤酒都被人喝光了。有一个客人丢了一顶帽子。他很着急。大家于是大谈特谈这顶帽子。

第二天，城里到处都在议论斯韦季洛维奇医生家被搜、被喝光的啤酒，尤其是那顶丢失的帽子。

报纸上也在大谈特谈啤酒和帽子的事儿。首都一家报纸为这顶被人偷去的帽子写了一篇热门文章。文章作者就此事做了广泛的概括。他问道：“这是不是我们想要向外部敌人投掷的那顶帽子呢?是不是整个俄国如今都在寻找这顶丢失的帽子，而且一天找不到就一天不得安宁?”

关于被喝掉的啤酒，报上写的和人们议论的就少多了。不知为什么，这倒不怎么使人感到委屈。按照我们一般的习惯，我们总是认为本质高于形式，所以，帽子被盗也就更值得我们抗议，因为没有啤酒尚可忍受，而没有帽子就要难受得多了。

24

和以前一样，又是我一个人形影相吊！回忆那美妙的倩影。

相册——和一幅幅肖像——裸裎，美妙，呼唤着爱情，呼唤着甜蜜的情欲。这白皙的美乳，气息如兰，她会死吗？这么明亮的双眸会黯淡吗？

她死了。

特里罗多夫合上相册。他一个人枯坐着。忽然，墙外响起一阵惊慌不安的沙沙声并且越来越响，就好像整幢屋子响彻了恬静的孩子们的警告声。有人轻轻地敲门，吉尔沙走了进来，神色惊慌。他说：

“咱们得快点儿去林子里，亲爱的。”

特里罗多夫默默地看着他。吉尔沙说：

“林子里正发生一件可怕的事儿。就在峡谷的喷泉那儿。”

伊丽莎白那蔚蓝色的双眸如恬静的火光一般闪现了一下，她此刻在哪儿？她怎么样了？心一下子掉进黑暗的深渊。

吉尔沙很着急。他急得差点儿哭出声来。

于是，父子俩骑马出了门。急急忙忙。非常害怕会到晚了。

又是森林，静谧、黢黑，像是在专注地谛听着什么。伊丽莎白一个人走着，眼神宁静、安祥，她衣着朴素，内心充满复杂深刻的体验，心里既紊乱又镇定。她陷入深思——时而回忆，时而幻想。一双蔚蓝色的眼睛充满幻想的神采。她向往幸福和爱情，向往紧紧的拥抱，想和另一个人结成爱的整体，在伟大的爱情中融合为一体，在对功勋和牺牲的无比甜蜜的渴望中，一个点燃起另一个的心灵。

她回忆起多少往事呀！她有什么没幻想到啊！

刀剑被锻造得多么锋利。命运会落在谁的头上。

荒漠里自由的伟大旗帜在飘扬。

少男少女们呀！

在他家里，在那些秘密通道里正在酝酿着一个多么高傲的计划。

如此裸裎的美体，如此美妙的线条！

躲在林子里的美丽的孩子们是多么幸福呀。

在他家里，恬静的孩子们是如此光明、如此可爱，却又被如此浓厚的忧郁感所笼罩。

吉尔沙多么奇特呀。

前妻的肖像，裸裎而美丽。

伊丽莎白的双眸闪烁着幻想的光彩。

她清晰地回想起了昨晚的情形。在特里罗多夫家那个离得很远的屋子里。几个人参加的一个会议。长时间的争论。然后是工作。印刷机平稳的沙沙声。湿润的传单被打成捆。谢米洛夫、伊丽莎白、沃罗诺克，还有另外一个人在城里分头沿街散发。

每个人都一步不停地用胶水把传单贴上。回头环顾左右——一个人也没有。稍稍停一会儿。飞快地把涂上胶水的一面贴在栅栏上，让正面朝外。再接着走……顺利会合。

伊丽莎白对于该往哪儿走连想都没想，她忘了路，走得太远了，来到一个自己从未来过的地方。她幻想那些恬静的孩子们会来呵护她。她如此信任地把自己交给这寂静的森林，让光着的脚板接受森林里湿润的青草的抚慰，耳朵凝神聆听着森林里的天籁。

灌木丛后响起一阵沙沙声，杂草后面什么人轻快的脚步声响了起来。

忽然，一阵响亮的哈哈笑声在她耳边响起——这突然响起的笑声如一道强光刺透她甜蜜的梦境——煞像最后审判日天使长从亲爱的坟墓里吹响的号角。伊丽莎白感到自己的脖子后有什么人在热辣辣地呼吸。紧接着，一只生硬的汗涔涔的手抓住她光溜溜的臂膀。

伊丽莎白像是突然从甜蜜的梦境中醒来。万分惊恐地抬起双眼，便像被迷惑了一般一动不动了。两个身体强壮的流浪汉站在她面前。这两人都很年轻，是两个脏兮兮的小伙子。一个长得很帅，黑眼睛，身上晒得黢黑。两人身上只披着几片肮脏的破布。破烂的衬衣的破口处露出脏兮兮汗涔涔的强壮的躯体。

小伙子们哈哈大笑着下流无耻地嚷道：

"美人儿，这下跑不了了吧！"

"我们爱抚爱抚你，让你永远也忘不了！"

说着，两个家伙越逼越近，热辣辣的呼吸散发着讨厌的汗味儿。伊丽莎白清醒了，她飞快地挣脱纠缠，撒腿就跑。有点儿像是惊奇的恐惧使她的心脏如打鼓一般怦怦跳动起来——心脏越跳越快。跳动的心脏妨碍她逃跑，她双腿发软，像有一把小锤子在敲打着膝盖。

小伙子们很快追赶上来，拦住她的去路，站在她面前，下流地哈哈笑着，嚷道：

"美人儿！别假惺惺的了。"

"反正你是逃不了了。"

他们一个推着一个，都在把伊丽莎白往自己身边拉，手脚笨拙地忙乱着，好像不知道究竟该由谁以及怎么开头。随着淫荡的嘶叫声他们露出了一口如野兽般坚硬的白牙。那位身体半裸黢黑的小伙子很让伊丽莎白动心——像一剂毒药一样突然、猥亵的诱惑。

那漂亮小伙子用急切的嘶哑的声音嚷道：

"把她身上的衣服剥下来！让她光着身子跳舞，让我们开开眼。"

"她的衣服很薄呀！"另一个高兴得哈哈笑着回答。

说着，前一个用一只手抓住伊丽莎白的连衣裙领口把她往前面拉，而另一只手——宽大、热切、汗涔涔的手——伸进她汗衫下面，揉搓着、挤压着少女的乳房。

"你们两个人欺负一个女孩，你们怎么不害羞！"伊丽莎白说。

"害羞不害羞你管得着吗，躺在草地上。"黢黑的漂亮小伙子哈哈笑着嚷道。

他得意忘形地粗鲁地淫笑着，一口白牙闪烁着，瞪着一双淫欲燃烧的眼睛，用双手和牙齿撕开伊丽莎白的衣服。她身体像一朵美妙的粉红的玫瑰盛开了。

袭击者们那淫荡的嘶叫声既令人害怕也令人厌恶。他们那汗涔涔的脸和闪烁凶光的眼睛也令人既害怕又厌恶。可是，美人对他们来说是挡不住的诱惑。在她那幽暗的意识的深层里，一个念头在蠢蠢欲动——要不屈服吧，屈服于这甜蜜的诱惑。

连衣裙和衬衫都是薄薄的衣料做成的，随着隐约听得到的嘶啦嘶啦声都撕裂开了。伊丽莎白绝望地反抗着，嘴里在嚷着什么——嚷了什么连她也记不得了。

她身上的所有衣服都被撕开了，就连包裹着裸露身体的最后一缕布片也快掉了。在厮打中，在伊丽莎白身边忙乎的两个小伙子身上的破衣烂衫，也发出粗陋的开裂声，这两个家伙已经被突然呈现在眼前的美丽裸体弄得晕头转向了。裸露的躯体急速的动作如电光一闪使伊丽莎白灵机一动。她勇敢地对他们说：

"两个对付一个女的不行！"

她很强壮也很灵巧。小伙子们很难对付得了她。她光着身子在小伙子们的手上挣扎着。伊丽莎白在漂亮黝黑的小伙子裸露的肩头上咬的青伤很快便发红了。一滴滴深红色的血飞溅在他裸露的躯体上。

"等一等，坏蛋，"小伙子嘶哑地说，"我把你……"

小伙子们虽然身体强壮，但却笨手笨脚，于是更加狂怒起来。少女强烈的抵抗令他们狂怒心痒，他们身上被撕裂的破衣烂衫一片片掉落以及忽然裸露的他们自己的躯体，都令他们发狂。他们狠揍伊丽莎白，先是用拳头，随后，又用飞快折下的撸光叶子的树枝抽打。光裸的身体感到一阵阵火辣辣的疼痛——这给伊丽莎白以极大诱惑，要不就屈服于这甜蜜的难耐的诱惑吧。但她却绝不屈服。她尖锐的叫嚷声传得很远。

厮打持续了很长时间。伊丽莎白已经筋疲力尽了——而凶恶的小伙子们淫荡的怒火依然不依不饶地喷发。这两个野蛮赤裸的野兽　青面獠牙，啮眼歪斜，眼里带着血迹，喷着阴暗的怒火，终于把伊丽莎白摁倒在地上。

忽然，一群恬静的白衣小男孩们，像夏天的一阵小雨一般，轻盈地、飞快无声地而又迅疾地跑到这片林中空地上。他们飞快地从灌木丛后面跑出来，然后同样飞快地扑向那两个野蛮的流浪汉，随后，这群白衣小男孩无声地围了上来，把流浪汉拽倒在地揍他们，然后拖进幽暗峡谷的深处。两个裸露的身体无力地擦着坚硬的草地被拖走了。

恬静的小男孩们的动作太快了，手脚轻快得没有一点儿声音，这使得伊丽莎白一时陷入甜蜜而又可怕的失忆状态。

事后，她觉得在幽暗的密林深处发生的事，犹如一个沉重而又匪夷所思的梦，那就是自己身上突然而又残酷地被唤醒的女性的情欲。一种阴暗的恐惧感从此以后长久在她的心里筑巢，而这是一种和疯狂的笑——无情嘲讽而又酣畅淋漓的笑——融合在一起的恐惧感……

伊丽莎白终于醒了。白桦树那绿色的枝桠和一些脸色惨白而可爱的人脸在她眼前晃动。她裸露于湿润的青草上，在白衣小男孩恬静的环护之下。她并未马上想起在自己身上所发生的事。对于自己裸着身体她只是不明白但却不羞怯。

她的眼睛停留在一个头发梳得光溜溜的深褐色脑袋上。这才想起此人叫克拉夫季娅，就是那个虚伪而恬静的女教师。女教师站在大树底下，双手交叠在胸前，灰色的眼睛——那眼里闪烁的莫非是忌妒吗？——盯着伊丽莎白那裸露的身体——就好像一只灰色的蜘蛛撒了一张迟钝的遗忘和乏味的无所谓的灰色巨网，把灵魂罩住一样。

小男孩里有人小声说：

“衣服马上送来。”

伊丽莎白合上双眼安静地躺着。她稍稍有些头疼，浑身充满倦意。她就像堂吉诃德的理想那样那么完美地躺在那里……

黑暗的时光慢腾腾地拖着脚步，夜晚的天空中已经没有了瞬间的闪光。瞬间成为百年——从生到死。第二天早晨，伊丽莎白清晰地回想起来自己的生命——这是一条崇高的、哀伤的奥尔特鲁达女王的人生之路——中这件奇特而鲜明的事件。

回想起奥尔特鲁达呼吸急促，濒临死亡……

一阵沙沙的脚踏草地的声音把伊丽莎白唤醒了。一双双灵巧的手轻轻地给她穿上衣服。恬静的小男孩们帮她从地上站了起来。伊丽莎白站了起来，上下打量着自己——一件浅绿色宽下摆的罗马长衣裹住她倦怠的身体。伊丽莎白心想："我怎么走呢?"

树丛之间现出的一辆轻便二轮马车的清淡的剪影，似乎就是对她的想法所作的一个回答。有人说：

"吉尔沙送你回家。"

此人的声音是如此熟稔，如此可爱。

伊丽莎白穿着一件奇特的别人的衣服回到家。在马车上她一直默默无言。而且她始终没见到特里罗多夫。她想进行一番回忆。穿过阴暗的恐惧和疯狂的笑声，对另外一种异样的体验的回忆浮上她心头，而且这种回忆越来越清晰，同时还回忆起了奥尔特鲁达女王的一生。

25

一个恬静的小男孩站在一处笼罩着迷人的哀伤色彩和奥秘的不大明显的小菜园旁。小男孩有一张白皙安详的脸，和一双发出恬静的光、像天空一样蔚蓝的清爽的眼睛!

傍晚的天空一片蔚蓝——晚霞那鲜红色的余光正在黯淡下去，整个世界笼罩着一片寂静的蔚蓝。群飞的小鸟们翔舞在高远蔚蓝的天幕下。小鸟们为何会有翅膀呢——这些尘世之鸟，这些为生活的琐事而发愁的小鸟们要翅膀有何用呢?

铃兰散发着馥郁的芳香，芳香召唤着小男孩来到这个静谧之地，来到这个不大明显的小菜园来，那芳香像这个恬静的、有着一双蔚蓝色眼睛的小男孩格里沙一样无辜纯洁。就好像园子后面有人在叫他，在召唤他走向一种在他面前呈现的贫穷的生活，那生活笼罩在遥远的蔚蓝色的雾霭之后，那生活在固执而又可怕地召唤着他——无论他愿意也好不愿意也罢。有人用可以意会的声音固执地召唤他走向另一种生活。

对于这种只可意会的召唤，又怎么可以抵御呢? 安详的心灵啊，你究竟什么时候才能彻底永远忘却尘世的烦恼呢？

喏，格里沙从不太明显、稍稍有些荒废的菜园后面走出来。他轻轻地吸了一口清新而甜蜜的空气，沿着一条狭窄而又尘土飞扬的小路轻轻走下去。他身后留下一串轻轻的脚印，白色的衣服在静静的移动中衬着朦胧的绿荫和灰色的尘土显得格外亮丽——如万绿丛中一点白。他的头顶是一轮淡淡的、隐约可见的月亮，静静地停留在空中，缺乏生气，无力地迷惑着乏味的广袤的尘世间。

前面就是城市了，它灰蒙蒙的，稍稍有些颓败而显得软弱无力——肮脏的门闩、颓败的菜园、破烂的栅栏，澡堂和棚屋如一个个刺猬，扎煞着粗糙的毛刺郁闷不乐，形象丑陋地矗立在那里。叶戈尔卡——一个小市民的十一岁的儿子——站在其中一个菜园旁边。他身上只有一件红色印花布的破烂的衬衫，他的脸是一张戴着褐色面具的天使的脸，脸上有一些肮脏的泥点和尘污。要是能给他的双脚插上翅膀那就好了——土地又能对他怎么样呢？土地只会把泥土和尘埃粘在他轻快的双脚上。

叶戈尔卡是出门来玩的。他在等待同伴。可同伴们不知为什么还没来。只剩下一个人的他，忽然听到一种声音，于是，便仔细地观察着周围。原来，隔着栅栏站着一个陌生的恬静的小男孩，正在静静地看着叶戈尔卡。这小男孩浑身白白净净的。叶戈尔卡很吃惊，便问：

“你是从哪儿来的？”

“你不会知道的。”格里沙说。

“真有你的，得了吧你！”叶戈尔卡高兴地说，“或许我知道呢。告诉我吧。”

“你真想知道？”格里沙笑着问道。

叶戈尔卡静静地一笑——他本想张嘴，可不知为什么又改了主意。两人攀谈起来。叽叽咕咕。

周围的一切都安静极了，似乎对两个孩子的谈话不感兴趣——整个世界和两个小孩似乎被隐藏在一层薄薄的谁也扯不掉的纱幕后面。白桦树凝然矗立着——以其三种凋零的力量的絮语在抚慰着两个小男孩。格里沙又问：

“真想知道？”

"真的很想，想知道那个秘密。"叶戈尔卡用攥得紧紧的肮脏的小手胡乱挥动着划了个十字，像说一句生动的绕口令一般。

"那跟我来。"格里沙说。

说罢，他轻轻地一转身，向家里走去，对那些灰暗生活中平淡乏味的事物摆出一副不屑一顾的样子。叶戈尔卡连忙跟在白衣男孩身后走去。他一边走一边对周围的东西感到惊奇，心里在想着什么。他问：

"你该不会是上帝的天使吧？为什么你长得这么白？"

恬静的小男孩对此嫣然一笑，轻轻叹了口气，说：

"不是，我是人。"

"真的吗？就是一个普通的小男孩吗？"

"是个和你一样的小男孩——或说是个几乎和你一样的小男孩。"

"那你为什么那么白净？等等，你该不会是一天用肥皂洗七次澡吧？瞧瞧，你和我一样也是光脚走来走去的，可你怎么就晒不黑呢，就只有脚上粘了点儿泥。"

不知从什么地方飘来芬芳的紫罗兰的恬静的香气，空气中还出现一种干燥的尘土那到处弥漫的讨厌的又甜又苦的味道，此外还有森林火灾留下的焦糊味儿。

小男孩们走过景色单调乏味的田野和道路，走进幽暗静谧的森林。一个个林中空地和浓密的小松林展现在他们面前，潺潺的小溪在静谧的岸边喧响着。小男孩们沿着一条条小路和小道走着，甜津津的露珠沾在他俩的腿上。周围的景物在叶戈尔卡眼前变得异常美丽，俨然已经摆脱了尘世的喧嚣，及其依旧灰暗平淡的生活的另一个世界。延续的时间飞跑着燃烧着在流逝，时间交织成甜蜜的瞬间的环舞——叶戈尔卡觉得他已走进一个未知的国度。他恍然觉得自己沉睡在某个夜里——忽而从睡梦中被在松软的枝桠间抖掉晨露的小鸟那湿漉漉的啁啾声惊醒——和一些欢快的小男孩们玩耍，聆听着美妙的仙乐。

白皙的小男孩格里沙时而离开叶戈尔卡一会儿，随后又出现在他身边。叶戈尔卡发现格里沙总是远离那些欢快喧闹的孩子们——根本不和他们一块儿玩，说话也很少，倒不是因为他怕那些孩子们，或躲避那些孩子们，而是自然而然发生的，他原本就是一个喜欢单独和自己在一起，既喜悦又忧郁的男孩。

终于只剩下格里沙和叶戈尔卡了，他俩又接着往下走去。他们走过一片被阳光照得十分明亮的小林子，而且林子越来越密。

他们面前有两棵又高又直的大树。两树之间横着一根青铜杆子，杆子上吊着一些环——环上吊着一块大红色的丝绸帘子。微风轻轻摇动着帘子那细微的皱褶。恬静的蓝眼睛的格里沙撩开帘子。帘子那相互交织在一起的皱褶叠合起来，发出轻微的沙沙声，宛如燃烧的火焰。只见眼前展现出一片森林的远景，森林里渗透着明亮的异常奇特的光明，似在许诺大地以新生。格里沙说：

"去吧，叶戈鲁什卡，那边很美丽。"

叶戈尔卡仔细打量着森林明亮的远方——心头袭上一种恐惧感，于是，叶戈尔卡小声说：

"我害怕。"

"小呆子，有什么可害怕的呢？"格里沙温和地说。

"我不知道。总有些可怕吧。"叶戈尔卡胆怯地说。

格里沙犯起愁来，轻轻地叹口气，说：

"嗯，那就回自己家吧，既然你害怕待在我们这儿。"

叶戈尔卡想起了自己的家、母亲和城市。他在家里过得并不好——贫穷、打架。叶戈尔卡忽然冲向恬静的格里沙，紧紧抓住他冰凉的小手，哀求道：

"亲爱的，别赶我，别把我从你身边赶走！"

"难道我是在赶你走吗！"格里沙反驳道，"是你自己不愿意呗。"

叶戈尔卡跪在地上，亲吻着格里沙小巧的双脚，嗫嚅道：

"求求您啦，高贵的天使，我诚心诚意地祈求您。"

"那就跟我来吧。"格里沙说。

说着，他用轻快的双手扶着叶戈尔卡的肩膀，把他从静静的草地上扶起来。叶戈尔卡顺从地跟在格里沙身后，走向宁静的目光能望得到的蔚蓝色的天堂。他面前是一道宁静安详的峡谷，谷底里有许多恬静的孩子。甜蜜的露珠滴落在叶戈尔卡的腿上，露珠甜蜜的亲吻令他心灵欢畅。恬静的孩子们围绕着叶戈尔卡和格里沙，把他们包围在一个很大的圆圈里，轻快地跳着环舞，带着他们往前走去。

“高贵的天使们，”叶戈尔卡欢天喜地地一边跳着环舞一边感慨地说，“你们的脸色那么欢乐，你们的小手那么白皙那么清新，你们的双脚那么轻快！而我在尘世又算个什么，我在天堂又算什么呢？亲爱的兄弟姐妹们，你们的翅膀藏在哪儿呢？”

一个离他很近的甜蜜而响亮的声音回答他道：

“你是在人世间，不是在天堂，而我们也不需要翅膀，我们没有翅膀也能飞翔。”

孩子们带着他们，引他们入迷，抚慰他们。孩子们带着叶戈尔卡观看了森林里所有的美景，观看了每个树桩、每丛灌木和每根干枯的叶片下面——森林里发出沙沙响声的小昆虫，有着蛛网般胡须的小昆虫，身段笔直和弯腰驼背的林中“小老头们”、小虫卵们、小虫子们，穿着绿袍子的会变色的小家伙们，半夜出现的和中午出现的、黑的和灰的、有着强壮的爪子的甲虫们，从未见过的小鸟和野兽们——所有的在白日里的尘世间、在黑暗的世上见不到的动物。

叶戈尔卡在恬静的男孩们那里待得忘了家。不知不觉间已经过了整整一个星期，从礼拜五一直过到下个礼拜六。他忽然想起母亲来。就好像半夜里听到母亲的呼唤，他一下子惊醒了，叫道：

“妈妈，你在哪儿？”

周围是一片寂静和沉默，是一个未知的世界。叶戈尔卡哭了起来。恬静的小男孩们都来安慰他。他们说：

“那么好吧，你就回到你母亲身边吧。让她逗你乐，让她抚慰你吧。”

“只要她不打我一顿就行。”叶戈尔卡声嘶力竭地说。

恬静的男孩们都笑了，说：

“父母常常打自己的孩子。”

“他们喜欢这样。”

“他们打起孩子来凶得很。”

“但有的父母也很善良。”

“他们打孩子是出于爱。”

“人都这样，什么都搅在一起——羞耻、爱和痛苦。”

“你可别害怕，叶戈鲁什卡，别怕你母亲。”

“好吧，我不怕了。”被安慰的叶戈尔卡说。

当叶戈尔卡和恬静的孩子们道别时，格里沙告诉他：

“你可别告诉母亲这么长时间究竟到哪儿去了。”

“我才不会告诉她呢，”叶戈尔卡生气勃勃地说，“无论如何也不会告诉的。”

“你会走嘴的。”一个女孩说。

她有一双黑得似乎深不见底的眼睛，她那双细细的光裸的胳臂交叉叠放在胸前，她说话比其他那些恬静的孩子们少，在所有人类的语言中她最喜欢的一个词是“不”。

“我才不会说漏嘴呢，”叶戈尔卡反驳道，“我永远都不说出去，谁都不告诉，无论我到哪儿，我的嘴上都贴着封条。”

叶戈尔卡和格里沙离开的那天夜里，母亲忽然发现孩子不见了。她嚷嚷了好久，骂了好久也威胁了好久。可骂着骂着又害怕起来——“该不会是给淹死了吧？”于是，又哭又闹地一口气儿跑遍了左邻右舍。

“我的孩子不见了。说没影儿就没影儿了。我真想不出还有什么地方没找到。可别是掉河里淹死了吧，再不就是掉井里去了，这个淘气鬼。”

有个邻居猜测道：

“说不定是那些犹太人干的，他们抓住孩子，关在一个谁都不知道的地方，然后放基督徒的血喝。”

这个猜测很受人们赞赏。已经有人信心十足地说：

“没别人，准是犹太人干的。”

“这帮该诅咒的家伙，肯定又是他们干的。”

“是啊，准跑不了他们。”

“他们总干这种事儿。”

于是，大家笃信不疑。一个令人惶惶不安的谣言在城里流传：犹太人偷了一个基督徒的孩子。奥斯特罗夫是卖力传播这一谣言的人。早在早市上人们就已经传得沸沸扬扬了。被奥斯特罗夫挑唆起来的粮食商人和小贩们叫嚷得最凶。可他为什么要这么做呢？他当然知道这是谎言。但是，最近一段时期以来，根据黑色百人团联盟地方委员会的指令，他一直从事挑唆和奸细工作。这个谣言来得恰好是时候。

警察局着手调查这件事。到处寻找被拐走的小男孩，但没找到。却找出一个犹太人，有人看见此人曾站在叶戈尔卡母亲菜园附近。于是，就把此人给逮捕了。

又是傍晚时分。叶戈尔卡的母亲正在家里，此时，叶戈尔卡回到家了，既忧郁又欢喜地走到母亲身边，吻了吻她，说：

"你好，妈妈。"

母亲则劈头盖脸地问了他一堆问题：

"啊呀呀，你这个死货！到哪儿去了？干什么了？鬼把你带哪儿去了？"

叶戈尔卡牢牢记住他的许诺。他站立在母亲面前固执地一声不吭。母亲生气地问道：

"说，到哪儿去了！是不是让犹太人把你给钉在十字架上了？"

"不是，"叶戈尔卡说，"哪儿来的什么犹太人！没人把我怎么样。"

母亲怒不可遏地嘶喊道：

"嗯，那你就等着瞧吧，你个记吃不记打的狗东西！我可是早就给你说过的。"

说着，她抓起扫帚，从上面拽下几根树条来，把小男孩身上薄薄的衣服扒了下来。既忧心忡忡又欢快的叶戈尔卡惊奇地望着母亲。埋怨地对母亲说：

"妈妈，你这是在干啥？"

但说时迟，那时快，他那被清水洗净的身体，已经被一只强有力的大手摁在那个疯狂叫嚷的妇人的膝盖上。叶戈尔卡被打得很疼，但他忍着发出低低的呻吟声。母亲狠狠地抽了他好久。边抽边应和着节奏嚷道：

"说，到哪儿去了！说！不说就抽死你！"

最后，精疲力竭的母亲扔掉树条，大哭起来，不可遏止地哭诉道：

"上帝你为什么要惩罚我呀？不行，今天你必须给我个保证。

明天我还要更狠狠地抽你。”

使叶戈尔卡震撼的，与其说是疼痛，不如说是母亲那出乎意外的粗鲁态度。因为此时的他已经稍稍接触到另外一个神奇的世界了，那个迷人的峡谷里的恬静的小男孩们已经重新改造了他的灵魂。

但母亲无疑是爱他的。当然，这是毫无疑问的。不然她也就不会狠狠抽他了。爱和残酷在人们身上永远都是交融在一起的。人们都喜欢折磨人和报复人。可紧接着母亲又可怜起叶戈尔卡来，心想自己是不是打得太重了。于是，便一声不响地走近叶戈尔卡。

叶戈尔卡龇牙咧嘴地趴在凳子上。随后不出声了。母亲笨拙地用粗糙的手抚摸着孩子的脊背，然后就走开了。心想这孩子睡着了。

第二天一早母亲来叫叶戈尔卡。可叶戈尔卡依然脸冲下趴在板凳上一动不动，浑身冰凉。他的样子看上去已经不是喜气洋洋的了，而像是一具青伤累累的冰冷的死尸。受了惊吓的母亲号啕大哭起来：

“死了！叶戈鲁什卡，没怎么就死了！哎呀，好悲伤呀——小手都冰凉了。”

母亲急急忙忙去找邻居，左邻右舍充满女人尖利的哭喊声，搅得整个小区鸡犬不安。她家挤满了好奇心重的女人们。

“我只不过用几根树条轻轻抽了几下，”母亲抽泣着说，“他躺在那儿，我亲爱的小家伙，刚开始还哭，后来就不做声了，可能是睡着了吧，可到早晨，就把灵魂交给上帝了。”

被死一般沉重的噩梦紧紧纠缠的叶戈尔卡依然一动不动、无声无息地躺在那儿，耳里捕捉着母亲的抽泣和左邻右舍的嗡嗡的说话声。他还听见母亲抚摸着他的身体在哭诉：

“可恶的犹太人把他身上所有的血都吸尽了！我从前不也这么狠地打过他——我的小宝贝呀！从前打过后，敷点儿盐，一点儿事也没有了——可这回是怎么了，这才刚打了几下，他，我这看也看不够的快乐天使，我的小心肝儿啊……”

叶戈尔卡能听见母亲的哭诉，可就是觉得自己被紧紧地捆缚住了，一动也动不了。他听得见自己的身体像别人的身体一样咚咚地一声放倒在地上——他猜出来了——这是人家在准备给他洗身子。他多么想动一动身子，想站起来，可是却办不到。心想：“我死了——人家现在要把我往哪儿打发呢?”

于是，心里又想：“为什么灵魂与身体不分离呢？我感觉不到自己的手和脚，但却听得一清二楚。”

他心里很惊奇并且在期待着。他不时地软弱无力地试图调动意志的力量从死亡的噩梦中醒来，重返人间，逃离黑暗的坟墓，可意志再一次败北，于是，他只得继续等待。

他能听到人们在给他做安魂祈祷，于是，回想起蓝色的香炉和袅袅上升的烟霭的芬芳香气。

26

叶戈尔卡被安葬了。母亲在他的坟头哭了好久后就回家去了。她坚信孩子在那个世界里会比此世强得多，于是心里得到些许安慰。可一些真正的俄罗斯人，如克尔巴赫、奥斯特罗夫及其他人，却不肯就此罢休。他们在散发恶毒的谣言。流言蜚语开始流行：

“犹太人把那个基督徒孩子给折磨死了。用刀子把他给剐了，用他的血做薄饼。”

造谣诽谤者根本不顾这样一个事实，即犹太人的复活节远比叶戈尔卡离家出走的时间要早得多。

城里人个个惶惶不安——无论相信谣言还是不信谣言的人都人心惶惶。人们要求开棺验尸。

伊丽莎白白天去了特里罗多夫家，并且在那儿待了好久。特里罗多夫向她介绍并领她参观了他的夏令营。恬静的小男孩格里沙一直陪伴着他俩，恬静的蓝色的眼睛无动于衷地直视着她那燃烧着热情和赞美的蓝色的眼睛，并以眼神平息着她内心的激动和迸发的热情。

她那件宽大而又薄薄的连衣裙看上去好像是透明的——她身体完美的曲线透过裙子显现出完美的轮廓，就连粉红色的乳房和肩背也若隐若现。她那晒得黑黑的脚掌也是光着的——她太喜欢青草和土地温柔的抚摸了。

生活就像在天堂里一样——小鸟的啾啾声、孩子的玩闹声、风拂动树枝和青草发出的沙沙声，以及林中小溪流潺潺的水声。一切的一切都像天堂一样无辜而纯洁——裸体的女孩们相互碰面，走近对方，相互攀谈，根本不感到害羞。一切都像天堂里一样纯洁明净。林中空地上空的天明净清晰。

在白日向傍晚转化时，伊丽莎白正坐在特里罗多夫那儿。他们在朗读诗歌。伊丽莎白很早就喜欢起诗歌了。热爱诗歌的，不是姑娘们，还能是什么人呢？此刻她正热情洋溢地朗读着诗歌。数小时就在朗读中不知不觉地过去了，诗歌在她心中唤醒了既甜蜜又苦涩的欣悦之情和焦躁难耐的梦境。

或许，这是因为她产生了爱情，于是，脑子里便会产生热切的理想。她心里发生了爱情，因此才会为自己找到一轮新的太阳，并围绕着这轮新的太阳跳起了新的幻想、希望、悲伤、喜悦、神魂颠倒和欢天喜地的环舞。这一环舞被同一个发光体闪烁的彩虹所照亮，既完整又呈现多声部，这是一个急速旋转而又令人倦怠的火环。

特里罗多夫喜欢她为他朗读的大批新诗人的诗作。新诗写得流畅而又非真、轻松而又透明，以其柔弱的音乐性令她感到既甜蜜温柔又哀伤绝望，就像她此时此刻喜欢穿的那件连衣裙一样。

当两颗心发出如此和谐的共鸣时，两个人又怎么会不相爱呢？

他俩共同朗读过一些歌颂爱情的甜蜜理想的诗歌。特里罗多夫说：

“爱情对世界说‘不’，这是抒情诗式的‘不’；婚姻对世界说‘是’，这是讽刺式的‘是’。做一个恋人就要追求不拥有——这是爱的抒情诗，它很甜蜜，但却是骗人的。这种爱情以外部方式与世界相矛盾，并以此隐藏着这个世界最致命的不和谐。两人在一起拥有，并能对某人说‘是’，同时自己也能献身——这就是生活用以揭露其不可调和矛盾的途径。可我们既然是这么孤独，那么又怎么能坐到一起呢？而且，又怎么能做到献身呢？一个个面具脱落了，真正存在的两重性面貌呈现出来，令人恐惧。随后便会感到无聊——到得此时，你，爱情，又该怎么办，你不是曾自夸比死亡强大吗？”

“您有过一个妻子，”伊丽莎白说，“您曾很爱她呀。这家里的一切都令人能想起她。她很美呀。”

她的声音有点暧昧起来，湿漉漉的眼睫毛下蓝色的双眸闪烁着忌妒的火花。特里罗多夫笑了笑，哀伤地说：

“可早在无聊时刻到来之前，她就已经远离生活了。我的杜尔西内娅[①]不想当阿尔东莎。”

“可杜尔西内娅受到人们的敬爱呀，”伊丽莎白说，“然而，完整的生活属于已经变成杜尔西内娅的阿尔东莎。”

“可是她，阿尔东莎喜欢不喜欢这样呢？”特里罗多夫问道。

伊丽莎白脸上泛起一层红晕，温柔地说：

“喜欢，但却不能。愿意，但却不会。不过咱们可以帮助她，咱们可以教会她。”

特里罗多夫和蔼而又忧伤地笑笑，说：

“可他，却像一个永恒的唐璜一样，一直都在寻找着杜尔西内娅。可对他来说，一个尘世间的阿尔东莎又有什么用呢，她那么贫穷，而且还被关于美的幻想给蜇伤了？”

“可他爱她恰恰是为了这个缘故，”伊丽莎白说，“恰恰是因为她贫穷，而且被崇高的美的幻想给蜇伤了。他们的结合将是一种被创造的美。”

黑夜来临，夜幕贴近窗户，并用透明得瘆人的语声小声嘀咕着。特里罗多夫走到窗前。伊丽莎白站在他身边。于是，他俩几乎是一眼就看见了远处晦暗的墓地。特里罗多夫小声说：

“他们把他埋在那儿了。可他是会站起来的。”

伊丽莎白惊奇地瞥了他一眼，轻声问道：

“谁？”

---

① 源自塞万提斯的小说《堂吉诃德》中的人物，堂吉诃德的意中人，全名为杜尔西内娅·台尔·托波索，又名阿尔东莎·洛兰索。

特里罗多夫像是被唤醒似的望了她一眼。以同样的小声慢慢说道：

“他是个还没来得及生活、一个尚未成型的小伙子。他的身体上保有一切潜能，但却没有任何一种已经完善。他被创造出来似乎就是为了接受任何想要向他奔涌的能量。现在他睡着了，被装在紧闭的棺材里埋入坟墓。他终究会为了过一种缺乏情欲和愿望的生活，为了能清晰地看见和听见，为了恢复统一的意志而醒来。”

“他会在什么时候醒来呢?”伊丽莎白问道。

“当我愿意的时候，”特里罗多夫说，“我会把他叫醒的。”

他的声音既忧郁又固执——听起来就像是在念咒语。

“在今天夜里?”伊丽莎白问。

“如果您愿意的话。”特里罗多夫安静地说道。

“我必须离开吗?”她又问道。

“是的。”他以同样简洁和平静的声音答道。

道别后她就离开了。特里罗多夫再次走到窗前。他在召唤什么人，他在施展妖术，在呼唤：

“你醒来吧，亲爱的。醒醒吧，站起来吧，来我这儿吧。来吧。我会开启你的双眼，你将看见你从未见过的一切。我会开启你的听力，你将听见你从未听过的一切。你来自泥土，因此我是不会让你与泥土分离的。你来自我，你是我的，你就是我，来吧。醒醒!”

他充满信心地等待着。他知道当睡着的人在棺材里醒来后，他们会来的，会说话的，他们是得道的人和无辜的人。

吉尔沙悄悄走进书房。他站在父亲身边问道：

“你在看墓地吗?”

特里罗多夫默默地把手放在他头上。吉尔沙说：

“墓地的一座坟墓里，有一个小男孩，还没死。”

“你从哪儿知道的?”特里罗多夫问。

但他知道吉尔沙会怎么回答。吉尔沙说：

“格里沙对我说，叶戈尔卡根本就没死。他睡着了。他会醒来吗?”

“是的。”特里罗多夫说。

“他会来找你吗?”吉尔沙问。

“是的。”特里罗多夫回答道。

“他什么时候来？”吉尔沙又问。

特里罗多夫笑了笑，说：

“叫醒洛里沙，问问他，睡在坟墓里的人能否醒来？”

吉尔沙去了。特里罗多夫默默地望着远处的墓地，那里黑乎乎的一片，十字架散发着郁闷的气息，悲伤的夜幕降临在墓地上空。

啊，你究竟在哪儿，亲爱的？

门后响起轻微的沙沙声，家人正在墙外悄悄走动，小声嘀咕着、等待着。

被远方轻微的呻吟声唤醒的格里沙站了起来。他走到园子里，走近菜园，垂着眼帘在谛听着什么。他笑了，但他的笑里并没有一丝高兴的意思。谁知道他会怎么高兴呢？

吉尔沙走近格里沙，问：

“他还活着？醒了吗？”

格里沙冲墓地方向点了一下头。

“是的，”格里沙说，“叶戈鲁什卡在坟里呻吟着，他活着，他悄无声息，他刚刚醒来。”

吉尔沙跑进屋里，跑到父亲身边，向他转述了格里沙的话。

“动作快点。”特里罗多夫说。

他又一次感到一种久已熟稔的激动。他心里涌动着一种奇特的力量，时而涨潮，时而落潮，沉重而又不平稳。他用一种只有他一个人熟悉的方法召唤来了一种奇异的能量，此刻正缓慢地从他体内释放出来。在他和坟墓之间，和那个被死亡的噩梦纠缠、被生命抛弃的少年之间，一种神秘的电流在传输，在对睡在坟墓里的那个人施展妖术，在召唤着他。

特里罗多夫沿着楼梯疾步走进恬静的孩子们住的屋。他轻轻的脚步声勉强可以听到，木制地板上的寒意传到他的双脚上。恬静的孩子们躺在自己的床铺上好像连呼吸都停止了。看样子他们人数很多，而且在永无止境的恬静的寝宫里永远地睡着了似的。

特里罗多夫不止七次停止了脚步——每次都有一个睡着了的孩

子因他目光的一瞥而苏醒。有三个男孩和四个女孩站了起来。他们静静地站在那儿，望着特里罗多夫在等待着。特里罗多夫对他们说：

“跟我来。”

恬静的面色苍白的孩子们跟在他身后——所走之处传出轻微的脚步的沙沙声。

吉尔沙在园子里等候着——一些面色苍白恬静的孩子们站在他身边显得晦暗、满面尘土。

格里沙在前面引路，孩子们沿着阴间小道一个接一个地走着，像是穿透黑夜的幽灵，他们一共是十个人。露珠滴落在他们的脚上，脚下的泥土松软、温暖而又忧郁。

叶戈尔卡在坟墓里醒来了。周围一片黑暗，而且多少还有些滞闷。他感到脑袋分外沉重，耳边则回响着一个固执的召唤声：

“起来吧，到我这儿来。”

一阵阵冲动的逼迫使他感到恐惧。两眼在看但却什么也看不见。呼吸困难。他似乎想起了什么事，但他想起的一切，都像谵语一般恐怖。忽然脑际闪过一个清晰的意识——是一个可怕的念头：“我这是在坟墓里，在棺材里。”

他发出呻吟并开始挣扎。他的脖子像是被什么人强有力的手挤压着，发出一阵痉挛和抽动。他的双眼瞪得很大——眼前隐约现出被钉死的棺材里的火热的黑暗。头顶上传出一些轻微的呼唤，连土地也在苏醒过来。被恐惧所折磨的叶戈尔卡在狭窄的棺材里挣扎着，呻吟着，用嘶哑的嗓音嗫嚅道：

“三块皂石，三个林中居民，三种失落的力量。”

墓地的大门不知为何是打开着的。特里罗多夫和孩子们走进墓地。这一带都是穷人的坟墓——草坡和木桥。周围又黑又潮又静。空气中散发着草木的气息——墓地笼罩着理想的寂静。在黑乎乎的雾气里十字架发出隐约的白光。一切都是那么可怕而寂静，墓地到处都充满了黑暗的死人的味道。一种恐惧的感觉伴随着甜蜜和痛苦涌上每个人心头。

任何地方也不像在墓地那样能令人感到自己与土地贴得是那么近——这是宁静安祥的神圣的土地。十个人全都静悄悄地走着，一个接着一个，每个人的光脚都能感觉得到脚下忧郁、松软、冰凉的泥土。他们在坟墓旁边停下脚步。眼前是一个小小的坟丘，显得安静而又寒酸，似乎连土地也在哭泣呻吟备受折磨。

衬着一块块的黑土，小男孩们的身影隐约泛白，孩子们开始挖掘坟丘。小女孩们则静静地站着——一边站四个人——正在敏锐地谛听着夜籁。墓地守门人也像死人一样睡着了，而死人则无力地守护着自己的棺材。

可怜的小棺材被慢慢打开了。轻微的呻吟声此刻变得清晰了。小男孩们已经跳进了墓坑深处。他们伏身在可怜的小棺材上。棺材上有一半的土还没被清理，但小男孩们已经感觉得到脚下的棺材盖在颤动。钉满钉子的棺材盖在孩子们小手的通力合作之下被轻轻撬开了，翻在了墓坑的边上。于是，棺材被简简单单地打开了，就像任何屋子的门被打开一样。

叶戈尔卡已经失去了知觉。孩子们发现他时，他正侧身躺着。他轻微地动弹了几下。他像嘶鸣一般短促地呼吸了几口气。全身动了一下。翻身躺了下去。

新鲜的空气向他迎面扑来，就像被解放的年轻人的青春的喜悦。喜悦之情忽然瞬间一闪就又熄灭了。有什么可高兴的呢？他的头顶是些安静而又无欢的人。

重新活下去？心里有一种奇特、恬静和淡漠的感觉。在他头顶上，有人小声温和地对他说：

“起来吧，亲爱的，来找我们吧，我们会把你从未见过的东西指给你看，我们会教会你什么是神秘。”

遥远的夜空中星星直视着他的眼睛——还有不知什么人的一双双眼睛近近地贴近他，充满爱意地望着他。许许多多的手伸出来，许许多多温柔而又冰凉的手伸出来，抬起他，把他从坟坑里抬了出来。

人们站成一圈。大家都望着他。他的双手再次交叠在胸前，像在坟墓里那样——这种习惯他似乎已经永远养成了。一个小女孩上来，帮他扶正手的位置。

叶戈尔卡忽然问道：

“这是什么？是坟墓吗？”

格里沙回答他道：

“这是你的坟墓，可你将和我们以及我们的先生在一起。”

“那坟墓呢？”叶戈尔卡问道。

“我们会把它填上的。”格里沙回答道。

小男孩们开始往坟坑里填土。叶戈尔卡惊奇地看着一锹锹的土如何落进坟坑，一个坟丘如何渐渐地隆起来。终于，土填得和地一样平了，孩子们又把十字架放回原地。叶戈尔卡走上前来，读着十字架上的题辞。读到自己的名字，这种感觉很是奇特：“少年格奥尔基·安季波夫。”

死亡的年月日。

“这是指我吗？”他想。

他稍稍有些吃惊，但心里已经充溢着一种具有预见力的冷漠。

有人碰了他肩膀一下，问了他一句什么。叶戈尔卡没说话。看起来，他已经明白这是怎么回事了。

“跟我来。”特里罗多夫悄声跟他说。

那个总是喜欢说“不”的小女孩拉起叶戈尔卡的手，领着他走。一群人沿着来时的路往回走。身后又是一片深深的寂静。

叶戈尔卡就这样和恬静的男孩们在一起了。他没有身份证，他的生活完全变样了。

27

特里罗多夫回到家。像所有从坟墓里回来的人一样，他感到轻松愉快。他的心灵燃烧着喜悦和果决。他回想起今天和伊丽莎白的谈话，心中升起了用创造艺术的力量来改造生活以及以兀傲的意愿创造生活的欢乐的理想。

如果所发生的事情真的发生了，或者所发生的事的确可以称之为爱情的话，那他为什么要抵制它呢？无论这种感情是真实还是虚假的——难道不都一样吗？翱翔在世界之上的意志会如所愿那样决定一切的。而在疲惫感情的无力虚弱之上，意志却有能力推出一种甜蜜的爱情。

那早已在他意识的天平上被长久斟酌的一切，那在他无意识的黑暗领域里曾长久争斗着的一切，如今正在逐渐变成一个清晰明快的决定。那么就让我们说“是的”吧。让我们再说一句“是的”。这不会是又一次失败吧？那么，是为了一次辉煌的成功了？反正都一样。我只需要相信她就是了，只要她能相信他。而且他们两个人相互之间已经如此亲近了。

特里罗多夫坐到写字台前。他脸上浮着笑意，陷入长久的深思。然后，他飞快地在浅蓝色的信笺上写道：

> 伊丽莎白，我希望你的爱。爱我吧，亲爱的，爱吧。我要忘掉我的所有知识，否认我的所有怀疑……我将重新成为一个普通的温柔的人，就像一个得以问津光明之国的人——我的那些可爱的孩子们——那样，我只要你在我身边，只想要你的吻。在这个对于我们的心灵如此亲近的世间，我将和你一样，光脚怀着质朴纯真和欢乐驯服的心情行走，以便能让我走向你，也让你走向我。爱我吧。
>
> 你的格奥尔基

门后响起一阵轻微的沙沙声。看起来整幢屋子里都充满了恬静的孩子们。

特里罗多夫封好信封。他即刻就想把这封信放在她的窗台上。他轻轻走着，渐渐走入昏暗的森林深处——温暖的青苔和湿漉漉的青草粘在他双脚上，大地是如此朴素、严峻而又可爱。从河边飘来湿漉漉的夜风和清新的空气，但也还是有一阵阵的森林火灾后留下的令人讨厌的甜丝丝的焦糊味儿飘来。

伊丽莎白怎么也睡不着。她从床上坐了起来。她站在窗前，任由自己裸露的火热的身体承受夜晚清凉的拥抱。她在想一件事，在幻想。而她的一切沉思和幻想其实都围绕着特里罗多夫在跳着同一个环舞。

还需要等待下去吗？他是一个疲惫忧郁的人，他是不会说什么甜言蜜语的，为的是不致陷入尴尬，不致得到一个冷冰冰的回答。

“可为什么要等待下去呢？要不就是我没胆量，不敢像女王那样自己决定自己的命运，把他叫到自己身边，要他爱自己？我为什么要沉默下去呢？”

于是，她决定：“我要去亲自告诉他——我爱他，我爱他，来吧，爱我吧。”

伊丽莎白嘟囔着甜蜜的语言，尽情地向寂静的夜倾诉她内心热切的向往。这位夜间的女客人黢黑的双眼燃烧着火焰，给她带来被诱惑毒害的理想。这位夜间迷人的女人，这个有着一双火热的眼睛，鲜红欲燃的嘴唇，和由白色的火焰燃成的裸露身体的女人，这位隐在月亮的纱幔后的女人，像美人鱼一般发出轻微的、甜蜜的、格格的笑声。美人鱼那火热的身体和伊丽莎白的身体一模一样，这个未知的女巫的黑色闪电一般的双眸和伊丽莎白那蓝色的双眸也一模一样。她诱惑地召唤伊丽莎白道：

“找他去吧，去吧。脱掉衣服跪倒在他脚下，吻他的脚，朝他微笑，为他跳舞，为了使他开心而折磨自己吧，做他的奴隶，做他手中的一件物品——依偎着他，吻他，盯着他的眼睛，把自己全部交给他，交给他。去吧，去吧，快点，快跑。瞧，他正在往这儿走——看见没有，瞧他已经走出森林，瞧，草地上闪现着他的一双发白的脚。把门打开，把衣服丢在这里，光着身子朝他跑去吧。”

伊丽莎白看见了特里罗多夫。她的心痛苦而又甜蜜地激烈地跳动起来。她离开窗边。她在等。她听见他的脚步声已经到了窗户底下。窗口有什么东西闪了一下，落在地板上。脚步声走远了。

伊丽莎白捡起信，点燃蜡烛，拿着蓝色的可爱的信纸读了起来。夜间那位迷人的女人在她耳边嘀咕道：

“他就要走了。快点追赶他去。你就要知道爱情中初吻是多么甜蜜的一件事。快去找他吧，跑着去，不要寻找乏味的遮盖物了。”

伊丽莎白急切地打开阳台门，沿着宽大的阶梯跑进园子。她跟在特里罗多夫身后跑去。她喊了一声：

“格奥尔基！”

她的声音犹如一声响亮的交织着愿望和欲望的呐喊。特里罗多夫停下脚步，他也看见她了，他看见她映在明亮的月光下浑身雪白，她在疾步赶过来——紧接着，伊丽莎白倒在他怀中，吻着他，脸上露出微笑，只会无休止地重复说：

“我爱，我爱，我爱。”

两人又是吻又是笑又是说，一刻也不停。她那苗条有力的身体犹如一朵粉红色的玫瑰，是那么纯洁，那么欢快，还从未被人打动过。他们所说的一切都是那么神圣而又纯洁。在纯洁无瑕的月亮的清辉里，在夜晚静谧的星月与双眸的交相辉映下，在夜晚的昏暗中，他们所说的话语，从今将把他们联结成为一对。誓言和仪式也未见得比任何其他东西更加牢固。笑容、亲吻和温柔的话语就是永恒的仪式和永恒的誓言。

夜空发亮了，清晨的第一批晨露落下了，朝霞燃烧起喜悦的红晕，太阳升起来了——直到这时，两人才依依不舍地分开。

伊丽莎白回到自己的小屋。可她怎么能睡着呢？她来找叶莲娜。叶莲娜已经醒了。伊丽莎白钻进妹妹的被窝，和她并排躺着，对妹妹讲起自己的爱情和自己的喜悦之情。叶莲娜很高兴，她格格笑个不停，无休止地吻着姐姐。

随后，伊丽莎白穿上早晨穿的连衣裙去找父亲——对父亲讲述她的喜悦心情和自己的幸福。

而特里罗多夫则带着一身清晨的倦意，踏着清凉的露珠往家走，他心里既困惑又恐惧。

白天，特里罗多夫坐车来到拉缅耶夫家。他给伊丽莎白带来他亲自拍摄的他和前妻的照片做礼物——照片里，他的前妻光身穿一件长袍，用一条青铜腰带把拖到膝盖的下摆扎紧，头发很黑，挽着一个发髻。身段苗条娇小玲珑，忧郁的笑，无欢的黑黑的眼睛。

“父亲知道了，”伊丽莎白说，“父亲很高兴。我们这就找他去。”

当再次只剩下伊丽莎白和特里罗多夫他们两个人在一起时，伊丽莎白忽然想起一件暧昧的事儿。她稍稍显得忧伤起来，使劲儿想，终于想起来了，就问道：

“那个在棺材里睡着的孩子怎么样了？”

“醒了，”特里罗多夫说，“他现在在我家。顺便说说，我们把他从坟墓里挖出来，也是为了把他母亲从良心的谴责中拯救出来。”

“为什么？”伊丽莎白问。

特里罗多夫讲述道：

“今天早晨法庭侦察员掘开了坟墓。找到一具空棺材。幸好我及时得到消息，赶在新的谣言传播之前对他作了解释。”

“那个小男孩呢？”伊丽莎白问。

“待在我家了。他不愿回到母亲那里，他不要母亲，母亲会因他得到一笔钱的。”

特里罗多夫是用一种干枯冷淡的声音说完这番话的。

有关伊丽莎白即将成为特里罗多夫妻子的消息，对于她的亲人来说，产生了各种不同的影响。拉缅耶夫喜欢特里罗多夫，因此很高兴和他亲近；彼得多少有些惋惜，但也很高兴，因为这样一来他那一直极不明确的处境明朗化了，而自己也就再也不必受那些无以实现的希望的折磨了。但拉缅耶夫不知为何毕竟还是有些不安。

叶莲娜爱伊丽莎白，因此为姐姐高兴而高兴；她爱彼得，因此也就更高兴。叶莲娜如此喜欢彼得，如此指望他的爱，以至对他的怜悯也变得明朗起来。就连她望着彼得的眼神也充满爱意和温情。

彼得情绪低落到绝望的地步。但叶莲娜的眼神使他内心甜蜜而激动。受挫的心灵渴望新的爱情，同时也在为受骗的希望而惋惜万分。

米沙的情绪一直很激动，脸常发红，比平常更爱往河边跑，在河边钓鱼或是哭鼻子。要不然就疯狂地亲吻伊丽莎白或特里罗多夫。他隐约猜到自己这是爱上伊丽莎白了。他为此而感到害羞和痛苦。他知道伊丽莎白兴许根本连想也想不到他会爱她，所以，她一直把他当小孩看。有时他又无力地痛恨起伊丽莎白来，对彼得说：

“我要是处在你的位置才不会沮丧呢。她不值得你爱。这个骄傲的女人。叶莲娜要比她强多了。叶莲娜很可爱，而那位则总是喜欢幻想。”

彼得常常不吭声地离开他。彼得这一点倒挺好，就是不骂人，但他也有可以一诉心曲的人。而米沙既想和伊丽莎白待在一起，同时又感到害羞和痛苦。

加尔森小姐没有表明自己的态度。已经有许多人觉得她行为有失体面了，所以，她在这家对一切事情都已习惯于不闻不问了。在她眼里，特里罗多夫是个冒险分子，是一个名声可疑、有着说不清的历史问题的家伙。

彼得阴郁的样子令拉缅耶夫很不安。他很想哪怕是用话语好好地安慰一下他。好吧，人总得相信别人的话！只要信就有办法。

拉缅耶夫和彼得偶然落得面面相觑的处境。拉缅耶夫说：

"我得承认从前我还以为伊丽莎白爱的是你呢。要不然，要是你非常愿意，她也终究会爱上你的。"

彼得忧郁地笑着说：

"由此可见，这是一个可以原谅的错误。更何况特里罗多夫先生本不缺什么情人。"

"这些错误所有人都可以原谅，"拉缅耶夫沉静地反驳道，"尽管有时候错得很可悲。"

彼得嘟囔了一句什么话。拉缅耶夫又说：

"但近来，我仔细观察了一下伊丽莎白。我这就告诉你我的结果——你得原谅我说话这么开诚布公——现在我认为你最好是和叶莲娜结合。或许你在感情上走入歧途了。"

彼得苦笑一声，说：

"嗯，那倒是，叶莲娜要简单得多。她倒是不读哲学书，也不穿太古典的希腊式长衣，也不蔑视任何人。"

"为什么要把一切归结为自尊呢？"拉缅耶夫反驳道，"为什么说她更简单？叶莲娜完全是一个知识女性，尽管她不追求观点的深度和广度，可她很可爱，很善良，很令人愉快。"

"她和我般配吗？"彼得嘲讽地笑着问道。

"你说什么呀！"拉缅耶夫说，"况且难道除了我女儿外，就不会选别的姑娘做自己的妻子吗？"

"我到哪儿选呀！"彼得沮丧而又讥讽地说道，"但我看我没必要坚持下去。而和叶莲娜兴许也会重蹈覆辙。她会选择一个更加出色的未婚夫的。况且在这个世界里像特里罗多夫那样招摇撞骗的人还真不少呢。”

“叶莲娜是爱你的，”拉缅耶夫说，“难道你就没看出来吗？”

彼得笑了。装出一副愉快的样子——或许他此时真的忽然想起可爱的叶莲娜，于是心里变得欢快活泼起来。当然，是爱！但却说：

“可您为什么以为，亲爱的叔叔，我无论如何也需要一个妻子呢？上帝与她同在！”

“像你这样年龄的青年一般都会恋爱。”拉缅耶夫说。

“或许吧，”彼得说，“但我对伊丽莎白的选择感到气愤。”

“为什么？”拉缅耶夫问。

“有许多原因，”彼得回答说，“比方他赠给她一幅他和已经去世的妻子的照片。是一个光着身子的美人。为什么要这么做？难道有必要把私密生活让全世界都知道吗？要知道她当时是为了丈夫袒露自己的身体的，而不是为了伊丽莎白或我们。”

“你这不是把许多照片都给否定了么。”拉缅耶夫不同意道。

“我可没那么简单，”彼得当即回答道，“以致于连这样的问题都不会分析了。永远神圣的纯艺术是一回事，而用淫秽的照片焚烧自己的感性，又是另一回事。叔叔，您自己难道没察觉，伊丽莎白已经被这种甜蜜的毒药给毒害了，已经变得情欲过分旺盛而不像以前那么谦抑了吗？”

“这我没看出来，”拉缅耶夫冷冷地说，“她在热恋之中——对此我们能有什么好办法？既然人身上有一种叫做性欲的东西，那我们对于自己的天性又能有什么办法呢？难道要我们为了陈腐的道德而败坏整个世界吗？”

“叔叔，我真没想到你竟会是这样一个非道德论者。”彼得气恼地说。

“道德和道德不一样，”拉缅耶夫像是多少有些不好意思地说，“我不赞成淫荡，但仍然主张观点和感情的自由。自由的感情永远是纯洁的。”

彼得恶毒地问：

"而他家森林里那些光着身子的少女们也都是纯洁无辜的了?"

"当然."拉缅耶夫说,"他的任务是抚慰人身上的兽性而唤醒人身上的人性。"

"我也听过他的夸夸其谈,"彼得懊恼地说,"我却一点儿都不相信他,使我吃惊的是,别人居然会相信这样的无稽之谈。我也不相信他写的诗歌和他所谓的化学。他家里到处是秘密和奥妙,门上和走廊里到处都设有狡猾的暗道机关。他家那些恬静的孩子们则更是我无法理解的了。他们是怎么来到他家的?他拿他们这些孩子做什么用?这里面隐藏着卑鄙的阴谋。"

"嗯,这是想象力所做的工作,"拉缅耶夫反驳道,"我们常常能看见他　我们任何时候都可以去找他,无论是在他家还是在他的夏令营里.我们都没有看见或是听见任何足以证实城里人有关他的谣言的证据。"

彼得想起他和特里罗多夫傍晚在河边的一次谈话。在彼得的记忆里,特里罗多夫那双忧郁而喜欢专断的眼睛忽然燃烧起灼热的光来。一种奇特的魅力随即渗透他的内心,就好像有一个什么人在固执而又悄声地对他低语,特里罗多夫的道路是纯洁和正义的。彼得闭上眼睛——眼前浮现出一个光明的幻觉:光着身子的林中少女们列成长队依次走过他面前,用纯洁无辜的双眸赐他以和平和宁静。彼得叹了口气,像是疲倦不堪似的悄声说:

"也许这么多恶毒的话我都白说了。你也许对。可我心情很沉重!"

这次谈话毕竟还是对彼得起了安抚的作用。他开始越来越经常地想到叶莲娜,而且越想越温柔。

事情的结果是,大家不约而同但却心领神会地开始有意把彼得的注意力往叶莲娜身上引。彼得屈服于大家的这种引导,并且对叶莲娜很温柔很和蔼。叶莲娜心中充满喜悦地期待着他的爱,并把火热的脸和散乱的头发转向静静流淌的小河上那美人鱼的笑声,轻轻嘀咕道:

"我爱,我爱,我爱!"

当周围只剩下她和彼得两人时,当她用充满爱意和惊恐的眼睛望着彼得,当她全身洋溢着青春的气息,因为期待而浑身颤抖,当温柔的乳房在薄薄的连衣裙下随着每一声叹息而微微起伏，她火热躯体的全部生命都似乎在重申着同一句未曾出口的话：“我爱，我爱，我爱。”

于是，彼得开始明白，叶莲娜注定会是他的，而他无论愿不愿意总归会爱上她的。对于新的爱情的这种预感像一根甜蜜的刺儿，深深扎进因恋人背叛而痛苦的心里。

28

当地警察局在抓捕强盗和凶手方面不是很得力。况且它对此类没有油水的事也并不这么上心。在那个混乱的岁月里，警察局也顾不上这些事情。但他们却把自己不怀好意的注意力转向特里罗多夫的夏令营来。在这件事上，奥斯特罗夫以及他的朋友们和庇护人们，都表现得十分卖力。

他们在特里罗多夫家庄园周边布了许多密探。密探扮装成各种身份，竭力狡猾到没人能发现的地步，但结果是他们连一个人也骗不了。由于智力短缺，所以，他们在履行自己所承担的暧昧职责时总是显得没有丝毫灵感，显得乏味、平淡和无聊。

很快就连孩子们也学会如何区分识别侦探了。一旦发现远处有个可疑的人，孩子们就会说：

“喏，来了个侦探。”

如果不止一次见过此人，便说：

“这是我们的侦探。”

一位出外勤的警士首先拜访了特里罗多夫的夏令营。当时他去的时候已经喝得醉醺醺的了。那天，叶戈尔卡恰好回家、回到自己母亲身边。

警士走进夏令营外面的院子里——院门偶然是开着的。老远就能闻到警士身上浓烈的伏特加味儿。警士用缺乏经验的奸细的怀疑的目光打量着板棚、冰窖和厨房。他反应迟钝地在为院里的清洁和新建筑物的整洁而吃惊。

警士已经打算走进厨房，正打算和什么人谈谈被打发来这儿的目的，忽然，他一眼看见一个少女，本地的女教师季娜伊达。她穿着一身白底蓝花长及膝盖的短衣正不慌不忙地在院子里走动。季娜伊达脸晒得黢黑，脸上的表情真挚而欢快。她那双赤裸而有力的双腿轻快地行走在地上。看样子，这位苗条的女性，似乎不是在走，而是在毫不费力地在地上飞。

少女那无羞裸裎纯洁无辜的身体，当然会在这位酒醉半酣的白痴身上，激起下流的欲望了。况且，在我们这个黑暗的年月里，难道事情会是另外的样子吗？甚至在故事里，一个被诗人爱上的袒裎裸露的无辜纯洁的躯体之美，就像一个荡妇裸露的躯体，只会引起虚伪之人和意识淫荡之人的谴责和愤怒。所有这类人严厉的道德感实际上是从外部强加上去的。这种道德感经不住任何诱惑和勾引。这一点这些人是知道的，因此他们恐惧地避免诱惑。而在暗地里，这些人却甘于用花街柳巷淫荡的春宫图、廉价的广告这样一些于身体无害、于家人无害的图画来安抚自己那贫乏的想象力。

警士一眼看见一位少女，看见她穿得那么少，发出一声下流得意的笑。在他那遮盖在汗津津邋遢破烂的衣服下粗陋的躯体里，肮脏的欲望开始蠢蠢欲动。他伸出肮脏的、骨节粗大的指头，向季娜伊达示意，要她到他身边来。他发出白痴般的哈哈笑声，把那顶褪成了红褐色的帽子推到后脑勺上。

少女迈着轻快自如的脚步走到警士身边。自由国度里的女王和可爱的被白花所环绕的袒裎的处女，以及我们这个时代尤其是巴黎人闻所未闻的国度里的女王，就本应如此仪态万方。

警士向季娜伊达喷出一口混合着马合烟、伏特加和洋葱气息的浊气，下流地龇牙咧嘴——从而使得他那口歪牙全都黄黄绿绿地露在外面——地说：

“喂，万分可爱的女孩子——你就住在这儿？”

朴实真挚的季娜伊达对警士那红通通脏兮兮的手臂，他那张红通通、兴冲冲、汗津津的脸，他那沾满沉重的黏土的皮靴而吃惊不已，所有这一切外部特征都说明外面的生活是多么粗陋、贫寒。而在此处的她，在这生活美满、安详纯洁的谷底里的她，却早已对这种丑陋不习惯了、生疏了。

季娜伊达不自觉地笑着说：

“是啊，我是住在这儿，在这个夏令营里。”

警士问道：

“在咖啡屋还是在洗衣房？瞧瞧你，好一个冰清玉洁的小妞儿啊！”

说着，警士发出尖锐嘹亮的刺耳的笑声，并且，已经准备开始实施进攻的求爱举动了——他抬起扎煞着褐色爪子的手掌，又黄又厚的指甲上带有黑色边缘的食指已经在实施瞄准，看对这个光手光脚的超级美人究竟从哪儿插进手去胳肢她，或是从哪儿下手好。可是，一边笑着一边皱着眉头的季娜伊达避开他，说：

“我是这个学校里的女教师，叫季娜伊达·乌兹洛娃。”

警士可笑地拖长声音道：

“瞧瞧，都女教师了！”

起初他还不相信站在他面前的是一位女教师。他还以为她是个快活的厨娘或洗衣工，正在寻寻觅觅，找个合适的地方去洗洗涮涮，搓搓打打，因此会和他开玩笑的。此刻，他仔细打量着对方的脸，那脸是一般的厨娘所不会有的，他仔细打量一下对方的手，那手是洗衣工所不会有的，于是，忽然间，他信了她说的话。

季娜伊达怀着惊奇和好奇之心看着这个奇特的人，此人既粗鲁又和蔼，两条笨拙的黑腿之间晃荡着一把沉甸甸的军刀，她问道：

“您是干什么的？”

警士郑重其事地说：

“我即将成为此地警察局警士。”

说着，整整军容，端出一副庄严的样子。

“可您到我们这里有何贵干呢？”季娜伊达问道。

警士朝季娜伊达眨着眼睛反问道：

“超级美人，是不是有一个城里来的孩子跑到你们这儿了？他母亲正在寻找他，向我们警察局报了案。如果他真的在你们这儿，那得把他送到城里去。”

“是啊，”季娜伊达说，“这个礼拜是有一个城里来的男孩在我们这儿做过客。可今天我们刚刚把他送回家去了。此刻，或许他已经和他母亲在一起了吧。”

警士半信半疑地笑了笑，又问：

“你没说谎?”

季娜伊达耸耸肩膀，严厉地盯了警士一眼，吃惊地说：

“您说的这是什么话！人怎么可以说谎话呢！再说我为什么要对您说谎呢?”

“谁知道呢!”警士嘟囔道，“你既然这么说，我只好这么信呗。”

“不，’季娜伊达重申道，“我对您说的都是实话。”

警士郑重其事地说：

“嗯，得得得，我们看看就知道了。要知道我们反正会把所有事情都打听清楚的。这么说你们真的已经把孩子送回家了?”

“送回家，送给他母亲了。”季娜伊达回答说。

“是这样，这么说，我们可以向局长先生汇报了。”警士说。

为了显得郑重其事，他撒了个小谎。派他来这里的是区派出所所长，而非警察局局长。但对于季娜伊达来说这反正都一样无所谓。她已经习惯于更多地想自己的孩子和自己的事业。具有威胁意味的警察局的名称没有给她留下任何或深或浅的印象。

警士走了。离开时，他脸上还绽开着舒展的笑容。一路上他一连数次回头看那位女教师。在回城的路上他始终高高兴兴又心不在焉，陷入下流而又粗陋的幻想之中。栖息在这座广阔的灰蒙蒙的城市里的那些个野人们，那些个习惯于在各种面具之下掩藏自己，而以各种华丽的衣服炫耀自己的野人们，通常总是会如此幻想一番的。

季娜伊达烦闷而又哀伤地望着警士离开的背影。有关往日粗野生活的回忆又在她心头复活了，但此刻她的心里充满了甜蜜的安慰和幸福感。这种感觉是特里罗多夫所创造的在可爱清凉静谧的林中的异样的幸福甜蜜生活所给予她的。随后，季娜伊达像是从午休时的噩梦中猛然醒来似的深深叹了口气。于是，她又悄悄地走自己的路了。

过了几天，区派出所所长来视察特里罗多夫的夏令营来了。对于普罗相尼这块纯洁无辜的林中空地，他所具有的概念和态度，和那位半文盲的警士不分轩轾。只不过，他用一种软化的方式表达了这种态度而已。

区派出所所长竭力想要显得非常非常礼貌谦让。他对特里罗多夫和他的那些女教师说了好多笨拙的恭维话。可是，看见女教师们，区派出所所长便和那位警士一样笑得同样下流卑贱了。他那双狭窄的卡尔梅克人的小眼睛立刻变得黏糊糊的了。脸颊也变成一片砖红色了。

当姑娘们走到一边，区派出所所长朝特里罗多夫眨眨眼，低声悄悄说道：

“简直是个花坛啊！”

特里罗多夫严厉地盯了区派出所所长一眼。派出所所长不好意思起来，随后，又生起气来。他说：

“请原谅，我到您这儿来，是办事的，这是一件令人相当不快的事。”

原来，他是就如何安置叶戈尔卡的问题前来谈判的。顺便说说，他还暗示过一次，擅自作主挖掘叶戈尔卡的坟墓，可以成为法庭调查的一个理由。特里罗多夫塞给派出所所长一点贿赂，并且招待他吃了一顿早餐。派出所所长离开时心满意足。

最后，终于连警察局长也来了。他脸上的神气阴森森的，一副高深莫测的样子。警察局长开门见山地谈起特里罗多夫擅自做主挖掘叶戈尔卡坟墓的事。特里罗多夫沮丧地说：

“让一个被活埋的小孩子待在棺材里只会使他窒息的呀。”

警察局长冷峻地反驳道：

“那您可以向教会墓地的管理员反映您的怀疑呀。他会采取一切必要措施的。”

特里罗多夫说：

“等把神父们都找来，又该有多少时间浪费了呀？”

警察局长听也不听地说：

“这是规矩！如果是个人都来掘墓，那成何体统！那个盗墓贼本想盗墓的，可一旦被人抓住，就说什么，嗯嗯，我听说死者还活着，正在棺材里挣扎着呢。”

“您也知道，”特里罗多夫反驳道，“我们到那儿去的目的并不是盗墓。”

警察局长固执而又严峻地嘀咕道：

“这是规矩。”

特里罗多夫邀请警察局长吃午饭。给警察局长的贿赂要比给区派出所所长的多得多。吃完一顿丰盛的午餐后，酒足饭饱而且贿赂塞满口袋的警察局长，忽然变得比蜡都软了。他开始大谈特谈自己所干的工作是多么沉重多么不堪忍受。趁此机会，特里罗多夫对他讲起前不久刚刚进行的那次搜查，以及区派出所鞭打女教师玛丽娅的事情。警察局长脸红了，激动地说：

“请您相信我的荣誉，此事不属于我管。请您不妨……找找我们的副省长，请原谅我的用语，这是个十足的剥皮鬼。就靠这个升官发的财。”

特里罗多夫问：

“难道拿这个也能升官发财？”

警察局长富于生气地说——显然，新任副省长的仕途使他这位官僚的心灵激动不已：

“可不是嘛，这是众所周知的事——他曾在酒醉状态下一刀扎死了自己的好友，在疯人院里待过，他是怎么从那里钻出来的，真是令人匪夷所思。他在某些人的庇护下进了省级管理部门，他把自己表现得如此毒辣，以至所有人都感到惊奇。待了没多久就升为幕僚。善于抚慰闹事的农民。或许，您也听说过关于此人的事儿？”

“我怎么能听得到？”特里罗多夫小声说道。

警察局长又说：

“关于他的功勋，报刊上可是真没少说呀。有些地方未免有些言过其实，但这对他只有好处。至少是引起公众对他的关注。如今他当上了副省长，所以更加卖力，使出浑身解数想要出人头地。他下一个目标是省长。前程远大呀。我们省长本人已经开始对他有所警觉了。可我得告诉您，我们省长在彼得堡有强硬后台。阿尔达利昂·鲍利索维奇毕竟不敢硬着来。”

“那您就更不敢了？”特里罗多夫问道。

“可不是嘛，”警察局长说，“请您注意一下，如今我们生活的是个什么时代。任何时候都不曾有过我们这个时代的那些臭事。农民骚乱那么风起云涌，就连上帝也徒唤奈何。这不，前几天地主哈夫留金家被抢劫一空。所有可以被拿走的东西都被抢走了。农民把牲口杀了自己瓜分了。多么可惜呀！在本省哈夫留金一直是公认的优秀主人呐。可就连他手下的农民也早就攥紧了拳头。农民就是这样报答他的！”

“无论怎么说，”特里罗多夫说，“我那位女教师的事儿，还是请您多费心。这件事实在是太气人了。”

“放心吧！”警察局长感慨道，“我会亲自向她请求原谅的。作为一个诚实的人！”

特里罗多夫于是吩咐人把玛丽娅叫出来。玛丽娅走了进来。警察局长开始对她热烈地倾诉请求原谅的话语，狂吻着她那被晒得黢黑的手臂。玛丽娅一言不发。她脸色苍白，眼睛闪烁着愤怒的火花。

警察局长害怕地心想：“这女人该不会起意杀人吧。”

于是，连忙坐车走了。

29

连学区督学们也纷纷莅临特里罗多夫的学校。人民中学督学来了。

当地人民中学督学列昂基·安德列耶维奇·沙巴洛夫一生都工作在偏僻荒凉的林区，因此而变得几乎像一个野人了。身材高大、身躯笨重、衣衫褴褛、行为粗犷的他，就连外貌也特像沃洛格达或奥洛涅茨的狗熊。他的脸上长着一部浓密的大胡子。从他那个红鼻子里，从他那巨大的耳朵眼里，都有黑黑的毛滋出来。他的后背像个大木盆似的又宽又驼。

对于在他那个区里工作的男女教师们，沙巴洛夫常常一字一顿慢慢腾腾地嘶哑着说：

“老兄（如果面对的是女教师的话，便会是‘亲爱的’），我不需要杰出教师。我不喜欢那些男男女女的聪明人，也不会姑息纵容那些好出风头者和好炫耀者。生活和工作中最主要的，老兄，是不要自高自大，想入非非。在我这儿，老兄，你只需按照教学大纲干，老老实实地坐在你的位置上，你就会有好处。制定教学大纲的人并不比你我笨，所以，我和你就犯不着就教学大纲自作聪明了。就是这样，老兄！”

然而，尽管沙巴洛夫对于教学大纲有足够的尊敬，他对教学的事还是只有一知半解。确切地说，他干脆什么都不懂。而且，他对教学的事也不感兴趣。甚至他都不怎么识字。督学这个位置他更多的是靠他的虔诚、爱国主义精神以及正确的思维方式而获得的奖赏，而非因为他在国民教育问题上做过多少贡献。年轻时代他曾当过古典中学的副班主任。在此，他以认真到中学教堂做礼拜和大声朗诵《使徒行传》而引起了年老伪善的将军夫人的注意。她为他搞来了督学这个位置。

对于那些经验不足的年轻的教师，他一点儿帮助都无法提供。每次视察学校，他只限于从外观上考察一番，了不起再给学生提几个简单的问题敷衍了事，这些问题大多是有关人的操守的，即“要爱祖国以及要有人民的自豪感”之类。

沙巴洛夫最喜欢做的事，是收集谣言和诽谤。他很善于做这件事而且做起来很卖力。他的这一弱点无人不晓。因此，在他身边，才会有许多喜欢造谣诬蔑和打小报告的家伙。而且，甚至在教师当中，也有这样一些想要讨好他的角色。有一次，有人向沙巴洛夫报告说，几个邻校的教师晚上要聚集在同一所学校里庆祝节日，唱歌。于是，他即刻给每个参加者发去这样一个纸条：

M. H. П

鲁班学区

第一学区人民中学督学

斯科罗多日省

1904 年 9 月 16 日
第 2187 号
斯科罗多日城

致维赫里亚耶夫高级乡村学校教师
克谢诺丰特·波鲁帕夫洛夫

据我所知，你们，亲爱的先生，已经于本月即九月七日晚上，参加了一个未经我这位受托管理学区的督学允许的教师集会，并且已经和他们一起歌唱明快的以及多多少少应受指责的歌曲。因此我郑重请求您，尊敬的先生，今后不得放任自己做出如此这般的与一个教育者的称号不相符合的违法行为，并且警告您，此类行为您如果胆敢再次实施，您便会即刻被开除公职。

督学沙巴洛夫

还有一次他写信给同一位教师说：

在视察责成我管理的学区学校时发现，某些教师，其中包括您，尊敬的先生，行为超越了小学教学大纲规定的范围，对学生讲述了一些人民不需要的历史和地理知识，因此，为了证实我亲口告诉您的口头指令的有效性，请您将来严格遵守业已确定的教学大纲，并预先警告您，如若不然，您将被开除公职。

沙巴洛夫尤其不喜欢本地某些教师参加当地教学小组活动。斯科罗多日城里有一个教学小组。这个小组是三年前由古典中学教师波杰耶夫和市中学教师沃罗诺克共同创立的。小组广泛讨论一些有关教育教学和学校体制的问题。这些问题在那些年代里是一些学生和家长都共同关心的问题——当然，这里只包括那些能够对某些问题感兴趣的部分家长。一些乡村教师都在这个小组里做了报告。使沙巴洛夫备感沮丧的是，这些报告里往往会讲到一些学校里的某些事儿，讲到某些学校长官的奇特行为方式。沙巴洛夫想要解雇一些大胆的挑战者。县教学委员会不同意他的观点。于是开始了异常旷日持久和令人心情不快的争论。经过争论，沙巴洛夫被打败了。

和沙巴洛夫这样的人谈话，对于特里罗多夫来说，既令人难受，也令人极端不快。

沙巴洛夫慢条斯理地用嘶哑的嗓音说：

“格奥尔基·谢尔盖耶维奇，您必须把您的学生送到城里参加考试。”

“为什么要这么做?”特里罗多夫问道。

沙巴洛夫嘶哑地嘿嘿地笑了笑，又说：

“是啊，就是这样。由我们颁发毕业证书。”

“可他们要你们发的毕业证书有什么用?”特里罗多夫问道，“他们需要的是知识，而非证书。他们要您的证书不能吃又不能喝。”

沙巴洛夫解释道：

“毕业证书对于服兵役是有用的。”

特里罗多夫说：

“他们将在我这儿学习，直到他们被培养成人，能够从事实际工作或科学或艺术工作为止。到那时，一部分人进中等技术学校，另一部分人则进大学。既然如此，您那小学毕业证书于他们有何用?”

沙巴洛夫只是一味固执而又迟钝地嘀咕道：

“这可不行。您别忘了，您的学校是小学。应当给快要修满课程的学生发放毕业证书。您自己想一想吧，不这样能行吗！如果您真想继续教学，您就得申报私立古典中学或实科中学或商业中学等等。这样可不行。要这样，您就得雇用一些真正的教师，而不是您这些光脚的便宜的小姑娘。”

特里罗多夫反驳道：

“我那些光脚姑娘有证书，她们的知识，按照您的说法，和您所说的真正的教师是一样的。奇怪的是，您居然不知道或是不记得。她们在我这里挣的工资足够多，所以，我很难说她们是什么便宜货。况且，总的来说，我觉得，至于和私立学校的关系，您，所谓的教学长官，您和他们的关系仅属于纯粹外部的、警察式的监督关系，而且，其性质还是极其负面的。您不妨调查一下，看我们做了哪些违法的事没有。至于说学校的构成，这和您又有什么关系？您自己分管的学校本来就那么少，学校办得又那么糟糕，您这还忙不过来呢。”

沙巴洛夫垂头丧气地嘟囔道：

“不是这么回事，反正考试是需要的。您怎么就不理解这一点呢？就连人民中学校长先生都想在你们这儿通过考试呢。而您说的是什么话，我们有教育部条例，这事我们没必要争论了。我们的任务是执行。”

特里罗多夫冷冷地说：

“如果您真的需要进行考试的话，就请您亲自来吧。”

沙巴洛夫沉吟片刻，说：

“好吧，我把您的愿望报告给人民中学校长先生。我还不知道他会怎么看，但我会报告的。”

说完，又想了一会儿。他那裹着蓝色制服的后背在安乐椅的后背上蹭了蹭——汗津津已经褪了色的呢子在漂亮的深绿色皮靠背上蹭了蹭——说：

“如果校长先生同意，我们定下日子，给您发个文件，您就等着我们好了。”

过了几天，沙巴洛夫发来个通知，说特里罗多夫学校的考试定于五月三十日早晨十点在学校教室里举行。

教育警察局的这种横加干涉令特里罗多夫十分气恼，但不服从也不行。

30

吉尔沙在城里有许多熟识的小男孩。有的在古典中学读书，还有的在市中学读书。吉尔沙还认识一些在女中读书的本地小女孩。

他对特里罗多夫讲述了许多这类学校里的事情和规章制度。这些事情有许多既令人感到奇特又出乎意外。

最近一段时间以来，使特里罗多夫尤其感兴趣的，是人民中学校长杜列博夫的个性。特里罗多夫创办的这所学校也归此人管。学校是归他管了，但他却未给学校带来任何益处。针对人们对扎克拉辛神父所传的谣言和诽谤，他完全无动于衷，而且，也不在教区主教面前为其辩护。他和他的下属人民中学督学给特里罗多夫发送了一大堆公文，要求后者按照业已做好的形式上交各种报表，所以，特里罗多夫更不得不从地方办事部门找了一个小官吏每天晚上来匆匆编制这些胡编乱造的玩意儿。可是，无论是杜列博夫还是沙巴洛夫却一次都没来过特里罗多夫的学校视察。特里罗多夫每次偶然到校长办公室时，校长和他也更多的是谈论关于女学生的文件，及其他空虚无聊的手续问题或人际关系问题。

奥斯特罗夫及其黑色百人团密友们的造谣诬蔑，开始令杜列博夫心慌了。可是，为了避免发生不愉快的事，杜列博夫决心只要一有机会，就把特里罗多夫的学校给关闭了。

人民中学校长格里戈利·弗拉基米洛维奇·杜列博夫是有实权的五等文官，他觊觎教育部门更高的官位。因此，他时刻注意表现自己杰出的工作能力和对业务的精通。他的努力工作精神达到令人吃惊的地步。表面上看，他似乎从来都不急于求成。在他办公室的门上贴着一份公文，说他接待下属和请愿者的时间是每周四的下午一点到三点，但实际上接待时间往往是从上午十一点就开始了，一直持续到深夜。杜列博夫对待每个上访者都很有耐心，不急不躁，深入了解每个细枝末节。

但杜列博夫当然知道得很清楚，仅仅只靠工作能力，哪怕这能力很突出很杰出也无济于事。还必须营造自己的关系网。杜列博夫并没有具有极大影响力的姑姑和奶奶，他得自己为自己营造关系网。因此，杜列博夫在其全部工作生涯中，起先当中学和教师进修学校老师随后又当人民中学校长，在这长达二十五年的教学生涯中，总是在不断地和巧妙地与所有人营造良好的关系，无论那人地位比他高还是和他同级。与此同时，他尽量和下级搞好关系以防万一——下级有时也会比上级更有用，况且，就是下级，有时也会坏你的事儿，或是给你带来利益。

杜列博夫一生最主要的人生信条是永远不做一件不审慎的事儿。他很清楚无论什么行为或举动，都不是本身有什么好坏之分，最重要的，在于对于此事，“上面是怎么看的”。上面即指上级。关键是要让上级对杜列博夫有好感。上级已经几乎可以说答应让他担任整个教学学区的副督学了。

杜列博夫即使是对待自己的下属，也按照其有关人际关系的本质的看法来处理。对于那些对他以及他的夫人总是恭恭敬敬的人，他会给予庇护，并尽量安排他们到比较好的位置。一旦在对待此类人的问题上出现某种不快之事，他尽管也还是会给予保护，但更小心翼翼，以免危及自己的地位。对于那些对他以及他的夫人不恭恭敬敬并且具有独立人格的人，杜列博夫极不喜欢，而且尽量给他们小鞋穿。

杜列博夫看中刚刚由省管理委员会高级文官转任新任副省长这一美差的一颗冉冉上升的明星，因此竭力想要和他搞好关系。然而，杜列博夫对他又十分小心翼翼，以免别人会怀疑他和这个忧郁凶狠、教养很差的家伙以及他那位庸俗的夫人走得太近似有何意图。

杜列博夫很有风度，面相显得很年轻，嗓音尖细，煞像小猪的叫声。他一举一动都显得轻快灵活。任何人都没有看到他喝醉过，做客时或是根本不喝酒，或是只喝一杯马德拉酒。他无论到哪儿都带着自己的夫人。人们都传说她夫人掌管着他的所有事物，而杜列博夫也对她言听计从。

校长夫人季娜伊达·格里戈利耶夫娜是个身材丰满、精力充沛、喜欢生气的太太。她那剪得很短的头发已经开始出现白发了。她颇为认真地看待自己的影响力，并且精力旺盛地维护着这种影响力。

根据杜列博夫的邀请，副省长视察了市中。杜列博夫在邀请副省长时，老实说，心里想的是想要带他视察特里罗多夫的学校。他的想法是，一旦这所学校被关闭，自己好有权说关闭这所学校的主意来自省里有关部门，但他又不愿意直接邀请副省长视察特里罗多夫的学校，以免别人会说他这么做是蓄谋已久。因此，他劝说副省长预定在特里罗多夫学校进行考试的前一天来视察市中。

市中坐落在城里一个非常偏僻肮脏的街道上。它的外观没有任何吸引人之处。它那座破破烂烂的木头房子与其说是为学校建的，倒不如说是家小酒馆。但这并不妨碍杜列博夫对欢迎他的中学督学说：

“新任副省长今天要来视察你们学校。我邀请他来是因为这是一所很好的学校。”

督学波杰林对杜列博夫和他夫人献着殷勤，受宠若惊地说：

“我们的校舍不那么好看。”

杜列博夫温和地一笑，充满善意地说：

“问题不在校舍——学校本身好就行。我们重视的是教学工作的安排，而不是墙壁怎样。”

副省长稍晚些时候，大约十一点左右才来，陪同他的是热尔别涅夫，他是该校的荣誉视察员。

学校里的气氛很紧张。面对长官，无论教师还是学生都在发抖。市中校长这种愚蠢而又下流的举止，杜列博夫已经见惯不怪了，所以，他对此丝毫也不感到窘迫。杜列博夫和他夫人都端起了神气的架子。几天前他们已经得到消息，说任命杜列博夫为教区副督学的决定已经在下达。

沙巴洛夫督学一大早就已经来到学校。他一直忙着向季娜伊达·格里戈利耶夫娜·杜列博娃献殷勤，以出乎意外稍稍有些粗鲁的方式为她提供各种服务。

督学兼教师米哈伊尔·普罗科皮耶维奇·波杰林表现得像个仆人。有时甚至可以明显看出来，他面对杜列博夫夫妇甚至在浑身颤抖。可是，说到底，他又有什么可以害怕的呢？他是个十足的爱国者，而且还是黑色百人团联盟的成员。他偷着拿贿赂，有时打打学生，总是喝得醉醺醺的——做这类事他从未受到惩罚。

季娜伊达·格里戈利耶夫娜·杜列博娃主持对毕业生的法语和德语考试。这两个科目都只针对那些愿意学的人开设。督学波杰林的妻子开设法语课。她还没有很好地掌握柏林学派的教学法，所以，总是十分讨好地望着杜列博娃的眼色。可是暗地里她很为自己的地位不平——因为自己贫寒、下贱和依附于人的地位。

波杰林不懂任何语言。可他依然稳稳地坐在课堂上，恶狠狠地嘶叫着，对于那些回答下列问题很胆怯或是干脆一声不吭的学生嚷道：

“真是呆瓜！傻瓜！笨蛋！”

杜列博娃一动不动地坐在那儿，像是压根没听见这么粗鲁的话语和嘶叫一般。在此之后，在吃早餐时，她才会让自己的语言天赋任意发挥。

学校为上级长官和教师们准备了早餐。波杰林的妻子为准备这顿早餐付出了很大的心力。餐厅里餐桌上已经万事齐备。在这个餐厅里，平常日子里总会有小男孩为吃饺子而拥挤打架。今天却不让他们走进这个餐厅。小男孩们在院子里吵吵闹闹地淘气打闹。

杜列博娃坐在主席位置，副省长和热尔别涅夫分坐在她的两边，杜列博夫紧挨副省长就座。馅饼上来了，随后是茶。季娜伊达·格里戈利耶夫娜在呵斥教师夫人们和女教师们。她喜欢听诽谤之词。不过，话说回来，谁不喜欢诽谤呢！教师夫人们正在对她大肆诽谤。

早餐进行时，邻近教室里的孩子们在大声歌唱：

啊，我们俄国人唱的究竟是，
究竟是什么歌，究竟是什么歌！
可你呢，法国佬，再怎么努力，
也唱不出来，白费力气。

以及其他一些此类的歌谣。

杜列博夫用右手擦一擦脸——像小猫洗脸似的——发出一声尖叫：

“喏，你们听听，捷利亚特尼科夫侯爵很快就会来了。”

波杰林说：

“他不属于我们部门。”

可他的脸上由于恐惧而扭曲了。

杜列博夫声音尖细地说：

“反正一样，他权力大得很。他什么都管。”

副省长脸色阴郁地看了波杰林一眼，郁闷地说：

“他会把你们全都拧紧的。”

波杰林怕得面无血色，连忙住口。大家于是聊起捷利亚特尼科夫侯爵来。与此相关，顺便聊起那个地方的革命风潮。

周边林区到处都出现了革命传单。在一棵树上，有人割去传单大小的一块树皮，在那里张贴传单。这种传单根本就揭不下去：传单上覆盖着一层薄薄的透明的松脂。那些十分卖力的秩序维持者们只得用小刀把树砍掉或是把这块违法的地方铲掉。

季娜伊达·格里戈利耶夫娜·杜列博娃说：

“这主意，准是那个化学家特里罗多夫先生出的。”

“当然了。”那个干巴巴的女人、德语教师讨好地附和道。

季娜伊达·格里戈利耶夫娜转身面对波杰林娜，以对她说话来表示对殷勤好客的女主人的特殊关爱，随后，以嘲笑的口吻问道：

“你们喜不喜欢我们这位臭名昭著的颓废分子呢？”

女教师竭力想要理解这话的内涵。在她那张迟钝平展的脸上，现出一副惊恐的表情。她胆怯地问道：

“您指的是谁，季娜伊达·格里戈利耶夫娜？”

“还能有谁，不就是那个特里罗多夫先生吗！”杜列博娃恶狠狠地回答道。

她的恶意是冲着特里罗多夫来的，但波杰林娜还是给吓了一跳。

“噢，是他呀，特里罗多夫，是啊，是啊。”她慌慌张张六神无主地嘀咕道。她已经慌得不知道该说什么好了。

杜列博娃恶毒地说：

“瞧着吧，看样子，他得意不了几时了。他倒是完全符合你们的口味呀。”

波杰林娜脸红了，嚷道：

“合我的胃口！哎呀，您说什么呀，季娜伊达·格里戈利耶夫娜！喏，这真像谚语所说的，沙皇的仆人也能让人低头。”

教师克罗利科夫的妻子说：

“是啊，他看人总是低着眉头，和谁也不说话。但他是个很善良的人。”

杜列博娃恶狠狠地盯了此人一眼。克罗利科娃吓得面色惨白，这才意会到她不该说这种话。

于是，连忙更正道：

“当然他的好都在口头上。”

杜列博娃对她嫣然一笑。

热尔别涅夫对杜列博娃说：

“您知道我想对您说什么吗？毫不夸张地说，我这一生阅人无数。依我看，他低着脑袋看人，这不是一个好的征兆。”

“当然了，”波杰林娜赞同道，“您这算是说到点子上了！”

热尔别涅夫说：

“我喜欢别人直视着我的脸。可这算什么——心怀叵测……”

上校话没说完。杜列博娃说：

“坦白地说，我不喜欢你们这位诗人。我无法理解他。此人太奇怪了。他身后隐藏着一些不可告人的东西。”

“他的可疑之处实在是太多了。”热尔别涅夫摆出一副知之甚多的样子说。

据说，特里罗多夫和一些人正在募集起义的资金。与此同时，大家边说边表情丰富地望着教师沃罗诺克。沃罗诺克表示抗议。可是大家根本就不听他的反驳。关于特里罗多夫的坏话如河水一般流淌。大家说在特里罗多夫家里，隐藏着一个地下印刷所，在那儿工作的不光有一些女教师，甚至还有特里罗多夫培养的学生。太太们惊恐不安地感叹道：

“居然还有孩子！”

“是啊，就是您所谓的孩子！”

“现在没有孩子了。”

沃罗诺克说：

“喏，据说，警察局里就关着个九岁的孩子。”

“那是个暴动者。”副省长咆哮道。

波杰林说：

“是啊，我还听说，还有一个十三岁的孩子也被捕了。这么小的坏蛋，居然就敢造反，坏蛋！”

副省长郁闷地说：

“这孩子和爷爷一起去了西伯利亚。”

沃罗诘克满脸通红地问道：

“因为什么？”

“因为他笑了。”副省长忧郁地嘟囔了一句。

杜列博夫连忙大声问波杰林道：

“那我想，您那里，该没有暴动者吧？”

波杰林说：

“没有，上帝保佑，一个此类的家伙都没有。不过我得实话实说，如今的孩子们都给放野了。”

杜列博夫以温厚宽容庇护的神情又对他说：

“可您这儿可是一所好学校。秩序是一流的！”

波杰林立刻显得红光满面。随即便吹起牛来：“是啊，那是因为我善于加劲儿。我的管理很严格。”

“严格点儿好。”校长说。

受这番话鼓舞，教师兼督学又问：“是否可以采取一些体罚措施？”

杜列博夫回避了正面回答这一问题。他用手掌像猫似的擦了擦脸，又谈起了别的事。

于是，大家回忆起令人神往的美妙的往昔岁月来，讲述着什么时候曾经鞭打过谁谁谁的事来。

“如今也在体罚。”沙巴洛夫压抑着喜悦小声嘀咕道。

31

早餐后大家进了教员休息室。吸烟人在吸烟。教师穆拉洛夫的夫人趁杜列博娃走向一边的机会连忙凑了上去。她陪着小心侧着身子讨好地凑到杜列博娃耳边，悄声对后者讲述波杰林如何拿贿赂的事。从两人的谈话中可以听得出个别语句：

“季娜伊达·格里戈利耶夫娜，您发现没有？”

“发现什么？”

“我们的督学戴着手套多酷呀。”

“是吗？”

“是啊，就那副手套！黄色的！”

“那又怎么了？”

“是受贿得来的。”

季娜伊达·格里戈利耶夫娜来了劲儿，喜滋滋的。这两个凶恶的老太婆又叽叽咕咕了好久，只听一阵又一阵的蛇吐芯子发出的嗞嗞声。

随后，太太们和沙巴洛夫以及沃罗诺克去继续主持考试。杜列博夫和副省长前去视察图书馆。波杰林陪同。一切都规规整整、秩序井然。厚厚的卡特科夫全集在书架上静静地打着盹（上面的尘土昨天才被擦去）。此时，这位作家四十年代的斯米尔金版全集引起了杜列博夫的怀疑。

“这可有点儿不合适，”他用手碰碰副省长，嗓音尖利地说，“无论哪个受赞赏的书目里也见不到这套书。”

波杰林充分利用这一大好机会对其他教师进行诽谤。他告密说沃罗诺克从不上教堂，常常把学生召集到他那儿搞什么读书会。

“嗯，这得找他谈谈，”杜列博夫说，“您把他请进您的办公室，我来和他谈。只是先请您给阿尔达利昂·鲍利索维奇指一指，教研室在哪儿。”

杜列博夫和沃罗诺克在波杰林的办公室里谈了好久。

“我不想干涉您的信念，”校长说，“但我要警告您，把政治带到学校里来是不可以的。孩子们对此类问题缺乏分辨力。这会把他们的思想搞乱的。”

沃罗诺克稳重地说：

“小侦探们的小报告并非永远那么可信。”

杜列博夫脸上微微泛起红晕，沮丧地说：

“我手下没有什么侦探，倒是有许多熟人。我是这里的老住户了。我无法不听人家对我说的话。”

荣誉视察员热尔别涅夫把所有参与过考试的人都请到自己家吃午饭。只有沃罗诺克一个人没来。先前在中学里的所有人都来了，此外还来了许多热尔别涅夫专为此事请来的人。其中有格拉菲拉·帕芙洛芙娜和克尔巴赫。午餐持续了好久而且很丰盛。饭前饭后都喝了不少酒。大家都有些醉意了。只有杜列博夫一个人神志尚清醒。几杯甜酒下肚后，他只不过脸色微微有些泛红而已——他十分喜欢喝甜酒。

黑色百人团联盟的成员们想要利用这一大好机会向杜列博夫和副省长说说有关特里罗多夫的坏话。大家七嘴八舌地聊起特里罗多夫学校的事来——而且话越说越下流。

“这家伙会照相——十分喜欢照相。”

“他常常把孩子叫来，脱光了他们的衣服照相。”

“这还不算，在他家里，孩子们总是光着身子在林子里跑来跑去的。”

“学生算什么，还有女教师呢。”

“光没光身子咱没看见，反正光着双脚是常事儿。”

热尔别涅夫说：

“就像普通的农妇。”

“是啊，”副省长说，“农妇们走路是光着脚，而他们却是在败坏风气。必须禁止。”

“可怜的人啊。”有人在说。

副省长气恼地说：

“这是淫秽。”

于是，大家对他的话便深信不疑了。副省长忧郁地说：

“也不是还告我们的状么，说我们的人把他的女教师怎么怎么了。他这可是在撒谎。是他自己把人家怎么了。我们不需要把姑娘们怎么样——是他才需要呢，因为他是个十分淫荡的家伙。”

众人纷纷说特里罗多夫和皮鞭十分亲近。克尔巴赫说：

“他养了马，有了马车，可我认识一个人早在他还是个穷光蛋时就认得他。据说，他的钱都是从那里来的，这一点很可疑。”

格拉菲拉·帕芙洛芙娜望了一眼沙巴洛夫，悄声对杜列博夫说：

“这人我认得，是个爱国者，但他的风度很差劲儿。”

杜列博夫说：

“他很愚蠢，心智不发达，但很努力。如果把他引上正道，他会成为一个有益的人的。”

人民中学校长一大早就乘车前往特里罗多夫的坐落在普罗相尼林中空地的学校。同行的还有副省长和沙巴洛夫。大家起先在校长办公室会齐，然后分乘各自的轻便马车。昨天的那场酒后大家全都还有点儿宿酲未醒。置身于美丽的大自然中，他们却谈着下流的酒气醺醺的醉话。这一切都令人觉得这是一次郊游。

季娜伊达·格里戈利耶夫娜·杜列博娃和克尔巴赫同车。他们一路上进行着恶毒的谈话。所有熟人的是非短长他们都聊到了。杜列博娃太太讲了波杰林受贿一双手套的事儿。随后讲了另一位督学的妻妹自杀的事儿。她生怕生出一个他的孩子来，于是，便自行溺水而亡。在此之后，又讲了第三位督学，喝多了酒，在澡堂里和市长打了起来。

沙巴洛夫和热尔别涅夫同坐在后者的四轮马车上。他说：

“此刻要是能吃两口东西那就好啦。”

“到那儿会有的。”

客人们坚信学校正在等待他们到来。季娜伊达·格里戈利耶夫娜·杜列博娃说：

“最有趣的东西都给藏起来了。”

克尔巴赫说：

“嗯，我们都给它侦察出来。”

这是一个空气分外清新的早晨。一路上几乎都在穿过森林。人们已经走了好长时间了。大家都觉得，似乎总有一些模样相似的林中空地和小林子、小山岗、小溪流、小桥在不断地重复来重复去。于是，便有人问车夫：

“你知道那个地方吗？”

“你该不会是迷路了吧？”

“看起来没错儿。”

特里罗多夫家的屋顶上矗立着两座高塔。那两座高塔始终都在大家的右方。可大家不知怎么搞的总找不到路。他们已经迷了好久的路了。那些道路总是曲曲弯弯，到处是分岔。后来，前面那个马车夫让马停了下来。于是乎，整列马车也都跟在他后面停了下来。

"得找个人问问路，"车夫说，"喏，那边有个小屁孩儿。"

林间小路上走来一个大约只有十岁的光脚小男孩。沙巴洛夫用嘶哑的嗓子冲男孩喊道：

"站住 "

小男孩瞅了一眼马车。随后又若无其事地走起自己的路来。沙巴洛夫怒不可遏地咆哮起来：

"站住，你个疖疮鬼！把帽子摘掉！瞧见没有，老爷们在这儿——为什么不行礼？"

小男孩停住脚步。小男孩没摘帽子，而是吃惊地打量着这队规格不一的马车。杜列博娃断定：

"嗯，这肯定是个白痴！"

"是呀，让我来跟他聊聊。"克尔巴赫说。

他跳下马车，走到小男孩身边，问道：

"你知道特里罗多夫的学校在哪儿吗？"

小男孩默默地用手指着其中一条岔道。说完，便飞快地跑掉了，身影随即消失在灌木丛后不见了。

果不其然，这条路终于把他们带到了一道篱笆墙外。四周一片荒凉和寂静。看起来，无人想到会来客人，也根本没曾想到要接待客人。

马车车队终于驶到篱笆墙的大门跟前。大家仔细打量着四周。四周静悄悄的。连一个人影儿也看不见。沙巴洛夫从车上跳下来，到门口寻找门铃。杜列博娃太太生气地说：

"这叫什么事儿！"

几个人想要亲手打开篱笆门，但却无论如何打不开。沙巴洛夫嚷道：

"砸开它！真是活见鬼，关什么门呀，这帮家伙！"

杜列博娃太太安抚了一下沙巴洛夫。沙巴洛夫这才稍稍恢复常态：

"请原谅，季娜伊达·格里戈利耶夫娜。只是这事儿太气人了。

如果我们早到一会儿，我会在这儿等候。哪怕他们对我不恭敬倒也罢了——我毕竟是他们的头儿嘛。这可真是气人。最高长官都到了，而他们却置若罔闻。”

最后，篱笆门不知怎么忽然无声无息地打开了。一个身穿白色衬衣、白色短裤、晒得黢黑、光着双脚的小男孩站在路边。心不在焉的杜列博夫尖声叫着：

“特里罗多夫中学是在这儿吗?”

“是这儿。”小男孩说。

客人们走进篱笆门来到一片林中草地上。三个光着脚的姑娘不慌不忙向他们迎面走来。原来这是三个女教师。娜杰日达·维谢泽罗娃那一双大大的黑眼睛盯着杜列博娃。杜列博娃对副省长悄声嘀咕道：

“喏，请您好好欣赏一下。这个姑娘当年闹出一出丑剧，而他居然把她给招揽过来了。”

杜列博娃对城里人无人不识，尤其是那些发生过某些不快之事的人，她更是知根知底。

身穿白色夏装的特里罗多夫也终于出现了。他嘲讽地望着这帮五光十色的乌合之众。

客人受到了客气的招待。但使校长很不高兴的是，学校方面没有任何恭敬礼貌之意，而且，看起来也没作任何准备。女教师们都和平常一样简简单单。孩子和女教师们都光着脚——这一点是杜列博娃最不喜欢的一件事儿。孩子们的天真直率也令来访者们很生气。孩子们对待来访者们的态度非常简单朴实。有些人鞠躬，有些人不。

沙巴洛夫嚷道：

“摘掉帽子!”

男孩摘掉帽子把它递给沙巴洛夫，说：

“给。”

沙巴洛夫生气地嘟囔道：

“榆木疙瘩。”

说完，便转过身去。小男孩吃惊地看着他的后背。

使杜列博夫尤其是他的夫人最沮丧的，是学校竟然没有为了他们两人的视察而给孩子们稍稍打扮一下，穿上鞋什么的。副省长的目光迟钝而生硬。他从一开始就对一切都很不满意。杜列博夫皱着眉头问道：

“难道说孩子们一年四季都是这样？”

“一年四季都这样，格里戈利·弗拉基米洛维奇，”特里罗多夫回答说，“他们已经对此习惯了。”

“可这是极不体面的！”杜列博娃说。

“只有这样才算体面。”特里罗多夫反驳道。

32

林间空地整幢屋里的每个窗户都大敞着。窗外传来小鸟儿的啾啾叫声，到处弥漫着开花的青草那甜蜜而清新的气息。孩子们聚集在那里，来了些成年人，一场愚蠢的考试闹剧就此开场了。杜列博夫站在椅子边面对圣像，神情庄严地嚷道：

“孩子们，起立祈祷。”

孩子们站了起来。杜列博夫用指头捅了捅一个黑眼小男孩的胸部，喊道：

“朗读呀，你。”

对于这个小男孩来说，这一急剧的动作，这一声尖锐的叫喊，以及用指头捅胸部这种动作，是那么出乎意料，以至他蓦然浑身一抖，连说话也结巴起来。小男孩身后有人发出哧哧笑声。还有人对那些哧哧笑的人发出嘘声。杜列博娃和克尔巴赫交换了一个眼神，耸耸肩膀，脸上做出一副害怕恐惧的样子。

小男孩很快便定过神来，面对学术界高声朗读了祈祷词。杜列博夫下令道：

“坐下，孩子们。”

孩子们坐在自己的座位上，大人们则神情庄重地坐在桌前，按官衔排列。最中间是副省长和杜列博夫，其他人按照从右到左的顺序排列。杜列博娃不安地左顾右盼。她脸上的表情很生气。最后，她实在忍无可忍了，便用沉重的低音，以对身为太太的她来说实在是太粗鲁的嗓音嚷道：

“把窗户关上——鸟叫太吵，风儿太大。无法用功了。”

特里罗多夫吃惊地瞥了她一眼。随后悄悄对娜杰日达说：

“把窗户关上。我们的客人无法忍受新鲜空气。”

窗户被关上了。孩子们懊恼悲伤地看了一眼单调乏味的玻璃。

书面考题布置下来了。做题前，需要先朗读沙巴洛夫亲自带来的一段从少年儿童文选中选出来的故事。杜列博夫下令道：

“用自己的话转述。”

孩子们都急忙抓起自己的笔，可杜列博夫让他们先别忙着拿笔，而是先讲了一大堆冗长而又乏味的应该怎么做书面考卷的指令。最后，才说：

“开始写。”

孩子们沙沙地写起来。教室里很安静。已经写完的学生纷纷把考卷交给教师。杜列博夫和沙巴洛夫当即便审查起这些已经交了的卷子。他们竭力想要找出错误。可错误很少。随后是听写。

杜列博娃始终忧郁地望着这一切，时不时地擤一下鼻涕。特里罗多夫努力想要和她搭上话。可这位生气的太太的回答是那么不友好，以至特里罗多夫努力压抑着自己才没有笑出声来。最后终于让这位凶狠的老太婆安静下来。

书面答卷做完后，特里罗多夫请这些不速之客来吃早餐。

“我们到你们这儿，路上走了那么长时间。”杜列博夫锐声尖叫道，好像在为自己为什么不拒绝早餐而作解释似的。

孩子们四散跑开，在不远处玩耍。大孩子们都走进备有早餐的旁边的一间屋子。早餐时的谈话既紧张又有些吹毛求疵。杜列博夫夫妇俩挖空心思想出一些蠢笨的挖苦话和嘲讽话。他们的同行者们在这个问题上都紧紧地亦步亦趋、不敢落伍。每个人都在话语尖刻恶毒上多加尝试。

餐桌上还有几个特里罗多夫雇用的女教师。杜列博娃看了看她们，佯装恐惧的样子，对克尔巴赫耳语道：

“她们的双脚都粘着泥巴。”

早餐后大家又都回到学校。各自坐在原来的位置上。口试开始了。杜列博夫俯身看看名单，一下子就点了三个孩子的名。对于每个孩子，起先都是问神学问题，然后一下子就转入俄语和算术。

考官们对所有人都分外挑剔。杜列博夫还是对一切很不满意。他出了这样一些题，从对这类题的回答中可以看出，孩子们是否被对祖国崇高的爱所打动，他们是否忠于君主专制制度，是否忠于东正教会。他问其中一个小男孩道：

“法国和俄国哪个国家更好？”

小男孩想了想，说：

“我不知道。谁对哪国更习惯，就会说哪国好呗。”

杜列博娃恶毒地冷笑起来。沙巴洛夫执拗地说：

“我们东正教的母亲是俄罗斯呀！难道说有哪个国家能和我们国家平起平坐吗？神圣的罗斯，母亲—俄罗斯，神圣的俄罗斯土地，可你这个呆瓜、笨蛋和猪猡。如果你连自己的祖国都不爱，那你还能到哪儿去呢？”

小男孩脸红了。他的眼眶里泪光闪烁。杜列博夫问：

“嗯，你告诉我，世界上哪种信仰最好？”

小男孩想了想。沙巴洛夫幸灾乐祸地问：

“难道你连这都不知道？”

小男孩说：

“谁如果真诚地信仰，那他的信仰也就是最好的。”

“哎，这个榆木疙瘩！”沙巴洛夫满怀信心地说。

特里罗多夫吃惊地瞥了他一眼，悄声说：

“宗教情绪的真诚性，当然是拯救性信仰的最好特征。”

“关于这个问题我们以后再谈，”杜列博夫严厉地尖声叫道，“此时此刻仔细考量这个问题毕竟不是时候。”

特里罗多夫笑笑，说：

“等您愿意的时候。什么时候讨论，对我反正无所谓。”

杜列博夫神情激动，脸红通通的，他从安乐椅上站起身来，走到特里罗多夫身边，说：

“我必须和您谈一谈。”

“有请。”特里罗多夫略有些吃惊地说。

“请你们继续进行。”杜列博夫对沙巴洛夫说。

杜列博夫和特里罗多夫走进旁边那间屋。谈话很快就变得尖锐激烈了。杜列博夫杜撰了一些很野蛮的口实指责，怒不可遏地说：

“我听了许多坏话，可真实情形比我预想的还要糟糕。”

“什么坏话?”特里罗多夫问，“真实情形哪里又超出谣言了?”

“我不是谣言收集者，”杜列博夫激动地尖叫道，“我有我自己的眼睛。这不是一所学校，而是在诲淫诲盗!”

他的声音已经完全转成猪猡所能发出的高音。他使劲儿拍了拍桌子。就连手上戴的金指环也发出丁零之声。特里罗多夫说：

“喏，关于您，我也有所耳闻，说您是一个很沉得住气的人。可我今天已经不止一次看见您做出激烈的动作了。”

杜列博夫竭力想要镇静下来，压低声音说：

“可要知道这是货真价实的淫秽呀!”

“您所指的淫秽是什么?”特里罗多夫问。

“您居然不知道?”杜列博夫嘲笑地问。

“我当然知道，”特里罗多夫说，“根据我的理解，任何为了满足人兽下贱本能而对于美丽真理的语言上的淫乱、曲解和丑化，就都是淫荡。您那些受到三重诅咒的官方学校，就是真正的淫荡的标本。”

“可那些人在您的学校里都光着身子走来走去呀!”杜列博夫尖叫道。

特里罗多夫反驳道：

“他们要比从您的那些学校里毕业的学生要健康纯洁得多。”

杜列博夫喊道；

“在您的学校里，就连女老师都光着身子走来走去。您专门找些放荡的女孩子来当教师。”

特里罗多夫平静地说：

“这是谎言!”

校长严厉而又激愤地说：

“您的这所学校——如果这所可怕的、不可能存在的机关也可以叫做学校的话——很快便会被关闭。我今天就向学区打报告。”

特里罗多夫严厉地反驳道：

"您很善于关闭学校么。"

客人们很快就离开了。杜列博娃一路上都在生气地嘟囔着。

"此人明显具有不良意图。"克尔巴赫说道。

33

彼得和拉缅耶夫一块去找特里罗多夫。拉缅耶夫不止一次对彼得说，他对待特里罗多夫太过于生硬了，得想个办法弥补一下。彼得极不情愿地答应了。

话题又谈到战争了。特里罗多夫问拉缅耶夫道：

"您好像仅仅只看重这场战争的政治意义？"

"难道您还否认它的政治意义吗？"拉缅耶夫反问道。

"不，"特里罗多夫说，"我承认这一点。但依我之见，除某些人物罪恶愚蠢的行径之外，还能有些更一般化的原因。历史有其自己的辩证法。无论是否发生战争，致命的冲突总归会以某种形式必定发生的，总会产生两个世界、两种世界观以及两种道德的决定性冲突的，如释迦牟尼与基督。"

"佛教学说中有许多类似于基督教的地方，"彼得说，"它之所以受人重视恰恰是因为这一点。"

"是啊，"特里罗多夫说，"初看上去的确是有许多相似之处。但这两种学说实际上是根本对立的。这就是肯定还是否定生活，对它是说'是'还是'否'，以及是对它唱抒情诗还是讽刺诗的问题。肯定生活，对它说'是'，是基督教；否定生活，对它说'否'的，是佛教。"

"我觉得您的概括过于公式化了。"拉缅耶夫说。

特里罗多夫又说：

"公式化是为了清晰性。如今这一点对于这个历史关头恰恰很适合。这是历史发展的最高点。如今，基督教已经把这个世界的永恒矛盾揭示无遗，因而这两种世界观之间的斗争也空前激烈。"

“您说的不是阶级斗争吧?”拉缅耶夫问道。

“是的,”特里罗多夫说,“包括阶级斗争,因为有两种相互仇视的因素参与了社会斗争,这就是社会正义和现实的力量对比——永远是静态的社会道德——和社会动态。道德里包含基督教因素,而动态性里有佛教因素。欧洲的弱点在于她的生活实际早已渗透了佛教本质。”

彼得以一位年轻的预言家的口气充满信心地说:

“基督教将在这场斗争中赢得胜利。当然,我指的不是历史上的基督教,也不是此时此刻的基督教,而是指约翰福音和末世论式的基督教。而且,这种基督教只有当事业似乎已经被消灭,世界都处于黄色反基督的统治之下时,才会得胜。”

“我不认为会这样。”特里罗多夫悄悄地说。

“那依您之见,得胜的将会是释迦牟尼了?”彼得懊丧地问道。

“不。”特里罗多夫平静地反驳道。

“那也许就是魔鬼了?”彼得感慨道。

“别佳!”拉缅耶夫责备地说道。

特里罗多夫像是有点不好意思似的稍稍低下点头,平静地说:

“我们可以看到两个流派,它们都同样强大。以为其中一派会得胜,这种想法本身就很奇特。不可能这样。整个历史能量的一半是不可能被消灭的。”

“但是,”彼得说,“如果基督不会得胜,释迦牟尼也不会得胜,那等待我们的会是什么呢?要不就是那个说未来的后代人是无信仰的傻瓜吉热说得对了?”

“会有综合的,”特里罗多夫说,“您也许会把它当作魔鬼。”

“这种违反自然的混淆比四十个魔鬼还要坏!”彼得感慨道。

客人很快就离开了。

吉尔沙没敲门走了进来,不知为何,一脸窘迫,神色惊慌。他一直不开口——一双黑色的眼睛里闪烁着忧郁和恐惧。他走到窗前,望着窗外,看样子,是在等待什么。看样子,他似乎能看得见遥远的事情。那双黑色的、大睁着的眼睛似乎被远方奇特的景象给吓住了似的。那些幻觉狂们的眼神就是这样的。

吉尔沙转身面对父亲,脸色白得很奇怪,悄声说道:

"父亲，有个客人来找你，来自很远很远的地方。奇怪的是，他坐着普通的马车穿着普通的衣服！他为什么要到这里来呢？"

可以听到院子里传来的四轮轻便马车进院后轮胎碾着沙土发出的沙沙声。吉尔沙脸色阴郁地望着外面。搞不清他心里此刻想的是什么——是责备吗？是惊奇，还是恐惧？

特里罗多夫走近窗前。马车上走下一个年约四十岁的人，举止风度非常自信安详。特里罗多夫从第一眼起就认出来客了，尽管以前他从未与此人在任何地方见过面。他熟知有关此人的一切，但只是通过他的照片、著作、他的崇拜者们的讲述以及关于他的回忆文章等。青年时代他曾和此人通过一个熟人建立了某种联系，但很快就中断了。那时他们甚至都未曾见过一次面。

特里罗多夫不知为何忽然变得莫名其妙地欢快和害怕起来。他想："他为什么来找我？他需要我做什么事吗？他怎么会想起我来呢？我们早已分道扬镳了，我们早已是陌路人了。"

可是，仍然还是有一丝隐隐的好奇："我这是生平头一次听见他的话，看见他本人呀。"

此外心里还沸腾着狂暴的抗议："他的话语是谎言！他的布道是绝望的谵语！奇迹从前没有、现在没有、将来也不会有！"

异常激动的吉尔沙飞快地跑了。一种可怕的、敏锐的孤独感袭上特里罗多夫心头，像一张巨网，黏糊糊地粘在他双腿和灰色的眼睛上。

一个恬静的小男孩走了进来，笑着递过一张名片——名片是一张很大的卡通画，画上的名衔栏里有石印的题辞："埃马努伊尔·奥西波维奇·达维多夫。"

嗓音由于压抑着激动而显得嘶哑和深沉的特里罗多夫对小男孩说：

"有请。"

一个固执而又懊恼的问题始终在他脑际回旋——而且始终找不到答案："为什么、为什么他要来？他找我究竟有什么事儿？"

他那贪婪好奇的目光始终盯着院子。耳边听到一个人不慌不忙、沉着而清晰的脚步声越来越近——好像是命运来扣门。

门被打开了。客人埃马努伊尔·奥西波维奇·达维多夫公爵走了进来，他是著名作家，一个理想的布道者，出身名门显贵而具有民主主义观点的名人，一个拥有神秘而又令人惊奇的魅力、能够把无数人心吸引到自己身上、受人爱戴的名人。

此人那张显然是非俄罗斯人类型的脸晒得黢黑。稍稍有些下垂的嘴角略显得有些哀伤。他那部火红色的络腮胡须被剪得又短又尖。一头金黄色的头发微微带卷，也被剪得很短。这一点令特里罗多夫很吃惊：他见过公爵的许多照片，照片上的达维多夫公爵留着一头像纳德松[①]似的长发。他的眼睛是黑色的、火热的和深邃的。眼睛里深深隐藏着极度的倦意和痛苦，一个不够细心的观察者很可能会把这种表情当作是悠闲的倦怠或冷静淡漠。客人脸上的所有表情和举止，都暴露了他习惯于在大庭广众面对人群发表讲话。

他静静地走到特里罗多夫身边，伸出手来，说：

"一直想来见见您。很久以来，我一直都在关注您的情况，现在终于见到您了。"

特里罗多夫竭力压抑着激动之情和说不清原因的懊恼之情，用极不自然的客气的语气说：

"我非常高兴在我自己的家里迎接您的到来。我从皮罗日科夫斯基那里，早就对您的大名如雷贯耳了。您当然认得他们——他们对您那是非常爱戴崇拜的呀。"

达维多夫公爵眼神富于洞察力地看着对方，显得很平静，甚至或许可以说是太平静了。有一点显得很奇怪，听对方谈起皮罗日科夫斯基一家，他竟然没有一丝反应，特里罗多夫的话，就好像如烟似梦一般轻轻从他身边瞬息飞逝，勾不起他心灵的一丝涟漪。然而，皮罗日科夫斯基夫妇俩任何时候谈起达维多夫公爵总会说是他俩的熟人。"昨天我们在公爵那儿吃的饭"，"公爵又一首长诗快杀青了"，他们常常只说"公爵"来代指达维多夫，以便让对方明白，他们说的不是别的朋友，而是达维多夫公爵。不过话说回来，特里罗多夫想起来了，达维多夫公爵有许许多多熟人，他家里的聚会也总是人山人海的。

特里罗多夫问客人道：

---

① 谢苗·雅可夫列维奇·纳德松（1862～1887），俄国诗人。

“请问您想吃点什么喝点什么吗？葡萄酒？”

特里罗多夫摁了摁电铃。达维多夫公爵还是用同样平静的嗓音甚至太平静的嗓音说：

“我的未婚妻住在这个城里。我是来看她的，顺便利用这次机会跟您聊一聊。想和您聊的事儿实在是太多了，但咱们总归不可能都谈到。只想跟您谈点儿最重要的。”

说罢，他也不等对方回答或是反驳就接着往下说。火热的话语滔滔不绝地如溪水涌流——他谈信仰，谈奇迹，谈利用奇迹的力量对世界进行人们所向往的和必然的改造，谈对时间束缚的胜利，谈对死亡本身的胜利。

恬静的小男孩格里沙端着茶和点心进来，不慌不忙地把它们放在茶几上，蓝眼睛的恬静的小男孩不时胆怯地望一眼客人。

达维多夫公爵谴责地看了特里罗多夫一眼。特里罗多夫嘴角浮现出努力压抑的笑意，眼神却流露出直接的挑战的光芒来。客人亲切地把格里沙拉到自己怀里，温柔地抚摸着孩子。恬静的格里沙安安静静地站在那儿，而特里罗多夫却脸色阴沉。他对客人说：

“您喜欢孩子。这一点看得出来。孩子就像天使一样招人喜欢，但有时候也闹得人头疼。可遗憾的是，在这个可诅咒的大地上，孩子们死得实在是太多了呀。他们生下来就是为了死去的。”

达维多夫公爵动作幽雅地把格里沙从自己身边推开，把手放在孩子脑袋上，像在为孩子祝福一般，然后垂下手。格里沙走开了。

达维多夫公爵把目光转向特里罗多夫，眼神蓦然变得沉重而又严峻，他低声说：

“您为什么要这么做？”

他像一个极端渴望拥有权力的人以极其强大的意志力说道。特里罗多夫一笑。

“您不喜欢这个吗？”他问，“那好吧，您有那么广泛的联系，要想干涉这件事，那还不是易如反掌。”

他说话的语气不免有些高傲和讥讽。千方百计诱惑旷野里挨饿的人们的撒旦想必就是这么说话的。

达维多夫公爵皱紧眉头。他那双黑色的眼睛灼灼闪亮。他又问道：

“您为什么要做这一切？那些恶人的躯体，无辜者的灵魂——您要这些东西有什么用？”

特里罗多夫愤怒地望着客人坚决地说：

“我的设想既大胆又艰难——可难道为毫无生气而苦闷，苦闷到筋疲力尽地步的难道就只有我一个人吗？难道就只有我一个人身上肩负着双重灵魂吗？在自己身上把两个世界融为一体吗？难道被像宇宙的重担一样沉重的噩梦压迫着的，就只有我一个吗？难道在人生最充满悲剧意味的时刻感到孤独和被遗弃的，就只有我一个吗？”

客人露出奇特的、忧郁而安静的笑容。特里罗多夫又说：

“您记住，我永远都不会跟您走，永远都不会接受您那种安慰理论。您全部的文学和布道活动在我眼中全都是彻头彻尾的错误。是一个致命的错误。您如此雄辩讲述的取悦弱者的一切，我根本一点儿都不信。我不信。”

客人一声不吭。

“请您放过我吧！”特里罗多夫坚决地说，“不会有奇迹的。没有什么复活。任何人也休想战胜死亡。在这个丑陋腐朽的世界上恢复统一的意志——这是个还没有被人实现的功勋。”

达维多夫公爵站起来悲伤地说：

“如果您愿意，我今后就不管您了。但您终将会因否定了我为您所指出的道路而后悔的。这是唯一的道路。”

特里罗多夫傲慢地反驳道：

“我知道正确的路。那就是我走的路。”

“别了。”达维多夫公爵简单而又安静地说。

说完，就走了出去。屋里静悄悄的，就好像刚才压根不曾有过这么个人似的。沉浸在深沉思索中的特里罗多夫，没有听到正在离开的马车的车轮声，在他的回忆里，这位黢黑的颇具魅力的不速之客的突然造访以及他那火热的话语和火热的眼睛，就像突然涌现的幻觉一般，又像是正午出现的幻象一般。

“那么谁是他的未婚妻呢？为什么说她在这里？”特里罗多夫心想。

他头脑里涌现出一个奇怪而又不可能产生的念头。难道伊丽莎白从前不就是怀着喜悦之情谈论起这位公爵的吗？或许，这位不速之客会像自己从彼得那里夺走伊丽莎白那样，又把她从自己身边夺走？

这一怀疑很令人心情沉重。但特里罗多夫看着前不久他亲自拍的照片，深情地望着她那明亮的双眸、魔鬼般迷人的身材——忽然得到一种慰抚。心想："她是我的。"

而此时陷入幻想和悲哀中的伊丽莎白却被午间的梦折磨得很痛苦。日常生活的平淡使她感到分外乏味。在森林里那一可怕的时刻里忽然出现在她眼前的奇特幻象，越来越频繁地重复出现在她眼前，令她感觉到，这不是别人，而就是她本人，正在过着一种双重的生活，正在走过一条女王奥尔特鲁达昭示的高尚、光明、欢快而又悲伤的人生之路。

第二部　奥尔特鲁达女王

34

庸常是个凶恶而缠人的家伙，它到处爬行，竭力想要毁谤甜蜜的构思，偷偷地将喧闹街市上下贱的污泥飞溅在你——理想——那美丽温柔沉思的面容上！在世世代代的尘世间，谁终将得胜？是庸常性吗？是被过去所有腐恶的毒药所毒害的、虚伪的、胆怯的、灰暗的，穿着黑色的、破破烂烂的、覆盖着旧书的灰尘的法衣的庸常性吗？还是你，可爱的你，你手捧玫瑰，芳香的嘴角挂着微笑，你一件又一件地脱着轻柔的、半透明的、多彩的衣裳，以便在庄严肃穆的光照之下，展现你那永恒的美？

我们只相信这一点，我们只期待这一点。在我们之后降生的你们啊，请尽情地创造吧。

喏，这可不是那个灰暗的、雾蒙蒙的国度，也不是我们那个可爱的使庸常成为恐惧，使恐惧成为庸常的故乡——这是另一个国度，非常之遥远，那里有蔚蓝色的海洋、蔚蓝色的天空、绿宝石般的青草、黢黑的头发和火辣的眼睛。在这个光明的国度里，幻想与庸常融合为一，乌托邦力求成为现实。

奥尔特鲁达女王的国度，那个幸福遥远的国度，那个在蓝天下和蔚蓝海浪之间的群岛上的国度，已经走上了这样一条通过灰蒙蒙的满是灰尘的居民区的潜在的道路，但它同样也是一条崇高的、欢快的、最后也是悲伤的奥尔特鲁达女王之路。但是，这条路暂时还晦暗不明，这个国家暂时还缺乏欢乐。

这个国家就是联合群岛，生来就是统治者的奥尔特鲁达女王统治着这个国家。在她享受幸福的那些个群岛上，悲伤折磨得人们民不聊生，全岛燃起了熊熊烈火，随后就灭亡了。在两个时代的转折点上，岛国的生命如火炬一般燃烧，但它的燃烧是徒劳的，因为太阳已经离得很近了，整个世界处于地球的下面，所有人都把疲惫的目光背对火炬，可太阳还没有出来，阴暗的黎明前的寒冷笼罩着这个峡谷。

曾经一度很有名很强大的联合群岛王国，如今其可怜的疆界只包括地中海上的两组群岛，几年前就开始吸引广大的欧洲社会对她关注了。

第一位奥尔特鲁达联合群岛的女王很年轻、很美丽、很迷人，但在家庭生活中很不幸福。隐藏在女王那火红色长袍的皱褶里的下流闹剧所发出的轻微的沙沙声响，早已令国际公众感到欣喜异常，并引起一番耻笑和恶语掀起的残酷场面。

奥尔特鲁达有着罕见的幸运，她早在出生以前就继承了王位，可以说是个生来的女王。她的父亲罗兰七世国王，在她出生前几周去世。他的死很突然很神秘，甚至有人说他是被人毒死的。

宗教迷和大地主党派把极大的希望寄托在国王的遗孀、王后克拉拉身上，她是一个非常忠实于教会利益的女人，非常虔诚的女人，拥有非常广袤的土地财产。天主教教会的衣着华丽、话语极具雄辩机锋的神父和主教们，都是王后克拉拉家的常客。王后的观点是严格的保守主义的。她永远充当良好风习的保护者，并且勤奋地进行精神的修炼，虔诚地服从父辈耶稣会教士的规则。带有一半修道院风格的品性优良端庄的太太小姐社团，即坐落在首都一个单独街区的基督之爱之家，建设之初便有一半资金是她捐出来的。

克拉拉在罗兰七世死后成为王国女统治者，她常常利用自己的影响力来为教权主义者和大地主的利益服务。她喜欢反动的内阁，当议会的组成产生变化时她甚至伤心至极，改组后的议会强迫她把政权交给资产阶级激进派内阁。

王后在那个王国里著名的学者和教育家的协助下精心掌管奥尔特鲁达的教育问题。而且，关心奥尔特鲁达教育问题的还不光是守寡的女王一个人。每个部在正式行使权力以前，都必须把全民大事和培养奥尔特鲁达的问题一并加以考虑。所有政党，除了社会主义政党最激进的那部分以外，全都认真细致地关注着奥尔特鲁达的培养教育问题。人们之所以会对小王储的培养教育问题倾注如此大的关注，原因在于当时政党和阶级之间的仇恨已经达到了极其紧张的程度。上层阶级贪婪地紧紧抓住他们从过去的特权中所能得到的东西不放。资本家阶级已经变得十分强大，但工人阶级已经开始对立法和政治具有一定影响力，并且在有关劳动和工会相关的问题上，取得了尚可忍耐的立法。

总之，为了把这个眼睛又黑又亮、可爱的小脸晒得黝黑的活泼的小女孩，培养成君主立宪制下和蔼可亲、开明的女国王，可以说一切招数都想到了。教师们的劳动也很轻省。他们所要教授的对象非常懂得感恩戴德。奥尔特鲁达具有哪怕是在上流社会里也很罕见的能力和才华——要知道，那些真正的天才如果不在世界的统治者和人群的首领所住的地方找，还能到哪儿去找呢？与此同时，在这个国家，在有关教育的问题上，有一种能把贵族和人民统一起来的东西：那就是对所有美的东西的睿智的希腊式的爱，对人类健美的躯体的希腊式的爱；而从这种全民的朴素的爱中，产生了一种对自然的朴实、艰难的接近，与自由纯洁的自然力量友好相处的教育追求。

赤裸欢快的孩子们令联合群岛居民心旷神怡，而漂亮、苗条、勇敢的他们，在面对自己的裸体时，也不会感到像他们的邻居欧洲人那种程度的害羞和恐惧。奥尔特鲁达黝黑的身体喜欢高远的蓝天上那条火蛇炽热的蛇芯的抚慰和抚摸。她那剧烈起伏的胸部喜欢迎接从蔚蓝色的清凉的海上刮来的海风。她那苗条的双腿喜欢贴近绿宝石一般青翠的草地和海边沙沙作响的沙子。

奥尔特鲁达长得很美，她很聪明，很善良，很有才华。她能很快领会和掌握老师教给她的所有知识，同时又对未知有着深深的渴望。她喜欢艺术，喜欢画画，她的画画得很好。

一个资本家坐在咖啡馆，欣赏着小王储最近画的肖像画，或是读着发表在他的报纸上的有关王储生活的小笑话，说：

“奥尔特鲁达天资卓越是拜天所赐呀。”

一个教权主义者虔诚地说：

“奥尔特鲁达天资卓越是拜上帝所赐呀。”

宫廷谄媚者说：

“人民的爱环护着我们亲爱的女王那幸福的、无忧无虑的童年时光。”

而人民几乎和世界上所有人民一样，喜欢所有的孩子，对普通的穷人和显赫的富人的孩子都一视同仁。因此，人民也喜欢奥尔特鲁达。

后来，女王奥尔特鲁达终于满十六岁了。

奥尔特鲁达正式登基加冕了。在首都的大教堂举行了由民众参与的集会，这是一次非常吸引公众的庄严的盛典，来了好多国外的尊贵的客人、宫廷显贵、高级将领和人民代表，十六岁的小姑娘奥尔特鲁达被正式加冕。脸上刮得光光的、头发花白、脸色红润的红衣主教，戴着三角形的法冠，在奥尔特鲁达的额头上涂了光滑芬芳的圣油，随后，把国王的金冠郑重地戴在她涂了油的发髻上，那王冠上的钻石、绿宝石、红宝石和青玉石闪烁着光芒。沉重的绛袍披上了奥尔特鲁达的双肩，一双小的孩子般的手上的权仗和象征皇权的金苹果在闪烁。奥尔特鲁达像孩子似的欢快地笑着。

这一天的景象给首都和联合群岛居民留下了长久的记忆，他们不光记住了那个华丽的庆典，而且，这个奇特的巧合实在是预兆不祥——就在这同一天，在庆典举行之际，首都居民得知了后来在奥尔特鲁达统治时期变得日益严重的那一现象显现的最初征兆，这一现象最终以惨剧的形式令整个文明世界感到震惊。

魅力四射的奥尔特鲁达戴着闪烁的花环，穿着沉重的紫红色袍子，袍子的四角由六个宫廷侍从拽着，在由盛装华服的宫廷显贵们环护着的华盖下，走出大教堂。奥尔特鲁达带着欢快和感恩的笑容向人民鞠躬，随后，坐进盛典所用的金色的马车。道路两边拥挤着的人民发出兴奋的欢呼声陪伴着奥尔特鲁达走进王宫。奢华的马车后面是长长的队列。这一天阳光明媚。火蛇的笑容闪烁多变地照耀在黄金和宝石上。柔软的清风抚动着五光十色的旗帜。欢天喜地的首都、欢天喜地的帕尔马城的空气里充满百花芬芳馥郁的香气。

奥尔特鲁达像一个迷人的幻影、一个千娇百媚转瞬即逝的幽灵一般消失在王宫大门之后了。可人们还不愿散开。他们等待着身穿女王红袍的奥尔特鲁达能走上阳台，向人群奉献她那温柔的美色。人们站在那儿看呀看呀，他们唱着歌儿，呼喊着口号。一些皮肤晒成了紫铜色、黢黑漂亮的小男孩们在人群里穿来穿去，他们欢快的笑声和喊声撕裂了正午时分的空气，就像尖锐的鸟鸣啾啾。

忽然，广场上响起一个卖报小男孩的喊声：

“电报！火山冒烟了！”

人群开始扑向那些卖报的小男孩。人们七手八脚地疯抢着登载这则新闻的报纸。他们得知：德拉戈涅尔岛上那座以前一直被认为已经死去的火山今天早晨开始冒白烟了。人们惊慌了。可宫里的人却说：

“这不要紧。”

“小事儿一桩。”

“况且消息究竟是不是真的呢？”

“报纸就喜欢耸人听闻。”

“正是由于零售，人们才会追求轰动效应呢。”

“相关部门一大早就已得到消息了，但显然不觉得这有多么严重。他们甚至都没向女王汇报。”

“做得对。”

“可现在让这些人卖报纸，这事儿做得多么不审慎！”

“哪怕等到明天再发表也不迟呀。”

宫殿前的盛典仍在辉煌地进行。女王奥尔特鲁达三次出现在阳台上。女王那欢喜的笑容、那装饰得金光闪闪的王冠和无忧无虑的面容，再次令人群倾倒，抚慰了瞬间发生的惊慌。

接着，按照加冕典礼仪式的要求，要在女王那里举行盛大午宴，在豪华的宴席上要有规定的祝酒，在这之后，还会鸣多响礼炮。年轻的女王感到很疲倦，因为她始终得端端正正地穿着王袍坐在王位上。但她仍然坚持着露着微笑。她笑望着布尔宫茨基的坦克连德王子。

奥尔特鲁达三天前才认识他并且已经爱上他了。她爱他高高的个子，匀称的身段，白白的条顿骑士式的脸和蓝色的眼睛。

啊，做一个热恋中的女王是多么幸福呀！

而坦克连德王子也爱恋地看着奥尔特鲁达。他也爱上了她。

王后克拉拉对奥尔特鲁达说了句什么话。奥尔特鲁达温柔地笑着作为回答。而她实际上只听懂了一个词——一个可爱的名字："坦克连德"。

当然，参加盛典的有许许多多熠熠闪亮的眼睛，但在她眼前闪烁的，就只有坦克连德那双蔚蓝色的眼睛。

此后，奥尔特鲁达一个人去休憩一会儿，在安静幽暗的寝宫里仍然充满着幻想。首都的大街上彩旗飘扬，人群沸腾，孩子们在欢闹，音乐在喧响，路口和广场上人们在尽情地舞蹈。全民欢腾呀。

晚上女王举行盛大舞会。人群再一次盛装华服，来了许多尊贵的客人，坦克连德就在其中——奥尔特鲁达又一次笑容满面，欢天喜地。

她还跳了会儿舞。当礼节要求使她有机会和坦克连德握手时，她红霞满面。

在两次舞蹈之间的空隙里，女王奥尔特鲁达轻轻摆动一下扇子的花边，示意坦克连德坐在她身边。他坐了下来，向她侧着身子，那坐姿比礼节要求显得略有些自如，他悄声对她说：

"陛下是不是很疲劳?"

随后，更压低声音，以勉强听得见的声音说：

"您非常迷人，奥尔特鲁达女王。"

奥尔特鲁达脸红如潮，欢快地笑一笑，说：

"是啊，是有点儿累，但不是很累。只是稍稍有点儿累。我已经歇了一会儿。我很高兴。"

说着，她直视了一下他蔚蓝色的眼睛——眼神里充满羞涩的爱意。坦克连德王子小声温柔地说：

"我很高兴有幸和您认识。"

随后，又压低声音说：

"亲爱的奥尔特鲁达！"

奥尔特鲁达兴高采烈，脸上现出灿烂的笑容，以孩子般欢快的神情说：

“啊，该高兴的是我。”

坦克连德厚重的嗓音像音乐一般絮絮地说：

“我之所以特别高兴，是因为在您欢乐的庆典上认识了您，我认识您时您刚刚戴上您祖先留给您的王冠。这王冠对于您那像黑夜一般浓密的黑发来说实在太合适不过了。”

他是否压低声音说的这句话？她是否听到这句话了？

“我爱您，奥尔特鲁达。”

她脸上泛起红晕。眼眶里转着泪水。她用做作的激动的声音说：

“王冠和王袍都太沉重了。好在我身体很好。但我真的很高兴。我高兴呀。我害怕我的命运里、我的国王生涯中一切令人沉痛的东西。我是女王，我得选择。”

说着说着，声音变得越来越小了：

“我想选择您。我想爱上您。”

然后更加压低声音说：

“我爱您。”

这时，宫内大臣特奥巴尔德·涅利塔对王后克拉拉说：

“陛下，除了您，谁能看懂您女儿的心呢？年轻人是很有魅力，而且也不掩饰这一点。”

王后悄声回答道：

“这魅力是相互的。”

35

客人中那些高官显贵们离老远打量着两个在交谈中的恋人。他们的谈话比礼节规定的时间略长了一些。

任何人对于这一点都不感到丝毫意外。这爱情是体面的、受到赞许的、甚至是暗中安排好的。只是发展得太快了——但这有什么！女王奥尔特鲁达年龄还小，那么天真，而坦克连德王子又是那么迷人。在这些日子里，两个年轻人的命运就这样决定了。在加冕典礼的最后，宫里正式宣布了女王奥尔特鲁达和布尔宫茨基王子坦克连德的订婚。

两个年轻人在预定的婚约里幸福地结合了，婚约还规定了甜蜜的爱的法则和高层政治的严峻法则。坦克连德王子长得很漂亮，很匀称，是个高傲的年轻人，也是其故乡近卫军的长官。他周游过许多地方，到过世界上几乎所有国家，见识很广。他受到的教育其实是相当肤浅的，但他口才很好，能自如朴实地讲述他的所见所闻以及他的冒险经历和见识。只要他愿意，他能表现得非常迷人。

在他的国家以及其他许许多多的国家里，许许多多的少女和妇人，无论是普通人家的还是达官显贵家的，常常都会真诚而无私地深深爱着他。与几乎所有种族和民族、所有肤色和所有阶层女性的萍水相爱，并不足以满足他那强壮的身体，不足以满足他那燃烧着不竭的欲望而却未能找到真正爱情的心灵的焦渴，而在几乎所有土地所有天空下发生的爱情的历险，把这个充满进取之心的年轻人那永不知餍足的性格锻炼得更加坚强。

奥尔特鲁达像其他许多年轻的美人一样深深地爱上了他。这颗年轻的充满阳光的心灵是那么渴望爱情——于是也就顺理成章地爱上了。

对于联合群岛王国王室和资产阶级政府来说，这爱情也来得正是时候。坦克连德王子的亲属遍布欧洲诸王朝。尽管他的长相和整个外貌带有鲜明的德国人的特征，尽管他所掌握所熟练使用的语言那么多，但都带有明显的德语口音，尽管他自认是个德国人并为德国人光荣的胜利而自豪，但在他的血管里却流淌着混合的血液。他属于一个人数很少的统治民族，这个民族数百年来一直都是欧洲各民族的领袖，对其他民族而言，他一直既同样亲近也一直同样遥远，似乎以此象征着欧洲历史的统一性。他家族的成员，正如那些具有高度世界主义文化教育的人一样，都能自如轻易地接受各种语言、风俗和国家，在新环境下感到自己是如此自如、如此高兴，而在旧的国家里，他们更是人们的统治者，都能按照他们对于这些利益的理解来忠实于新国家的利益。人们没有任何理由怀疑坦克连德王子在联合群岛王国里不会成为一个好的爱国者的。

但婚礼确定在女王奥尔特鲁达加冕一年后举行。女王奥尔特鲁达实在是太年轻了。人们都觉得过分匆忙有失体面。大家都认为最合适不过的做法，是让年轻的女王在举行婚礼前，能够有足够的时间来熟悉国家大事。那些政治家们认为这或多或少能够保证国家事务能在不受一个外来人影响的情况下决定。而宫廷，按照内阁的观念，也无法拒绝提供这一保障。

对于奥尔特鲁达来说，这延长的一年过得是那么慢，那么甜蜜，像一个恋意浓浓的温柔的童话。坦克连德的来信令她很高兴——来信很频繁，很俏皮，很轻松，很温柔，里面讲述了许多用词巧妙逗人的故事。她也同样常常给他写信，充满信任地对他倾诉自己的理想，讲述她周围发生和她做过的种种琐事。两人还能时而见上一面——见面都很短暂，而且都有外人在场，但尽管如此还是充满了阳光般的欢乐。

女王奥尔特鲁达在这一年当中熟悉了高层政权的许多事物，她已经学会如何恰到好处地运用具有迷人魅力的、令人无可置疑的、事先规定好的命令语气说话，那话语里包含着强大的威力，并且总是包含着小心翼翼的对于“是”和“否”的暗示。女王奥尔特鲁达也同样尝到了权力的甜头和苦楚。她很快就认识到国王的崇高权力犹如一条锁链，以闪烁的金光锁定了众多臣民的思想，犹如一条带着骄傲的笑容戴在身上的胜利的锁链；但却是一条沉重的锁链，像修道院一样沉重，无情地切割着她那柔弱的肩头。

政权带有沉重的特征！它那迷人的闪光似乎在嘲弄着登基加冕的少女的无能，嘲弄着她那感伤主义的关于全民幸福的幻想，嘲弄着她那想要让全体人民全都幸福的天真的幻想。

此时议会里的多数政党和女王奥尔特鲁达的其他所有管理机构一样，大都属于资产阶级政党。议会里形成的进步党和激进党两个政党中心轮流执政。但实际上二者之间的区别很小。对立的两派一方面是一伙儿人数不多但很狂热的大地主，另一方面是一伙儿社会主义者。议会里一些最有教养、口才极佳的演说家属于社会主义派别。他们的高谈阔论充满无以言喻的说服力和雄辩力。他们都是各个委员会里一些非常优秀的工作者，每当资产阶级被工人们的宣言和全民总罢工所震慑时，他们常常得以为工人们赢得一些利益。

年轻的女王终于等到了最高兴的那一天——女王奥尔特鲁达和坦克连德正式缔结婚姻。

议会给予作为王子和丈夫的坦克连德一笔体面的皇室费以资助他。只有很少一部分反对派激烈反对这一举措。

起初，坦克连德王子还觉得这笔皇室费足够用了，因为他并不觉得缺钱花。但他很快就对自己的地位感到不满了。

在君主立宪制国家里，王子—丈夫的地位是极为优厚的。人民政府警惕地维护着崇高政权，使之不受秘密的、不负责任的影响。虽然足够警惕，但也并非总是那么成功。

按照肤浅的观点，王子坦克连德在刚开始还有一些轻浮的举动，过后似乎很快就习惯了自己作为王子—丈夫的地位了。实际上他尽管习惯了，但心里并不满意。表面看，坦克连德王子并不干涉政治事务。当女王接待内阁首相或与其秘书之一工作时，他甚至根本不进女王办公室或是进去也只待一小会儿。

在宫廷内部或社交场合每逢必须接见议会议员时，坦克连德王子表现得风度翩翩。他对待议员们的态度既包含着对自己优越性的卓越认识，也包含着极度的殷勤客气。伦敦的皇家绅士们——他们很早以前就被公认为是时尚和体面的立法者——首先为欧洲诸王子树立了这一表现自己翩翩风度的卓越风范，而坦克连德王子只不过是这一时尚最成功的模仿者而已。

新婚之日坦克连德王子被吸收进群岛王国军队之列。但就是在军界，坦克连德王子起初也未寻求显赫的地位，甚至坚决拒绝了军事部门想要加快其晋升的企图。看起来他似乎对团长这一职位像在他家乡那样满意，并且心绪宁静地站在论资排辈等候顺序升迁的行列里，以便在大校之后能顺利升迁为少将和骑兵旅旅长。他履行公务并不那么认真努力，但也不偷懒，而是处于明智的中游地位，对此，无论是下属还是长官都同样满意。军官和将军们说到他，都会这样说：

“一个出色的军官和好伙伴。”

而有时在自己的圈子里则会小声说：

“他可以当一个很好的国王。”

这些人说此类话时，往往都是在他们对政府极为不满的时候。

他们以为人民在最初几年中对于坦克连德王子是比较满意的。确切地说，联合群岛的居民其实对他根本无所谓，普通民众关于他一点儿想法都没有。况且，最初几年，的确也没有任何原因可以让人们对坦克连德王子有何不满，正如也没有任何理由让民众去爱戴他一样。可是，随着岁月的流逝，坦克连德王子开始变得不那么有名了。

产生这一情况的原因有两个：一是他的爱情奇遇实在是太多了，二是他太不善于隐瞒或是他根本就不想隐瞒他那过分贵族化的反动观点。后来接着又有了第三个原因，那就是在军事谋略问题上，他开始受到一些人的指责，说他似乎想要说服女王和军事部门相信与一些伟大强国结盟的必要性。这会导致战争。战争符合高等贵族的利益，而资产阶级却害怕战争，工人阶级则仇恨战争。

为什么人们对待坦克连德的态度会发生这样的变化呢？

坦克连德王子在平常状态下总是很安静很稳重，但他却有一个可悲的弱点，那就是一旦多喝了点儿酒，或是在同团的同事圈子里，便会变得出言无忌。坦克连德王子不小心说的批评国会制度的尖锐言论，被人广为宣扬。针对这些言论，首都报纸发表了几篇有一定克制的谴责文章，文章之所以写得比较克制，就是为了不伤害人民敬爱的奥尔特鲁达女王。可是，由于婚后这些年中她仍然深深爱着坦克连德，所以，这些文章还是很伤她的心。使她更加悲伤的，是一家讽刺杂志《神圣的朴实》里面登载了一些漫画，明显是讽刺坦克连德的。

坦克连德王子的处境变得含糊而又尴尬。从他凯旋般地走进联合群岛王国首都帕尔马城那天起，已经过了十年了，而他竟然置身于勾心斗角、纷繁复杂的人际关系和阴谋网络的漩涡中心。奥尔特鲁达仍然温柔地爱着他，而且，由于他们一直没要孩子，所以，她对他的感情更真挚。关于他的爱情奇遇，她几乎一无所知，而即使有时听到些什么话，也会说这不过是他一时兴起，一辈子娇生惯养的他的一时任性，或到处漫游的结果罢了。可是，任性和一时兴起却使得坦克连德破产了，让他负债累累。

他的朋友为他出了好多主意，帮他摆脱沉重的债务。与女王朝夕相处使坦克连德王子萌生了一个念头，何不把政治变为让坦克连德本人以及他的朋友们发财致富的手段呢。他们曾经幻想建设一支强大的舰队，幻想开辟非洲殖民地，或是与南美共和国里那些虚荣的失败者们建立秘密联盟。在保守派出版物上开始出现论述异国他乡所发生事情的文章。某些有钱贵族出钱建立了一个旨在支持在非洲开发和利用土地的基金会。还有人更是头脑发昏，幻想建立一个能够把所有拉丁民族人民都联合起来的伟大帝国。而那些比较稳妥的人则满足于国家变革的一些小计划——如解散议会，取消宪法，宣布坦克连德为国王，让奥尔特鲁达做辅政。

当然，所有这些罪恶的计划都处于严格保密状态。因此，奥尔特鲁达仍然沉浸在甜蜜的家庭幸福里不能自拔。她的家庭幸福似乎只有一点儿阴影，那就是随着时间的迁移，坦克连德奇特弱点发作的次数越来越频繁，而且，他对年轻妻子的温存似乎不知为何反应很冷淡。

亲爱的女性啊，你们的温存是多么甜蜜诱人呀！你们迷人的弱点和不完美的范围是多么宽广多样啊！不知疲倦地从一个女人转向另一个女人，或不忘记回到以前的女友那里去——可是，一个人的力量又是多么小多么小呀！你四十代之前的祖先，都曾肆无忌惮地抚爱着他们的夫人、情人、女俘虏、女奴、女仆、萍水相逢的女人，可你们给你们的继承者留下的精力实在是太少太少了呀！

奥尔特鲁达处于幸福中，但一些不祥的征兆已经日益频繁地出现了。从奥尔特鲁达登基那天起就开始冒烟的德拉戈涅尔岛火山，仍然冒烟不止。蔚蓝的天宇里那两个灰绿色山峰顶上，透明的轻烟在这十年当中虽然并未变浓，但也未曾变淡。闪烁着欢快的橙黄色的悬崖，如多声部一样明亮的绿草，盛开的紫色蓝色花朵，温柔的蓝色海浪和温柔的蓝色天空，像雪一样白的石头建筑，民族服装——所有这一切之后，隐藏着一缕不祥的、半透明的、微弱的、悒郁的、灰蒙蒙的轻烟。淡淡的森林火灾的焦糊味儿有时会渗入一阵芬芳馥郁的玫瑰和柠檬的香味中来。

这一忧郁的前兆已经距奥尔特鲁达不远了。被王国权力的软弱搞得筋疲力尽的奥尔特鲁达，越来越经常地在迷人的艺术、普通生活的美中寻求休憩，越来越多地躲进自己的一个庄园里，在欢乐的自然里抚慰自己的心灵。而在这宁静里，却出现了一缕不祥的轻烟。

还有一个前兆更加凶险：在奥尔特鲁达统治的第十一个年头，出现了白国王的幽灵。

在王国的城堡里有一个神秘的房间，以前一直因曾是白国王的寝宫而闻名。人们很少能进到那里去，只有万不得已的情况下才可以进去，而且，每次进去都战战兢兢心怀恐惧。关于这个房间有一个传说。人们都相信有时房间里会有一个白色的幽灵，夜晚才走出房间，它走遍昔日这座城堡的每个大厅和走廊，然后才回到自己的屋。人们全都相信，每逢王国的宫殿处于威胁之中时，这个白色幽灵就会出现。这是国王奥尔努利夫二世的幽灵，他是在一五二七年年仅十五岁时被叛徒在埋伏地杀死的。杀死他的凶手——他的叔叔坐上了王位，并以罗兰五世的名义实行统治。这一从犯罪事件开始的统治，是狂暴的和血腥的。

36

在尘世生活乏味的无以数计的周而复始的时间里，又一个不知为何欢乐明媚的日子无情地重复着往日的情形，展开了它赤红的、炎热的一天历程。天空亮得刺眼，把那些半裸的劳动者们从田野里，从种植园里，驱赶到黄色的草棚底下。尘土飞扬的路上扬起了亮紫色的飞尘，飞尘聚集在交叉路口上，挥动着它那透明的袖口和没有肉体的手臂，恐吓着那些在远离房子的田野里淘气的深色眼睛的小男孩们。而在明亮的、蔚蓝色的大海上，从黢黑的地平线上，浮现出由白色的塔楼、橙黄色的平原、苗条的金绿色的棕榈树构成的海市蜃楼。

只有森林保持着清凉、寂静和安宁。一个被森林的寂静所蛊惑的年轻女人，已经在沉思般的森林里一个人走了好久，为什么心事而微笑着，陷入甜蜜的幻想。

她穿着一身普通、单薄但却非常漂亮的衣服，像当地普通妇女一样穿得简朴。她穿着一身白色的绣着花纹的连衣裙，连衣裙的领口很开阔，肩头有短带。连衣裙的下摆自然下垂，它有着宽大的皱褶，一直垂到膝盖下面。胸口下系着一条腰带——是一条绿色的丝带，在身躯的左侧挽起一个花结，穿进一个白色无光泽的方形扣子里。透过裙子，可以看见薄薄的衬衫那缝制的领口和很短的袖口。这位年轻的美女黝黑黝黑的发辫上盘着白绿相间的发带和红色的珠串。她穿一双轻软的淡色皮革做的平底鞋，鞋子用两根细细的带子系在脚腕上，但带子很宽松，在脚上晃荡着，这年轻美女的轻快的晒得黢黑的双腿袒露着，任凭温软可亲的泥土抚爱，她的细细的脚腕上系着一些细细的玫瑰色带子。

年轻女人的脸上和整个举止，都透露出她仅仅只能属于那一统治和发号施令的阶级，她的双手从未被沉重得无法忍受的艰苦劳动所磨损。她那宽大的前额上漂亮的皮肤上那习惯于沉思的皱纹，习惯于观察的眼睛，习惯于节制的笑容，以及渗透着幸福生活甜蜜乳汁的双肩，双手，细巧的手指，优雅的、从来没有被女工针指、被总是生着气的针尖扎伤过皮肤的指头以及其他一些特征，都在说明这一点。显然，换装这件事令她很兴奋，而周围充满野性、既明亮又阴郁的自然，则令她高兴不已。这种终于摆脱某种约定俗成的重负而获得的愉悦感和解放感，这种终于得以亲近亲爱的土地给她带来的愉悦感，使她神采焕发，幸福无比。

这条狭窄的小路，时而由于浅绿色的苔藓，时而由于脚下散落的干燥的枯枝败叶而变得显然毫无必要地蜿蜒曲折，沿着毕竟还很鲜亮的森林，如一条懒洋洋的蛇，微微弯曲着，穿过浓密幽暗而又清凉的密林深处。小路时而跃上白绿色悬崖的脚下，斜着爬上陡峭的山坡，时而完全裸露在外，路上时而长满带刺的茅草，长满开着赤红色和紫红色小花的多枝的草，草丛散发着奇特而又闷热的气息。一只狡猾的刺猬钻进悬崖下窄窄的罅缝里，爬进一道深沟的底部，深沟两边则是高高的深黑色的石壁。有时，这条小路几乎完全消失在了浓密的野茅草里，这时这年轻女人就不得不费力地往上爬，用双手推开尽情地猛烈抽打过来的灌木丛那固执的枝桠，以免打伤她那张晒得黝黑的美丽的脸。幸亏她眼睛尖利、小心谨慎，不然的话，她那美丽的小手和小脚，也许早就被深绿色满是汁水的龙舌兰宽厚的叶片上那些尖刺给刺伤了。可是，龙舌兰那粗大的、黄绿色花朵虽然凶猛异常总归徒劳。

时而会碰上一些有着辛辣气味的奇特的花朵，它们在长长的坚硬的枝干上摇曳着，它们向这位年轻的女人展示着它们那鲜红的巨大的嘴巴。它们那长长的紫红色的雄蕊煞像蛇的芯子，看起来好像是正在喷吐着黏糊糊的毒雾一般。可年轻的女人勇敢地向这些可怕的花朵俯下身来，吸吮着它们那窒闷的香气，虽然这香气令她头脑发昏，血液像一把把液体小锤子、像水银一般咚咚地敲打着她的太阳穴。

当悬崖下面哗哗流淌的小溪流，汇聚到一个五光十色、散落着许多金色小石头的像一面透明的镜子一般的池塘里时，年轻的女人站在池塘的黏滑的岸边，俯身望着水里她那美丽姣好面容的影子，她笑了，尽情地欣赏着自己那黝黑的双颊那明亮的玫瑰色和笑意隐隐的鲜红的双唇。仿佛在她那无忧无虑的双颊之间，理想发出嗡嗡的声音在飞来飞去——这是关于她的爱人、关于那个亲爱的人的理想。

女人继续往前走去，她把喧闹冰冷的小溪流丢在身后，而小溪流仍然时不时地轻吻着她的膝盖。小路向山上延伸。小路两边的树木变得越来越稀少。沉默的悬崖那尖利的岩石变得越来越锋锐，看样子，好像岩石后面有一个异样的、冷漠的、严峻的家伙，正在用窒重的眼神，密切地关注这位勇敢无畏无忧无虑行走中的女人。在高远纯洁明亮的天宇之下，凝然不动、阴郁的白绿相间的石头被反衬得分外鲜明。年轻女人既欢快又稍稍有些害怕。

远处，在树木和悬崖之间，闪烁着一线狭窄的蔚蓝色的欢快的海面，像一条带子。一种仿佛从彼岸、从一个古老黑暗的世界来到光明的、五音和鸣的、充满着生活迷人的魅力的世界的印象，以一种无以言喻的美，渗透到这位年轻女人的心头。她的耳朵尽情地贪婪地捕捉着远处的、在此可以隐约分辨的声音，捕捉着悬崖顶上的声音，捕捉着可爱的、永远也不肯驯服的海洋那不肯安宁的海浪的咆哮和轰鸣声。她一直向海边走去，一路上本着习惯细心地选择着道路。

忽然，在悬崖后面，在道路的转弯处，她看见前面不远的地方，有三个慢慢腾腾小心移动的身影。这是三个男人，肩上背着很大的包袱，看样子包袱很沉，这一点可以根据他们被包袱压弯的腰来判断。

年轻女人停下脚步，藏身在悬崖顶上一个凸起的岩石后面，小心打量着来人。根据他们走路慢慢腾腾的样子，东张西望小心翼翼打量四周的样子，此外还根据他们总是选择远离海边选择最隐蔽的地方这一点，她猜想他们是一帮走私者。使她惊奇的是，他们居然敢在光天化日之下干这种危险的勾当。她小心翼翼轻轻地移动着，跟在那些人后面，偏离了先前已经选定的方向。她跟着走了大约五十多步以后，忽然猜到那帮人已经发现自己了。她犹豫不决地又走了几步，停下来，可在好奇心的驱使下又走了几步，与此同时，理智告诉她，跟这些人走下去是十分危险的，应该尽快远离这帮家伙，应当装着根本没看见他们的样子。

然而，她又有什么可害怕的呢？可是，话又说回来，她有什么必要看人家呢？就让这帮可怜虫去他们想去的地方算了——这关她什么事儿！她刚转过身来想走，可就在这时，三个走私犯忽然把肩上的包袱扔到地上，站住了，仔细地盯着什么。此刻，他们手上端着卡宾枪，这个年轻的女人先前没有注意到这一点。

忽然，她看见那三个家伙在直冲冲地盯着她。此刻，当她和他们都站住以后，才看出来，他们和这位年轻女性之间的距离，远比她刚才看到的近得多。她那双警觉的眼睛此刻能分辨出他们身上满是尘土的衣服上的每道皱褶。三个男人中两个年长一些，都有一部短短的苍白的胡子。第三位脸上刮得干干净净，面色红润，比较年轻。三个男人的眼睛全都同样火辣辣的，燃烧着狼的冷酷和悒郁。他们灰暗的脸上透出的神情，令年轻的女人忽然感到瞬间的恐惧。

“他们会把我怎么样呢？”她想，“难道会杀死我吗？”

可是，还是好奇心战胜了强烈的恐惧——这是女人无法战胜的本能。

这时，第四个人——纯粹还是一个小孩，年约十五岁，歪戴着一顶小帽，帽子上像是为了美化，装饰着一根公鸡毛，一双灵巧的腿上到处都是划痕和擦伤，黝黑的脸上一双惊恐的眼睛像大松鼠一般转来转去——像一只动作灵巧的沙漠里的蜥蜴一般，滑动着，从岩石后面冒了出来。他跑到年长的同伙身边，用一种年轻女人根本不懂的话，嗓音严厉喉音很重地嚷了一句，显然，这是小偷约定的一种切口。随后，他走近同伙身边，急速而又小声地对他们说着什么，边说边用手做着绝望的手势，他那瘦削活跃的脸上表现出一个好打架的小男孩的恐惧、为所带来的重要消息而骄傲及一往无前的决心相混淆的表情。此人一刻也不肯安分，神经质，他那衣服破破烂烂如一堆烂布，勉强遮盖着他的躯体，破洞里露着肉，长得煞像一只生气的小猴子。小猴子站在原地一个劲儿地打转，用手指向四面八方一顿乱指，他讲述完用手指划了个圆圈，根据这些迹象，年轻女人猜到这帮走私者已经被边防军给包围了。

听完小猴子的讲述，走私者中年长的那位用巨掌拍了他肩膀一下，像一切喜欢发号施令的人那样，用平静和压低到对方足以清晰听到的声音，说：

“好样的，兰谢奥利！”

机灵的小男孩脸上因骄傲泛起红晕。他正了正头上的帽子，谦虚自尊地从年长伙伴们身边退后两步，而后交叉双腿，以一个已经履行完自己职责的人那种漫不经心而又漂亮的姿势靠在一棵枯萎的山地雪松的枝桠上。他年纪很轻，很傲气，多少有些好笑也令人感动——年轻女人不由得多看了他几眼。

走私犯们小声活跃地争论着什么，他们的谈话声时而变得很高，因此也有断断续续的话传进年轻女人耳里。但即使听不到他们的交谈，根据他们向她投去的狰狞的目光她也猜得到他们是在说她。

“没说的，就是她！”

“如果是她，那她为什么直挺挺大模大样地站在这儿?”

“告了密，现在在玩我们——装模作样的，好像她的事儿和咱们无关。”

“他们居然派一个女人来——这帮人！”

“我不是告诉过你们么，这一带的大尉老奸巨猾。”

“那就让他们来好了。”

“这女人给她一刀算了。”

“为什么白白杀人呢？”

“说得对。死人不会开口。”

这一天阳光是那么明媚，悬崖和树木的轮廓是那么清晰，年轻女人心花怒放，尽情开放准备接受整个大自然，而这一突如其来的历险，却像光天化日之下突然发生的一个噩梦。这一切莫非是她的幻觉？刚才那些充满危险的话，她真的听见了吗？她的心灵根本就不相信恐惧，甚至当那些走私犯突然朝她走来时她都不相信。只见她迎着对方迈出几步。

三个男人围住她，身子贴得很近，小男孩兰谢奥利仍然站在这些人身后不远处。年长的那个对她说：

“你是来跟踪我们的吧，是你把可恶的卡宾枪手给我们招来的吧——可这样一来你就得头一个死。”

年轻女人的眼睛定定地望着插在他们腰间那宽宽的五光十色的皮带上的短剑。短剑那又宽又弯的剑把闪烁着黯淡的反光。

啊，可爱的太阳，蔚蓝里的金黄！难道你这是最后一次对我闪耀，对我微笑吗？难道我再不能在海边湿漉漉的沙滩上行走，再不能回我自己的家，再不能亲吻我的爱人了吗？

想着，她脸色惨白但嘴唇却笑着说：

“请不要杀我，善良的人啊，请不要对我作恶。我没见什么卡宾枪手，我对他们一无所知。我本来一直在走自己的路，后来就迷路了。连我自己也不知道我是怎么跑到这里来的。可我终于看见大海了——放我走吧，善良的人啊，让我到海边去吧。我用我灵魂的拯救向你们发誓，我不会对任何人说我见过你们。”

“你就胡扯吧，”另一个走私犯恶狠狠地说。他那低低的额头下一双凶恶的眼睛死盯着这个年轻的女人。“你休想骗我们。”

“我会对你们有用的，”她微微一笑说道，“要想杀死我，你们任何时候都来得及——不就是把短剑一扎么——是不是？可你们将马上看到我会把你们从卡宾枪手手下拯救出来的。我只需对他们说一句话，他们就会离开的，他们都会听我的话的。”

不知为何，她的声音里再也听不到一丝恐惧，就连那些短剑在她眼中也全然像一堆道具，而他们那阴沉沉的脸也顿时变得可笑起来。她开始欣赏起漂亮的小男孩兰谢奥利来。

“卡宾枪手！”兰谢奥利忽然大喊一声，然后一道锐利的目光狰狞地盯着这位美丽的女人，那样子竟然那么可笑，所以，她愉快地笑了。

老走私犯冲上来抓住她的手拽着她就走。大家全都藏身在凸起的悬崖后屏息静气地等待着下文。可以感到空气中有一种具有威慑力的异己的力量正在逼近。周围看不到一个人影儿，只是时而看得见插在卡宾枪尖上的结实的刺刀的两面锋刃在阳光下熠熠闪亮。

很快两边就出现了手里端着卡宾枪的士兵。走私犯们立刻准备射击。兰谢奥利拔出短剑，凑到年轻美人的身边。她嘟囔道：

“善良的人啊，让我走近这些士兵跟他们说说话。他们一看到我就会离开的。如果你们这么不相信我，就打发这位拿短剑的小男孩跟着我好了。”

这时，响起了一个响亮的喊声：

“喂，里面的人快出来，交出武器，不然就对你们不客气了。”

走私犯们相互对视着。他们小声悄悄地商量了一会儿。随后，年长的那位对兰谢奥利耳语了几句——只见他浑身紧张起来并且高兴得浑身打颤。

“去吧。”老者对美人简短地说。

她从岩石后面走出来，小心望着四周。离她不远处的一棵树后，现出一个人半隐半现的身影。年轻女人猜到这是个军官，于是，对那人挥了挥白色的手帕，便朝那人走去。

兰谢奥利跟在她身后，手里紧紧攥住露在外面的短剑柄。老走私犯嚷道：

“一旦有变，马上向她心口给我扎。”

“我知道。”小男孩简短地回答道。这时，她能感觉得到自己脖子上有他的呼出的热辣辣气息。

那军官看见年轻女人再一次向他挥动的白手帕后，就从隐蔽处走了出来。他仔细看了看离他几步开外的那位美人，脸上现出极端惊讶和兴奋的表情。那个已经把军事纪律变成习惯，吸纳进血液里的军官，迈着机械的步伐走上前来，站直身体，把手放在有着橙黄色帽带的黑色制帽帽沿上，敬了个礼：原来他认出眼前这位美女就是女王奥尔特鲁达。奥尔特鲁达微笑着把一个指头放在唇边，然后说：

“大尉，请走近点儿。”

大尉默默地服从了。女王奥尔特鲁达说：

“我看出您认出我来了。但请您不要说出来，也不要碰这几个善良的人。今天他们带走的东西是经过我允许的，我亲自为他们代交海关税。现在，亲爱的大尉，请您把您的人都带走。再见，祝您一路顺风。”

大尉脸上凝固着迟钝困惑的表情，他转身执行女王命令去了。士兵们听到指挥官下令后，纷纷从隐蔽地走出来，下到谷底去了。

“我们为什么要撤？”一个年轻的中尉问道。

“这是女王的旨意。”大尉懊恼地说。

“女王！”中尉惊讶地嚷道。

“是啊，她在那边，”大尉说，“但请你不要把这件事告诉任何人。这是件好事，没什么可说的！”

女王奥尔特鲁达愉快地微笑着，转身走向那帮走私犯。兰谢奥利跟在她身后，瞪着一双惊奇的大眼睛打量着眼前这张脸。

“看到了吧，善良的人，”奥尔特鲁达说，“我答应的事儿办了。士兵们也走了。今天他们是不会回来的了。”

走私犯惊讶地愣住了，他们相互递着眼色，交头接耳地嘀咕了几句。他们的眼里现出痴迷恐惧的表情。在寂静的山里，这四个人站在那里，犹如一幅画儿，于是，女王奥尔特鲁达再一次不由得欣赏起兰谢奥利来。他静静地望着她，眼里燃烧着忽然涌上来的爱恋的青春的火焰。她悄声而又庄严地问他道：

“亲爱的少年，你知不知道我是谁？”

黑眼睛的美男子诚实地说：

“你是善良的女巫或是这座山上的仙女。”

奥尔特鲁达很高兴。其他三个人争相以点头来附和兰谢奥利说的话。奥尔特鲁达又问：

“那么我住在哪儿，你猜一猜，亲爱的兰谢奥利？”

小男孩回答说：

“你住在人爬不上去的高山上，住在蓝色的山洞里。只有那些知道那句神奇的话的人，才能爬进那个山洞。这个山洞有一百个入口，全都开敞着，可是只有一道出口，而且，还有一条龙把守着。凡是找到你的人，都会被弄得脏兮兮的，被吻死或是被胳肢死。”

奥尔特鲁达笑了。走私犯们恭恭敬敬地望着她。年长者对同伙说：

“好了，她一笑事儿就成。”

“兰谢奥利，”奥尔特鲁达说，“告诉我，那你想不想到我的蓝色山洞里去一趟？”

“啊，”兰谢奥利惊讶地嚷道，“只要你一声召唤，我马上就去！”

奥尔特鲁达笑了。

37

女王奥尔特鲁达很快就告别走私犯，急急忙忙地下山往海边走去。半小时后，她所选择的那条小道把她带上一条大道，是从一个海边村庄通往一座孤岛深处的。微笑着的奥尔特鲁达回想着自己刚才的这场奇遇。

曾经有段时间，在奥尔特鲁达非常年轻的时候，她非常害怕死亡——那是在她和坦克连德还根本不认识的时候。她从她的王国历史书上以及从她家族的往年纪事上读到的血腥故事，很早就教会她思考暴力死亡问题。她的许多祖先是在战争中被杀死的，或是被起义者或报仇者扼死的。因此，在奥尔特鲁达看来，她一生的结局如果如此的话也不足惊奇。有时紧紧攫住她的阴暗的恐惧感，会令她觉得仿佛是一个不祥的预感。

爱情使这种恐惧感大大减轻了，但却无法彻底消除它。女王从其祖先那里继承来的勇敢和豪气，迫使她不逃避危险。每当心里浮现出有关凶杀的预感时，她都会清醒地意识到自己将会驯服而又勇敢地正视即将必然来临的一切的。那把攥在兰谢奥利手里紧贴她背部的短剑，是对她的第一次考验，她很高兴回忆自己如何毫无恐惧地通过这次考验的全过程。

长时间走路加上中午的炎热，使她很快就疲惫不堪了，于是，她坐在一棵古树浓荫下的一块结实的大石头上歇息。古树伸展着枝叶繁茂的枝桠，浓密的叶片织成一张淡绿色的网。她望了望路的两端，好像在等待什么的样子。怎么会等不到呢？路上永远都会有什么发生。

远处，路上腾起一团尘雾。一个由幻想和恐惧织成的幽灵，一个灵动而奇特的幽灵，一个灰玫瑰色的幽灵，移动得越来越近了。奥尔特鲁达仔细地打量着这个幽灵。她那警觉的眼睛很快便分辨出，这是两个骑马的人快速从山上向她疾驰而来。她不知为何心里清楚，这两个骑马的人不是路过，而是冲她来的。

“谁呢?”她飞快地想到。

忽然之间，她迫不及待地希望来人会是她身边的某个人。她的心灵在短暂的一瞬间在迷狂的等待的狂喜中甜蜜地停止了跳动。

“是我的坦克连德吗?”

不会，不会是他。

干燥的马蹄踩在石头上发出的清脆的嗒嗒声，越来越响亮，来者的轮廓在正午时分清明的日光下也变得越来越清晰。来人一顶黑帽子罩在随风飘展的黑色的纱巾下，一身黑衣服的皱褶也在风中猎猎飞扬。一个像少年一样清瘦的男子骑着一匹又快又轻的马跟在她身后疾驰。

最后，奥尔特鲁达终于认出骑在马上那位女人，并且欣喜异常。来人是她最近几年中经常与其在一起的同伴，是一个成熟美丽的姑娘，阿夫拉·莫尼格季。她属于国内最古老最显赫的家族之一。她的祖先在王国宫廷永远都占据着最崇高的位置，因此，阿夫拉也就获得了宫廷最受尊重的职位。

命运的变幻莫测很早就夺去了她的双亲。她是在她叔叔家被抚养长大的，她叔叔是本国大学一位著名教授，是个非常聪明的人，同时也是一个非常逗乐的人，他巧妙地在一个迅速变换的冷酷的怀疑主义和辛辣的嘲讽面具之下的文化人身上隐藏了一种奇特的对于撒旦的偏好。在这个家里，阿夫拉见识过形形色色的人，也听惯了各种各样的话。直到如今，她仍然和社会各个阶层的人保持着密切的联系并拥有好多熟人。尽管她知识很浅薄，但她却对许多问题都很感兴趣，读过许多宗教、哲学和社会科学类的书。有许多科目受到她的喜爱，但也有许多科目是她极端憎恶的。

在所有人里，她最热爱的有两个：一个是女王奥尔特鲁达，她睿智而勇敢，仿佛在自己身上体现了发光体火热的灵魂；一个是菲利普·梅齐奥医生，他是个搞政治的，是共和党领袖。她爱他就是"因为她爱他而已"。在所有人中她最仇恨的人只有一个，那就是坦克连德王子——曾经一度萍水相逢地爱上了她。他对她的追求遭到她的严厉拒绝和反击。

阿夫拉的同伴是年仅十五岁的阿斯托利夫·涅利塔，宫廷大臣之子，是一个漂亮的、激情洋溢的、已经开始有些爱上奥尔特鲁达的少年，这对于他的头衔——宫廷侍卫来说是十分体面的。

阿夫拉骑马从山上疾驰而下，奥尔特鲁达已经能看得很清楚，她座下的马所踏之处，道路上黄色粉红色的小石子儿被踩踏得四下散开，而且，就连奔跑中的马匹气喘吁吁张开的鼻子也看得一清二楚。奥尔特鲁达起身迎着骑马人跑去，说：

"喏，我在这儿。山路走累了。就我一个人。看到你们，我很高兴。"

阿夫拉勒住缰绳，疲倦的跑马的大肚子沉重地起伏着，只听她高兴地嚷叫道：

"我们总算找到您了！您真让我们担心呀。"

奥尔特鲁达也不知是高兴还是困惑地说：

"上帝保佑出门人。可是，亲爱的阿夫拉，你真该知道我刚才遇到一件什么事儿，见到一些什么人呀！"

说完，她就开始讲述自己碰见走私犯的奇遇。阿夫拉聚精会神地听她讲述，看样子似乎很平静，但实际上一直在抑制着自己内心的激动。她是在欣赏奥尔特鲁达。她心里产生了一个无法克制的意愿，就是想跪倒在奥尔特鲁达面前，爱恋地、久久地亲吻她那迷人的脚掌，把身子紧紧贴紧她，在奥尔特鲁达甜蜜的呼吸声里感受发光的天才那爱恋的火热的心灵。她跳下马背，把缰绳丢给阿斯托利夫，半跪在奥尔特鲁达脚下。她从下往上望着奥尔特鲁达因明媚的微笑而显得灿烂的脸，从迷人的身体里渗透出的迷人的魅力。

阿斯托利夫站在几步开外，手中攥着两匹马的缰绳。一双明亮的眼睛紧盯着奥尔特鲁达。他开始忌妒山上那个少年，那人居然能自如地很近地站在奥尔特鲁达背后，甚至，或许还握着她那光裸细瘦的手臂。他也忌妒阿夫拉，她能跪在她那可爱的脚下，能那么近距离地望着她那可爱的脸。与此同时，他又对阿夫拉很不满：为什么她要俯身在奥尔特鲁达的脚下，以至用自己那件黑裙子的皱褶遮挡住了他的视线。

奥尔特鲁达脸上漾着微笑，陷入对于兰谢奥利的回忆之中，沉思地说：

“一个多么漂亮的少年啊！充满野性，充满激情，那么机灵，穿得破破烂烂又如诗如画。他手里握着一把多么锋利、多么闪亮、多么无情的短剑啊。啊，要是你，阿夫拉，要是你亲眼看见他紧攥短剑柄的样子，看见他如何紧跟在我身后而行，看见他动作那么灵活，像一只野猫，看见他用煞像小狼一样那么火热的目光紧盯着我，看见他呼出的热气如何喷在我脖子上，那该多好呀！随后，他又以怎样一种既天真又迷人的方式对我讲述一个什么蓝色的、充满魅力的山洞，说什么我就住在那个山洞里！而那几个善良而诚实的人，也全都像那个孩子一样，和他想得一模一样。”

阿夫拉小心翼翼地发出一些含糊的声音，像是在奥尔特鲁达身上试探自己的运气一般，小心地询问她。与此同时，她神情哀伤地望着她那充满幻想的眼睛——那是一双一个迷人国度里真正的国王的眼睛呀。

“陛下，守护您那个蔚蓝色山洞的那条龙的名字，您还记得吗？您知道它想要什么吗？它期待什么吗？它喜欢什么，害怕什么吗？”

奥尔特鲁达并未向她转过头来，她望着正前方，轻轻地，像是在自言自语似的，笑着用充满哀伤的声音说道：

“那条警惕地守卫着我那个蔚蓝色山洞的龙，它是谁，它想要什么？哎呀，我不知道！可我早就能感觉得到它那平稳的呼吸，感觉得到它距我是那么地近。它那一刻也不眨一下的双眼沉重的目光，仍然滞留在我的心头，沉甸甸的。或许，那一天就快要到了，到那天，这头凶恶的野兽或许会渴望喝我的血，会把它那只毛茸茸的巨爪放在我的胸口上，会把它那尖锐无情的利爪扎进我的心脏。”

阿夫拉以一种奇特而不相信的口气，轻轻而犹豫地笑着说：

“据说……这都是胡说，或许是谣言吧……人们都说，人民是那么贫穷，少数富有的土地占有者们手上拥有那么多土地、工厂和矿山，而二人所得竟然那么少——以上两类人都对我们的议会不抱什么希望！帕尔马人都在传说可能会发生起义。很快便会发生起义了。”

奥尔特鲁达默默地听着。当阿夫拉说完后，奥尔特鲁达疑惑地看了她一眼，感到她的话不可信。阿夫拉继续悄声而又犹豫地说：

“或许，您今天碰见的那些善良的人，正在从事把武器从国外运送进国内的非法勾当。”

“啊！”奥尔特鲁达惊奇地嚷道，“我在他们那里看到的那些口袋里，根本不可能装步枪或是机枪。那些口袋实在是太小了呀。”

阿夫拉平静地反驳道：

“但也许是弹药呢。”

奥尔特鲁达笑了，说：

“那倒也不坏。”

随后，她俯身在阿夫拉耳边，对她嘀咕道：

“连我也不十分信任议会。”

阿夫拉笑了。奥尔特鲁达继续大声说：

“可这个少年兰谢奥利！我一再回想起他的脸庞，他的脸具有一种极端的美，一种朦胧的情欲的美，像洪水一样很难让人摆脱。啊，让死神就以这么美丽的面容向我出现吧——我会对它说我很高兴：你好，亲爱的死神！”

“不，陛下，”阿夫拉激烈地反驳道，“那些像您和我这样渴望生活的人的美，是不会令死神愉悦的。”

“而我们渴望生活，”奥尔特鲁达悄声说道，“迷人的生命向我们走来，吸引着我们，把我们裹挟进爱情和喜悦组成的环舞圈中。可是，门槛上那个从死人中复活了的美丽的诱惑者再次站在那儿，在召唤我去发现真相。而我也在召唤。啊，在朝霞初升或晚霞满天的时刻，来我这儿吧，来我这儿吧，光明的使者，把我眼前的世界照亮吧，让我洞悉静静生长的树木那永恒的梦，让我见识玫瑰那睡眼惺忪的、芬芳的爱，小鸟儿那盲目的爱——然后去死吧！”

奥尔特鲁达以一种出乎意料的柔情说出对于常人分外可怕的一个词儿——死。她的眼神充满忧郁和柔情。

“的确，陛下，”阿夫拉半信半疑地说，“爱情总是给人带来悲伤和淡淡的死亡的阴影。我们一旦真的去爱，那就会变得不惧怕死亡。或许，这三姊妹——梦、死神、爱情——是不可分开的。”

“是啊，”奥尔特鲁达说，“命运的拨弄使得一切看上去就是这样。”

奥尔特鲁达和阿夫拉沿着道路几乎走到海边。她俩在静静的海岸边散着步。轻声地谈论着使她们心灵激动的话题。

发黑的海浪很平静，波纹不起。一直延伸到远方海平线尽头的海面上蔚蓝色的浪花在泛着粼光，而海平线尽头，又一片明亮的蔚蓝色从那里升起，以一片高远的无边的蔚蓝色包裹着整个世界。白绿色的浪花在阳光下闪烁。小小的浪花泛着白沫、发出喧响，时而从海水中分化，时而下降。远处，乘着轻软的风儿，一个人驾着一艘张着白帆的小船，快速地驶过蔚蓝色的海面，驶近前来。

奥尔特鲁达说：

“我很幸福，阿夫拉。有时我甚至觉得我已经抵达幸福的顶峰，已经再不可能往更高处攀登了——这样既不可能也无必要。最好让我坐上一艘小船，让小船扬起风帆，向辽阔的大海驶去，在一片无边无际的蔚蓝色中沉没——让我现在就死去，就在此时此刻，这样，我死的时候，正处于无边的幸福中，死于最年轻最美丽的时刻。”

阿夫拉脸上的表情既欢欣又痛苦。

38

在悬崖后面路的转弯处，奥尔特鲁达和阿夫拉看见一个离得很近的村庄。房舍的瓦屋顶在树木浓密的绿荫后面泛着令人愉悦的红色。路上时而腾起尘雾，而当尘土散去，乡村街道很大的光滑的石板在阳光下熠熠闪亮，甚至现出清一色的白光来。从村里通向海边的路上，以及悬崖后面斜坡往上的那一片地方，是一座巨大的葡萄园。远处——在房屋后面的斜坡上——现出乡村教堂的尖顶，那样子显得飘逸、明亮而似乎陷入沉思一般。从远处看去，好像有一些长着尖尖翅膀的小鸟儿们正在尖顶上下翻飞，它们惊慌的叫声传出很远。

离乡村稍远但距海边很近的地方，有一所漂亮的学校。学校所有的窗户都是敞开的，白白的窗帘遮挡着毒龙那炽热的视线，而学校的墙上则贴着用瓷砖拼成的五光十色的图案和花纹，学校精致得像一个玩具，好像是哪个慷慨的人别出心裁的赠品。学校旁边是一片绿茵茵的喧闹的松林，把学校与尘土飞扬的道路及乡村隔离开来。

孩子们正在海湾里戏水，过一会儿，在中午两个小时的午休后，他们又得回到学校学习。从很远的地方就能听到他们欢快的叫声和银铃般的笑声。他们那黄金色灵活的身体在蔚蓝色明亮的海浪间逐波斩浪，他们起伏的双脚下腾起欢快的水沫。有人驾着小舟驶近岸边，小舟摇晃着，因为泛着白沫的海浪攥住小舟的船舷，想把它拽到温暖而潮湿的海底歇息。

在联合群岛王国里，人们非常喜欢孩子，因此为孩子们建造了非常漂亮舒适的学校。人们关心的事是，如何要学校的建筑物里充满空气和阳光。学校的大门永远都不会对家长们和邻近学校的学生们关闭，甚至还对外人开放。一旦等到感兴趣的课，人们往往会连其他旧课也一并连起来听一听。学校里常有的教学参考书和其他书籍，不会无所事事地拥挤在满满登登的书架上，等着一年中的某一天，教师会把它们从书架上取下来：学校就像一座博物馆——当然，有时这座博物馆常常是很贫穷的，因为联合群岛王国的人民是很不富有的——也规定了具体时间，到时人们可以去那里浏览地图和图画，翻阅参考文献和借书。

因此，要那么多门和窗究竟有何用呢！联合群岛王国温暖怡人的气候，使得教师可以经常和孩子们在露天而非室内多玩一会儿——在这座学校附近的松林所听到的课，也远比他们所看到的教室里挂着的表格多。

奥尔特鲁达在离村不远的路上停下脚步。对阿夫拉说：

“这片松林后面的房子，我觉得好像是所学校。我想进去看看。咱们现在进去看看，让阿斯托利夫趁机骑马回家去把我的马牵来。哦，不不，阿斯托利夫，最好让他们打发一辆马车来吧。”

阿斯托利夫跨上马背，急速奔驰而去，随身带着阿夫拉的马。阿夫拉似乎有些犹豫不决地傻笑着。好像想要反驳一句却未能开口。说出的话却是：

“当然了，为什么不进去呢，既然您是那么喜欢。您得好好歇息一下。如果您不担心会遇见什么不愉快的事儿的话。”

“什么不愉快的事儿？”奥尔特鲁达反驳道，“我热爱我那些善良的本国人民。况且，在这里，看起来，除了孩子们和他们的教师以外，也根本见不到什么别的人。在这里，和在山上一样，人们是认不出我来的，这样会很有趣也很快乐的。”

“是啊，”阿夫拉说，“反正，礼节早就被人们忘得干干净净了。帕尔马那些年老的太太们又该有理由小心谨慎而又恭恭敬敬地唠叨一番了。”

“哎呀，她们唠叨关我什么事儿！”奥尔特鲁达平静地说，“我早就猜想到了，咱们那个基督之爱之家里的那些有爵位的女施主们及其可尊敬的丈夫们并非那么喜欢我。”

“陛下。”阿夫拉想要辩驳。

奥尔特鲁达连忙打断她的话：

“哦，我知道，妈妈很爱我。她仁慈宽厚——温柔地爱着我，因此连带着也喜欢我周围所有的环境。而我，亲爱的阿夫拉，喜欢简朴的生活和简朴的人们。我就好像德国牧师的女儿一般喜欢田园诗意。”

“有时吧，”阿夫拉反驳道，“可是，当天空喧嚣着暴风雨，闪电划破天空时，王国城堡里某人胸中野性的瓦尔基利亚女神[①]的灵

① 北欧神话中的战争女神，她们帮助英雄们进行战斗，并且将阵亡战士引入瓦尔哈拉宫。

魂就会苏醒，而其美丽足以与朝霞相媲美的美女痴迷地飞跑着，让自己的发辫披散在北方之塔的顶上，在那里，她扯掉自己身上的衣服，光着全身，站在那里，扬起美丽迷人的手臂。那时，她和现在一样，很少会想到帕尔马人对她有什么看法。”

“让他们爱说什么说什么去吧，”奥尔特鲁达安详地说，“正如植物只有在自己生长的土壤里才觉得舒适一样，我也只有在自己的群山和田野里才觉得愉快幸福。”

奥尔特鲁达和阿夫拉差不多已经走到学校了，这时，忽然听到离她们不远处有人在喊：

“女王！”

这句话仿佛具有魔力一般，它一出口，立刻就使得周围的一切变了颜色。周围还是见不到一个人影，除海里孩子们戏水的哗哗声外，人们只能感觉得到透明的惊慌不安的波浪，已经飞快地波及了迄今一直静悄悄的树木、昏昏欲睡的葡萄园和田野。到处响起了人们的喧闹声和叫嚷声，孩子们飞跑的脚步声，在一阵阵清风的吹拂下，似乎可以感觉得到一个人急促的呼吸声似的。村里家家户户传送着一个快乐的欢呼声：

“我们的奥尔特鲁达来看我们来了！”

“她在学校旁边。”

“她穿得和我们一模一样。”

“她居然是走着来的，和一个高贵的小姐在一起。”

“她的腿上全都是尘土。”

“快走呀，趁她还没走进学校，咱们去看看她呀。”

“金马车马上就会来找她的。”

人们纷纷沿着一条条小路跑来，隔得老远，就贪婪地死盯着奥尔特鲁达。

奥尔特鲁达懊丧地说：

“咱们被人认出来了。”

“有什么办法！”阿夫拉微笑着说，“女王的命运就是如此嘛。陛下的肖像挂在所有学校的显赫位置上呀。”

很快在学校前面的广场上聚集起一群农民。老实的农民左右瞅着，小声地交换着意见。他们不知是在为什么而诚挚地高兴。孩子们跳到沙岸上，飞快地把轻薄的衣服披在身上，像一群杂毛羊一般朝校门口涌来。他们知道来的是女王。但天性使然，他们就像头顶的小鸟儿一样，喜欢叽叽喳喳、跳跳蹦蹦、呢呢喃喃。

一位女教师急急忙忙地——几乎是小跑着来了。这是一个非常年轻、非常漂亮、非常可爱的，从脸上看非常诚实但似乎有些木讷的姑娘。她身上穿着本地农民穿的衣服。她那一头淡黄色的头发，被急急忙忙凑凑合合地团成一团，还湿漉漉的，罩在一张薄薄的纱网里，她那细细的胳臂和双腿的膝盖那淡金黄色的皮肤上，还滴答着水。

女王奥尔特鲁达坐在学校门口的一条长凳上，和蔼地冲女教师微笑着。姑娘飞快地跑到她跟前，停下脚步，深深弯腰，对奥尔特鲁达恭施一礼，自我介绍道：

"本地学校女教师阿尔东莎·日里斯，本村农民的女儿。"

她的目光安详愉快似乎丝毫也不窘迫。奥尔特鲁达很喜欢她那不卑不亢诚实坦白地回答其最初一些提问的态度。孩子们正在上歌唱课，所以，奥尔特鲁达也就不无快意地听了孩子们那尖利的、像是叫嚷一样的歌唱，其歌唱在艺术方面的不足之处，由于学生们过于卖力和儿童式的欢快而得到了补偿。况且，深爱着自己理想的奥尔特鲁达，也未必真的听进去了孩子们那可爱的、却又有几分可笑的歌唱——因为他们没有低声部——她仍然沉浸在对发光体和她仍然深爱着的坦克连德的幻想之中。

孩子们下课了。奥尔特鲁达对阿尔东莎和蔼地说：

"亲爱的，您住在哪里？让我们看看您的住处好吗？"

阿尔东莎高兴得笑了。她说：

"从前我和我父母住在一起。去年他们死了，于是，我就住在这里，住在学校里了。喏，就这儿。"

她用手指了指这幢房子侧面的一个台阶。奥尔特鲁达和阿夫拉走进阿尔东莎的住处。姑娘的住处很贫寒，很整洁，简朴得令人感动。

奥尔特鲁达不由得发出一声怜悯的叹息。哎呀，为什么不是所有人都能住进宫殿里去呢！世上为什么会有贫寒的农舍和褴褛的衣衫呢！为什么生活竟然是那么贫寒和不完善，而与此同时，大地—

母亲却又是那么慷慨和富足！

联合群岛王国的人民并不富裕，所以他们不可能在学校建设上花费大量资金。女王奥尔特鲁达知道，乡村女教师的所得是多么多么地少啊。几乎所有女教师都出身于当地家庭，最后嫁人也嫁给当地人。她们不是来自城里的能够帮助人民大众提高文化的小姐。在联合群岛王国她们和人民过着同样的生活。只不过因为学校的建筑物比其他属于村社的建筑物容纳的人数更多，学校才自然而然成为人们举行集会和大会的地方。每逢选举时期，学校周边地区都会聚集着各个政党的宣传站。

很快，奥尔特鲁达就从这一贫寒的环境里分辨出一种作为女王的她非常熟悉并且早已习之若素的悠闲恬适的烙印。看得出来，阿尔东莎一直在非常勤快地收拾自己的小屋——或许是为了某个什么人的缘故吧。在涂画得五彩斑斓的黏土花瓶里，插着鲜艳芬芳的花朵。草都被丢在了地上，地上像节日一般被收拾得干干净净——阿尔东莎每天早晨都会勤快地扫地。白色的窗帘，墙上的图画。屋里显得明亮、洁净、粉红。

阿尔东莎笃信上帝——像联合群岛王国的所有农家子女一样——她的屋里挂有圣像和十字架——十字架就立在石头雕刻的维纳斯像的旁边，做工很粗糙，但却在甜蜜地为爱情和哀伤而祝福。屋子的角落里是一个刻着耶稣受难像的十字架——就在维纳斯脚下。耶稣脚下的鲜花有很新鲜的，也有纸做的五光十色的花环。书桌上放着一摞书，是一些基督之爱之家的出版物。可是，床上的枕头下为什么会露出一本刚读了一半的彼埃·鲁易①的小说呢？嗯，这本吧，当然是她那位亲爱的给拿来的了，那是他进城买盐或钉子时顺便捎的。

当残忍的阿夫拉从枕头底下把那本黄色封面的书一把拽出来时，阿尔东莎的脸顿时变得红通通的。阿夫拉慢腾腾地翻阅着那本书，说：

“假如本地神父走进阿尔东莎·日里斯屋里，看见这本书他会怎么说呢？”

---

① 彼埃·鲁易（1870～1925），热爱古希腊文化的法国作家兼研究者。

"阿尔东莎会把它藏起来的。"奥尔特鲁达笑着代姑娘作答道。随后，她又问道："阿尔东莎，你在这里生活幸福吗？"

"啊，是的，陛下！"阿尔东莎兴奋地说，"我在这儿很幸福。人们对我都很好。孩子们全都很可爱。离大海又那么近。"

阿尔东莎的眼睛炯炯有神，只有恋人的眼睛才会那样有神采。看得出来，谈论孩子和大海，这只不过是为了让淫欲的恶毒的魔鬼得以隐藏起来，隐藏在任何面具之后。而仍然沉浸在恋情中的奥尔特鲁达，竟然没看出站在她面前的就是一个恋人！于是，奥尔特鲁达微笑着问道：

"阿尔东莎，你有朋友吧，是不是？我是不是猜中了？"

阿尔东莎脸红通通的，笑了笑，随即以勉强听得到的声音说：

"是，我有。"

"那他，你的朋友，是干什么的？"奥尔特鲁达和蔼地问。

"我不知道。"阿尔东莎说。

她那黢黑的脸庞上的红晕更加明显了。可她的笑容毕竟还是很可爱的。啊，恋人们变得都那么傻！

"你怎么会不知道呢！"奥尔特鲁达惊奇地问道。

说罢，忽然心想道："在为什么缘故而隐瞒吧。这个傻瓜！"

阿尔东莎说：

"有时候，一个风流倜傥的骑着黑马的先生会来看我。啊，他是多么爱我呀！多么爱我！他抚爱着我！"

说着，几乎悄声耳语，声音由于激动而发颤了："他管我叫他的杜尔西内娅。"

奥尔特鲁达脸上泛起红晕。

什么？为什么叫这么个名字？她对这名字为什么也这么熟悉呢！而她是从那个亲爱的人嘴里听到的呀！

奥尔特鲁达想起最近一段时期以来，坦克连德几次都把她称做他的杜尔西内娅。而把自己比作堂吉诃德。尤其是在他向她大胆兜售他那宏伟的殖民政策蓝图的时候。

可是，为什么这个姑娘的那个恋人也用所有女性中最美丽的杜尔西内娅这么甜蜜的名字来称呼她呢？

哎呀，原来是这样，这当然是因为她也叫阿尔东莎——塞万提斯那本小说不朽的女主人公——农家女孩儿阿尔东莎呀。多么可笑的巧合呀！可她这是在说什么呢，这个傻瓜阿尔东莎！她会怎么描述她那位恋人的外貌特征呢！

“他个头很高，很匀称，像他那么高的男人，我还从未见到过。他的头发很亮，像金子一样，他的眼睛很温柔，蓝色的，蓝得像天空一样。”

“你这位朋友叫什么？”奥尔特鲁达沉闷地问道。

阿尔东莎皱紧眉头，胆怯地回答道：

“他没告诉我他的名字。”

“为什么？”奥尔特鲁达问。

“他暂时还不能公开自己的身份。他只要我相信他并等着他就够了。”

“可难道关于他你竟然一无所知吗？他出身什么样的家庭？住在哪儿？是做什么的？”

阿尔东莎诚实地微笑着，回答说：

“真的，关于他我一无所知。”

看得出来，她的确没有隐瞒什么。

奥尔特鲁达说：

“难道你竟然从没问过他吗？你怎么会不打听他的出身呢？万一他是个强盗呢。”

“噢，不会的，”阿尔东莎连忙反驳道，“他是个高贵的先生。从他身上的一切都能看得出来这一点。但他真的没说过自己叫什么。”

阿夫拉生硬地说：

“你怎么不问一下呢。”

“啊，有什么必要嘛！”阿尔东莎反驳道，“我对他如此信任——要知道我是爱他的。等时候一到，他会亲口对我说的。起先是我缠着他，可他当时很生气。而现在我甚至都不敢向他打听他的出身了。”

“该不会是个冒险分子吧！”奥尔特鲁达心想。

她的坦克连德从来都不会对她发火的。

阿夫拉背对阳光站在窗前，脸色阴沉。她问：

“您怎么看，此人会是谁呢？”

“我想，”阿尔东莎说，“他是个外国人，是个被警察局通缉的俄国革命家。可是，社会主义者们很快便会夺取政权，到那时，我的爱人就该公开自己的名字了。”

“可现在他也可以对您公开他的身份呀。”阿夫拉说。

“不，”阿尔东莎反驳道，“我们女人们总爱多嘴。我保不定也会说漏了嘴的。消息就会传到那些想抓他的人耳里。”

奥尔特鲁达高兴得笑了。愚蠢的姑娘，居然爱上一个逃犯！

阿夫拉黢黑的脸庞上神情严峻，只有她那骄傲的嘴唇露出一抹微笑。她已经猜到阿尔东莎的恋人就是坦克连德。她的心由于对奥尔特鲁达的怜惜而疼痛。帕尔马全城所有人都知道坦克连德的爱情奇遇。没有他不跟人家上床的女人！只有好轻易相信别人的奥尔特鲁达自己一个人一无所知。

“喏，这是他给我的礼物，”阿尔东莎欢喜地说，“前不久他来过我这儿，留给我这件东西。他马上又该来了。”

奥尔特鲁达端详着这枚黄金胸针。她的脑际似乎隐隐约约浮现出某种记忆。终于想起来了。前几天，她还在坦克连德的书桌上看到过和这枚胸针一模一样的胸针匣子。还把匣子拿在手里把玩了一会儿。当时，她曾心平气和地想，坦克连德这件礼物兴许是给某位仆人的妻子或女儿过什么家庭节日预备的吧。当时，她甚至连问都没问一句——就把这事儿丢在脑后了，这事儿没什么意思。可此时此刻，她心中却充满了忌妒和怀疑——这种感觉从前她可从未有过。

奥尔特鲁达仔细端详着这枚做成勋章模样的胸针，用眼睛搜索着上面的机关——要是把它打开就好了！从阿尔东莎那又是惊恐又是爱恋的眼神，奥尔特鲁达猜到，里面肯定藏着她那位恋人的肖像。只要把开关这么轻轻地一摁——只需一眼就可以看出究竟是不是他。

可她忽然把胸针推开了。不，作为女王，打听别人的隐私是极其不体面的。

“他对你温柔吗，阿尔东莎？”她问。

“啊！”阿尔东莎激情洋溢地说，“要是您亲眼看见他是怎么抚摸我的话那就好了！他对我那么好！当然，有时候他也把我气得掉眼泪。过后又安慰我。”

39

奥尔特鲁达回到家，回到古老的国王城堡，城堡里笼罩着一种沉思和哀佚的色彩。她本想哪怕一个人只待那么一小会儿，但却未能如愿。她想向坦克连德王子打听一件事儿。可是，这让她怎么开口呢？

最后，她终于对他讲述了她遇见阿尔东莎·日里斯的事儿。坦克连德和平常一样，客气而又专注地听她讲述，眼神平静，脸上浮现着愉悦的笑容，还对老实的阿尔东莎那个神秘的未婚夫揶揄调侃了一番。他那双蔚蓝色的眼睛是那么明亮，他的整个身材是那么高挑，虽然已经开始多少有些发胖了，但他身上仍然散发着宁静和自信，他的声音和往常一样平静温和，以至奥尔特鲁达充满妒意的阴暗的怀疑，在这条骄傲的得意洋洋的龙那虚伪的笑容面前像一抹轻烟一样消散无影了。可不这样又能怎么样呢？一个人一旦爱上了，那他便会不顾一切地爱到底的。

在通常的午饭后一个小时安静的谈话中，坦克连德王子再次向奥尔特鲁达宣扬他那宏伟的计划和勇敢的构想。他已经不止一次对她讲述这件事，每次都会增补一些新的细节和新的论据。

充满爱心的奥尔特鲁达听着他那精心杜撰的话语。有时会使人觉得，坦克连德的论证充满无可辩驳的说服力，觉得他的思想和她本人的思想完全吻合似的。还有些时候，她心里会一再浮现出一个立宪君主制君主应有的合理的警觉，她的内心在提醒她，坦克连德不断固执地怂恿她做的那件冒险之事，会导致并不强大的群岛王国走向公然的失败，导致内部混乱甚至会导致彻底灭亡。一想到这儿，她的心头就会忽然涌起从祖先那里继承而来的自豪感，一想到她的王国居然会沦落为西班牙或意大利的一个行省，一想到她那座古老的城堡会被人改造成为保存古物、古代雕像和绘画的博物馆，一想到她自己也不得不躲在寒冷、晦暗、喧闹、属于资产阶级的巴黎苦度一生，有生之年都不得不怀着郁闷想念蔚蓝的大海和天空，想念家乡那炎热而又使人慵懒的芬芳香气，想念撒满繁星的夜空，想念她那可爱的帕尔马明亮的闪电划出的道道闪光，她的心里就充满了愤怒和羞愧。

她对坦克连德说：

“你的计划很迷人，亲爱的坦克连德，可我的群岛却是那么贫穷和软弱！我们为什么要追赶那些伟大强国的步伐呢，为什么非要拥有一支强大的舰队呢？对于我们来说，实话说，这全然是奢侈。”

坦克连德充满激情地感慨道，以至他那双蔚蓝色的眼睛也变得晦暗了。

“啊，你在问我，我们为什么需要一支强大的舰队！我知道为什么！假如我们有一支强大的舰队，奥尔特鲁达，我就会为你创造一个强大的由你的骑士和战士组成的种族阶层，我就会为你征服科西嘉和半个非洲，我会用利剑和黄金为你征服，奥尔特鲁达，南美和中美所有拉丁共和国，我会为你解放罗马、永恒的罗马，到那时，我要把圣彼得大教堂的教皇献给您，我会把永恒的罗马帝国的花环献给您，献给地球所有王位上最美丽最聪明的您。在您的强国统治下，我要把古代和近代世界上所有的拉丁语国家都联合起来。到那时，让那些穿着燕尾服和戴高筒帽的农夫们抢夺阴郁的塞纳河边的政权去吧，让他们继续把他们的官僚主义国家称之为共和国吧——为了新的光荣的生活而复活了的全体拉丁民族的喜悦，会促使他们把您的美丽的倩影和您甜蜜而又骄傲的名字铭刻在他们的金币上的，奥尔特鲁达，永恒的罗马第一位女皇。到那时，奥尔特鲁达，罗马、巴黎、马德里、里约热内卢以及我们的帕尔马，就都是您的首都。啊，我知道，为什么像英国人和日本人一样，我们这些岛民们需要一支强大的舰队。”

奥尔特鲁达不无怀疑地摇着头。

“英国，日本，”她说，“和我们比那都是些巨人哪。他们也都是通过循序渐进的努力才取得伟大强国这种地位的。”

坦克连德反驳道：

“正因为如此我们才应当和英国结盟呀。我们可以依靠它的帮助得到许多东西。而且不需要很长时间的。从前做成一件事需要好几百年，而如今在我们这个只争朝夕热情奋发的时代里，只需紧张工作几年就可以了。”

“英国并不需要和我们结盟。”奥尔特鲁达说。

“为了让英国有理由重视我们的盟国地位，”坦克连德反驳说，“我们同样还是需要拥有一支强大的舰队。”

“去打仗吗？”奥尔特鲁达语含责备地问。

“是啊，如果需要的话。”坦克连德笑着说。

从他说这句话时脸色微微泛红以及他眼睛炯炯有神的样子看，一想到战争的事他心里就很高兴。

“打仗！”奥尔特鲁达重复说，“为什么？这多么奇怪！啊，亲爱的坦克连德，我们的宫殿离海边实在是太近了，我担心敌人装甲舰上发射的炮弹会炸毁它古老的宫墙和塔楼的。”

“那又有什么！”坦克连德说，“这座宫殿早就该改建了，要是能在更加合适的地方新建一座宫殿那就更好了，那样，无论什么人的炮弹都够不着了。”

“没这必要！”奥尔特鲁达感慨道，“一座和这么多历史记忆有关的城堡，我们怎么能拆毁它呢！”

“亲爱的奥尔特鲁达，”坦克连德用说服的口气说，“难道说这座中世纪古堡那沉郁的外观不曾在您那温柔敏感的心里产生郁闷无聊的感觉吗？所有这些低矮穹顶下无穷无尽的走廊，这些螺旋形狭窄的楼梯，出乎意料的密室，曲曲弯弯、时而向上时而向下的暗道，这些凿在厚厚的墙上有的过于狭窄、有的又太高的圆得像猫头鹰眼睛一样的窗户，这些凸出在海面之上的露台和突出部位，以及地板上铺的这些打滑的石板，让人觉得它们曾经可以移动来着，为的是在把血淋淋的尸体丢进海浪时更方便一些——所有这一切，依我之见，对于我们这个凡事好精打细算、讲求实用和高雅的时代，实在是太浪漫了。这对于办博物馆或是向无所事事的游客们展览来说，是很合适，但要经常住在这儿，实话说，却并非什么快事！”

“我爱这座宫殿，爱这座古老的城堡，”奥尔特鲁达平静地说，“无论如何我都不会同意对这座城堡实施任何轻微的改动。我就是在这里出生的。它整个就是我的，要让我和它分开那是不可能的。”

“光是白国王那个不祥的卧室就值多少呀！”坦克连德继续发挥道，“无论我怎么怀疑，每当我一个人经过这间阴暗的卧室，它那石头地板直到今天似乎仍然保留着古时候的痕迹——或许是那位不幸的、被叛徒杀死在这座狡猾的宫殿里的那位年轻国王的几滴血——我都无法克服自己身上这么一种可怕的感觉。我不明白，亲爱的奥尔特鲁达，你怎么会爱上这么一座阴沉沉的房子呢。”

“你知道吗，坦克连德，”奥尔特鲁达笑着说，“据说白国王又开始活动了。人们都说这不是什么好兆头。”

“喏，”坦克连德连忙说，“要想不让那些迷信的人事先说出什么不快的事儿，就应该尽快彻底丢弃这座不受欢迎的城堡。”

“可白国王仍然会在它的走廊里穿行的。”奥尔特鲁达说。

从她脸上看不出她说这话究竟是开玩笑还是她真地害怕。坦克连德气悻悻地说：

“那就让他一个人在空荡荡的城堡里晃荡吧，如果他喜欢这样的话。我要是在他的位子上，发生了这么不幸的事情以后，这个地方我会看都不看一眼的。”

“我多么想见他一面呀，哪怕只看一次呢。”奥尔特鲁达悄声说道。

一个更轻的声音，一个透明微弱的声音，从露台外面阴郁的桃金娘密林深处传来，一个无形的忧郁的人对她低语道：

“你很快就能见到他了。他快来了……”

此外还说了几句什么话，但已经听不清楚了。奥尔特鲁达浑身一颤，连忙惊慌地回头四顾——可在傍晚时分红彤彤的晚霞映照下的露台上，除了她和坦克连德外，一个外人也没有。只有从海上吹来的微风拂动着灌木丛，就好像一个什么人赶着要到什么地方去，胆怯地躲避着身体，而从阴郁的寂静中，从敞开的大厅里传来古老的座钟那平稳的滴答声。

奥尔特鲁达看了一眼坦克连德。他什么也没听见。他只不过察觉到她那不由自主的动作了，于是，便关切地说：

“你在发抖，奥尔特鲁达。你冷吧。我们离开这里吧。白天实在太热了，而在这儿，在海面上，向凉快的夜晚过渡又太急遽了。”

奥尔特鲁达站了起来。

“不，这里很暖和，”她说，“只是我累了。我们走吧，让那个被人们抛弃了的、喜欢长久地坐在这儿幻想的、我们还无从见识的美好而睿智地生活的人来这儿吧。”

坦克连德惊奇地看了她一眼，悄声说：

“啊，我亲爱的幻想家”！

他们穿过挂着历代国王家族肖像的画廊——都是一些出自有名或无名画家之手的年轻人或老年人肖像。走到白国王奥尔努利夫二世肖像前，奥尔特鲁达停住脚步。说：

“你看，坦克连德，最近几天以来奥尔努利夫的脸变得多厉害。他红色的双颊变得苍白了，他的神情变得晦暗而又哀伤，就好像从火山喷出的岩浆沉积在脸上了似的。他的眼睛也不再像以前那样像儿童一样欢快而又勇敢地望着人们——快看，坦克连德，他的眼神多么忧郁呀，充满了威胁的气势！”

“这是由于时间关系而掉色的结果，”坦克连德心绪宁静地说，“假如那个可怜的小男孩的灵魂潜入这幅画像里的话，那我们就会观察到与此截然不同的现象：他的眼睛看见从这里经过的你时，亲爱的奥尔特鲁达，当然，仍然还会由于欢乐和骄傲而发光的！”

奥尔特鲁达悲伤的眼睛仍然死死盯着那幅肖像，沉思地说：

“他的灵魂……我不知道……可他临终前的呻吟却经历了好几个世纪了。他那已经被坟墓里的黑暗吞噬的眼睛，仍然贪婪地望着我们尘世间的太阳——每当凶恶的命运在为我们家族准备悲伤和灾难时，他的眼睛就在威胁着我们。我们这个古老的家族正在一天天衰弱下去。或许我就是这个家族中最后的一个。或许死神已经在窥视着我了。无怪乎从我加冕那天开始，这座火山便开始喷发。在地球深处静静沉睡的力量马上就会苏醒过来，我的心对此类凶兆深信不疑。”

坦克连德很想用温柔的安慰话语来制止她。但奥尔特鲁达却在不停地说下去——她的话语像一条快速的、哗哗作响的小溪流个不停，她那哀伤的预言犹如温柔的芦笛奏出的一首美妙旋律。她依偎在坦克连德身上，用充满爱意的眼神深情地望着他的眼睛，把自己那充满激情和光明的心灵注入一个虽然明亮但却充满欺骗的、炯炯有神而又闪烁不停的眼睛里，说：

“可是，只要跟你在一起，坦克连德，我就什么都不怕！”

而他呢，这个永远都只会爱一个新的、未知女人的男人，把奥尔特鲁达揽进自己那宽阔的胸怀里，贴在自己那渴望背叛的胸口上，现出一副被她所感动和爱她的样子。他说：“相信我，相信我，我的忠实的奥尔特鲁达，我的妻子和女王。我的双手强壮有力，我的心灵不知道何谓恐惧。我这把骑士之剑既锋利又沉重。它的柄就是一个十字架。奥尔特鲁达，你的丈夫作为你忠实的骑士，你的坦克连德，会保护你不受无论是此世还是彼世敌对势力的伤害的。这个骑士对你足够忠实，而且比光荣的拉曼却骑士①更幸福，他会弘扬你的名字，弘扬世界为之骄傲的奥尔特鲁达，而于我就是亲爱的杜尔西内娅的奥尔特鲁达，是所有女性中最美的女人。”

他搂着她那裹着黑绸的细细的腰，吻着她那柔软的小手，俯身在她的脚下，吻着她那白白的像丝绸一样的脚后跟——而在他的幻想里，在他面前站立着的，却是笑意盈盈的一张圆脸，灰色粗布衬衣下是丰满的胸脯，像普通民众那样漂亮而光脚的姑娘，一个诚实、喜欢轻信人的姑娘阿尔东莎。

40

夜来临了。这是一个炎热、闷热而黢黑的夜晚。空气中充满了行将到来的暴风雨的气息。天上的星星显得分外大，在高远蔚蓝的夜空那黢黑的深渊里发出可怕的幽光。在月亮那明亮的辉映下有一种令人紧张的哀伤感。月亮向大地播散着它的哀伤，凝然的、无力的大地拖着线条分明的影子在剧烈地颤抖。月亮把哀伤播散在海面上，海上的波浪响应着这一哀伤冷酷的诱惑鼓动起数以万计的喧哗

① 即塞万提斯的小说《堂吉诃德》的主人公堂吉诃德·德·拉曼却。

的海浪和白沫。乌云越来越多地遮挡着月亮，但很快就移过去，然后月光又会发出幽幽的、默默的、哀伤的冷光。

奥尔特鲁达和阿夫拉站在窗前望着海面出神。她们所在的那个不大的圆形大厅，构成这座城堡北塔楼的主要部分。在这座面向海面的塔楼的半圆形高大的石墙中部上，有五扇又高又窄的窗户——中间那扇最高，两边四扇一扇比一扇小。窗户从上贯通到铺着巨型石板的地板上。窗外，从外面看去，海面上浮现出一个半圆形的露台，周围围着并不很高的石头的柱形栏杆。从中间那扇窗户的对面，即半圆形石墙的后半部分，可以看到一个巨大的覆盖着黑色丝绸的壁龛，壁龛后面的走廊直通女王的寝宫。壁龛的两边有两道铁门，其中一道铁门后面是一条狭窄的圆形楼梯，从塔楼的墙内转了好几圈，一直通到塔楼顶部的平台；而另一道门后的楼梯则通到塔楼底部。

两人边聊天边谛听着海水的喧嚣。远处沉闷的海浪的喧嚣声透过关紧的窗户变得越来越大，仿佛是不肯安分的夜间的大海在焦虑地思念着什么似的。奥尔特鲁达用放在沉重的、黢黑的窗框上的手臂，支撑着脑袋，轻声哀伤地说：

“我的坦克连德不喜欢我的这座城堡。而我是那么爱它！坦克连德向往荣誉，向往辉煌的生活，向往战争。他向往的一切，都是我根本就不需要的，与我格格不入，甚至是与我敌对的。要不，就是不该由我来统治？”

“你是全世界女王中最优秀的，亲爱的奥尔特鲁达。”阿夫拉说。

从她脸上可以看得出，奥尔特鲁达的话似乎使她特别激动兴奋。看样子她是在竭力压抑着想要告知奥尔特鲁达什么事儿的愿望。理智与感情激烈搏斗的痕迹，在她那紧张的表情中，在她那像大雷雨之夜一样黢黑的眼睛里，在她那颤抖不已的激情洋溢的红唇中，透露出个中消息。奥尔特鲁达没有把她那哀伤的脸转向阿夫拉，就像在自言自语一般小声说道：

“在我亲爱的帕尔马，坦克连德很郁闷。而我的灵魂却越来越依恋这个古老的家了。阿夫拉，当你知道一对相爱的人的灵魂却并未在同一个愿望里统一起来时，你会感到多么忧郁呀！如果他不是一直都对我一成不变地那么温柔的话，我大概会以为他已经不再爱我了。”

阿夫拉沉默不语，脸上带着悲喜交加的表情深情地望着奥尔特鲁达，她的眼睛里充满忌恨，而她终究不敢一吐为快的愤怒的话语，燃烧着她的双唇。

奥尔特鲁达说：

“啊，斯维塔扎尔内出现在我们面前就好了！他会在闪电的闪光和雷声的轰鸣中告诉我他的预言！巨大的暴风雨正从东方来临，再次逼近的暴风雨会令我心灵狂喜。我会再次向上天发出我的挑战，或许，这一次我终于能听到一句非虚假的启示。”

“上天一直保持沉默，”阿夫拉悄声说，“宣告真理的人不是从上天下来的。斯维塔扎尔内是从黑暗的深渊里升上来的。”

“是啊，”奥尔特鲁达说，“预言家向我们隐瞒了真正的知识。他珍藏着把所有知识和所有智慧统一起来的秘诀，而让我们处于无知状态，让我们忍受绝望的痛苦，精神的贫乏和无法忍受的苦恼。安慰者睿智的蛇，从大地里，从红红的黏土里，像初人一样，站了起来。他想向人们公布真正的知识——而那些人却害怕得要死，他们不敢坚守自己的天堂，却胆怯地躲入黑暗之中。阿夫拉，我身上有一颗火热的灵魂，我也想伴随着暴风雨的喧嚣和隆隆雷声向全世界宣布我的强国意志。”

“奥尔特鲁达，那你不害怕吗？”阿夫拉高兴地笑着小心试探道。

奥尔特鲁达转身面对着她，专注地望着她。随后，像在字斟句酌地衡量自己说出的每句话，她沉思而又小声地说：

“害怕？或许吧。但是，在恐惧之上才有胜利。我永远都是胜利者。在我的思想面前，就连整个世界也显得软弱无力。在我的自由和致命的必然性之间，有一种永恒的矛盾，而这个陈陈相因的世界就服从这个矛盾。可是，让这个地球上的人们永远处于法律和职责的支配之下吧——我要把我的一生提升到我的最高意志的世界里去。”

为喜悦和笑容而燃烧的阿夫拉感慨地说：

“奥尔特鲁达，你大概还不知道，你自己身上就隐藏着一个你一直在呼唤的斯维塔扎尔内呀！你那光辉的灵魂以尘世的形象出现在我面前，奥尔特鲁达，因此我才会那么温情而忠实地爱着你，哪怕吻吻你衣裾也会令我心中充满喜悦。你真美——你比世上所有的美人都美，无怪乎他会把你叫做杜尔西内娅——所有女性中最美的女性。你自己也知道，你是多么美丽而迷人——你肯定知道这一点，因为你喜欢直率无隐的、鉴照真相的镜子，你喜欢平静的水面上映照出来的晃动的影子。"

阿夫拉说着俯身亲吻着奥尔特鲁达的玉足，吻着她白白的脚后跟。这时，奥尔特鲁达温柔地笑着，把她扶起来，说：

"阿夫拉，你说的话既甜蜜又疯狂。你在对我宣泄你全部的温情——等到面对你的恋人时，我看你还有什么可说的?"

"爱情所产生的话语是无以穷尽的。"阿夫拉说。

黝黑的露台上苍白的月色倏忽一亮——远处第一道闪电亮了一下又灭了。数秒钟过得那么长久，终于等来了隆隆的雷声。像每次在雷雨时刻一样，一种欢快的激情再次涌上奥尔特鲁达心头。她急急忙忙和阿夫拉道别后便回寝宫去了。

青铜开关在奥尔特鲁达柔软的手下无声地转动——罩着磨得有棱有角的灯罩的欢快的电灯发出悦目的光，宽敞的寝宫里立刻变得华丽典雅、舒适怡人。但奇怪的是，隔着墙，居然可以听得见越来越大的海浪的咆哮声。奥尔特鲁达摁响铃。一个手脚麻利的年轻姑娘动作灵活、无声无息地脱掉奥尔特鲁达的衣服，把被子铺在床上，然后，把书桌上看了一半的书搁在茶几上，便出去了。

上床前，奥尔特鲁达先把其中一扇窗户的窗帘打开。她躺在床上望着窗外，听着疯狂肆虐的暴风雨的咆哮。

经过一个炎热的日子以后，群岛来了暴风雨，暴风雨犹如一个挥动着千万把扫帚，形象丑陋、面目狰狞的女巫。暴风雨狂怒而痛苦地咆哮着，她那铅一般黑沉沉的湍流般的身体，在疯狂地扭动中，狠狠地摔打在陡峭的岩石上。伸手不见五指的黑暗包裹着被吓慌了的土地，就连残忍的天空和海浪也在愤怒中颤抖。树木发出哀怨的呻吟和凄凉的叫声——死亡的恐惧笼罩着它们。风在嘶吼，犹如千万条蛇伸着狂野的芯子在空中飞舞。海浪喧闹地拍打着国王城堡的脚下。海浪犹如一个由于疯狂和哀伤而狂怒的醉汉。一道道绿色和蓝色的如蛇一般的闪电，在瞬息之间吞噬了黑暗，如倏忽一闪的电光石火，使空间充满了疯狂的欲望，一道接一道映亮夜空。紧接着，忽然一声可怕的雷鸣覆盖了天地之间所有的声音——随后便消失了。一道道雷击，一道道闪电，越来越频繁，越来越密集，越来越疯狂，越来越逼近。看上去好像大地在颤抖，城堡的高墙也在摇摇欲坠。

奥尔特鲁达掀开被子，脱掉身上所有的衣服，充满渴望地躺着，呼吸着。电灯把清淡的光线投射在她那仅仅覆盖着一件白色纱巾的充满淫欲的身体上。在一道道明亮的闪电那离得很近、猥亵的光照下，似乎就连奥尔特鲁达美丽的身体也燃烧起了蓝绿色的火焰。

她觉得憋闷，觉得自己似乎在期待着什么。或许她这是在等待坦克连德？她知道他准是在和他那帮搞军事的朋友们共进晚餐，在开怀畅饮之后坐得时间太久了。但再晚他也会回来的。

可是，奥尔特鲁达忽然明白自己这天夜里等的却不是他。暴风雨的咆哮声是在对她发出召唤。一种野性的狂喜忽然使她从床上蹦了起来。她急急忙忙把一件黑色斗篷披在自己裸露的身体上，飞快跑进走廊，随后，打开了圆厅通向塔楼的那扇门。

狭窄的楼梯上一片黑暗。不时响起的闪电透过小小的窗户照亮一部分覆盖着一层霉斑的墙和两三层被踩得光秃秃的阶梯。奥尔特鲁达脚下的石地板十分冰凉。在这里，疯狂肆虐的暴风雨的咆哮声听得更加清楚。似乎就连牢固的、厚重的城堡的高墙也在持续不断地颤抖。好像不可摧垮的塔楼也在颤抖，似乎随时会崩塌。

此时，奥尔特鲁达头顶上已经再没有天花板了，她已经站在了最高一层平台上了。现在，只有和圆厅露台一样矮的一道女儿石墙防护着她，不让她坠入如开水一样沸腾嘶吼的海的深渊里去。劲风疯狂地撕扯着她的斗篷下摆。奥尔特鲁达挣扎着张开双手，把斗篷从身上抖掉。斗篷像一条黑色的蛇一样盘旋着，她在冰凉的石地板上滑动着，随后摔倒在平台的边沿，停留在女儿墙这道障碍前。

奥尔特鲁达大大地张开双手，呼唤着斯维塔扎尔内的名字。雨水如瓢泼一般浇在她身上。闪电和雷鸣在她头顶肆虐——可是，在城堡和大海之上，在瞬间暴起的猎猎劲风的狂吹之下，在轰鸣的海浪和暴风雨野性的合唱声中，那个她呼唤的人并未回答。

一个熟悉的声音在叫着她的名字，她听见身后传来一阵熟悉的脚步声——原来是坦克连德王子。他拾起她丢在地上的斗篷，急急忙忙地把斗篷披在她身上，领着她沿楼梯往下走。奥尔特鲁达没有反抗，顺从地跟在他身后。由于她此刻就在自己身边而激动不已的他，开始对她絮叨着温柔的情话。她却根本没听见他的话。她完全被悲伤攫住了。她小声说道：

“他没听见我的话。可他应该能听见我的话呀。”

坦克连德向她俯下身来。他没听清她说的是什么，但不知为何也不想问问她。他说：

“这座可怕的城堡，亲爱的奥尔特鲁达，只会使你产生疯狂的行为。你想做的一切是根本不可能的。”

听清楚他的话以后，奥尔特鲁达略略停下脚步，既温柔而又固执地说：

“啊，你好好爱我吧，坦克连德，爱我吧，爱这个行为疯狂的女人吧，爱这个敢于登上塔楼把尘世间的衣服全都丢弃，敢于和雷公对话的女人吧。爱我吧，爱我吧，坦克连德！”

“你知道么，奥尔特鲁达，你知道我是多么爱你吗，”坦克连德说，“你全身都冰凉湿透了。”

奥尔特鲁达笑了。

“假如我生活在中世纪的话，”她说，“我一定会每天夜里不管天气如何也飞去参加妖妇狂欢夜会的。而到了白天，作为一个年轻美丽的女巫，我会光着脚行走在通往沼泽地的光滑的小路上，采集神秘的勾魂草。我要让我的国家大雨倾盆，我会爬上高高的山顶，在山顶上疯狂地跳舞，直到跳得脑袋发晕。于是，人们随后便想把我放在篝火上烧死，而我会在火里由于难忍疼痛而尖声叫喊或大笑不已。可如今谁会组织和编排神奇的环舞呢？”

“你已经开始说胡话了。”坦克连德说。

他把她抱在怀里，吻着她，拥抱着她。忽然，在一道闪光里，不知被什么恐吓着了的奥尔特鲁达发出一声惊叫。

在距国王城堡塔楼北部不远之处，坐落着宫廷大臣涅利塔的家。他的儿子阿斯托利夫这天夜里怎么也睡不着。他躺在床上辗转反侧了好久。阿斯托利夫在幻想女王奥尔特鲁达那张美丽迷人的面庞和温和慈善的笑容。他还幻想她那双被恬静的蔚蓝色海浪抚爱着的赤裸的双腿。她腿上那微微被晒黑的肤色唤醒了他心里令人羞涩的欲望。阿斯托利夫在闷热的床上焦躁地辗转着，已经不止一次从他嘴里发出轻微的不由自主的呻吟，已经不止一次急速的泪水从他的两颊流下。

他已经一连好几个晚上体验到这种令人心神疲倦的状态了。不知为何，他忽然想起了有关白国王的古老传说。一种几乎是本能的无意识的狡猾提示他，假使他通过走廊悄悄走到女王寝宫的门口偷偷望一望——只看一眼——睡梦中的奥尔特鲁达，那么，即使有人看见了，也会把他当作是白国王的幽灵而不敢妨碍他的。于是，被一种奇妙的预感以及令人难以忍耐的焦渴所驱使的他，实际上已经不止一次在炎热的夜里从床上翻起身来，悄悄地潜行到她寝宫的门口来了。但他还是一次也不敢打开她的门，只是伏在她门上谛听她的呼吸声或她和坦克连德交谈时那静静的话语声。

今天阿斯托利夫等待了好久，一直等到他家里脚步声和说话声都静止下来，等到父亲入睡以后。等到窗前那疯狂的闪电开始一闪一闪撕破夜空的时候，他翻身起床，身披一件轻软的斗篷，悄悄潜入走廊。一阵冰凉的劲风带着尖啸声穿过窗户上破碎的玻璃迎面向他扑来。脚底下冰凉的石地板，火蛇一样的闪电的时明时灭，不间断的隆隆雷声以及海浪和暴风雨的喧嚣和嘶鸣——迎着这些凶猛的自然力是多么困难啊！可是，阿斯托利夫并没止步，他走过了一条又一条走廊。

忽然，他听见一个人的声音和脚步声——几乎就在他自己的身边——是奥尔特鲁达的声音。而且声音越来越近了。一阵电闪雷鸣。坦克连德正抱着奥尔特鲁达。阿斯托利夫眼睛里燃起了忌恨的怒火。她的面容，微微上扬的长长的睫毛，以及她的目光，她眼里的恐惧感。她叫嚷了一声。他把她给吓了一跳！

阿斯托利夫拔脚就跑。

奥尔特鲁达眼里瞬间闪过一个黝黑的面庞和火热的眼睛。奥尔特鲁达那明亮的惊呼声如一把赤红色尖锐的利剑刺破了暴风雨多声部组成的奏鸣曲。

"你怎么了，奥尔特鲁达?"坦克连德惊慌地问。

又是一个闪电。他在哪儿？那个有着一双火热眼睛的白色幽灵到哪儿去了。奥尔特鲁达嗫嚅道：

"白国王刚才就站在我面前。他脸色惨白，一双眼睛像一团黑色的火焰在闪亮。"

"你说什么呀，奥尔特鲁达！你这是受了风寒了。你已经开始出现幻觉了。"

"没有，亲爱的坦克连德，"奥尔特鲁达平静地说，"我看他看得很清楚。他刚才站在这儿，站在墙边，正对着我，而且还对我嘀咕了一句什么话。"

"你病了，奥尔特鲁达。"坦克连德说。

说着 急速把她抱进卧室，摁了铃。

"不要打扰医生，坦克连德，"奥尔特鲁达说，"我根本没病。而白色幽灵……好吧！或许，在电闪雷鸣中，我这只不过是个幻觉，觉得好像有人站在那儿罢了。我们这些女人们总是胆小害怕，喜欢疑神疑鬼。"

41

群岛在暴风雨之后的那个清晨居然是一个没有一丝风的明媚的宁静的晴天。大自然在宣泄了它突如其来的怒火之后，再次恢复了它那明亮而无辜的笑容，就好像海上不曾有过被淹死者一样，它欢呼着，雀跃着，它以洪大的嗓门喧闹着。清新的气息又一次透过女王奥尔特鲁达处理国家事务的书房那敞开的宽大窗户涌了进来。在充满明亮喜气的芬芳馥郁的空气中，似乎昨天夜半时分的疾风暴雨已经被永远忘得一干二净了。

女王奥尔特鲁达书房里一切显得明亮、整洁、宽敞。女王奥尔特鲁达在听首相维克多·洛连纳汇报时，显得注意力不太集中。是啊，她又能有什么不同的说法或做法呢？要知道她不是一直都很信任这届政府，正如她一直都信任其他任何人一样，虽然她把这届政府称之为自己的政府，正如她称呼其他任何人一样。

奥尔特鲁达几乎是在机械地无意识地用习惯的话语表达她同意首相的所有建议，在几乎机械地签署着那些按照法律要求需要女王亲笔签名的文件时，心里却在想着自己的心事儿。她其实是一直在紧张甚至是痛苦地努力回忆着一件什么事儿。昨天在电光石火磷光闪烁的那一瞬间浮现在她眼前的那张脸庞，终于被她回想起来了。瞬间见到的视象那熟悉的线条，时而清晰，时而断续地浮现在半闭的眼前，时而又滑入轮廓模糊的隐约的黑暗之中。最后，它们凝结成一个清晰的形象。

奥尔特鲁达不由得发出一声欢快的笑声。是的，此人当然就是少年阿斯托利夫·涅利塔了。奇怪的是，她怎么会没能当即认出是他呢。可他到那里干什么去了？他莫名其妙夜间出现在古老的国王城堡的地下通道里这件事，究竟与不久前流行的有关白国王的谣言有没有联系呢？也许，过多阅读古老传说，过多从城堡的老仆人那里听到种种子虚乌有的闲谈后，阿斯托利夫保不定会每天夜里起来，睡眼惺忪地转来转去，结果在他自己也不知道的情况下，被人当作不祥的幽灵？白国王的灵魂难道不总是在某个年轻的夜游病患者身上化身的吗？

陷入沉思中的女王奥尔特鲁达彻底忘记了在宽大的安乐椅上面对她的写字台坐着的人究竟是谁了，于是，若有所思地问：

“请告诉我，您对这一切有什么看法？”

说着，她抬起眼睛，几乎是不假思索地机械地补充了一句称呼语：

“亲爱的洛连纳先生。”

说罢，她马上意识到了——为什么要问他呢。她脸上微微泛起红晕，有点儿不好意思地缺乏自信地笑一笑，不安地瞥了首相一眼。可是，看起来，并未闹出任何尴尬之事。维克多·洛连纳在议会里以机智著称，他是在如下意义上理解女王奥尔特鲁达的提问的，即她想再次听听他对总的政治形势的看法，于是便以通常惯有的一个议会工作者所特有的唠叨多言的习惯发表起自己的观点来。

女王奥尔特鲁达一声未吭，以一种平静的、多少有些鄙视的表情听他议论。

维克多·洛连纳是个年约五十五岁的非常强壮、非常结实、非常年轻、非常自信的男人。作为一个外省小商人的儿子和从前的律师，他娶了一位富裕的工厂主的女儿。他很善于钻营仕途。他身穿一件非常合身的在伦敦定制的燕尾服，大礼帽光色均匀无可挑剔，他那浓密黢黑的夹杂几许白胡子的大络腮胡剪得非常整洁，就像巴黎那些上流社会的时髦人物那样。但是，在他那庞大的身躯里，仍然还是有些笨重和农夫式的东西，而当他面对女王时，他的表现显得安详而又自信，令人觉得似乎有些被他不适当地不自然地夸大了似的。他是一个真正的无时不感到自己强大的资本家，并且也希望其他人能感觉到这一点。女王奥尔特鲁达平常总是不太喜欢他的做派。但正因为如此，她和他谈话时才更加客气。

他此时此刻所说的一番话，乃是对资产阶级的过分赞颂。

“是啊，陛下，”他说，“欧洲资产阶级还没来得及取得其最新成就，他的历史意义尚未穷尽。无论我们来自左派还是来自右派，无论我们说什么还是写什么，资产阶级仍然充满生命力，并且今后也会继续成功地履行那一伟大的使命，高举起自由的旗帜，保障每个公民的合法利益不受侵犯。”

女王奥尔特鲁达用不确定的语气说：

“而菲利普·梅齐奥先生的看法却与此截然不同。他预言说资本主义制度很快就会崩溃了。许多人都相信他说的话。”

维克多·洛连纳耸耸肩膀，平静地笑一笑。继续说：

“是啊，陛下，遗憾的是，这的确不假。近来社会主义宣传逐渐加强，工人协会和工会的数目也在急剧增加，幻想的社会主义思想也开始在社会各阶层广大人民中普及。我说的是广大的社会各阶层——因为他们的确识字不多文化不高。可是，确立工人无产阶级统治的时代毕竟还没有到来。而且，这个时代永远都不会到来的——对此我有坚定的信心。”

女王奥尔特鲁达再次打断他的话。她的眼睛充满笑意，但是，她那红得鲜艳的双唇上却绝没有一丝笑意。她说：

“梅齐奥医生坚定信仰社会主义制度是必然要来到的。”

“嗯，是啊！”维克多·洛连纳感慨道，“所有这些蛊惑宣传，都是那些声称拥有无可质疑真理的人们宣说的呀。他们骄傲地向整个欧洲展示他们所谓科学理论的孔雀羽毛。可是，却总是对于下列一点，即科学和生活都早已给他们原初的状态带来许多破坏性影响这一点，却谦虚地不置一词。大约四十年前他们就曾预言，资本和土地会越来越多地集中在越来越少的地主手中。而现实却恰恰相反：土地和资本都快速被分割，小土地所有者和小资本家的数量在增长。”

“嗯，”女王奥尔特鲁达反驳道，“理论上的误差任何时候都难以避免，可是，正如我们所看到的那样，这些误差丝毫无损于这一运动的力量。”

“是啊，暂时如此，”维克多·洛连纳说，“只要社会主义仍然停留在令人愉悦的幻想和令人入迷的许诺阶段，它就是强大而有力量的。这些理想越是不能实现，这类荒唐的许诺越是荒谬和不可能，人们就越是乐于相信——那些精神贫乏的人们愿意相信他们可以凭借个人劳动，而非个人为生活幸福而奋斗来达到改善其命运的目的。而事实上只有这样的斗争才能改造社会，才能使社会得以以一定劳动来保障任何一位懒汉的生存。”

“然而，”女王奥尔特鲁达低声说，“有人害怕，而有人却相信这一学说。”

“政府害怕社会主义，”维克多·洛连纳说，“可这完全是徒劳的。人民相信它，可它却归根结底仍然会欺骗他们的，这正如任何幻想学说比科学学说更具有宗教性，比以严格的理性理由为依据的学说更能给人以兴奋的希望一样。”

“可毕竟，”女王奥尔特鲁达说，“这些严格的理性理由并不能阻止已经濒临绝望的无产阶级不去进攻呀。而且谁知道这会把我们引导到哪儿去呢！”

“无产阶级的进攻，”维克多·洛连纳反驳道，“预先就已注定要失败。当代人都是极端的个人主义者，所以无法承担社会主义制度这个重担。时间很快就会向人民表明这些幻想彻底的专制主义本质和这些——初看上去似乎严谨，我甚至会说十分严谨的理论——在科学上的彻底失败。”

“这么说，”奥尔特鲁达问，“亲爱的洛连纳先生，您倾向于乐观主义了？”

“是的，陛下。”维克多·洛连纳以其惯有的自信回答道。

“包括我们所看到的整个这一运动吗？”奥尔特鲁达又问。

“当然了，”洛连纳说，“某种变革的必要性已经酝酿成熟了，但这根本没有许多可疑的人们所以为的那么危险。某些工业部门中工人的状况的确应当加以改善，我们会加以改善的。总之，我们会适时地作出最大限度的必要让步的——但也仅此而已。”

“所以，我们不必担心了？”奥尔特鲁达含义不明地问道。

洛连纳自信地说：

“我愿意以任何方式担保，陛下，我们绝对没什么可害怕的。我没有任何担心地怀着极大和光明的希望展望着未来。”

女王奥尔特鲁达站了起来，以其习惯的一种一般人甚至都察觉不到的客气的微笑说：

“非常感谢您，亲爱的洛连纳先生。您完全打消了我的一切顾虑。”

维克多·洛连纳吻了吻奥尔特鲁达伸出的手，尊敬地鞠了一躬就走了。奥尔特鲁达脸上挂着微微的嘲笑望着他的背影。她在想他的自信十分愚钝，他对理论的了解十分肤浅。

奥尔特鲁达并未一个人在家里待多久。她的思考充满悲伤色彩，她的心灵笼罩着阴影。她的心灵在为一种对于极度悲伤的事儿的可疑而又阴郁的预感而痛苦。她一生中的高峰时刻曾经是那么光明，犹如雷雨前的天空那样。迄今为止，在她眼里，她那个可爱的坦克连德的形象，一直都是那么光辉闪耀——这是由她那热情的想象力创造出来的光辉闪耀的形象，带有她想要在他身上看到的全部丰富的优点。

光辉的形象！在这个光辉形象的映照下，居然会有悲伤紧跟在奥尔特鲁达身后蹑足潜入，这实在是太不可思议了。或许，这不过是从阴暗的深处浮现出来的一个具有蛊惑力的预言的声音？

维克多·洛连纳在离开女王后，去了王子坦克连德那儿——此前就已接到他的一个邀请纸条。

近来，王子坦克连德越来越经常地寻找机会和维克多·洛连纳谈话。首相没有回避这类见面，而是常常在向女王汇报后应邀来找坦克连德，有时甚至在汇报之前来见他。坦克连德总是能为此类会面找到某个体面的邀请的借口，无非是为了进行体育运动或上流社会生活方面的什么问题的缘故。谈话很快就会转到下列一点上，即坦克连德又一次开始奢谈其宏伟计划——关于加强舰队，关于在非洲和太平洋岛屿殖民的事，以及关于和英国、拉丁帝国结盟的事。

维克多·洛连纳以为自己对于坦克连德王子为什么总是幻想所有这一切奇特而危险的冒险行动的原因是有所了解的。他知道得很清楚，坦克连德近几年里越来越债台高筑。坦克连德爱的对象更换得又快又多。他花费在情人身上的开销到最后变得实在太大了。况且，他还不得不不声不响地还清这些债务，好让奥尔特鲁达能继续处于幸福的无知状态。一年年那不断增长的对于金钱的需要，推动坦克连德进行政治和财政的冒险，迫使他和银行家以及交易所经纪人打交道。有时形势的发展甚至迫使他以隐蔽的体面的方式凭借自己的影响力来作交易。对他来说，和内阁保持良好关系实在可以说是太重要了。

洛连纳从来不和坦克连德王子就问题的实质进行争论，而在口头上对于坦克连德对他所说的一切都表示赞同。在此种场合下，他感觉到坦克连德王子是一个对文案工作很有益处的人。围绕着坦克连德悄悄形成的政党间的影响力和关系，以及喜欢武功和沙文主义的党派们，也把这位狡猾的首相考虑进去了，因为首相不反对利用下列一点优势，即这些党派成员中，有不少人都十分精通宫廷里的勾心斗角。作为一个小心谨慎而又灵活巧妙的政客，维克多·洛连纳相信，在这条尽管有些泥泞的道路上，他不会被他们裹挟到超出自己愿望范围的地步。他指望自己能用表达同情和许诺的漂亮言词，至少能换来在上流社会里巩固自己个人声望的目的。因此，在与坦克连德的谈话里，他总是把后者的国家智慧吹嘘到天上。但他回避做出采取任何具有决定性意义的步骤。总是说要实现此类计划需要小心行事。总是能找出妨碍计划实现的许多困难和不便之处。

42

下人向女王奥尔特鲁达禀报，宫廷大臣特奥巴尔德·涅利塔请求接见。奥尔特鲁达略有些神情不安地等着老大臣的到来，尽管连她自己也搞不清使她不安的原因究竟是什么。当她看见宫廷大臣和他的儿子阿斯托利夫一起走进来时，她感到很惊奇，但却什么也没说。

少年的样子既腼腆又笨拙，让人一下子就由此猜得出他正处于过渡期年龄阶段。他无论如何也无法克制自己不去不时地抚摸一下上唇刚刚长出的茸毛的习惯。他身上穿着一件紧裹着他那纤细的腰肢的既漂亮又简洁的白色丝绸王宫少年侍卫服。花边硬领衬托着他那并不很大的山羊胡轮廓越发显得精致雅洁。短裤显得他一双纤细的双腿那么颀长，那是他暗中略感骄傲的一点。

奥尔特鲁达望着他，忽然再次想起昨晚雷雨中在走廊里遇见阿斯托利夫的情形。不知为何一想起这一点就令她感到窘迫。三十六代高祖遗传给她一种非常失衡的神经系统。她懊恼而又心有余悸地说：

“我担心昨天的暴风雨……”

说着，连忙打住。在看宫廷大臣会怎么说。可谈话很快就令她彻底放下心来。昨天的暴风雨未能在宫廷花园里造成任何破坏。只是走廊里有几扇窗户玻璃被打破了。

宫廷大臣在女王奥尔特鲁达指给他的安乐椅上落座后，开始讲述他来拜见女王的目的。阿斯托利夫默默地站在他父亲的椅子旁边。

宫廷大臣特奥巴尔德·涅利塔属于这个圈子里那种既寻常又奇特类型的人，这类人的外貌把高级官衔、显赫家世和确凿无疑的逢迎谄媚等特点融为一身。宫廷大臣又高又瘦，年龄还不算老，可看上去却要比实际年龄老得多。他那张黄得像羊皮纸似的脸上，沟壑纵横，一部下垂的苍白的连鬓胡子，一双大而无神的眼睛，所有这一切使这张脸有点像一张忠实于主人的狗的嘴脸。他的身体总是微微地有些弯曲，这是因为宫内鞠躬要弯低腰的古老习惯使然，还是由于老人的怪僻，这就不得而知了。用金丝缝就的宫廷制服穿在他身上似乎显得过大，像条口袋。特奥巴尔德·涅利塔的举手投足透出一个忠实仆人独有的自然朴实的味道，因为这位仆人忠心耿耿和长期无可挑剔的服务，所以，唯独他可以有些小小的任性。

显然，特奥巴尔德·涅利塔年轻时代曾经是个美男子。他过去曾经有过许多风流韵事。但他的婚姻却并不怎么成功。他夫人以放荡不羁和极其淫荡的个性而著称，这显然是出身于古老名门家族给她留下的特点。她长得又瘦又小又黑，像一条长尾猴一样好动，一刻不停，好絮絮叨叨，她无穷无尽地爱着那些身体强壮的近卫军士兵、马夫和聪明伶俐的少年。而当不平等的关系构成的野合使她感到疲倦时，她最终皈依于神秘主义。她倒在王后克拉拉脚下所做的激情洋溢的祈祷和倾洒的眼泪，令守寡的王后相信她忏悔的真诚。王后克拉拉为她的转变感到十分高兴。

两年前，维洛尼卡·涅利塔被任命为基督之爱之家管事。在她富有经验的管理之下，更在王后克拉拉崇高地位的庇护下，基督之爱之家里繁殖了各种形形色色的不合法度的宗教色情活动。随着维洛尼卡·涅利塔被任命以来，高等贵族中的年轻太太和少女加入爱之家活动或前来拜访的人数，有了极大增加，甚至还发生了几起颇费周章才最终被压下来的丑闻。

宫廷大臣对女王奥尔特鲁达说：

“陛下或许已经知道，从古至今，在王宫城堡就有一条地下暗道可以通到海边一个非常偏僻的地方。陛下祖先们高超的智慧向他们提示了这样一种预防不测的措施。”

“是为了在发生成功的起义的情况下能够方便地逃跑吗?”奥尔特鲁达问。

她的双眼蒙着哀伤的黑色的云翳，而嘴唇却露出其惯有的客气的微笑。

“总之，是为了以防万一吧。”宫廷大臣说。

他那黄得像羊皮纸似的脸上的表情显得十分安详、无动于衷，失神的眼睛迟钝地黯淡地望着对方。即便这次谈话使他那誓死忠君的心灵充满激动之情，那么，他也不会在其外表和举手投足间流露丝毫。他之所以能在宫廷内生存一辈子，这绝非偶然。

奥尔特鲁达轻轻叹口气，说：

“我一直以为有关这条任何人都从未亲眼见过的暗道的故事不过是个传说罢了。”

“不，陛下，这不是传说，”特奥巴尔德·涅利塔反驳道，“这条暗道真的存在，而且，它的入口离这儿很近。我每天都向全能的上帝祈祷，好让上帝启发陛下您以伟大的智慧和勇气，抵制所有有关要重建城堡的建议，尽管此类建议既非常执拗，且出之于一位非常权威的人士之口。感谢上帝这条暗道没被人触动，任何人都不知道。地下暗道的秘密只能让统治的帝王和宫廷大臣知道。任何其他人都不得过问。甚至离王位最近的人物，也不得问津这一秘密。”

“这条规则真严厉。”奥尔特鲁达说。

“这条规则是弗兰切斯克一世国王时代定下的，”涅利塔说，“陛下的祖先们之所以做出这种规定，正如陛下您所知，是为了使宫廷大臣的职位能够在我们家族内世袭传承。国王的这一恩典不光是为了奖励我们这个家族所立下的功勋，而且也是为了保证王宫这一秘密能够被很好地保存下去。地下暗道的秘密已经传了好几代了。我是从我已故的父亲那里知道的，并且得把这一秘密交给我的儿子，也就是如今有幸担任陛下您的侍卫的这个儿子。”

“那为什么您直到现在才把这个秘密告诉我？”奥尔特鲁达惊奇地问。

如果宫廷大臣涅利塔想要或是敢于开诚布公的话，那他就会告诉国王奥尔特鲁达，由于她的爱和对王子坦克连德盲目的信任，尽管这一爱和信任对于年轻的姑娘和新婚的新娘来说是情有可原的，但这仍然迫使宫廷大臣不得不担心，这一秘密会被坦克连德知道，担心他又会把这一秘密泄露给别人。此刻，涅利塔的最大指望，就是女王的理智。

“陛下，请原谅，这是我的过错。秘密暗道是一条黑暗的、令人不快的通道，有许多令人沉重的回忆与这条暗道有关。我们这个时代的人们已经不大习惯于这么残酷血腥的冒险故事了。如今我们的女人中间，已经再也找不到一个像年轻的女王金涅夫拉那样的女人，敢于亲手从背叛她的丈夫胸口把他的心脏剜出来。因此，我之所以犹豫不决，就是因为不敢给您顺利执政和新婚燕尔的最初日子抹上阴影。现在，我斗胆请陛下您视察这条暗道。现在，该是把这个秘密转交给我儿子的时候了，而根据我国早已确定的风俗，转告这一秘密时，必须有当朝国王在场。”

“可是，假如您，亲爱的宫内大臣，”奥尔特鲁达问，“假如您还没来得及转告就突然去世怎么办？”

“我们家族中还没有发生过这样的事，”涅利塔恭敬而又骄傲地说，“我们家人从来没有不履行自己的职责先死的。不过，有一部手稿，对此类事情做了规定。这部手稿保存在非常可靠的地方，在圣安东尼帕杜安斯基小教堂的圣衣圣器室锁着，开锁的钥匙只有我这个宫廷大臣的继任者才有权得到。”

“可您为什么偏偏选择今天来告诉我呢，我亲爱的宫廷大臣？”奥尔特鲁达略有些嘲弄地问道，“您根本还不算老呀，谢天谢地，您身体也挺好，您的儿子阿斯托利夫也正年轻。要不就是您果真认为我们很快便会要用到这条暗道了？”

特奥巴尔德·涅利塔带着忧伤和忠诚的表情望了女王奥尔特鲁达一眼，然后严肃庄重地说：

“当白国王在古老的城堡里徘徊时，我们就该提高警惕以防万一了。”

奥尔特鲁达飞快地瞥了阿斯托利夫一眼，笑笑说：

“或许，是哪个少不更事的淘气鬼夜里和他心爱的人幽会，却被人们当成是白国王的幽灵了吧。”

阿斯托利夫惊恐地浑身一颤，脸上飞起红晕。他立刻猜到昨天女王奥尔特鲁达实际上已经认出了他，于是，便以祈求的眼神哀恳地望着女王。

“这么说，亲爱的宫廷大臣，”奥尔特鲁达问道，“您认为很快就会发生人民起义了，是吗？”

“噢，不是，”宫廷大臣反驳道，“陛下您智慧的祖先定下的这条规矩，已经考虑到千秋万代和任何情况。众所周知，人民极其恭敬地崇拜至圣的陛下您，只有个别狂热分子、具有革命倾向的人，以及一些被蛊惑宣传家的荒谬言论所影响的人，才具有危险性。”

“可坦克连德会保卫我免遭这种偶然袭击的。”奥尔特鲁达说。

说着，她的脸上洋溢着信任和欢乐的笑容。宫廷大臣反驳道：

“关于您丈夫—王子的保卫问题，我们也应该事先有所考虑。”

奥尔特鲁达站起身来。

“我愿意听您的，亲爱的宫廷大臣。”她说。

涅利塔走到壁炉后的角落里。他仔细打量着这个角落四周的装饰物，那是壁炉两边一共七排红色的马约里卡陶瓷罂粟花。然后他对女王和阿斯托利夫用手指了指其中一朵与其他花并无任何区别的花。这花只有所处位置有些特殊——位于壁炉右边第三排第七朵。

涅利塔摁了摁此花中间的一个花瓣。马上传出一阵轻微的沙沙声，对于那些不知道暗道秘密的人来说，这种响动是根本不可理解的，这响声表明一个隐蔽在花后的机关在动，但整幅画面的线条一点变化都没有，画面上的任何东西都停在原地一动不动。面对这段封闭的内墙的表面，大家都在阴郁地不信任地期待着。涅利塔慢腾腾地摁了一下墙体上装饰图案上一片小薄片，然后将其推进壁炉后面。此时露出一个由八个正方形铁片构成的小牌子。每个铁片上都雕刻着一个白色的珐琅十字架——八个十字架排成一排。十字架的下半部很长，衬着黑黑的铁片，显得白得耀眼。

涅利塔转向奥尔特鲁达说：

“陛下，您所有的皇族的祖先，除洗礼时给起的，后来被写进所有日历中的教名外，还有一个隐秘的名字。这个名字只写入保存在圣安东尼帕杜安斯基小教堂的祭坛里的那部书中。这个名字就叫阿拉明塔（Араминта）。喏，这铁牌上的十字架——每个铁牌上都固定着一块长长的带有一个字母的铁条。您必须一个一个移动这些铁条，先从水平方向移，使有字的一面朝着我们，直到能组成这个名字为止。

奥尔特鲁达默默地低下头。神秘的教训已经令她心情激动不已。涅利塔摁住第一个十字架将其推到下面。随着一阵轻微的铁器叮当声，在原来那块带有十字架铁牌的位置上，此时出现一个带有写着字母“A”的小小瓷牌。涅利塔从墙体后面的侧面抽出一根钢条，将其搁在铁牌下面，以便把它固定在原地。第二个十字架也在宫廷大臣手下滑到底下去了，而在其原来的位置上出现一长串带有字母表上字母的铁牌。

“是个‘P’！”奥尔特鲁达兴奋地嚷道。

“是的，陛下，现在您需要的就是这个字母。”宫廷大臣说。

说着，他把那同一根铁条继续向前移动，然后用它固定铁牌。紧接着，在他手下，取代第三个十字架的，是字母“A”，取代第四个十字架的，是字母“M”，就这样，随着一个个字母的出现，最后出现了阿拉明塔的名字。

“暗门的钥匙已经拼好了，”宫廷大臣说，“现在钥匙就在您的掌握之中。陛下，只要您愿意，您只需把手放在名字上，使劲把字牌向前一推就行了。”

奥尔特鲁达依言而行。只见壁炉右边的那段整个为画面所占据的墙体，居然在她手底下轻轻地先是向里面然后又向旁边移动过去。奥尔特鲁达隐隐怀着恐惧感死死盯着展现在眼前的这个黑乎乎的洞口。

而这只是狭窄阴暗的暗道的入口。涅利塔从口袋里掏出一盏手提电灯。然后划了个十字。他那干燥苍白的嘴唇翕动着念着祈祷词，他的眼睛里出现了十分虔诚的神情。不知为何，他脸上哈巴狗式的神情竟然越来越明显了。随后，他走进黑乎乎的墙洞里。

“陛下，请您跟在我后面。”他声音不大地说。

他那样子像是一个阴谋家，好像正要完成一件危险而又有罪的行动似的。他甚至连嗓音都嘶哑了，身子都有些颤抖。奥尔特鲁达走进门里。阿斯托利夫紧跟在她身后。涅利塔身子紧贴在洞壁上把他们二人放过去，然后把门又阖上，说：

“陛下，请您万分小心。”

说着，便把灯凑到墙上——于是，奥尔特鲁达看到在这扇门的背面，同样刻着和正面一样的八个字母组成的图案。在这个由字母组成的网格的两边一个中等个子的人那么高的地方，画着两只红色的人手。手指指着那个拼出阿拉明塔名字的方向。这似乎是在提醒人永远都可以回家。可奥尔特鲁达仍然还是感到害怕。她有一个印象，好像自己已经与世隔绝了似的。

涅利塔走到前面去了，用灯照着亮。一路上他始终不忘提醒奥尔特鲁达和阿斯托利夫哪里路不平，哪里有拐弯。

黑暗狭窄的地下通道里，常常会有一道道的暗门、急剧的转弯，以及通到上面或下面的楼梯。许许多多的暗门把暗道里分割成一排排单独的、封闭的小房间。一旦逃跑时即使追逐者们发现了女王办公室里的暗门，那么，随后，他们还是不得不征服不止一道门。不但如此，暗道里的某些暗道实际上是死胡同，它们的门是嵌在洞壁旁边的墙里的，那些不知道暗门暗号的人，根本就看不出门在哪儿。

在手提电灯微弱灯光的照耀下，他们在暗道里走了很久。阿斯托利夫神经紧张地死盯着父亲的每个动作。他心情激动是显而易见的。父亲不时用简短的话语鼓舞他的勇气。奥尔特鲁达走在父子俩身后，忽然感到自己像一个加冕了的女流亡者。她竭力压抑着自己心里带有迷信色彩的恐惧感，她感到头一个劲儿发晕。她的眼前浮现出一层朦胧的阴影，透过云翳，勉强可以分辨出一幅地下世界的奇妙景象来。有时，洞壁上会出现一些铁环或生锈的铁链。

这条路一路上都十分可怕，犹如走在地狱之路。这是一个由疯狂的人们创造的疯狂的地狱。暗道里的一切都是那么奇特、异样，和地面上全然不同，但同时也都令人感到十分亲近和亲密。看起来，似乎早已逝去的幽灵仍然在此徘徊，有关奇特存在的恐惧的回忆仍然萦绕不已，而有关无情的死亡的回忆已然在对阴间的凝固的记忆里铭刻下来了。

然而，除了异常郁闷和烦乱以及迷信的恐惧之外，奥尔特鲁达心里还是狂喜占上风——这难道不是阴间生活的乐天福地吗，这种生活绝然不同于我们如今所过的那种日复一日烦闷无聊的生活。这是按照意志创造出来的异样的生活。这是一种把考验的殿堂变成神秘的甜蜜欢乐的欢喜堂的生活呀。

又有一扇门被打开——奥尔特鲁达眼前出现一个半明半暗的大洞。洞的底部是一个储满宁静的水的大水池。洞顶是高高的穹顶，依稀被一些不知从哪儿透过的光线照亮。池里，离岸不远处，停着一艘蒸汽艇。在这个封闭的洞里，小汽艇那凝然不动的轮廓朦胧地映在水面上，令人觉得很奇特。

“这是汽艇吗？”奥尔特鲁达问道，“难道说这里还需要船长和水手吗？”

“他们住的地方离这儿很近，但不在这儿，”宫廷大臣回答说，“那些把这艘汽艇搬运到这儿并在汽艇上服务的人，还根本不知道这汽艇的用途。但对于他们的忠诚我们可以充分信赖。”

接着又有一道高门被打开——白天的光线如流水一般倾泻而入。这就好像从黑暗的存在走向欢乐的一个出口。蓝天白云下的太阳变得有些异样，海也蓝得很异样，犹如一条河，冲刷着地上天堂的海岸。

奥尔特鲁达想要走到岸上去——可涅利塔连忙把门给关上了。

他们从同一条路返回宫中。在回程中，阿斯托利夫走在前面——他对路记得很熟。况且，早在家里时，父亲就事先关照过他，对于地下暗道什么该说什么不该说。

整整一天奥尔特鲁达都非常兴奋。深刻的印象在她心里激起了一些奇特的幻想。她很想再次回到这个奇妙的穹顶之下去，但却只想一个人去，想把所有的衣服都脱掉，想让自己那裸露的躯体欢快地映照在黢黑的地下的水面上，想要跳舞唱歌，想要跳着欢快的舞蹈来向斯维塔扎尔内的灵魂祈祷。这一天奥尔特鲁达不得不说和做的一切，在自己眼里都变得十分乏味、浑无必要，人们都是在徒劳奔忙，东西都毫无必要——这些人、这些话以及这些物体，都只能令她生气。

阿斯托利夫整整一天都内心充满幻想。整整一天都傻呆呆的。

43

这天奥尔特鲁达和坦克连德王子在王后克拉拉那儿吃午饭。只在宫廷亲信里请了大约五个人作陪。

奥尔特鲁达感到很乏味。她其实很早以前就不喜欢和母亲在一起了，尽管王后克拉拉对她总是那么温柔。笼罩在王后克拉拉家里那种虚伪、矜持的说话语调，很早以前就令奥尔特鲁达非常反感。而今天，雍容华贵的漂亮服饰，华丽的辞藻和金银餐具的叮当碰撞，与奥尔特鲁达心底的意愿恰相抵触。

可是，坦克连德王子却非常喜欢每周在守寡的王后家里举行的这种半官方半家庭式的午餐会。坦克连德王子有十足的理由珍视与老王后的这种友谊。他常常得从她那儿搞钱。因此，他对王后永远都那么毕恭毕敬，有时甚至甜蜜温柔，带着一个被宠坏了的儿子的那种调皮的样子。任何人都不如坦克连德王子那样善于讨好无论年轻还是年老的女性的欢心。

克拉拉与坦克连德的友谊有时看上去像是调情。奇特的是，这和王后克拉拉外表的刻板和冷漠似乎并不那么矛盾。在坦克连德王子开始对殖民计划感兴趣的近几个月里，他与王后的友谊更加强了。在他所构思的那桩肮脏的勾当里，狡猾的克拉拉王后可以充分满足自己对于阴谋诡计的广泛喜好，从而借助于自己的巨大财富和广泛联系，获得更大的影响力。因此，在与奥尔特鲁达的谈话中，克拉拉总是不遗余力地赞成和支持坦克连德王子的计划。

出席王后这类宴席的，还有红衣主教费尔南多·瓦连楚耶拉-普耶尔马、马努埃利·卡勃连拉-伊-康托大公、特奥巴尔德·涅利塔和夫人以及阿夫拉。

对我们来说，我们对人知之甚少这是多么幸福的一件事儿啊！

女王奥尔特鲁达还不知道，这个身材匀称、保养良好、衣着华贵的老头，马努埃利·卡勃连拉大公，这个有着一部长长的楔子形苍白络腮胡的老头，这个动作优雅、眼神晦暗但依然闪烁着一位善于追逐女性的猎手那不知疲倦的眼神的老头，实际上早已领导着一个贵族阴谋集团，其宗旨是推翻奥尔特鲁达的统治，把坦克连德王子捧上王位。她不知道红衣主教瓦连楚耶拉——一个阴郁、狡猾、爱慕虚荣、性格残忍的老头，一个动作温柔得有如一只母猫的老头，一个长着一双灰色黯淡的小眼睛的小老头，居然是这个阴谋集团的灵魂人物和鼓舞者。

她心绪宁静地接受了他的祝福，当大公亲吻她的手时满怀感激地对他微笑，而且没有丝毫苦味的预感。她失去了以前祈祷时曾经有过的那种情绪，微微低着头，听着红衣主教小声快速朗读的简短的饭前祈祷辞。可是，今天来自背后的别人的目光令她感到异常不安。而且，她心里对午餐这种没有必要的奢华也很不感冒。

在女王和坦克连德的安乐椅后面，不知为何站着一些什么都不做，穿着白色衣服的宫廷少年侍卫——焦瓦尼·康托伯爵，卡勃连拉大公十五岁的儿子，而在王后克拉拉的安乐椅后，站着的是保护奥尔特鲁达的阿斯托利夫·涅利塔，而站在坦克连德王子身后的是阿夫拉的弟弟，巴尔托洛缪·莫尼格季。侍卫们身板挺得笔直，而到宴会接近尾声时，他们匀称的双腿上的肌肉已经明显疲倦得颤抖起来了——可他们喜欢这受人尊崇的职业，脸上现出傲慢和骄傲混合的表情。随后，他们会在自己的同班同学面前吹嘘他们所获得的极高荣誉，并且热衷于转述从餐桌边听来的谈话内容，从而使其他孩子对自己充满羡慕和忌妒。

午宴进行时的谈话起先是安详而又欢快的。维洛尼卡·涅利塔讲述了几则城里的新闻。随后，王后克拉拉帮助坦克连德起头大谈他那老一套。她还提起几天前在一个外国舰队上发生的一件不幸的事儿。她之所以想起这件事儿，是因为今天来了一封回电，对所发生的事儿深表客气的哀悼。

卡勃连拉大公说：

“这么说，我们的 Ignis[①] 居然说对了，水下潜艇对于我们舰队中的那些装甲舰来说，并不像许多轻浮的人们以为的那样可怕嘛。在最近写的一篇也是如此雄辩的文章中，Ignis 不容辩驳地证实，一个人要想不同意这位优秀作家的结论，那得具有非常多的成见才行，可遗憾的是，这位作家始终固执地不肯公布他的真实姓名。”

坦克连德王子故意做出这些夸奖都与他无关的样子，但他的脸却微微泛起红晕，表明听到这样的谀辞他内心很受用。宫里许多人都知道坦克连德王子有时在军事杂志上发表文章，用的就是这个笔名。但大家全都装出一副不知此人为何人的样子。这样，就使得他们可以轻松而非笨拙地恭维作为丈夫的王子，而且，这样还可以使恭维者显得体面，同时又能使他们做出的论断带有独立的外观。

---

① 拉丁语，意为“磷火，鬼火”。

坦克连德问：

“亲爱的大公，您基本上同意他的观点吗？”

马努埃利·卡勃连拉薄薄的嘴唇上浮起一丝微笑，语气懒洋洋的像求爱一般地说：

“一个群岛国家，只有不失时机地建造一支接一支舰队，从一个接一个殖民地取得黄金和铁矿，才能很快成为伟大的帝国。啊，陛下呀，这一金口玉言已经成为我的政治信念了。”

阿夫拉对大公用既冷淡又客气的语气说：

“大公，装甲舰队非常昂贵的呀。”

大公以极其客气的微笑安详而又自信地回答她道：

“钱，欧洲有的是，亲爱的阿夫拉太太。”

“还本还息困难也不小啊。”阿夫拉说。

“正因此，才要从殖民地获取优惠的收入。”马努埃利·卡勃连拉反驳道。

这当然是贪婪而且自信的冒险主义。

红衣主教以婉转温柔的方式说：

“在非信徒土地上建立的殖民地为神圣的基督教会传教开辟了新的更好的战场。”

于是，谈话转到非洲殖民地问题上来。可以肯定，此类谈话对于奥尔特鲁达来说犹如一个纠缠不休的噩梦。善于发明的坦克连德已经有了一个新的计划：在非洲建造一个港湾，然后在黑色大陆的纵深区域里尽可能多地攫取土地，把尽可能多的西班牙和葡萄牙人从新世界迁居到那里，也甭管他们血缘怎么混杂，毕竟我们能够为拉丁帝国的建立奠定一个稳固的核心。

阿夫拉说：

“唷，犹太人不知为什么连乌干达都不去。也许西班牙人也不去。或许，就连那些混血儿们也终究会拒绝的吧。”

王后克拉拉用愤怒的眼神盯了阿夫拉一眼。奥尔特鲁达连忙介入谈话。

“我担心，”她说，“我们的报纸会激烈抨击所有这些计划的。而且连国外出版界也不会放过的。”

“哎，这些报纸啊！”王后克拉拉带着轻蔑的表情感慨道，“其中多数出版物可以花钱让它们住口——国内的比较便宜，国外多少贵一点——至于那些收买不了的报纸，幸好它们在我国和国外都没有什么影响。”

“可议会会怎么说呢?”奥尔特鲁达问。

“这一点，可以让洛连纳先生关心一下，”克拉拉说，“他很机灵。”

坦克连德王子按照其习惯很想炫耀一下他对东方的知识。他说：

“所有这些所谓议会讨论，哎，根本一钱不值！在俄国我听见这么一句谚语：一个聪明人固然好，但两个聪明人会更佳。可这对于一个半野蛮国家来说，似乎有些好笑，因为那里的聪明人从来就不怎么受人尊重。可是，问题在于——对于世界上任何议会而言，我倒是宁可这么说：一个聪明人还不算太糟糕，两个聪明人小心命不保。”

红衣主教发出的笑声比礼节要求的略微响亮了一点，与此同时，他的双手在餐桌下乱动一气，像是在鼓掌似的，他整个沉重巨大的身躯也发出粗重的喘息声。其他人也发出赞许的笑声。坦克连德笑着说：

“这话我在那边，在俄国也说过。”

红衣主教说：

“上天把治理人民的职责交给君主，并以其正义的铁腕把实施惩罚和威胁的国家之剑交给君主们。”

“从前有个君主这样说过，”阿夫拉说，“被杀死的敌人的血腥气分外好闻。”

她的眼神片刻之间变得十分忧郁，并且含有威胁意味地久久盯着坦克连德王子。要不然这就不过是坦克连德的错觉罢了？可她的眼神很快就又变得无忧无虑而又敏感热情了，而且，也不再专门盯着什么人了。

王后克拉拉心想，阿夫拉的话有时说得非常不得体。遗憾的是，奥尔特鲁达居然会那么宠爱这个没有受过良好教育的女孩子！况且，不邀请阿夫拉也不合适——王后克拉拉为人十分精明，擅长与人保持良好关系，因此，她不会不对女王、她女儿喜欢的人表示关注的。可是，克拉拉仍然还是决定找个什么借口把阿夫拉叫到一边稍微叮嘱几句。

坦克连德笑着说：

“西班牙人和俄罗斯人都非常喜欢说谚语。或许是因为这种说话方式比较适合这些文化落后国家低下的文化水平吧。在俄国我记录了许多谚语。喏，现在我就拈出两个，在我看来，似乎与我们谈论的话题十分切合。一则谚语说：谁爱女人，谁就不能不鞭打女人。另一个是：爱你如爱我的灵魂，搡你如搡一棵栗子树。”

奥尔特鲁达脸上浮现出病态的表情，她惊叫了一声：

“噢，俄国！不要对我讲这个可怕的国家。我能理解可怕的童话和传说，但却对谈论可怕的现实和生活中的噩梦不感兴趣。”

坦克连德笑着说：

“亲爱的奥尔特鲁达，好在俄国使者没听到你这番话。”

“噢，”奥尔特鲁达反驳说，“当然了，我的确不像你见过那么多俄国人 亲爱的坦克连德，可是，仅就我见过的那么几个而言，没有一个夸奖自己祖国的。好像俄国人没有谁热爱祖国，也不尊重自己的民族似的。”

“这只是他们的外部特征，”坦克连德说，“这个半野蛮国家里也有许多热情的爱国者。当然，他们身上的爱国主义表现得多少有些奇特，有时候相当粗野残酷，有时候又相当可笑。比方说，他们的女人喜欢重复这么一句谚语：我要把我所有的帽子全都扔给敌人。”

此后，话题转向对于奥尔特鲁达同样显得沉重的话题。可奥尔特鲁达已经再也不去反驳他们了。如果要她直截了当地对坦克连德说她永远也不会赞许他所想出的那些冒险行动的话，她的心情会很不好受的。

她面前餐桌上的花束鲜红欲滴。衬着明亮蔚蓝色的天空，火山冒出的灰烟令她想起白国王肖像上那张业已有些褪色的脸，所有这一切都使她显得悒郁消沉。

44

晚上王后举行盛大舞会。

通常每逢这种场合，被邀请者都要在女王出场前一小时聚齐。此时，奥尔特鲁达在午餐后用以休息的内室里，不时会有一阵阵微弱的、遥远的、嘈杂的人声和脚步声传来，这使得奥尔特鲁达心神不宁。从敞开的窗户里，传进来不断驶来的马车的辘辘声。

那里，在地下，在黑暗和理想所在之处，一切是多么好呀，那里只偶然有一两滴水从高高的穹顶掉进水池里。哎，要这顶镶嵌宝石的王冠有何用处呢！要这些骄傲的星星般的红宝石蓝宝石又有何用！

而那里，在那扇高大庄重的门后，星光闪耀，宝石辉煌，绸缎沙沙，大厅里人声鼎沸，人们屏息聆听着、静静地期待着。人们充满节日欢快的气氛，狡猾精明的蛇们身上五色斑斓，在滑动在爬行。

在身穿节日盛装的人群中，出现了大主教和主教那紫罗兰和黑色的长袍。一群群宫廷贵族身穿熠熠闪亮的制服，炫耀着珠光宝气和盛世繁华。将军和军官们身上的制服五光十色。将军绶带有绿色的、橙黄色的、红色的和蓝色的，相互辉映，他们头上的星徽闪耀着贵重宝石彩虹般的色泽，金光闪耀，勋章带上的珐琅白光闪耀。人群里还有许多海军军官。联合群岛王国所拥有的海军上将比军舰还多。此类军人的仕途多数是在陆地上完成的。这一点也不妨碍他们全身挂满勋章和绶带。女王奥尔特鲁达在其统治的最初几年曾经想要缩减受勋者的名单。可这样就会使太多值得尊重的人微不足道的自尊心受到伤害，因此便不得不放弃这一打算——所以，如今奥尔特鲁达在签署授勋法令时已经不再想说什么了。

就连接近宫廷和市里的太太小姐们，也都遵循女王奥尔特鲁达在宫中立下的规矩，穿起了民间服装——有点像东尼卡的白色连衣裙，白绿色的头饰和白色的彩带。

议会议员们穿着黑色的燕尾服。这些先生们人数很多，来自各个党派，只有社会主义党除外。不过，邀请函也发给了社会主义党。几年前，在王后克拉拉摄政期间，有一个极右翼的议员在议会发表了一个激烈反对王朝的讲话以后，便没有给他发放平常参加宫廷盛会的邀请函，这事儿引起人们对议会的质询，还有人在群众大会上发表激烈的言论，报纸上也出现了辛辣的讽刺文章，而且，文章不仅出现在社会主义报纸上，也出现在激进派报纸上。此事发生后，开始照旧一视同仁地给所有人发邀请函了。

外交代表团成员的服装便显得五花八门了：其中只有几个人穿黑色燕尾服，多数穿镶着金边的形式和颜色各异的制服。这些人里还有几个是大金融家，在这群优雅的上流社会人士中，这些人以神色略微急切、举止过分自信、动作有些夸张地慢条斯理而显得十分突出。

人们在小声议论着什么。可是，谁会认真听取这些含义模糊闪烁其词的言谈呢，对人们来说，絮絮叨叨的谣传要显而易听得多。而且，多数谣言是关于坦克连德王子的。

太太们交头接耳：

“您听没听说，坦克连德已经对马格丽塔·卡迈冷淡了。”

“那是，太激烈的情欲来得快去得也快。”

“是啊，他这人变心变得可快呢。”

“那您知道谁是他的新相好的吗?”

“听说是一个农民，乡村女教师。”

“您说什么呀!”

“千真万确。况且有什么不可以的！他还有一尊雕像，刻得和她一模一样。”

“是个女艺术家？是啊，他喜欢多样性。”

“是啊，听说和这位女艺术家的关系还没有完全断绝呢。”

“噢，他的胃口真大，这个可爱的王子!”

“他像一个真正的国王一样非常慷慨。”

“多么遗憾呀，他只不过是个王子。”

“可奥尔特鲁达那可是天使的化身呀。”

“噢，那是，她多么迷人哪。”

“可以想象，她还根本一无所知呢！”

“可怜的人儿！”

“是啊，受苦是咱们的命运呀。”

如今人们在传播关于坦克连德的谣言时，总要提到马格丽塔的名字。这是他最近的在阿尔东莎·日里斯前的情人的名字，是罗伯特·卡迈伯爵的夫人，也是一位来自意大利的年轻美女。使谣言传播者们感到有趣和高兴的是，罗伯特·卡迈伯爵丝毫也不隐瞒他对这种关系感到的欣喜之情。

罗伯特·卡迈伯爵是一个非常精明、无耻下流的钻营仕途者。出于仕途考虑他加入了反对女王奥尔特鲁达的阴谋团伙，但只要形势一变他随时都情愿背叛坦克连德王子，并且会毫无愧色地出卖所有参与这一阴谋的他的伙伴。他不顾一切地拉拢坦克连德王子，笨拙地逢迎他，千方百计地讨好王子，善于使王子相信他对他的无限忠诚，而且，凭借王子的帮助他在仕途上一帆风顺。此人年纪尚轻，就已是退休的近卫军大尉，担任皇室侍从长，几天前刚刚获得管理丈夫—王子个人事物和财产的职务。

最好笑的是，把马格丽塔·卡迈伯爵夫人和坦克连德王子搅和在一起的，就是坦克连德王子先前的情人，至今仍未丧失其对王子的影响力的侯爵的寡妇埃列奥诺拉·阿丽纳斯——一个非常成熟、非常精于艺术地涂抹其仍然漂亮的那一张白脸的女人。上流社会里传播谣言者们都知道，侯爵夫人埃列奥诺拉已经开始有些担心，担心坦克连德和马格丽塔的关系会变得太牢固。埃列奥诺拉决定割断这种关系。为此，就必须让坦克连德再爱上另外一个女人。

于是，使这些可爱的太太们感兴趣的一个问题就是：这位狡猾的寡妇会推出谁来取代情欲极为旺盛的马格丽塔呢。今天，当宫内大厅里首次出现一位年轻的伯爵夫人伊莫格纳·梅拉多时，许多太太心里不由浮现出一个念头：“难道是这个天真幼稚的女人吗？”

侯爵夫人埃列奥诺拉·阿丽纳斯是一个过去曾十分富有的女人，也是一个对于爱情的欢乐颇为精通、经验丰富的女人。她十分精通爱情关系里的所有秘密，对于花样翻新有着不竭的兴趣，并且凭着这些技能至今仍和坦克连德维持着很铁的关系，虽然在此期间他有那么多新欢，而她出于狡猾的算计，还亲自帮他寻找新欢。她从不吃醋，从不招坦克连德讨厌。每当他从她那里得到邀请的纸条时，他都充满自信，即一定有一个有趣的新欢在等待着他光临，而且从来都没有因此而失望过。

最后，终于有人向女王奥尔特鲁达汇报，为陛下出场所作的一切准备已然就绪。奥尔特鲁达最后浏览了一下今天将向她首次推荐的长长的名单后，便把手交给坦克连德王子。

她犹如走在梦中一样。一扇扇门在她眼前依次打开，令她想起那个可爱而又可怕的地下宫殿里的门。宫廷大臣的权杖笃笃地敲打着地板，嘈杂的人声和喧闹声轰然闯入，然后是最后一道门——人头攒动的大厅里寂静无声，华彩熠熠，庄严的音乐声轰鸣。

五光十色富丽堂皇却又浑然无用的景象在奥尔特鲁达眼前漠然展现，舞会的全景以其欢快的轰鸣声和庄重的仪式性展现在她眼前。她的脑际浮现出欢快而又深邃的昏暗景象。

按照惯例，奥尔特鲁达首先发表了热情洋溢的开幕词，她在讲话中向每个参加者致意，祝他们舞会愉快。她以慈爱恩宠的态度接待了首次向她介绍的年轻的侯爵阿尔封斯·梅拉多的女儿伊莫格纳。她对那女人的父亲说了些温柔客气的话，说伊莫格纳非常迷人。随后，她想起这个身体孱弱的老人听力不好，于是又客气地走到老人身边，附在老人耳边又说了一遍：

“一个多么迷人可爱的孩子呀！她那可爱迷人的面容令我想起可爱的侯爵夫人。”

可爱的已故的侯爵夫人的名字忽然浮现在奥尔特鲁达的脑际。

侯爵老人非常感动，他被深深打动了。年轻、温柔、漂亮而又腼腆的伊莫格纳由于窘迫、兴奋和少女式温柔的骄傲而满脸绯红。在女王盛情招待之后人们都相继发现了伊莫格纳的存在。她神情欢快起来。在舞会迷人的华彩乐章和翩翩舞姿中，伊莫格纳由于未婚夫离开而产生的淡淡的忧郁烟消云散了。

伊莫格纳已经有一个未婚夫。但婚礼被推迟了一年。前几天她未婚夫去了巴黎。在被派往法国的使团里担任秘书。可爱的伊莫格纳的岁月笼罩着渗透了玫瑰色微笑的期待和尚算感觉甜蜜的云翳。

“伊莫格纳，”侯爵夫人埃列奥诺拉对她说，“今天您可是大获成功啊。坦克连德王子都被您给迷倒了。”

“我害怕坦克连德王子。”伊莫格纳朴实而又坦白地说。

埃列奥诺拉温柔地笑着反驳道：

“哎，我可爱的孩子，他可一点儿都不可怕。他太迷人了。瞧他说的话多么迷人！他真是见多识广啊！他什么地方没去过呀！”

于是，在喜欢幻想的伊莫格纳天真的心田里，一颗燃烧着的好奇的火种落了下来，好奇心很快便渗入她那非常易于受到诱惑的心灵。伊莫格纳什么也不会说，只是抬眼望了望那个狡猾的女诱惑者一眼，脸上的神情带有某种期待，这已经足以使埃列奥诺拉对其初次成功高兴得心花怒放了。

然后，埃列奥诺拉走到坦克连德王子身边。悄悄对他说：

“阁下又打了个大胜仗。可这对您来说实在是太寻常了，所以，我甚至都不敢就此向您表示祝贺了。”

“您对我实在是太恭维了，亲爱的埃列奥诺拉太太。”坦克连德说。

“伯爵夫人伊莫格纳·梅拉多已经爱上您了。”埃列奥诺拉继续说。

“噢，这只不过是您的错觉罢了——她有未婚夫的。”坦克连德说。

埃列奥诺拉狡猾地笑了笑。

“未婚夫离得太远了！”她感慨道。

“我刚刚注意到这个女孩，”坦克连德以几乎毫不做作的冷淡说，“愿上帝与她同在。”

可是，他的眼睛里燃起了瞬间的火花。埃列奥诺拉说：

“她因为爱上了才变得那么迷人。她觉得她爱上了那个未婚夫。哎，这些女孩子们还对那些给她们介绍对象而有着各自盘算的亲属深信不疑呢。她们轻易地爱上别人给她们介绍的任何人。可这是不会长久的！况且他已经离开，得离开整整一年呢。一个多么愚蠢的年轻人呀！”

“他会很快就升迁的。”坦克连德说。

“噢，升迁！”埃列奥诺拉不屑地说道，“一个有着他那样背景的人，升迁没问题。可整整待一年呐！这对她来说就是整整一个世纪呀！不，阁下，她绝不可能这么长久地等待马努埃尔·帕尔拉德－伊－叶列季阿先生的。咱们这些南方人在爱情上成熟得早。您可别拿你们那些冷血的德国人的标准来评判我们呐。”

“这一点难道我就不知道嘛，”坦克连德说，“成熟得早，好，花期还长！”

埃列奥诺拉笑了。她笑得十分谨慎小心、非常欢快也非常轻微，生怕把自己的珐琅面具笑歪了。

坦克连德走到伊莫格纳身边，说了几句话。她的头一个模糊印象就是一种强烈的好奇心，他能轻易取得她的欢心。他想能再次勾引一个女人，再次爱上一个女人，这是一件多么惬意的事儿呀。他离开时几乎显得冷淡，但却一再回头朝她所在的方向张望。

而对于奥尔特鲁达来说，这漫长而又辉煌的舞会却像是一场凄惨的梦。

45

第二天，女王奥尔特鲁达吩咐把阿斯托利夫叫来。仆人走后，她焦急地等待着他的到来。等心情激动而又欢快的阿斯托利夫一到，奥尔特鲁达就对他说：

“亲爱的阿斯托利夫，我想让你和我复习一下昨天那堂课。咱俩一块儿再进一趟地下暗道。让我们考验一下自己，看究竟我们能不能对付这桩重要的事情。”

阿斯托利夫高兴得脸都红了。奥尔特鲁达笑着说：

“我希望咱俩这次去不会碰到白国王。”

阿斯托利夫的脸红得更厉害了，奥尔特鲁达的话语和笑容把这个小伙子搞得难堪至极。小伙子羞涩地低着脑袋嗫嚅道：

“陛下您不会害怕白国王的。您祖先的幽灵对您会充满善意的。”

“你也不觉得白国王可怕？”奥尔特鲁达问。

“我们家族里从来没有一个胆小鬼。”阿斯托利夫腼腆而骄傲地说。

“那就把暗门打开吧。”奥尔特鲁达下令道。

阿斯托利夫像昨天宫廷大臣那样再次把暗道的秘密暗号拼出来——只见那道任何人都一无所知的门又一次悄悄开了。

于是，面对蓦然呈现在眼前的黑暗，两人克服着瞬间涌上心头的恐惧感，和昨天一样，走进了黑乎乎的地下通道。一星微火，如今攥在阿斯托利夫手中，摇晃着白白的一眼不眨的火苗，照亮了他们前进的道路。和昨天一样，洞里很黑暗很闷热，就连潮湿的空气都是凝固的，温暖得像温室。摇晃的暗影胆怯地在通道的角落里、在那里颤抖不已，发出无声而又迟钝的笑，在挑逗着人。一切都和昨天一样。

可是，和昨天不一样的是，今天只有奥尔特鲁达和阿斯托利夫两个人。令人乏味的老人没跟在他们身边。这种单独相处的神秘暧昧的甜蜜感早已使他俩春心荡漾。似乎这里一切都有可能，一切都可以发生。一些念头在两人身上蠢蠢欲动，他们都想做些地面上不可能而且也闻所未闻的事儿。

可你是怎么了，无力的幻想！你是否害怕衬着黑乎乎的暗色显得愈发白皙的脚下那又湿又硬的石头和温暖吗？要不就是该你欢呼雀跃的时候还没到来吗？

最后，奥尔特鲁达和阿斯托利夫走到一扇高大的青铜门前，这是进入洞穴的最后一道门。一种明亮的喜悦攫住了两人的内心。他们笑呀嚷呀高兴得不亦乐乎，他们像孩子似的嘴里嘟囔着好笑而又朴实无华的话语，在门口又闹又叫又笑：

“我开门，我开！”

“不，我开！”

“让我开吧，你不知道。”

“知道，我记得一清二楚。”

最后，还是阿斯托利夫最先找到并摁了藏在墙上两块大石头之间的机关。沉重的门吱呀叫着慢慢打开了。眼前出现了一个洞和一条一直通到海边的小路。阿斯托利夫在前面，奥尔特鲁达跟在他身后，两人一前一后小心翼翼地走上了这条小路。

洞里潮乎乎的，十分闷热，以致连呼吸都感到困难。洞里的一切都像童话里一样显得十分奇特和不同寻常。就连洞内的照明也是地面上不曾有过的——那是手提电灯微弱的光亮和洞里昏暗暧昧的光的组合形成的。电灯的白光投射在洞壁上，把两人映得黑乎乎红通通的。那道又黑又红的光投射在奥尔特鲁达和阿斯托利夫脚下，看起来就像他们走在一条深红色的道路上似的，映得他俩全身都鲜红欲燃。一滴滴的水，带着清脆悦耳的滴答声，在寂静中，从洞的穹顶上，噼啪噼啪慢慢腾腾而又均匀地落在水里，那一个个水滴显得也是深红色的，就像是一个石头怪物流出的一滴滴沉重的血。衬着一池凝然不动的水色，小码头在黑暗中现出黑乎乎的不祥的怪影。

奥尔特鲁达很快便发现，小路上的水其实很浅。她用两手兜着裙摆，走进水里。阿斯托利夫欢快地笑了，也跟她下了水。冰凉而又欢快的哗哗的水花拍打着两人的膝盖。忽然，他们觉得凉快了很多，胸部的呼吸也变得顺畅了。

被这阵儿童般淘气的打闹声惊醒的洞里，哗哗的水花拍打着黑色的洞顶。

紧接着就是第二道门，很大，由两块大石头组成，石头门扇都半吊在水面上，而门是开着的。这扇门的开阖依靠一个巨大笨重的机关，而操纵这个机关只需花费一点点力气就可以，但他俩却花费了好长时间。

奥尔特鲁达和阿斯托利夫一把抓住用红木雕刻的巨轴的把手，开始飞快地旋转把手，同时静听着两扇沉重的石头门扇下潮湿的门轴发出的吱扭吱扭声。他们只不过把门稍稍打开了那么一点儿——两块石头门扇只是稍稍移动了一点儿而已。

奥尔特鲁达和阿斯托利夫蹚着没膝深的水，从门缝里挤了进去。两人发现他们所站的那片水，原来是山脚下一道狭窄的岸，而山上被晚霞映照得红彤彤的。岸上多石而又空旷，哗哗的水声听上去离此不远。广阔的天宇里傍晚的鲜红的余晖尽情地向奥尔特鲁达和阿斯托利夫涌来，抚慰着在玫瑰色云影下的远处的海面。海水的腥咸味儿清洌而又辛辣。在红得耀眼的地平线上，一艘轮船冒出的烟现出轻柔的一缕，风儿吹送着两三点孤帆向着远方鼓起自由的胸膛。

从黑暗的地下通道走到自由世界该是多么欢乐的一件事儿啊！把热切的脸朝着自由的海风是多么欢乐的一件事儿啊！多么好，和海浪絮语，与清风对话！

在无比高远明亮的、像最初创世时的宫殿里一样的天空上，燃烧着红彤彤的晚霞，急急火火，雀跃欢呼。由天空的空旷自由引发的欢快之情，使得奥尔特鲁达心花怒放，开心无比。像是被突如其来的光明和自由搞得晕头转向的奥尔特鲁达，走了很远很远，去迎接海浪，站在泛着白沫的海水里，絮叨着：

“啊，白色的幽灵！永远给人以安慰的幽灵！我终于见到你了！我见到你了，斯维塔扎尔内！”

映着熹微的天光，她那白色的连衣裙就像一团火焰，而在被燃得鲜红得如火焰般海浪的背景下，她的双腿则红通通的。

从烈焰蒸腾的西方产生的伟大的神，他一出现，就以其伟大的光辉，令世上和平太阳的凶猛的毒龙，像一缕幽微的青烟似的消散了，这个欢乐的神，他的名字就叫斯维塔扎尔内，他的出现就是为了抚慰奥尔特鲁达女王。他那宽大的翅膀，覆盖了整整半个天宇，燃烧着，他的长袍的下摆就是灿烂的朝霞，他那祥和的眼睛就是无比高远碧蓝的天空。奥尔特鲁达站在水里，任由海浪拨弄着她那身薄裙的下摆，她伸开双手，面向斯维塔扎尔内，嘴里歌颂着他的名字，满怀激情地感慨道：

“大放光明的美丽的神啊，光荣属于你！啊，此刻我是多么幸福，而我曾经是那么渴望见到你，而如今终于见到了你！你不倦地号召人们追求自由和见识。你丝毫不惧怕暴风骤雨般盲目的雷霆震怒和恶魔般的吼声。你是一个伟大的神，从不要求人们对你崇拜、为你牺牲。你不会把人变作奴隶，你总是解放人，而不是把人家已经低下的头颅再踩一脚。你并不教人以真理，尽管这真理随着每个千年都在陈腐下去，但却想要成为永恒的真理。你无限地扩展着思维的疆界，你也不规定教条和规律法则，你打破基本教义总是僵化的束缚，你释放人的良心，你号召人们投身于永不疲倦的宗教创造。对于每个向你求告的人，你都会用前所未闻的喜悦之光照耀他，为他打开一条无限宽广的道路，一条充满欢乐和喜悦的道路，一条通向创造众神的高峰的道路，甚至比那还高，它通向纯粹理念之域。”

阿斯托利夫惊恐地站在她身后，勉强听得懂她说的话。“她这是在向谁祈祷？”他想，“她本人又是什么人，她究竟信仰什么？”

“你是个多神教徒！”他惊奇地喊道。

说着，他心里充满了哀伤和恐惧。

奥尔特鲁达没有听他在说什么，继续只顾自己祈祷和歌颂。于是，被恐惧所攫取的阿斯托利夫倒在地上号啕大哭起来。他觉得好像有一双残酷而狡猾的敌人的巨大翅膀已经在他们头顶上张开了。

奥尔特鲁达终于听到了他的哭泣声。她无比温柔地俯身问他：

“你怎么了，阿斯托利夫？你为什么哭呀？”

离这里不远，在一个悬崖顶上的小草地上牧童正在放山羊。一只载有五名走私犯的小船正在洞口旁驶过。所有这一切奥尔特鲁达只是到此时才发觉。她对阿斯托利夫说：

“别嚷，亲爱的阿斯托利夫！这几个善良的人有可能发现咱们了。一旦这样就糟了。”

可是，那些人已经发现他们了。

牧童们早就看见那两个悬崖刚才是如何被分开，从两道悬崖之间的缝隙里，一个穿白色连衣裙的女人和一个穿白色短衣的少年从水里走了上来。这一可怕的景象把他们吓呆了。呆若木鸡的他们亲眼看着那女人如何施展魔法，对海浪作法，而那个少年又是如何高声地诅咒大地。等女巫结束其在水上的作法后，她转身面对大地，踩着在她白皙的脚下沸腾的浪花泡沫，看了一眼那些牧童们，然后用美丽迷人光裸的手臂对着牧童向那位少年指着被诅咒的土地时，牧童们一溜烟地跑了，以为自己见到的是深居地下的神奇的地下人。隔着那道陡峭的悬崖，他们那从峡谷里传出的惊恐不安的喊叫声仍久久停留在耳边。后来，当夜幕降临，回到自己村里时，他们才回想起一个蔚蓝色洞穴的传说，据说那洞穴的门只有当人民起义队伍来时才能打开。

于是，从那天起，联合群岛王国那些迷信的人民当中就流行着一个谣言，说什么离王宫城堡不远的一座面海的悬崖被劈裂了，蔚蓝洞穴里的白色仙女从里面领着一个白色的国王出来了，他们诅咒大海和大地，用雷霆一般响亮的嗓门向自然势力发号施令。大海亲吻着他们的双脚，大地以轰鸣的雷声驯服地响应着他们的吩咐。大地的轰鸣预告了起义即将发生，海浪的喧嚣预示着深受人民爱戴的女王奥尔特鲁达快死了。

那几个走私犯同样也从船上看见了奥尔特鲁达和阿斯托利夫。五个人中有四个是奥尔特鲁达在山上见过的。迷信的人们认出她后便害怕了。兰谢奥利嚷道：

“快看，山上那位姑娘！”

老走私犯生气地看了他一眼，嘟囔道：

“咳，你就不能闭会儿嘴。你没见她正对大海施魔法吗。”

可这几个人中有一个居然有幸从很近的地方亲眼见到过当今女王。他睁大眼睛仔细瞧了瞧那位女巫，悄声说：

“上帝饶恕我们吧，可这分明就是女王本人嘛，要不就是她的化身。天哪，降恩慈给群岛吧！”

然而，那些迷信的脑瓜们已经无法与已经形成的概念分手了，据说那几个走私犯在山上碰见一个女巫师，就是那个迷人的蔚蓝色山洞里的仙女。于是又一个传说很快流行开来，说统治联合群岛的原来是一个魔法仙女。

当奥尔特鲁达俯身向阿斯托利夫和他亲切地说话时，小男孩对于自己居然会害怕得哭了感到不好意思了。他连忙擦掉眼泪，站在岸边的沙地上，窘迫地笑着。

“该走了。”奥尔特鲁达说。

他们回到山洞，随后，又把身后两道沉重的悬崖似的门扇重新阖上。

他们在水池岸边找到一个带着桨的小舢板，坐着小舢板回到密室。密室里一个外人也没有，正像他们期待的那样。可是，里面的一切都收拾得干干净净的，只是铜把手和木头上覆盖着一层厚厚的尘土。

奥尔特鲁达和阿斯托利夫来到女王密室。点起灯——屋里显得十分明亮欢快，像家里一样温馨。密室陈设得十分奢华，正如所有国家保存女王密室的规矩一样。

两人找到一些红酒、罐头、茶杯，吃喝起来。奥尔特鲁达仔细打量着阿斯托利夫问：

“你坦白告诉我，亲爱的阿斯托利夫，地下通道的秘密是否真的保守得很好？”

“是的，陛下，这是真的。”阿斯托利夫说。

“难道任何人任何时候都没有说漏过嘴？”奥尔特鲁达又问。

阿斯托利夫笑笑，他深以自己如此贴近奥尔特鲁达，同时还知道女王的秘密而自豪，他说：

“历史上只出过一次事。十八世纪初，我的一个祖先，当时也是宫廷大臣，有个儿子叫罗伯特。他在比我还小的时候就被告知了这一秘密——那时他才十四岁。他由于高兴或是别的什么原因吧，这我就不知道了，就把这个秘密透漏给他同龄的小伙伴儿了，就是陪伴他玩耍和服侍他的小男孩，那是个宫廷花匠的儿子。当然，这个小鬼肯定会坏事儿！那个可恶的小男孩把地下通道的事儿告诉了他的父亲，花匠一听害怕了，一急昏了头跑去找宫廷大臣去了。这个蠢货，早知道他儿子会把秘密说出去，就该亲手把儿子掐死的。宫廷大臣有什么好办法呢！他把罗伯特用枪打死了，甚至为了不让国王伤心都没有禀报给国王。并且马上把花匠和他儿子都吊死了。谁都不知道为什么要这么做。当然，当时也没有别的办法。”

“那秘密呢？”女王奥尔特鲁达问。

听到这样朴实宁静的故事，她脸泛白了。

“秘密和他们一起死去了。”阿斯托利夫平静地说。

而且就连他的眼神也如儿童一般平静。

“难道你就不害怕嘛？”奥尔特鲁达用颤抖的嗓音问道。

“我绝不会说出去的。”阿斯托利夫骄傲地说。

奥尔特鲁达垂下视线，悲伤地陷入沉思。阿斯托利夫忽然跪在她面前，规劝地说：

“我亲爱的国王，请您不要担心和怀疑我。我将永远对您忠诚，我将永远守护这个以及任何其他您想付托于我的神圣的秘密。”

奥尔特鲁达用冰凉的手温柔地抚摸着阿斯托利夫的脸颊，以及他那一头浓密的头发。阿斯托利夫颤抖了，浑身泛红，眼睛炯炯有神。

“啊，亲爱的，亲爱的女王奥尔特鲁达！”他吻着奥尔特鲁达的手深情地说。

奥尔特鲁达的眼睛忽然燃起一把熊熊燃烧的欲望之火，但随即就熄灭了。她轻微地呻吟着搂住阿斯托利夫的脖子把他搂进怀里。他浑身颤抖——忽然也急遽地搂抱着奥尔特鲁达。奥尔特鲁达推开了他，但却没有丝毫愠怒。她只是轻轻叮嘱道：

“一个知道秘密的人会失去很多的。但一个知道秘密的人应该谦抑缄默。”

46

侯爵夫人埃列奥诺拉·阿丽纳斯决定再为坦克连德王子和伊莫格纳牵线。顺手牵羊，介绍坦克连德和银行家爱德华·利林菲尔德认识也不错，此人非常有钱，但名声很可疑。人们都说他以前从事过犯罪勾当。他的名字和在刚果发生的一系列流氓冒险活动有关。人们都相信他是靠买卖黑奴发的家。但所有这一切都不妨碍他在当地社会牢固地扎下根，并且与许多议会议员兼事务主义者们建立或多或少的联系。如今他渴望与上流社会建立联系，想要得到一个贵族的头衔。埃列奥诺拉为帮助他并从他那儿拿大笔佣金一事从不感到愧赧。

于是，在最近一次晚会上，除许多人外她还邀请了坦克连德王子、侯爵梅拉多和他的女儿以及利林菲尔德。此外，还特意为坦克连德邀请了其他一些人：一位和坦克连德关系很好的英国大使，以及在那个国家很有名气的诗人，此人前不久刚刚出版了一本有关斯堪的纳维亚人的长诗，特意前来把刚出版的书送给坦克连德一本。

坦克连德王子很乐意来埃列奥诺拉家。

侯爵夫人阿丽纳斯家的沙龙在首都声誉显赫令人关注，但同时这声望似乎也不无可疑之处。头一次参加这个沙龙一般都被人当作有趣而且也是一种幸运。到她家做客是十分体面的一件事，但只是不要过于频繁。“难道您竟然不去侯爵夫人阿丽纳斯家吗？”对于人的自尊心是不无伤害之意的。但“你可以常常在侯爵夫人阿丽纳斯家里见到她”这句话，便会为一位上流社会女性的名誉投下阴影。

每逢周二，侯爵夫人阿丽纳斯家里总是灯火辉煌、金光闪烁，来客大多五花八门，虽然五花八门但毕竟还是可以把其称之为贵族聚会。多数人的姓氏都十分古老，而和他们混杂在一起的，有部长、颇具影响力的议员、大企业的拥有者和以才华著称的人。挑选所有这些与古老的达官显贵格格不入的人的工作总是进行得十分严格，而且每次都有明确的意图。要想进行事务性会面，到哪儿都不如在侯爵夫人埃列奥诺拉家方便体面。

侯爵夫人阿丽纳斯家的宴会和晚会，有时候是国王家族也会接受邀请而参加的——每个季度一次宴会一次舞会。而在埃列奥诺拉家的沙龙里，已经不止一次安排了坦克连德王子与其情人的幽会了。而且每次在侯爵夫人晚会上都会有一个诱饵——一位著名意大利歌手的演唱，一位伟大的女演员的朗诵，一位催眠术表演家的神奇的魔术等。

坦克连德问：

“今天您会拿什么让我们取乐呢，亲爱的侯爵夫人?”

她神秘地笑笑，说：

“只有跳舞。可以先猜猜谜，来自东方——您喜爱的国度——的谜语。”

“我感觉到今天您这儿有非常有趣的节目。”坦克连德王子说。

“的确如此，阁下，您不想猜猜吗?”

“非常愿意。”

“我来陪您去，但我只陪您到门口。”

“为什么?”

她要求严格保密。

通过门对门的一排喧闹嘈杂、人声鼎沸的列厅，他们走到一道挂着黑乎乎沉重门帘的门前。坦克连德一个人走进半明半暗的屋里。

地板上铺着五光十色的深色地毯。在屋里经过几道台阶可以走上一个不大的平台，四周围着花朵，所以，剩下的一块空地，就只够站两个人。在一张又窄又高的模样有点儿像个三角架似的椅子上，坐着一个黑肤黑发的吉卜赛美人，两条又细又黑的腿够不到地板，在空中晃来晃去。此人双脚的脚踝上吊着两个交叉的叮当作响的金环。她那红得过分鲜艳的双唇冷淡而又睿智地露出笑意，眼睛冷淡而又微笑地看着来人，那眼睛半睡半醒，样子可怕，显得大得出奇，只有充满激情的黑色眼珠一动不动。这女人身上穿一件薄薄的白色衬衣，一条红色的短裙，系着一条黑色的围巾。坦克连德走上台阶。

“你好，亲爱的。”

“你好。”吉卜赛女人声音很低很小地回答问候。

“你会对我说出什么预言呢？”

“和我有什么关系！无论你发生什么事，我都能说出来。”

“好还是不好？”

吉卜赛女人耸耸肩膀，叹了口气，悄声说：

“种瓜得瓜，种豆得豆呗。把手给我。左手。”

端详了好久。然后发出一阵胸音很低的笑声。然后抑扬顿挫地说：

“啊，你将会成为一个伟大的名人的。你就要打仗并且将要得胜。许多人将要臣服于你的脚下。在一座古老的大城市，在一座宏伟的教堂里，白发苍苍的大主教会把王冠戴在你头上，那王冠是用金子和铁制成的，上面的宝石的闪光令人眼花不敢直视。你究竟是什么人，你这个奇特的人，为什么对许多人那么严峻的命运偏偏对你垂青。你身上穿着普通的黑衣服，你虽然马上便会十分富有，可你又不是银行家；虽然你也会给人们出睿智的主意，可你不是部长。告诉我你的名字，让我看看，一个将要在一座永恒的城市里登基的国王究竟该叫个什么名字好。”

坦克连德回答那个女骗子说：

“我叫坦克连德。你说得不错——我不是银行家也不是部长。我是将军。”

吉卜赛女人脸上看不出丝毫变化，只有她那鲜艳的红唇像在梦中翕动着，只听她说道：

“坦克连德——一个漂亮的名字。它能给你带来好运。给你起这么个名字的父母很聪明呀。”

坦克连德掏出钱包，从里面拿出几枚金币，递给吉卜赛女人。可那女人却慢腾腾地光着手把钱挡开，悄声说：

“把我的金币就保留在你身边吧。它会带来好运的。让它在你幸运的手里不断增长吧。等我的话应验，我会去找你要的，你得给我七百万里拉。你可不要舍不得呀。再见，睿智的战士坦克连德——等你在永恒的城市登基那天我们再见。”

坦克连德王子走了出来，稍稍有些急切和窘迫。从半昏半暗的猜谜室刚一出来，舞厅里过分明亮的灯光迫使他眯缝起眼睛。埃列奥诺拉审视地瞧了他一眼。

“嗯，她对您说什么了，阁下?”她以一个老朋友可以原谅的假模假样的腔调问道。

坦克连德笑了：

“说的是什么我可不敢告诉你。相信她的话就会一切都好的。”

埃列奥诺拉给人以希望地笑着说道：

“马上就要跳舞了，这场舞会会被人们称之为未来的舞会的。”

“谁会跳呢?”坦克连德问。

“遗憾的是，就连对阁下您，我也不能说。这是个很大的秘密。是的，实话对您说，我自己也不知道。”

“为什么？我们难道不是马上就要见到那个舞娘了嘛!”

“可您看不见她的脸。”

白色大厅里新搭了一个舞台，四周蒙着灰绿色的幕布。舞台的三面撑着同样颜色的呢绒。乐队被隐蔽在舞台后面的乐池里。音乐单调乏味。从音响里可以听得出白昼正在燃尽，还能听得到从远方传来的大雷雨的最初的轰鸣声。

女主人领着坦克连德来到中间第一排一张安乐椅上后，自己则坐在他旁边。坦克连德右边坐的原来是伊莫格纳·梅拉多。

人们在朦胧中猜测并且小声地交头接耳，打听即将跳舞的是谁。人们知道得并不确切，听埃列奥诺拉说，这个跳舞的不是职业舞蹈家，而是一个来自上流社会的太太或是小姐。

坦克连德王子稍稍俯在伊莫格纳耳边，轻轻问道：

“您最喜欢什么，伊莫格纳?”

“星星，夜，”伊莫格纳说，“黑暗和黑暗里的星火。”

舞台后面角落里的呢绒下摆发出一阵呲呲啦啦声。一双不知什么人的手把两道幕布拉开——忽然，衬着单调平淡的呢绒背景，只见一个黑白相间、深浅玫瑰色轻轻闪变不已的人的身体倏忽一闪。一个带着黑面具，身段苗条柔软的姑娘走到台前。于是，一场奇特的、从幻想和回忆中创造而成的舞蹈开始了。

坦克连德问：

“伊莫格纳，你喜欢吗?”

“多么美丽呀!”她轻声回答道。

说罢，惊奇不已地盯着舞蹈者。这位不知名的女舞蹈家的舞蹈，把她心灵里的幻想和恐惧都激活了，每当她躺下睡觉时，就会既甜蜜又苦涩地思念着未婚夫。这位不知名的女舞蹈家用美妙的舞姿和深思的姿态表达了对于远方亲人的思念。

舞娘凝然不动了，把脑袋枕在手上……忽然，一声可怕的炸雷把她从梦中惊醒……随后是一连串表示惊慌的动作，表示惶恐不安和恐惧的动作，急遽的舞蹈……

那不知名的舞娘的头发披散下来，在急速的奔跑中明亮如海浪一般的秀发拍打着她裸露的双肩。

一阵砭人脊骨的劲风包裹着她那火热的躯体。舞娘的眼睛灼然有神，像两颗绿宝石发着幽幽的光。突然而至的寒冷令她双腿颤抖。

最后，她终于醒过神来。她仔细打量着四周，浑身打着寒战，加上恐惧，她茫然向前走去。她在外面徘徊许久，但仍然还是找不到自己家的门。她越走越快。她跑起来了。

沿着她跑去的方向，一路上有许许多多的门。可她连一道门也打不开——所有的门都被锁得死死的。最后，终于有一道门在她坚强的努力下让步了。

舞娘停下脚步。胆怯地谛听着什么。悄悄地行走在地毯上。

又有什么把她给吓了一跳，于是，她又连忙拔腿飞跑起来。她跌倒了。

她躺着……掌声四起……她忽然奔起来。然后她飞快地奔跑着，急遽地消失在敞开的帷幕的皱褶里了。

客人们纷纷开始提出各种推断。几乎没有什么人不被猜测到!

人们纷纷向埃列奥诺拉打听。但连她自己也不知道。她说：

“我从未见过这人，这和戴黑面具不一样。”

但或许她只不过是在装模作样，说她不认得？一丝微笑从她嘴唇边掠过。

坦克连德和伊莫格纳连自己都没察觉两人是如何居然进了一间半明半暗、离得相当远的客厅。坦克连德是第一次和伊莫格纳单独相处。两人都在为那个舞娘那开放的美而激动不已。

坦克连德问：

“给我讲讲您的童年好吗。”

伊莫格纳听话地讲了起来。随后，坦克连德开始和她谈起她的未婚夫来。

“帕尔拉德－伊－叶列季阿先生是个非常可爱的年轻人，他值得您爱。”

“嗯，是啊！”伊莫格纳高兴地说。

“他很谦虚、很勇敢、很漂亮、很聪明。”

伊莫格纳不出声地笑了，并用感激的眼神望着坦克连德。

“他应该会很爱您的吧。”

“他是很爱我。”

“可他还是走了。”

伊莫格纳的眼里涌上了泪花。坦克连德又说：

“不要伤心。会回来的。他走您不苦恼吗？”

伊莫格纳的模样就像一个可怜巴巴、孤立无助的婴儿。当然，她是很懊恼。难道他就不能抛弃这个职位吗？我们一生中只能爱一次。她嘀咕道：

“无可奈何呀！”

“他经常给您写信吗？”

“差不多每天一封吧。”

“差不多！那您呢？”

“是的，阁下。”

说着，声音里已经有了哭腔了。坦克连德很愿意欣赏她这副尴尬样儿，就又问道：

“您想他想得很厉害吗？”

“是，有点儿想。”

她是想竭力表现得更坚强一些。坦克连德又说：

“我相信，巴黎生活的无穷诱惑是绝对打动不了他的。他到那儿会永远都想着您的。而您也会总想着他的。做一个忠实的妻子这的确是很感人的。爱情的锁链是不可打破的。谁一旦在爱，谁就不再是自由的。尽管一个人不会爱锁链，但却会比较情愿地戴上这条锁链。”

伊莫格纳的心由于轻微的恐惧而战栗了一下。据说，法国女人都非常迷人而且特别会调情。

坦克连德继续勾引她。他夸赞她忠实，夸赞她具有尊严。他那嘲讽的毒药潜入她的内心，使她心灵燃烧和发起病来。讥讽最终渗透心田，然后揭示出一堆矛盾。对未婚夫的甜美的忠诚融化为奴从。而他的尊严也随即变成可笑和卑微。

伊莫格纳哭了起来。坦克连德在安慰她。他没别的可安慰，无非是些话语罢了，这些话语听起来似乎无足轻重，可却使得她心里暖洋洋的。于是，她的心已经开始倾慕于坦克连德了，而坦克连德自然也早就温柔地爱上她了。她内心的感情之间的对立和斗争是十分奇特而痛苦的，于是，对于风流倜傥的花花公子坦克连德王子的突然倾慕迅速使其内心情人化，而对于未婚夫、巴黎使团秘书马努埃尔·帕尔拉德－伊－叶连季阿先生的那种平常的、大众允许的、日常的爱，则被疏远了、陌生化了。

而坦克连德呢，是一个永远处于流变中的坦克连德！他已经感觉到自己身上沸腾着新的激情，感到自己已经又爱上了伊莫格纳——一个有着一双紫罗兰式无辜而纯洁的、激情澎湃的眼睛，嗓音又细又亮的姑娘。

可这次幽会不能无限制地延长。坦克连德一个人从客厅里先走出去。舞会还在进行，但这天他没有再去跳舞。有人向他介绍了利林菲尔德。坦克连德对于这位银行家自信而又彬彬有礼的风度十分欣赏。

然后进行纸牌游戏，玩得很大。利林菲尔德巧妙地输给了坦克连德一笔相当大的巨款便不玩了，声称他——按他的话说——从非洲带回来的严重的偏头疼搞得他很狼狈。在和王子告别时，他邀请王子到他家去打猎，坦克连德高兴地接受了邀请。

在喝了许多酒的晚饭后，在已故侯爵的书房里，聚集了一伙儿坦克连德的密友。太太一个也没有。谈话是自由式的。大家聊起了忌妒。于是忽然间都有些尴尬起来。为了以散漫放肆冲淡这种尴尬，罗伯特·卡迈开口说道：

“在我们这个时代忌妒妻子是野蛮的和非现代的。我并不反对忌妒，但忌妒妻子这可实在是太幼稚了。”

“正派人一般会忌妒情人的。”宫廷大臣涅利塔说。

“是啊，”卡迈又说，“任何人都有一个自己的情人，而人有妻子乃是为了别人——为了家、为了家庭、为了社会、为了名望、为了朋友、为了妻子的情人。”

坦克连德笑了。

“这话说得太机智了！”他感慨道。

大家全都笑了起来。忽然，坦克连德皱紧眉头。

他问：

“您是不是个例外呢？”

“嗯　不是。”卡迈平静地说。

“包括对于我的妻子？”坦克连德故作平静地问道。

卡迈伯爵嘿嘿笑了，说：

“您那位至高至尊的女主人活着可不是为了阁下您，而是为了国家呀。君主更加关心的是如何管理国家，而不是丈夫的爱及其不可靠的忠诚。而这对于阁下您来说岂不正中下怀。”

“为什么？”坦克连德不自然地笑着问。

卡勃连拉公爵代卡迈伯爵回答道。

“因为，”他说，“我们群岛上的女人都不善于节制怒火而且非常忌妒。而且，她们非常易于以那发赫人[①]或我国古代达卡人的方式行事。”

坦克连德今天喝得比平常多，因此变得更加放肆直露。他说：

“做女王的丈夫！哎，这可实在是太奢华了。国王的丈夫不是

① 居住于美国西南各州的印第安人。

国王呀。”

“既有崇高地位所提供的荣誉，而又不必担负这种地位所承担的负担和责任。”公爵卡勃连拉说。

“荣誉！甘心只做一个王朝的生产者么！”

“难道这责任还小吗？”卡勃连拉问。

坦克连德又说：

“国王妻子的地位要比这好得多。她将与国王一起分享他的称号和荣誉。可加冕的是她。我不明白，当我同意这一辉煌的组合方式时，我的理智都到哪儿去了呢。”

卡迈伯爵露出宫廷大臣式客气的笑容说：

“无论如何，阁下您果断的决心使我们拥有了罕见的幸运，可以时而拜会您的圈子，并享受一个由如此迷人的绅士组成的上流社会。”

坦克连德反驳道：

“我亲爱的伯爵！如果我不是知道您平常对我总是一成不变地非常之好的话，我会把您叫做一个谄媚逢迎者的。”

“阁下，请您相信……”

坦克连德急急忙忙打断了他的话：

“不，不要夸我。现在这些都是多余的。我需要的不是这些。我非常伤心。”

“请您多加忍耐，阁下，”卡勃连拉说，“您周围都是忠实的朋友。一切会迎刃而解的。”

坦克连德和他握手，说：

“我需要钱。靠这几文钱我无法生活。国家集聚财富有什么用。”

“当然，”公爵说，“假如国家遵循阁下您睿智的教导的话，那它定能成百倍地收回自己的财富，那样，也就能使得阁下您有可能过上最辉煌的生活了。”

“可我目前所处的这种双重地位令人太苦恼了。”坦克连德说。

卡勃连拉公爵仰靠在安乐椅的扶手上，把一根粗大的雪茄的灰色烟灰抖落在绿色的地毯上。他那双尖锐的灰眼睛带着预言家式的激情洋溢的神色望着远方。他又瘦又高，做事果断，勇敢无畏，由于经常喝酒而脸色微红，他也是一个真正的老练的国王制造者。坦克连德带着信任的表情望着他。他说：

“实话说，我不喜欢，奥尔特鲁达兴许会把这个激进的角色给演砸了的。”

卡迈伯爵语气略带讥讽地说：

“政治是十分睿智的。”

“结果也许会很糟糕，”卡勃连拉说，“我们把全部希望都寄托在阁下的警惕性、爱国主义和智慧上了。”

这些想要拯救祖国的人全都喝得醉醺醺的，他们的舌头也转动得不那么灵活了。

47

阿夫拉来到《向前进》杂志编辑部。她知道她可以在此找到菲利普·梅齐奥。编辑部内正在进行平凡日常的工作。阿夫拉穿过编辑部阴暗的走廊来到主编室。

一个煞像吉卜赛人的身段敏捷动作灵活的小男孩咧着大嘴——因此而使得本来就大的嘴越发大了——笑着对她说：

“梅齐奥医生很忙，谁也不接待，可是，对于您，亲爱的小姐，我马上向他报告。”

小男孩敲了敲门，轻轻启开一条缝，喊道：

“莫尼格季太太！”

“很高兴，请进。”门后响起一个响亮的声音，从这声音中那明确的口音可以断定，主人性格坚决干练。

阿夫拉走进书房。门在她身后又被关得紧紧的了，就好像主编那坚决的性格使得这里的一切都被催眠了似的。

菲利普·梅齐奥一个人坐在书桌前。这人是阿夫拉所爱的人，而他也爱着阿夫拉。只不过他对她的爱，就像一切沉迷于工作中的十分纯洁的人们那样，对待女人总有些严肃、有些笨拙和腼腆。他俩常常见面，但他们的吻是纯洁的，他们的爱是纯洁的。

菲利普·梅齐奥长得并不漂亮，皮肤黝黑，动作敏捷，他身上敏捷多于强壮，一双十分聪明的眼睛总是带有令人不快的警觉的神情，嘴唇的线条似乎也过分严峻了些，漂亮宽大的前额上刻写着清晰的皱纹。他有一副如在广场或议会里会很响亮、但在屋里却显得令人难以接受的大嗓门，他说出的话重音清晰准确，总是像被磨得锋利无比的短剑刀刃闪闪发光。阿夫拉爱上的就是这么个人，这人拥有多得无以计数的忠实于他的朋友、男女崇拜者，许多被他那熠熠闪亮得令人感到意外的目光和激情洋溢的火热话语所倾倒的美丽的姑娘们，全都疯狂而又无望地爱着他。

医学博士菲利普·梅齐奥是党内公认的领袖，是一个天生就适合上讲坛宣道的人。他可以说是个天生的蛊惑家，面对倾听他讲话的公众是他感觉最佳的时刻，哪怕他面对的实际上是一些仇恨他的自得自满、脑满肠肥的小市民。他的话语征服了工人群众，在劳动人民心中燃起了不灭的信心之火——还有的简直可以立刻登载在报纸上。他的一举一动、他的目光、他突如其来的讽刺——所有这一切，都是令他的那些政治上的敌人们浑身颤抖、脸色发白，而令他的同道者们心花怒放、欢天喜地的一切。在对议会或公众讲话时，他并不诉之于过分精雅的话语方式。他所说的话，如果搁在别人嘴里，兴许会显得像陈腐的老生常谈。可当菲利普·梅齐奥重复到一千次，说私有财产作为生产工具应当消灭时，似乎在电闪雷鸣中产生了新的法则，这一法则是从一个人火热的心在燃烧的战栗中产生的，此人以令人羞涩的痛苦、光荣的生命为代价，以沉重的思维努力为代价，在为人们争取对于绝对真理的认识之权。

菲利普·梅齐奥具有坚强的自制力。今天早晨他在电话接线员的群众大会上讲了话并大获成功。姑娘们在鲜花和欢天喜地的喊声中把他送回了编辑部。此刻，芬芳的鲜花还插在黏土和玻璃的花瓶里，在书桌上，在搁架上，在窗台上，菲利普·梅齐奥却十分镇静，就好像可爱的姑娘们的欢呼喝彩声丝毫也不曾打动过他似的。

菲利普·梅齐奥面前摞着一沓书信。他和阿夫拉问过好后，便埋头继续读信。对阿夫拉说：

“机器厂来了好消息。工人们组织起来了，准备采取行动了。”

“您怎么那么喜爱折磨人啊！”阿夫拉说。

“什么？”梅齐奥惊奇地问。

“菲利普，无论我什么时候来，您都忙得不亦乐乎，”阿夫拉说，“您一点儿都不注意我！”

“亲爱的阿夫拉，我的确很忙！”梅齐奥说，“但您来我是非常非常喜欢的。您的到来使我蓬荜生辉。”

“可您和我说话的时间实在是太少了啊，”阿夫拉埋怨道，“您从来不主动找我。哪怕是休息时也不叫我来。”

“亲爱的阿夫拉，您看我有时间休息么！正在忙一件大事。无产阶级该进行一次有组织的行动了。”

可他还是飞快地把没来得及读的信件整理成一堆，把读过的放在另一堆，每堆都分别藏起来，然后坐在阿夫拉身边的沙发上，做出一副一个正在休息的人的姿势。他看样子很疲倦，表情似乎漫不经心，一眼看得出，他实际上心里还在想着自己的工作。

阿夫拉叹了口气。他看了她一眼，在他那蓦然活跃起来的眼睛里现出一种节制激情的表情。他拉住她的手久久地吻着她。问：

“哪个是您带来的花？”

“噢，菲利普，您居然没有察觉呀！”

她拿起自己所坐的沙发旁边的一束花，说：

“您这里今天有这么多的花。如果您允许，我把这两个花瓶里的花归并到一起，而把我的花放在空出来的花瓶里好吗。”

“太好了！”梅齐奥高兴地说，“您身上淳朴天真的魅力最吸引我了。我感到奇怪的是，您竟然能够在充满各种诱惑的上流社会里保持自己的纯洁。”

阿夫拉关切而又小心地移动着花束，问：

“难道您真的认为必须进行武装起义吗？”

“不，”梅齐奥说，“我们并不想举行起义。”

“那您为什么还要准备起义呢？”

“为什么？武装起义不是必须做，而是——遗憾的是——必然会发生的。”

“您对此充满信心吗？”

“是的。工人在自己的工会里已经拥有足够的组织。无论政府怎么努力反对官员组织自己的工会，但在某些方面它总归会让步的。教师工会的存在没有一点儿障碍。前不久我们刚刚胜利地登记和注册了邮局电信职工和电话员工会。但是，仅有组织还不是一切。现在已经到了开始着手剥夺生产工具的时候了。该行动了。假如舞台上只有资本家和工人的话，”梅齐奥说，“问题的解决可能会以某个阶级的简单的胜利或是相互妥协结束。可是，资产阶级国家是为了西欧资本的利益服务而组织起来的，这是一股强大的与我们敌对的力量。资本是不会不经过绝望的斗争就作出让步的，而国家会以一切力量在这个问题上给它以帮助的。国家会捍卫他们所谓的秩序，而反对他们所谓的动乱的。他们会派遣警察和军队到工厂和矿山。警察会冲散我们的会议，并且丝毫也不犹豫地启用拳头、棍棒甚至武器和武力的。如果我们在什么地方对这种暴力实施抵抗的话，那政府就会宣布当地处于暴乱状态，就会任命一个新的军事总督，那样一来，军队也会出现在我们的会场的。如果我们不散场，军队就会开枪，这样一来，我们除了选择服从以外，另外一个选择就是发动内战。”

“可是如果罢工得以和平进行呢，”阿夫拉问，“而工人们拒绝对警察和军队实施抵抗呢？”

“这个问题的技术方面是人所共知的，”梅齐奥又说，“政府无论如何都想要破坏罢工，引起武装起义，他们希望让全国血流遍地，以此恐吓工人。为此，它只需派出两三个侦探就够了。他们只需朝军队开两三枪，士兵们就会相信站在他们面前的是敌人。”

“可您忘记了，梅齐奥，女王奥尔特鲁达是不会同意实施军事管制的。”阿夫拉说。

梅齐奥语调平静地说：

“善良女王的意志胆怯的资产阶级议会的愤怒是无济于事的。至少人们会打死她或是推翻她。不，阿夫拉，我们应该对所有偶然事件作好准备。总罢工、武装起义、无产阶级夺取政权——这就是我们这条道路的所有阶段。”

“可您对黄色工会就一点儿也不担心吗？”

“小事一桩！我们中央委员会已经决定成立战斗义勇队。此事已经开始运作但处于高度保密状态。”

阿夫拉笑着说：

“菲利普，您对我可真是开诚布公呀！您可知道我和奥尔特鲁达是朋友。”

“从我们组织来说，”梅齐奥说道，“对于奥尔特鲁达个人及其家庭来说，不会遭受到任何哪怕很小的危险。对此我敢于向您保证。就让她搞她那些无害于人的绘画吧——我们丝毫也不反对她那些可爱的风景画——画里充溢着那么多的情绪，以及她以真正富于艺术技巧的功力对那些赤裸的姑娘们的表现，将来会被国家画廊所收藏的。”

阿夫拉笑着说：

“我忽然想起刚才我碰见一个老实女人的十分可笑的事儿。这个女人是个所谓的话匣子，可尽管如此，她究竟还是没有出卖秘密，唯一的原因就是她根本不知道那个秘密。”

说完，她讲述了阿尔东莎·日里斯的事儿。

“这人，不用问，是坦克连德，”梅齐奥愤怒地说，“这个冒险家是不会放过任何一个牺牲品的。但他很快便会扭断自己的脖子的。”

“那我说的那个话匣子您就一点儿都不担心吗？”阿夫拉问道。

“让她尽情地说吧，阿夫拉，爱说多少说多少吧，”梅齐奥说，“我相信，在对您的朋友提出警告时，您不会对她们说出一些不该对她们说的话的。但关于人民正在作准备的事，您可以告诉她们。我们在议会里也对多数人公开说明这一点：如果你们不尽快实施巨大的社会改革的话，就必然会发生武装起义。我们在人民中间散发的数千本小册子，也都在说明这一点。人民已经被搞到绝望的地步了——请向您那位高贵的朋友经常重复申述这些简单而又可怕的话吧。”

“奥尔特鲁达会牢牢记得这些话的，”阿夫拉说，“可她该怎么办呢！”

“和我们一样，”梅齐奥说，“无所作为呗。事件的进程是无可挽回的。我们只能使事件的发展进程更加顺利罢了。提供武器，阿夫拉，这是一个绝大的秘密——这件事正在顺利进行当中。除此之外，我们还在山上建造了自己的工厂，以便分发冷兵器。那里生产的刀剑特别锋利！我们还在国王城堡旁边建造了一座冷兵器库。”

“为什么要这么做!”

“在那儿找了一个安全地方。又一次，的确，我们的人疏忽了。士兵们把他们完全给包围了，可是，假如相信他们讲述的那些混乱不堪的话，后来是一个高雅脱俗的仙女，一个蔚蓝色山洞里眼睛黢黑的女王把他们给救了。”

阿夫拉转身面对窗子。她装作发现街上有什么有趣的事儿的样子。她的脸上现出犹豫不决的神色。梅齐奥又说：

“这些人都十分迷信。我不知道，他们在那儿究竟见到什么了。这是个危险的差事！走私犯们是很难保持心理平衡的，这是可以理解的。您在那儿瞅什么呢，阿夫拉?”

说着，他也走到窗前。说：

“这就是我们军队的部队之一。”

说着，他打开窗户。从街上传来歌声：是女人的声音在唱着国际歌。街上走着一队光着脚的姑娘们和妇女们，都穿着一模一样的普通民众穿的衣服。她们的脸色都喜气洋洋，衣服和头发上插着许多花朵，有几个人手里还擎着带有图画和字母的旗帜。

“您所看到的这些女人，”梅齐奥解释道，“都是电话员和乡村教师工会的成员。他们正在庆祝电话员工会正式成立。”

阿夫拉问：

“为什么他们全都穿着一模一样的衣服、戴着同一种颜色的带子呢?”

梅齐奥笑了。说：

“说来不好意思，我得坦白地说，民众的迷信帮了我们宣传员的忙。有关那个新近被发现的山洞以及白国王的流言蜚语，全都帮我们的大忙了。我刚才对您讲述的那些人们，全都非常仔细地描述了那位高贵的庇护人所穿的服装。这对她们来说并不难，并不需要多么了不起的想象力，任何一位农家妇女都可以充当她们的模特。可是，由于他们想象那位高贵仙女是站在工人大众一边的，于是，这些被组织在工会里的姑娘和女人们也便一字不差地按照他们的讲述穿戴起来：绿底红边的穗子——像石竹花的叶子——用一条绿色带子取代腰带，白色不透光的皮带扣，头上是带有红色珠串的白色头巾，像那位高贵仙女一样，她们把平底鞋系在腰带扣上。

“这件衣服是奥尔特鲁达喜欢穿的。”阿夫拉犹豫不决地推断说。

说着，她以疑问的眼神盯了梅齐奥一眼。梅齐奥说：

“我已经猜到您想说什么了，亲爱的阿夫拉。可暂时让这位任性的女王对此一无所知的好。她没有孩子，因此才会千方百计地给自己找乐子。而对我们来说，蔚蓝色山洞里那位神奇的女王倒是更令人愉悦。这些无辜的童话不会伤害任何东西的。乡村教师对于我们非常有益。她们离人民最近。”

“可是要知道他们没受过多少教育呀，”阿夫拉说，“而且我觉得，他们中间多数人不会有什么前途的。”

“这不要紧，”梅齐奥说，“总有一些过分愚笨的，这类人我们不会动他们的。那么您的奥尔特鲁达，仍然爱着那位坦克连德吗?”

“是啊，和从前一样，但已经开始渐渐看清他了。”阿夫拉小声说道。

“关于他的那些爱情奇遇以及他想当国王的事儿，她知道一些情况吗?”

“不知道。”

“您为什么不对她揭露真相呢?”

“最好不要让她从我嘴里得知这些事儿。女人们往往会仇恨那些给她们带来此类消息的人。而如果她仇恨我的话，我会很痛苦的。她的口头禅是——谁能证实这事儿!”

“我会心满意足地把这位绅士吊死的。”梅齐奥说，“这个爱慕虚荣的冒险家，这个狡猾阴险的赌徒和德国人。可我得承认坦克连德在某些方面是我们用得着的人。他的政策和他的好色行为，会在资产阶级和工人眼里丢这个王朝的脸。如今我们决定再次发动针对这位绅士的行动。我这就给您朗读一篇文章。”

梅齐奥从书桌上拿起一张窄窄的编了号的字条。阿夫拉问：

“我希望这不是关于他的那些艳遇的吧?”

“正是如此。”

“菲利普，为什么要这么做!”

“阿夫拉，我亲爱的，我已经在您面前赔罪赔了这么久，早就告诉过您，他在这方面的行为必然会被涉及。但一切都有个限度。只要他的活动只限于他活动的那个圈子里，那我们便与此没有任何关系。我们都知道得很清楚，一个辉煌家庭里表面的慈善家会付出多大代价。可他竟然会伤害一个女工。这已经令人忍无可忍了。”

梅齐奥为阿夫拉朗读了他反对坦克连德的文章。

她的心里即刻装满了能够致人死命的讽刺的毒药。阿夫拉的双眼燃烧起了疯狂的仇恨的火焰。她交叠着双手，祈祷式地说：

“亲爱的菲利普，请再加上这几句话！”

说完，便对梅齐奥口述了几句恶毒的语句。梅齐奥嘿嘿笑了。说：

“阿夫拉，您真无情残酷。我会高兴地把您的话语插入文章中的。对您说话我不必虚伪地谦虚什么，不必夸张什么，更不必恭维谁：尽管我善于用浸了毒药的箭刺杀敌人，但您的讽刺即使搁在我愤怒的文章里也不会失色的。”

阿夫拉满意而又骄傲地脸红了，急速地鞠了个躬，吻了吻梅齐奥的手。

48

银行家利林菲尔德与坦克连德王子的关系成功而又迅速地发展成熟。利林菲尔德成了非洲殖民协会——这是取得坦克连德好感最可靠的途径——的成员，并且给这一协会捐了一笔巨款。此外，还向基督之爱之家作了巨额奉献，为的是取得王后克拉拉的好感和庇护。

利林菲尔德想趁坦克连德的非洲计划在欧洲财政界还不大为人所知之时，赶快充分利用这一有利时机。他指望靠这些阴谋勾当为自己赢得巨额财产。

他还花费大笔钱财用以收买报纸以及议会中那些最有影响力的议员。许多报纸开始大事宣传舰队、殖民以及与大国结盟等问题。

议会财政委员会里形成一种情绪，似乎极有可能为舰队进行大笔投资。

每次和坦克连德见面，利林菲尔德总要拉他打牌，并且输给他好多好多现金。坦克连德王子已经和维克多·洛连纳谈过利林菲尔德想要得到贵族头衔的事，并且对他所做的善事也大加揄扬——利林菲尔德极其善于使坦克连德知道自己朝思暮想的理想就是成为一个贵族。洛连纳告诉王子还需要再等一等，等利林菲尔德再作出一些有益于公共事业的牺牲，并且也为了不致引起什么争议。洛连纳说：

“对他来说，花几百万建立一所以阁下您的思想教育小男孩、培养军人阶层的学院根本就不算什么。我们可以把这所学院命名为奥尔特鲁达一世和坦克连德王子斯巴达式教育学院。”

坦克连德很喜欢这个想法。

“是啊，”他高兴地说，“如果他能想到这一点那就好了。”

洛连纳笑笑。

“我负责让他想到。”

《向前进》报纸上登载了一系列非常尖锐的文章抨击王子兼女王丈夫。出版物上还从未登载过如此尖锐公开抨击坦克连德的文章。文章直截了当地指出他那种危害国家利益的冒险主义和无道德行为。

被银行家利林菲尔德的金钱收买了的资产阶级出版物起先想要对此类文章不闻不问，随后又表达了激烈的愤怒之情，谴责有人居然敢于诽谤王子兼女王丈夫。但在社会上这类揭露性文章掀起了一场丑闻闹剧。传闻终于传到奥尔特鲁达的耳朵里，尽管她是偶然得知的。这事儿是这样发生的。

奥尔特鲁达正在城堡的北塔楼里面对一幅刚刚起笔的画布用功，她正在精心描摹一个站在高台上的年轻姑娘那温柔而黝黑的俊美的躯体。这姑娘是宫廷大臣夫人所管辖的那家学校的学生。维洛尼卡·涅利塔正站在奥尔特鲁达身边，在小声和女王聊着什么。

不知道是出于什么动机——或许，只不过是因为一阵恶毒的心理病态的冲动所致吧——维洛尼卡·涅利塔对奥尔特鲁达转述了那些文章的内容，而且同时还告诉她，女艺术家萨宾娜·法涅利就曾是坦克连德的情人。

“这几期报纸我凑巧随身带来了，”她说，“如果陛下想要进一步了解这几个无法无天的强盗最新的令人不齿的行为的话。”

奥尔特鲁达略有几分不自然地说：

“谢谢您，亲爱的维洛尼卡。您非常客气。谢谢，请把这几张报纸先搁我这儿。等我有空儿再看。”

等剩下一个人后，奥尔特鲁达读了菲利普·梅齐奥的文章。一字一句都像是鞭子抽打在她身上。奥尔特鲁达很气愤，也很害怕。她歇斯底里式地又哭又笑。文章对于坦克连德那些爱情奇遇的暗示，她并不怎么相信。况且，对于她那饶恕一切、对一切都彻底相信不予怀疑的爱情来说，偶然发生的轻浮的背叛又算得了什么！可是，文章中关于他的阴谋的那些话，却令人感到恐惧。她开始为怀疑而苦恼。

难道这是真的吗？抑或只是诽谤？谁能告诉我！怎么才能得知真相！即使情况再怎么糟糕，让我知道也比让我蒙在鼓里好得多。奥尔特鲁达想起了维洛尼卡说过的那个女艺术家的名字。她心里忽然燃起想要见一见这个女人的愿望。尽管她对维洛尼卡的话也不是十分相信。她心想即使这事真的有过，那也仅仅只是坦克连德的一时兴致罢了。她甚至已经作好了随时对这一淘气行为表示宽容的一笑了之的准备。

这个女人是个雕刻家这一点使得奥尔特鲁达有了一个想法，她何不向她订做一尊自己的雕像，然后送给坦克连德呢。她几乎已经决定马上打发自己的秘书卡尔·莱默斯去一趟。可不知为什么却迟疑了好久。

生日那天女王奥尔特鲁达和平常一样，收到许多许多书信和申请书、请愿书，要求女王批准提高津贴、增加补助及其他一些恩惠。所有这些文件都要经过卡尔·莱默斯之手。这样一来，奥尔特鲁达便不得不和秘书一起工作得比平常更久一点。秘书表现出来的勤奋和勤快以及杰出的才华——对此，奥尔特鲁达不知为何以前竟然几乎是一无所知——使她感到很愉悦。莱默斯是一个身段细挑、个子很高、有一头淡褐色头发的年轻人，是坦克连德带来的不多的几个人中的一个。

奥尔特鲁达对于莱默斯对她那种恬静、温柔的彬彬有礼的态度十分欣赏。她从他眼里看出他非常非常地崇拜她，最后，她终于明白了，他其实是爱上自己了。她为这位年轻人惋惜——这一点他自己当然也应该明白：他的爱情是多么地无望啊——所以，奥尔特鲁达对待他总是那么既温和又忧郁。每当他走近或是离开她身边，用长着丝一般柔软的髭须下的嘴唇长久地吻着她的手时，她并不急于把手拿开。

维克多·洛连纳在向女王汇报前，先来拜访坦克连德王子并告诉王子说，司法部决定起诉《向前进》报纸的主编犯了诽谤王子兼女王丈夫之罪，今天他就是来请求陛下恩准的。坦克连德坚决不同意这么做。他说：

“亲爱的洛连纳先生，问题关系到我个人，因此对此问题我也有表决权。我坚决反对这一在各个方面都极其不合适的程序。”

“请原谅，阁下，”洛连纳说，“司法部仔细地研究过这个问题，认为除此之外没有别的办法。”

“这会是一件令人苦恼至极的闹剧。”坦克连德激动地说。

“可这有什么办法呢！共和派们正大肆利用这些传言在危害国家和政府呢。”

“对于这种行为的最好回答是蔑视。”

“可问题牵涉到整个国家的利益呀。”

“是啊，”坦克连德懊恼地说，“要是您手里有办法让这个强盗闭嘴就好了！他会在法庭上大放厥词的。上帝知道他会说些什么，而他的话马上就会在全国传得沸沸扬扬的。”

洛连纳以其惯有的自信说：

“监狱只会使他名声大震，而又不会使我的名声稍稍受损。”

“我会把阁下您的意见转达给陛下的，”洛连纳说，“可我担心您所说的那种办法可能会导致内阁垮台的。”

在接见结束时，洛连纳向女王汇报了梅齐奥文章的事儿，并说了内阁的决定。

“可是，陛下，”他说，“坦克连德王子阁下不愿意诉诸法庭。”

“为什么?”奥尔特鲁达轻声而又哀伤地问。

洛连纳把坦克连德的话原原本本说了一遍。奥尔特鲁达没吭声。她问：

“亲爱的洛连纳先生，您对这个问题怎么看?”

洛连纳轻轻耸耸肩膀。说：

“我不能向陛下隐瞒，如果按照王子阁下的办法，可能会使内阁陷于困难处境。”

“我同意内阁的意见，”奥尔特鲁达说，“对于这种令人气愤的诽谤，我们不能不予反驳。而且，由于梅齐奥是个名人，所以，这种诽谤更加危险。至于坦克连德王子，我会亲自和他谈的。”

说到此处，奥尔特鲁达沉浸在自己的思路里，忘记了自己面前的这个人对于自己的哀伤根本就漠不关心，轻轻地自言自语道：

“让真相大白吧。”

坦克连德始终无法把伊莫格纳从自己的头脑里赶出去。让她爱上自己已经成为坦克连德此刻的理想。他一刻也不停地跟踪着她。他早已在自己周围建立了间谍网。他的耳目们会把伊莫格纳的一举一动都向他汇报无遗。他得知今天伊莫格纳将蒙奥尔特鲁达召见，于是，在接待首相之后便来到了奥尔特鲁达这儿。他还想顺便尽快了解一下奥尔特鲁达对待诽谤案的态度。

奥尔特鲁达对他说：

“亲爱的坦克连德，我好为您伤心啊。对于您高尚的动机我是理解的，但我想要为您辩护，哪怕这有违您的意愿也罢。”

“我亲爱的奥尔特鲁达，请您仔细掂量一下后果。”

两人争执了好长时间。坦克连德犯急了，以致使得争论像是争吵。这在他们的生活中是头一次吵架。

奥尔特鲁达看出自己的固执己见令坦克连德很不快，可她仍然固执己见、坚定不移。她隐隐有一种甚至令她自己感到有些可怕的类似幸灾乐祸的感觉。

坦克连德走出女王奥尔特鲁达的办公室。他故意做出一副漫不经心、百无聊赖的样子。他善于戴假面具。

他一眼看见了伊莫格纳。年轻的姑娘正在等待女王接见。前几天她刚刚被授予了宫廷官衔，这次来是向女王表示感谢的。

坦克连德开始向她大献殷勤。她脸红了。宫廷大臣涅利塔悄悄走过来，嘀咕道：

“对不起，阁下。陛下正等着召见伯爵夫人梅拉多呢。”

坦克连德笑笑。

“对不起，伊莫格纳，我耽误您了。”

说着，握了握她的手。他走开了。伊莫格纳前去蒙奥尔特鲁达召见。阿斯托利夫阴沉沉地盯着正在离开的坦克连德的背影。阿夫拉走到他身边，问：

“你不喜欢他吗，阿斯托利夫？不喜欢这个漂亮的王子吗？”

阿斯托利夫气愤地喊：

“漂亮的王子！嗯，我可不觉得这个丑陋的德国佬有多么漂亮。”

“真的吗？”阿夫拉微笑着问。

阿斯托利夫气愤地说：

“这家伙肯定又去找相好的去了。他有的是相好的。他和奥尔特鲁达待在一起感到烦闷。他也讨厌那座古老的国王城堡。他在我们这儿是个外人。”

阿夫拉皱着眉头听他说。她笑了笑，又问：

“可亲爱的阿斯托利夫，你该不是在吃醋吧？真的，是不是在吃醋？你爱上她了？你坦白说，你个小小的吃醋鬼。”

说着，轻轻笑了笑，她的笑声像小溪流水潺潺。阿斯托利夫脸上绯红。他全身颤抖，像海岸边一棵被燥热的西洛可风①摇晃下的小小的棕榈树。他嚷道：

“我……我！您这是在嘲笑我，残酷的阿夫拉！啊，我在吃醋！我只不过是个孩子，一个可笑可怜的孩子罢了！”

他害羞得哭起鼻子来。被晒得黢黑的脸上淌下了令人感到好笑的大滴的泪珠。泪珠令他的嘴唇发痒。他使劲儿一甩脑袋。阿夫拉像同伙儿一般紧紧地攥住他的手。把他拉进自己怀里。他执拗地反抗着。

① 南欧与北非的一种燥热的风。

“我同样也在吃醋。”她悄悄说。

说着，她也脸红了。她垂下眼帘。不自然地笑了笑。

“您吃谁的醋?”阿斯托利夫吃惊地问道。

没吭声。只是脸色绯红。又笑了笑。

“你爱他!”阿斯托利夫嚷道，“你爱那个外国佬!”

“不!”阿夫拉也嚷道，“当然不是。你想什么呢，你，阿斯托利夫!”

“那究竟是怎么回事儿?”

“她爱他，这使我很痛苦，我吃的是这种醋。”

“你爱她吗?”阿斯托利夫惊奇地问。

阿夫拉什么话也没说。

“听着，阿夫拉!”阿斯托利夫说，“我会报复他的。我认识两个人，一个叫兰谢奥利，一个叫阿尔东莎·日里斯。我从女王那儿要来了她的带子让兰谢奥利看了。他相信我是那位高贵仙女派来的使者了，因此他们都听我的话。一旦坦克连德去找自己相好的，兰谢奥利便会跟踪他，告诉我他所在的地方，我会把女王带到那里。”

“发疯的孩子，千万别这么做!”阿夫拉嚷道。

阿斯托利夫生气地瞥了他一眼，便跑开了。

49

坦克连德越来越无法忍受对于伊莫格纳的爱情，急欲强烈地占有伊莫格纳那无辜的灵魂和美丽的肉体。他决定到她家去把她堵在没有外人的家里。于是便想出一个狡计。有一次，在午餐以后，他点燃一支烟，对卡勃连拉公爵说：

“亲爱的公爵，为什么这么长时间我在您这儿没看见侯爵梅拉多了呢？他不会是出门了吧?”

透过紫罗兰色的烟雾，他飞快地瞥了公爵一眼，轻轻地一笑。公爵等坦克连德一张口就猜出他什么意思了。说：

"是啊，侯爵很长时间没到我这儿了。但我希望他下礼拜二能来我这儿吃午餐。"

于是，下周二坦克连德打算在傍晚前赶到梅拉多城堡。这城堡距首都城里如果从岸上走得好几公里，而如果坐船从国王城堡附近的海湾过去便近得多。可是，星期二早晨起来坦克连德忽然想起这天他约好了要和伯爵夫人马格丽塔·卡迈见面。坦克连德心绪懊恼。忽然，他觉得这个喋喋不休、情欲旺盛、吻起人来像水蛭一样黏黏乎乎喳喳有声的女人，此刻忽然讨厌无比。可是，一种奇特的好奇心，说不上是残忍还是欲火，促使他还是来找马格丽塔来了。坦克连德于是动身去了马格丽塔家。

马格丽塔带着夸张的温情向他扑来。她和平常每逢他在场时一样表现得欢快而活泼。坦克连德则心不在焉。他很懊恼自己怎么来这儿了呢。他真不愿和她温存，真不愿回应她的抚爱，真不愿看着她的笑容，真不愿听她呢呢喃喃。而且，他竟然不知道该和她聊些什么话题。只是上流社会的积习才没有促使他回答问题时显得过分冷淡。忽然他想要尽快离开这里。于是，他说：

"对不起，我亲爱的小鸟儿，我亲爱的马格丽塔，我得赶去参加改造舰队爱好者同盟委员会会议。我多么想在您这儿多坐一会儿。可是，不行啊，我必须离开你了。"

"这么快！"马格丽塔嚷道，"坦克连德，您这是在开玩笑！"

"真的，我亲爱的小金鱼儿。"

"不行，这不可能！"马格丽塔说。她的声音听上去像是一个被惯坏的小孩。"我不放您走的。我要您留下来跟我温存温存。"

坦克连德沮丧而又固执地重复说：

"哎，我总也看不够的小花儿，我的红红的玫瑰，我真的不得不走啊——这、这件事真的很重要，涉及到国家利益呀。"马格丽塔不肯让他走，抓住他的两只手不放，两眼用祈求的眼神恳切地望着他的双眼。忽然，她醒悟了，肯定是因为坦克连德还有另外一个情人，于是，便忽然变得粗野庸俗地嚷道：

"啊，原来你是去赴约呀！"

"亲爱的马格丽塔，您那脑瓜里净想些什么呀！"

马格丽塔愤怒地嚷道：

“您别以为您能把我骗了。我知道您!”

“您知道我什么?”坦克连德沮丧地问道。说完，又和缓地说:“亲爱的马格丽塔，我不知道您想说什么。”

她哭了起来。

“哎，您是在嘲笑我!我让您厌烦了。可我什么都知道，您马上就会知道的。”

这一令人感到屈辱的吃醋场面是坦克连德十分讨厌的——斜眼看人的目光，喋喋不休的话语和令人难堪的泪水。而且还要加上这些威胁，这么愚蠢的威胁!就好像她拥有什么权力似的!

他的所有情人还不都一样!只有一个埃列奥诺拉与众不同。

他不得不略施狡计，半心半意地哄着她，好让自己脱身。可忽然连他也不由得犯起急来……

可到底还是很快就脱身了。

门在他身后刚刚关上，马格丽塔依然保持着被他的温存激起的兴奋感。

“走了!”她阴沉沉地嘀咕道。

她走到窗前。胳膊倚在敞开的窗框上，看着他如何坐进马车。

上车前他看了她的窗户一眼。笑了笑，招招手。他的眼睛里闪烁着愉快的光。她欢快地笑了。心里却想:“我会跟踪他的，我不会把他让给任何人。”

她走到那张轻便的带有四条金腿的白色的小茶几前。茶几上有一枚今天坦克连德刚刚送给她的礼物，包裹着玫瑰色天鹅绒的折叠成三角形搁在小匣子里的镶满宝石的一枚金胸针，胸针上带有镶着红宝石和珍珠的坠儿。处于愤怒中的马格丽塔抓起这件漂亮的玩意儿。她本想把这件东西摔在地板上，用脚踩碎、踩碎、踏碎。马格丽塔浑身颤抖着从匣子里拿出胸针，小心翼翼地把它放在桌子上，把匣子扔在地毯上，狂怒地嘶喊着，用脚踩着这个无辜的匣子。

马车在弹簧上微微颤悠，在平稳地行进着，坦克连德坐在马车里，在紫罗兰色的雪茄烟雾里，正优哉游哉自得其乐呢。他沉浸在愉快的沉思中。白日的景象远去了，一切都宛如一场梦。那些普通的棕榈树、酸橙树和杏树林也忽然变得像童话一般不同寻常了。遥远的回忆那灰蒙蒙的云烟转眼间变成了蔚蓝色明亮的天空。他回想起了东欧那无边无垠的平原。坦克连德头脑昏昏沉沉地打着盹，心想："或许，为乏味平淡的生活而感到倦怠的我，不妨小睡一会儿，做个梦——像一个面色苍白的幻想家幻想一番，想想平静的俄罗斯河流那令人充满遐想的河岸，那里从青年时代起就散发着松树的香味儿，而我的奥尔特鲁达——只不过是我的梦，它很令人愉悦但并不长久。在一个阴霾的秋天早晨，一觉醒来，我看得见窗外那灰蒙蒙的北方的天空，从而对我那有关永恒罗马的王冠问题的幻想一笑置之。"

他忽然睁开眼睛。蔚蓝色的天空似乎在笑，空气中充满了柠檬花的香味儿，脚下是半圆形的跳跃欢腾的蔚蓝色的海浪，眼前的道路十分平坦宽阔，道路通过一道橙黄色的、草黄色的、紫罗兰色的多彩的陡峭的石坡和海边的沙岸。阳光下兜着风儿的骄傲的白帆泛着玫瑰色 远处的轮船冒出一缕缕的轻烟，就像黑色的碳素笔在蓝色的纸上轻轻画出的线条。

那个算命的吉卜赛女人站在路边，脸上泛着灿烂的笑容，白色牙齿闪闪发光，而她本人却浑身晒得黝黑，穿着一身破烂的红裙子，光着脚，两条辫子在风中早已被吹得散乱不堪了。

坦克连德要马车夫停下车。他认出了这个吉卜赛女人。这正是那个预言他将登上永恒罗马王位的那个吉卜赛女人。他向那女人走去。

"你好，亲爱的。再给我算个卦，看看我今天是否走运。"

吉卜赛女人笑了。她说话喉音很重且"р""л"不分，但却相当悦耳：

"你一上路就没有回头路可走了。你有什么可害怕的呢！让她知道就知道，有什么呢？"

"你说让谁知道？"坦克连德问。

吉卜赛女人笑了。

"那个高贵的仙女呗，蔚蓝色山洞里的女国王，你爱的那个女人呗。"

说着说着，那女人忽然像蜥蜴似的一闪就消失在白绿色的岩石罅缝里不见了——像是从悬崖的裂缝里掉下去了似的。

坦克连德继续走他的路。心想："伊莫格纳的眼睛就像山上的紫罗兰。她那么纯洁，就像蔚蓝色山洞的女王。"

想着，已经来到城堡跟前，城堡坐落在花园中间，四周围着一道铁墙，墙上有块铁牌子，上面有铜铸的数字，铜数字的尖顶朝上。门口有一个戴着眼镜头发灰白的看门人正坐在椅子上。他正在读报。听到车轮辘辘和马蹄嗒嗒，连忙站起身来。那人仔细打量着来人。摘下帽子。

"侯爵在家吗?"坦克连德大声嚷道。

看门人深深鞠了一躬，说：

"大人出门了晚上回来。"

"真不巧。那伊莫格纳伯爵夫人呢?"

"年轻的伯爵夫人正在海湾边的园子里呢。"

坦克连德敏捷地从车里跳下。心想我可不能不经通报就闯进门去。可是，这个念头很快就被他赶跑了。他想用自己的突然造访使伊莫格纳吃一惊。

他问看门人：

"我的朋友，我身上的灰尘不算多吧?"

"愿意效劳，阁下。"

老头子很快拿来了一把刷子。

"谢谢。很好了。我自己能找到伯爵夫人伊莫格纳的。就不劳驾您送我了。我知道路怎么走。"

说着，便塞给老头一枚金币。然后，快步沿着栽满桃金娘的林阴道走下去。

大门后的小屋里走出一个老太太，原来是看门人的老婆。她不满地冲看门人嘟囔道：

"你还不如把一条十二颗脑袋的毒蛇给她放进去呢。"

老头子脸色阴郁地瞧着老太婆，挥一挥手，嘀咕道：

"反正你不能把她给藏起来吧。未婚夫离得那么远。而这个不管怎么说还够得着。"

坦克连德快步走在充满令人窒闷的香味儿的林阴道上。心里洋溢着自信和得意。

园子里林阴匝地绿意朦胧。海岸下面就是海湾，中间只留出一条不很宽大的白桦树带。这里的海浪很小。

微风吹送着微微的波浪冲到岸上来。一小时的退潮就要结束了，海浪已经快要退过远处的浅滩了，哗哗的水声已经不那么喧哗了。但喧哗的不光有海浪的笑声，还有伊莫格纳的笑声，此外，透过海浪的喧嚣声，还可以听得见小男孩的喧哗声。

伊莫格纳正和她弟弟——头发蓬乱、欢天喜地的小淘气鬼霍泽在海浪里和风儿和水花儿嬉戏。沙岸上丢放着霍泽的玩具和伊莫格纳的洋娃娃。伊莫格纳和霍泽玩得那么入迷，以至于根本没听见坦克连德的脚步声。他们俩打着水花儿尽情嬉戏着。笑声分外嘹亮。

坦克连德站在树底下久久地欣赏着伊莫格纳的样子。她的笑容是那么可爱，她那在阳光下很容易被晒黑的胳膊和腿闪烁着水光。

伊莫格纳忽然看见了坦克连德。她窘迫得无以复加。就连喊声也变得有气无力。她此时仍然像非常年轻的姑娘那样很喜欢儿童的游戏、恶作剧和洋娃娃，但却为自己爱好游戏和玩具而感到害羞。使她害羞的还有她头上的辫子散了。她连忙走上沙滩，急急忙忙整了整衣裙和发型。

发现姐姐很窘迫，霍泽安静下来了。他顺着姐姐的视线仔细一看，说：

“一个外来的军官！这人怎么这么高大！”

坦克连德走到伊莫格纳身边，愉快地和她打着招呼，说：

“对不起，我来得太突然了。很早以前我就想要拜访侯爵先生。遗憾的是，他不在家。可我又不想这么早就回去。因此想和您聊聊天儿，亲爱的伊莫格纳。”

他们就在水边的长椅上坐了下来。霍泽仔细打量着王子。他很快就和客人不那么陌生了，而且几乎马上就和客人愉快打趣地聊起天来。坦克连德问：

“霍泽，你将来想做什么？”

“我想当军官。”

“你想当什么军官呢？近卫军还是海军军官？”

“我想当海军。我要坐船到好远好远的地方。”

“驾船很快乐吗？”

“当然很快乐了！”

“那会跟人打仗吗？”

“是的。我会征服非洲，然后征服整个世界。”

“这太好了。那你现在要到什么地方去呢？”

“我得回家去了。我的教师在等我回家呢。”

小男孩走了。只剩下了坦克连德和伊莫格纳两个人了。坦克连德感到自己很激动，每次当他需要表白爱情时他都会感到很激动。爱的激情再次涌上他心头。

这是一个美好的傍晚，火热的傍晚——万物似乎在为凶龙即将死掉而欢庆。高大的海浪有节奏的、强大的呼吸声远远地传送到岸上，使人心充满激动和兴奋。天空似乎在燃烧——像是那条受伤的临死前的龙那被热辣辣的利剑无情地刺穿心脏而流出的血。

坦克连德迅疾地瞥了伊莫格纳一眼，说：

“伊莫格纳，今天我想跟你谈谈我的初恋。”

伊莫格纳如此胆怯如此温柔地看了他一眼。她脸红得居然让泪水涌上了眼眶。她嘴里嗫嚅了句什么话。坦克连德向她低低附下身子，悄声说：

“伊莫格纳，您一定会问为什么现在谈这个？就是这样，没有为什么。或许我自己也不知道吧。我们什么都知道，我们人，可也只知道我们想知道的一切，你说是吧？”

“只有上帝才知道。”伊莫格纳表情虔诚地说。

坦克连德微微一笑，又说：

“我只知道这是必要的。既然我已经知道您的初恋，那么，为了交换，我也给您讲讲我的。”

伊莫格纳什么话也没说。她找不出该说什么话。就那样像春天一样幸福清新甜蜜地在期待中凝然不动了，用胆怯而充满爱意的眼神紧紧盯着坦克连德。坦克连德在等待着她的回答。他略微沉吟了一会儿。他微弯着腰，盯了她那紫罗兰色满含惊恐同时又充满期待的眼睛一眼。然后悄声而又温婉地问：

“您愿意听吗，伊莫格纳？我说还是不说呢？”

说着，他轻轻攥住她那条细细的被晒得黢黑的小胳膊上尖瘦的肘部。伊莫格纳分外小声地说——声音小得就像岸边小溪的悄声絮语：

“讲呗。”

她的头越来越低，眼眶里涌上了泪水——幸福的泪水——而那张被晒得黢黑的温柔的脸庞在疲倦的、无力的、苟延残喘的、傍晚时分的毒蛇的明亮耀眼的抚摸下，散发着热气。

“我的初恋！”坦克连德充满幻想地感慨道，“这已经是好多年以前的事儿了！从那时已经过去了十八年了。”

伊莫格纳飞快地瞥了他一眼，而后欢快地笑了。坦克连德同样报之以微笑，再次握住了她的小手。

“是啊，伊莫格纳，”他嗓音里充满激动的语气说，“恰好过去了十八年了，正好相当于您现在的年龄。您一定会说这种吻合出于偶然吧。不，伊莫格纳。”

听得出坦克连德的嗓音里有些激动和庄重的色彩。伊莫格纳那大睁的紫罗兰色的眼睛惊奇而又恐惧地望着坦克连德。

“我当时是那么年轻，那么不起眼，那么充满爱意……她死了。”

“死了。”伊莫格纳小声复述道。

她的肩头发出微微颤抖——细弱的小小的肩膀。太小了。

“她死了。”坦克连德又重复道。

看起来好像海浪的哗哗声似乎也在重复着这句在恬静的黄昏中隆隆轰响的忧郁的话。

“可我始终不相信她已经死了。”

“您不相信？噢，坦克连德！难道她没被人埋葬吗？”

“她是被人埋葬了，是的——可我依然在等着她。我等待奇迹的出现。啊，伊莫格纳，当时我实在是太年轻了啊。我无力和我的王朝、我的国家那强大的征服的意志作对。她并非生来就是个公主。啊，可她本来可以生来就是个女神的呀！她像你，伊莫格纳，像你一样那么无辜纯洁、那么迷人动情！”

伊莫格纳浑身一颤，低低地压下脑袋，脸上泛起温柔的红潮。

“我一直在等待着。”坦克连德又说。

“等她吗？等她从坟墓里回来吗？”

“是的，亲爱的伊莫格纳。您一定会说，这不过是青年人的幻想吧。可我却十分虔诚地相信她会复活。后来我去过好多地方，我了解了许多秘密，了解了许多可怜的欧洲科学界至今还不知晓的秘密，也了解了那是青年时代的我的一个疯狂的幻想罢了，于是，从那以后，这成为我的一个自觉的信念。我贪婪地追逐着蔚蓝色的海岸，因为我相信灵魂会转生。”

“我的上帝呀，您说的这是什么话呀！”伊莫格纳感慨道，“难道这不就是多神教的信念吗，多么罪过呀？”

“这算什么罪过，伊莫格纳！”坦克连德反驳道，“一旦出现推动世界的爱情，罪过就会像蜡烛一样消失，神圣的光辉就会闪烁。我知道，伊莫格纳的爱情是这样的火炬，爱情是那么纯洁，我的爱情，不可能比死亡软弱。”

伊莫格纳胆怯地说：

“可死亡是来自全能而又仁慈的上帝的呀。”

她说着低下头虔诚地画起十字来。坦克连德转过身以便掩饰他的笑意。

“这我不知道，伊莫格纳，”他小声地像是在为自己的坦率而感到窘迫一般，似乎时刻准备把一切向这位浑身战栗着倾听他话语的姑娘倾诉似的。“可我知道她的灵魂已经转生在一个姑娘身上，一个在她平静死去的时候出生的姑娘身上了，转生到一个在这个极乐的海岸边出生的姑娘身上了。”

“您是怎么知道这一点的呢？”

“我知道这一点是因为我看见了这片神奇的海岸，我看见了在她平静死去的时候这片海岸发出的神秘的光辉。”

“这片海岸？”伊莫格纳惊恐而又崇敬地反问道。

“是的。这些海浪、这些棕榈、这片岸上的每一块石头，和这些远方的岩石那白色的轮廓。就在那时我看见了你，啊，伊莫格纳，你当时就在我甜蜜的具有预言性质的梦境里的这片海岸上，我于是明白了，我明白就是你——她那纯洁的灵魂、光明的灵魂已经转生在你身上了，已经用她那神奇的魅力充溢了你的全身。于是相会的时刻终于来临了，伊莫格纳，我的伊莫格纳，——于是，我们终于又相互认识了，因为在天国里是公正无私的上帝把我们的灵魂结合成为一个牢不可破的联盟的。”

“坦克连德！”伊莫格纳悄声喊道。

一种甜蜜的喜悦涌上她那朴实纯真的心头。一种赞美的火焰渗透进她那无辜纯洁的肉体。她信任而又温柔地投入坦克连德的怀抱。

取得运用意志的力量创造的胜利和爱情的无比喜悦，霎时充满坦克连德的心头——在这个不知疲倦的爱情的追逐者心头燃烧着创造幸福的喜悦。可是，由他自己创造和唤醒的攫住他心灵的像小姑娘一样的温情和甜蜜，妨碍他表现出粗野的放肆的情欲。

他们的亲吻是纯洁的、甜蜜的和忘情的，于是，静谧的傍晚时分的大地从他们的视野里消失了。

50

坦克连德和伊莫格纳开始常常见面。而且总是秘密的，总是在偏僻无人的地方进行。偶然也会发生一些意外，而且对于伊莫格纳来说相当危险。已经不止一次伊莫格纳差点儿都要引起老父亲的怀疑了。可她总是利用一个年轻恋人特有的精细和狡猾搪塞过去了，每次都能巧妙地找出一些貌似真实的理由，对她的经常不在场和迟到作出解释。如今，对此种恐惧和危险的体验赋予她的生活以一种新鲜的、迄今尚未充分品尝过的甜蜜的魅力。

把自己全部交给爱人是多么甜蜜而可怕的一件事儿啊！而她的生活从那以后也就被截然划分为两部分，每次都为羞涩和忏悔而苦恼，每次又会为新的欢快的情欲而喜悦。

伊莫格纳曾经含着真诚的眼泪忏悔过。她的忏悔神父是一个耶稣会教徒，是一个残忍冷酷而又淫荡的家伙，他对伊莫格纳规定了严格的斋戒规则。但却不要求她忘掉自己那有罪的爱情。经过耶稣会纪律的约束后，伊莫格纳长久地跪在小教堂冰凉的石板上，心头充满喜悦，高兴的是她的爱情并未被夺走。

于是便再次犯罪，再次忏悔，以忏悔和听话，以虔诚地履行牧师给她规定的所有忏悔功课来取悦于这个耶稣会教徒。

侯爵夫人埃列奥诺拉的脑袋里滋生了一个阴险的计划。她早已在头脑里掂量了这件事的分量，那就是挑动女王奥尔特鲁达和坦克连德王子吵架究竟对她是否有利，也就是说如果她把坦克连德王子的背叛行为和罪恶阴谋告诉给奥尔特鲁达女王的话。她断定这样做好处还是很大：这会促使事情尽快发展，迫使坦克连德采取更加坚决的行动。埃列奥诺拉觉得头脑糊涂性情急躁的马格丽塔·卡迈是实现这一目标最合适的人选了。埃列奥诺拉小心翼翼地提醒马格丽塔这样一个念头，即坦克连德有一个新的情人，这情人不是别人，就是伯爵夫人伊莫格纳·梅拉多。

不过，马格丽塔自己也能觉察坦克连德有新相好了。她心头燃烧着复仇的渴望。她开始在上流社会散布坦克连德和伊莫格纳有染的流言。每次见到伊莫格纳她总要含讥带讽地嘲弄这位腼腆的姑娘几句，挖苦得姑娘差点儿掉眼泪。

有一次马格丽塔来找伊莫格纳。见面时出现了难堪的场面。马格丽塔直冲冲地说：

"伯爵夫人伊莫格纳，你的事儿我全都知道。你别抵赖了。您是坦克连德王子的情人。"

伊莫格纳生气了。

"我……您在说什么呀？"她神色慌乱地嗫嚅道。

"别碰他，"马格丽塔说，"不然有您好果子吃。我是不会善罢甘休的。您的丑事大家都知道。"

说着，威胁的话语便辟头盖脸地砸上来。随后，威胁又转化为下贱的恳求。她说她自己是如何爱着坦克连德。而坦克连德又是如何爱着她。

伊莫格纳哭了，不知道自己该说什么、该做什么才好。她感到绝望和恐惧。

那天夜里她睡不着，一分钟也不曾合眼，一直哭呀哭的。可是，当和坦克连德幽会的时刻到来时，她就出门了。她装出快乐的样子，生怕坦克连德看出异样。她未向坦克连德吐露一个字。

马格丽塔决定向女王奥尔特鲁达告坦克连德王子一状。在她因忌恨而失眠的一个个夜晚，她早已把一切都想好了，而埃列奥诺拉狡猾的提示此刻起作用了，鼓动了她，鼓舞她不达目的誓不罢休。于是，她给女王写了一封求见信。

奥尔特鲁达仔细缓慢地读了这封信。她心头浮起一种强烈的预感。奥尔特鲁达一直都对伯爵夫人马格丽塔·卡迈不大感兴趣。可是又没有任何理由拒绝接见她。虽然极不情愿，但奥尔特鲁达还是和她约定了接见的时间。

马格丽塔穿上了规定必须穿的服饰。对着镜子仔细地打量了一番自己，她对自己那有红似白的脸色和热情的黑眼睛十分满意。

于是，此时在场的就只有女王奥尔特鲁达和马格丽塔了。马格丽塔有些窘迫和激动，远没有预想的那么镇静。在此，在这座古老的国王城堡里，面对她如此长久地蒙骗的尊敬的奥尔特鲁达女王，她忽然感到一种神秘的、从远古上几代人继承来的崇敬和恐惧感，这是崇高的权力载体所引起的。马格丽塔无法压抑这种恐惧感。她那穿着白色丝绸连衣裙的身体胆怯地像小姑娘那样颤抖不已。

马格丽塔嘟囔着毫不连贯的话，说起来断断续续，她说出了坦克连德、萨宾娜和埃列奥诺拉的名字。而且一开头简直弄不清她究竟想说什么。最后，奥尔特鲁达终于弄明白了，原来她说的是坦克连德的爱情奇遇。这些丑闻奥尔特鲁达自己也已经听说了，也开始有所怀疑了，但却没有过分认真地看待这件事，并且情愿把这些事都予以饶恕和原谅。无非都是与一些卖身半卖身或准备卖身的女人的萍水恋情罢了。

奥尔特鲁达轻蔑地说：

“要我知道这些爱情艳遇有什么用呢！在我们年轻的时候，我们都希望我们的恋人差不多像天使一样纯真善良。可我们已经不是什么小姑娘了呀。”

可马格丽塔继续嘟囔不已——这使得奥尔特鲁达听到了一些新的传闻。新的无辜纯洁的女人。都是些少女。还有那些蒙羞的家庭的绝望。还有关于伊莫格纳·梅拉多的传闻。

“您说的不是实话，伯爵夫人！”奥尔特鲁达愤怒地说，“离开我这儿。您的话我一点儿不信。我不愿也无法相信。”

马格丽塔跪倒在奥尔特鲁达的脚下，号啕大哭地说：

“主啊，看在上帝的份上，请您听我说完。您必须得相信我的话！我以我灵魂的拯救起誓我说的是实话。”

“滚开！”奥尔特鲁达重复道。

“陛下，求您相信我的话吧！”马格丽塔嚷道。

“永远不！”奥尔特鲁达坚决地说。

马格丽塔站了起来。她看了奥尔特鲁达的脸一眼。她的嘴角浮起一丝放肆的笑意。马格丽塔说：

“主啊，迫使我对您说这番话的，不是对您的忠诚，而是另外一种感情。啊，我是个恶毒的被蔑视的女人！”

“您为什么要这么贬低自己呢！”奥尔特鲁达鄙视地说。

马格丽塔哭了。继续说：

“不是忠诚，不，而是忌妒，是忌妒使我跪倒在您的脚下的。忌妒折磨着我的心，请您理解我，主啊，是忌妒啊。”

这句疯狂的嘶喊是从号啕大哭的马格丽塔胸腔里迸发出来的。

“你说什么呢，你这个疯女人！”奥尔特鲁达不满地说。

“我曾经是坦克连德王子的情人。”马格丽塔小声但坚决地说。

“谎话！”奥尔特鲁达惊恐地说。

马格丽塔笑了。她从号啕大哭突然转为狂笑，令人看着恐怖。她那张由青转白的脸上肌肉痉挛扭曲着。她脸上的表情奇特丑陋地混合着恐惧和庄重。接着，她用抖颤的手从白色连衣裙的领口掏出一沓书信，把它递给奥尔特鲁达。说：

“亲笔书信，这是陛下您非常熟悉的笔迹吧。”

说着，泪水又涌上她的眼眶。

奥尔特鲁达急切地读着这些书信。她感到耻辱和害羞。马格丽塔·卡迈是个无聊空虚、喋喋不休、愚蠢呆钝的女人呀！坦克连德居然会对这样一个女人倾诉他的柔情！

奥尔特鲁达把剩下的还没有读过的信件丢在书桌上。她用愤怒的眼神望着马格丽塔，气喘吁吁地说：

“啊，做一个普通女人是多么幸福呀！为什么我不是一个集市上卖身的女人呢！为什么我就不能狠狠地揍您、鞭打您、咬您、抓您呢！啊，您居然会成为我的情敌！而我居然连一句骂人话也不能对您说，您这个可怕的女人。我居然会和您——在我毫不知情的情况下——分享我的坦克连德的柔情。啊，现在女王这个称号对我究竟有什么意义呢！”

马格丽塔又笑又哭，拧绞着双手，跪倒在奥尔特鲁达面前，说：

“喏，您瞧那边窗前桌子上，有一把裁纸刀。刀磨得很锋利。请您拿起这把刀，刺我个透心凉吧——您让我死掉吧，让我死在您的脚下吧。啊，您就像那位金涅夫拉女王那样，把我杀死吧！”

奥尔特鲁达开始为自己的愤怒和缺乏自制而害羞了。

“请您原谅，伯爵夫人，”她说，“我对您说了一些没必要说的话。但请您理解您的话并不能让我高兴。起来吧，伯爵夫人。”

可是，说着说着，愤怒又涌上心头。那把裁纸刀笔直尖利的锋刃挑逗着她的眼神。她用左手拿起那把带角的刻着花纹的裁纸刀刀柄。马格丽塔决绝地仰起头，扬起脖子。喊道：

“使点儿劲儿，一下子结果了我吧，就冲这儿！”

她那长长的脖子由于嘶喊而颤抖起来。这时不知是什么人的手牵动着奥尔特鲁达把手伸向这个颤抖的喉咙。刺呀，血就要涌出来了！

浑身颤抖脸色苍白的奥尔特鲁达走到马格丽塔身边，她的膝盖都能碰着马格丽塔的肚子了。她用右手在马格丽塔的后脑勺比划了一下，从上而下地俯视着她。

马格丽塔那张丑陋的、像粉笔一样苍白的脸上，现出临死前的恐惧。她那双背在身后的双手不住地痉挛着、颤抖着，整个人就好像在一种献身的姿势上凝固了似的。

奥尔特鲁达忽然惊醒过来。裁纸刀掉在地毯上了。

“您走吧，”奥尔特鲁达气喘吁吁地说，“快点儿走吧。”

马格丽塔吻了吻奥尔特鲁达的裙摆，急急忙忙地出去了。捡回一条命的喜悦充溢在她的心头，她踩着阴暗大厅里冰凉的石头地板快速地跑了起来。

奥尔特鲁达久久地坐在桌前对着坦克连德的书信发呆。连她自己都觉得自己似乎什么也没想。她又一次抓起这些漂亮的、芬芳的、浸透着背叛的毒汁的书信。可这封信是如何到这里的呢？

亲爱的伯爵！

“我为什么要读这封信呢？”

可是，忽然这句话的语义令她害怕起来。她怀着冰凉的恐惧感读了下面这一行：

您有关最高权力的承担者之弱点具有极大危险性的思想，我极其理解。但我们首先应予考虑的是国家的福祉。一旦形势必要我情愿献出自己为国家服务并战胜自己个人的好恶。

信的末尾这样写道：

请把这些潦草涂抹的文字都烧掉。

奥尔特鲁达快步走到窗前。她打开窗户，眼睛喷出愤怒的火焰，说：

“梅齐奥先生，您说得对。我的坦克连德是叛徒！”

深沉的忧郁感压在奥尔特鲁达心头，像远处岛上的日益变浓的火山云烟一样挥之不去。

一想到坦克连德的情人，奥尔特鲁达心里就感到一阵刺痛。噢，这么说，原来她充其量不过是坦克连德众多情人中的一个！原来他的爱情可以像垃圾或什么脏东西一样分割成细小的部分呀！

一直都把自己值得骄傲的爱情全都献给他的奥尔特鲁达，觉得自己被人残酷地欺骗了。哪怕他直截了当告诉她他已经不爱她了倒也好。那样她至少还能理解他。可能会有点伤心，但伤心又能怎么样！心灵是没有什么法则可言的。可他居然用挑逗和勾引其他女人的甜言蜜语来欺骗和挑逗我！多么可耻的虚伪呀！

他装出一副爱她的样子，那是因为她是女王，是因为和她的关系能赋予他以高级地位。他装出一副爱她的样子，为的是能更加容易地欺骗她，可在挑逗她的同时，他却陶醉于荣登她的宝座的幻想之中，而让那些仇恨她的人们环绕在自己周围。多么卑鄙！一种被打破或欺骗的爱情会令人陷入忧郁或是仇恨之中。但她的感情却要比这更加复杂！

那些普通的傻乎乎并不漂亮的女人们生活得多么幸福呀！那些不值得被人这么欺骗的人是多么幸福呀。

奥尔特鲁达作为女王和美人的骄傲和自豪受到了侮辱。这常常使得她怒不可遏。要做到自制和装模作样又是多么多么地难哪！哪怕能把这件事忘了！

马格丽塔几乎每天都通过匿名信向她通报有关坦克连德阴谋和事业的新消息。奥尔特鲁达心里对坦克连德的憎恶在滋长。

但她却一直向他人隐瞒了自己内心的忧伤。一种强烈的自尊感一直妨碍她和坦克连德谈论他的背叛的事儿。但她已经感觉到自己已经压根儿不再爱他了。她心里对他的仇恨越来越强烈。可是，尽管她努力隐瞒自己的感情，却仍然无法不对他冷淡。冷淡得像对待一个陌生人。

她竭力想要更多地独处，虔诚地对那位被她想象出来的斯维塔扎尔内念着甜蜜的祈祷辞。

“斯维塔扎尔内，你能告诉我什么呢？我在自己内心里倾听着你神秘的声音，于是我明白了——我的命运已经注定。我的道路是必然要走的。我对前途已经一目了然。”

为了能一个人多待一会儿，奥尔特鲁达开始经常钻入地下宫殿。

啊，这才是真正的生活！这才是我的生活！犹如去了另一个世界！拥有了另一种存在。

她在自己那黑暗的地下宫殿里苦苦寻找着新的出口。她常常从地下宫殿里走到街上，走到大路上观望宫外的平民百姓——看看他们是怎么过日子的，心里想的是什么。

喏，瞧，大路上走着一群衣着朴素、欢天喜地的妇女和姑娘。奥尔特鲁达问她们：

“亲爱的，你们要到哪儿去？”

女人们高兴地回答说：

“参加群众大会去。”

啊，她是多么想说一句：

“请你们带我去吧。”

海上飘浮着一缕轮船上的烟云。这是一艘海船。

“它要开往哪里?”

“纽约，运送侨民去。”

啊呀，坐上这艘船能去多么远的地方呐!

她把自己打扮得非常朴素，用一块黑面纱捂住脸庞，朝工人们开会的地方走去。她听那些演说家们的演说。没有人能认出她是当今的女王。

51

夜里，奥尔特鲁达常常登上塔楼，在那里久久地站立。她往往会忽然觉得她的生活——不过是一场梦，梦的开头还算迷人。还感觉到她人生的开头那么幸福而如今却是那么不幸，但这也只不过是一场梦而已。她仿佛觉得自己仍是异国他乡里的一个幸福而勇敢的少女，可以去她想去的地方，做她想做的事儿，并且也能幸福无比地尽情地热爱她想爱的人。她常常能清晰地看见一条清澈的小河和河上的伊丽莎白，那条河就在她的坦克连德常常给她讲述的那个地方。

突然，她的幻想被打断了。她听见身后传来一个熟悉的脚步声。她回头一看。原来是坦克连德站在面前。奥尔特鲁达发出一阵颤抖。仇恨如蓝色的闪电，在她的一瞥中飞速地一闪而过。仇恨犹如被蜜蜂的毒刺蜇了后引起的痛苦，使她心头火辣辣的。啊，残酷的爱情呀，你竟然会变成如此残忍的仇恨啊!

奥尔特鲁达低下眼帘。她的双手在发抖。坦克连德问：

“您一个人在这儿做什么呢，奥尔特鲁达，已经这么晚了呀?我刚才去过您那儿。”

奥尔特鲁达冷冷地说：

“我早知道你会来找我的。因此我才到了这儿。”

“可我不明白，为什么……”

坦克连德装出温柔呵护的样子朝奥尔特鲁达附下身来，和蔼地说：

“奥尔特鲁达，亲爱的，您怎么对我那么冷淡呢。我的爱情应当受到您的如此对待吗？”

奥尔特鲁达对他那温柔和蔼的话语感到既憎恶又讨厌。从前她怎么会没觉察这个嗓音是那么虚伪呢！奥尔特鲁达感慨道：

“您，坦克连德，您爱我是吧！您居然会再次对我这么说是吧！啊，坦克连德，您爱的是许许多多像我这样的女人吧。”

“奥尔特鲁达！”坦克连德喊道，“您说的这是什么话呀！”

对于出乎意外的这种直截了当的谴责，他措手不及。奥尔特鲁达平静地说：

“而我想告诉您的是，坦克连德王子，我恨您。”

说出这句话，她是那么快意，以至于她的心情马上变轻松了，变得几乎高兴起来。就好像咬人的毒蛇死掉了，从被折磨得死去活来的心口拿掉了，清新凉爽的空气向她迎面扑来。

“奥尔特鲁达，您究竟在说什么呀！”坦克连德慌乱地重复说。

奥尔特鲁达快步走下楼梯，临走冲坦克连德丢下一句：

“如果您方便的话，跟我走吧。”

进了圆厅，奥尔特鲁达走到东面窗户旁一张很大的桌子前。她动作恼怒地拉开一只桌子抽屉——动作快得手指磕在珠母上，把戒指上的金饰品都磕扁了。她从抽屉里抽出一包捆着一根蓝色细绳子的书信，愤怒地递到坦克连德眼前。

“这是什么？”坦克连德慌窘地问。

奥尔特鲁达说：

“把这尊有您肉麻的签名的肖像拿走——藏起来，烧掉，或是寄给收信人，随您的便。还有这些书信。”

“它们怎么到您手里的？”

奥尔特鲁达笑了，可那样子却像是想哭似的。她的眉头皱了起来，眼睛灰暗起来。

“您对待此类东西实在是太不经心了！啊，坦克连德，难道您总是这样吗！”

坦克连德嘟囔道：

“这都是小事一桩，丝毫也不值得让您生这么大的气！这是我们那帮酒徒们想出的把戏。是玩笑，谁都不会对此类玩笑那么认真的。”

奥尔特鲁达说：

“不要枉费心机试图狡辩了，坦克连德王子。我恨您，因此，我要开诚布公地对您说话，正如一个如我这样地位的女人所应当做的那样。我会像我爱您的那个时候那么直率坦白的。那一天是个有着甜蜜的梦的一天，我曾经生活在这场骗局里，像在梦里一样，生活了那么多年。现在，我的梦结束了，我终于被唤醒了。我看着您并且对您说——我恨您。您不配得到另外的感情。”

“可以前您不是这么想的！”坦克连德说。

“布尔宫茨基王子，”奥尔特鲁达鄙视地说，“我怀疑当您在那些半野蛮的国家里长久地漫游时，您被人给调换了，您那些所谓的政治信念以及您个人的趣味难道不是从那里舶来的吗。您身上流淌的，当然不是高贵的条顿人的血液，而是蒙古人的，奴隶的血液，骗子的血液和叛徒的血液！”

她用火热的眼睛死盯着坦克连德，身子由于愤怒和鄙视而颤抖着。

“我的自尊原本是托付给您的——可您却肆意践踏了它。而我，一个天真的姑娘、一个高贵的公主、一个天生的女王，我曾幻想……”

“您总是在幻想。”坦克连德忧郁地说。

“我曾经长久地幻想过您。我曾经以为，以您雄赳赳的气概，以您条顿骑士的勇武精神，您身上一定会有一种英雄的气质。我幻想您将会是我的高贵而英俊的主人，会在一切方面比普通人更优越。甚至会比我优越。因为我——说到底不过是个弱女子罢了。以我的能力，我只不过能承担国王的利剑，承担我们祖先的利剑而已——而拿起这把利剑……可您却未能成为我的力量所在——您仅仅只想做一个官高位显的冒险家罢了。”

“奥尔特鲁达！”坦克连德嚷道，“您对我是不公正的。您忘了……”

“我什么都没忘。您做一些光荣的事儿都只是出于偶然罢了。”

“您所说的话是不容忘记的，”坦克连德装出自尊心受辱的样子说，“要不您就是并不理解您说的是什么。我在您面前当然有过错，可您的怒火——超过了我对您所犯下的罪过。无论我吻了怎样的萍水相逢的女人，我爱的实际上只有您一个。如今您究竟想要什么？您想要我怎么来赎回我的罪过？”

奥尔特鲁达慢悠悠平静地回答说：

“我希望您能把我给解放了。”

“奥尔特鲁达，难道您想和我离婚吗？”坦克连德吃惊地问。

“是的！”奥尔特鲁达坚决地说。

“奥尔特鲁达，请您掂量一下后果，”坦克连德以说服的口气说，“要知道这会是全世界的丑闻。”

“您居然害怕丑闻？”奥尔特鲁达鄙视地说。

“我爱惜您的名誉。也爱惜我的。”坦克连德傲慢地说。

他气急败坏而又脸色苍白。

“处在我们的地位，”短暂的沉默后，他开口道。

奥尔特鲁达不耐烦地打断他的话：

“是啊，处在咱们的地位也还有另外一条出路。许多朝代里哪怕是最高贵的朝代里，都曾有过并且现在也有离婚的事儿。但我知道您牢牢紧抓不放的，只不过是您所处的地位罢了。”

“这地位使我感到沉甸甸的。”

“这我知道。”

“请您再好好想一想，奥尔特鲁达。”

“不用了，现在再改主意已经晚了。我已经作出决定了。我亲自来教您怎么做这件事。离婚或者去死。”

“您想要我去死吗？这您只需说一句话就足够了。”

“可我不会说这句话的，坦克连德王子，而且我求您不要说可怜巴巴的哀求的话。别了。”

奥尔特鲁达丢下他就走。她登上高高的塔楼——她俯身在白石砌成的胸墙上，瞩望着远方蔚蓝色宽广的海天相接之处，陷入沉思。

她再次想到她只不过是在梦中见到一位陷入沉重痛苦中的奥尔

特鲁达。她在想象着那个遥远的、朦胧的和可爱的故乡，那里，在一条静静流淌的小河边，坐落着她的家，生活着她的爱人，还有热爱她的许多朋友。她幻想到在那个遥远的地方，她就是那儿的幸福的伊丽莎白，幻想在她那长久的梦境里，梦见一条女王奥尔特鲁达所走的开头欢乐而随后悲伤的生活之路。当奥尔特鲁达周围人的圈子里传得沸沸扬扬，说奥尔特鲁达已经决定要和坦克连德王子离婚的时候，人们开始使出浑身解数，力劝她收回这一决定。与坦克连德王子的地位相关的利益，简直是多得无计其数。

守寡的王后克拉拉投资了许许多多的钱给非洲殖民协会。她很爱钱所以不想失去钱。由于离婚势必导致坦克连德离开联合群岛王国，所以，这会威胁到假使没有这件事也危险万分的事业，甚至可能导致这件事彻底破产。因此，奥尔特鲁达的决定，使克拉拉非常着急。她竭力劝说奥尔特鲁达放弃这一想法，祈求她，甚至在她面前哭鼻子。

教权主义党会由于坦克连德的离开而失去一个强有力的朋友和庇护人。他们认同了他那异教徒的观点——这些观点永远可以用他从东方舶来的童话加以解释，而坦克连德自己却对此类童话并不十分相信。他们还高度重视他那极端专制独裁主义的信念，因为这些信念对于在联合群岛王国被公认为占统治地位的天主教教会十分有益。赞助这种教会的公爵们习惯于把大地上的人民当作一群需要放牧的牲口。他们以他们愿意的方式使这座教堂的神父对这一问题引起了兴趣，于是，神父便给女王奥尔特鲁达写了一封温和劝慰的信。

对于维克多·洛连纳及其政党来说，女王的这一意图实在出乎意料。最初洛连纳甚至都想不出处理这件事的办法。对于内阁来说，它没有任何理由特别珍惜坦克连德。他那过多的拈花惹草的行径早已犯了众怒，再说他所欠的债务也早已令维克多·洛连纳担忧了。可是，到底也还是需要有一段时间，以便对未来作好准备，瞻前顾后一番，同时为奥尔特鲁达寻找到一位她个人喜欢，而对资产阶级也十分合适的第二位丈夫才好。总之，需要做的只是稍稍拖延一下这件事，以便能赢得一些时间。因此洛连纳也劝诫奥尔特鲁达。他对她说：

“陛下，他在我们国家有许多关系。陛下您的决定又那么令人感到意外。如果陛下您不改变这一决定的话，那么，至少，也必须为社会舆论的转变作些准备吧。所以必须稍稍拖延一点时间。”

“拖延多长时间？”奥尔特鲁达严厉地问。

“哪怕一年呢。要不哪怕半年呢。”

奥尔特鲁达笑了笑，什么话也没说。

资产阶级对于坦克连德那些风流韵事早已经知道了。他们愤怒了。然而，他们这种虚伪的愤怒并非那么严肃。他们在权衡另外一种情况。一个开头本来害怕战争的资本家，在被收买的出版物上文章的影响下，渐渐开始以为，一个庞大的军事舰队和海外殖民地，必然导致商品生产和商品交换的快速增殖，而这对于他是十分有利的。如今，资产阶级对于坦克连德计划的破产，恐怕未见得会感到高兴。与此同时，各类工厂主们以及为数众多的股份持有者们则非常关切，生怕坦克连德地位不保。

构成议会多数议员的资产阶级首领们实际上早已被非洲殖民协会的股份给收买了，因此，议会占据主导地位的情绪是同情坦克连德王子。

坦克连德竭尽全力想要与奥尔特鲁达和好。但他的所有这些努力只能增加她对他的蔑视。但与此同时暴露在她面前的生活的空虚忽然使她感到震惊，于是也就不再急于把她的意图予以贯彻执行了。她似乎在期待着什么，让自己在幻想的迷人的天地里虚度岁月。

坦克连德王子地位的不可靠性，促使他的那些狐朋狗友们、贵族和大地主们开始窥伺机会好推翻奥尔特鲁达的王位。阴谋者们想要充分利用工人骚乱日益严重的局面，提前发动工人武装起义——也就是说，在工人无产阶级还没有来得及组织起来以前发动武装起义，这样他们可以任命坦克连德王子为军队首脑，赋予他以无限制的权力，让他一举粉碎无产阶级，以此为坦克连德戴上一顶虚伪的拯救祖国使祖国免受制度的敌人、试图亵渎神圣的私有财产权的敌人蹂躏的光荣花环。

早已在群岛王国编织的间谍和奸细网络开始覆盖全国。

混乱时代来临了。公众集会上那些演说家的言词变得越来越激烈，就好像火山烟云烤灼着人的心灵和大脑。

52

坦克连德、洛连纳和卡勃连拉公爵正在银行家利林菲尔德的猎人城堡吃过晚餐后交谈。坦克连德说：

“世上没有什么比女人更可爱，也没有什么比女人更危险。疯狂的马格丽塔呀！她给我找了多少麻烦。”

“上帝保佑，”卡勃连拉说，“好在一切在向好的方面转变，伯爵夫人卡迈的忌妒只能加快历史事件的进程。”

坦克连德的脸色却始终阴沉沉的。他说：

“在俄国普通人中间，调情常常是从用手掌拍打肩背开始的，但也常常以凶杀告终。是的，这样挺好！的确，死亡会把世上的一切都安排好的。被杀者从而得以摆脱一切重担，而杀人者无非是一下子罢了。”

“也有由于忌妒的。”卡勃连拉低声插一句。

“双赢。多好！”

“就只有一点不好，”洛连纳说，“那就是革命几乎是不可避免的。”

但首相的脸色却始终十分安详。

“革命？”坦克连德忧郁地说，“也好，那就让它来吧，越快越好。咱们现在比古波旁[①]时代强大得多了：当时那些人连机关枪也没有。”

“是啊，”洛连纳说，“人民还没有组织起来。起义会被淹没在血海之中——而对于我们这一代人来说，这一教训实在是很大很大。人们可不希望有第二次。”

“不，”坦克连德那张漂亮的脸上现出一种狰狞的像一个愤怒的

① 波旁王朝，1589～1792年间，1814～1830年间统治法国的王朝。

恶魔似的表情，说，“我们应当驯服这些人民，让他们的子孙也都铭记不忘。你们知道吗，前几天我又见到那个吉卜赛女人了。她对我说：去吧，去吧，坦克连德，到你想去的地方去吧——用血开创的事业是牢固的。”

“谁的事业，坦克连德？”一个外人的声音，虽不响亮，但却听得很清晰。

坦克连德浑身一颤，回头张望。周围没有外人。

“我现在变得非常神经质，”他说，“火山冒出的烟对人真是有不良影响。”

在这同一天同一小时里，阿夫拉正在菲利普·梅齐奥那儿，听他和朋友们谈话。

“这么说，”她问，“您，梅齐奥，认为已经作好了起义的准备了？”

“我不知道，”梅齐奥说，“人民准备做什么。事情的发展已经不再遵循我们的意志了。起义是不可避免的，我们争取获得胜利。”

梅齐奥的老朋友和老对手费尔南多·巴列塔说：

“您走上了一条错误的道路。您想要夺取政权并且充分利用社会秩序和国家统治的所有现成的组织。您想要用远比这更好但实质上是换汤不换药的制度来取代百无一用的制度。弱者想要吃饱，强者想要自由和无政府。您想把社会组织的全部力量转移到弱者的手中，而强者却被您放置在压力之下。您为人类缔造的是一个极为恶劣的未来呀。”

“难道您不愿意有这样的未来吗？”阿夫拉问。

“以我之见，”巴列塔说，“我们不值得夺取政权。未来的道德将是没有责任和义务、没有制裁惩罚的道德，因此未来社会的组织也将没有合同，没有责任。”

“亲爱的朋友，”梅齐奥说，“我们已经没有时间让自己沉浸在有关如此遥远的未来的思考中了。我们应当力求掌握国家组织机构和生产工具——我们会尝试一下的。”

与此同时，奥尔特鲁达正在自己的起居室对卡尔·莱默斯说：

“亲爱的莱默斯先生，请您稍稍谈论一下您自己。”

但在听的时候她却显得心不在焉。过一会儿又问：

“您靠什么为生？您的理想是什么？是关于谁的？”

卡尔·莱默斯说了一番激情洋溢而又充满爱恋的话。奥尔特鲁达根本没听。她能听见的只是他说话时的声响。几乎一字没听进耳朵里的奥尔特鲁达又说：

“我的理想能够创造世界但却无力创造世上的幸福！”

“理想仅仅由于希望才强有力。”莱默斯说。

“有时我以为，”奥尔特鲁达说，“我们大概来自一个未知的世界，为的是在地球上用我们在地球上体验的材料来缔造这个世界。可是，那个未知的世界实在是太大了！那里有无穷的可能性。我们的生活除了贫穷没别的！世上的人生活得就像野兽。他只知道自己的利益，却不知道真实的爱情，而且遇到任何暴风雨都会战栗不已。所有这一切都太令人悲伤了，莱默斯先生。”

莱默斯说：“人正在走的，是一条从野兽到美德的艰难之路，并在这条路上不断克服着自己身上的兽性。”

“这么说我们终将变得像天使一样纯洁了。我们不是把罪恶本身神圣化了。”

“而如果这种神圣是爱情呢？”

她没吭声。

你在哪儿，甜蜜的爱情？

可怜的情欲啊，燃烧躯体的情欲！莫非你就是爱情吗？别的什么都不需要了吗？

忽然，奥尔特鲁达像是作出某种决断似的问道：“亲爱的莱默斯先生，您认不认得萨宾娜·法涅利？”

“陛下，我见过她。”莱默斯回答说。

“您的印象如何？”

“作为一个艺术家，她很有才华。作为一个人，她很有魅力。作为一个女人，她光彩照人。她属于小资产阶级，但她的思维方式和感情方式，就像一个纯粹的贵族。”

奥尔特鲁达笑着说：

“您夸奖她夸得那么系统，可以看得出来，她不合您的口味。”

“系统性，陛下，来自我们民族的性格。”

“我交给您一个和她有关的任务。您去见见这位法涅利女士，告诉她说我想在她那里订些画。并且请她尽快来见我。”

约定的时刻到了——萨宾娜·法涅利此时正站在女王奥尔特鲁达面前。女王奥尔特鲁达仔细打量了一番这位女艺术家，她同样也是坦克连德王子的情人。

萨宾娜·法涅利是一位体态丰满、眼睛大大的美人，风度翩翩、举止端庄矜持。她的前额很低但很美，侧影是古典式的，全身煞像一尊古代雕像。萨宾娜·法涅利身上的连衣裙是白色的，这是一种大众化的服饰，起先为宫廷所接受，后来又从宫廷蔓延到整个社会。连衣裙底下露出的双脚是光着的，连平底鞋也没穿。

女王奥尔特鲁达不喜欢萨宾娜·法涅利。但热情的奥尔特鲁达还是对她的艺术说了几句恭维话。

女王奥尔特鲁达说：

“法涅利女士，我想请您为我做一组雕像。”

“我非常乐意效劳。”萨宾娜·法涅利说。

女王奥尔特鲁达感到在萨宾娜·法涅利外表的平静下面，隐隐有些激动，因而更加仇恨和蔑视坦克连德的这个情人了。

“在这组雕像里，”女王奥尔特鲁达说，“需要表现我和另外一个年轻的小姑娘。这组雕像的思想是这样的：我沉浸在幸福无知的甜蜜的梦境中。您，法涅利女士，当然知道，无知的幸福能给我们提供多么美妙的梦境哪。多么幸福啊！而从这样的梦中醒来又该是多么可怕呀！您，法涅利女士，当然知道，沉睡在无知无欲中的梦中人或迟或早总归会清醒的。而我醒来时感到万分恐惧。在我头顶上站着一个年轻漂亮无辜的女人。对我来说，令人感到害怕的，是她的那张脸。为什么——这您是知道的吧？”

萨宾娜·法涅利说了句什么。女王奥尔特鲁达心不在焉地听着她诉说。她问：

“您明天可以开始工作吗？”

“是的，陛下。”萨宾娜·法涅利说。

女王奥尔特鲁达专注而严厉地瞧了萨宾娜·法涅利一眼，说：

“可是，法涅利女士，请您记住，不能让坦克连德王子知道这件事。”

萨宾娜·法涅利忽然满脸绯红地说：

“我根本不会和他见面的。”

女王奥尔特鲁达鄙视地一笑。这个女艺术家，看样子，居然还挺生气的！这对她来说就更糟糕！女王奥尔特鲁达用冰冷的语调说：

“我想说的是，因此请您关于此事不要向任何人吐露半个字，法涅利女士。”

乏味的一天又渐渐开始明亮起来，女王奥尔特鲁达感到十分倦怠。在她的一个卧室里，大敞开的窗户投进许多阳光。天花板上有一些奇特的花纹。花瓶里濒死的花朵散发着芬芳香气。女王奥尔特鲁达半躺在低矮宽大的床榻上。恬静安详的伯爵夫人伊莫格纳·梅拉多站在她面前。从她那两条温柔的腿上看得见两条轻微的勒痕——那是刚刚脱下的平底鞋鞋带留下的印痕。

女王奥尔特鲁达看着伊莫格纳笑了。她的笑容是那么温柔、平和。但在女王奥尔特鲁达心里却燃烧着愤怒和忧伤。然而，奥尔特鲁达之所以会被精心培养教育以便担任这一崇高的女王职责，绝不是无由的——上流社会虚伪的礼节女王奥尔特鲁达掌握得可以说是炉火纯青。奥尔特鲁达的笑容是那么和蔼温柔，以至站在女王面前的伊莫格纳也不由得高兴地笑了起来。

女王奥尔特鲁达沉默了好久——在斟酌怎么开头。她沮丧地想：“这个小姑娘凭什么勾引坦克连德呢？苗条、黢黑、瘦弱、大嘴。眼睛很好看。如此而已！漂亮！”

女王奥尔特鲁达让自己躺得更舒服一些，把腿伸开。她挥动长长的胳膊动作优雅地默默无言地示意伊莫格纳坐在自己脚下的小椅子上。伊莫格纳坐了下来。女王奥尔特鲁达和蔼地把伊莫格纳叫到自己身边来，轻轻地拍着她的脸颊。温柔地说：

“亲爱的伊莫格纳，您这么年轻又这么漂亮，看着您都令人爽心。看样子您很幸福，也配得到幸福。或许您不会拒绝我要请您做的事儿吧。”

伊莫格纳胆怯而欢喜地说：

“啊，主啊，我会做一切，只要您下令，只要我能做到。”

女王奥尔特鲁达仔细地瞧了瞧她，又问：

“您会万死不辞？”

“是的，陛下，万死不辞。”伊莫格纳说。

女王奥尔特鲁达略微有些嘲弄地笑了笑，接着又不急不忙慢悠悠地说：

“您许这个诺可不够小心啊，伊莫格纳。但是如果您不愿履行这一诺言，我也不会强求的。”

伊莫格纳说：

“不必这样，主。服从国王——这是我们家族的美德。”

女王奥尔特鲁达看着窘迫的伊莫格纳笑着说：

“啊，这一点我知道得很清楚。您当然知道，伊莫格纳，我喜欢艺术是吧？”

“是的，”伊莫格纳回答说，“我知道，主。”

女王奥尔特鲁达慢悠悠地说：

“我在萨宾娜·法涅利那里订制了一组大理石雕像。这组雕像将由两个裸体女性组成。其中一位女性模特由我亲自担任。而另一位女性模特我需要找到一个非常优秀的，一个非常美丽、非常漂亮、非常温柔的姑娘，那个姑娘是只有任性的想象力才能创造得出来的。总之一句话，那姑娘应当美得就像您一样，亲爱的伊莫格纳。”

伊莫格纳羞涩得满脸绯红。女王奥尔特鲁达问：

“您同意和我一起在萨宾娜·法涅利面前站几次吗？”

“我同意，主。”伊莫格纳脸色微红地说。

女王奥尔特鲁达站了起来。伊莫格纳也跟着站起来。

“跟我来。”女王奥尔特鲁达说。

画室里的布置不知为什么令伊莫格纳十分窘迫。这是一个很大也很漂亮的房间，灯光都来自天花板上，而且光照很亮也很高。墙上挂着各式各样的草稿。到处都是刚刚起了头的画稿。对于伊莫格纳来说，这里的气味、这里的家具都是她极不熟悉和陌生的，她的笨拙和窘迫令女王奥尔特鲁达感到开心。

萨宾娜·法涅利已经到了。女王奥尔特鲁达说：

“瞧我给您带来另外一个女人，萨宾娜·法涅利女士。伯爵夫人伊莫格纳·梅拉多。”

女王奥尔特鲁达脸上表情奇特地观察着，看坦克连德的两个相好的女人如何亲切地相互问好致意。她们两个是否都知道对方是自己的情敌呢？女王奥尔特鲁达转而对女艺术家说：

“我想把您的作品赠送给坦克连德王子。可我现在还不知道。或许我会把它留在自己身边的。”

萨宾娜·法涅利窘迫地说：

“当然阁下肯定会非常珍重您的这一礼物的。”

“由于您的艺术，这一礼物会是一件无价之宝的，”女王奥尔特鲁达说，“我们可以开始了吗？”

“是的，陛下。”萨宾娜·法涅利回答。

女王奥尔特鲁达脱掉身上的长衣。现在她浑身赤裸。伊莫格纳胆怯地问：

“我也得脱光吗？”

说着，脸红得更厉害了。使她感到窘迫的是，她将光着身子和她所爱的那个人的妻子站在一起。女王奥尔特鲁达冷冷地说：

“是的，亲爱的伊莫格纳，脱吧。无人会到这儿来。无人看得见您，除了这片高高的天空以外。”

当伊莫格纳在萨宾娜·法涅利的帮助下开始脱衣服时，女王奥尔特鲁达躺在略微收拾过的床榻上。她的身体焕发着情欲的气息。萨宾娜·法涅利让伊莫格纳躺在女王奥尔特鲁达身边。伊莫格纳撑着胳膊肘微微欠起上身，望着刚刚醒过来的奥尔特鲁达。

这是一个奇特而残酷的眼睛的对视游戏。女王奥尔特鲁达看出伊莫格纳胆怯了。忽然伊莫格纳脸上的表情发生了奇特可怕的变化。她那双紫罗兰色蔚蓝的眼睛燃起了恶魔般仇恨的火焰，嘴扭歪了，嘴边流出了白沫。从伊莫格纳的胸口里发出威胁和仇恨的吼声。她的头发变得蓬松散乱，就像一个年轻的女巫，她沉重地跌倒在女王奥尔特鲁达的胸口上。

53

德拉戈涅尔岛上的火山冒出的烟云越来越多越来越浓烈了，覆盖在火山上空那灰绿色的高高的被撕裂的乌云，变成紫灰色的一片，并且越来越浓。宽广蔚蓝的大海之上，火山沉重的喘息声传得越来越远。它那不祥的呼吸把薄薄的一层金灰色的火山灰越来越多地堆积在喧哗吵闹的棕榈树上，把越来越多的不幸和死亡、号哭和眼泪的信息向四周播散。一座座宽大的棕榈树园子里棕榈那芬芳馥郁的香气越来越多地和苦味的烟火的气味混杂在一起：那气味非常酷似遥远的俄国平原上森林火灾又甜又苦的气味。

联合群岛王国的居民开始对这些不祥的预兆并未注意。此后的几个月里，群岛上很少有人想到火山的事儿。发生此类事的部分原因在于人们对于火山的逐渐苏醒已经习之若素了，但更重要的原因在于当时岛民们的注意力正被隐蔽在阴暗残酷狡猾的火山烟云下面的正在迅速成熟的事件所吸引。

在这些日子里，和自然灾难比起来，人间的事情比任何时候都更加疯狂凶恶。在整个国家上空飞旋着如雷雨云一般的仇恨和愤懑。人们的意图和欲望都感染了仇恨和愤懑，这引导他们驱使可怜巴巴的意志去追求残酷的结果。火山的这种不祥的影响力不可避免地会在联合群岛王国的方方面面中表现出来，犹如一个凶恶的魔鬼划分为一群小鬼分散到全国各地作乱。

看起来似乎就连自然本身也彻底变样了。自然那鲜明的色彩在那层薄薄的被火山散播到全国各地的烟灰后面也黯淡失色了似的，然而所有香味和所有气息反倒更加强烈浓郁了，花园和田野上的花带着疯狂的激情怒放着，散发着芬芳。

联合群岛王国的居民们开始变得不可思议地容易动怒和神经质。街上的人群中醉鬼群出现的频率越来越多，尽管在那些日子里人们不知为什么喝得远比平日少。任何争论都能轻易地转变为争吵，而争吵则往往又会转变为凶杀。

男人们变得极其爱忌妒，父母的严厉往往也会变得不近人情，许多人的家庭生活蒙上了疯狂残酷的阴影。

全国到处都出现了许多各式各样的不寻常的人物：能预言未来的、欢天喜地地大谈神学的和好为人师者。与此同时，出现了许许多多的诗人，其中多数都被宣称为天才。只有为数不多的几个怀疑论者说，再过五年所有这些新出现的天才就会被人所遗忘。出版物上有关他们的长诗和长篇小说的评论五花八门，充斥着这样一些溢美的言论：

“世上还从未有过……”

“在整个欧洲找不到……”

“二十世纪的开端将被命名为××的时代。”

报纸上开辟了“自我批评”专栏——而这些诗人关于自己本人的评语甚至比职业批评家的评论和夸奖更加伟大壮观。有一个诗人称自己是“年轻的神”，说阿波罗和狄俄尼索斯只不过是他的前驱罢了；第三位更是超过了前两位，声称他是“超什么什么”；第四位是最机灵的一个，他赞同所有人的观点，夸奖所有的以及某些甚至比天还高的人，说所有这些定义都非常机智，但严肃地说，他其实是文学新流派的领袖人物。

被他恭维同时也被他搞得很窘迫的同行们只得同意他的说法，但在心里却始终无法与这种说法调和。有一次，人们像捧一堆柴禾似的把他抬起来，那样子似乎和他亲密得不得了，像是要为他庄严地加冕似的，就这样，人们从大海边最高的一个悬崖顶上，把他抛进了喧嚣的、白沫翻腾的大海波浪里去了。肋骨在尖锐的石头上被砸断，手抓着披着金色卷发的灌木丛，被抛弃的诗人用歇斯底里的嗓音号叫道：

“不，整个的我不会死掉。可耻的忌妒者们！”

诗人们本来决定把自己写诗的同行兄弟的死亡真相永远隐瞒下去，可是很快就憋不住而说漏了嘴。他们受到人们的谴责，而对他们的谴责犹如一次庄严的庆典：审判庭里挤满了衣着华丽的太太女士。人们为所有人辩护，太太们则向被辩护人投掷鲜花。

于是产生了许多奇特得令人匪夷所思的教派。它们的教条和仪式是那么不同寻常，以至于面对这些新教派教徒，魔鬼崇拜者和路锡福[1]分子们感到自己几乎就是宇宙教会的忠实忏悔者了。

女人们，尤其是那些已经开始凋谢的女人们，比平常更加卖力地造访教堂。她们光着身子穿一身黑色的粗陋的苦行者的粗毛衣服，或号啕大哭或嘤嘤饮泣地四仰八叉地躺在教堂冰凉的地板上。在鞭挞自我的迷狂中，她们常常会撕掉身上的衣服，固执地要求别人残忍地鞭打自己，忏悔自己犯下了如此这般匪夷所思的罪行，以致于那些淫荡的神父们有时会在忏悔室门槛上猝发心肌梗塞而死去。还有些害羞的女人为了能不受任何阻碍地参加这种疯狂的活动，用带着黑色花边的面具把脸蒙上。

在城乡街道上出现了越来越多的喧闹嘈杂的由忏悔男女组成的队伍。他们残忍地鞭挞自己或相互鞭挞，半裸的身上血迹斑斑。这群人中也有一些害羞的女人用面具遮脸的，但许多人认为这是一种罪过，因此无论是脸还是身体的其他部位，都无一遮挡。

这些忏悔者们的号啕、饮泣和队列行进是不可遏制的，有时甚至颇有吸引力。但警察局并非每次都能下定决心驱赶或是关押他们。这些醉鬼们有那些残忍的自我鞭挞就够他们受的了，这些狂热的宗教信徒们时刻准备与任何人进行血腥搏斗，只要那个人敢于妨碍他们的酒神崇拜活动的话。除此之外，警察局还担心在关押的女人中间，可能会出现一个高官显贵的夫人甚至出现女王本人。不过，话说回来，在那个疯狂的日子里，许多人为自己赢得了为信仰而受难的荣誉。

许多人发了疯。犯罪和自杀的数目极大地不成比例地增加了。年轻人变得不可遏制地淫荡放浪。

暴风骤雨般的革命岁月正在以不可挽回之势逼近。民众集会显得越来越喧闹，参加的人数越来越多，宣传鼓动家们在集会上的演说也越来越火热，集会所通过的决议也越来越不可调和。已经有一群群狂怒的工人常常会和警察和军队发生冲突。在火山透明的烟云里翱翔的疯狂的恶魔，把朝霞染红，让正午时分的山峰染上黄金般

① 基督教神话中的魔王。

的颜色。丈夫和妻子的血脉喷张，年轻的姑娘小伙儿则狂热无比。白天是疯狂的而夜晚则是恶梦般的。在那个国家里，所有人全都清醒地认识到，武装冲突已经是在所难免了。

在维克多·洛连纳的内阁里，那些狡猾的政治家们早已考虑到了起义的几率问题。所以，维克多·洛连纳能够心绪宁静地迎接正在酝酿中的事件而波澜不惊。他对于政府军能战胜武装起来的工人这一点充满坚定信心——因此反而挑动工人制造骚乱，以免他们的组织有时间得到巩固。他手下的秘密侦探已经渗透进所有的工人组织里，并且号召人们必须尽快举行起义的呼声喊得比所有人都响亮。

维克多·洛连纳向女王奥尔特鲁达隐瞒了自己这一狡猾的阴谋。但奥尔特鲁达自己却已经猜测出许多迹象了。女王奥尔特鲁达对这位喜欢独揽全权的首相的狡猾行径感到十分仇恨。可她又能有什么办法呢？她除了感到政权的软弱无能以及对于事先拟好的决议说一声“是”和“不是”外，还能做什么呢？

维克多·洛连纳在暗中酝酿着一个庞大的计划，即使革命成功也无妨。维克多·洛连纳深信，革命的结果只会是用共和制取代君主专制，而在共和制下——他想——资产阶级将会掌权，而资产阶级会一往无前的，因此也就不会摒除其久经考验的领袖的。所以维克多·洛连纳已经越来越多地梦想着共和国总统的职位了。

维克多·洛连纳觉得坦克连德王子以往的那些爱情奇遇、风流韵事对于政府来说是不大合适的。如今他却认为在这个问题上事情越坏越好。让那些虚伪的资本家和老实的无产阶级爱怎么愤怒怎么愤怒吧——甚至就连一个古老的王朝的覆灭也属于维克多·洛连纳有所准备的前景之列。

与此同时，围绕着坦克连德王子，一个秘密的党派已经形成并且越来越巩固，他们想要在军队和舰队的帮助之下推翻女王奥尔特鲁达的王位，而宣布坦克连德为国王，并且采用暴力手段取消宪法并把宪法修改成有利于大资本家和大地主阶级。这个党派里有许多沽名钓誉的军人和沙文主义者。他们全都向往战争，向往征服，向往荣誉，向往财富和政权。这里面有许多来自上流社会具有教权主义观点的太太女士。王后克拉拉本人认为，如果奥尔特鲁达不再是正在执政的女王，而只不过是和她一样的丈夫的妻子的话，那她的影响力就会增强。

侯爵夫人埃列奥诺拉·阿丽纳斯时刻窥伺着坦克连德将如何采取行动。可是坦克连德却十分谨慎。他巧妙地鼓动告密行为，并在女王奥尔特鲁达周围编织了一张秘密的间谍网络，他推动着形势的发展，自己却站在岸边观望，以便不让人怀疑到他。

罗伯特·卡迈伯爵一开始使坦克连德王子对马格丽塔的冷淡变成愤怒。卡迈伯爵担心自己的地位会不稳固，但他很快就放心了。有关坦克连德王子的事儿，他知道得实在是太多了，所以，坦克连德就不得不像以前那样来庇护他。为了以防万一，卡迈伯爵这个就其内心而言的叛徒和强盗、一个极端不诚实的人，悄悄藏匿了一些文件，以便一遇机会，在对自己有利的形势下，便出卖坦克连德王子。此类文件之一是坦克连德写给他的一封信，正是狡猾的马格丽塔偷走并转交给女王奥尔特鲁达的那些求爱书信中的一封。

或许，维克多·洛连纳的自信并非那么理由十足。政权的组织和力量远不象这位首相感觉得那样完善。例如，近来发生了几件偷盗国家武器库弹药的事儿。毫无疑问，武器库管理人员中有人被起义的组织者给收买了。议会反对派代表人物已经不止一次指出行政管理机构存在严重的行贿受贿和徇私舞弊现象。出版界和议会里的人们都在议论军队的武装很糟糕，议论军需官和供货商联合抢劫国库，装甲舰根本不适合作战，军事机密也没有得到严格的保密。但内阁在议会中占据稳定的多数，而维克多·洛连纳的笨拙也帮助了他反驳具有相当说服力的最不可推翻的观点。

而起义成功的机会也同样非常之大。当然，广大工人群众还不够十分团结，当然，工人和农民还没有联合起来，还是两个有着不同利益和追求的各自分离的阶级，所以，他们的意识形态也各不相同。尽管如此，人们还是为起义组织做了许多工作，而且已经做了的工作都做得很聪明很系统化。

女性——女教师和电话接线员——在组织工作中起着十分巨大的作用。组织里有来自不同社会地位的人，他们都是带着各不相同的动机来参加这一运动的。其中不乏有来自科学界的人，他们对理论问题的关注促使他们参加这一运动；还有新的社会体制的幻想家和发明家；还有些来自上流社会的人，他们出于好奇搞起了政治，他们看待革命犹如看待一场体育比赛，虽然有危险，但很吸引人；还有一些是来自城市里的知识分子代表，促使他们参加运动的动机，是对被剥削阶级的善心、可怜、无私，对正义的感情，对周围人们的爱，以及其他一些带有理想主义性质的动机。另外还有一些感伤主义的少女们，她们极端同情那些可怜的工人，因此她们的爱很让人感动。她们之所以来到这里，是因为在她们的圈子里，这样做很时髦。还有一些是具有宗教神秘主义情绪的人们，他们渴望着天国能在人世间实现。还有的人则仇恨欧洲文明，渴望过简朴的生活。还有的人虽然有一张非常好的文凭，但却没有相应的职位，他们是工程师、化学家、农学家、医生，总之，他们是各式各样的失意者们。有失意的沽名钓誉之徒，有在社会上最终未能找到适合自己向往位置的失意者，也有向往更高地位而未能如意的人。他们被复仇的渴望燃烧着，驱动着。也有许多人团结在工人阶级的一致利益之下，而只有这些人才是对于运动真正有益的人。

革命组织联盟中央委员会在起义前夕发布的宣言，是用清晰简明的文字写成的，文中表述的要求虽然不多但很重要。革命者们要求召开议会以便成立共和国并且实行土地和资本的社会化。

担任革命联盟领袖的菲利普·梅齐奥的个人声望，同样也是起义成功的重要保障之一。菲利普·梅齐奥在社会各个阶层中都拥有许多忠实的信徒和崇拜者。

54

女王奥尔特鲁达在这些日子里的生活蒙上了一层厚重的阴云。她的心灵在一个与情感作对的可怕的摇篮里痛苦地动摇不已：她时而为正在到来的仇恨和自发的暴风雨感到高兴不已，时而又对这毕竟属于尘世间、白日间、人类中的暴风骤雨的到来以及其所发出的致命的、预言式的隆隆雷声感到恐惧和害怕。和别的女人一样，奥尔特鲁达女王有时会罩上一件粗毛衣服，用面具遮住脸，急急忙忙地向充满疯狂和血腥的大街奔去——到那里哭泣或奔忙，把身体交给痛苦摆布。

一个极度淫荡狂怒的恶魔越来越经常地潜入奥尔特鲁达女王的内心，慢悠悠地用苦味的慵懒来考验着她。和她那个国家里所有的年轻人和强壮的人一样，被坦克连德——曾经是她有关英雄—丈夫的最崇高理想的化身的坦克连德——抛弃的可怜的奥尔特鲁达，并不反对爱情的肉欲欢乐的一面。很早以前就开始对人体的美感兴趣的奥尔特鲁达，忽然觉得自己身上有一个高等艺伎的灵魂，有一个喜欢背叛的、激情洋溢的和冷淡的灵魂。可是，阴暗的噩梦折磨着她，所以，奥尔特鲁达越来越经常地潜入阿拉明塔的地下宫殿，潜入那座水波不兴水声潺湲的蔚蓝色的山洞。奥尔特鲁达越来越经常地进到地下宫殿里去，因为她那血腥残忍的噩梦是由穿透毒龙眼中的烟云而来的赤红的光线所促成的。

可怜的奥尔特鲁达的思维和幻想越来越经常地转向深深爱着她的卡尔·莱默斯。那个有着一头淡褐色头发、一双喜欢沉思的好幻想的笑眯眯的眼睛的恬静的德国人的形象，在奥尔特鲁达的眼里，变得一天天更加可爱。她越来越经常地觉得想要和他拥抱和亲吻的愿望是越来越强烈了，她似乎已经爱上了卡尔·莱默斯。

她真的爱上他了吗？难道生活中会有不止一次爱情吗？难道一个人竟然可以爱上第二个人吗？难道在她的心中第一位优选者的形象还不足以永远存留吗？爱上另外一个人是不是就意味着打开自己的心灵开放一切可能性和意外，是不是就意味着成为一只迷途的羔羊，走上一条歧路，向那些情欲旺盛的少年和淫荡的老年人发出响亮的召唤？

可是，这一切会有什么结果呢？究竟是什么使苦闷中的奥尔特鲁达的心灵感到恐惧呢？难道做一个艺伎不正是所有时代里一个女人最甜蜜的命运吗？难道这还不足以战胜处在乏味渺小生活界限里的可怜的人的贫乏的有限性和局限性吗？

就是诸如此类的问题痛苦地折磨着可怜的奥尔特鲁达女王的内心和命运。她因无法为折磨自己的问题找到可靠的答案而痛苦。有时候，她不无惊恐地感觉到她对卡尔·莱默斯的爱欲在增长。于是，她竭力想要抵制和压抑这一欲望。

可是，她如何才能抵御这一欲望呢？一个女人可怜的心儿，你如何才能战胜自己身上那阴暗的狡猾的诱惑者呢？她是自己必不可少的女友和主人呀！

有时奥尔特鲁达女王竭力不和卡尔·莱默斯见面或减少和他见面的次数。可还有的时候，在无法避免和他见面的情况下，奥尔特鲁达竭力用粗鲁的言词来克服自己对他的爱情，用凶狠的目光和生硬的话语来吓退他。

正如在一切严格划定界限的交往圈子里那样，宫廷内部的人们很快便发现了种种蛛丝马迹。接着，人们很快就猜测出来了，人们猜测的内容远比实际情形多得多。一些小心谨慎、恶毒的谣言，已经开始潜入，发出咝咝声，沿着阴暗的地下通道，在古老的国王城堡里传播。

当有人用言辞向坦克连德王子暗示到这一点时，他感到十分高兴。他认为奥尔特鲁达女王的背叛乃是他为自己的背叛作辩护的最好借口，也是他防卫人们恶毒传言的最好盾牌。

阿夫拉·莫尼格季和卡尔·莱默斯正在国王城堡巨大恬静的园子里的一角散步交谈。他们的面前展现出远处海天相接之处广阔的、泛着金色的地平线。他们坐在悬崖上面的一个大理石长椅上，阿夫拉忽然说出一句话，而此话和刚才他们密切交谈的无足轻重的谈话内容没有任何关联：

“喂，莱默斯，您是不是还经常见到奥尔特鲁达女王。”

卡尔·莱默斯不信任地瞧了阿夫拉一眼，问：

“您是受奥尔特鲁达陛下的指令和我说这事的吗？”

“不是，”阿夫拉说，“我自己也看得见，奥尔特鲁达显然在受苦。您怎么不去看看她呢。请您不要以自己的接近、自己的话语和自己的眼神让她心情激动了。您的眼神太蓝了，太恬静也太具有诱惑力了，您的话语也那么深刻那么温柔，充满了甜蜜的毒药。”

卡尔·莱默斯愉快地笑一笑，说：

“亲爱的阿夫拉，您有一个男人的灵魂。”

阿夫拉笑了。她对他会这样回答问题丝毫也不感到意外。她平静地说：

“是啊，莱默斯先生，也许，您说得对。我也想当一个军人。或许，当一个演说家更好。点燃男人和迷人的女人的心灵。”

卡尔·莱默斯嘲弄地笑了。他沮丧地说：

“任何人都不想当一个和他的本性截然不同的人。奥尔特鲁达女王对于统治这个美丽的国家这一崇高的使命并不感到满意。她在寻求安慰，寻求许多其他人都能得到的欢娱。她在一切东西中寻找着情欲和肉体之爱和美。因为她具有绘画的才华。她对裸体女人的美那种可爱的诱惑感到一种不可阻挡的吸引力，并且在画布上给予裸体以充满魅力的表现。没有爱情没有情欲她怎么能够活得下去呢！没有爱情的生命对她来说就是死亡。”

阿夫拉仔细听着卡尔·莱默斯的话。她沉默片刻，轻轻叹了口气，说：

“是啊，这一切说得都对。可是，亲爱的莱默斯先生，请您到底还是别纠缠奥尔特鲁达的好。您不可能像她爱您那样爱她的。对您来说，这种爱情在您的生活中只不过是短暂的一刻。对她来说，这一游戏可能会以悲剧的结局结束。她的心灵十分恬淡，像眼前的这片大海，她也爱大海。她不像她母亲。”

卡尔·莱默斯不信任地问：

“您这样认为吗？”

说着，像是自问自答似的，坚决地说：

“她们两人都情欲旺盛——出自同一品种。”

“不，奥尔特鲁达长得不像母亲，”阿夫拉重复道，“王后克拉拉身上的情欲与一个干练人的冷淡气质极为幸运地融合在一起。这一点使得王后克拉拉不会堕入爱情的悲剧中去。王后克拉拉想问题很简单，她和这个那个人有染——都只不过是一些无伤大雅的轻微的罪过而已。她每次犯了此类罪过，都会向忏悔神父忏悔，把轻微的惩罚转移掉，就像那是真正的罪孽一样，然后得到赦免——于是会再次准备犯罪。她心里很轻松。”

卡尔·莱默斯微笑地听着这番话，说：

“是啊，她当然心里很轻松了。王后克拉拉的所有罪过都会转移到奥尔特鲁达女王身上。奥尔特鲁达必须为了这些罪过在上帝和人们面前赎罪。”

阿夫拉惊奇地问：

“为什么要由奥尔特鲁达来赎罪呢?”

卡尔·莱默斯不怀好意地偷着笑着回答说：

“这是因为有残酷的继承法。谁继承遗产，谁也将承担债务和职责。就连我们自己不也常常得承担别人的罪过和别人的过失吗——确切地说，是承担别人的惩罚。”

阿夫拉悄声说：

“如果是这样的话，那就太残酷了。”

卡尔·莱默斯不同意地说：

“可这是公正的。话说回来，亲爱的阿夫拉，这能使您得到安慰。我和奥尔特鲁达女王的关系带有纯粹柏拉图式的性质。我很希望她仍然还爱着坦克连德王子。我爱她甚于爱我的幸福，为了她的安宁我情愿牺牲一切。”

有一天早晨，奥尔特鲁达女王邀请卡尔·莱默斯来一趟。她要和他一起处理有关国务和财政的来往信件。她竭力让自己的嗓音带有纯粹公务的干枯色彩。但奥尔特鲁达女王的脸上却泛着绯红色，那一双黑色眸子的深处隐藏着灰暗的火星。

奥尔特鲁达女王忽然开口说道：

“莱默斯先生，我不喜欢……”

说着，连忙打住话头，深深叹了口气。卡尔·莱默斯恭敬地等待着下文。

“您的自信，”奥尔特鲁达女王说出下文，“您不愿意还是不能隐瞒那个本来应当成为您的并且也永远只属于您一个人的秘密呢?您眼睛所说的话，太雄辩也太说明问题了，这使得我参与了一个本来与我无关的秘密。我不想这样，我的职责是严厉禁止您。您不应该在自己内心为幻想而陶醉，因为这一幻想注定是无法实现的。”

卡尔·莱默斯听着奥尔特鲁达女王的这番话，驯服地低下脑袋，悄声说：

“请原谅，主，我那崇高的幻想实在是太不着边际了。我不期待什么，也不指望什么。只要偶尔能听到您裙子的窸窣声，我就会感到非常非常地幸福，那种幸福感是我所能幻想的最大的幸福。”

奥尔特鲁达女王听着卡尔·莱默斯的话，脸上现出一种奇特的窘迫的表情。她说：

“我吃惊地看出我是多么软弱和优柔寡断。您对我说了您本不该说的话——可我呢！我竟然会平静地听完我本不该听的话，竟然没有力量来阻止您。这一切都多么奇怪啊！本来早就该结束这一切的。我和您早就该分手了。”

卡尔·莱默斯声音更低地说：

“主，请您不要赶走我。”

奥尔特鲁达女王像是在倾听自己体内发出的一个什么声音似的，飞快地说：

“可我无法丢开您，卡尔·莱默斯。我爱您。我爱。”

这番话是伴随着轻微的呻吟声从她嘴里脱口而出的。奥尔特鲁达女王急速地从椅子上站了起来，连忙走出去了。卡尔·莱默斯窘迫又喜悦地望着她的背影。

在甜蜜的时刻里，在忽然出现的慌不择语的那个瞬间，奥尔特鲁达女王对卡尔·莱默斯说她爱他。奥尔特鲁达本人也真的以为自己已经爱上了卡尔·莱默斯。但却还没把自己交给他。

奥尔特鲁达知道自己只不过是此时此刻不把自己交给他而已，直到有一天她觉得这一切都无所谓时为止。可是，尽管奥尔特鲁达女王并未把自己交给卡尔·莱默斯，但却和他展开了一场奇特的旷日持久的决斗。被火山哀伤的烟灰毒害了的奥尔特鲁达，由于始终压抑着感性生命而浑身燥热的奥尔特鲁达，在与卡尔·莱默斯进行着一场危险的游戏，这游戏有点儿像是在无底深渊的边上跳疯狂的舞蹈似的。

有时候，正在做国务报告的过程中，奥尔特鲁达女王会忽然从安乐椅上蓦地站起来，走到卡尔·莱默斯身边，温柔地搂着他吻着他，呢喃道：

“亲爱的，亲爱的，我是多么爱你啊！我还从未这么爱过任何人。”

卡尔·莱默斯吻着奥尔特鲁达女王半闭着眼睛的苍白的脸庞，吻着她那颤抖的手臂，拥抱着她——忽然，她又挣脱他的怀抱，疾步走到在写字台后的自己的座位前，她的脸已经又变得冷淡，目光则又变得冷峻起来。她那激情的吻还在燃烧着卡尔·莱默斯的心灵，就像穿过烟云一样的梦境一般，他能听得到她那冷淡而响亮的声音：

"请您继续温柔下去，莱默斯先生。"

奥尔特鲁达用欲望的痛苦折磨着他，看样子她像是在因为什么而惩罚什么人似的，但却不知道如何更准确更好地实施惩罚。

有时候，夜半时分，奥尔特鲁达女王会把卡尔·莱默斯叫来，把他领进园子里。她那在黄色的沙土小路上隐约发白的双腿，在黑色长袍的下摆下快速闪动着，她的双肩也隐约泛着白光，她那好看的手臂摆动得十分安详，宛如月光把自己那轻微的魅力所引发的忧郁感也传染给了它们似的——奥尔特鲁达女王的恬静的声音响动着，撩拨着炎热的夜里的寂静。他们快速走着，迎着永远喧嚣着的海浪的哗哗的喧闹声走去。

在那里，在悬崖上面，在两重天地构成的深渊之间，在蔚蓝色明媚的天宇和蔚蓝色喧哗的深深的海洋之间，月光下微光闪烁，受月光感染的奥尔特鲁达，忽然把穿在身上的黑色长衣脱掉，丢在地上，浑身赤裸地站在卡尔·莱默斯面前。她就像一尊大理石雕像站在他面前，对他说着甜蜜而温柔的话语——关于爱情，关于死亡，关于人可怜的注定在孤独中存在下去、度过乏味一生的命运。奥尔特鲁达对卡尔·莱默斯讲述着自己有关那个可爱的遥远的既爱人也被人所爱的伊丽莎白的理想。

被这种甜蜜的诱惑所残忍折磨的卡尔·莱默斯扑到奥尔特鲁达怀里，感慨地说道：

"奥尔特鲁达，你真残忍，亲爱的，我的女王！"

她轻轻地把他推开，动作既轻柔又有力，随后便跑开来，像黑暗中一个轻灵白皙的幽灵一般消失不见了。疲倦不堪、心灰意懒的卡尔·莱默斯一个人走回家里。

残忍的奥尔特鲁达有时还会用软弱无力的忌妒的痛苦来折磨他。在恬静的傍晚时分，当远方火山的薄薄的烟灰在黄绿色的坚硬明亮的悬崖上覆盖了一层薄薄的柔软的金色的薄衣时，奥尔特鲁达会笑着和卡尔·莱默斯及阿斯托利夫一起走到海边。他们停留在悬崖后面某个孤独的码头的沙土岸边，她对他说：

“这夜晚多么迷人！在美妙的蔚蓝色的海面上流溢着黄金色的光，她浑身披着一层轻淡的黄金色的烟云织成的薄纱。迷人的自然力就是为了诞生真正的美而存在的！可是，那个从哈哈大笑的波浪里诞生的，那个以其赤裸的美丽的身体闪烁着微光，仿佛浑身包裹着幸福、欢乐和荣誉的人的整个身体；那令人目光愉悦的年轻的神祇究竟在哪儿！可我算什么！瞧，他才是我年轻的神！阿斯托利夫——她由于无法忍耐的欢乐而对那位少年颤抖地低声倾诉道——脱掉身上的衣服吧，走进那可爱的水里去，好让我们用纯粹美的直观来愉悦我们感官吧。”

阿斯托利夫高兴地听从了她的吩咐。海水带着冰凉的温存哗哗地拍打着他那黢黑的火热的身体，海水奔流着，水从他那灵活的四肢之间，从一个黑洞洞的眼睛里涌出来，黄金般的细碎的羞涩和无辜纯洁的欢快的笑声打破了周围的宁静。奥尔特鲁达欣喜地欢笑着。随后，她忽然脱掉自己身上薄薄的衣服，四仰八叉地躺在薄薄的干燥的沙土地上，召唤阿斯托利夫到身边来。他胆怯地一步步走到她身边。一滴滴的海水在他那黄金般黢黑的皮肤上颤抖着，如万点火星闪烁着，多彩的珠母在隐约反射着微光。阿斯托利夫跪倒在地，奥尔特鲁达在召唤他走近身边来。她对卡尔·莱默斯说：

“莱默斯先生，瞧，他是多么美丽！我的身体和他的身体的色调配合得多么和谐——就像自然女神—母亲和少年—英雄的身体一般。”

说着，她抚摸和亲吻着阿斯托利夫。

奥尔特鲁达女王无穷地变换着令人忌妒痛苦的花样，采用各种手法折磨卡尔·莱默斯。奥尔特鲁达常常对卡尔·莱默斯讲述她如何爱坦克连德王子，而坦克连德又是多么爱她。

“啊，现在的他可不是这样的了！”她嘲弄而又狡猾地说道，“或许，他从来就不是这样的。我们总是希望自己的恋人不知有多么完美，因而总是犯错。可是，错就让它错吧！即使是错误，也犯得甜蜜，当你像我爱上我的坦克连德时那样处于热恋中的时候，错又何如呢。”

55

被沉重哀伤的烟云包裹着的日子一天天地过去了。奥尔特鲁达女王体验着一个个像沉重的噩梦一般的日子。远处火山的轻烟一缕缕一圈又一圈地包裹着她，使她不安，使她变得神经质，在促使她采取疯狂的举动。

窒重的烟霭重重的日子，也是噩梦和疯狂的日子！日子一天天地像梦一般飘逝，只是偶尔才会有短暂的、甜蜜的和欢乐的时刻。有时一些可爱的形象会隐约闪烁，这些雕像对着奥尔特鲁达低下脑袋，在令人发狂的温存中双手被绞在了一起，可爱的红唇瞬息之间会吸吮毒汁。可爱的面容迅速更换着，犹如一个被永远热爱着的唯一者那透明的不同的侧面。这就是斯维塔扎尔内的面容。

卡尔·莱默斯，一双好幻想的蔚蓝色的眼睛。

热情洋溢的少年、浑身颤抖而又勇敢的阿斯托利夫。

处女阿夫拉那深蓝色的眼神。

奥尔特鲁达女王有时候能猜想得到卡尔·莱默斯在她周围不仅维持着一种爱情，而且还呵护着一种自尊的氛围。而谁又能知道哪个更有力呢！卡尔·莱默斯在他给奥尔特鲁达女王做的国事报告里发现自己由此认识了许多人和许多事儿。卡尔·莱默斯小心翼翼而又固执顽强的建议有时令奥尔特鲁达女王意识到他对许多事情的关切程度已经很深。他已经获得了若干领地。有一次，女王和王后以及坦克连德王子同时接受了他的邀请到他在伊维斯岛上的别墅度三天假。他和阿夫拉、维克多·洛连纳以及其他许多各种各样的人的关系都挺好。

在这件事发生的头几天里，财政部长由于对他搞的一个小小方案的失败感到极为不满，因而谈起要退休的事儿。维克多·洛连纳把此事告诉奥尔特鲁达女王，建议她在部长职位的分配领域作出若干改革。作为已经空出来的土地部部长可能的候选人，他提了卡尔·莱默斯的名字。

奥尔特鲁达女王吃了一惊，说：

“可要知道卡尔·莱默斯不是议员呀。为了他一个人破坏古已有之的传统，这合适吗？”

维克多·洛连纳说：

“这事儿不难安排。我们先让他进议会，与此同时可以暂时把这一职位交给商业部长代管。”

在报告的末尾，奥尔特鲁达女王按照惯例，委托维克多·洛连纳向财政部长转达问询，并且说如果他能继续留任的话，那她会感到很高兴的。财政部长继续留任了，对于卡尔·莱默斯来说，部长职位的问题便不再列入议事日程了。

自尊心这是一个多么可怜的弱点啊！可奥尔特鲁达又和她的弱点有什么关系呢！难道她没有权力从一个人身上只挑选那些优秀的素质，而把其余的一切统统丢弃吗？难道她不是女王，不是生活的主人吗？

奥尔特鲁达喜欢卡尔·莱默斯——并且最终决定不在自己内心继续抵御这一爱情了，把自己可怜的永远渴望温存的躯体交给爱情去抚慰吧。

有什么办法呢！要知道从生活中偷来的甜蜜时刻，充其量也只有几分钟而已，而几分钟过后，又是烦闷无聊、又是烟云缭绕和灰烬。

阿夫拉也过着黯淡的日子。她做好了为奥尔特鲁达做一切的准备，因为她热爱奥尔特鲁达。可是，阿夫拉不知道该怎样把奥尔特鲁达从四面八方包围着她的危险中拯救出来。阿夫拉看到奥尔特鲁达女王头顶上狡猾的阴谋的烟云越聚越浓。那些心怀歹意的高官显贵们紧紧盯着奥尔特鲁达的每一个步骤，默默地散发着有关她的匪夷所思的谣言。已经有人开始奢谈什么奥尔特鲁达女王已经发疯的无耻谰言，奢谈什么有必要建立一个代理机构了。

阿夫拉情愿为菲利普·梅齐奥做一切，因为她爱他。她知道他已经被推选指挥革命军队了。她甘愿和他一起跑到卡勃连拉岛上，因为那里将是起义发动的地方。可是，她怎么能把奥尔特鲁达丢下不管呢！况且阿夫拉对于形势的理解实在是太清晰了，所以她不可能看不出，革命成功的希望有多么渺茫。

就这样，对奥尔特鲁达的爱和对菲利普·梅齐奥的爱，以其不可解决的矛盾折磨着阿夫拉。

她爱过。她对奥尔特鲁达女王所掌握的全部迷人温柔和激情洋溢的巫术钦佩得五体投地，并且和她一起召唤着斯维塔扎尔内，欢乐和温柔的朝霞之神。可是，阿夫拉还看到奥尔特鲁达的灵魂受了致命伤，她已经疲倦不堪，注定承担三十七代统治者留给她的这一遗产——她受了致命伤并且正在死去。

她爱过。对于菲利普·梅齐奥所掌握的全部热情洋溢和火热炽烈的巫术也钦佩万分，并且和他一起期待着一个骚乱的灵魂、一个统治势力永恒的敌人的降临。她看出来了，他的性格是把儿童的天真和魔鬼撒旦的自尊结合在一起。她不愿意看见他的弱点——可她毕竟能痛苦地感觉到这些弱点的存在。

阿夫拉有时觉得菲利普·梅齐奥对她的爱情并不深刻也没什么希望，有时甚至会被一种疯狂的忌妒之心点燃自己的心灵。可也有的时候，阿夫拉会想起他那骑士般忠实的灵魂的特征。甜蜜的希望和苦涩的预感交相争斗着，阿夫拉就这样陷于苦闷之中，她的黑色的、黯淡的、苦涩的岁月就这样延续着。

革命终于在卡勃连拉岛上爆发了。快速建立起来的武装起义者的队伍组合成为一个个严整的武装齐备的营队，藏在山里的大炮则被组建为能掀起暴风骤雨的炮兵营。整整一个军队建立了起来，菲利普·梅齐奥就是这支军队的首领。

在起义最初的日子里，几乎全岛都处于起义者的控制之下。只是在南方，围绕着一座要塞，周边不大一块地区被政府军队所占领。

在其他岛屿上形势不太明朗。许多城市里发生了骚乱。已经宣布进行总罢工了。邮局、电信、铁路工作几乎瘫痪，这样一来许多地方便不得不把士兵安排在罢工者的岗位上。山里出现了由武装起义者组成的个别分队。强盗趁着混乱的时机到处肆虐，甚至就连离城市和要塞很近的地区的道路上也变得不安全起来。

许多地方的民众在高兴地等待着菲利普·梅齐奥军队的到来。

革命已经成为相当普遍的社会现象。许多人害怕革命，但也有许多人对革命感到高兴——高兴的是用不了多久，在帕尔马附近也会出现共和国军队的队伍了。流行着一些传言，说起义者的数目每天都在急剧增加。

政府急急忙忙集合军队准备派往卡勃连拉岛。于是任命坦克连德王子为卡勃连拉岛总指挥。奥尔特鲁达女王高兴地签署了有关这一任命的文件：她高兴的是，这个可恨的家伙至少能暂时离开她的这座城堡。

为了给军队的集合赢得时间也为了欺骗起义者们，维克多·洛连纳开始了和起义者的公开和秘密谈判。在公开场合下，他答应进行大赦，如果起义者放下武器的话。而暗中他却利用一些间谍进行讨价还价，企图让起义者们以为他并不十分珍惜或重视现存制度的保留。他毫不吝惜地开空头支票，而实际上根本不想履行任何诺言。

内阁派出的秘密间谍竭力想要在革命者中间制造不和，他们在这方面取得了某些成功。

帕尔马的内阁会议决定向议会提出若干激进的法律方案。这会减少发生革命的几率，因为它能够安抚大部分不满者和动摇者的心。与此同时，维克多·洛连纳指望对他言听计从的议会，有足够能力使这些法律方案流产。在议会里占据绝大多数席位的狡猾的资本家很快明白这一忽然提出来的激进的法律方案究竟价值几何，因此对首相并不怎么生气。

奥尔特鲁达女王看出维克多·洛连纳在耍花招。这令她心情沉重，尤其是此时此刻，在起义的日子里。奥尔特鲁达说过，应当进行全民议会大选，并赋予议会以召开大会的权力。她说：

“一旦人民自己决定自己的命运，牢固的安定才有可能实现。”

内阁却不同意这一观点。维克多·洛连纳对奥尔特鲁达女王说，现在政权最重要的任务仅在于安抚那些起义者。奥尔特鲁达女王没有机会坚持自己的见解——在这样一个混乱时期引发一场内阁危机，这是她不敢下定决心的，况且在这个议会里，任何人也不敢承担组成内阁的重任，而内阁理应召开立宪会议。但在与维克多·洛连纳的谈话中，奥尔特鲁达女王常常回到这一思想上来，因为首相最后也有些担心，奥尔特鲁达千万可别在议会之外从那些虽系非党派但同意盲目执行她的意愿的人士中组成一个内阁。

维克多·洛连纳有一次在接见秘密警察局局长时说：

“奥尔特鲁达女王过于相信普通人民是爱她的，相信人民永远都会站在她那边。上帝呀，但愿她的信心不会落空。”

他的暗示被对方理解了。秘密警察局受过极其严格的训练，所以，对自己所干的事儿，可以说再熟悉不过了。他们很快组织了一次有名无实的对奥尔特鲁达女王的暗杀行动。官方奸细雇用了一个傻瓜，一个十七岁的少年，工厂工人，然后向他灌输一种思想，即实施一次反对君主专制制度的示威行动是十分有益的。

有一天晚上，在一个为失去双亲的士兵家庭举办的慈善市场开幕典礼上，人们正在等着奥尔特鲁达女王到来。市政管理局彩画鲜明，悬挂了一些国旗。街上聚集着一群好奇者，小男孩们在人群中钻来钻去。当奥尔特鲁达女王的马车停在市政管理局门口时，一个穿着黑色短上衣的年轻人从人群中钻进来，嘴里喊了一句挑动骚乱的口号，然后从口袋里掏出一个奸细给他配备的一把结结实实的小手枪，瞄准奥尔特鲁达女王和马车夫后背之间的空挡开了一枪。骚乱发生了，人们像应有的那样向开枪者扑去，开始痛打他，可身体强壮的警察和宪兵包围了他，把他押进了监狱。

为了不让他胡说八道说漏了嘴，当天夜里，他就在监狱里被人掐死了——按照官方说法他是上吊自杀的。

接着逮捕了许许多多的人，开始审理从未有过的对于奥尔特鲁达女王的谋杀案件。

革命政党中央委员会声明谋杀奥尔特鲁达女王不属于他们的计划。许多人公然指责内阁有奸细行为。内阁利用这次谋杀和人们对于武装起义者队伍的害怕心理，宣布首都处于危机状态。

被指控参与谋杀正在执政的女王的人犯被提交给了军事法庭。军事法庭做出了人们期待于它的判决。但是奥尔特鲁达女王赐给被宣判为死刑的犯人一条生路。

奥尔特鲁达女王并未被谋杀所吓倒——如果没有令她感到好笑的话。她不相信这次谋杀是认真的。而即便她被杀死——难道此刻她还会感到死亡有什么可怕之处吗！

朝三暮四的坦克连德王子，又爱上了伯爵夫人伊莫格纳·梅拉多，冷淡了阿尔东莎·日里斯并抛弃了后者。只不过给后者寄过一点儿钱——这笔钱对于一位乡村未婚妻来说可以算得上一笔好嫁妆了。可怜的阿尔东莎以为她的亲爱的之所以不来看她是因为去参加起义了呢。她听说俄国人喜欢为了别人的利益而战斗，关于她心目中那位亲爱的人儿，她一直以为他看样子是个俄罗斯人，来自遥远的地方，来自寒冷的北国，那里的人们很有钱很愚蠢，很残忍也很慷慨。

阿尔东莎离开学校千辛万苦来到卡勃连拉岛。在那里，她和许多其他人民教师一样在革命军队里担任护士工作。

阿尔东莎始终想要奔向最前线——好找到自己那位最亲爱的人。她心想既然他是那么勇敢，所以不用说他总是会冲杀在最危险的地方。要做到这一点实在不困难。她被打发到她最想去的地方。在一次对于起义者来说是很不顺利的冲突和遭遇战中，阿尔东莎被坦克连德王子的士兵给抓住了。

当时是晚上。士兵们押送着阿尔东莎从路上经过，旁边恰好是坦克连德王子的主要住宅。阿尔东莎的双手被捆住了，白色连衣裙也被撕得破破烂烂。士兵们神色忧郁而沉默不语。尘土飞扬的道路上那坚硬的石头以及炎热室闷的天气把阿尔东莎折磨得疲倦不堪。

几个穿着五色斑斓漂漂亮亮制服的骑马人迎着押送兵飞驰而来，在道路上扬起灰红色的尘柱。士兵们举枪敬礼。阿尔东莎抬起眼睛。只见她心爱的人带着插有绿色羽毛的头盔、穿着闪闪发亮的衣服，正从她身边驰过。阿尔东莎不由地喊道：

“我的亲爱的，救救我！”

说着，便向那人扑了上去。可是，她那位亲爱的人连看都没看阿尔东莎一眼，就打马从她身边飞驰而去。士兵们野蛮地抓住阿尔东莎的肩头。

“你嚷嚷什么！”士兵凶恶地对阿尔东莎说，“坦克连德王子是不会饶恕一个女叛变者的。瞧，他连看都不想看你一眼。”

“坦克连德王子！”阿尔东莎恐惧地重复道。

当天夜里她就被带到一间屋子，屋里的一张长长的桌子后面，坐着三位军官——这就是战地军事法庭。阿尔东莎几乎什么也没说，而那几位军官也觉得延长审讯一点儿意思也没有。

第二天一早阿尔东莎就被吊死了。

起义者的胜利并未能持续多久。很快在起义领导人中发生了分歧，而分歧对于起义的进程产生了致命的影响。

分歧主要是由于战术问题引起的。领袖们个人之间也有竞争。甚至针对今后采取行动的方针问题也产生了激烈的争论。

菲利普·梅齐奥的名气太大，因而这就在许多爱慕虚荣的人心里引起了强烈的忌妒。人们担心他实行专政，因此千方百计采取各种方法限制他作为人民军总司令的权力。

军事行动进行得毫无章法。革命队伍里的长官们常常会时而从总司令菲利普·梅齐奥那里，时而从军事委员会那里，时而又从总参谋部那里，得到一些相互矛盾的指令。这当然使部队手足无措，所以，他们常常不知道该听谁的好。

人们开始察觉，武装起义者部队的行动和意图常常早就被坦克连德王子的参谋部得知了。武装起义者实施的进攻本来都想出其不意，但却都遭到反击，而且，反击的地方恰好是战役开始前侦察兵探明没有政府军的地方。显而易见，武装起义者阵营里有叛徒。人们开始怀疑内阁的秘密间谍已经渗透进队伍内部甚至占据了重要岗位，但却未能抓住任何人的把柄。

于是，便开始了所有人怀疑所有人，而革命进程由此便每况愈下。

最后才搞清楚，革命在全国范围内没有得到足够的支持，起义发动的时机过早了。无产阶级还很软弱分散，组织也不够严密。全国上下被揭露出来的工厂主里的黄色工会分子和工人里的工贼分子的人数越来越多了。

56

政府军队最后主要集中在共和国主要阵营附近。士兵们被告知他们所面对的是狡猾的内部敌人，他们居然敢于破坏国家的完整，并想用非法的恣意妄为来取代合法的政权。这些敌人正在杀死政府最忠诚的卫士。他们储备了大量武器和大炮反对勇敢而忠诚的士兵。正是由于这些内部敌人的存在，士兵们就不得不承担沉重的负担，并且陷于军事形势险恶的境地。

这种教育加强了绝大多数年轻士兵对于武装起义者的仇恨。可是，尽管如此，还是有数十个士兵逃亡，并加入了山上起义者的行列。此外还有一些士兵随时准备一遇合适机会就向革命一方投诚。在他们的协助下，政府军阵营里几乎每天都会有充满起义号召的传单。这些传单对于那些感觉敏锐的许多青年人，尤其是其中识字的青年，产生了深刻的印象。

总参谋部发现人们思想中的这种混乱以后，决定尽快与起义者决战——于是，一天早晨，当山冈后面太阳刚刚露头，在高不可及的山冈顶上橙黄的朝霞刚刚点燃，一场决定性的战役便开始了。

武装起义者的领袖们直到最后一刻还指望对方军队的宣传部队能向自己投诚。可是，决战那天却并未给这一希望以支持，纪律看起来要比信念强大得多，而且，对于一个有经验的眼睛来说，从一开始就可以看出，坦克连德王子的军队占据上风。

政府军从三面包围了以难以攀登的山峰为依托的革命军阵营。政府军开始向武装起义者部队的各条战线展开强大的炮火轰击。但他们的炮火尽管强大，却没有什么实际作用。炮弹的命中率都很低，而命中目标的炮弹杀伤力又很低，因为有许多炮弹根本就没爆炸。军队没有受过什么训练，指挥官都没有战斗经验，什么都不懂，物质装备充分这种说法实际上只停留在书面上。

最后，坦克连德王子下令士兵发动正面冲锋。士兵们从斜坡和山脚下爬上去，许多士兵被站立在悬崖上的敌人的准确射击击中而死。最后，终于到了短兵相接的时候。展开了白刃战，双方都同样勇敢同样疯狂。

坦克连德骑在他那头褐色的坐骑上正在总参谋部附近的路上无目的地炫耀他的一身装束，听着被从战场上打发下来、活着见到至尊的总司令的军官们的报告，用自信和命令的口气下达着偶尔干练偶尔荒谬的命令。这些命令中有一些被当作任务传达下去，下面对命令或是执行，或是根本就不执行，无论执行还是不执行都马马虎虎。

当坦克连德王子走到通常偶尔会落下敌人炮弹而扬起尘土的地方时，身边有人对他说：

“阁下，您应该珍惜您对于国家万分珍贵的生命才是。”

坦克连德王子装出伤心的样子，打马快速冲过危险地段，说：

“没办法呀！我们总归得把功勋荣誉献给另外一个幸运者的。”

那人回答他道：

“粉碎祖国敌人的荣誉属于阁下您。”

这天早晨坦克连德又一次碰见了那个吉卜赛女人。那女人站在一棵高大的松树下，眼睛泛着野性的光芒，瘦瘦的脸颊黝黑油光，风儿抚动着她那身红裙子的下摆，裙摆下露出两条深铜色的细腿。看见坦克连德，她大声笑了，说：

“谁想胜谁就会胜。”

坦克连德给她抛了几枚金币。金币落进尘土里了，可吉卜赛女人却跑开了。

天快黑时，革命军被粉碎了。一些还活着的人跑进了深山老林。政府军占领了散布着勇敢者尸体的阵地。

革命以失败而告终。议会以投票表决的方式向坦克连德王子致敬表彰他拯救了祖国。他在盛大喧闹的庆典声中回到首都帕尔马。全体首都居民出来迎接他的到来。但人群里就是没有奥尔特鲁达女王。随后开始了无情的镇压。胆怯的资产阶级残忍地报复了在其软弱的时刻的那些敌人。

军事法庭开始展开效率很高而且无情的工作。还没过一个礼拜，被吊死和枪毙的就达到数百人。政府向起义者所在地方征收了沉重的赔款。若干乡村被焚烧殆尽。军事行政管理部门取代了公社式的自治机构。

菲利普·梅齐奥隐蔽在山里了。这使得坦克连德王子欣悦的情绪多少蒙上了阴影。

“对他必须活要见人，死要见鬼。”他坚持说。

在这些灰暗的日子里，阿夫拉是多么仇恨坦克连德王子呀！她的心灵在对菲利普·梅齐奥的爱情和对奥尔特鲁达女王的爱情之间，被撕扯得多么痛苦呀。菲利普·梅齐奥，人们正在搜寻他，一旦抓住便会审判并杀死；而奥尔特鲁达倒是就在身边，可她却是一个无能为力的软弱的政权的囚徒！

奥尔特鲁达女王有一次问道：

“阿夫拉，你知道菲利普·梅齐奥医生隐藏在哪儿吗？”

“我知道。”阿夫拉说。

奥尔特鲁达忧郁而又温柔地对她说：

“转告他，如果他被抓住和审判……不过反正都一样，无论判他什么，我打算饶恕他。在此之后，我可怜的政权已经做得够多的了。你能否把这告诉给他？”

“可以。”阿夫拉回答说。

她本想表示一番感激——可她不能这么做。只是默默地流泪。奥尔特鲁达抚摸着她安慰她。

过了一天又一天，一星期又一星期。菲利普·梅齐奥的藏身之地还没被发觉。卡勃连拉岛被军队搜了个遍，岛上所有海岸都被悉心防护，任人们还是缺乏信心，认为菲利普·梅齐奥仍有能力潜逃国外。

于是，官方为了抓捕他而举行了悬赏——谁能抓到活着的菲利普·梅齐奥，便赏给两万里拉。正如这种场合下常有的情形，终于出现了奸细。他潜到菲利普·梅齐奥身边，装作是他的朋友，随后向敌人出卖了他的藏身之处。

夜里，菲利普·梅齐奥藏身的两山之间的一个很狭窄的峡谷，被士兵包围得水泄不通。周围静悄悄的黑乎乎的。山上低矮的棕榈树沉默地谛听着。温润潮湿的空气里发出一阵阵模糊不清的沙沙声。房子里有人在睡觉，还有人在呵护着此人的安宁，躲在门槛后面在打盹。

士兵们藏在树丛和灌木后面。叛徒对连长耳语道：

“瞧那扇窗户，这是今天菲利普·梅齐奥睡觉的那间屋子。”

大尉是个脸色泛黄、神经质的中年人，他有一部黑色的胡子，生气地嘟囔道：

“这扇窗户和我有什么关系！把您的事儿干完，堂·拉米罗，如果您想结束这件事儿的话。”

叛徒默默地耸耸肩膀。他走近窗前。身子紧贴着墙壁，敲了敲窗户上的玻璃。随后，他像一个鬼影子似的溜进门里。他把门推开一条缝儿，说出一个暗号——紧接着叛徒便进了屋。

“消息不妙，”叛徒在屋里对菲利普·梅齐奥嘀咕道，“军队正在朝这儿走。有人出卖了机密。赶快跑吧。”

“往哪儿跑？”菲利普·梅齐奥问。

“我把您送到安全的地方。”叛徒嘀咕道。

“好吧。走。”梅齐奥说。

两人走出家门。周围黑得很奇特。总能感觉得到有个凶险的外人似乎离得很近很近，沙沙声响起又听不见了，一种暗淡的气息渗入就连自然也感到陌生的夜间那潮乎乎的空气里去了。

“这里有什么人吗？”菲利普·梅齐奥悄声问道。

叛徒已经消失不见了。草丛后面一道白光亮了一下。那是一盏暗灯。一个嘲讽的陌生人的声音问道：

“菲利普·梅齐奥医生，您已经被捕了。”

菲利普·梅齐奥抓起手枪连瞄也不瞄就开了一枪。周围晃动着一些人黑乎乎的身影。抓捕进行得很快，地上发生了一阵忙乱。菲利普·梅齐奥左手感到一阵剧痛，像是被一把短剑刺中。有人狠狠一击把他手中的枪打了下来。

“反抗是没用的。”那个嘲讽的声音低声说道。

火炬明亮的火光照亮了屋前的平台。

“您受伤了吗？”大尉问道。

菲利普·梅齐奥黑色制服的左袖口上流淌着一条血迹。他瞧了左手一眼，笑了笑，平静地说：

“大尉，您认为继续抵抗是没有意义的？我完全同意您的看法。请允许我向您和您那些英勇的士兵们表示祝贺，祝贺你们这次夜间偷袭行动成功。”

大尉沮丧地转过身去。士兵们阴沉着脸没吭声。旁边有个年轻人说：

“士兵们别人吩咐什么他们就做什么。这是军人的职责所在。我们不作判断，我们只管执行。”

“我们对女王和宪法宣誓。”大尉严峻地说。

军队医生飞快地给菲利普·梅齐奥包扎好伤口。好在伤并不太严重。

菲利普·梅齐奥回到了帕尔马。这也是女王坚定表达的一个愿望。坦克连德王子本想就地审判之后尽快将其吊死。可是，维克多·洛连纳不愿意给坦克连德王子太多的奢望，而屈从了奥尔特鲁达女王的意志。不过，话说回来，和平常一样：奥尔特鲁达女王善于做一个君主立宪制君主，她很少利用自己个人的影响力，而一旦使用也十分小心翼翼。因此每次使用都十分成功。

在菲利普·梅齐奥回到帕尔马的路上，人群不止一次聚集在一起。可以听得到人们同情的说话声。

押送的士兵们忧郁而又自制地沉默着。愚蠢的士兵们啊！他们对自己的胜利并非那么自豪。

菲利普·梅齐奥按照规定被投进了监狱，狱门被锁得紧紧的。人们对他态度极好，而且尽量把他安排进最好的囚室。可是，在关押他的那间囚室里，一切还是显得十分恶劣——墙上散发着一股腐烂的潮气。天花板附近开着一个小小的窗户，带着格栅，离地很高，能透进的光线极其微弱。老鼠在什么地方发出吱吱叫声。房间角落里的水滴从天花板上一滴滴落下来，门后回响着哨兵沉重单调而又沉闷的脚步声——包裹着生锈的铁皮的门偶尔会带着令人讨厌的吱呀吱呀的嘶叫被打开。

墙那边似乎有人想用敲墙来吸引这边人的注意，可菲利普·梅齐奥心想这大概是官方派来的间谍，所以，便连理也没理。那个执拗的邻居固执地又敲了好久——最后终于不再敲了。

菲利普·梅齐奥坐在地上陷入自己的思绪中。对于早在他还处于自由时那个少年走私犯兰谢奥利传达给他的奥尔特鲁达的诺言，他并不太相信，但他也不害怕死。一想到事业竟然失败了，想到许多战友牺牲，他心里就感到十分沉重。

一个狡猾凶恶的老头子——侦察员走到菲利普·梅齐奥身边。他竭力想用狡猾的提问和人家已经供出来的虚假消息从犯人嘴里套出有关其他那些还没被发现的同谋的情报。菲利普·梅齐奥对他总是很有礼貌，但却根本不和他谈任何人的情况。

"我只能谈谈我自己，"他不止一次坚决地这样说，"让每个人都只说自己好了。"

除了侦探外，只允许三个人来见他。首先被允许进囚室的，是给他治疗伤口的医生。随后是阿夫拉，和她的谈话对他来说既亲切又使人感到安慰。要知道即使是强者也和弱者、小人物一样需要安慰。再后来连律师也可以进来了。

审判前的预审进行了没多长时间。法庭审判也持续不久——因为这是军事法庭。审判长是个头发苍白、神色严峻、有着像是被醋渍过的堂吉诃德式的外貌的将军，他主持的审判有点儿像军人风格，随时会毫无礼貌地打断证人和律师的证言，就像是在急着赶往哪儿去似的。他那勤奋的士兵式的灵魂觉得案件已经事先拟定好了，所以，说得再多也于事无补。

在询问证人的过程中，菲利普·梅齐奥对于叛徒说了几句轻蔑的话。

"这与本案无关。"审判长严厉地打断他的话。

菲利普·梅齐奥对法官们既冷淡又礼貌，而且始终十分安详。

"一个勇敢的人。"审判官在协议厅里关于他这么说道。

无需长时间思考——法庭只协议了七分钟——菲利普·梅齐奥就被判了枪毙的死刑。但法庭通过了请求女王减轻被审判者罪行和以终生监禁在要塞来取代死刑的上诉。

菲利普·梅齐奥心不在焉地听着单调的朗读判决的声音，并且笑了。

在对奥尔特鲁达女王关于法庭的这一上诉的答复尚一无所知时，在这个结果不明的几个小时里，人们心中在为菲利普·梅齐奥的命运而充满了激烈的斗争。坦克连德王子在刚一听到抓获菲利普·梅齐奥的消息时高兴得心花怒放，而此刻听说法庭请求对他实行宽恕时十分生气。

"不，不能这么做！"他气愤地说，"内阁不能做出如此疯狂不智的举措。"

为了取消这一不适当的请求所能给人的印象，按照坦克连德王子的意见，要求撤销这一判决，将案件转交给另外一个更加可靠的法庭审理。主持法庭的这位将军——坦克连德王子说——必须立即宣布退休。

坦克连德王子和维克多·洛连纳关于此事谈了很久。他劝说后者要求女王为了祖国的最高利益，也为了人民的幸福而驳回法庭的这一请求。首相的回答模棱两可。坦克连德王子有点儿生气了，他威胁说什么政变已经迫在眉睫。但维克多·洛连纳一点儿都不糊涂。他不相信宫廷阴谋能成功。

“宽恕是国王的特权，”他平静地回答王子道，“女王听了首相的建议，但以后无论发生什么结果，陛下是否接受这一建议，都不清楚，无论如何，内阁的做法不尽妥当，如果它由于某个被审判者的个人命运问题而集体辞职的话。”

坦克连德王子沮丧地不耐烦地说：

“难道您就不能告诉女王宽恕这个强盗只会促使无政府主义分子和暗杀行为更加嚣张吗？毫无疑问，这一宽恕举措会危及她本人的生命。对她的那次暗杀人们仍然记忆犹新。政府只有采用坚定措施才能使得此类恶行不再重复出现。”

维克多·洛连纳轻轻一笑，说：

“我们最仁慈的君主继承了其祖先英勇无畏的精神。危及她生命的危险，不会使她在履行自己职责的道路上望而却步的。我们的上帝会保佑女王不再遭受对她宝贵生命的第二次暗杀的。君主的高尚品德会促使她相信革命党的声明的，说什么罪犯不是他们打发出来的。我甚至担心，君主身上已经潜藏着关于此案的一些想法，这些想法使她觉得如果在这件事上她相信了别人，那会使她很伤心的。女王洞察一切的明智和智慧并不能保证她不会有时犯点儿判断错误。”

坦克连德王子的朋友们千方百计地反对宽恕菲利普·梅齐奥。但他们那无力软弱的想要吓唬吓唬奥尔特鲁达女王的企图只会在她心里激发起鄙视之情。而资产阶级却要求宽恕菲利普·梅齐奥，为的是不要使局势恶化。但被战胜的菲利普·梅齐奥看起来一点儿都不害怕。

维克多·洛连纳给女王奥尔特鲁达带来了军事法庭的判决词。她疑惑地盯了首相一眼。首相没说话。她坚决地在判决书上签了字：

准予彻底赦免菲利普·梅齐奥医生。

奥尔特鲁达

维克多·洛连纳还和刚才一样，默默无言地从奥尔特鲁达女王手里接过这份外表看起来如此普通的文件——一张纸，签上了自己的名字以作证实，然后把这份文件放在旁边另一张桌子上，那里堆放的都是奥尔特鲁达女王审阅过的文件。

当维克多·洛连纳站起来向奥尔特鲁达女王鞠躬敬礼准备离开时，奥尔特鲁达对他说：

“亲爱的洛连纳先生，我想见一见菲利普·梅齐奥医生，和他谈谈话。我觉得我可以从他嘴里听到许多有趣的事儿。我想您是不会反对的吧？”

维克多·洛连纳说：

“对不起，陛下，我担心女王和一个刚刚被赦免的国家犯人见面，会给社会以不应有的印象。”

奥尔特鲁达女王坚决地说：

“我必须看见他。如果您害怕不应有的印象的话，那就请您暗中安排这件事。”

“是的，君主，只要您愿意，”维克多·洛连纳说，“既然如此，陛下您即使不用卡尔·莱默斯先生协助，您也会很方便的，因为您愿意进行的会使得菲利普·梅齐奥医生幸福无比的谈话将会是一次带有极其私密性质的会面。阿夫拉·莫尼格季女士——菲利普·梅齐奥医生的未婚妻——她当然会向梅齐奥先生转达陛下您的私人邀请的。”

“我会这么办的。”奥尔特鲁达女王说。

就在同一天，阿夫拉转告菲利普·梅齐奥，说奥尔特鲁达女王想要见他，说女王对于和他谈话很感兴趣，说如果他能找出时间和女王进行纯粹私人之间的谈话的话，女王会十分高兴的。这次谈话的内容，无论究竟是什么，都不会向外界透露。

菲利普·梅齐奥仔细地听了阿夫拉的话。这一邀请一点儿也不令他感到惊奇。他是一个经验十分丰富的政治家，已经学会宠辱不惊，而又善于利用一切机会。但听完阿夫拉的话后他却陷入沉思。他皱紧了眉头。在头脑里罗列着赞成和反对的种种理由，但一个骄傲的无产者的感情却固执地诉说着："不行。不要去。我们和他们是不可调和的。"

阿夫拉问他：

"亲爱的菲利普，您在想什么问题呢？要知道没有任何因素非要您接受这次会面不可。"

菲利普·梅齐奥笑着说：

"我在竭力弄明白为什么奥尔特鲁达女王需要这次会面呢。"

"是啊，亲爱的菲利普，是她要见您。"阿夫拉悄声说道。

"而我却不需要见她，"菲利普·梅齐奥医生说，"和我们所仇恨的这个政权最大的头目我能谈些什么话题呢？这不会带来任何利益，反而会给党造成不良影响。"

阿夫拉不同意地说：

"党和您私人之间的会面无关。况且，您怎么能够事先预言，这次会面不会有任何好的结果呢？"

"是啊，阿夫拉，我还真看不出，"菲利普·梅齐奥说，"我们假定这个理由相当软弱无力。可我想一想。我看出来您对这次会面感到很高兴。而我乐于做让您感到高兴的事儿，只要这事儿在我能力范围之内，而且也不违背我的事业的利益。"

菲利普·梅齐奥并没有想多久。他什么也没对自己的朋友们说，自己作了决定。第二天，阿夫拉得到他的回答。菲利普·梅齐奥同意在女王方便的任何时候去见女王。

57

菲利普·梅齐奥医生和奥尔特鲁达女王约定会面的日子阳光明媚、红霞满天：德拉戈涅尔岛上的火山在这天冒出的浓烟多于往日，以至离大老远就能看见一缕缕的烟云。蔚蓝色的天空和橙黄赤红的烟云混杂在一起，既像是在欢呼雀跃，又像是在幸灾乐祸。喧哗的波浪泛着红光，哗哗击打着泛着亮黄色的海边岩石的表面。

斯维塔扎尔内的形象整整一天都以其迷人凶险的自然美萦绕在奥尔特鲁达女王的眼前。登上国王城堡的塔楼，她向斯维塔扎尔内敞开胸怀，并为他祈祷着火热而美丽的死。随后，奥尔特鲁达钻进地下的阿拉明塔宫殿，光着双脚踏入地下的黑暗中，踩着冰凉的地下山洞里的水，祈祷山之神祇赐给死亡，赐给那火热的美丽的灵魂以死亡。

整整这一天，关于死亡的思考和幻想始终萦绕在奥尔特鲁达女王的心头。现在，在发生了坦克连德的背叛以后，奥尔特鲁达已经不再害怕什么死亡了。这段时期，奥尔特鲁达甚至还非常喜欢有关死亡的幻想。在地下的阿拉明塔宫殿里，奥尔特鲁达觉得自己就像一个没有肉体的幽灵，在死亡的王国里游荡徘徊。在孤独的塔楼最高处，她望着整个世界，就像望着一个陌生而遥远的世界一般。

阿夫拉把菲利普·梅齐奥通过自己在宫里的那间屋领到国王城堡的园子里。他们走过海边高高的悬崖，悬崖上广袤的远方烟雾迷蒙，像是一袭泛着黄蓝色的轻柔的面纱，然后，他们向下走进一条笔直严整的林阴道那冰凉的林阴下。阿夫拉问：

“您喜欢这儿，喜欢这个园子吗，菲利普？”

菲利普·梅齐奥直截了当甚至有些尖锐地回答，就像他早以对回答这个问题作好准备似的，说：

“不，阿夫拉，一点儿都不喜欢。”

“为什么？”阿夫拉问。

这个出乎意料的回答令她感到很吃惊。菲利普·梅齐奥历来以具有精致细腻的趣味而著称，他热爱自然，热爱艺术并且也理解自然和艺术。阿夫拉怀着期待望着菲利普·梅齐奥。他笑一笑，说：

“我将永远感谢自然和人。这里的太阳和到处都一样，也是那么美，高不可及，那么公正。而且，这里的花朵也和任何地方一样散发着芬芳。这全都很好。但也仅此而已。可我仍然不喜欢这里，虽然这里又有阳光，又有花朵，而且，在林阴道细软的黄沙上印上了我可爱的阿夫拉那轻轻的可爱的脚印。”

阿夫拉问：

“为什么您不喜欢这里呢，亲爱的菲利普？”

菲利普·梅齐奥回答说：

“因为在这座园子里是不容许那些在大街上号哭奔忙的衣衫褴褛的人们大喊大叫的。这里太乏味了，亲爱的阿夫拉。对于一座城市里的园子来说，太寂静了。这里没有孩子，而哪里没有这些可爱的、永远也不肯安分的、爱笑爱闹喜欢恶作剧的小鬼们和小玩闹们，那里就不好。那里必然是贫乏的、利己的，那里的人们满足于自得的生活，把自己和外面的光明隔离开来。他那残忍的牙齿随时准备把那些胆敢破坏其不公正的孤独的安宁的人撕咬个粉碎。”

阿夫拉轻轻摇了摇头，说：

“您想让美学屈从于一种自然道德观。可难道美学必须屈服于伦理学吗？”

“在这两姊妹之间有着很好的友谊关系，”菲利普·梅齐奥说，“谁欺负另一个，那一个就会要欺负者哭鼻子。在我们这个时代私密的艺术是不存在的，也不可能存在，正如不可能有隐在幕后的秘密政治一样。”

阿夫拉说：

“崇高的艺术是为少数人的艺术。”

菲利普·梅齐奥不同意：

“这几个少数人与我们有何关系呢！让他们欣赏他们那温暖的艺术好了，我们要和群众在一起。人群的自我意识在成长。群众再也不是什么贱民，而变成人民了。这也就是为什么艺术应该成为全民的，正如政治也应当成为全民的一样。人民想要不仅成为政治的主人，而且还要成为艺术的庇护人。”

“虽然是这么想的，但这是可能的吗？”阿夫拉问。

菲利普·梅齐奥自信地说：

“可能的。谁愿意谁就能做到。而献身于艺术的自尊者应当知道只有那些不想成为全民艺术的艺术才能诞生。这座园子几乎可以说尽善尽美了，可它总缺少些什么。欢乐的人群，您想一个工人过节时稍稍喝点儿酒，然后坐在这棵高大的棕榈树下，搂着自己那位脸颊红扑扑的未婚妻；还有那些城里的小男孩小姑娘们，带着自己的弩弓、飞机、布娃娃和小皮球，给园子里带来些混乱和吵闹，也带来了许多新的、自由的、独特的美。话说回来，我愿意就这个题目说个没完，尤其是和您，阿夫拉，啊，不过女王或许已经在等咱们了吧。”

“奥尔特鲁达女王兴许也会欣赏您刚才说的那番话的。”阿夫拉说。

菲利普·梅齐奥不快地说：

“好吧！达官贵人们有时也会喜欢平民自由的谈吐的。他们觉得这很有趣。”

阿夫拉笑笑说：

“我去告诉女王说您已经到了。”

说完便走了。菲利普·梅齐奥一个人留在笼罩着玫瑰色的昏暗的凉亭里，那里一片寂静和凉爽。空气中不知什么东西发出一阵颤动，像是一支无形的来自太空的合唱队在高高的天宇歌唱。近处某个地方有一眼喷泉发出哗哗的水声。高大的窗户外的天空宛如一个橙色的穹顶，在园子碧绿色的树木间和天蓝色的饱满的穗子上播撒下金黄色的斑点。

菲利普·梅齐奥陷入沉思中，以至没听到林阴道沙土地上传来的女王奥尔特鲁达和阿夫拉轻微的沙沙脚步声。两人一起走进凉亭，阿夫拉用恬静、浑厚、金色的嗓门低声喊着他的名字。菲利普·梅齐奥站了起来。阿夫拉把他介绍给女王后就出去了。

女王奥尔特鲁达和菲利普·梅齐奥留在凉亭里。女王奥尔特鲁达摆摆小巧的手，以习惯动作招呼菲利普·梅齐奥要他坐在窗前一张白色的小椅子上，自己则坐在不远处。刚开始多少有些紧张。无论是奥尔特鲁达还是菲利普·梅齐奥，一开始都不知道该说什么好，只是默默地对望着发呆。最后，女王奥尔特鲁达说：

“我想要见见您，梅齐奥先生，或确切地说，想听听您的谈吐。”

菲利普·梅齐奥默默地鞠了一躬。女王奥尔特鲁达继续说：

“我很想听听，梅齐奥先生，是什么动机促使您采取如此绝不妥协的立场，如此仇恨地对待当代社会制度。我希望您能对我开诚布公地谈一谈。”

菲利普·梅齐奥以其平常惯有的自信说：

“我可以轻松地满足陛下您的希望——除非开诚布公，否则我可以从不说话。”

奥尔特鲁达女王笑笑，说：

“我在恭听您呢，梅齐奥先生。假如您对我讲话就像对您平常对那些欢天喜地的崇拜者讲话一样开诚布公那么坦率的话，那么，我也将和他们当中的任何一个一样，仔仔细细地聆听您所说的话。尽管，或许我不会鼓掌罢了。”

菲利普·梅齐奥说了好久。今天他显得特别雄辩健谈，可是，在这里说话他尽管竭力想要避免群众大会演说家的演讲方式，却还是未能彻底摒弃，而他的激情在这些漂漂亮亮装饰着轻松的水彩壁画的四堵墙内，面对这个安安静静、神情专注、习惯于不动神色地讨论国家大事的女人有时甚至显得多余。

最后，菲利普·梅齐奥终于说完了。奥尔特鲁达女王思考了一会儿。问：

“您想采用共和制？”

菲利普·梅齐奥平静地说：

“是的，君主。”

奥尔特鲁达女王问：

“难道说国家采用何种方式进行管理对于人民来说不一样吗？”

菲利普·梅齐奥也以同样平静的方式回答说：

“不完全一样。”

奥尔特鲁达女王说：

“我觉得，您，梅齐奥先生，在基本问题上犯了个大错。您把社会主义、共和制和革命给结合在一起了。可是，要知道社会主义只是纯粹经济现象的一种结果啊。”

菲利普·梅齐奥说：

“我们会让共和制成为到达社会主义制度的一个序曲。”

“您认为，”奥尔特鲁达女王问，“一旦达到共和制就可以改善无产阶级的生活地位吗？”

菲利普·梅齐奥回答说：

“当然不会。但共和制会为达到社会主义制度提供更适合的土壤，这就是原因。”

菲利普·梅齐奥花了好长时间巧妙地对此进行了论证。奥尔特鲁达女王仔细地听了他的论证。边听边微笑着。这论证很微弱，和其他所有论证一样很软弱！她坚决地说：

“可我仍然还是要对您说，梅齐奥先生，您可千万别搞什么共和制。这不会有什么好结果的。任何写在纸面上的权力都不会给弱者以力量的。”

菲利普·梅齐奥反驳道：

“我们只是想重复在其他国家里已经有时取得成功的那些实验。用别人丰富的经验武装起来的我们，将力求摆脱和避免别人所犯的错误。”

奥尔特鲁达女王说：

“您自己也知道，梅齐奥先生，在许多场合之下，共和制实际上只不过是戴了面具的君主制罢了。”

菲利普·梅齐奥平静地回答说：

“我们将会努力不让这一前景得以实现。”

奥尔特鲁达女王说：

“在最好的场合下，这也将是为数不多的几位常常是正确的强者，奴隶式地服从于几乎总是犯错的弱者罢了。”

“但这毕竟还是要好得多呀，”菲利普·梅齐奥反驳说，“奴从于其利益与人民大众一致的多数人，也比奴从于其利益在于统治人民大众的少数人强呀。”

“统治者中任何一个人的利益，”奥尔特鲁达女王说，“实际上实施统治的就只有强者。他们制定法律，确定权力。只不过问题在于力量是任何权力的基础。如果强者的宽宏大量会使他们把权力给予弱者分享的话，那他又如何能够利用这些权力呢?”

“那弱者该怎么办呢?”菲利普·梅齐奥问。

“死去。”奥尔特鲁达女王低声回答道。

她稍微沉吟了片刻，然后又说：

“我很快就要死了。我的王位将会出现空缺。你们又得选举国王，选举一个并非天生的统治者，但却配得上这一命运的人。你们要选举一个天才，一个诗人——要选来自遥远国度里的——哪怕是来自美洲或是俄国的一个人。”

菲利普·梅齐奥平静地反驳道：

“我们宁愿要共和制。”

他们又谈了好长时间。谈各式各样的题目。奥尔特鲁达女王提到了卡尔·莱默斯的名字。菲利普·梅齐奥平静地说：

“卡尔·莱默斯在欺骗您，君主。和其他许多人一样。”

一种瞬间恐惧感攫住了奥尔特鲁达女王。她问：

“那您认识卡尔·莱默斯吗?”

“是的，我和他有时见面。”菲利普·梅齐奥说。

于是，他讲了许多有关卡尔·莱默斯的事儿。他那冷淡的平静的讲述使奥尔特鲁达女王面前出现了一个冷酷、好精打细算、爱慕虚荣的卡尔·莱默斯形象。她那双忧郁的眼睛里充满了泪水。她说：

“实质上，梅齐奥先生，您所揭露的品质中，没有一种是我以前不知道的。在某些场合下他是在欺骗我，这是您的说法吧？可是，谁又不在欺骗我们这些统治者呢？所有的时代都是如此。”

奥尔特鲁达女王心里是死亡，可脸上却泛着笑意。

菲利普·梅齐奥被女王真挚忧郁的话语给打动了。奥尔特鲁达女王朝他伸出手来说：

“再见，梅齐奥先生。我非常感谢您艺术地坦率地对我阐述了您的思想。从外部关系上说我们是相互敌对的，正如我在这边您在那边一样。但是，作为人我们却可以相互对视而没有仇恨。关于您，我保存着美好的回忆。我很高兴我亲爱的阿夫拉爱您。拿走我手里的这朵花吧——我从阿夫拉那里知道您非常喜欢花。”

菲利普·梅齐奥对此感到十分倾倒和感动。奥尔特鲁达女王和他告别后就离开了。他一个人沿着傍晚时分的林阴道走回去。此刻的国王花园里的一切在他眼里是那么美丽，广袤的园子里隐藏着对他来说是一种伟大庄严的肃穆和忧郁。

菲利普·梅齐奥没有去找阿夫拉。他来到街上——他的情绪忽然变了。就好像一个什么人无情地从他广阔的心海里把水倒出去，然后注入了迷人的甜蜜的乳汁，用清醒的思想那冰凉的水注入他心头似的。

帕尔马的街头和平时一样欢乐喧闹。在宽阔的林阴道上，盛装的人和衣着贫寒的人全都喜气洋洋。街上小巧的咖啡桌上坐满了笑意盈盈的先生和嘀嘀咕咕的女士们。任何人都不想远方那个岛上的火山，不去想火山那烟云使得蓝色的天空染上金黄色。任何人都不为死去的人而忧郁。任何人都不去回想远方乡村里的火灾，对于失去保护的人的暴力，妻子和少女以及绞架上的眼泪和哭泣。这些人对昨日的事已经忘得一干二净，而对于明天的事他们连想都不去想。

菲利普·梅齐奥感到在他心里奥尔特鲁达那迷人的甜蜜的微笑正在消逝。他想："他们和我们之间的那道深渊实在是太宽了，死者的尸体在她心头已经无形地消逝了。在我们和他们之间从未有过和平而且也永远不会有和平的。即便他们会在心灵软弱的感伤时刻大谈什么调和问题也罢——好吧！我们权且利用他们的这一弱点，以便能赢得时间。时间在我们这边。"

当天夜里，奥尔特鲁达女王就邀请了卡尔·莱默斯。这是他们之间的最后一次谈话。

"我已经不再相信您了，莱默斯先生。"奥尔特鲁达女王冷冷地说。

卡尔·莱默斯的绝望丝毫也未能打动奥尔特鲁达。分手已经在所难免。

奥尔特鲁达女王心里感到，她对卡尔·莱默斯的爱已经死去了。她甚至感到自己压根就不曾有过这种爱情，感到这种爱情只不过是爱情的幻影。奥尔特鲁达女王生活中的一切都变得虚幻缥缈、烟雾迷蒙，一切都蒙上了浓密的阴云，一切都像云霭一般消逝了。只有恬静的阿拉明塔宫殿里还是那么凉爽，给人以安慰，让人可以遐想远方那位幸福的伊丽莎白。

58

温情脉脉的伯爵夫人伊莫格纳很快就令坦克连德王子感到乏味

无聊了。他从卡勃连拉岛上写给伊莫格纳的信尽管仍然柔情万种，但已经很简短了。回到帕尔马后，坦克连德王子造访伊莫格纳的次数越来越少，最后，干脆就不再理她了。

伊莫格纳不可遏止地想念着他。她始终在担心着什么而不断哭泣。她不敢向任何人坦露自己的哀伤心情。她猜到父亲知道她的心事。但父亲始终沉默着，哀伤着，而这使得伊莫格纳的心境更加压抑。

此时，伊莫格纳的未婚夫、年轻的马努埃尔·帕尔拉德－伊－叶列季阿忽然回到帕尔马过为时两个月的休假。他的回来，他家和梅拉多家都没有预料到。

马努埃尔·帕尔拉德在巴黎收到几封来自帕尔马的匿名信。信里以一种坦率粗野的表述透露伊莫格纳爱上了坦克连德王子，坦克连德王子常常看望她，说他们两人之间的关系已经是整个帕尔马无人不知的了。

这些匿名信都出自好忌妒的马格丽塔之手。她还指望以某种方式挽回坦克连德王子的心，以为马努埃尔·帕尔拉德会急于和伊莫格纳成亲，然后会把她带到巴黎去的。

马努埃尔·帕尔拉德连一分钟也不相信这些匿名信的内容，并且鄙视地把信全都丢在火里烧了。况且那些信件又怎么能让人相信呢！伊莫格纳写给他的信，的确不多，不像他们刚分别时写得那么勤那么多，但毕竟和从前一样充满温情。的确，这些可爱的信件有时的确很短，可是，马努埃尔·帕尔拉德给自己提供的解释是，伊莫格纳在旧式父亲家里所过的日子，实在是太单调枯燥了。因为没什么可写因此便不写呗。况且就连马努埃尔·帕尔拉德本人，也并不十分喜欢写信。因为他没时间写信——即使没那么多公事，各种娱乐、开心的事儿、有意思的会面、上流社会的聚会和欢乐的夜晚也够多的了。

马努埃尔·帕尔拉德尽管不相信恶毒的传言，但朦胧中感到不安，就是这种心情促使他连忙回国。

回国的头一天，心中充满急不可耐的喜悦，充满对伊莫格纳爱恋和甜蜜的思念的马努埃尔·帕尔拉德，离开帕尔马，去了侯爵梅拉多的城堡。轻型汽车载着他飞快地奔驰。在马努埃尔·帕尔拉德眼里，广阔的海边那一半蒙着金黄色灰烬和烟云的迷人的景致在飞快地掠过。令人窒闷的香气使他头脑发晕，激起他甜蜜的想象。他从喧闹的海浪和清新绿叶的喧哗声中，所能听到的，是一个可爱的名字，而蔚蓝色的天空覆盖着一层金黄色的烟云，也令他回想起伊莫格纳紫罗兰色的眼睛以及她那黢黑和鲜红交织的脸色。

老侯爵阿尔封斯·梅拉多热情地接待了马努埃尔·帕尔拉德。可他的样子显得很忧伤很疲倦。马努埃尔·帕尔拉德觉得在分别的这几个月里，老人急遽地变老了。

在持续几分钟的不太重要的关于亲人和朋友的问候以及关于巴黎和帕尔马上流社会最近新闻的交谈过后，伊莫格纳走进客厅。侯爵梅拉多当即起身，说：

“对不起，亲爱的马努埃尔。我今天累了感觉不太好。请允许我离开，您和伊莫格纳谈吧。”

说完，就走了出去。伊莫格纳用忧伤而胆怯的眼神目送着父亲出去，然后胆怯地走到马努埃尔·帕尔拉德身边。马努埃尔·帕尔拉德吻着伊莫格纳的手，说：

“我多么高兴，再次见到你了，亲爱的伊莫格纳！”

伊莫格纳不自然地笑了笑。

“离开巴黎很久了吗？”她问。

马努埃尔·帕尔拉德觉得伊莫格纳似乎害怕什么，而且十分窘迫。他以一位受过良好教养的上流社会人士的灵活，想要用一些不自然的闲谈引起她的谈兴。但伊莫格纳以其沉默、苍白的脸色和压抑的叹息使他越来越感到震惊。还有就是她瘦得很厉害，甚至有点儿变得呆傻了，但也因此变得更加可爱了。马努埃尔·帕尔拉德可怜起她来。她的眼神说明她不久前刚刚哭过鼻子。最后，马努埃尔·帕尔拉德还是怀着不安的心情问道：

“伊莫格纳，亲爱的，你怎么了？”

“我？没有，没什么。”伊莫格纳悄声回答道。

她垂下视线，羞涩地转过身子。她轻轻地踩着地毯上绿色的短草，踩着地毯上散落的红玫瑰，走到钢琴前，抬起黑色的闪亮的钢琴盖，用发抖的黢黑的手指弹了一组飞快的和弦。随后，她站在钢琴前，像一个罪人似的，低下脑袋，摆弄着腰带上黄色的穗子。她背靠着钢琴的支架，双手笨拙地做着小动作。看样子她是想说什么但又犹豫不决。

马努埃尔·帕尔拉德走到伊莫格纳身边。

“你有什么瞒着我吗，亲爱的伊莫格纳?”他问。

说着，他和蔼地不安地望了伊莫格纳那紫罗兰色的眼睛一眼，伊莫格纳再次低头看着地毯上毛茸茸的浅草。她窘迫地转过身子。她满脸绯红，像婴儿就要啼哭时一样。

马努埃尔·帕尔拉德小心翼翼而又温柔地仔细打问——她究竟出了什么事儿?什么令她忧伤?心爱的布娃娃坏了?要不就是她已经不再爱他了?他吻着她那双黢黑可笑的习惯于做些儿童似的可笑动作的小手。伊莫格纳悲伤地哭了，像儿童似的号啕大哭，转眼之间已经是泪流满面了。

“亲爱的马努埃尔，我不配您!”她哀伤地喊道。

“亲爱的，亲爱的伊莫格纳，您这说的是什么话呀!”马努埃尔·帕尔拉德惊恐地嚷道，“您发生了什么可怕的事儿了吗?”

伊莫格纳哭着说：

“我是个坏女人。我向您隐瞒了我的过失。啊，我多么坏呀!我这就把一切都告诉您。”

伊莫格纳悲伤地哭着，对他讲述了她对他的背叛，讲述了她短暂的幸福和自己的哀伤。

“就这样，他丢弃了我，不理我了，忘掉我了!”

伊莫格纳以这样几句话结束了她朴实的讲述。她怀着恐惧和忧伤望着马努埃尔苍白的脸，在这张高傲漂亮而年轻的脸上交织着愤怒和绝望。

“你背叛我了!”马努埃尔·帕尔拉德嚷道，“你欺骗了我，伊莫格纳!”

伊莫格纳号啕痛哭着跪倒在他的脚下。嚷道：

“您杀死我吧，亲爱的马努埃尔!我不配活在这个世界上，不配望着这轮太阳。杀死我吧，然后把我忘了吧，请您原谅我给您造成的伤害，请您再找一个更配得上您的爱人幸福地生活下去吧。”

马努埃尔·帕尔拉德被可怜的伊莫格纳的眼泪和祈求打动了，他扶起她，温柔地吻着她，尽其所能地安慰着她，说：

“可怜的伊莫格纳，你没有过错。有过错的不是你。我要为你报仇！”

马努埃尔·帕尔拉德心情绝望而阴郁地离开了伊莫格纳。他觉得他的生活已经被永远地毁掉了，幸福对他已经是可望不可及的了，他祖先值得骄傲的名字已经蒙上了抹不掉的耻辱。

轻型汽车再次载着他疾驰而去。汽车把路上那些肮脏的黑乎乎的带着惊叫声的小孩子们赶跑，还把一些刚下工的粗野的又嚷又闹的、哈哈地发出令人不快的大笑的、穿着肮脏的白色破衣烂衫的女人和少女们赶跑。汽车飞快地从路上驰过，宽阔的海边那蒙着金黄色灰烬和烟云的景致，在马努埃尔·帕尔拉德眼里变成一片令人厌恶的可诅咒的国家的可怕景象。在令人窒闷的玫瑰的花香里他的头脑发晕，心里充满了郁闷。在海浪的喧嚣和树叶的沙沙声里，他所能听到的，只有谴责和诅咒的话语。覆盖着金黄色烟云的明媚的蓝天，在他眼里，也似乎充满了令人心尖战栗的炽热的愤怒和仇怨。

一个要去死的想法在马努埃尔·帕尔拉德心头很快成熟了，这念头充满愤怒、急切和决绝。即便凶恶的太阳在天宇里完成着自己那充满欢乐的途程，向大地播撒着强烈的诱惑，点燃无辜纯洁而又不无愚蠢的少女们身上的血液——马努埃尔·帕尔拉德已经不会出来迎接那充满魅力的阳光了！

他一连写了好几封信给亲人和朋友，已经下定了死的决心。临终前的念头，使他内心充满了安宁的庄严和肃穆。他不肯饶恕生活但也不怨恨生活，他已经感觉得到自己心里充满了冷酷和漠然，他在心里最后一次与生活告别，像一个陌生人似的望着他书房里早已熟悉的一切布置，对从童年起就喜欢的一切都毫不怜惜。

但是，他那阴郁的样子和严峻的沉默迫使家里人担心，为未婚妻背叛而震惊的他，该不会自行了结自己的生命吧，于是，家里人开始密切关注他的动向。可爱的纠缠不休的家庭反对者啊，总是妨碍他那骄傲的意图的实现！

伯爵女儿伊莎贝拉·阿尔巴尼——马努埃尔·帕尔拉德的姐姐——走进他书房时，他正在给手枪里上子弹。

“你要干什么，发疯的马努埃尔！”她嚷道，接着便冲了上去。

马努埃尔·帕尔拉德急急忙忙朝胸口开了一枪。由于急切和窘迫他的手抖了一下。

"不要妨碍我死！"在开枪的那一刻他嚷道。

子弹从左面心脏穿过，伤及了左肺，然后在身体里走过一段黑乎乎的向上和向左的路径后，最后落到身体一侧，在肋骨之间停了下来，丧失了最后一点儿力量，再也无法向前穿过哪怕一公分，以便从潮湿的火热的躯体里挣脱出来获得自由。马努埃尔·帕尔拉德沉重地倒在匆匆跑来的姐姐的怀里，失去了知觉。

年轻的马努埃尔·帕尔拉德发生不幸事件的消息迅速传遍全城。可怜的伊莫格纳也得知了这件事。早晨来帮她穿衣服的那个姑娘告诉了她这件事。伊莫格纳心头感到一阵剧痛，她忽然觉得自己竟又爱上马努埃尔了。

绝望中的伊莫格纳扑到父亲怀里。她跪倒在这个白发苍苍的老人脚下，用儿童一般朴实的急切的动作抚摸着他那双颤抖的双手，陷于惊恐中的伊莫格纳，悲伤地鄙视自己和自己的生命，嚷道：

"这一切都是我的过错！我是个可恶的女人，有罪的女人，一个该诅咒的女人！"

老侯爵阿尔封斯·梅拉多扶起伊莫格纳拥抱着她。他双手颤抖着，眼泪从他那灰暗的蓝色的老人的眼里，从沟壑纵横的漆黑的脸上哗哗地流淌下来，流到白色的胡子里。他温柔而又哀伤地骂着伊莫格纳。他那温柔的话语使得她那紫罗兰色的眼里流出了泪水的洪流，羞涩渗透了她的内心——他那严肃的谴责使她心灵欢悦。吻着父亲那干枯的双手，伊莫格纳哀求道：

"您就残酷地惩罚我吧，惩罚我这个该诅咒的女人吧！要不杀死我，要不就把我送进修道院！把我送进地下的监狱里去，让我一辈子见不到阳光，永远也听不到人的声音！但是，现在您就让我去见见马努埃尔，我求求您了，哪怕让我只见我那位亲爱的一分钟。如果他们不让我进去，那么，哪怕让我在街上在他家门口站一小会儿呢，让我看看他那间屋子的窗户呢。然后我再回来任由你们怎么惩罚我，我都服从。"

老侯爵祝福伊莫格纳，然后就让她去找马努埃尔·帕尔拉德了。

59

伊莫格纳怀着苦闷和恐惧站在马努埃尔·帕尔拉德卧室的门口。伯爵女儿伊莎贝拉·阿尔巴尼谴责而又温柔地看着伊莫格纳。为了她深爱着的弟弟，伯爵女儿伊莎贝拉本来情愿用一把锋利的刀子刺穿这个轻佻的女孩子的胸口，然后再把刀口拧一下，把血迹斑斑的尸体丢弃在地上，再踩上她几脚。可是，一个心里有着爱的女人伊莎贝拉同样也非常理解伊莫格纳，同样也可怜伊莫格纳，所以，她亲自去找马努埃尔，请求他，让他原谅伊莫格纳。

伊莫格纳哀伤地哭着，吻了吻她的手，说：

“我知道我不配得到您的怜惜，也不配得到我向他祈求的那种怜悯。可是，您毕竟一直都对我那么仁慈，就请您可怜可怜我这个犯了罪过的女人吧，让我只瞧他一眼，就只瞧他一眼！”

伯爵女儿伊莎贝拉温和而严厉地对伊莫格纳说：

“进来吧，伊莫格纳，但请不要再让他激动了。今天你只能在他那儿待一小会儿——他身子还很虚弱。控制住自己的情绪，不要哭了。一切都会好起来的。不要绝望。医生说他会站起来的——但现在激动对他很危险。”

伊莫格纳高兴地嗫嚅道：

“您的善良上帝会给予奖赏的，亲爱的伊莎贝拉。我会始终静悄悄的，我在这儿脱掉平底鞋，我光着脚去见他，我马上就走，我也不会哭的。”

伊莫格纳轻手轻脚地走过地毯上那虽然没有香气但却精美无比的玫瑰，在凉爽昏暗的卧室里走到马努埃尔·帕尔拉德的床前，然后悄悄地静静地跪下来。伊莫格纳连眼睛也不敢抬起，小心屏住呼吸，大气不敢出，双手合十放在胸前，久久地跪在马努埃尔·帕尔拉德的床头。她忽然听见马努埃尔在小声叫她：

“伊莫格纳！”他用勉强听得到的声音叫道。

伊莫格纳稍稍抬起头，祈求和哀诉的眼睛透过睫毛笔直地望着他那张苍白的脸。马努埃尔·帕尔拉德一动不动地躺在床上，平静地望着她。伊莫格纳小声说：

“亲爱的马努埃尔，是我，伊莫格纳。您的伊莫格纳就跪在您的脚下。您今天好点了吗？真的好了吗，马努埃尔？”

“是的。”马努埃尔也小声回答道。

伊莫格纳跪着慢慢挪到他脑袋跟前，说：

“您想不想喝点水。只是，亲爱的马努埃尔，您什么也不要说，只用眼睛向我示意就够了，我能猜得出您的意思。我会一辈子好好服侍您，真的，您不要赶我走，求求您了，亲爱的马努埃尔。”

马努埃尔泛白的嘴唇凝结成一个轻微的笑意。他那只放在白被单上的右手轻轻地动了一动，向伊莫格纳的手边挪去。

“亲爱的，”他低声说，“真傻！千万别哭鼻子。”

“我不哭，”伊莫格纳哭着说，“我爱您，不爱他。那只是一个梦。一个噩梦，就像德拉戈涅尔火山冒出奇特而可怕的烟云，薄薄的一层灰烬随风浮荡，就好像黑暗的恶势力从地心深处挣脱束缚迸发出来，激发了人心里的恶欲一般。这只不过是个梦——您不在的时候，亲爱的马努埃尔，一切的一切对我来说都像是一个漫长的夜，一个令人惶惶不安的、红霞满天的夜。啊，这是一场多么可怕多么沉重的梦呐！”伊莫格纳把被泪水打湿的脸颊靠在他的床头。

“那么现在我的伊莫格纳从梦中醒来了吗？”马努埃尔问道。

“是的，”伊莫格纳说，“我的太阳又照耀着我，我的噩梦像灰尘随风消逝一般消散了。我的红太阳就是您，马努埃尔！”

说着，伊莫格纳把光裸的胳臂和颤抖的双手伸向马努埃尔，把热辣辣的脸颊贴在凉爽的白被单上。她那黢黑的发髻散开来，发髻上别的发针随着一声轻微的叮当声落在地毯上，黑色的发辫飘舞着披散在地板上。

马努埃尔·帕尔拉德看见了伊莫格纳那微微颤抖的、瘦弱的、半裸的香肩，还看见羞涩地从半遮半掩的白连衣裙下摆下露出来的安静的脚后跟。

马努埃尔·帕尔拉德的伤口尽管严重，但却没有什么危险。他很快就康复了。伊莫格纳又感到幸福了，因为马努埃尔原谅了她的背叛，对她像从前一样很和蔼。

马努埃尔·帕尔拉德原谅了伊莫格纳，但却不原谅坦克连德王子。对坦克连德，他充满仇恨和复仇的渴望。他决心和王子决斗。马努埃尔家族的两个老朋友格韦尔奇诺和议员马尔科季伯爵同意做他的副手和证人。他们带着一封信去找坦克连德王子，信里说马努埃尔·帕尔拉德－伊－叶列季阿认为自己受到了王子阁下的侮辱，特委托此二人作为这件事关名誉的大事的代表，因此，他们请求阁下提出他们可以与之就此事进行谈判的人员的名字。

没等多久就来了回答。第二天，格韦尔奇诺将军收到一封坦克连德王子副官之一写来的信。信中根据王子的指令告知，作为王子一丈夫的特殊身份不允许阁下他接受决斗的挑战，况且决斗是国家法律严令禁止的，因此，坦克连德王子由于自己所处的崇高地位，认为自己不可以提供一个蔑视法律的反面的例证。

关于马努埃尔·帕尔拉德向王子一丈夫发出了要求进行决斗的信这件事，很快便在城里传得沸沸扬扬，人们还得知坦克连德王子拒绝满足被侮辱者的这一要求。这产生了类似于一出轰动一时的闹剧的效果。

上流社会中那一保留了高傲的古老的宗法制家族独立地位的人们为坦克连德王子的行为感到耻辱。人们普遍认为马努埃尔·帕尔拉德有权向王子提出挑战，认为只有君主及其直系继承者才有权规避决斗的挑战。几个属于支持坦克连德王子的秘密党派的傲慢的贵族退出了这个党，他们声称，一个以拒绝响应决斗挑战因而辱没了自己的荣誉的人，不配分享联合群岛王国的王位。

反对派报纸上的文章充满无情恶毒的嘲讽和愤怒的指责。《神圣的朴实》，这是一个政治和社会讽刺周刊，登载了一系列漫画和讽刺诗。在这家周刊上发表的反对坦克连德的歌谣影响十分广泛，并在小酒馆和大马路上到处流传。

菲利普·梅齐奥在报上写道："高官显贵所处的特殊地位丝毫也不妨碍他们侮辱诚实家庭的善良风习并破坏其安宁。可是，当受侮辱者要求他做出回答时，要求他手拿枪支捍卫自己的荣誉时，那个显贵的勾引女人者，却在死神这一可怕的幽灵面前嗦嗦颤抖。回想起自己崇高的地位和与这一崇高地位相联系着的所有优裕条件，他连忙逃跑开了，躲在了夫人的紫红袍下，而这位夫人仍然在为是否应该把这个不忠实的丈夫扔在门外而犹豫不决。只有在那个隐蔽的、安静的避难所里他才会觉得安全。

“我们属于在原则上根本反对决斗的人们的行列。”这篇文章接着这样写道，“任何人都得承认法律大于势力，也应当承认在当代民主社会里，决斗无法使任何人信服，它根本无法恢复任何人的名誉。一个不诚实的人无论在决斗中杀死他人还是自己被人杀死，不诚实总归还是不诚实。我们只是认为，那个招致全国上下都对他怒火填膺和无比鄙视的先生，如果能永远离开我们美丽的岛国就好办了。这不但对他，就是对我们也不失为一个好办法。我们可以认为自然本身也在为他居然会存身于我们当中而愤怒，因此会让我国那座古老的、早就处于沉睡中的祥和的火山也开始发出愤怒的吼声了。”

在同一期报纸上还登载了坦克连德王子和乡村女教师阿尔东莎·日里斯的猎艳故事，这个故事的结局很惨，但却无法令坦克连德感到丝毫愧意。

坦克连德王子怒不可遏。他要求把马努埃尔·帕尔拉德当作试图谋杀皇族家庭成员的罪犯予以起诉。但维克多·洛连纳不同意这么做。他说：

“决斗当然是法律所禁止的，但决斗这一习俗却受到全社会的尊重。我们国家的法庭从未把决斗挑战看做是谋杀。无论如何，根据我国的法律，不仅对决斗的挑战，而且就连对决斗的筹备，也是不予惩罚的：我们只惩罚那些在决斗中杀了人的或使人受伤的人。况且我们已经以阁下您的名义对挑战者做出回答了。虽然这一回答是否定的，但这一回答本身仍然还是排除了将挑战视为谋杀的可能性。要知道人们是不会和一个杀人凶手对话的。

60

卡尔·莱默斯觉得自己忠实地永远地爱着奥尔特鲁达，因此不能容忍和她的分离状态。他觉得活在世上竟然很可怕。看起来火山烟云用一层浓云迷雾把他生活中的一切可能性给遮蔽了。卡尔·莱默斯决定去死。

忽然有一次他有了一个给他以安慰的想法，那就是自杀。和许多其他人一样，一旦作出最终去死的决定，他觉得心灵的安宁降临了，生活中琐碎杂乱的一面都隐遁不见了。

卡尔·莱默斯临终前的念头带有感性的特点。他回想起自己的家乡和自己的母亲。他想起了自己的妻子，一个娇小胆怯的混血儿，几年前死去了。一大早他就去了墓地，在她的墓穴里待了一小会儿，那墓穴里已经为他本人预留了位置。

卡尔·莱默斯的最后一天是在朋友和熟人中间度过的。他和他们欢快地交谈，话题是最普通最平常不过的。由于还没有任何人知道他已经和奥尔特鲁达女王决裂的事儿，所以，大家对他都特别客气，就像对待一个幸运的宠儿一般。

在他心底筑巢的忧愁烦闷这一整天里始终在折磨着卡尔·莱默斯，但他隐瞒了自己的忧郁心情。他走遍了全城，像是在和这座城市告别。他拜访了许多人。和一群律师、工程师、银行家和太太们在餐馆里吃了饭。几乎一杯酒都没喝。晚上，他和众人告别回了家。大家并未挽留他——都以为他是去找奥尔特鲁达女王去了，大家都不忌妒他，而是暗中为他的幸运高兴——这是些高尚的朋友！

帕尔马街上人声嘈杂，和平常一样。远方火山的烟灰给全城覆盖了一层金黄色和灰色混杂的温柔的面纱。

卡尔·莱默斯一个人待在家里。天已经渐渐黑下来了。他走到滨海人行道上。一股股来自大海的温暖的气息向他迎面扑来。细弱的棕榈树下的长椅似乎在向他提示着什么过去的回忆。他坐了下来，陷入沉思。

过了大约半小时。忽然一个从远处传来的尖锐声音把卡尔·莱默斯从深思中唤醒。他飞快地瞥了一眼四周。周围几乎一个人也没有。只是在离他大约二十步的一张长椅上，坐着两个人，正在欢快地、轻声地聊着天，又笑又闹的。这是两个大学生。男的戴着一顶宽大的帽子，女的扎着一根黑黑的辫子——显然是一对恋人。此外，离此稍远一点儿有一个半裸的乞丐，正在长椅上躺倒准备睡觉。

卡尔·莱默斯以简单平静的动作从裤子侧面口袋里掏出一把小巧漂亮像个玩具似的手枪来，举在太阳穴前，开了一枪。

枪声吸引了周边的路人。人群聚集过来。卡尔·莱默斯已经死了。

关于这一突如其来的死亡事件的原因，城里流传着许多说法。坦克连德王子的朋友们把这个事件当作残酷攻击女王奥尔特鲁达的一个借口。

为了回答他们，有人提醒市民被王子抛弃的伯爵夫人伊莫格纳·梅拉多以及被绞死的阿尔东莎·日里斯。

医生们当然断言卡尔·莱默斯是在一时发疯的情况下开枪自杀的。死者被庄严地安葬了。一位著名政论家在他的墓前发表了深表同情的讲话。著名诗人朗读了一首非常卓越的诗，这首诗对于参加葬礼者产生了震撼式的效果。还有许多姑娘带了花朵来。为爱情而死常常能引发年轻人想象力的活跃。

过了几天，在卡尔·莱默斯的葬礼之后，女王奥尔特鲁达为了拜访他的墓地而披上了隆重的孝服。

和平常一样，奥尔特鲁达是通过阿拉明塔地下宫殿去的那里。她是一个人去的。在街上，她把罩在脸上的又黑又稠密的面纱拉下来。雇了一辆马车便直奔墓地而来。

忧伤的她走进墓地那石头大门，忧伤地走在一个个坟墓之间。

墓地的林阴道以其恬静的安宁和寂静排遣了奥尔特鲁达的忧郁感。地下有着怎样的安宁和详和啊！

奥尔特鲁达找到墓地的管理办公室。屋里靠近门口之处的长椅上坐着几位领口和袖口上有着金饰的看墓人。看见一个穿着黑色华丽服装的太太走来，他们连忙站了起来。奥尔特鲁达说：

“请你们告诉我，卡尔·莱默斯的坟墓在哪儿?”

“我知道，”一个忧郁的老头说，“在我分管的那片地上。不久前刚埋的。我怎么能不知道呐!”

说着，拿起钥匙，便领着奥尔特鲁达走了。边走便嘀咕道：

“把他和他老婆给埋一块儿了。他可没怎么思念老婆思念得太久。就让奥尔特鲁达女王给看中了。可是女王又不爱他了。他受不了了，这个可怜人，于是就开枪自杀了。好多太太都到他的墓前看望过他，带来好多好多花，可他要那么多花有什么用呢!”

奥尔特鲁达脚下干燥的沙土地发出沙沙的松软的声音，那干燥的沙沙声一声声散落在她的耳际，就像一个老年人的唠叨一样絮烦。啊，一个城市的童话——这就是女王奥尔特鲁达的爱情呀！童话，女王奥尔特鲁达的整个一生都是一则童话，一则为了让人们半笑不笑地予以讲述的、一则轻松的、讲过即忘的童话！往事如烟，就好像是什么人所做的一个梦——啊，是那个遥远的、幸福的、蔚蓝色眼睛的伊丽莎白的梦。

小路笔直而又洁净。坟墓前有新鲜的花朵。砖砌的墓穴，犹如一幢幢华丽的小别墅，藏在绿荫里。墓穴有狭小的窗户，还有铁门，铁门上则雕刻着一些引自圣经的虔诚的题辞和已经几乎被人遗忘的人名，而门后便是黑暗和沉默。

老人停下脚步，说：“就是这儿。走呀走呀终于走到了。”

在进入卡尔·莱默斯墓穴门口处，一些鲜红的胭脂仙人掌花盛开着。那花红艳艳的，就像刚刚流出的一滴滴鲜血。奥尔特鲁达摘下一朵小花，刺破手指，只见一滴红红的血出现在她那白白的手指上。很小的一滴血乃是为了他的爱情，为了他一辈子的血液!

老头久久地把玩着手中的钥匙，嘴里小声嘟囔着什么话。最后，他终于拿起钥匙打开门。对奥尔特鲁达说：

“请进。小心点儿——门很矮。要走五层台阶。我就在这儿等您。”

奥尔特鲁达一个人走下冰凉的潮湿的黑暗的墓穴——就连台阶也是冰凉的。

旁边有两块石板。一块上面散落着鲜花。在鲜花衬托下用金色的字母组成的他的名字依稀可以让人辨认出来。

奥尔特鲁达久久地站立着，无声地忧伤着。面对着卡尔·莱默斯的墓穴，她回想起了自己的爱情，自己对于他的爱情。她似乎觉得什么人恶毒的诅咒沉重地压抑着她的爱情。

坦克连德以开玩笑般的轻松从生活中攫取的欢乐和乐趣，为什么她就不能以同样的轻松和随意来取得呢？

而她究竟为什么要否认这种乐趣呢？她往往那么匆忙地对这种乐趣作出谴责，就好像想要急急忙忙地逃离开它似的。逃到哪儿去呢？逃到谁那儿，什么地方？

至于他的自尊心，他的阴谋，面对死神苍白的面容，面对悲哀的黑色的面纱，这一切在她眼里忽然变得那么微不足道、那么渺小可怜！她想："卡尔·莱默斯有一颗温柔而高尚的灵魂。他想攀登到一个高峰，以便成为一个主人和胜利者，以便从那里俯视生活那广阔而遥远的地平线，幻想那美丽的、崇高的、永远可望而不可及的远方。可他却不愿与生活吝啬而又小气地讨价还价。一旦发现它欺骗了他，一旦发现它在嘲笑他，他就平静而又高傲地离开人世了。"

奥尔特鲁达嗫嚅道：

"原谅我吧，正如我原谅你那样。"

她跪倒在地，脑袋叩着冰凉的墓碑前的石板，哭着嘀咕道：

"让我们在另一个更好的世界见面吧。"

眼泪滴落在冰凉的石板上。奥尔特鲁达的心也如这坟墓前的石板一样冰凉而又安详。

奥尔特鲁达把面纱放下来遮住面容，走出墓穴，来到墓地的林阴道上。周围的一切都明媚而寂静。令人忧伤的金色和蓝色的傍晚时的夜霭笼罩在心头。

老头子叮当把玩着钥匙，从墓后走到奥尔特鲁达身边。嘀咕道：

"等了好久，总算是等来了。可又关我什么事儿！我反正摆脱不了干系——我得看着整理整理。我可和别人一样，从不透过门缝向里张望。"

奥尔特鲁达默默地把一枚金币塞进老头手里，便向门口走去。

奥尔特鲁达心绪宁静而冰冷地走回家。

老头久久地望着她的背影。他瞧一眼那枚金币，摇摇头，心想："或许这人就是女王奥尔特鲁达，来哭一哭，许个愿，和亲爱的人待一小会儿。"

他摇晃着干瘪的脑袋，步履蹒跚地回家去了。

回到办事房和同伴们又坐在一起时，他久久地嘀咕着一些令人费解的话。他的脸色泛黄而严峻。年轻的守墓人说：

"怎么这么无聊！你哪怕给咱们唠唠古代霍泽时代的事儿呢，给我们讲讲过去的岁月呢。"

"霍泽时代！"老头唠唠叨叨地回答道，"霍泽，你以为是个普通人吗？霍泽为女王奥尔特鲁达服务过，是专门为她打开卧室门的仆人。"

年轻人全都大笑起来。可老头子严厉地说：

"不许嘲笑老霍泽。老霍泽今天就会死的。老霍泽比一般人了解得知道得多。"

人们不再嘲笑他了，而是带着惊奇望着这位老人。老头沉重地在地上拖着满是尘土的鞋跟，让脚下发出沙沙声走进自己的斗室。在那里，他把那枚金币搁在木头做的穿着薄纱连衣裙的维纳斯女神的脚下，深深而又欢乐地叹了口气，然后像一个酣睡的小孩子似的——死了。

那些迷信的守墓人事后都说：

"老霍泽是个义人。穿着孝服的美妇人来这儿是通知他，他的死期到了。"

61

卡尔·莱默斯死后有关死亡的念头常常来到奥尔特鲁达心头。

女王奥尔特鲁达常常停下脚步，透过已经变得面目全非、像是覆盖着一层灰蒙蒙的遥远的火山尘灰的那个已经死去的小男孩的面容，久久地端详着白国王的肖像。

奥尔特鲁达心绪宁静地想："我也就要死了。我要死了。"

想着，便无法可怜那个死去的人了。

阴郁的情欲在折磨着她，像是被一座远古的火山激发出来的朦胧的情欲。

她爱上了阿斯托利夫。可是，不知为什么，这一爱情在她眼里更像是通向死亡的又一个台阶。

她喜爱阿斯托利夫的日子像一场短暂的春梦一般转瞬即逝了。

这些日子里，奥尔特鲁达更经常地向斯维塔扎尔内祈祷，有时在高高的城堡那座高高的塔里，有时则在广阔无垠的海边。

只有短暂的某一刻，轻柔的风才会把笼罩在小岛上的烟云帐幕——它们同样笼罩在女王奥尔特鲁达的心头——给一一吹散，对她来说，恬静的生活才会再次显现其迷人的魅力。

在傍晚前明亮的时刻，奥尔特鲁达穿一身普通的白色服装，走到海边。她坐在海边一块并不很高的岩石上。朴实而又安静地低着头，裸露的双手攥紧两只脚掌，身体如此之柔软，如此之可爱，像偶尔被赋予了忧郁的人的外貌的恬静的水神。她脱掉脚上的平底鞋，沿着海岸走下去。细碎的海沙是那么温暖，发出沙沙声，在她那双轻柔的脚下轻轻地陷下去。

偶尔坦克连德王子也会在这个时刻来到海边。他们在此碰面了。两人都有些窘迫。

奥尔特鲁达说话都很简短，就好像她很早就已经不再和坦克连德说话了似的：

"我很快会死的。或许会被什么人杀死。或许……哎，死的方式还少吗!"

"奥尔特鲁达。"坦克连德开口道。

奥尔特鲁达挥手以吩咐的姿势向他示意，并继续说：

"我死后，您，坦克连德王子，就极有可能、极有机会登上我可爱的群岛王国王位了。但是在您登上这宝座之前，请您凡事三思而行。坐稳宝座比登上宝座可要难得多呀。这个宝座是很沉重的，坦克连德王子。您的阴谋牵涉得很广呢。时间会告诉您，您的阴谋计划里有许多疏忽和虚假的地方。”

坦克连德王子非常非常不好意思起来。他头脑里一些胆怯的简短的念头在飞速地旋转：“是谁说漏了嘴？谁出卖的？谁会做这件事儿呢？这么做对谁有利？”

他毫不掩饰自己的慌乱，说：

“我亲爱的奥尔特鲁达，请您把这些阴暗的念头从您头脑里驱逐出去。在您面前我是个罪人，这的确不假。我知道我不配您。可是，随着岁月的流逝，时间会令无法遏制的疯狂的情欲之火慢慢冷却的。我对您发誓我会改邪归正的。”

奥尔特鲁悄声而又朴实地问：

“那您又何必呢？”

坦克连德信誓旦旦地说：

“我对您起誓，奥尔特鲁达！我以我灵魂的拯救向您起誓，我将永远对您忠诚。”

奥尔特鲁达没吭声。神秘地笑一笑而已。她以无以言喻的使他激动不已的表情看了他一眼。

“奥尔特鲁达，”坦克连德激情洋溢地说，“我们将和以前一样以温柔理智的爱情来相互热爱，还像以前那样温柔祥和的，像两个玩得十分和睦的孩子那样相爱，忘掉生活的烦恼和平庸。”

说着，他亲吻了奥尔特鲁达温柔的小手。她还是没说话，但也没把手从他的唇边抽掉——她的双手显得疲倦而胆怯——这是一双被生活折磨得很早就感到疲倦不堪的女王的手！坦克连德温柔地拥抱着她，长久而又温柔地劝说着她。

哎，这些话呀，已经重复了不知有多少次了呀！

奥尔特鲁达如此悲伤、如此温柔地笑了一笑，像一片临终的朝霞向明媚的蓝天发出的笑意。她问坦克连德道：

“您喜欢这样吗，亲爱的坦克连德？”

“啊，亲爱的奥尔特鲁达，”坦克连德感慨道，“我怎么能不向往幸福、生命、太阳和你的笑容呢，奥尔特鲁达！”

“好吧，”奥尔特鲁达说，“无论如何我们都将彼此温柔。面对生活和冷酷的死神的目光，我们将永远温柔和睦。我们中间的任何一个人一旦迎来了自己的永夜，那也就将是我们两人的死亡时刻。”

“您在说什么呀，奥尔特鲁达？”坦克连德问道。

他不理解她的话语、她的情绪和她突如其来的温柔。弄虚作假对他来说是一个太沉重的负担。奥尔特鲁达平静而温柔地看了他一眼，然后悄声说：

“我们将永远温柔，永远神圣地和睦下去。可我们在尘世的宿命却是背叛。”

坦克连德没有理解她的话，但他却能理解那些个字词——有过多少迷人和温柔的字眼儿啊。他说：

“忠实，奥尔特鲁达，我对您宣誓，我们要忠实于变化。我们都在变化，因为我们时时在为从前的体验的幽灵而入迷，但我们永远都忠实，因为生活的体验之链把我们牢牢地拴在一起了。”

奥尔特鲁达笑笑。她的眼睛悲伤而温柔。她低声而缓慢地说：

“我们像孩子一样不忠实，像天神、像这片天空、像这海浪一样不忠诚。人的心灵就像自然力量一样，善变而纯洁，因为它是由永远都纯洁的自然力量形成的。”

“啊，我能理解您，奥尔特鲁达！”坦克连德以伪装出来的真诚感慨道。

“我不知道您现在是否真的理解我，”奥尔特鲁达说，“我希望，坦克连德，您终有一天会真正理解我。可此时此刻，为了您，为了您，坦克连德，在这美妙的海浪下，和这喧嚣的海浪一起，在这明媚喜悦的阳光下，被阳光那金色的利剑所烧亮，在碧绿的海浪和蔚蓝色的天空之间，我要为您跳一个变心舞和甜蜜的忘忧舞。”

说完这话，奥尔特鲁达走到海浪边那张大理石长椅跟前。她脱掉身上的衣服，把衣服统统放在长椅上。她瞧了一眼四周，温柔地欣赏着自己的躯体，光着身子踩着细碎的沙子走到岸边。当第一道海浪拍打着她那苗条的双腿时，奥尔特鲁达停住了脚步，笑了起来，开始了轻快的舞蹈。她在水边舞蹈着，时而从浪边跑开，时而又追逐着海浪。她跳着舞蹈，一下一下拍打着手掌。海浪哗哗地冲刷着她那细细的可爱的小腿，对于可怜的尘世之美极其冷淡的冰凉的海水，却唯独对于奥尔特鲁达这个高尚的具有无比诱惑力的美女，这个有一双忧郁的眼睛挺着胸部的美女极其驯服。这个迷人的镰刀形状的天体已经可以看得很清楚了——疲惫而倦怠的太阳已经沉落到暗蓝色的地平线，沉落的永恒的致命的圆形轨道的太阳，依旧在欢天喜地。

这时，犹如一个轻灵的从透明的存在的世界里蓦然出现的午时的幻影一般，一个衬着明媚的阳光如玫瑰红色的帆影，从灰粉色的悬崖后面悄悄地、缥缈地浮现出来——原来是一艘轻巧的捕鱼船。船上坐着两个少年和一个小男孩。他们眼睛一眨不眨地盯着和海浪嬉戏喧闹的女舞者。舞娘那赤裸的苗条的身体令他们看得目瞪口呆。他们发出欢快而响亮的笑声。他们鼓掌，为太阳而欢乐，为海浪而鼓掌，为舞娘那灵活轻快的舞姿而拍手，为舞娘那迷人的轻灵的大腿而拍手。

突然刮过一阵海风。灰白色的船帆倾侧起来。船进了水。

小船紧接着便翻了过来。

奥尔特鲁达不跳了。她站在岸边的沙土地上，惊恐地望着在海浪里挣扎的船帆和人，翻船落水的人们都拼命向海边游，或者向正在急急忙忙冲他们赶过来的大船游。

“哎呀，”奥尔特鲁达说，“此刻我是多么不幸呀！我的笑居然能杀人。”

“别哭，奥尔特鲁达，”坦克连德说，“会有人救他们的。”

真的有人把那些人给救上来了。但是奥尔特鲁达女王仍然没有感到安慰。

于是，那一层层阴暗的朦胧的烟云又聚拢来，薄薄一层灰尘又开始在海边飞舞。

62

此事之后，帕尔马的红衣大主教费尔南多·瓦连楚耶拉－普耶尔马去找奥尔特鲁达女王，请求接见：他必须和她谈一些非常重要的事情。于是，奥尔特鲁达连忙安排了接待日。

红衣主教的这次造访在坦克连德王子的阴谋集团里是早已安排好了的。那些企图推翻奥尔特鲁达女王的人们认为这样做很有利，起码过后他们可以这么说：

“我们早就告诫过奥尔特鲁达女王她的行为可能会在人民中间引起不满。可她对于忠言总觉得逆耳，这不，自食其果了吧。”

红衣主教的造访是奥尔特鲁达女王很不乐意接受的。她不喜欢这个狡猾的老头儿。但她还是以对待一个教会高级职务人员应有的礼节，十分客气地接待了他。奥尔特鲁达女王从红衣主教的脸色上一下子就猜出他将要开口讲的事儿，一定是某种让人无法高兴的事儿。这位教会首脑红通通的脸上的表情那么紧张那么缺乏诚意，加上此人那笨重的身躯，也似乎说明此人对于生活中的享受是十分热衷的。红衣主教那红艳艳的嘴唇上挂着虚伪狡猾和谄媚的笑容。他的声音很低，像蛇行一样弯弯曲曲。假使鳄鱼想吃一顿美食的话，事先它也会对这个牺牲品极尽甜言蜜语之能事，百般谄媚和讨好牺牲品的。他的眼睛半睁半闭时而从眼帘底下发出尖锐锋利的凶光。红衣主教说：

“上帝会使时间倒流。教会已经以全能的上帝的名义对陛下您的祖先讲述过这一点了。”

红衣主教说完意味深长地停顿了一下。奥尔特鲁达女王问：

“那么教主您呢？”

“我当然也责无旁贷了，”红衣主教说，“我会在我给陛下您讲述的观念之上附加上新的论据。”

“什么论据？”奥尔特鲁达女王轻声而平静地问道。

从她那微笑的嘴唇上看，这一提问所用的那种只有天国才能有的美妙声音所包含的温柔甜蜜，不会使人觉得此话问得不客气。红衣主教说：

“人民，我们那些善良而又忠诚的人民，对陛下您某些令人忧伤的任性行为和举止很不满。”

“是吗？有这事儿？”奥尔特鲁达女王问道。

轻微、迷人而又客气的微笑软化了她那带有轻微嘲讽意味的声音。红衣主教又说：

“人们都说，这种任性胡来，对不起，君主，亵渎了良好的风习。”

奥尔特鲁达女王平静地说：

“我想您大约是想和我谈谈道德问题了。”

“是的，”红衣主教微伏着上身说，“而我居然斗胆敢于指望陛下您兴许会听从我们教会里我们神圣的母亲的声音。”

奥尔特鲁达冷冷地问：

“您想要我听从教会与我的行为有关的言论？以便能令我承认我的做法不好是吗？”

从她的声音里听得出一种惊奇和不满。红衣主教说：

“是的，君主。遗憾的是，您的行为有时竟然是那么大胆，甚至已经超越了善良的道德法则所限制的范围了。”

“比方说？”奥尔特鲁达问。

她的脸色很平静，只是她的双唇之间已经看不到一丝笑意。红衣主教沉默了一会儿，然后略有些结巴地说：

“君主，您和阿夫拉那么接近，这令信徒们十分困惑。她是神圣的基督教会公然的敌人和毁谤者的女儿，她继承了她父亲对于基督教的仇恨。据说，尽管她十分年轻，但却对陛下您有着很不良的影响，教您履行一些不洁的仪式。”

奥尔特鲁达女王简单而平静地说：

“我爱阿夫拉。”

“这令人遗憾，”红衣主教说，“为了教会、国家以及陛下您自己的利益，请您最好还是和这个漂亮的无道德论者分手吧，而且越快越好。”

“为什么？”奥尔特鲁达女王愤怒地问。

红衣主教用庄重的声音回答：

“为的是不致招致主的正义的愤怒。主的路是不可预知的，但是，人类那被神恩和信仰启蒙了的软弱的理性，有时能够分辨神的愤怒和神的恩赐各有什么特征。女性的不育有时常常会是至高者不悦的表征。人民都在嘀咕，为什么还没有一个王位的继承人呢。”

奥尔特鲁达女王的红唇上现出一丝鄙夷不屑的微笑。她冷冷地迎着红衣主教那尖锐的目光，问道：

“您还有什么想要指责我的？”

红衣主教说：

“信徒们还对一个名为拉科尼乌姆的教育教学机构的建立感到困惑，那里到处渗透着多神教的精神，少男少女们光着身子成天在一起，据说，他们就这个样子一直得待到这种裸身交往已经开始危及道德的年龄才中止。人们说的还有好多。”

“说什么了？”女王奥尔特鲁达冷冷地问。

红衣主教脸上现出困惑、笨拙的表情，这可和他那副脑满肠肥、肥头大耳的模样不相称，只听他降低声音说：

“人们说，女王把这些女人和少女们召集在一起，和她们一起光着身子跳舞，像个巴比伦荡妇。人们还说，女王对在城堡举行的此类无法无天的娱乐活动已经感到极为不满足了，因此，开始常常跑到海岸上来，脱光了衣服，在岸上当着众人的面跳舞。”

女王奥尔特鲁达愤怒地红着脸说：

“让他们说去吧！还好，他们议论的是我的欢乐，这比议论我的悲伤和眼泪好。”

红衣主教反驳道：

“初人在天堂里时是光着身子的，可在人类如今这个罪恶的状态下，身体的裸露是诱惑和不道德的。”

“为什么？”女王奥尔特鲁达问，“假如我脱掉衣服，光着身子出现在我的臣民眼前，这又有什么不道德？我爱我的美，并且愿意用我的美来取悦所有人，这有什么不好？”

红衣主教严厉地说：

“这会受到上帝和人的谴责。”

女王奥尔特鲁达嘲弄地笑着问：

“是那个创造这个肉体的上帝吗？”

红衣主教用导师的口气说：

“在把人类的始祖逐出伊甸园时，上帝吩咐他们穿上衣服，因为已经意识到自己犯了罪的他们，已经知道什么是羞耻了。”

奥尔特鲁达女王反驳道：

“在那些热带国家里，那些被我们称之为野蛮人的朴实的人们，不就是光着身子走来走去的吗，他们并不为此而害羞，尽管他们也有羞耻心。”

“可是，君主，”红衣主教说，“文明教会人出于羞耻心而穿上衣服，并且为裸体而害羞。因此，光着身子是会受到上帝和人们的谴责的。”

“受人们谴责！”奥尔特鲁达女王感慨道，“可难道人们都没有肉体吗！裸体之所以诱惑他们，难道不是因为他们已经习惯于穿衣服了吗？人们已经习惯于用秘密来包裹自己的身体、思想和事业，因而真理憎恶秘密。只有凶恶的事业和有罪的肉体才害怕光明。”

红衣主教说：

“人们认为裸体具有诱惑性。无论他们这种观点是正确还是错误——这全都一样。重要的是，裸体乃是许多诱惑的渊薮。关于诱惑，圣经中早已写道：诱惑使世界充满哀伤。主教诲我们要特别防范不要让小孩子们和心理与孩子相像的普通人受到蛊惑。谁要是哪怕只诱惑了一个小孩子，那么，坠着块石头沉到水底对他来说还算好结果呢。基督教里关于诱惑就是这么说的，神圣的基督教会所保存的原话就是这样说的。”

奥尔特鲁达女王说：

“每个人可以有自己的想法。裸体对我来说不具有诱惑力，反而只会像酒似的令我激动喜悦，所以，我欣赏裸体和肉体之美。”

红衣主教反驳道：

“可是我们的义务要比我们的愿望更加崇高。做了好事我们会期待奖赏，做了坏事却只会给我们招来惩罚。”

“您的道德多么可怜又多么软弱呀！”奥尔特鲁达女王鄙夷不屑地说，“不，我的自由道德不知道什么叫惩罚和义务。善良的自然创造了无辜纯洁的我，而您的那些束缚只能戕害自然的、可爱的、纯洁的线条。”

红衣主教以一种推心置腹的样子说：

“假如陛下您所发挥的见解不幸最终得胜的话，那么，这将导致道德和宗教的彻底颠覆。”

奥尔特鲁达女王坚决地说：

“不，我认为我的自由是道德和宗教创造繁荣的保障。道德问题上的暴力是不可思议的。如果您采取强迫手段迫使人们成为所谓道德者，那么，这个所谓道德又有什么价值可言呢?”

“您错了，君主,”红衣主教反驳道，“道德永远是建立在义务的基础上的，而在义务这一概念里必然会有强制的成分存在。人永远都是软弱的和无力的——神圣的教会给人指出了一条拯救之路。”

“从前,”奥尔特鲁达女王说，“我一度曾经非常服从教会的指示，恭顺地听从我的忏悔神父严厉的教诲和教规。可是，现在，我不想走那条预定的道路，而且，我对教会人士喜欢弄权的做法也深感痛恨。”

红衣主教用教训的口气说：

“可不那样的话就不可能得到拯救，不可能走进天国呀。”

奥尔特鲁达女王沮丧地回答他道：

“可我并不想在您所说的意义上得到拯救。我不想复活，我也不需要天堂。我只想自由地活着，自由地死去。”

红衣主教的脸上现出恐惧的表情，就好像他听到的是一句渎神的话似的。他虔诚地画了个十字，说：

“啊，陛下！这些话实在是太狂妄了呀。上帝保佑，千万不要让您的某个下属臣民听到这句话。”

奥尔特鲁达女王热烈地说：

“我宁愿按照我自己的意愿做一个罪人，也不愿在您严厉的管教之下顶礼膜拜。对于这一套来说我已经长得太大了。我不想让人鞭打我了。在我和我的上帝之间没有也不应该有任何中间人。”

红衣主教严厉而又坚决地说：

“您这是在宣扬路德派新教，君主!”

奥尔特鲁达女王哈哈大笑。

“啊，不不,”她活泼地说，“我和这些虔诚的异教徒隔得十分遥远。”

“人们甚至还说，君主,”红衣主教带着恐惧的表情说，“说您信奉魔鬼主义!”

“我既不信路德派新教，也不信魔鬼教派。”奥尔特鲁达女王说，“我只是想做一个人而已。一个自由人而已。”

红衣主教宽容地一笑，说：

“可是，您，君主，不光是人，您还是国王，还是一个女人！”

奥尔特鲁达女王惊奇地问：

“国王就不是人了吗？”

“谁拥有统治别人的最高权力，”红衣主教说，“谁就不仅仅是一个人而已。谁接近天使，上帝就会唤醒他善良的思想。一个人很简单很驯服，他害怕的是执拗的念头，而为了他的忠诚和渺小，他要求其领袖的，就只有伟大而已。国王任何时候都不应当忘记他远远大于一个简单的人。”

“那么什么是给予他的最大限度呢？”奥尔特鲁达女王问道。

“既包括准许限度，也包括不准许限度，”红衣主教回答道，“对于国王来说，这个限度要比其他普通人宽广，因为他的活动领域就比较宽。”

“既然如此，”奥尔特鲁达女王说，“那教会有什么权力谴责我呢！至于我是否是一个好国王，只有我的全体人民才有权评断。”

“可是国王的使命之一就是要为自己的人民树立崇高的榜样呀，”红衣主教说，“国王下判断，人民服从。谢天谢地，千万别搞成在我们国家里一切都相反。”

奥尔特鲁达女王重复说：

“让我的人民来评判我吧。我不需要也不想有一个别的法官。”

“人民会谴责的。”红衣主教严厉地说。

“您很关心这件事儿？”奥尔特鲁达女王鄙夷不屑地问道。

红衣主教谦恭地一低头，说：

“我的职责，就是说神圣的基督教会要我说的话。”

奥尔特鲁达女王站了起来。

“我很遗憾，”她说，“我们的谈话没有得出任何结论，使我有理由同意您的意见。”

红衣主教带着虔诚和悲凄的表情向奥尔特鲁达女王祝了福，就离开了。他本来就没指望这场谈话会有与此不同的结果：奥尔特鲁达女王假如真的忏悔了，那倒该是个奇迹了，而红衣主教却根本不希望这样的奇迹。对于红衣主教所关心的利益来说，这种奇迹未必就是必要的。

很快有关这次谈话的流言就开始在人民中口耳相传。

63

坦克连德王子和伊莫格纳·梅拉多的决裂，使得伯爵夫人马格丽塔·卡迈的希望又复活了。她又开始试图接近坦克连德王子。但坦克连德王子已经对另一位新的美人着迷了，那是一个年轻的欧洲女人，眼神懒洋洋的，说话的声音也带着慵懒的喉音。她是个在非洲取得一项承包工程的工程师的妻子。还是那个埃列奥诺拉·阿丽纳斯侯爵夫人在其所办的一次晚会上介绍坦克连德王子与这个美人认识的。坦克连德王子全身心地投入这次新的艳遇，所以，对马格丽塔完全冷若冰霜。马格丽塔那种丝毫不讲究策略的死缠硬磨令坦克连德苦恼不堪。

一次，在与马格丽塔不快的相会后，坦克连德王子大白天去了王后克拉拉那儿。王后克拉拉根据一些蛛丝马迹猜出坦克连德王子有什么心事。她问道：

“亲爱的坦克连德，您是不是又碰到什么麻烦事儿了？”

坦克连德王子忧愁地笑一笑，叹了口气，回答说：

“马格丽塔·卡迈伯爵夫人让我讨厌至极。她很缠人，但却没有足够的头脑。她不愿意理解世上的一切都有个了结。”

王后克拉拉简单而又平静地说：

“让人把她杀了不就完了。她是个害人精，而且很凶，今后还会给您找许许多多麻烦的。”

天性残忍的王后克拉拉想到杀人的事儿从来不感到害怕。她相信目的会为手段辩护。

坦克连德王子平静地一笑，吻了吻王后克拉拉的手，接着便说起了别的事儿。马格丽塔·卡迈的命运便在这一刻被决定了。当天晚上，秘密服务部的头儿便当着坦克连德王子的面接到了应有的指令。

第二天，王后克拉拉到其宫殿的小教堂忏悔。温暖的大理石圆柱给人以暖意和欢快的感觉，镀着一层金色的大理石雕刻的美神塑像似乎在朝她微笑，黢黑的十字架上那泛着黄白色的基督的表情透着睿智和善意，正在濒临死亡。小教堂里一片光明，笼罩着给人以好感的寂静——此刻里面只有两个人，神父和王后。王后克拉拉跪在松软有弹性的、漂亮的天鹅绒跪垫上，泪流满面地真挚地叹息着，向那位年轻漂亮的耶稣会教士哭诉道：

“我出了个恶毒的主意但却出于善良的意图。我那个心爱的儿子，对神圣教会的繁荣如此热心的我的坦克连德王子，始终无法摆脱伯爵夫人马格丽塔·卡迈的有罪的爱情纠缠。在我的爱子最软弱的时候，马格丽塔以其恶毒的魅力勾引了他的心。可当他对自己的行为感到后悔并拒绝了她时，她却不依不饶，不肯效仿他那良好的榜样。她到处散布有关坦克连德的恶毒绯闻和虚假谣言，还挑逗他和奥尔特鲁达女王吵架，形势如此恶化已经对坦克连德造成巨大威胁。我甚至担心坦克连德王子这个教会最忠实可靠的儿子，会被迫离开这个可怜的国家，因而使联合群岛王国失去其最英勇的捍卫者。而这件事在我们这个最令人悲伤的日子里尤其令人感到哀伤，因为教会和国家的敌人们正在不遗余力地散布不信任和骚乱的种子。于是，我下令处死这个恶毒的、不洁的女人。我的灵魂会因为这件事而承担一个很大的罪过，可我却可以凭借我的罪过把坦克连德王子和她那位不幸被蒙骗的丈夫从这个恶毒的淫妇手下解脱出来，从而作为我们教会的荣誉。”

和每次忏悔一样，一种轻微的羞涩和愉悦感浮漾在王后克拉拉心头，使她心里既愉悦又兴奋。情欲以其恬不知耻的诱惑强烈地吸引着她。在她的心头一种和恐惧相似的感情被点燃，这个女罪人装出真诚忏悔和伤心的样子，看着那个有着一双火热的黑色眼睛的面部线条漂亮而严峻的忏悔神父。

忏悔神父对她说：

“无限仁慈的天主上帝从高高的天空中俯瞰着我们的心灵和意图，并根据人们心中的意图和愿望对其所作所为作出评价。对于不忠实于教会的异教徒以及其他敌人，即使他们做的是好事，他也根本不予取信，而对于忠实于基督教会的信徒的罪孽他十分仁慈，尤其对于那些为了神祇神圣的荣耀不惜犯罪的人更加仁慈。有句话说得一点儿不错：只有那个敢于杀死其灵魂的人才能拯救自己的灵魂。为了您恶毒的意图我会对您实施宗教的惩罚，但允许您犯这次罪过，对于目的善良的恶事，仁慈的上帝会把它归入您的功勋的。”

在那些日子里空气中充满了恶毒的意念，犹如火山的恶魔急急忙忙地把它们散布在人们的心头一般。

晚上，已经深深爱上阿斯托利夫·涅利塔的奥尔特鲁达女王把他叫到自己身边。她一边抚慰他一边温柔地问：

“亲爱的阿斯托利夫，你爱我吗？”

“我爱，”阿斯托利夫激情洋溢地说，“我爱。”他由于喜悦和激动高兴得不知道该说什么好了。

“你肯为我赴汤蹈火吗？”奥尔特鲁达女王又问。

说完这话，她脸色泛白，她的嗓音里透出一种胆怯的祈求的味道。阿斯托利夫由于幸福而浑身颤抖着，说：

“赴汤蹈火，在所不辞！您说吧。”

奥尔特鲁达女王仔细地不无担心地盯着他。一个连她自己也感到尚未清晰的恶毒的念头忽然涌上她心头，痛苦地折磨着她。她问自己道：“这些人究竟能为我做什么呢？这些从其世世代代祖先那里继承了对我的忠诚的奴仆们究竟能为我做什么呢？”

奥尔特鲁达女王的记忆里忽然涌现出一个令他感到万分仇恨的伯爵夫人马洛丽塔·卡迈的形象。奥尔特鲁达女王心头浮现出那天的情景，那天她那种浑无所知的幸福的心境被人平白剥夺了，那天她头一次得知她的坦克连德的背叛，那天她的天空中永远蒙上一层阴云，那天她心目中光辉而灿烂的英雄的形象变得晦暗了，她的心境从那天起一片阴郁和痛苦。

奥尔特鲁达女王拥抱着阿斯托利夫，紧贴着他的耳朵，用勉强听得到的声音低语道：

“杀死伯爵夫人马格丽塔·卡迈。”

说完，她直起身子，大声说：

“阿斯托利夫，为我报这个仇。报仇！”

阿斯托利夫浑身发抖。奥尔特鲁达女王离开他，走到镜子前理了理自己的头发。她的手指在微微颤抖，深深地插入如黑夜一般浓密黝黑的发丛里。阿斯托利夫惊恐地望着她。他在奥尔特鲁达女王的镜子里看见自己那白得没有一点儿血色的脸和那紧张的眼神。阿斯托利夫那双黑色的眼睛在她眼里显得分外地大，眼睛下面有两个巨大的紫红色的眼影，浓重的眉头黑黑地聚在一起，黝黑的额头上的皱纹也沉思地皱成一堆阴影。

奥尔特鲁达女王哀伤地叹了口气。低声断断续续地像是在喘息一般地说：

“啊，这么说你不愿意！你不想干！当然，这是在犯罪。也罢，既然你不愿意，那就算了。我还以为你爱我呢。我还以为你想拥有我呢。看来你并不想。”

阿斯托利夫的脸色浮现出一种阴暗的喜色，他那张被晒得黝黑的脸泛起一层红晕，他心头深处那把黑色的火炬燃起残忍意志的恶毒的火焰。

“我干，我干！”他喊道。

奥尔特鲁达女王说：

“如果你做这件事，那么，我就是你的。今后你任何时候只要愿意，就可以随时来找我，你可以要我做你想要做的任何事。我会教会你如何享受爱情欢乐的游戏和快感。我会馈赠你以明亮的期待的白日和无比幸福甜蜜的夜晚，如果你为我做这件事的话。”

阿斯托利夫笑着陷入甜蜜的沉思中，他望着奥尔特鲁达女王。她拥抱着他低声问：

“亲爱的阿斯托利夫，你害怕犯罪吗？”

阿斯托利夫亲吻着她那由于激动而发冷的嘴唇，对奥尔特鲁达女王说：

“为了你，奥尔特鲁达，我会杀人的。”

“罪过在我，”女王奥尔特鲁达说，“是我要你干的。”

阿斯托利夫心中的感情和思想的转换并不需要很多时间——此刻，阿斯托利夫已经在想，即使只为了女王奥尔特鲁达一个温柔的眼神，也值得献出自己生命中的全部欢乐和生命本身以及光辉的天堂里的一切欢乐。

“是的，奥尔特鲁达，”阿斯托利夫说，“我会干的。”

他和奥尔特鲁达刚才一样，也俯身对着她的耳朵悄悄地说：

“我会杀死那个伯爵夫人马格丽塔·卡迈的。我会为你复仇的。”

他离开女王奥尔特鲁达几步，以便能看清她那张充满喜悦和温情的笑眯眯的脸，然后大声说道：

“就在今天夜里。”

此刻，他心中已经充满了喜悦，因为他即将完成女王奥尔特鲁达的意愿。对恶毒的马格丽塔·卡迈的仇恨，对这个居然敢于让欢乐仁慈的女主人奥尔特鲁达女王心头充满哀伤的女人的仇恨，犹如一种瞬间传染的疾病一般潜入他心头。

那是一个到处散发着芬芳的闷热的夜晚。潮湿的空气里充溢着橙黄色和白色的大花朵散发的清新的颤抖的气息。

阿斯托利夫一个人沿着首都漫长的街道走着，身上穿的衣服酷似一个普普通通的小男孩，一个刚从城里回到帕尔马城郊小小渔村的小男孩。他那宽大的腰带里别着一把虽然不大、但很尖利的双刃短剑。他不担心人们会认出他来——这是帕尔马城郊寂静的海边的一条街道，四周围绕着一座座果园的伯爵卡迈的家，就坐落在这里，此刻一片寂静，连一个人影也没有。

也就在这天夜里，一个被雇来的杀手也蹲在卡迈伯爵家附近，等待时机下手，等着周围一切能最后寂静下来。是坦克连德王子的秘密代理人雇他来杀死伯爵夫人马格丽塔·卡迈的。

这家伙是个生活无着的人，这类人早晨徘徊在码头附近，夜晚坐在小酒馆里，寻找着多多少少能轻易挣到的钱，无论要他偷盗还是杀人都肯干。正是凭借这类人的帮助，一些往往很难清算的旧账得以清算，一些不共戴天的仇恨常常凭借一把从角落里伸出的叛徒的匕首而得以化解。这些游手好闲之徒的职业道德是非常严格的。他们从不出卖自己的雇主。当然，对这个问题几乎从来没有人关心——杀人凶手一般很难找到。群岛警察局更喜欢追踪那些无政府主义者和社会主义者，而对凶犯和小偷不感兴趣。不但如此，对于警察局密探来说，那些小偷和强盗们反而对他们很有利——在瓜分被抢财产方面，秩序的维护者也能分到一勺羹。

那个强盗已经准备动手了。忽然，他听见人行道上传来一阵轻微的脚步声，接着就看见一个小男孩正在悄悄走近这家，那小男孩的脸和脚在黑暗中泛着隐约的白光。那个强盗连忙走到旁边。他对自己的事儿太熟悉了，巧妙地藏了起来，所以，阿斯托利夫在走近卡迈伯爵家的时候也就没有发现他。强盗等呀等，等着小男孩从旁边走过，可使他惊奇的是，阿斯托利夫却在这家旁边停住脚步了。

阿斯托利夫站在通向园子里的篱笆门前，在计算怎样才能更方便地翻过这道铁栅栏。为以防万一，他抓住篱笆门的扶手试了试，看能否把门打开。

强盗躲在邻居家突出的墙角后面，心想："这是什么人？是小偷们为了成功得手而打发来踩点的，如果是情人，那这人可实在是太年轻了呀。"

阿斯托利夫高兴地发现通向园子里的篱笆门并没有锁。关于这一细节凶杀的组织者们事先早已想到了。他们把园丁和他的助手叫到一个隐藏在码头附近一条狭窄的肮脏的小巷里的小酒馆里狠狠地灌了一通酒，灌得那两个家伙早已把自己的职责忘得一干二净了。当这家小酒馆在深夜关门时，这两个家伙已经被灌得醉醺醺地不省人事了。灌他们喝酒的人把两个家伙马马虎虎拖出酒馆，扛在肩上，扛得远远的，扔在城外一个荒凉的地方去了，两个家伙在一道篱笆墙下的沟渠里正睡得甜甜蜜蜜。

那个强盗眼睛一眨不眨地盯着阿斯托利夫的一举一动，跟在他身后潜入园中。

阿斯托利夫悄悄地向着黑乎乎的房子走去，脚踩着温暖的草叶，为的是不要在林阴道的细沙上留下脚印。他在仔细打量什么地方可以方便地钻进屋里。他觉得有一扇窗户关得不严。他爬上外墙的凸起，轻轻磕了磕窗户。窗户应声开了。阿斯托利夫潜入屋里。那个强盗也通过同一扇窗户跟踪而进。

阿斯托利夫小心翼翼地走进黑乎乎的屋里。他不知道各个房间的位置和布局，所以，有两到三次他不得不重新返回原地。他根本想不到自己身后还跟着一个杀手。

已经到了伯爵夫人马格丽塔的卧室了，屋子深处正对窗户是一张床。一盏绿色的台灯投下幽幽的微暗的冷光，使屋里的一切呈现出一种不可靠的背叛的色彩。在温暖的充满着精美香水的清新的香气的黑暗中，能听得到马格丽塔平稳的呼吸声。

阿斯托利夫小心翼翼地走近前来。他碰到了窗户前面的一张轻便的小椅子。椅子腿沿着光滑的地板移动了一点发出轻微的响声。马格丽塔被惊醒了，睡眼惺忪地问：

“是你吗，罗伯特?”

阿斯托利夫用由于激动而压抑的声音低低地回答了一句：

“是的，是我。”

说罢，阿斯托利夫坚决果断地走到床前，神情紧张地盯着床上那个隐约发着白光的女人，那女人半裸着身子，身上盖着一层薄薄的白被子。

“你还让不让人睡觉了。”马格丽塔嘀咕了一句。

阿斯托利夫抓住短剑的柄，急促地喘息着，朝马格丽塔弯下腰来。马格丽塔平躺在床上，头枕着两条细细的黝黑的胳膊。她脸上的半睁半闭的眼睛看上去苍白得不像是活人的。

忽然一种阴暗的恐惧感急遽而又强烈地袭上马格丽塔的心头。她大睁开比黑夜更加发黑的双眼，于是，她看见半明半暗中有一张陌生人的脸正俯在她头上的位置。她那像是被什么人紧紧掐住的喉咙开始发干。马格丽塔惊慌地问：

“你是什么人?”

她那嘶哑的声音压得很低——一种黏滑的恐惧感渗透她的喉咙，压抑着她的胸口，妨碍着她的舌头的动作。那个外人始终沉默。他那双漆黑的眼睛透着冷酷的光。他那只伸向腰间的手上的动作令人感到费解而可怕。

马格丽塔徒劳地想要挣扎着坐起来。可是，只见阿斯托利夫从腰里抽出短剑，挥刀从左到右只一下，就割断了她的喉咙。可是，即便如此，阿斯托利夫的手上，还是溅上了温暖黏滑的血液。马格丽塔微弱地抽搐了几下，随后便忽然僵硬不动了。起先还能听到几声断断续续的喘息声，但就连这喘息声也很快便静息了。

强盗悄悄地隐藏在角落里一动不动。

阿斯托利夫急急忙忙又小心翼翼地逃走了。他那无声而又匆忙的脚步飞快地穿过黑暗的屋里的地毯。

强盗走到床前。马格丽塔的尸体已经开始冷却了。

“干得很漂亮，”强盗用勉强听得见的声音赞叹道，“这小鬼很勇敢!"

强盗开始小心翼翼地在卧室里四处搜索起来，寻找着既贵重又轻便的东西。一道尖锐而又胆怯的秘密手灯的灯光在地板和墙上搜寻了一会儿，犹如一个闪着火光的狡猾的幽灵。

随后，强盗从同一条路径钻出屋子。

64

夜晚的灯光闪烁着，灯光下，所有物体的色彩都彻底变了样儿，变得生硬了，变得令目光感到疲倦。奥尔特鲁达女王望着女仆捷列济塔那光鲜粉红的头发，望着女仆两颊那明亮的红晕以及她那肥胖的稍稍向前弯着的脖子——这个年轻寡妇那沉甸甸的、强壮的、灵活的身躯，在奥尔特鲁达心里引起一种奇特的忌妒感。

"捷列济塔把她那位丈夫——雄赳赳的中士给忘掉了，"女王心想，"现在抚慰她的是另外一些男人。对她来说，生活是多么轻松呀。"

她问：

"捷列济塔，你这头上别的花是谁给的呢？是心爱的人赠送的吗?"

捷列济塔用不习惯的悲伤的语气低声回答道：

"今天是金涅夫拉女王的纪念日呀。"

说着，她便坐在女王脚下，轻轻地说：

"她爱过，因为爱也杀过人。她敢于杀人。"

奥尔特鲁达悄声说：

"可她不可以杀死她爱的人呀。"

捷列济塔看了看女王奥尔特鲁达的脸色，眼里浮现出怜悯的神色和忠诚的爱戴之情。于是，捷列济塔压低声音又说：

"亲爱的女王，您派我去吧——我会割下他的心脏把它挑在刀尖上拿给您瞧。"

奥尔特鲁达站起身来。严厉地说：

“我知道你爱我。可这么做是不对的。”

捷列济塔欠起身来，跪在女王脚下，愁闷地望着女王奥尔特鲁达的脸。奥尔特鲁达说：

“去吧。”

深夜只剩下女王奥尔特鲁达一个人了。郁闷折磨着她的内心，她的心里充满了回忆和预感。

女王奥尔特鲁达在想马格丽塔·卡迈伯爵夫人究竟是怎么死的。在她身上沸腾着的古老的残忍的心灵，由于恶毒的狂喜和野兽般的野性的郁闷而战栗——那就是在距奥尔特鲁达数百年前实施统治的女王金涅夫拉的灵魂。女王奥尔特鲁达还回忆起金涅夫拉女王生平那个残忍的故事。

和奥尔特鲁达一样，女王金涅夫拉从自己父亲那里继承了王位，并且也和一位异国的王子举行了婚礼。这位王子和坦克连德一样，也背叛了金涅夫拉。而金涅夫拉也和奥尔特鲁达一样，曾经长期被蒙在幸福的鼓里。有一次，女王金涅夫拉撞见自己的丈夫正和宫廷里一位太太搂抱在一起。被忌妒和狂怒搞得怒火填膺的女王金涅夫拉将一把短剑捅进对她背信弃义的丈夫的心脏，并用短剑结束了那个拆散他们婚姻的女人的生命。

被杀死的王子的那些朋友以及骑士和僧侣们把金涅夫拉从王位上推翻了，并且给她以严厉的审判，而且判得十分严酷。他们把光着身子的金涅夫拉拖到广场上，并且就在如今矗立着她的雕像的那块地方狠狠地用鞭子抽打她。人群中有许多人都在哭泣，为他们心爱的女王而惋惜，可是谁都不敢起身为她辩护。随后，他们把金涅夫拉关在修道院里，任由那位凶恶的修道院女院长对她进行百般残忍的蹂躏和折磨。可是，金涅夫拉很快就被自己的朋友从那座修道院里解救出来了，并且在此之后还光荣地执政了好长时间。

金涅夫拉那经历过爱情和仇恨的地狱之火的全部历练和无法忍受的痛苦并最终获得光荣胜利的灵魂，如今在奥尔特鲁达女王胸中复活了。奥尔特鲁达女王心想：“这就是我的道路——它一步步通向死亡。那一天很快便会到来的——我将死于凶手的短剑之下。或是根据某个革命法庭的审判将我处死，或是被锋利的刀刃切割掉脑袋，我的脑袋滚落在绞刑架下人们做买卖的广场上的尘埃中。好吧，我会平静地死去的。”

响起一阵轻微的敲门声。在这座古老的城堡里，那声音听起来既可怕又奇特。

“请进。”奥尔特鲁达女王说道。

捷列济塔打开房门，看见阿斯托利夫走了进来，便连忙出去了。可是，尽管只是转瞬之间的事儿，但奥尔特鲁达女王还是察觉她忠诚的女仆阴郁的脸上现出了狂喜的神情。

阿斯托利夫走了进来，脸色苍白又欢喜，他身上穿的还是他潜入卡迈伯爵家里时穿的那件衣服。

奥尔特鲁达女王浑身颤抖。一种混杂的阴暗的感觉攫住了她的心灵。面对一个凶手的恐惧感，面对心爱的情人的喜悦感，含着血腥的甜蜜的感觉，对死者的仇恨，对复仇的欣喜，对这件坏事的郁闷感全都混杂在奥尔特鲁达女王的心头，搅和成狂怒的、清新的、含着苦味的一团。她大睁双眼紧盯着一步步走近前来的阿斯托利夫。阿斯托利夫手上拿着个什么东西，是一个用白色手帕包裹着的东西，那手帕上染着一块块发黑的污块。

奥尔特鲁达女王问：

“这是什么？”

她的声音尖锐得很奇特，她那双细小的手臂也在战栗。奥尔特鲁达女王已经知道答案是什么了，知道她即将看见的会是什么，知道阿斯托利夫将要给她看的究竟是什么了。

阿斯托利夫不慌不忙地解开包裹皮，向奥尔特鲁达女王展现了那把短剑。短剑的刃口上溅着发黑的新鲜的血迹。阿斯托利夫悄声说：

“我把伯爵夫人马格丽塔·卡迈给杀死了。”

他脸上浮现出一种野性的狂喜。

奥尔特鲁达女王已经开始现出平静的笑容了，她快乐地望着阿斯托利夫和他手中的短剑。阿斯托利夫忽然脸红了，充满急不可耐神情的眼睛火热地急速地望着奥尔特鲁达女王，并温柔而大胆地说：

“亲爱的奥尔特鲁达，你什么时候给我奖赏呢？”

女王奥尔特鲁达娇柔而又忧郁地一笑，低声说：

“会奖赏你的。不要担心。”

她说着便抓住阿斯托利夫的双肩，把他拉进怀里。她吻着阿斯托利夫的脸。吻着他的手。

那天夜里，女王奥尔特鲁达长久地狂热地和阿斯托利夫温存亲热了一番。

当阿斯托利夫离开后，女王奥尔特鲁达久久未能入睡，她坐在黑暗中，温柔地残忍地幻想了好久好久。女王奥尔特鲁达心想：“现在离我的死还有一层台阶——阿斯托利夫，这个由于我的意志而使自己双手沾满鲜血的少年。”

她低语道：

“斯维塔扎尔内，你要对我说什么吗？”

早晨，有人在床上发现了伯爵夫人马格丽塔的尸体。显然，凶杀者起先是想实施盗窃来着。因为有一些贵重物品和一些金钱被盗。可是，罗伯特·卡迈伯爵坚信这是坦克连德王子手下的间谍干的。他没对任何人讲述他心中的怀疑，但却在心头埋下了复仇的渴望。

对于被杀死的妻子卡迈伯爵并未多么伤心。他们之间的爱情关系早已破裂了，而且马格丽塔那执拗任性的性格也常常成为两人之间发生不快和争吵的原因。可是，随着妻子的去世，卡迈伯爵失去了一个在职务上继续升迁的忠实的好帮手——所以，他还无法估算这一死亡事件会在多大程度上影响他的地位。

当然，卡迈伯爵善于伪装出十分悲痛的样子来。

有关马格丽塔·卡迈伯爵夫人暴亡的消息，很快便传遍全城。不知为什么，城里人人都说卡迈伯爵夫人是被坦克连德王子下令谋杀的。而且无人对此感到惊奇。

有人说：

“这是她活该！”

还有人说：

“这样的人还能有什么比这更好的结局吗！”

坦克连德王子的朋友们竭力要人们相信这件事是那些无政府主

义者们干的。当然，这些言论谁都不相信。

全城人都对坦克连德王子参与谋杀马格丽塔伯爵夫人一事深信不疑，以至警察局和司法当局对于此案的调查一点儿都不积极。从表面看，似乎对于此类事件法律规定的应有程序都一丝不苟地履行了——可实际上这一切都只是在敷衍了事，而且那些侦探们也没有表现出他们所特有的洞察力。

根据司法侦察员的命令逮捕了园丁和他的助手。可两个人中没有一个能说出任何有关那些把他们灌醉的人的有用信息，况且就连灌他们喝酒的人数也搞不清。

园丁说：

“他们一共两个人，两人都长着黑胡子。”

可园丁助手却说：

“不是，那些人一共是三个人——两个人长着黑胡子，一个是火红色胡子，戴着眼镜。”

园丁又说：

“火红胡子的家伙是后来来的。”

园丁助手则又说：

“最后来的是第四个家伙，是个胡子刮得干干净净的家伙。”

于是人们推断这些狡猾的谋杀犯们已经巧妙地离开这个国家了。

于是这桩案件便有点儿石沉大海了。可是，反对派报纸却对此案大张其鼓地宣扬。一个狡猾机灵的记者甚至有幸揭露了那个被雇的杀手。可是，从这条线索当然得不到任何结果——于是，有人给了那个强盗一笔钱，帮他越境到了阿根廷。

从那天起，每天晚上阿斯托利夫都来找女王奥尔特鲁达，他们两人常常在一起温存好长时间，这段时间对于奥尔特鲁达来说，既充满欢乐也不无恐惧。

奥尔特鲁达常常把阿斯托利夫的形象和死亡的观念联系在一起。

哎呀，美丽的死神的形象对于女王奥尔特鲁达来说，就是眼前这位女王的青年侍卫，就是这位以一种火热的激情爱着女王的阿斯托利夫！他的一张脸是那么美丽黝黑，这是一张小男孩的在太阳底下被晒得黝黑的欢快的脸，他有一双黑黑的火热的眼睛，那是一双杀人犯的眼睛呀。他身上的衣服是白色的、很短，那则是一个前来侍奉美丽太太的年轻的侍卫穿的衣服。他的双腿匀称而光裸，因为那是一双能够轻松地无声地走过乌黑的雨云下面那段可怕的道路，忠诚地把血迹——女王奥尔特鲁达的血迹——带给女王奥尔特鲁达看的人的双腿啊。

女王奥尔特鲁达一边爱抚着阿斯托利夫，一边帮他脱掉身上的衣服，同时，她脱掉自己身上的衣服，光着身子紧贴在他那激情洋溢的温暖的身体上——把自己的肉体和灵魂全都温柔地交给对方。

于是，阿斯托利夫体验到了甜蜜无比的喜悦和欢乐的时光。他的幻想变得五彩缤纷光辉灿烂起来——他开始幻想和奥尔特鲁达在一起对于奥尔特鲁达来说是永恒幸福。作为一个高贵血液的容器，女王奥尔特鲁达那裸露的躯体使得阿斯托利夫心醉神迷。啊，这就是那个给人以极大欢乐也令人万分痛苦的肉体啊！这美丽酥胸的每一次呼吸引起的战栗，这在贪婪的双唇的亲吻下喉咙发出的每一次战栗啊！以及这些流得那么可怕的、一个渴血的灵魂如此希冀的血液！还有这种令人胆寒的恐惧，这隐隐的羞涩感！

女王奥尔特鲁达望着阿斯托利夫并欣赏着他——这忽然令阿斯托利夫对他俩居然会光着身子这一点感到羞耻。他于是躲藏在沉重的帷幔后面。可是，这种突如其来的羞涩感又是多么怡人而甜蜜呀。

奥尔特鲁达在为他的羞涩而耻笑他，连他自己也笑了。这种轻微的隐隐的羞涩感于是便在笑声中被消解得无影无踪了。于是乎他们便像爱淘气的小孩子一般尽情地嬉戏起来。

有时候，两人会在清晨时分走到海边，在那里像孩子一般在海水里嬉戏欢笑玩耍，或在水里寻找什么玩意儿，并且总能寻找到点儿什么。海浪的喧嚣声是那么震耳，大自然的笑声永远那么欢快，天宇底下的明亮的空间是那么辽阔。

阿斯托利夫情愿为了女王奥尔特鲁达赴汤蹈火、在所不辞，哪怕让自己的罪行再增加一些也心甘情愿。他不止一次地问女王奥尔特鲁达：

“奥尔特鲁达，为了您，我愿意杀死坦克连德王子?”

女王奥尔特鲁达轻轻一笑说：

“不必要，我亲爱的。坦克连德王子是不会离开自己的庄园的。”

有一次，女王奥尔特鲁达把阿斯托利夫领到离她的画室很近的国王花园里一个四周围着高墙的地方。奥尔特鲁达对阿斯托利夫说：

“在这里，在这些树木中间，在这片高远的天空之下，我要画一幅画，而你当我的模特。你的美会千秋万代流传下去的。”

阿斯托利夫高兴得红了脸。女王奥尔特鲁达又说：

“阿斯托利夫，把衣服脱掉。”

阿斯托利夫高高兴兴地连忙听从女王的话。奥尔特鲁达女王对他讲述了应当怎样站立的要点。于是这个光着身子的少年手拿短笛，垂手站在棕榈树下，陷入深思之中。他的身体是那么美丽——那身体生来就是为了游戏、为了舞蹈和奔跑的。

兴奋地投入工作中的奥尔特鲁达很快画出了他的身段，连忙着手上色。阿斯托利夫腼腆地静悄悄地站在那里——他宽大的黝黑的双眼里闪烁着腼腆的恬静的幻想。奥尔特鲁达于是便把这种腼腆的表情搬到了纸上。在她那充满信心的不慌不忙的笔下，一个晒得黝黑的光着身体的阿斯托利夫栩栩如生地出现了。

周围静悄悄的。没有任何肆无忌惮的仇恨的目光来打扰这一充满爱情和美的创作。没有任何人口出谰言恣意诋毁。

那条火龙在赤红湛蓝的高空中发出爽朗的笑声，好像它早已知道接下来会发生什么似的。可它其实并不知道。只有诗人那创作的幻想才能预见到一部未完成作品的朦胧的远方是什么。

维洛尼卡·涅利塔很快就得知——当然是在事后通过旁人知道的——原来她儿子和女王奥尔特鲁达有染。这个好虚荣的女人为此事感到万分高兴。她心想和女王有染会给她的家庭带来无穷的福气和好处的。于是，这只骄傲的已经装饰了孔雀羽毛的乌鸦开始到处张扬起来，心想所有帕尔马做母亲的人都会羡慕她的运气的。

然而，老宫廷大臣特奥巴尔德·涅利塔却一点儿都高兴不起来。他想女王奥尔特鲁达是在为她丈夫的爱情艳遇被揭露而万分伤心，因此才在萍水相逢式的爱情中寻求一种忘却和欢乐——因此，在她体内燃烧的情欲的驱使下，她将来会爱上多得无计其数的其他人的，可无论对谁，她都不会长久的。她对阿斯托利夫的兴趣，将来也会像昙花一现一般地消逝的，就和她与卡尔·莱默斯的关系那样。而且，她这次突如其来的新的兴趣也会像那次一样会是一个悲哀的结局的。

老宫廷大臣把儿子叫到身边，严厉地对他嘱咐道：

“阿斯托利夫，你得小心些呢，你已经走上一条危险的路了。”

阿斯托利夫阴郁地盯着脚下，脸上赤红，固执地一声不吭。特奥巴尔德·涅利塔又说：

“阿斯托利夫，我要告诉你，你得听我的，不要和女王奥尔特鲁达来往了。小心在卡尔·莱默斯身上发生的事儿，也会发生在你身上的。女王奥尔特鲁达喜欢漂亮男人。她终究会找到一个比你还漂亮、年龄也比你更适合她的人的。”

阿斯托利夫仍然固执地沉默着，他那垂头丧气低垂着的脸上没有任何表情，除了烦闷还是烦闷。

特奥巴尔德·涅利塔沮丧地对他说：

“你为什么不说话？你倒是说话呀。哪怕你说一句，没什么关系，你自己也知道你的感情很荒谬吧？”

此时，阿斯托利夫才抬起头来，一双宽宽的眼睛执拗地盯着父亲，简短地说：

“奥尔特鲁达爱我，我也爱奥尔特鲁达。离开奥尔特鲁达我无法活下去。我情愿为奥尔特鲁达赴汤蹈火。”

宫廷大臣摇摇脑袋，说：

“蠢货！就知道说什么奥尔特鲁达，奥尔特鲁达，我爱，我爱的。你的奥尔特鲁达很快就会把你给抛弃的。”

阿斯托利夫笑着回答父亲说：

“我不知道。就让她抛弃我好了，如果她愿意的话。让未来随它去吧。我此刻幸福就成。在此之后哪怕要我死我也无所谓。”

父亲悲伤地责备阿斯托利夫道：

“你一点儿都不可怜你的父亲，”他说，“你还那么年轻。你还需要学习呀。”

“我是在学习嘛。”

“可你学的是什么呢!”特奥巴尔德·涅利塔说,“你的脑袋里装满了愚蠢的念头,你的脑袋里装的就只有一个奥尔特鲁达。你如今还哪有时间读书呢。即使在我这把年纪和你分别多么痛苦,我也仍然过几天就把你送到意大利或法国学习去。”

阿斯托利夫坚决而严厉地说:

“我无论如何也不会离开这里的。那样还不如让我去跳海呢。”

父亲从他那眼睛里阴暗的眼神看出阿斯托利夫并不像他嘴上说的那样准备付诸行动。

这样的谈话重复了好多次,而且几乎每次都以大闹一场收场。

而且,其他一些痛苦也很快使阿斯托利夫的幸福变得暗淡起来。

65

阿夫拉这些日子被一种奇特的残忍的忌妒心所折磨。以前女王奥尔特鲁达的爱情也曾令阿夫拉很苦恼,起先针对坦克连德王子,随后又针对卡尔·莱默斯。对于坦克连德这一忌妒沮丧还可以找到为自己辩护的理由,那就是毕竟坦克连德欺骗了女王奥尔特鲁达,况且,他也是阿夫拉所仇恨的人。女王奥尔特鲁达对卡尔·莱默斯的爱情却对阿夫拉心灵的伤害更大,而且阿夫拉已经弄明白这一阴暗感情的真实原因究竟是什么了。因此,如今女王奥尔特鲁达对这个漂亮热情的小男孩的爱情,就使阿夫拉感到更加难耐的悲伤。

阿夫拉早就明白自己身上这种对奥尔特鲁达女王的奇特的感情有多么强烈了,在这种感情的驱使之下她情愿让自己温柔的嘴唇去亲吻奥尔特鲁达的双脚。但直到现在这一一直晦暗不明的对于女王奥尔特鲁达的爱意才在阿夫拉身上燃起烈火。爱情在她心底点燃起了忌妒之火——而忌妒又使得爱情燃烧得更加热烈。

阿夫拉同样也骄傲地隐瞒了自己由于忌妒而导致的痛苦。有什么必要讲述这一切呢？难道向女王奥尔特鲁达本人倾诉吗？可这么做又有什么用处呢！况且女王奥尔特鲁达究竟能否理解阿夫拉的一番告白呢？或许这突如其来的情欲只会使她感到吃惊呢，但也许她只会付之一笑吧。

但阿夫拉毕竟有时还是无法克制自己并不由自主地表现出忌妒心——这从她笨拙的动作、窘迫的眼神甚至有时还能通过偶尔出乎意料之外地说出的尖锐激烈的话语看出来，因为这类话语往往引得女王奥尔特鲁达困惑地盯着她。

寂静的夜晚，大地上浮动着一层金黄色的被温暖的水分包裹着的浓雾。太阳很快就西沉了。女王奥尔特鲁达和阿夫拉在国王花园明亮的林荫道上缓缓散步。她们周围的一切看上去都像是在寂静的梦里一般朦胧恍惚。在赤色的晚霞低低辐射和辉映下的大地和青草，全都现出一片漂亮的青红相间的色彩。树叶被染上了一层浅蓝浅灰的色调。

阿夫拉以赞叹的眼神深情地望着女王奥尔特鲁达并欣赏着她那正走在赤红色晚霞的余晖中的身姿。阿夫拉知道女王奥尔特鲁达内心正充满温柔的幻想，那幻想是被一个叫阿斯托利夫的少年侍卫可爱的形象给点燃的，正因为此，一向忧郁的奥尔特鲁达的双眼也才会如此充满憧憬地焕发出光彩。阿夫拉充满不安的心中既有微妙的郁闷，也多少有些忌妒。

女王奥尔特鲁达说：

“快看，阿夫拉，这里的土地是那么红，这里的绿荫又是那么绿！就好像前不久刚刚下过一场血雨，厌倦的大地尚未来得及把血都吸干似的。”

阿夫拉回答说：

“太阳透过火山灰和薄薄的轻烟显得是那么的火红。奥尔特鲁达，你那一身白衣服如火一样似乎在燃烧，都快成绛袍了。”

女王奥尔特鲁达心中，被杀和自行死去的人的形象再次浮现出来。一想起过去的罪过和残忍的事儿，她内心就感到悲伤和痛苦。人生是多么悒郁呀！

“我们全都是不幸和有罪的人，”女王奥尔特鲁达说，“就连我们脚下的大地都渗透着血液。可是，另一代人总归会到来——他们这些纯洁的人会在这个大地上幸福地生活下去的。”

给人以安慰的幻想啊，人们是多么固执地在把你呼唤，而正是忧伤给了你模样！

“这些幸福的纯洁的人总归会来的，”阿夫拉说，“其中原因恰好在于我们今天还活着。而他们将会是我们所想象的那样，因为我们的意志希望并且也愿意实现我们的理想。”

女王奥尔特鲁达接着快乐地对这番话做了一番发挥，为我们生活中的恶和不完善作着辩护：

“是的，阿夫拉，是这样，这令人高兴。原始野蛮的大地上野兽一般的凶残都被我们根除了，而那些在我们之后出生的人们，虽然我们自己也很凶，但我们毕竟在吸引他们从野兽奔向神祇。我们要把我们残忍的心灵改造为芬芳的花的呼吸，因为我们所做的令人感到羞耻的一切都会在我们极度痛苦的烈火中被烧得一干二净的。”

“我们所能提供给未来的一切，”阿夫拉说，“就只有我们严肃而美丽的工作和我们的追求所建立的功勋了。”

女王奥尔特鲁达带着幻想的神情说：

“我常常幻想的一个题目，就是关于一种严肃和美丽的教育的问题。”

“严肃的美的教育只有一个途径，”阿夫拉说，“那就是培养人们欣赏朴实裸露的肉体。”

“在我的学院里，”奥尔特鲁达说，“男女小孩会生活在一起，平常总是光着身子，就像初人在天堂里那样。红衣主教为此狠狠地把我训了一顿。”

阿夫拉不以为然地笑笑说：

“他无法理解也不愿理解尘世的天堂不在过去，而在未来的人类身上。光着身子的男女小孩就会和天堂里的初人一样纯洁朴实无瑕无辜，他们的裸体是合理的。”

“天堂就是一座站满了人的园子。”奥尔特鲁达女王轻声说道。

太阳已经出现在迷雾缭绕的地平线上。它那鲜红欲燃的光线既火热又令人悒郁，令人不由得忧心忡忡。女王奥尔特鲁达陷入沉思。稍顷，她问道：

“阿夫拉，你说，如果将来那些人心头燃起情欲之火的话，你说我们该怎么办？假如他们的血液里就渗透了情欲的话呢？”

“这有那么可怕吗？”阿夫拉说，“我相信大自然有治疗的作用。就让情欲和肉欲被点燃好了，假如即将来临的是一个严酷的充满激情的时代的话。情欲会在残忍中被消磨，严峻会变成欢乐。在残忍中被消磨的情欲会自行消灭。永远引导人类穿过黑暗走向前去的人类的理性，会引导人类穿过薄雾浓云走向真理永恒的光辉，而我们对之顶礼膜拜的最光明最崇高的智慧会晓谕我们——而它的话一点儿没错——激情洋溢的迷狂乃是净化人的火焰。”

女王奥尔特鲁达很高兴从阿夫拉嘴里听到这样的话，这话在她可爱的心里再次燃起了憧憬和欢乐之情。

“阿斯托利夫长得是多么美呀！”女王奥尔特鲁达充满憧憬地赞叹道。

女王真残忍！她还是和上次一样自己一点儿都不知道，这番话会多么严重地伤害阿夫拉的内心，在这个浓雾弥漫的夜晚如此精心地抚慰她心灵的阿夫拉的心。

“奥尔特鲁达，你喜欢这个小男孩吗？”阿夫拉问道。

阿夫拉的声音很严厉很严肃，她的眼里点燃起了嫉恨之火。

“我爱他，”奥尔特鲁达说，“我爱他，世上还从未有人像我这么地爱他。就好像是我的初恋，我好像是头一次知道什么叫做爱似的。可你为什么那么忧伤呢，阿夫拉？为什么你会用如此愤懑的嗓音问我这件事呢？为什么你的脸色这样苍白，神情这样严肃呢？”

阿夫拉没说话。她的眼眶里迸出了嫉恨的泪水。

“你在吃醋？”奥尔特鲁达忧伤地说，“你可真傻，阿夫拉！要知道我也爱着你呀。难道说我们的感情不是自由的吗？难道说我们的灵魂不是像世界一样宽广吗？它甚至比世界更大，能够容纳得下它本着自己的意愿所创造出来的一切。我爱你，阿夫拉。你也爱我吗？”

女王奥尔特鲁达温柔地靠在阿夫拉身上，热切地吻着她火辣辣的双颊，以及她那被泪水打湿的眼睛。

“啊，亲爱的奥尔特鲁达，我是多么爱你呀！”阿夫拉感叹道。

说着，便吻起女王奥尔特鲁达的手和脸来。然后，阿夫拉俯下身来，亲吻着奥尔特鲁达可爱的双脚脚面。

太阳隐没不见了，天很快就黑了下来。穿着一身白衣服的少年侍卫阿斯托利夫忽然无声地走到两人身边。他本来一直在沉思中忧郁地在林阴道上散步，看见暮色渐渐变浓，此时，忽然看见女王奥尔特鲁达和阿夫拉，已经离她们很近很近了。

阿斯托利夫看见了她们的亲吻，也听见她们相互之间的爱的表述。他连忙忌妒地哭泣着跑开了，他飞快的脚步踩在路上的沙土上煞像海水拍打着沙滩发出的喧嚣声。

阿斯托利夫刚享受到爱情的欢乐，眼看就要中断了。阿斯托利夫很快就被女王奥尔特鲁达热烈的爱抚给吓坏了，又被远处火山喷出的轻轻的烟灰给毒害了，他很快陷入悒郁之中。

奥尔特鲁达女王对于阿夫拉的柔情常常会加剧他的忧郁之情。阿斯托利夫心里点燃起了炽热的忌妒之火。他想起和阿夫拉的那次谈话，当时她曾说过，说她爱着奥尔特鲁达女王。

忌妒、为时尚早的爱情和良心的谴责——所有这些福利埃①们全都折磨着这位激情满怀的少年。

如今，被他杀死的伯爵夫人马格丽塔·卡迈始终不肯给他以安宁。有时候她甚至会在夜晚来造访他——在他睡觉的卧室门口发出呻吟。有时候，马格丽塔会在这座古城堡的暗道里像一个飘忽不定的幽灵一般从阿斯托利夫身边超过去，发出轻慢的笑声调侃着阿斯托利夫，对他说：

“你为什么要杀死我呢？奥尔特鲁达女王已经不爱你了。”

可奥尔特鲁达女王一天比一天更加强烈地感觉自己被阿夫拉所吸引。于是，最最充满温情的甜蜜的话语终于有一天被她说了出来。

阿斯托利夫对阿夫拉的感情可以说带有双重性：因为阿夫拉爱奥尔特鲁达，所以他恨她。而又因为奥尔特鲁达爱阿夫拉，所以他也爱她，除此之外，阿夫拉身上对他来说也还有另外一些迷人之处。

---

① 罗马神话中的复仇三女神之一，即希腊神话中的埃里尼斯。

表现阿斯托利夫的那幅画终于画好了。

“你喜欢不喜欢，阿斯托利夫？”女王奥尔特鲁达问道。

“啊，喜欢！”阿斯托利夫感慨道。

“这幅画有一个缺点，”奥尔特鲁达说，“这位少年幻想家身边还缺少一位少女。我要把你和阿夫拉都画到画上去。”

第二天，阿斯托利夫和阿夫拉双双站在女王奥尔特鲁达花园里那个僻静的地方了。这回，在这位年轻的幻想家眼前，出现了一个初生的少女，她对他微笑着，而他呢，也腼腆而又胆怯地望着她，因为她在召唤着他从幻想中回来，好从事一种他还一无所知的创造性的工作。对此，他与其说是高兴，还不如说是惊奇和赞叹——眼前这位初生的少女实在是太美了，可是，她眼睛里总有些什么东西令他感到害怕。

此刻，阿夫拉被晒得黢黑的身体比阿斯托利夫的身体，更令奥尔特鲁达发出赞叹。她的身体更完美。对此，阿斯托利夫也有所知，所以，在为忌妒而苦恼。

“你要像恋人一样望着她。”女王奥尔特鲁达对阿斯托利夫说。

阿斯托利夫沮丧地回答说：

“我又不爱她——她太胖。”

阿夫拉笑了。她的笑声把阿斯托利夫惹恼了。

“你说错了，阿斯托利夫，”奥尔特鲁达说，“她当然不像你那么苗条，可你要知道她不是小男孩呀。”

奥尔特鲁达对阿夫拉说：

“明天一早你一个人来。我又构思了另一幅画，那幅画你一个人当我的模特。”

“那这幅呢？”阿斯托利夫问。

“别担心，我马上就搞完。”奥尔特鲁达笑着说。

阿斯托利夫悲伤地走开了。

这天傍晚奥尔特鲁达对阿斯托利夫分外温柔。可阿斯托利夫却觉得她这只不过是出于怜悯才这么做的。

又是一个傍晚时分，青草和大地再次变得赤红一片。阿斯托利夫陷入忧郁的沉思中，在宫廷花园的林阴道上静悄悄地一个人走着。被金黄色的云雾包裹着的太阳向远方喧闹的海浪倾斜下去了。阴暗的花园里到处渗透着赤红的烟霭。一想起那天夜里的谋杀，阿斯托利夫便感到心情压抑痛苦。紧接着就听到一个人乏味而又单调的声音在他背后悄声说：

“你为什么要杀死可怜的马格丽塔呢？奥尔特鲁达已经不爱你了。”

阿斯托利夫似乎觉得身后传来什么人轻轻的脚步声——他转过身来，身后一个人也没有。一只什么鸟儿令人不快的尖利的叫声追逐着阿斯托利夫。有时候他甚至觉得他还能听见马格丽塔临终前嘶哑的呻吟声。

阿斯托利夫知道对于这些幽灵一般的追踪者来说，他是无处可逃的，这些清冷的平静的追踪者仅仅是为了折磨阿斯托利夫而已。

他忽然看见了阿尔东莎。他被吓了一跳，一个短促的念头浮现在脑际：“阿尔东莎怎么会在这里呢？她不是早就被吊死了吗？”

阿尔东莎胖乎乎的、双颊红通通的，她生前可从来没有这么丰满漂亮过。她直视着阿斯托利夫的眼睛，发出无声的笑声，整个身子都由于笑而颤抖。起先，阿斯托利夫只能看见她的面部。他感到奇怪的是为什么阿尔东莎会身子紧贴着寂静的青草，因此看上去那么低矮。可是，随后他便从赤红的迷雾里分辨出了阿尔东莎的整个形象了。只见她蹲在花坛上，正在浇花。

阿斯托利夫吃惊而又惊恐地望着阿尔东莎。但他克制着自己的恐惧感，走到阿尔东莎身边，问道：

“你怎么到这儿来了，阿尔东莎？你在这儿干什么呢？是谁让你进的园子呢？”

阿尔东莎用一种酷似黑鸟儿的不祥的嘶鸣一般凶横尖利的声音回答道：

“关你什么事儿！他们把我给绞死了，所以如今我可以随便到任何地方散步了。这次他们不会杀我了。”

阿斯托利夫画个十字，惊叹道：

“我以主的名义诅咒你——快点儿消失吧！”

阿尔东莎忽然像雪一般化了，去得无影无踪了，就好像压根儿没有她这么个人似的。阿斯托利夫心中只留下一丝奇怪的愁闷感。

阿斯托利夫既吃惊又苦闷地回了家。他想："她是来叫我的，她喊了我的名字。她那粗陋的存在的形象是在告诉我，是在要我明白我已经没必要活下去了。是的，"阿斯托利夫心想，"应该爱人，应该幻想，应该创造，——可活在这个世上却没必要了。"

阿斯托利夫的整个一生此刻一下子就变成了临终前的苟延残喘了。

如此可爱欢乐的生活难道竟要否定它吗？如此美丽的土地——难道要把它丢弃吗？尘世生活洋溢着如此轻松甜蜜欢快的空气，难道也没必要再呼吸它了吗？"

最后阿斯托利夫还是决定自杀。他心里苦闷地想："我是自觉自愿死的，这可和卡尔·莱默斯的死不一样。谁都不知道我是自己把自己给整死的——所以，那些残忍凶恶的家伙们是不会因为我的死而归罪于我那亲爱的、虽然有些不够忠实的奥尔特鲁达的。"

夜里，女王奥尔特鲁达正在等待阿斯托利夫到来——可怎么也等不来。

原因不明，苦闷寂寞，奥尔特鲁达像一个静静的幽灵，一个人从一个房间到另一个房间游荡。在她床头的茶几上，她看见一个白白的纸片的边角在一本书下面露出来。奥尔特鲁达走近前来。这是一封信。

一种悲伤的预感攫住了她的心。她读完此信。原来，信是阿斯托利夫写来的。信只有两句：

你已经不再爱我了，——这叫我在世上怎么活呢！

此外没有别的话了。甚至连落款也没有。

受了惊吓的奥尔特鲁达打发人去问一问阿斯托利夫是不是病了。可是，他家里人关于他简直一无所知。家人只知道他和几个同伴一起去山上散心去了。

深夜人们把他的尸体运了回来——以及和他相关的那件悲哀的不连贯的故事。

小男孩们在悬崖顶上的草地野餐，从山顶上可以望见远方群岛的海岸和大海。大家全都高高兴兴的。忽然发生了一件不幸的事儿。阿斯托利夫忽然走到悬崖边上，似乎想看一看下面的海滩。同伴们冲他呼喊着，只见他转过身来，不小心做了个什么动作，便从悬崖上掉下去了。等人们找到他时他已经死了，脑袋在岩石上被摔碎了。

于是，又是棺材，又是人们在棺材前的哭诉。

阿斯托利夫面色苍白地躺在棺材里，他显得很美丽，身上散满芬芳的白色的花朵。女王奥尔特鲁达亲自来为他哭了一场，并不想隐瞒自己的哀伤之情。

特奥巴尔德·涅利塔被哀伤折磨得都快要疯了。难道一个这么古老这么光荣的家族竟会是这么阴郁的下场吗！如今，还有谁来继承国王城堡的钥匙，谁来保守地下通道这个秘密呢？

维洛尼卡·涅利塔也在儿子的墓前号啕痛哭了一场，但表演性实在太强了。人们很可怜她，但许多人在对她的怜悯中明显渗透了轻蔑的嘲讽之意。维洛尼卡·涅利塔还很年轻，丧服穿在她身上似乎也非常非常合适。使许多人吃惊的是，过了几天后，她就由于想念儿子而死了。人们都说维洛尼卡·涅利塔是服毒自杀的。

66

德拉戈涅尔岛上火山的喷发越来越严重了。从前，那浓重的烟云毕竟需要好几天时间甚至整整几个礼拜，才能从火山顶上那双重的山峰上消散、消弭并彻底消逝。如今火山喷发几乎天天发生。这座火山已经静静地沉睡了好几个世纪了，只是偶然才喷一些烟灰，可如今，这座火山却以其阴暗的固执和坚韧，以其如烟的叹息以及无以穷尽的愤怒而使人吃惊。

火山附近，从这座岛的岸边和德拉戈涅尔城里看，火山的烟灰显得更加稠密发黑。看起来火山似乎是在用它那顶毛茸茸的黑帽子把笨拙的山峰笼罩起来，而在那顶帽子上面，被远远抛在风中的火山，抖动着一根长长的黑色的羽毛，像是从一只巨大的栖息在云端的鸟儿身上拔下来的。从远处看去，这一缕轻烟和从前一样显得轻飘飘细溜溜的。

在联合群岛王国的所有地方如今都可以看到一切奇特的令人颇为不快的变化。一种苦涩的味道充斥全国，而且变得日益辛辣浓烈了。白天变得灰暗了，赤红的朝霞也像死者脸上的红晕一般持续不了多久。群岛从前那些五彩缤纷的景致起先被点染了一些橙黄色，而如今则变得灰蒙蒙的了。

在德拉戈涅尔岛上出现了一种具有极大威胁性的现象——来自地下的轰隆隆的响声和大地微微的震动。火山脚下和山坡上有几座房子倒塌了。这座岛上的一些村民们和德拉戈涅尔城里的居民已经对火山爆发感到忧心忡忡了。这样一来，一种前所未有的惊恐不安的感觉攫住了被吓得六神无主的德拉戈涅尔的居民们，从前那种无忧无虑的神情再也看不见了。

人们开始用各种各样的方式回忆或是议论一些关于被火山灰淹没的城池的老故事。报刊杂志上纷纷登载讲述历史上著名的地震和火山喷发的记载。

中学生们纷纷喜气洋洋：如今就连那些成年人们都十分喜欢听他们根据课本或原封不动从尽职尽责的女教师口中听来的关于赫库兰尼姆城和庞贝[①]的故事，索多玛和蛾摩拉[②]，关于被大洋吞没的大西洲，关于在古代城市所在地进行的发掘，甚至，还讲述有关世界大洪水、关于巴比伦式的淫乱和初人被逐出伊甸园的故事。

在各家各户，人们都只谈论火山的话题。这种议论加剧了普遍被压抑的恐慌心理。家庭生活变得越来越令人难以忍受了。女人们在哭鼻子。男人则和女人吵架并相互争吵，人们陷入绝望的淫乱之中。

小男孩们无论在什么地方永远都无忧无虑轻松活泼，此刻却变得懒洋洋的，并且开始拼命地胡闹。每天夜里他们成群结伙地从父

① 赫库兰尼姆和庞贝，是古罗马的两座城市，公元七十九年八月二十四日维苏威火山喷发而被火山灰埋没。

② 索多玛和蛾摩拉，源自圣经传说中由于罪恶被毁的两座城市。

母家里秘密地跑出来跑到火山顶上，为的是在太阳出来之前能跑得离火山口更近一点儿。孩子们回家时身上的衣服破破烂烂的，脏兮兮的，手脚都被烤坏了，于是家长们会在家里狠狠地把他们揍一顿。

小女孩们则变得神经质起来，她们爱哭，并且大多爱上那些无法无天的男孩子了，男孩子在她们眼里不啻是如今的大英雄。成人们都忙得顾不上关心孩子的事儿。被恐惧感压抑的父母们几乎把孩子们的存在给忘了，甚至就连学校里的男女教师们也一连数小时坐在教研室里东拉西扯地议论着火山的事儿。

吝啬的农民和山坡上分布的葡萄园园主们如今简直不知道该干什么好了。自私心把他们捆绑在他们从其祖先那里继承来的、世世代代辛勤耕种的、土地肥沃的火山山坡上的园子里，而恐惧却驱赶着他们尽快逃离这里。可是，往哪儿逃呢？逃到其他小岛上吗？为此他们得把自己的家园和土地都卖掉，可是，如今谁还会收买一块坐落在苏醒的火山山坡上的土地呢？即便有人买，那也只愿意出半价。

天主教神父们在德拉戈涅尔组织了游行，为的是以强化的祈祷来安抚愤怒的老天爷。虔诚的女人们祈祷圣阿加塔[①]平息那座老火山的怒火。

当地报纸更加强化了惊慌不安的感觉。记者们们很高兴能有机会捞外快：报上每天都登载有关火山状况的消息或与此相关的文章。因此，报纸的印数急遽增大，这要比战争、暴动、轰动一时的法庭审讯或其他绯闻闹剧更加轰动，所以，报纸的发行量也成倍增长。

德拉戈涅尔城里的街道和广场也变得人心惶惶了。街头演说家们震耳欲聋地威胁神父们和首相。他们的抨击也部分涉及女王奥尔特鲁达和坦克连德王子。

人们在街头常常会因一些微不足道的小事儿而发生斗殴。工人和警察的冲突又一次开始了。

德拉戈涅尔城里以及这座岛上的乡村城镇里开始常常举行群众

① 圣阿加塔，传说中的基督教女圣徒，殉教士。

大会。一些最激烈的决议也常常在此类群众大会上通过。人们谴责政府不采取任何措施。

人们在报纸和群众大会上要求政府给予迁徙居民以资助，要求政府出面强制疏散那些愿意离开这座危险的岛而迁徙到其他岛屿的人们，并给他们分配土地。菲利普·梅齐奥的报纸在要求迁徙的问题上尤其卖力。在这家报纸上，除了有关火山的带有宣传性质的文章外，还登载了经过仔细研究制定的把受到威胁的岛上居民迁徙到全国其他岛屿上的计划方案。

政府并不急于采取什么措施。维克多·洛连纳对于火山的危险性知道得再清楚不过了。可是政府对此又能有什么办法呢？预算是受支持舰队和海外事业的需要所限的。国库里没有足够金钱可以支持政府采取任何大规模的激进措施。况且人们都担心国家向私人土地所有者收买土地可能会成为土地民族化或社会化的开端。人们都以为只要在这方面向前迈进一步，这一运动便会以其自发的力量席卷全国。

在德拉戈涅尔议会里缺乏强有力的辩护人，所有来自德拉戈涅尔的议员都是反对派。

奥尔特鲁达女王坚决主张必须采取一些必要的措施。维克多·洛连纳给予她的答复模棱两可。最后，奥尔特鲁达要求部长会议必须立刻着手研究如何帮助危险岛屿上居民的问题。奥尔特鲁达女王坚决地说：

“我认为这个问题是不可拖延的。假如内阁和议会有不同的看法，那我认为必须将此意见告知国民。在这种情况下，我将不得不下令组建新的内阁，并委托菲利普·梅齐奥先生着手选举新的一届议会。梅齐奥医生有一个现成的如何帮助德拉戈涅尔居民的措施草案。”

维克多·洛连纳平静地反驳道：

“我和我的同事们随时准备根据陛下您的命令交出自己的权力。但我认为我有责任向您提出，陛下，要在此刻进行重组国家政权的这一实验是十分危险和不便的。”

奥尔特鲁达女王愤怒地说：

“那些希望今后一切如故的人就总是这么说的。在安定时代他们说不需要变革，人民生活很富足，因此生活很安定。可当人民开始骚乱时，他们又会说必须等待人民自行安定下来，只有那时才可以搞改革。可等到付出血的代价人民安定了，他们又唱起了老一套。”

维克多·洛连纳恭恭敬敬地听完女王的话，又说：

“政府和议会正在努力按照人民的利益和意愿行动。我丝毫也不怀疑新的选举仍然会把从前的大多数人带进议会。如果陛下要菲利普·梅齐奥掌权，他反正也无法保持其权力的。这个国家无法经受也不愿意进行危险的社会实验。梅齐奥医生更不会指望在议会里能取得偶然和临时的多数派，因为近来他的观点发生了显著的变化，他已经开始从社会主义转向工团主义了。近几天他的报纸登载了一篇文章，该文引经据典而又十分俏皮地证明只有工团主义运动才能避免肮脏的议会泥潭。”

“无论如何我们都不能不作为。”奥尔特鲁达女王说。

“陛下，请您相信我，我们并没有不作为，”维克多·洛连纳反驳道，“陛下您的政府对于这个问题是高度关注的。我们认为此时不宜采取一个未经仔细斟酌的决议。可是，根据陛下您的吩咐，如果您对我和我的同事们失去信任的话，我会在不超过一昼夜的时间内向您提交政府此时应当采取何种措施的报告。”

维克多·洛连纳不知为什么从未想到菲利普·梅齐奥有一天会成为政府的首脑。他从奥尔特鲁达的话里得出的结论，是这个资产阶级国家正在面临空前的危险。维克多·洛连纳丝毫也不怀疑，菲利普·梅齐奥要是上台当了首相的话，他甚至敢于践踏国法。“无论如何，”维克多·洛连纳心想，“菲利普·梅齐奥急切地想要利用宪法的相关条款，这些条款规定：国王在危机局势下，在议会休会期间，有权采取极端措施颁布法令，这类法令在议会开始执政之前具有同等的法律效力。如果说这一条款迄今为止一直都只对社会上那些具有反动情绪的阶层有益的话，那么，无可置疑的是，这一条款有利于民主派的那一时刻也总会到来的。”

维克多·洛连纳明白现在必须采取即使不是实际有效、那也得是一些只作表面文章的措施以帮助德拉戈涅尔岛的居民们了。

然而，此刻在整个联合群岛王国上下都已开始一场令人烦躁不安的骚乱。

在乡村城镇里到处流传着一些荒谬的谣言。一些癫僧和乐天的预言家们在大路上和村镇里游荡。那些人中颇有几个对自己所负有的使命有着真诚的信仰。而多数人却是些懒洋洋的、自私自利的骗子而已。他们留着长长的大胡子，手拿巨大的手杖，把一些举止轻浮的人们聚集在自己身边，讲述各类可怕的事儿。他们开始执拗地讲述什么联合群岛王国全国都会很快死于火山之灾的。

城里的骚乱比乡村更厉害。城里颇有一些人相信这样一种荒谬的预言，说什么整个群岛很快会被海水淹没。和平常一样，尤其是女人们更容易相信这种荒谬的传说。

许多有钱的富人纷纷逃往国外。甚至就连那些根本就不相信全国会毁灭的人也在逃离，他们担心一旦德拉戈涅尔发生不幸，全国上下会充斥一群群无家可归的流浪汉和饥饿的人群，这样一来抢劫和杀人便会盛行起来。许多人由于恐惧而发了疯。

帕尔马比其他城市骚乱得更加厉害。这里经常发生一些街头骚乱事件。大街和广场上无论日夜都是一片喧嚣和吵闹声。家家户户妇女的哭泣和孩子们的号啕哭喊日夜不停。这个美丽国家的心脏开始被苦难所折磨。

城里没有一天不举行十字军远征。时而这里时而那里都会有一些忏悔者们举行的疯狂的游行，发出疯狂尖利的叫声和野性的呐喊。广场和满是人的大厅里响起了那些迷狂人的呐喊声——有时候那些话简直毫无条理——是些新出道的男女先知的布道辞。他们以神祇的怒火要挟并号召人们忏悔。

甚至就连激进派报纸有时也神神叨叨地登载一些奇特的先知式文章，胡说什么这个欢乐的帕尔马城、充满罪孽的首都很快便要被淹没在海浪下面了。

在这次骚乱和激动中，普通民众中开始流行一些迷信的对于奥尔特鲁达女王的希望。人们都说：

“如果奥尔特鲁达女王愿意的话，她会对火山施魔法，火山会平静下来的。她能做到这一点。只要她愿意的话。”

怀疑论者则问：

“如果奥尔特鲁达女王可以这么做的话，为什么她到现在还不作为呢?”

对奥尔特鲁达女王充满信任的人则这样回答他们：

“我们的奥尔特鲁达女王对于自己丈夫的背叛还很伤心，这位可怜的女王此刻心里还在为此感到愤怒不已。正因为此，一向听从她的火山也才不停地冒烟，正因为此，天空也才会被迷雾浓云所遮盖。可是，只要奥尔特鲁达女王一旦爱上另一个人，心灵得到安慰，她会高高兴兴地走向火山，对火山开口说话的。”

奥尔特鲁达女王忧郁地想：“我可怜的人民啊！我这愚蠢的人民啊！我这像小孩子一样天真的人民啊！他们是多么害怕死亡呀！他们是多么渺小呀——可他们又是多么向往自由呀！”

悲哀的愁云又一次覆盖了奥尔特鲁达女王的头顶。人民迷信的嘀咕声以及他们那疯狂的希望的声音传到她耳朵里了。她心想：“我会按照他们的意愿做的。我会走到火山跟前，用魔法迷惑住它的，如果万一不行的话，我就去死。”

在阿斯托利夫死后，奥尔特鲁达女王觉得死亡的想法令她感到很愉快。

在阿斯托利夫死后，奥尔特鲁达女王身边还有什么人呢？她还得走过多少凡人应走的台阶呢？

阿夫拉依然忠实于奥尔特鲁达女王。阿夫拉仍在安慰着奥尔特鲁达女王。

喏，要达到死亡，她还剩下一层台阶，那就是少女阿夫拉。随着阿夫拉的形象，一种沉重的对于悲哀的忘却如一片浓云沉降在奥尔特鲁达女王眼前。在这片愁云中，她对阿夫拉的一片柔情如一轮赤红的太阳一般燃烧着，发出晦暗的光芒。阿夫拉的每一个动作都引起奥尔特鲁达女王的赞叹。她不绝口地称赞阿夫拉，而且能找到这么做的一千个理由。而阿夫拉说的每句话都使奥尔特鲁达欣喜不已。

可是，奥尔特鲁达知道阿夫拉很快便会死的。奥尔特鲁达心想随着阿夫拉的死去，她最终获得解放的时刻也将要来临了，于是，她怀着野性的急切之心期待着这一死亡的来临，以便履行自己在这个尘世间的最后一件事——这事是好是坏又有什么要紧呢！那就是对这些可怜的人民的爱的功勋。

奥尔特鲁达女王温柔地亲吻着阿夫拉，对她说：

“跟着我，不要丢下我，不要离开我的身边吧。”

阿夫拉轻声回答说：

“人们将来会因为咱俩过分友好和亲近而谴责咱们的。他们无法理解这种友谊的。有人会说这种友谊是一种罪恶，还有人会认为是一种错误。”

奥尔特鲁达女王愤怒地感慨道：

“罪恶！原罪！对我来说，反正都一样，那些恶人们究竟说我们什么，反正都已经无所谓了！”

阿夫拉笑着说：

“那是些善良的人呀！”

“那是些愚蠢的人！”奥尔特鲁达反驳道，“他们是一些死者和活着的人的奴隶。他们只会重复死人的话。”

67

维克多·洛连纳实施了女王奥尔特鲁达的意愿，在内阁会议上讨论了火山问题。第二天一早，维克多·洛连纳来觐见女王奥尔特鲁达，并告知议会的决议——任命一个学术委员会到德拉戈涅尔岛考察火山。

女王奥尔特鲁达嘲讽而又忧郁地笑了一笑。她静静的笑容不由自主地凝成一种嘲讽。她低声说道：

“已经晚了。”

维克多·洛连纳耸耸肩膀，说：

“除此之外我们还能做什么呢？”

“应当把住在火山附近的人全部都迁徙到别的岛上去，”女王奥尔特鲁达说，“报纸上关于这件事儿已经说了很多，说得足够详细的了。”

“这得迁徙好几百万人呢，”维克多·洛连纳反驳道，“在得到委员会最终决议以前，我们是无法得知这数百万开销究竟是否必要，是不是有必要把这笔钱存起来，以便花费在更具有生产性的项目上。”

女王奥尔特鲁达问道：

“这么说，洛连纳先生，我们得等待下去吗？”

“是的，陛下，”维克多·洛连纳回答说，“等待，这是处在如此困境中的我们唯一能做的事儿。”

“洛连纳先生，事情本身不允许我们一味等待下去的。”女王奥尔特鲁达忧郁地说道。

第二天，在政府公报中公布了女王关于任命一个到德拉戈涅尔岛调查火山情况的委员会的命令。命令中表达了女王奥尔特鲁达的这样一个信心，即委员会的学者及其著名的成员们不会辜负国家的期望和女王的信任，会尽快并认真地完成委托给他们的这一具有重大责任的使命的。

在同一道命令中还列举了一些被列入委员会的成员名单。该委员会主席是海洋学院院长、帕尔马科学院院士、帕尔马大学教授、物理学博士阿里戈·阿尔根托。这是一个非常正直的学者，但也是一个极具虚荣心的阴谋家。他在帕尔马学术界占据着非常显赫的地位，身上挂满了各种勋章，人们早就在说他只要一有机会便会成为首相的。

该委员会委员中还有一些教授和科学院院士：有全欧洲知名的天文学家，以研究月亮上的火山口以及金星上的气候而著称。此外还有一个分外诚实但非常愚蠢的地理学家——他是个非常狡猾的说谎者和钻营仕途的家伙，化学教授以及其他几个人，那几个人说不上有什么才华，但也无所谓没才华——灰扑扑的没有什么特点。委员会里多数委员都很愚蠢，是些非常迟钝的学究。但是，他们全都非常非常自信，并且总以为他们所搞的科学会把他们抬举到全世界的面前。

对他们的迎接送行都组织了盛大的仪式，举行了盛大的宴会，发表了盛大的演讲，敬献了繁盛的鲜花，发出了盛大的欢呼和喝彩。

女王奥尔特鲁达仁慈地接见了这个委员会的所有成员并赏脸和他们进行了亲切的谈话。这一仁慈的接见搞得这些先生们头脑很久都在发晕，并且终生都对这件事儿充满感激之情。

维克多·洛连纳为了庆祝委员会的成立为委员们举行了盛大的宴会。参加宴会的有各部部长及许多议员和太太。

宴会结束后维克多·洛连纳抓住方便时机把委员会主席叫到一边。

“亲爱的教授先生，”维克多·洛连纳对他说道，“如今全国人民都在注视着您。我相信这一任命使您得以有机会为您的荣誉增加新的桂冠。对此感恩戴德的祖国是不会忘记您的功勋的。”

所有这一番话都可以大声说出来而无所妨碍。阿里戈·阿尔根托明白更重要的话还在后面。为了以防万一，他回答维克多·洛连纳道：

“我感到自己荣幸之至，因为，无比尊敬的首相先生，您的选票最终正是落在我身上了。我会尽我的绵薄之力和有限的知识来为……”

“啊，您实在是太谦虚了啊。”维克多·洛连纳打断了他的话。

他富于表情地和教授握了握手，然后用意味深长的语气说：

“您的使命会安慰人民的。”

这位狡猾机敏的学术活动家对此心领神会，他明白这简短的几句话里就包含着他即将展开的全部工作的全部大纲。“安慰人”就是这么几个不起眼的小词儿以后应当给它穿上华丽的似科学性论据的外衣。

阿里戈·阿尔根托说：

“我们要尽心竭力以最大努力完成您的任务。对此，您尽可以放心，亲爱的首相先生。”

学术委员会很快便出发前往德拉戈涅尔岛。

死板的教授们的学究气实在令人感到可笑。由于一种奇特的巧合，所有委员全都戴着眼镜，脸色全都发黄，脸上全都刮得干干净净。等到上了船，只见他们全都穿着灰色的披风戴着黑色的宽檐帽。每个教授都由夫人和一位年轻漂亮刚刚开始学术仕途的副教授相送到码头。而每个这样的副教授又都带有一个助理副教授，但这类年轻学者清一色都不成体统。

在码头上在轮船离岸前每个教授都会忘记一点儿什么事儿，时而这个时而那个，学者会心急慌忙起来，要求轮船返回码头去。在每个学术同伴遇到困难的场合下，船上和码头上前来相送的所有人包括所有教授和副教授，每次都会参与解决每一位学者同事遇到的难题。每次都会掀起一场喧闹，为了每个教授，轮船都会重新返回码头。有一个非常漫不经心的教授竟然迫使轮船返回码头两次。

当轮船最终驶离岸边，而且船已经驶到无法分辨究竟谁在码头上挥动白手帕的距离时，在学者群中流传着一个传言，说一个面貌丑陋但却给人以希望的副教授把他妻子的肖像忘在码头上了。这个不幸的年轻人不敢表现出慌乱的样子。他只是一声不吭地哭鼻子，把泪水抛洒在船舷外，以便不致让泪水污染了某个教授。他的庇护人是一个善良的月面学家，替他着起急来，这就带动了所有学者，于是，轮船不得不再次返回码头。

随后，船上的所有学者们仔细地端详着这位副教授未婚妻的肖像。学者们精心而又尖刻地对这位副教授调侃着，为此不惜大量动用拉丁语和古希腊语的表达法或物理学数学的科学术语。副教授脸上泛着幸福的微笑，他那尖细的鼻子由于刚才的哭泣而显得红扑扑的。

委员会终于彻底离开码头，轮船冒出的烟很快便沉没在地平线以下了。

在人民中，在社会上人们怀着急不可耐的心情在期待着委员会的最终说法。人们对这一举措寄予很大的玫瑰色的希望。一个表面如此辉煌出色的科学界精英团队居然会对可怜的普通人一无所用这似乎怎么也说不过去。

在各家小酒馆里人们在纵情歌唱着内容欢快的叠句。

委员会刚刚登上德拉戈涅尔岛，有关委员会各类工作的各种传言就开始到处流传——一些十分荒谬十分奇特也十分糊涂的传言在人民中和社会上口耳相传。许多人认为学者们有能力让火山听他们的话——不是把火山焊住，就是往里浇注点什么。宫廷里人们在轻佻地议论和笑谈这些学者们的风度，调侃他们的近视和好忘事儿。

大家全都一致同意并且认为委员会在当地的工作是很辛苦的。他们一大早就带着一大堆工具出城攀登火山，晚上很晚才带着一大堆草草绘出的草图、标记和数据回来，午饭时刻所谈论的也都只和工作有关，而且每天晚上还要面对文件工作到深夜。

只要委员会在工作，那么全国相对而言就比较平静。在此期间，有一段时间内甚至就连先知们也不做声了，在教堂里也没有那么多宣道的妇女了。

三周之后委员会回到帕尔马，于是，码头上再次聚集起了人群——人们都想瞻仰一下学者们的风范。委员会的学者们脸上都现出一副自满的神气 他们的脸色是那么兴高采烈，可以说达到一个学者的面目所能达到的极致了。

委员会的返回在全国掀起了一场热潮。大家全都热切地期待学者们将要说出的话语。而委员会呢，当然也力图安抚人民。他们回想起了首相当初的教训。要知道他们在当地的全部工作都是在这一指示的指导下进行的呀。

报纸的记者们围攻着委员会的委员们——并且也得到了最安抚人心的消息。委员会主席以宽容的神情拍拍记者的肩膀，说：

“你们可以放心，不会发生任何危险的。在我们的正式报告里对这一点论证得十分详尽。因此，年轻人，这就打消了您想要靠出色地描写地震和火山爆发这类灾难出人头地的希望了。”

说着，便像一个非常风趣的人那样笑笑。

天文学家也说：

“我想告诉您的是——根本不可能发生喷发。您问我我的结论依据的是什么，这就是我的依据：德拉戈涅尔火山口的形状和月亮表面火山口的形状完全一样。此外还有许许多多类似的特征，此外却几乎没有一个——请您注意这一点，没有一个——区别点呀。至于说科学界有关月亮上火山的形状究竟知道些什么，月亮上从未有过喷发现象，我们已经观察到的月亮上火山口外形唯一一次可见的变化曾经被解释成是喷发造成的结果，但后来证明是一个绝对的错误。因此，在德拉戈涅尔也是不会发生喷发的。看样子这是清楚明白和无可辩驳的了。因此就请您在你们那份可敬的报纸上报道一下吧。”

地理学家说：

"我完全赞同我许多同事关于火山不可能喷发的意见。我甚至可以告诉给您更多的依据。我所进行的调查让我确信火山即使喷发也是不会危及居民生命安全的。熔浆毫无疑问会从旁边流过，顺着山坡往下流淌，那一带没有居民点，因此可以很顺利地流进海里。"

化学教授说：

"严格地说，火山喷发已经发生过了，如今它正在结束期。喷出了好多火山烟灰，许多火山岩渣和火山岩浆，它们会逐渐在大山的皱褶里冷却下去的。再不会发生什么事了。因此，对于这座美丽小岛上的居民来说，可以说一点儿危险也不存在了。"

"一点儿危险也没有了！"委员会其他成员也随声附和道。

委员会成员返回后的第二天一早，在新的一期政府通报中就发表了该委员会的简明报告——收集了该委员会个别委员的意见以及对这类意见的详尽论述和汇总。所有这一切材料可以构成分量颇重的一本书，为了使该书能尽快与读者见面，人们把它分成几部分分别在几家印刷厂印刷出版。各家印刷厂所用字体略有差异，但在令人安慰的结论方面却达到了空前的一致。

维克多·洛连纳得意洋洋了。被蒙骗的人群聚集在印刷厂周围。由该报告印出的第一批书马上就被抢购一空，于是很快就不得不再印刷第二版。帕尔马的院士和教授们所出版的著作还从未获得如此辉煌的成功呢。

显然，委员会的报告使得大多数人欢心异常。只有为数不多几个人表示怀疑，但在最初几分钟内他们的声音几乎被淹没得无声无息。

委员会成员举行盛大宴会以示庆祝。根据内阁会议的提名，女王给所有委员颁发了奖章。所有委员从此开始闻名遐迩。举办晚会、舞会和宴会邀请委员会成员已经成为一种新的时髦。因此，就连那些丑陋的副教授们也得以节省一大笔伙食费，但却在化妆上颇浪费了一笔。太太女士们争相向院士和教授们献花，可爱的小姑娘们尤其是青年女学生都纷纷爱上了这些学者们。也正因为如此，每位教授夫人都和她们的丈夫大闹了一场。而每一个面貌丑陋的副教授都在最短时间内成为已婚者。

由于这一令人无比欢欣的消息传遍全国各地，所以各地都在举行民间庆典、演戏和游戏活动。家家户户的墙上都悬挂旗帜，像在举行盛大民族庆典的日子里一样。街道和广场上举行晚会、夜间舞会，年轻人欢快地在人行道边跳舞欢歌。

所有小酒馆里的人们都在唱着嘲弄胆小鬼的小调。不过话又说回来，有时候人们也会唱《神圣的朴实》里的一些小调以嘲笑那些变戏法、吞火以及黑白两道的学者教授们。

荣誉也有其令人不快的一面。阿里戈·阿尔根托先生和他的学者同事们有一次在街上被孩子们给包围了。破衣烂衫的孩子们欢叫着迎接委员会成员：

“火山的镀锡工人们万岁！”

“大山的焊工万岁！”

“吞烟灰的人万岁！”

菲利普·梅齐奥的报纸和《神圣的朴实》中的大字标题新闻非常严肃地报道了这帮愚蠢的孩子们中的一些人。其他人不过是在玩闹罢了。可要取缔他们也不可能——警察对于和孩子打交道感到害羞。

可火山冒烟却越来越厉害，因而德拉戈涅尔岛的普通居民一点儿都高兴不起来。

菲利普·梅齐奥发表了一篇非常尖锐的抨击委员会结论的抗议文章。根据这家报纸的话，这个委员会所持的那种对于人民极其有害的过分的乐观主义，是受到政府授意的。政府担心那些好精打细算的资本家会不费吹灰之力把钱赚到口袋里去，所以下不了决心把居民从德拉戈涅尔岛上迁徙出去。

于是产生了一场令人忧心忡忡的争论，很快所有报刊杂志以及所有学术界都参与争论。被收买的官方出版物开始疯狂地反击菲利普·梅齐奥的报纸以及其他一些社会主义和民主主义倾向的机关刊物。一些受雇的作家谴责自由派，说他们在人民中制造了恐慌，这是为了其政党的目的有意利用人民的骚乱。

68

深夜女王奥尔特鲁达、阿夫拉和捷列济塔通过地下通道来到了阿拉明塔秘密宫殿。阿夫拉和奥尔特鲁达都既兴奋又有些心虚。她们那勇敢而又令人心悸的计划使她们沉入醉醺醺的野性的迷狂之中。

她们光着双脚走在冰冷的石板地上，身上都披着古希腊式的白色长衣。一盏灯红红的光线照亮了她们所走的那条路，走在前面的捷列济塔手里拿着灯。在这位忠实仆人那粗陋漂亮的脸上洋溢着欢乐和骄傲的神色，因为女王奥尔特鲁达前几天把地下通道的秘密托付给她了。仆人那强壮而苗条的身体一丝不挂。奥尔特鲁达和阿夫拉怀里都捧着一篮刚摘下的红玫瑰。阿夫拉高兴地说：

“现在就剩下咱们自己人了。一道守护你的名字——阿拉明塔——的秘密的门，把我们和与我们格格不入的世界隔离开来。”

这里处于地底下很隐秘，隐蔽得就像一个人内心阴暗的深处一般。的确，这地下宫殿是另外一重世界，有着另外一种生活。在这堵高高的黑墙内部，只有欢乐而阴郁的阴间的太阳在照耀着。在走入地下宫殿里的人的头顶上，是另外一片天空，照耀他们的是另外一个太阳，那就是鲁切扎尔尼那个温柔的发光体。

奥尔特鲁达和阿夫拉心里都既欢乐又不安。在她们的欢乐里掺杂着苦涩忧愁的话语——女王奥尔特鲁达对尘世的欢乐总是不大敢于相信。

阿夫拉说：

“亲爱的阿拉明塔，你很兴奋，可似乎又在不知为什么而悲伤。”

女王奥尔特鲁达忧郁而又温柔地望着阿夫拉对她说：

“亲爱的阿夫拉，就连你也总有一天会欺骗我，背叛我，离开我的。你会和另外一个人或是和永恒的姐妹离开我。不骗人的只有一个死神罢了。”

“亲爱的奥尔特鲁达，”阿夫拉说，“我对你永远忠诚。”

“在这座阴暗的地下宫殿里，你是我忠实的朋友和忠诚的伴侣，”奥尔特鲁达说，“但对我最忠诚的是死神。死神从不骗人。只有死神不骗人。”

女王奥尔特鲁达的嗓音听上去很欢乐也很忧郁，声音悒郁地回响在这座古老宫殿的穹隆里。

阿夫拉悄悄重复道：

“死神不骗人！”

地下宫殿深处很远的地方有一个古老的静修室，离门很近，从一个山洞通向海边。这是这座宫殿里用石头砌成的一个地下室。一道宽阔的石头台阶从这个古老的洞穴通向地下洞穴的水边，正对着处于昏睡中的国王码头。

女王奥尔特鲁达和阿夫拉在捷列济塔的帮助下前几天在这座洞穴里安排了斯维塔扎尔内殿。她们还把一些用于举行仪式和崇拜的东西运到那里。此刻她们正急急忙忙奔往这座多神教的神庙。比她们先到一步的捷列济塔此刻正站在神庙冰凉的石门跟前等待着她们。她一动不动地凝然站在门口，一缕缕漂亮的烟云在她那黝黑的脸庞上缭绕回旋。

女王奥尔特鲁达和阿夫拉在这里停下脚步。捷列济塔帮她们脱掉白色的长衣，然后把衣服放在门槛的石头上。她们那裸露的躯体的美色，衬着这僻处于地下的黝黑而美妙的穹隆，令奥尔特鲁达和阿夫拉都高兴得心花怒放，这样的心情她们在地上可从未体会过。她们开始争相向对方倾诉着喜悦温柔的情话。

然后两人高高兴兴地走进静修室，一声不吭的捷列济塔也跟在她们身后进了门，站在门槛上。她们向一个坐落在西墙边的立方体石头上撒着热烈火红的玫瑰花。

那块黑色的石头后面有七个烛台。女王奥尔特鲁达点燃了七支红色的蜡烛。红色的烛光照亮了矗立在黑色石头上的一尊光着身子的少年雕像。鲜红的活生生的肉体温暖了冰凉的白色大理石。

随后，她们点亮一只金碗里的煤炭，然后在炭上浇了些香水。顿时整个洞穴里弥漫着芬芳馥郁的香气。女王奥尔特鲁达说：

"牺牲石已经准备好了，神香也点起来了，咱俩都光着身子，咱俩身后门槛上站着仆人，她时刻准备无声地任劳任怨地听话地为我们服务。履行仪式的时刻到了。让我们开始我们的宗教神秘剧吧。让我们履行我们来到此处、来到这个祭坛前该履行的职责吧。"

阿夫拉问道：

"亲爱的阿拉明塔，那我们两人中谁将是牺牲品，谁将是献身者呢？"

"我是献身者，"奥尔特鲁达说，"我来扎刀，我来放血，而你呢，阿夫拉，你是个纯洁无辜的少女，你来做我的牺牲品，你的血将为斯维塔扎尔内的荣耀而流。站在咱俩身后那个强壮的女人会抱住你的。你既是我的牺牲品也是我的女王。我会放你的血，然后那个不说话的顺从的女人会根据我的吩咐，用痛苦来折磨你的身体，于是，面对你的痛苦我低下头来，我会像一个奴隶一般亲吻你的双脚的。"

阿夫拉说：

"那就让一切如你所愿吧，阿拉明塔。"

说着，她便躺倒在祭坛那黑色的石头上，把脸转向矗立在祭坛上的那尊裸体少年的双脚。她那张美丽的脸上现出既欢乐又恐惧的神情，双唇由于预感到将要发出嘶喊而战栗着，但却做出笑的样子，她的眼里已经有眼泪涌出，但眼神却泛着欢喜的神采。这时，捷列济塔根据女王奥尔特鲁达的一个暗号，走到黑色的石头跟前，将自己那只沉重强壮的手放在阿夫拉身上……

当奥尔特鲁达和阿夫拉回到地上时，她们心里依然洋溢着欢乐之情。

对于女王奥尔特鲁达的温柔的依恋丝毫也未能抵消阿夫拉内心对于菲利普·梅齐奥的爱情，甚至相反，反而使得这一爱情更加炽烈了。女王奥尔特鲁达对阿夫拉越是柔情万种，阿夫拉事后便会更加强烈地思念菲利普·梅齐奥。旺盛的情欲和无辜的天性以一个丈夫所能给予妻子的普通的、不明智但却可靠的幸福的焦渴折磨着她。

每次和菲利普·梅齐奥见面之后，她都会对女王奥尔特鲁达原原本本地讲述一番。而这类讲述总是会引起奥尔特鲁达的狂怒。

骄傲的阿夫拉又不愿意对此类会面闭口不谈。而且，一种奇特的甜蜜的想要引起女王奥尔特鲁达愤怒的愿望迫使阿夫拉总是对奥尔特鲁达开诚布公地说明原委。

女王奥尔特鲁达由于狂热的忌妒有时甚至会狠狠鞭打阿夫拉。事后她又感到忏悔和不好意思，便跪在哭泣的阿夫拉面前，亲吻她的手脚。

与此同时，阿夫拉也不愿意向菲利普·梅齐奥隐瞒她对女王奥尔特鲁达的柔情万种和友谊。菲利普·梅齐奥不止一次劝说过她要她丢开奥尔特鲁达。阿夫拉哀伤但坚定地对他说：

“我不能丢弃她，亲爱的菲利普。她已经很不幸了，除我之外，她再没有其他朋友了。”

菲利普·梅齐奥热烈地说：

“丢开她吧，阿夫拉，离开这个可诅咒的旧家族吧，那个家庭里就连墙壁本身似乎也浸透着罪孽的情欲的毒药。丢开女王奥尔特鲁达吧，来到我身边吧。难道说你已经不再爱我了吗？”

阿夫拉郁闷而又欣悦地说：

“亲爱的菲利普，请你相信我的话，我爱你。”

吃惊的菲利普·梅齐奥问她：

“怎么会这样呢？阿夫拉，你爱我，可却又丢不下她！这究竟是怎么回事儿呢？”

“是的，我是无法丢掉她的，”阿夫拉说，“我没有办法！我自己也不懂得自己的心了。”

菲利普·梅齐奥严厉地说：

“这是淫荡。你得为此害羞才是，阿夫拉！你得战胜自己身上的这种情欲。”

这个朴实憨厚的鼓动家搞不懂女人内心所有此类奇特的任性。

阿夫拉热烈地反驳道：

“我们不能把感情的自由说成是淫荡。只有那些被束缚的感情才会导致淫荡。”

这些日子里，他俩常常讨论感情的自由问题和爱的多样性问题。阿夫拉说：

“人的天性是那么可怜那么有限。而我们却渴望无限制地扩展人的天性，用全部欢乐自由的生命滋养、增加和丰富欢乐的来源。”

“是啊，人是有这种追求，”菲利普·梅齐奥说，“然而，我们是在我们的社会追求的范围内扩展我们的生活的。”

阿夫拉反驳道：

“人的灵魂被牢牢束缚在社会的枷锁之中。人的灵魂只有在私密的体验中才能攀登上宇宙生命的顶峰。而只有那些摆脱了任何规范教条束缚的灵魂，才能创造新的世界并且在改造的光明的胜利中体验到欣喜之情。”

使菲利普·梅齐奥惊奇的是他居然会感到忌妒。只是到此刻他才明白他是那么强烈地执著地爱着阿夫拉，以至他感到离开阿夫拉他就无法生存，所以，他是不肯把阿夫拉让给另外一个男人或另外一个女人的。

和所有人在任何时候都一样，忌妒之心在菲利普·梅齐奥心中唤醒了原本沉浸在慵懒沉睡中的爱情。他拟定了数十个方案和计划，以便把阿夫拉从女王奥尔特鲁达身边拉过来，可是，所有计划在他眼里都不可靠，都无法帮助他达到目的。最后，他只得把注意力放在其中最疯狂的一个计划上来，并且决定采取最危险的手段。他想要对阿夫拉实施催眠术让她沉浸在梦里，然后把她当作死人从国王城堡里运出来。在此之后，菲利普·梅齐奥希望从一种疯狂的生活的氛围里被活生生拉出来的阿夫拉，不会再愿意回到使她深感诱惑和不安的旧的生活轨道上去。

菲利普·梅齐奥的朋友、医学博士埃德蒙多·涅戈利同意在这件事上帮他的忙。

阿夫拉忽然觉得身体不适。一种深层的忧郁感常常攫住她的心灵。她的心脏一阵阵发紧，感到一阵窒息。头脑里涌现出来的只有忧郁的念头和令人感伤的幻想。对她来说这种奇特的状态是她很不习惯的，而且她也搞不明白，这究竟是怎么了。

起先她想这大概是阿拉明塔那座宫殿以及这座宫殿深处所隐藏的秘密所产生的不良影响所致。可随后阿夫拉又发现了别的联系，并且对此联系她软弱而又无力地感到惊奇。阿夫拉察觉每次在和菲利普·梅齐奥见面之后她总是感到自己特别软弱。

有一天，阿夫拉在菲利普·梅齐奥那里见到了埃德蒙多·涅戈利医生。在帕尔马，阿夫拉知道好多好多事儿，可她在那之前从未见到过埃德蒙多·涅戈利。他以前在国外求学并在国外住了好长时间。前不久才从国外回到帕尔马。他和菲利普·梅齐奥保持着一种过去就有的情谊。

这天晚上阿夫拉回家比平常晚，并且处于一种神经质的状态中。埃德蒙多·涅戈利医生那晦暗的、固执的眼神始终不即不离地跟踪着她。她在自己内心谛听着一个神秘的声音，并且痛苦地想要做一件什么事情。

“他究竟想干什么?”阿夫拉不知为何一直在问自己。

这就好像她不得不搞清楚并且一字不差地履行他的某种意愿似的。

第二天早上，阿夫拉久久没有走出自己的卧室。已经很晚了，到最后，女仆不得不贸然走进卧室。可是，女仆无论怎么叫也叫不醒阿夫拉。阿夫拉已经没有了呼吸，她的身体已经冰凉冰凉的了。好像偶然似的，恰好此时菲利普·梅齐奥来找阿夫拉。他给自己的好朋友打了个电话。埃德蒙多·涅戈利医生确诊阿夫拉死于心肌梗塞。

于是便把阿夫拉的死讯告诉给了女王奥尔特鲁达。奥尔特鲁达的心里充满了难以忍受的痛苦和怜悯。女王奥尔特鲁达一再问自己：“无情的命运给予我的悲伤，这是否是最后一次了呢？要不命运还会无穷地折磨和羞辱我，不把我折腾死它不会甘休？啊，要是能让必然的命运尽快实现那就好了！”

女王奥尔特鲁达在绝望中挣扎着，号啕痛哭。忽然一种疯狂的解放的喜悦之情攫住了奥尔特鲁达的心灵。她为自己居然会如此喜悦而感到羞愧。可是奥尔特鲁达却怎么也无法克服这种喜悦之情。她感到她马上就要彻底摆脱尘世间的一切了，尘世生活是那么可爱，却又是那么疯狂，那么徒劳。

在阿夫拉死后，死亡已经成了奥尔特鲁达的所愿。奥尔特鲁达爱上了死亡，就像爱上了一个恋人那样。奥尔特鲁达渴望死亡，就像一个女人渴望和爱人交合一样。难道不正是因为这个原因，她当初才会对阿夫拉充满如此柔情吗，所以，如今阿夫拉才会幻化成死神的可爱形象出现在她的眼前吗？

有关火山的消息只会令女王奥尔特鲁达欣喜异常，就像有人通报火热的死神即将到来一样。有时候忧郁的噩梦也会沉重地压在她的胸口，但她如此仇恨的生命已经再不能以如此残忍的噩梦来折磨她的心灵了。

对她来说，死的时候到了。

69

夜晚再次降临了，它能给人以温柔的安慰。女王奥尔特鲁达走进阿拉明塔地下宫殿。她忠实的沉默的一向听话的像女奴一般光着身子的女仆捷列济塔走在她前面。捷列济塔一只手里端着一盏带有黄色玻璃灯罩的点亮的灯，另一只手里提着一篮刚刚采摘的白的和黄的玫瑰花。奥尔特鲁达和捷列济塔脚下的石板冰凉冰凉的。她们能听得见前面沉闷的水花拍打岸边的黑乎乎的石头的声音。一种类似恐惧的阴暗的感觉渗透进了女王奥尔特鲁达的心灵。她知道今天夜里，一些已经死去的亲人会来找她的。奥尔特鲁达对此既感到高兴，也不无几分害怕。

在黑乎乎的洞穴门口，捷列济塔停下脚步。她把灯盏放在一块突出的岩石上，把装着玫瑰的花篮搁在洞口，然后慢悠悠地从女王奥尔特鲁达身上脱下衣服，嘴里振振有词地念着诅咒辞。灯盏在昏暗的洞穴里泛着模糊朦胧的黄色的反光，门槛石头上放着的奥尔特鲁达的衣服则泛着白光。

女王奥尔特鲁达悄声说：

“捷列济塔，让我一个人待着吧。我一个人进去就行了。”

捷列济塔恭顺地低着头。她站在门槛上，凝然的眼神里隐藏着恐惧，眼睛望着神庙的里面，时刻准备随着女王奥尔特鲁达的第一声召唤来到女王身边。她那强壮黝黑的胸部紧贴着岩石从而能给冰凉的石头以温暖。她的左手袖子撸在肘部靠在岩石上，右手则搁在身体的一侧。

女王奥尔特鲁达拿起灯和花篮，走进洞穴，前不久她刚在这个洞穴里举行过神秘的祭奠阿夫拉身体的仪式。

阿夫拉那美妙无比的身体呀！如今你在哪儿呢？现在这身体究竟怎么样了呢？西墙边的黑色石头还保留着她身体的体温，可玫瑰已然凋谢。石头上面搁着一只金碗，金碗的两边摆着盛香水的两只水晶容器。金碗后面在一只金碟子里，放着几块炭——那是白天捷列济塔刚刚拿进来的。

女王奥尔特鲁达给黑石上撒满了新鲜的花朵。

墙边的黑石上摆着一溜缠绕着黑纱的七只银色的烛台。烛台上的蜡烛也是黑色的——这也是白天捷列济塔刚刚放好的。

女王奥尔特鲁达点燃黑蜡烛。黑蜡烛发出昏黄的晦暗的光。蜡烛的光流淌在黢黑的身体上，那身体矗立在门口，泛着可怕的反光，在她眼里一个劲儿地颤动不已，于是，她便固执地把自己专注的视线凝定在女王奥尔特鲁达的身体上。由于这一流淌在捷列济塔身体上的反光，洞穴门口后面的蛇的神秘的黑暗就更显得阴暗可怖了。

黑石上面那尊黢黑的裸体少年雕像在烛光的映照下泛着光。那尊雕像的颜色是悲伤的黄色。

女王奥尔特鲁达裸着身体站在黑石前面。阴冷的静修室令她凛然一颤，她能感觉到一个来自门槛上的凝然不动的目光正凝注在自己的身上。

奥尔特鲁达往金碗里丢进去几块炭，点亮火，然后一滴一滴地把散发着芬芳气息的液体从两只水晶容器里倒进碗里。炭散发着赤红的蒸汽，温暖着宽大的碗，并把热汽喷在奥尔特鲁达脸上。

芬芳的香气弥漫在洞穴里。在洞里浮动着的烟云后面隐约可以看得见站在黑乎乎洞口的女奴的身影。

女王奥尔特鲁达在一个人演练着死神神秘剧。她说一句话，并开始等着回答。

一个神秘的声音回响在奥尔特鲁达耳边：

“夜晚很快就来了，你的那些死人会来找你的，他们会告诉你你所不知道的事儿。”

于是，死者一个接一个地来了。

第一个出现在奥尔特鲁达面前的是卡尔·莱默斯。他的眼神很忧郁，蒙着一层阴云。他那深沉的目光里反映着人们所不知道的比爱情更加强烈的感情。卡尔·莱默斯说：

“我们往往不知道该爱什么。而爱着的时候我们却又往往不知道。得到的我们会丢弃，总是追求不可企及的。然而死神却使一切消停。”

女王奥尔特鲁达听着他平静的话语——可这话语声变得越来越沉闷，只见卡尔·莱默斯从黑石旁边走过，随后便消逝在黑暗中。奥尔特鲁达伸向他的手臂无力地垂了下来。

可爱的少年侍卫阿斯托利夫来了。他穿的衣服比山上的雪还要白，可他的双手却沾满鲜血，双腿满是尘土和飞溅的血迹。阿斯托利夫说：

“我不是活人。我只想、只想爱一回——除此之外我什么都不再需要！亲爱的奥尔特鲁达，不要再为我伤心了。”

说完，他就不见了。这回，奥尔特鲁达都没有伸手试图去挽留他。来了另外一些人。阿尔东莎也来了，她很朴素，和从前一样欢快活泼。她说：

“我亲爱的杜尔西内娅，我来找你来了，我是你的阿尔东莎，你居然没认出我来。此刻你是不是想了解把我们永远联系在一起的那个秘密呢？”

老霍泽也来了。嘴里嘀咕着什么，他扬着手中的钥匙链叮零当啷地响，似乎在寻找一个他需要见的人，最后他似乎终于找到了，脸上泛起欢悦的笑容，像在那边的坟墓里一样低声说：

“可怜的女王奥尔特鲁达，你赠给我一枚金币，而我也把你的金币贡献在纯洁的少女脚下了。你施展魔法迷惑并且杀死人，你这个可怜的尘世间的女主人呀，可是，你最宝贵的核心未受伤害，永恒的风儿会把你的恶念吹散的。”

马格丽塔·卡迈也匆匆走过。她的喉咙里还在冒着黑血，伤口也很长。马格丽塔身上的白色连衣裙也沾染了血迹。可马格丽塔笑着说：

“爱情是血迹冲不掉的，可怜的奥尔特鲁达女王呀。”

走在最后的是脸色苍白的美丽的阿夫拉。她什么话都没说。她的轮廓很模糊，像蒙着一层云雾似的。

一些传言在民间流行，说六月七日火山将要喷发。德拉戈涅尔居民成群结伙地逃离小岛，把一艘艘轮船和小船都站满了。在帕尔马及其他城市里出现了成千上万的逃难者。里面有许多是穷人。一些私人慈善机构草草给他们提供了一些食物。政府也马马虎虎地给点儿东西。

德拉戈涅尔岛周围的港口都堆满了轮船。多数轮船无法靠近岸边。这类船上的乘客大多数是些好奇心重的游客。他们想欣赏火山喷发，那可是非常罕见的宏伟壮观的奇观呀。

然而，预言中的那一天到了，却平平安安地什么也没发生。维克多·洛连纳的走狗和喽啰们这下可得意了。许多德拉戈涅尔居民开始返回自己的岛，这部分是因为他们相信火山是安全的这种说法，但主要原因当然在于被他们在恐惧中丢弃的家业和自私心驱使他们跑回家里。

奥尔特鲁达女王心想："现在该我亲自去看看火山了，让我把它永久地封闭起来吧，我至高无上的权力应该能推广到狂暴的自然力身上的。如若不然，那么即便是一个加冕者也无法抵御凶恶的自然力。让我问问阿夫拉会怎么说。死人知道很多东西。"

奥尔特鲁达女王来见阿夫拉。阿夫拉冰凉地苍白地躺在床铺上。

"那些人为什么不把她放进棺材里呢？"奥尔特鲁达心想。

可她硬是没向任何人打听任何事儿。反正这有什么不一样呢！

女王奥尔特鲁达低头祭拜着她亲爱的女友那冰凉的凝然不动的脸。她低低地说着话，可内心却极端焦渴地期待着回答：

"亲爱的阿夫拉，我马上动身到火山去，我要登到火山顶上，用我最后的爱情和最后的绝望的话语平息它的怒火。请在告别时刻哪怕给我一句话。"

阿夫拉苍白的嘴唇张开了——奥尔特鲁达女王只听清了一个词儿：

"去吧。"

阿夫拉的声音沉闷得像坟墓。奥尔特鲁达轻轻地对她说：

“我亲爱的半死神，我真正的死神的形象啊，别了！”

女王奥尔特鲁达吻了吻阿夫拉苍白的嘴唇，就走了出去。

她在旁边那间屋里见到了菲利普·梅齐奥。他俯身低头向女王奥尔特鲁达施礼。看起来，他好像想告诉她一件什么事儿似的。可女王奥尔特鲁达没有察觉他的意图。她飞快地从他身边默默地走过去，亲切地对他的鞠躬还了礼，但是，她脸上的笑容几乎是不自觉的和无意识的。或许，就连女王奥尔特鲁达也没有认出菲利普·梅齐奥吧。

回到自己的卧室后，女王奥尔特鲁达写了一封简短的信给维克多·洛连纳。她通知他说她想拜访德拉戈涅尔岛，并且后天就动身。请维克多·洛连纳把这一消息告知当地的人民。

把信封好口后，奥尔特鲁达吩咐立刻送交首相。

维克多·洛连纳为这封信而感到分外焦虑。奥尔特鲁达女王有可能在火山喷发时死掉这一点根本就不在他考虑之列。和许多其他人一样，被派遣到德拉戈涅尔岛的委员会报告使他确信他心中所相信的一切是笃定无疑的。然而，发生灾难的可能性对他来说仍然像白天一样清晰。既然这一可怕的不幸注定会发生，按照维克多·洛连纳的算计，如果在灾难发生期间群岛王国的统治者依然是为人民所爱戴的奥尔特鲁达女王的话，那仍然会是一种好的结果。

总之，维克多·洛连纳之所以珍重奥尔特鲁达女王有许多原因。不过，话说回来，甚至也因为奥尔特鲁达女王的恋情和错误，这些恋情和错误与坦克连德王子的失误一样，都可以在合适的时候为他所利用。

维克多·洛连纳在当天晚上就来到了国王城堡，但却不是在约定的时刻。奥尔特鲁达女王立即着手接待了他。她很有节制地露出笑容，望着他那张喜气洋洋的脸。她早就预想好了，维克多·洛连纳一定会劝说她放弃火山之行的。

维克多·洛连纳以毫不做作的激动的声音陈述道：

“我们无法不敬佩促使陛下您采取如此果断决定的那一崇高的感情。但我要斗胆地请求陛下您，为了国家的利益和王朝的最高利益，推迟履行这一意愿的日期。当前的局势根本还没到有必要采取如此极端行动的地步。实施这一决定势必会吸引公众的注意力，迫使他们认为形势已经发展到极其严重的地步了。况且我们根本不能让陛下您宝贵的生命承受危险。”

奥尔特鲁达女王对首相的虚伪非常反感讨厌，懊恼地听他说完这番话。她问：

“亲爱的洛连纳先生，请您告诉我，这座岛上真的很危险吗？”

维克多·洛连纳回答说：

“陛下，几乎可以说没有任何危险。可是，哪怕只有一丁点儿危险的影子也足以促使我执拗地劝说您，我的主人，取消这一过于大胆的决定。”

“这么说，亲爱的洛连纳先生，根本没有任何危险？”奥尔特鲁达问。

维克多·洛连纳转弯抹角的解释听上去更加模棱两可了。可是女王奥尔特鲁达依然坚持己见：

“亲爱的洛连纳先生，我想知道您最明确的意见究竟是什么，火山究竟有多大危险性。”

维克多·洛连纳最后终于说：

“甚至就连学者们也可能犯错误。我个人认为有一定的——或不如说相当大的——危险的可能性。”

“即使这样我也要去，”女王奥尔特鲁达说，“我认为犯错误的不是那些学者们，而是我和您，首相先生。现在人民期待于我们的只有一件事，那就是由我来亲自告诉火山，并以我所拥有的最高权力使这座岛摆脱危险。”

维克多·洛连纳十分惊讶地望着女王奥尔特鲁达，随后又十分恭敬地小心翼翼地说：

“陛下，当然您不会和百姓一样迷信吧。”

女王奥尔特鲁达微微一笑说：

“当然，亲爱的洛连纳先生。可是，假如我顺利归来，假如火山终究没有喷发，那么，这对于科学界、对于我们这个王朝，该会是一次多么巨大的胜利呀！所以，这是最终决定，不可更改。我马上动身。”

维克多·洛连纳离开女王奥尔特鲁达后，便径直去了海军部长那儿。当天夜里就下令要舰队开往德拉戈涅尔岛。

从海军部长那儿出来后，维克多·洛连纳去找王后克拉拉，请求她出面劝说女王奥尔特鲁达取消这次火山之行。当然了，这几乎可以说是毫无希望的一次尝试了。维克多·洛连纳也知道女王奥尔特鲁达会原原本本听完王后母亲的讲述的，但却未必肯听她说的话。

坦克连德王子嘲笑火山也嘲笑那些担心火山会喷发的人。他说：

“连这么多知名人士组成的委员会都不相信，那就实在是太愚蠢了。”

可是，坦克连德王子毕竟还是根本就不愿意去火山。可是，既然他的妻子、正在执政的国王要去最危险的小岛上，那么，他留在帕尔马就显得不体面也很尴尬。女王奥尔特鲁达和坦克连德王子关系破裂一事既然已经尽人皆知了，这么做只会使得这种尴尬更加不堪。

因此坦克连德王子便决定装病。还好，他正巧患了流行性感冒。这一可爱的疾病总是会适时为心有所愿者服务的。

国王快艇——如果不算尚处于秘密状态的山洞里那只快艇的话——联合群岛王国舰队里唯一一艘军舰就总是停在这里，随时准备启航。早晨，这艘快艇在规定时刻停在城堡对面，在蔚蓝的海浪之间隐约闪现，犹如一个盛装的钢铁制造的白色玩具。

女王奥尔特鲁达再次来找阿夫拉和她告别。阿夫拉浑身雪白冰冷地躺在那儿。女王已经再也无法从她嘴里听到任何话了。于是，女王默默地平静冷漠地走开了，就和那天她离开卡尔·莱默斯坟墓时一样。

奥尔特鲁达女王登上快艇。她只带了不多的几个随从。

“只让那些愿意走的人跟我走。”奥尔特鲁达女王昨天对宫廷大臣特奥巴尔德·涅利塔说。

好多人得知奥尔特鲁达女王的决定以后，便找一些非常体面的理由预先离开了帕尔马。也有一些人由于勇敢——本国人民中的大多数都具有这种特征——愿意陪同奥尔特鲁达女王，还有些人这样做是因为受了委员会决议的欺骗不相信火山会喷发，还有些人则是因为自己做了礼节的奴隶不得不如此。

使全体人民大感惊讶的是，王后克拉拉也要和奥尔特鲁达女王同行。而在动身的前一天，克拉拉王后还曾表示她对火山极端恐怖，这就使得她的这一举动更加令人吃惊。她曾经非常执拗地劝说奥尔特鲁达女王不要前去。可此刻，一旦登上快艇，克拉拉王后显得非常镇静。

宫廷内部和社会上关于克拉拉王后为什么也要去德拉戈涅尔岛有过许多推断。有人说：

“克拉拉王后喜欢女儿，所以，在如此巨大危险的关头也无法和女儿分开。”

其他人则说：

“克拉拉王后去是出于精密的算计。”

也有反驳的：

“这么疯狂的举动能有什么好处呢？”

可支持这种意见的人又说：

“克拉拉王后非常狡猾。她才不会走一步没用的棋呢。她肯定指望某种意料之外的结果。”

第三种人则说：

“她去纯粹是出于愚蠢。她是太相信那个骗子阿里戈·阿尔根托的委员会了。”

第四种人说：

“克拉拉王后太迷信。她相信乡村老农们的胡说，说什么奥尔特鲁达女王能够支配火山。”

70

国王快艇像一个白色的海上美女，轻轻地在海浪之间摇曳着，艇身由于强大的马达的工作而发出微微战栗，急速地向前飞驰。快艇的正前方地平线上、在德拉戈涅尔岛上方慢慢现出一片赤红发黑的烟云。空气中浮荡着一种轻微得看不见的浮尘浮灰，轻轻落在奥尔特鲁达女王和她的随行人员身上。正是由于这种浮尘，天空变得更加美丽更加温柔，在太阳下泛着金光。

一路上遇见许多其他海船——是旅游的。这些海船冒出的轻烟在火山喷出的凝然不动的赤红色的火云周围轻轻缭绕盘旋。

随着国王快艇越来越驶近德拉戈涅尔岛，雷雨的征象也一小时一小时地变得更加强烈。落下的浮尘越来越发灰，越来越稠密，来自地下的隆隆的雷雨声也变得越来越恐怖阴郁。快艇上人们的惊慌不安情绪也不断增长。奥尔特鲁达女王的随行人员的脸色犹如一张张装得恭顺殷勤的面具。

奥尔特鲁达女王邀请所有随行人员来吃早饭和午饭。她殷勤可爱的欢乐的样子只是从表面上使他们活跃了一阵子。他们心中充满恐惧，这几乎根本无需加以掩饰，其中只有那么几个人始终保持镇静安宁的样子。奥尔特鲁达女王却表现得非常快乐，而她早已没有这么快乐过了。

午饭后奥尔特鲁达女王在和特奥巴尔德·涅利塔聊天。她说：

“亲爱的宫廷大臣，我发现吃午饭时咱们的器皿似乎比吃早饭时少了许多。”

特奥巴尔德·涅利塔沮丧地说：

“当陛下您的快艇停下来装载邮件时，有几个人下去了。这几个人得了严重的海上病，已经不能再继续旅行了。”

奥尔特鲁达女王笑着问：

“是逃跑了吧？”

宫廷大臣仍然以刚才那种沮丧的口气说：

“是的，陛下。这些人很怕死。”

奥尔特鲁达女王温和地握了握特奥巴尔德·涅利塔的手，说：

“可我和您我们不怕，是不是，亲爱的宫廷大臣？谁如果像您和我那样，亲爱的涅利塔先生，失去了那么多珍贵的东西，谁也就不会害怕死亡了。”

忠诚而又被感动的特奥巴尔德·涅利塔默默地吻着奥尔特鲁达女王那只小小的、温柔而又残忍的手。奥尔特鲁达女王忧郁地笑着说：

“可这些可怜的逃跑者呀！一旦咱们活着并且完好无损地回到帕尔马，他们该羞得无地自容了！我们该好好地嘲笑他们一番。”

特奥巴尔德·涅利塔哀伤地说：

“可是，陛下，如果我们回不去的话，那他们该会更加羞得无地自容了。”

“我们会回去的。”奥尔特鲁达女王笑着说。

夜里，当奥尔特鲁达女王睡觉的时候，快艇驶到德拉戈涅尔岛，并在洼湾里抛下锚。

奥尔特鲁达女王一大早就来到岸上。码头上由于女王的到来而到处悬挂着国旗。正对码头的岸上安排了一连挥舞着小红旗的步兵战士。一个又高又瘦的上校和矮胖的小个子陆军准将站在连队右侧的一动不动的连长身后。

从码头上望去，德拉戈涅尔城被包裹在赤红金黄色的烟云里，看上去和从前一样美丽。城里那些白色的规模不大的石头建筑宛如一座宽阔的半圆形剧场一般从码头向纵深展开。每幢建筑都带有花园，和从前一样，花开得灿烂芬芳。这座城市看上去似乎阴沉沉的，但和平常一样十分活跃。

和从前一样，一群群被晒得黝黑的小男孩在码头上吵吵闹闹。他们身上穿的所有衣服就只是破烂的短裤而已。浓密卷曲的黝黑的头发如最好的帽子一般为他们遮挡着过分强烈的炎暑和阳光。他们不是在海水里踅摸就是在码头上等着来人，以便帮来客搬运行李到旅馆。

好几匹毛茸茸灰溜溜的毛驴背上驮着什么东西在嗷嗷地嘶叫。一些不知在为什么操心的人在明亮炽热的阳光下、在向上通向城里向下通向码头的大路上徘徊走动。在被派来迎接女王及其随从的四轮轻便马车上，车夫们骄傲地坐在座位上。他们那戴着白手套的双手攥着又长又细的鞭子。车夫头上被漆得油光光的白色套筒帽和平常一样熠熠闪亮。

可是，在城市上空，火山如一个可怕的幽灵一般蹲伏在那里。它躺在小岛的腹地，远离海岸，就在这座城市偏东一点的方向上。火山像是对永远都不倦地创造着什么的人十分忌妒和吃醋一般，在这座庞大城市的上空，用烟云建造了一座更加巍峨辉煌的城市。在这一片黑色的烟云里，也掺和着一些赤红火热的颜色。看样子就好像在这座城市的上空正在创造着一种生活，一种与人格格不入甚至仇视人的凶恶的生活。看上去疯狂的恶魔们就住在那里，在锻造着沉重的、可怕的武器似的。

空气里浮荡着许多浮尘，因此使得空气里有一种苦涩的窒闷的味道。盛开的玫瑰的芳香以一种奇特的方式渗透进轻烟那令人苦涩窒闷的气息里，在海面上隐隐浮漾着，煞像正在从海浪上升起的黎明前的摇曳的迷雾一般。

当地省长前往码头迎接奥尔特鲁达女王，此人个子很高，瘦瘦的，是个穿着浑身染成金色的制服的老头儿。省长的眼睛像玻璃一样晦暗不明，像是被烟熏火燎过似的，他的胡子也是这种颜色的，很小的一块但很长。省长的双膝不知为何总打弯，这使得他整个看上去显得摇摇晃晃战栗不已。

省长的女儿是个年轻瘦小的姑娘，脸上白里透红，一双明亮的眼睛显得十分清澈，她略有些笨拙地行着屈膝礼，并向女王献花。受到女王爱抚之后，她腼腆地红着脸，回答着女王和王后的提问，那样子就像一个胆怯听话的小姑娘一般。

奥尔特鲁达女王转向省长，开始亲切地提问，先是问他本人，他的工作，他的家庭，随后，问起与城市、与小岛德拉戈涅尔有关的事情来。

省长一边和奥尔特鲁达女王谈话，一边不知为何总是奇特地动着三角形金色饰袋下的耳朵。奥尔特鲁达觉得他似乎一想到必然到来的灾难就浑身冰凉。

省长报告女王奥尔特鲁达，说城里和小岛的居民都惊慌不安。对火山的恐惧对人产生了不良的影响，并在人身上促发了最低下的本能和情欲。小岛上盗窃和抢劫、恬不知耻的事和凶杀案件开始增多。监狱里人满为患，法庭里也堆满了各种案件无法处理。

轻便马车来到身边了。女王奥尔特鲁达和克拉拉坐着敞篷马车驶进城里。

城里的街道和广场上是一派奇特的景致，烟云弥漫、昏暗一片。建筑物由于浮尘而变得灰暗。到处都令人感到窒息，呼吸困难。

城里一片惊慌不安的景象。德拉戈涅尔岛居民看样子都发疯了似的。他们徜徉在大街上。其中有许多是醉鬼。癫僧和先知们也在街上大摇大摆地走来走去。

在一个地方车队碰到一队嘀嘀咕咕的老太婆。老太婆们一个接一个走着，身子摇摇晃晃的。她们的嘀咕声融汇成一派模糊不明的轰鸣声。她们身上穿着长长的黑色厚呢斗篷，斗篷上罩着一层厚厚的灰尘。

一群群肮脏的小男孩们，街道上的破烂王们，无法无天地在街上胡闹。没有一个男孩肯听话。看见四轮轻便马车载着先生和太太，他们四散逃开，逃进人家的门洞和小胡同里，从躲藏处用本地方言嚷叫着什么胡咧咧的骂人话。搞不清他们是在请求什么，还是在欢迎女王到来，或是大胆地叫嚷一些只有他们才懂的话。一些胆大的孩子跑到女王马车跟前，喊道：

“给点儿吧！给点儿吃的吧！”

省长丢给他们几枚硬币，孩子们开始为争抢硬币打起架来。

在德拉戈涅尔有许多人相信奥尔特鲁达拥有能够制服火山的魔法和威力。有时能听到人群中有人在喊，而且多数情况下是些女人在喊：

“救救我们吧，女王奥尔特鲁达！快点儿对火山施魔法吧，趁它的烟灰还没有把我们的眼睛遮住！”

女王奥尔特鲁达高兴的是，就在这一片纷乱和喧嚷中，她终于来到省长官邸，人们已经为女王和王后准备好了下榻之处。

女王奥尔特鲁达先邀请了地方自治会主席和政府当局到她那里开会。开会的人聚集在省长的议事厅里，在一张长长的桌子前就座，桌上铺着带有金边的红呢子。

女王奥尔特鲁达坐在一张面对长桌窄的那一面的带有高靠背的安乐椅上。在女王的安乐椅后面在她的头顶上有一顶华盖，上面有本地画家的一幅作品。这幅画画的是坐在宝座上穿着紫红袍的女王奥尔特鲁达。

这里的一切全都非常像每逢女王本人方便可以亲自主持部长会议的时候，国王城堡里的那个部长们经常在那里聚会的小礼堂。唯一的区别仅仅在于，女王的右首站着的，不是那个总是充满自信总是镇静的维克多·洛连纳，而是一个可怜巴巴、惊惶失措的小老头。

女王奥尔特鲁达好奇地打量着这些先生们。极度的恐慌不安的景象让她感到有些惊奇。这些先生们甚至似乎在女王面前也不再隐瞒这些恐慌心理了。

本地卫戍司令、肥胖的陆军准将像是执行命令一般粗重而大声地喘息着。每次喘息之后他都胆怯地歉疚地望一眼女王奥尔特鲁达。

德拉戈涅尔市市长是一个本地商人，小个子，干瘦，是一个浑身带刺的小老头，他狡猾地露出笑容，忸怩地坐在安乐椅上，嘴里说着应景或不应景的话：

“我不能对陛下您隐瞒，我是一个共和党人。”

他身上穿的燕尾服的纽扣里现出一条红红的勋章带，是前不久刚刚奖赏给他的。女王奥尔特鲁达仁慈地对这位浑身带刺的小老头笑一笑，亲切地说：

“我们之间观点的分歧，市长先生，我希望，不会妨碍我们为了我心中最亲爱的人民的利益而共同进行的工作。这个城市的居民对您来说也一样宝贵。”

浑身带刺的小老头站了起来，把女王的手拉近自己心口，深深地鞠了一躬。与此同时，他身子底下那张沉重的安乐椅的两条前腿在地板上发出吱呀的叫声。

市议会议员们都是些脸色苍白、头脑愚蠢、不会说话的人。官员们稍稍有些胆量，但却只会说些胡话。地方法院院长原来喜好雄辩。因为他除了雄辩之外，还具有一定的常识，所以，其他人都战战兢兢恭恭敬敬地洗耳恭听他的发言。

紧接着，女王奥尔特鲁达和这些惊惶失措的人们讨论起面对如此危险的局势我们应当怎么办的问题来。人们的发言不得不采取这样一种形式，即好像这个国家里既没有宪法，也没有议会；既没有内阁，也没有报纸杂志和社会舆论似的。这座岛上所有的人面对这一威胁着他们生存的早已预见到的危险灾难，竟然处于如此奇特的一种处境之下，以至看起来他们的拯救似乎仅仅取决于他们自己，似乎他们和其他国家之间根本没有任何联系似的。

于是，会议决定立即采取措施疏散全体城镇居民远离火山，迁徙到远离德拉戈涅尔岛的海岸线。

女王奥尔特鲁达下令把国王快艇提供给妇女儿童使用。很快站满了人的快艇便朝着卡勃连拉岛驶去。快艇得到的命令是到那里把人卸下去后立即返回原地。

此外，还尽快尽可能雇了好多好多船只。城里的人们开始急急忙忙集合离开。人们对于把自己家里的破破烂烂丢下来感到惋惜。

女王奥尔特鲁达给维克多·洛连纳发电报，要求他派遣军舰运送城内居民。过一小时后，维克多·洛连纳回答："下发了所有命令。希望明天早晨分舰队将抵达德拉戈涅尔港口。"

与此同时，王后克拉拉连忙视察当地教堂，随后是养老院和监狱。监狱里以女王奥尔特鲁达的名义释放了所有可以释放的犯人。剩下的处于严密监视下的重罪犯人也都解除了手铐脚镣。

女王奥尔特鲁达邀请与会的先生们吃早餐。她对浑身带刺的市长说：

"我希望，市长先生，我们观点的分歧没有妨碍您以及您那些值得尊敬的市议会议员们，和我为了美丽的德拉戈涅尔市的幸福而干一杯吧。"

对于女王的提议是没法予以拒绝的。况且，这位浑身带刺的小老头断定，奥尔特鲁达女王从前只是个无比迷人令人感到亲切的太太，而在国王宫殿里的早餐不要求任何附加义务，所以，参加国王的早餐对于一个共和党人来说是无害的。

受到诸如此类想法的鼓舞，市长变得高兴起来了，而且，在饭桌前他原来竟是个非常有趣的交谈者。受到奥尔特鲁达女王亲切提问的鼓舞，他非常热情地讲起了当地的许多故事。

71

早饭后，奥尔特鲁达女王下令备马车，她想前往火山看一看。

省长、卫戍司令以及市长异口同声地劝阻她别这么做，但总归徒劳。她坚决地说：

“我来这儿的目的就是为了亲自登上火山口看一看。”

奥尔特鲁达女王登上马车，和省长一起启程了。她望着车窗外省长官邸的窗户和墙壁。这幢坐落在海边的漂亮的建筑物一度曾是白色的墙，如今由于火山灰和浮尘的覆盖变得灰暗无光了。

奥尔特鲁达女王从其中一扇窗户里看见了自己母亲的脸。王后克拉拉泪流满面地哭泣着，为奥尔特鲁达画着十字。

可怜的女王奥尔特鲁达的心口由于郁闷而缩紧了。她多么想即刻便回到亲爱的帕尔马，回到古老的国王城堡那高高的塔楼里去呀。

女王奥尔特鲁达严厉地、并未专门针对某个人地说：

“请赶得快些！”

省长做了个手势，马车立刻沿着城外通向火山的大街飞驰起来。在女王车前，一个排的骑马的马枪手走着，马枪手后面，还有几辆马车拉着女王的随从、地方官吏和德拉戈涅尔市的市长。

在女王奥尔特鲁达的车队后面，一些军人组成的人群又过了好久才走过去。又一次可以听到一些疯狂的女人们在喊：

“救救我们吧，女王奥尔特鲁达！”

去往火山的路很不好走。呼吸越来越困难。这是由于浮尘和烟灰，它们变得越来越浓密了。路上的沙土和一些温暖的烟灰搅和在一起。沙土因此而变得黏滑，马车的轮子陷进泥里，就像陷进液体的橡皮泥里一般，行走十分艰难。

后来又被迫骑马前行。肥胖的卫戍司令坐在马上，由于休克而栽下来了。于是不得不把他安顿到马车里，送回城里。

道路很难行走。烟云缭绕回旋。火山平稳的呼吸声变得越来越炽热，越来越火红，越来越像是一只巨大的野兽的呼吸声，臭烘烘的鼻息声直冲冲地扑打在正在向它那臭烘烘的洞穴攀登的人的脸上。显然，越往上走，骑马就越危险。

女王奥尔特鲁达坚持说：

“向前，越往前越好，尽可能靠前。”

喏，她们已经走到火山紧跟前了。马匹开始惊慌不安地尥蹶子，它们显得惊恐不安，呼吸急促。女王奥尔特鲁达和她的随从们跳下马来 又步行了数百步远。连马匹也不得不牵到底下的马车那里去了。省长说：

“再往前可就有危险了。”

女王奥尔特鲁达快步走到前面。特奥巴尔德·涅利塔一步不敢落下——只有他一个人跟了上来。女王奥尔特鲁达对他说：

“亲爱的宫廷大臣，我非常感激您，您已经把我送了这么远了。可是，接下来我得一个人走了。”

特奥巴尔德·涅利塔停住脚步。可是，当女王奥尔特鲁达又往前走了大约五步时，他悄悄跟了上来，竭力始终和她保持同等的距离。

火山口全部笼罩在赤红黢黑的烟云之下，女王奥尔特鲁达终于走到火山口边上了。当她张开嘴来准备说话时，浓密的烟云挤进她的肺叶，迫使她一连痛苦地咳嗽了好几声，以致眼睛发红，连太阳穴都感到血液潮涌。可是，女王奥尔特鲁达拼尽全身力气克服着沉重的烟云，喊道：

“我以天上和地下的全部力量诅咒你呀，火山——收回你的狂暴吧，平息你的怒火吧，闭住你的嘴巴，不要来吓唬我可怜的百姓吧！”

女王奥尔特鲁达一连重复了三遍她的诅咒辞。可是，火山压根儿就不听女王奥尔特鲁达的话，她的魔法无济于事。周围的一切没有发生任何变化，烟云没有消散，就连颤动都没颤动一下。

女王奥尔特鲁达住了口，无力地哀伤地站在那儿。一种急不可耐的火气攫住了女王奥尔特鲁达的内心。忽然一颗被烤热的石头不知从哪儿奔出来在一片黑云乌烟中直奔到女王脚下。奥尔特鲁达女王仿佛觉得自己马上就要倒下来了，感到呼吸困难。继续留在原地已经是不可能的了。她不得不离开这里了。

回去吗，难道我的功勋就半途而废吗！

特奥巴尔德·涅利塔艰难地喘息着，慢腾腾地挪到她身边来。

奥尔特鲁达女王充满绝望和阴暗的念头，回到自己的随从那里。她脸色苍白，呼吸艰难。她似乎觉得一种沉重的、炽热的水分正灌进她充满烟云的胸腔里，她仍然凝然不动地停留在那里，像一块铅似的沉甸甸的，把全身的血管都灌满了。奥尔特鲁达女王觉得似乎有个什么人在围绕着她忙活。人们把女王抬起来，放进马车里。

奥尔特鲁达女王在近于昏厥的状态下，什么也看不见什么也听不见地回到城里。透过烟云弥漫的雾障，赤红色的城市里的火光隐约闪现在她的眼前。从海上吹来了清新的风，开始有几滴雨落下来。

城里在距离海边较近的地方，呼吸比较顺畅。街道比白天还要阴郁。所有人只要还有能力，都尽可能钻到什么地方去了。在被电灯照亮但依然显得一片黑暗的街道上，那活跃的气氛还是显得略有些沮丧气馁。

当奥尔特鲁达女王回到省长官邸时，天色已经完全黑下来了。整整一个晚上她都在干练地不断下令用轮船运送妇女和儿童。可是，轮船还是不够用，只有很少一些妇女儿童被运走。

女王、王后和省长以及宫廷大臣特奥巴尔德·涅利塔一起共进晚餐。到深夜时分，每个人都被一种奇特的气馁的情绪给攫住了。人们都不愿意说话，吃饭，每个动作都会引起心灵的不快。晚餐在忧郁的沉默中持续了好久，不时被一些简短提问和回答所打断。

这天夜里天又黑又闷热。烛光也显得很晦暗，在一片烟灰中微微闪烁。窗户都被关得死死的。海浪的喧嚣和城市的喧嚣搅和在一起，透过紧闭着的窗户玻璃沉闷地传进来。

在和省长分别时，奥尔特鲁达女王对他说：

“我希望明天所有人都能有机会离开这里。明天晚上，我希望我和您也将有可能离开这个阴郁的地方。”

奥尔特鲁达女王说完这么几句话，便已觉得自己浑身乏力，似乎刚刚发表了一个长长的演讲。

听不清省长说了句什么话。他似乎在为什么事而感谢了一番，而他本人则脸色发青，似乎已是个半死人了。

奥尔特鲁达女王的梦境也令人疲倦、不安。她常常醒来。

沉闷的烟云弥漫的夜晚令奥尔特鲁达感到害怕。似乎总有一个嘲笑的、凶恶的、狡猾的声音在呼唤着她。它们要求她做某件事，某件她无法做到的事儿。

奥尔特鲁达惊恐不安地醒过来，叫人来帮忙。她的声音既嘶哑又软弱无力。没有人来帮助她。捷列济塔睡在旁边那间屋里——可她一旦睡着那就会像黑色的死神一般叫不醒的。整个艰难呼吸的城市上空都被一个梦境笼罩着。

一种灰暗的孤独感攫住了奥尔特鲁达的心灵。她觉得从出生以来似乎从未感到自己有这么孤独过。

一种残忍可怕的恶梦向女王奥尔特鲁达迎面扑来。这是有时会向她走来的那些死人们。女王奥尔特鲁达无法分辨她是在醒着还是在梦里看见了他们。她的梦境和白天、噩梦和现实都混淆在一起了。

有时候梦的画面竟然是那么明朗清晰，那么活跃，就好像时间那沉重的轮子倒转了，以至女王奥尔特鲁达居然可以再次体验已经逝去的时光。那是一些看起来已经永远不再可能回来的时光。

喏，在她眼前，又出现了可爱的蔚蓝色的海岸。在恬静的岸边，在橙黄色和紫色岩石的明亮反光中，只有两个人——她和阿斯托利夫。她身上穿着一件本地农家女穿的白色的连衣裙。她细细的脚脖子上缠着一条条玫瑰色的带子，就像当初她在那里，在山上时那样。

阿斯托利夫跪在她脚下，解开带子。他紧握住她小小的脚掌，温柔地亲吻着。她也俯身来吻他——可是，他却用惊恐的眼神望着她。一个来自地下的什么人的声音，沉闷而响亮，问道：

“疯狂的奥尔特鲁达，你为什么要到火山来呢?”

不知什么人用铁硬的手掌扼紧女王奥尔特鲁达的喉咙。原来是马格丽塔·卡迈。她的眼神发绿，充满仇恨，她的鼻孔由于疯狂的仇恨而翕动着。

女王奥尔特鲁达终于醒来。周围是令人窒息的黑暗和烟云的气息。呼吸困难。

72

早晨来了，可它比黑夜还要可怕。

透过窗框上的所有缝隙，赤红色的烟仍然不断钻进省长官邸里来。透过浓密的烟只能隐约看见缓慢上升的黢黑灰白的公园树木上空那一轮赤红色、灰暗的太阳。太阳并没有驱散黑暗，而且还给黑暗的恐惧附加上了对于天空中赤红色火焰的恐惧感。

这天早晨，在太阳出来后不久，火山就开始喷发了。从火山口忽然涌出一团团一股股的火山灰和岩浆，随后便开始向城市流淌。随后开始了一连数小时不间断地流淌起被烧得炽热的岩浆。可怕的喧嚣和咆哮随着每一分钟变得更加可怕。城里忽然间充满呐喊、哭泣、尖叫和号啕哭声。街道上风儿在嘶吼，犹如野兽在咆哮。可是，这声音很快就止息了。

女王奥尔特鲁达从床上跳起来，连衣服也没穿便扑到窗前。她浑身苍白，脸上像是覆盖了一层灰色的烟灰。她费力地打开门走到阳台上。

远处的街道由于烟灰已经变成一片红灰色。好像就连空气也缓慢而持续地变得浓稠起来。干燥尖利的粉尘渗透到各个地方。看起来整个城市正由于粉尘而死灭。

空气带着尖利而敏锐的痛苦被吸进女王奥尔特鲁达的胸口。烟尘烧灼着她的喉咙和眼睛。

天空，可是，在这座正在死灭的城市上空，哪儿来的什么天空呢。紧贴着建筑物的屋顶，带着粉尘的烟云低低伏在人们头上，慢慢降落在地上。从城市上空盘旋缭绕的灰色的烟云里一些炽热的石头纷纷落地，石头有大有小，像冰雹一般哗哗落下。其中一块石头砸中并烤伤了女王奥尔特鲁达的肩膀。

透过沉重的轰隆声和火山的嘶叫声，传来了濒临死亡的、被吓得失魂落魄的人们可怕尖利的哀鸣，那声音煞像响亮的双簧管的声音。

街道上惊惶失措的情形还在急速加剧。一些半裸体的人群，透过粉尘烟雾，从省长官邸前面跑过去。他们跑得很沉重，像在梦里跑步一样，脚步似乎怎么也拖不动。他们气喘吁吁，不时有人一头栽倒在石头上就死了。死者身后跑的人也一头栽倒在蜷曲的身体或尸体上无力爬起来，嗓子里发出尖利嘶哑的哀叫。

令人窒息的、浓密得一眼望不穿的灰褐色的烟雾像蛇一样缓慢地、不祥地在街道上徘徊。那蛇的头是白色的，头上有数十只喷火的眼睛。蛇的冒火的芯子时而欢快地吐出来，时而又将烟云吞没在它那张白色宽大的嘴里。

这座城市在浓烟中喘息着死去。

假如此时某个魔鬼能望穿烟灰和烟云，那么，他一定会看到这座在奄奄一息中喘息的城市的一幅可怕画面。

街道和广场上躺着一堆堆被石头砸死的人，那些石头就好像是被什么人不慌不忙地抛出来的。死者中有许多濒死的孩子。他们那黢黑的光裸的小小的尸体可怜巴巴地掩埋于烟灰和石头之中。到处都有许多半裸或全裸的尸体。还有的尸体正在燃烧，尸体身上的破烂衣衫正在燃烧，冒着阴森森的烟。有时连人的尸体也变作缓慢燃烧的、被揉得不成样子的冒着烟的一团火。

黏滑的、炽热的烟灰和无处不到的白色的窒息人的浓烟，透过窗框上的缝隙和炉子的烟囱渗进屋里。许多人在忙碌中被烟一呛，就死在家里了。一些尚完好的建筑物被淹没在黑暗中，那里也充斥着对于正在逼近的死神的惊恐和对自己已陷入困境的绝望。

死就是拯救。

许多房屋倒塌了。房屋里面和附近有许多人被方木的碎块或石头砸死。

惊恐万分可怜巴巴的女人们，无论是大人还是软弱的孩子，全都在无力挣扎的痛苦中死去。有些人在街道上爬呀爬——紧贴地面烟会少一点儿。还有的人绝望地用头撞着墙哀号。

城市上空一片恐惧的哀鸣。恐惧在建筑物内外徘徊。孩子们喘息着，用可怜的尖细的小嗓子在哀号。病人则在自己的床上喘息挣扎。

也有人表现出献身精神或对亲人炽热的爱。他们竭力想要从废墟或碎片底下把他人救出来，但自己却因此死去。也有的人为了自救，在盲目的恐惧中把一些弱者打死或是闷死了。人们既可以看到崇高的自我牺牲精神的闪光，也可以看到下流无耻的利己主义的例子。

人们乱跑一气却不知道该往哪儿跑。被地下的震动推动着的大海，愤怒地把巨浪抛向岸上，把那些不小心的人席卷而去。小岛全部处于烟雾和烟灰之中，全岛上下以及周围的大海到处都是火山中喷涌出来的被烧得火热的石头。

城里但凡有口气的，全都充满了面对被烧焦的亲人的尸体或一片废墟的恐惧和绝望，废墟上仿佛从天上传来活人疯狂嘶哑的号啕之声。恐惧的号啕声又迫使活人尽快逃离其亲人的尸体。

到处都在发生火灾。被凶恶的火山点燃的缓慢燃烧的、烟云缭绕的火，穿透烟灰烧过来，可是，烟灰还在不断落下来，于是，火便胆怯地匍匐在灰褐色的粉尘下面，但也因此变得更加凶恶。隐蔽的火灾的热量变得越来越难以忍受。热量使得脸上的皮肤发紧，使人的眼睛干涩刺痛。

令人窒息的烟云已经笼罩了整座城市。烟云爬进人们的屋子里，把那些躲藏在床底下或地窖里的人闷死。

许多人往教堂里跑。有些人想用祈祷来呼唤拯救，有些人则想要面对神祇的祭坛在祈祷中死去。还有许多人则想要在巨大的宫殿的穹隆下面挽救自己的生命。

但教堂里也是一片前所未有的混乱。祈祷辞和渎神的骂娘话混合在一起。虔诚的天主教神父们在祈祷，大胆地祈求着奇迹的发生。祈祷者们的号哭声大得出奇。妇女们则在歇斯底里地挣扎。

一些巨大的碎块穿过教堂的窗户纷纷落地。底下缺乏支撑的一切全都倒塌了——屋顶、墙壁、纪念碑和教堂。神父们在教堂里在一片倒塌声中不倦地祈祷着，像是一群疯子一般。他们不想拯救自己，所以，他们的祈祷和哭泣更加可怕和疯狂。

女王奥尔特鲁达从自己所站的阳台上是看不见所有这一切的。奥尔特鲁达往回跑，跑进自己的卧室，捷列济塔马马虎虎地帮她关好门。急急忙忙地给奥尔特鲁达穿了件什么衣服，便把她往什么地方领。

在厚厚的高墙后面总会找到一个什么地方躲藏起来的，这是一丝微弱的希望。可这希望也是徒劳的！

窗户上的玻璃噼啪碎裂了。烟灰和烟云穿过窗子扑进来，犹如一只灰色的、毛茸茸的、黏滑的怪物。它抓紧人的喉咙，把人窒息。

奥尔特鲁达觉得自己周围是一片血红色的迷雾在缭绕回旋。中了煤气毒的血液，在她脖子上的血管里嘭嘭地敲打着。女王奥尔特鲁达的眼里充斥着血，只看见自己周围的一切都被淹没在一片血雾中。耳朵里是一片沉重的、软绵绵的喧闹声。气喘吁吁的胸口被窒息得喘不上气来。双手痉挛地抓挠着充满烟雾的空气。奥尔特鲁达的话语变成一阵嘶哑的呢喃声。

女王奥尔特鲁达在其中一间屋子里遇见了省长。省长脸色泛白，走路摇摇晃晃——原来是在寻找女王。省长身上穿着一件或许是因为烟灰的缘故变成灰色的家用衬衫。奥尔特鲁达女王对他说：

“把这件家具挪走！”

“陛下！”省长嗫嚅道，“往哪儿挪呀！”说完，便不知道该说什么好了。奥尔特鲁达女王低声说：

“我喘不上气来！”

说着，一行行泪水飞快地流下她的脸颊。从她嘴里吐出一串串哀怨的呢喃。双手痉挛地绞成一团，撕扯着胸口薄薄的衣物。奥尔特鲁达女王脚步摇晃。她几乎已经快要被窒息了。省长和捷列济塔扶着她。最令人感到窒息的那一刻终于过去了。奥尔特鲁达无声地饮泣着。

“我就要死了，”她低低地嘀咕道，“我要死了。不要管我。我会自己拯救自己的。”

省长拉住她的一只手，把她领到下面的某个地方去。那是一间有着沉重的穹顶的屋子，没有窗户，像在地窖里似的，里面被红色的电灯照得亮堂堂的。桌上的镜子前有几只点燃的蜡烛。房间的地板是用年深月久已经凹凸不平的大块石板铺成的。

省长对女王奥尔特鲁达说：

“请躺在沙发上吧，陛下。”

女王奥尔特鲁达嘀咕道：

“啊，我已经死了！”

她分外吃力地躺在沙发上。周围一片黑暗。电灯也灭了。只有蜡烛晦暗的光照亮了整个屋子。

省长凝然坐在安乐椅上。他的呼吸声既粗重又响亮。忽然他的脑袋低低地垂下来。他死了。

“马上我也会死的。”女王奥尔特鲁达心想。

捷列济塔坐在地板上在女王奥尔特鲁达的身边。她已经失去一半意识，正在无力地挣扎着，嘴里嘟囔着一些不连贯的话语，并用有力的指头撕扯抓挠着沉重喘息起伏的胸口上的衣服的皱褶。

马格丽塔·卡迈躺在女王奥尔特鲁达身上，向她展示着自己那血淋淋的伤口。马格丽塔用自己那沉重得像石头一般的乳房揉挤着奥尔特鲁达的乳房，用自己那黑乎乎的冒着烟的手紧紧抓住奥尔特鲁达的喉咙，用自己那冒着烟的眼睛死死盯着奥尔特鲁达，嘟囔道：

“你去死吧。”

忽然消失不见了，幻化成一堆明亮的万花筒里的色斑。

女王奥尔特鲁达惊恐地站了起来，向前走了三步，从凝然坐在安乐椅上一动不动的已经死去的老头子身边走过去。她的双膝直打弯。她慢慢地滑落在地板上，发辫散开来披落下来，她把脸颊紧紧贴在地上的石板上。一阵急遽的痉挛摇撼着女王奥尔特鲁达的整个身体，把她的身子翻转过来。

女王奥尔特鲁达的脸被蜡化了。下巴颏儿掉了下来，然后又伴随着一阵尖锐的牙齿磕打声阖上了。这种情形一连重复了好几次，一次比一次微弱。她似乎正在冷却下去——女王奥尔特鲁达正在死去。她的眼睛一直睁开着，像玻璃似的晦暗。

此时，王后克拉拉不知从哪儿走了进来。在一片昏暗中她坐在了地板上，仔细端详了一下躺在地上的那人的脸，声音嘶哑地吼叫起来：

“奥尔特鲁达！奥尔特鲁达！”

死去的奥尔特鲁达女王没有言声。王后克拉拉绝望地在已经冷却的女儿的身体上忙乱挣扎着。

捷列齐塔像是被王后克拉拉的叫喊给激发起来似的，忽然跳了起来。烟憋得她气喘吁吁，她感到死神正在逼近，于是，在盲目的恐惧中她迈开腿不知在向什么地方狂奔。在门槛上她轰然倒地便死了。

现在，王后身边已经没有一个活着的人了。

王后克拉拉感觉到死神正在逼近，于是便一个劲儿用绝望的话语祈祷着。她恐惧而苦闷地喊道：

“把我拿去吧，可诅咒的死神啊！”

王后克拉拉被苦涩的烟云包裹着，她的号叫已经嘶哑不堪了。她正在因窒息而死去。在失去知觉时，她沉重地倒在地板上，躺倒在奥尔特鲁达女王的尸体旁边。

在一片烟雾中，灰暗的烛光微燃着，依稀可见。紧接着连烛光也灭了。

王后克拉拉正在濒临死亡。她发出沉重嘶哑的喘息声。她已经什么都意识不到了。她转过身子来。她抻长身体。她的头磕在冰凉的石头地板上。她的脸已经变得像蜡一样了。

覆盖在王后脸上的灰尘加重了，渐渐变得像是覆盖着两层灰色的面具。

于是，被所有人丢弃后，躺在忠实于自己的人的尸体中间，两个人——女王和王后——都死了。两人都一动不动地躺在那儿。她们周围的烟变得越来越浓了。灰尘散落在她们那抻长的半裸的身体上。灰尘慢慢把她们都遮盖起来了。

最后一点儿人的声音死灭了，伴随着轰隆隆的倒塌声，便是一阵令人悒郁的沉默，随后，女王下榻的那座官邸很快便会成为盛放女王和王后尸体的地方了。旁边那间屋的天花板已经倒塌了。可是，在女王和王后所在的那间屋里——真是不可逆料的任性和偶然！——一切都完好无损。

整个宫殿和周边地区都回响着一种轰隆隆的响声。可是，已经没有什么人来欣赏这声音了。在野性的疯狂的轰隆声和狂怒的嘶吼声中，只有沉默在笼罩着一切。

所有留在城里的人全都死去了。已经听不见一句人的话语。死城被死者的梦缠绕着。

那些来得及跑出城的人，全都跑到海边去了。活下来的人群里也充满惊恐和绝望。逃出来的人中也有许多死在路上，是被烟憋死的，被有毒的空气毒死的，或是被石头砸死的。可是，那些来得及跑到港口的人也未能获救。

几乎在与火山开始喷发的同一时间里，海底发生了一次大的震动——第一次大约是在火山开始喷发后的两分钟发生的，以后的第三次或第四次大约间隔有一到两分钟。每次震动掀起的狂涛巨浪都会狠狠拍打着海岸，摧毁码头以及堆放商品的简易建筑物。咆哮的海浪带着疯狂的呼啸声一浪接一浪地拍打着岸边。

从城里通向海港的海上的景象十分可怖。海上一点儿风都没有，海浪的样子很可怕。没有任何东西驱赶，海浪却凶狠地拍打着海边的岩石。拍岸浪愤怒的咆哮声有时甚至把火山的疯狂呼啸声都压了下去。

不小心靠近小岛的轮船被打碎沉没了。在这次翻船事故中死了许多水手、好奇的旅游者和被喜欢炒作新闻的编辑部派来的勇敢的报纸记者。不幸的人们终究未能向自己的公众介绍一下这一罕见的令人惊奇的画面的详情细节。

巨大的海浪忽然迎着从城里跑出来的人们扑来。软弱的人被浪打翻了，强壮的人竭力想随水游去，但同样被淹死了。

德拉戈涅尔从前的居民中在这个清晨谁都未能找到自己的拯救之途。

73

在帕尔马离得老远就能听到灾难的嘶吼声。大海在咆哮，帕尔马上空的天空覆盖着赤红色的火山灰。帕尔马开始流传一些不知从哪儿冒出来的暧昧的传言，说什么德拉戈涅尔城毁灭了。人们都在固执地说女王和王后都死了。

帕尔马的恐慌情绪在急遽增长。激动不已喧闹不休的人群聚集在大街上。维克多·洛连纳所住的内务部门前以及海军部门前，都发生了带有仇恨情绪的示威游行。红旗和黑旗在到处飘扬。忽然冒出的演说家狂怒的演讲声伴随着野性的愤怒的人群的呐喊声和嘶哑的叫声到处可以听到。一块块石头飞进宏伟壮观的建筑物窗户里。被打碎的玻璃破裂声总是伴随着破衣烂衫的老婆子们、小姑娘们欢呼的哈哈笑声和半裸的小男孩的口哨声。

傍晚时分，关于女王和王后已死的流言越传越玄。可是准确的消息却一个也没有。这使得人群狂怒。人们都说内阁知道实情，但却向百姓隐瞒不报。街头演说家号召民众把部长们吊死在电线杆上。军队被叫来帮助警察。几个营的步兵持枪站在内阁大楼的院子里。

可是，内阁其实什么也不知道：德拉戈涅尔岛上的电报已经中断了。

最后，有关灾难的消息终于传到帕尔马。来自卡勃连拉的电报告知德拉戈涅尔城已经被喷发的火山给毁灭了，那一带有许多死尸，而且，和火山喷发同时发生在德拉戈涅尔一带的海底地震淹没了许多海船。关于女王的命运音信杳无。

这些电报被立即启封并分发给民众。分发电报也并未能长久地安抚民众的激动心情。帕尔马街头整夜都游荡着喧闹的人群。人们的情绪阴暗压抑。

早晨起来城里各处张贴着带有安抚内容的海报。内阁通过海报告诉人们已经采取了一切必要措施以拯救女王。内阁当然自己也不相信他们想要人民相信的那些话。况且任何人也不相信他们。人们把那些说谎的海报全都撕得粉碎。

当国王的快艇载着奥尔特鲁达离开帕尔马城堡前往德拉戈涅尔岛的同一时刻里，菲利普·梅齐奥把患了嗜眠症因而沉浸在梦境里的阿夫拉偷偷运了出来，把她从她的卧室运到城堡里来。

阿夫拉被运到迈约尔卡西北岸边的萨列利小镇。菲利普·梅齐奥就出生在这个小镇上。到了小镇，阿夫拉又被安排在菲利普·梅齐奥的姐姐家里居住，他姐姐嫁给了一个当地的公证员。

当天晚上，阿夫拉刚刚被运到这家就醒了。阿夫拉已经在沉重的半意识状态下过了整整两昼夜，这状态有点儿近似于训练一头酷似于人的野兽做什么事儿似的。阿夫拉穿上衣服来回走动，愉快而又亲切地和人说着话，甚至还走出家门，可是，她看人的眼神很迟钝，而且总是一件事儿刚做过就忘了。此后，在她的脑海里，关于这阴郁的两天她一点儿记忆都没留下。

阿夫拉只是在火山喷发后的那天傍晚才彻底恢复知觉。她有意识地看见的第一个人是菲利普·梅齐奥。阿夫拉吃惊地说：

"多么奇怪呀！喏，菲利普，是您吗，这是我呀，可是，周围的一切怎么突然间变得这么陌生这么新奇呢。这究竟是怎么回事儿，菲利普？"

菲利普·梅齐奥回答她道：

"这儿是萨列利镇，以前我跟你说过多次。是我亲爱的故乡小镇。"

"而这就是我们的家？"阿夫拉问。

"亲爱的阿夫拉，"菲利普·梅齐奥回答道，"我们的家还没有建造起来呢。我们现在是在我姐姐的家里。我希望你能喜欢这里。"

"我非常喜欢，"阿夫拉说，"我能看见您，亲爱的菲利普。可是我究竟是怎么来到萨列利的呢？奥尔特鲁达女王在哪儿？她怎么样了呢？"

菲利普·梅齐奥小心翼翼地问道：

"你难道没觉得，亲爱的阿夫拉，从来就没有过一个什么奥尔特鲁达女王，她只不过是你的一个梦罢了，而且这个梦是永远不会再重复的吗？"

"哎，菲利普！"阿夫拉嚷叫道，"我们曾经如此甜蜜地做的梦，那也比生活本身更加真实。可让我猜猜您究竟为什么要这么说呢——我可怜的奥尔特鲁达死了。"

"我们依然对她能被拯救抱着希望，"菲利普·梅齐奥说，"女王在火山喷发前去了德拉戈涅尔并且竭力想要拯救那里的居民。而无耻的政府却安安全全地留在帕尔马。奥尔特鲁达是个伟大勇敢的女人。可对于她所担负的责任来说，她实在是太年轻了。而且，选举机器的意志把这个坏蛋维克多·洛连纳放在她身边，这也不能算她的过错。"

"我的奥尔特鲁达死了！"阿夫拉低声诉说道。

说完，便哀哀地啜泣起来。菲利普·梅齐奥温柔地吻着阿夫拉，在劝慰着她。

在这些可怕的日子里，爱情的手慷慨地分发着迷人的爱的花朵。谁不曾爱过，不曾陷入恋爱中，而谁如果已经爱上了，那么，爱欲的火焰会变得更加强烈。伊莫格纳和马努埃尔·帕尔拉德，阿夫拉和菲利普·梅齐奥——他们的爱在他们心目里变得更加甜蜜更加欢悦，爱情之花在全民灾难的阴郁天幕下开放得是那么的璀璨。

火山喷发到了夜里终于停止了，火山的呼啸声停止了，大海的咆哮声也静止了，第二天一大早，已经有许多人坐着船前往德拉戈涅尔。

所有军舰都得到命令前往德拉戈涅尔救灾。

究竟谁死了还不知道，但许多家庭已经预先笼罩着从未有过的哀伤之情。看起来，整个帕尔马，平常日子里总是那么无忧无虑欢快的帕尔马，已经被空前沉重的忧伤所攫取。

只有坦克连德王子装病躺在病床上，预先体验到了阵阵狂喜，因为有人给他带来了女王奥尔特鲁达已死的消息。坦克连德王子丝毫也不怀疑奥尔特鲁达已死，他相信他登上王位的道路已经清洗得干干净净了。可是，坦克连德还应该继续装假，还必须表现出忧伤的样子，还必须装出一副激动和忧郁的神情来。

他的朋友们纷纷同情地说：

"可怜的王子！他比我们所有人都痛苦。"

不过也有一段很短时光，那时坦克连德王子的脸色变得不是做作的忧心忡忡：传来了一个流言，说奥尔特鲁达女王得救了，并且已经坐着鱼雷艇到了卡勃连拉岛。社会上欢乐的希望持续了几分钟之久。人们以为既然女王得救了，那么其他人也能够得救。

可是，人们很快就又说什么女王奥尔特鲁达死了，鱼雷艇在德拉戈涅尔岸边只找到了被烧坏的女王的尸体。谁都不知道这些流言是从哪儿传出来的。

人们越来越焦虑。街上的人群在沸腾。发生了血腥冲突、暴力事件和凶杀事件。有人攻击衣着华丽的太太女士，抢夺她们花花绿绿的衣物和头上五彩斑斓的帽子，而且那些被折磨蹂躏的赶时髦的女人很难被解救。而那些来自中心市场贩卖蔬菜和鱼的太太们尤其对于那些衣着华丽的太太们感到愤懑。

内阁正在为采取什么措施而争论不休。部长们惊惶失措，纷纷说自己该退休了。只有维克多·洛连纳一个人很平静。他说：

“街头那些喜欢看热闹的家伙们嚷嚷一通便会安定下来的。可是，一旦我们提交辞呈，那么究竟由谁来组成新的内阁呢？女王奥尔特鲁达没有继承人，没有担任摄政王合适的人选，因此，现在我们是这个国家唯一合法的政权代表。”

于是内阁决定留下来。

政客们和交易所经纪人们大发灾难财。国债市价多少有些下降后，便在这一水准上稳定下来了。工业企业和殖民企业证券却成了残忍投机的对象。这些证券时而急遽上升，时而急遽下降，无论上升还是下降都取决于交易所如何评价坦克连德王子取得王位的几率的高低。

交易所像蚁穴一般沸腾了。街道上是不同寻常的热闹景象。

在女王奥尔特鲁达死的那天，坦克连德王子同谋者圈子里已经在开始谈论由他来作为王储的可能性问题了。在装病的王子床前，聚集了一些阴谋推翻女王奥尔特鲁达的先生，他们表达了伪装的悲伤之情。他们甚至对奥尔特鲁达女王感到满意：她的死使他们不必承担举行他们阴谋制造的政变的风险了。现在，夸奖她的优点对于他们来说一点儿都不难。

卡勃连拉公爵说：

“在这场我们国家所蒙受的可怕的黑暗中，阁下您是唯一能给我们以欢乐的希望的一线光明的人 。”

红衣主教也悄声嘀咕道：

“上帝使一切向好的方面转化。”

说着，便虔诚而恭顺地低下狡猾的视线。

坦克连德王子很不满意地看了他一眼。他似乎觉得这种说法实在是太过分了。可是，狡猾的大主教一点儿也不害臊地继续说道：

“而且，就连阁下您那使我们陷入深深悲哀之中的疾病，显然也是上帝赐给您的，为的是拯救我们宝贵的生命。”

坦克连德王子反驳道：

“我的生命算什么！现在我们应当想的只有如何拯救我们亲爱的祖国，而我的生命属于我的祖国。”

最后就连维克多·洛连纳也在海军部长以及两个内阁成员的陪伴下登上鱼雷艇前往德拉戈涅尔岛了。鱼雷艇急速的飞驰使他得以在第一批人中进入该城。

维克多·洛连纳和他的随从站在最高层的驾驶室里，对着望远镜仔细观察着德拉戈涅尔城。他们看样子煞像那些蜂拥而来的好奇心特重的游客，总想看一眼从未见过的景象和场面。德拉戈涅尔城从远处看上去似乎没受多大伤害。可当他们进入港湾，这才看见城市被毁坏的完整图像。

鱼雷艇在锚地停了下来。从鱼雷艇上放下了小舢板上岸。维克多·洛连纳坐在其中一只小舢板上。维克多·洛连纳喜好算计，人很勇敢，非常镇静，自控能力极强，所以，此刻他竭力压抑着内心对于危险的可怕的忧惧感。此刻的他看上去既勇敢又大胆。

有人劝说他不要上岸。人们纷纷说：

“先让水手们把道路清理了，把路上容易倒塌的墙壁加固一下再去不晚。”

维克多·洛连纳坚决地说：

“现在在危险的地方我应该走在所有人的前面。”

说着，他做了个有力的手势，并巧妙地说了一句非常富有效果的话。这一点产生了强烈的效果。

维克多·洛连纳不费力气地就上了岸，因为岸上堆积着破碎的码头、仓库、小船以及其他一些被损害的小玩意儿。所有东西上面都覆盖着一层烟炱和灰烬。维克多·洛连纳和他的随从人员五分钟后已经满面尘灰烟火色了。他们动身进城，灰烬使他们气馁沮丧。可是，用不了多久他们就可以回到岸上来了。

他们打发人去打扫道路。水手们干得很卖力。到最后通向城里的道路总算是清理出来了。

从外观看，城里许多房子都还完整。可是城里的一切都覆盖着火山灰和岩浆。死气沉沉的街道上堆积着一些毫不成形的碎块和破烂。谛听这座无声的死气沉沉的城市是一件十分可怕的事儿。

全城的样子看上去不祥而凶险——这是一座死城。一幅可怕的毁灭画面，每一步都有死人。到处都是死尸，死尸身上覆盖着火山灰，被烧得半焦，个个脸色发青。到处都是腐烂肮脏的死尸，看不见一个活着的人影儿。

维克多·洛连纳和他的随从慢慢悠悠地沿着街道前行。许多地方不得不从火山灰里挖掘一条通道才能过去。

由于许多房屋都一半被毁，随时可能倒塌，所以便不得不万分小心地谨慎前进。

最后他们终于找到省长官邸。

他们像在有死人的屋子里那样说话。有人说：

“女王曾经在这里住过。”

维克多·洛连纳低声说：

“希望女王还活着。”

说着，他恭敬而又忧郁地抬起帽子，鞠了一躬。

省长官邸的正面已经被毁了一半。窗户上保留下来的玻璃都被打碎了，窗框一半倾塌一半被烧毁，四周有些玻璃的碎片在灰暗奇特地反着光。右边的屋顶离火山最近，但还完好，而另一面却倒塌了。

打发工兵进屋搜索。过了将近一小时，人们等得疲惫不堪。维克多·洛连纳神经质地在石头上敲打着手杖，一支接一支吸着烟卷，在匆忙清理出来的街道并不很宽的空地上来回走动着。他的随从们也随意坐在一些碎块上。大家全都压低声音说话，不知为何聊起了帕尔马生活里浑无乐趣可言的细微琐事。

最终中尉终于向维克多·洛连纳报告说，省长官邸里近处几间屋里的天花板都已加固，找到两个仆人的尸体，其他房间里的搜索工作仍在继续进行。

维克多·洛连纳走进屋里。

到处都是火山灰和垃圾堆。空气恶浊而窒闷。火山灰尘直往人的肺叶和鼻孔里钻。呼吸很困难，就好像有一块沉重的木板压迫着胸口似的。被压抑的灰暗的阴燃的微火的气息凝然不动地凝固在空气里。旁边陈列着两具刚找到的尸体，尸体躺在一块木板上。

大家心里都又有一个令人恐慌不安的问题：

“女王在哪儿?”

为了进入官邸，走进官邸的里面，必须还得小心长久地干一会儿活儿，把废墟和一堆堆的石头和火山灰分开。又发现了几具被挤得变了形半被火山灰掩埋的尸体。在官邸顶层卧室里没有任何新的发现，那里应该有间本应给女王住的房间。最后，人们下到底层，钻进走廊和楼房的半地下室里去。工兵们手里举着火炬或电灯干活儿。

有一间屋的门半开着。大家发现门槛上石地板上摊手摊脚地躺着一具死去的女人的尸体。认出是奥尔特鲁达的侍女捷列济塔。大家已经预先感觉到发现前的激动心情。这个死在门槛的女人看上去宛如一个令人感动不已的忠诚的牺牲品。当然她既然在这儿，那么她的主人应该也离这儿不远。

人们把捷列济塔的尸体放在担架上抬走。此时，维克多·洛连纳和他的随从默默地跨过门槛。

这间屋的天花板更低更肮脏，所以空气也就比官邸里其他屋子更恶浊更窒闷。屋里很黑。维克多·洛连纳低声断续地下令道：

“拿灯来。”

与此同时，像是预先感觉到他会下令一般，士兵们拿进来的提灯的反光开始在房间的四面墙上晃动不已。有人小声说：

“在这儿。”

一排提灯沿着维克多·洛连纳的身体的两边排出半圆，照亮一个可怕可怜的场面。地板上躺着半裸的女王和王后，身上覆盖着一层干燥的薄薄的灰色的黏滑的火山灰。在她们两个身后的安乐椅上，可以看见干燥而又瘦弱的省长的尸体。

士兵们小心翼翼地抬起女王和王后的身体。把她们放在担架上，小心抬到街上。在那里，在傍晚时分西斜的阳光奇特的辉映和照耀下，穿过灰暗的灰色的火山灰，女王和王后的身体和其他死者的身体一样凝固不动，可怜巴巴。

在士兵和官吏组成的人群里有一个忠实于女王的人感到悲伤大声号啕痛哭起来。其他人脸上也现出忧郁的神色，眼睛也湿润了。

74

要在很短的时间里埋葬这么多尸体那简直是不可能的。腐烂的臭味提醒人们不宜长久停留在城里。维克多·洛连纳和他的随从尽快离开了这座城市废墟。

于是，他们把女王和王后放在两具沉甸甸的铅制的棺材里，然后把棺材装在那艘把他们运到这座破坏和死亡之岛上来的快艇上。快艇开得很慢，而载着部长们的鱼雷艇却在海上开得飞快，很快就超过了快艇。

第二天，运送女王和王后尸体的快艇便来到了帕尔马。透过明亮闪烁的焕发着喜悦色彩的薄薄一层火山灰的灰蒙蒙的烟雾，一条快要登上顶峰的燃烧的火蛇，焕发出喜悦和怡人的神采。在火蛇辉映下，这艘海上的快艇和其他轮船相比，俨然就像一个蒙着迷雾的轻灵的海上美人。悼念的旗帜在汽艇的桅杆上喜气洋洋和骄傲地飘扬着。

百姓们一大早便一群群地在海岸边等着了。百姓一大早起就站好了送葬的队列，准备把尸体运到国王城堡的小教堂里去。

当棺材被放在灵车上时，人群里响起了哭泣和号啕声。这一华丽的场面俨然成为一幕由民众参与表演的哀伤的宗教神秘剧。

待维克多·洛连纳回到帕尔马后，当天就举行了部长会议。

早晨，在政府公报里出现了官方消息，通报了奥尔特鲁达一世和守寡的王后克拉拉驾崩的讣告，根据宪法，国家权力由内阁接管，一直持续到新国王宣誓就职和国家有了摄政王后为止。

女王和王后的悲剧性的逝世在全国上下和可以读到报纸的世界各地引起极其巨大的反响。奥尔特鲁达女王迎接死神的英雄主义精神，对于王朝来说可以说是非常合宜的，如果女王留下孩子的话。可是，王位却没有一个继承人。

人民大众的悲哀是绝不做作的。所有人都戴了孝穿了丧服——全国上下都披着哀伤的缟素。教堂纷纷面对黑纱围起来的黑框举行隆重庄严的悼念仪式。不仅是妻子和少女流下了眼泪，就连阿夫拉和伊莫格纳都洒了悲伤的泪水。

甚至就连坦克连德王子虚伪的哀伤看上去似乎也很惹眼。天空中燃烧的火蛇穿过乌云显得那么美丽。而躲在悲伤的云中的那条会施魔法的蛇也显得那么漂亮——这是一条尘世的蛇。

悲伤的事件正好可以为坦克连德王子所利用，因为为他上台组织的阴谋活动已经发展到箭在弦上的地步了。

在安葬女王和王后的日子里，坦克连德王子的传单在报纸上登载并在城里到处张贴，传单的标题是："致我亲爱的人民。"坦克连德王子巧言令色地表达了他的所谓折磨着他内心的哀伤。他真挚地感谢人民对他夫人和女主公——奥尔特鲁达女王一世——的那种爱戴之情，她把她的一生都献给了为了人民的幸福而操劳的不知疲倦的劳动中了。他感谢所有和他一样悲伤的人。声明愿意为国家和政权服务，因为他已把这个国家当作自己的第二故乡了，所以，他对国家如此忠诚不贰，正如他以前曾经辅佐他心爱的恋人、永难忘怀的奥尔特鲁达女王一世光荣执政时一样。

这一声明人们都理解成坦克连德王子是在正式提出他作为空缺三位候选人的身份。

内阁声明必须着手进行国王大选，为此按照宪法，指定了进行新的议会选举的时间，而这个议会将拥有联合群岛王国全体国民所授予的全权。

坦克连德王子于是为竞选国王展开了一场空前激烈的宣传大战。支持他的颇有几个富有影响力的居民团体。其中首先是那些曾经对他的风流艳遇有过訾议的贵族。达官显贵的太太们比所有人都更起劲儿地参加了宣传大战。埃列奥诺拉·阿丽纳斯侯爵夫人施展出她从事幕后阴谋和秘密影响力的全部解数。军队的大多数和所谓军人党也是拥护坦克连德王子的。对坦克连德王子尤为忠诚的是那些水手。他们期待自己能获得一般情况下他们只能在战场上才能获得的荣誉和地位。大资本家、工厂主、交易所交易员、银行家和为数众多的债权人也支持坦克连德王子。强大的教权主义政党也支持坦克连德王子。此外还有许多持自由主义观点头脑简单的人为他的风度所迷惑也支持他。

当时暂时还不知道那些伟大的强国将会如何对待坦克连德王子候选王位这件事。帕尔马已经在为外国干涉而担忧起来。据说许多强国害怕坦克连德王子富有侵略性的战略思想。

一些强国的分舰队开始从四面八方向群岛包围过来。英国巡洋舰驶进卡勃连拉的一个港口。他们派往帕尔马的使者每隔一小时就会商谈一次。

可是坦克连德王子显然在民间并没有什么知名度，因此他的入选并非勿庸置疑。坦克连德王子的拥护者们担心共和派思想会在全国大获全胜。可他们毕竟指望社会主义者和工团主义者之间的分歧会日益加大。

这一事件的反对派们被搞得措手不及。况且反对派自身本来就缺乏统一性，而唯有统一性能够保证必要的行动的一致性。

缺乏统一性取决于国民反对派内部的各个团体——知识分子无产阶级、工人和农民之间利益的冲突，而且小资产阶级的大多数也隶属于反对派。因此反对派被划分为相互争斗的三个主要团体：工团主义派、社会主义派和激进派。后者又分为资产阶级共和派和议会君主制拥护者两类。每派都有自己的机关报和俱乐部。每个党都组织自己的群众集会。当前的局势很复杂而且很不明确。但没有一个政党在全国拥有多数席位。共和派思想由于起义失败而声誉扫地。

随着新的议会大选日益临近，大选前的宣传大战也日益加强。这样就又形成了四派：主张选举坦克连德王子当国王的，主张资产阶级共和派的，主张社会主义制度的和主张工团主义公社的。

共和派的宣传主要集中在乡村和中小城镇。而工团主义和社会主义者则把主要注意力集中在大城市。

资产阶级激进派政党起先发言支持竞选国王，但不支持坦克连德王子担任国王。然而，却也不否认共和派的思想。他们曾就如下问题争执好久，即共和制好还是君主专制好？

激进政党委员会在经过长期争论——有的拥护共和党，有的拥护坦克连德王子——以后，决定最好还是由选举产生国王，但这国王倒不一定是坦克连德王子。可是他们又一时找不到一个足以和坦克连德王子抗衡的人物。于是，他们开始长久并且仔细斟酌遴选着所有具有激进派观点的欧洲王子。可几乎个个都很危险。还有的王子看起来似乎太像军人了。另外一些的亲属未免又太多了一些。那些王朝被推翻的王子们又有可能把联合群岛王国带到一个于其祖国极为不利的关系中去。

一个流言在流传，是某个伟大强国的使者推出亚洲某个埃米尔①或可汗的某个儿子作为国王候选人。可不知为何人们都不喜欢这一候选人。据说这一候选人喜欢处人以极刑，即钉在木桩上，而且他不能没有庞大的后宫。

于是便倾向于共和派。

在帕尔马的报纸和群众集会上，出现了关于社会权力这一基本问题的争论。怎么处理这个问题好呢？

一些人主张为了夺取国家政权应当交由无产阶级统治。相反另一些人认为必须通过削弱社会权力的方式和组建自由的社会服务组织的途径来取消社会权力。

菲利普·梅齐奥的朋友们主张实施共和制，为此有必要为夺取政权实施社会主义变革而进行第二次尝试。菲利普·梅齐奥本人没有表达明确的观点。他对工团主义的好感有所增强，所以，他的政党如今对他颇有些怀疑。

在埃德蒙多·涅戈利医生编辑下的工团主义报纸《协力向前》早已在固执地发挥这样一种思想，即国家政权应当完全予以消灭，自由人之间的关系应当在没有任何强制成分的基础上重新予以建立。

女王和王后出殡的那天在帕尔马举行了许多人参加的热闹的工团主义和社会主义的集会。工人村里的绝大多数人都参加了这一集会。表面看这一以举行所有反对派政党参加的盛大集会而显得特殊的一天，象征着在人们的意识里，已经为一个过时的资产阶级制度残余举行了盛大的葬礼。

工团主义派的集会在经过长久争吵后，做出决议要消灭国家政

---

① 某些伊斯兰教国家军事首领、统治者的称号。

权，恢复自主个人专制政权或纳入与他人签署社会协议的轨道，保留任何社会组织的决议。

工团主义在这个联合群岛王国里看起来势力足够强大。多数知识分子无产阶级以及多数要求具有智力发展、社会技能和知识达到高程度的产业工人都隶属于这个政党。菲利普·梅齐奥医生极其同情这一政党。不过，他依然还留在社会民主党中央委员会内。

社会民主党其他党魁早已对菲利普·梅齐奥很不友好。除了人际关系中常有的如人类中心灵软弱者不喜欢强者这一原因外，还有其他一些更加充足正当的理由，如菲利普·梅齐奥在理论和行动上动摇不定等。有关菲利普·梅齐奥和奥尔特鲁达女王谈话的内容，人们也很快就得知了。在党内和社会上颇有人因这次会面而对他颇有訾议。一段时期以来一个传言始终在流传，说菲利普·梅齐奥不得不退党了。当这一流言开始出现在报纸上时，社会民主党中央委员会出面否认了这一流言。但尽管如此，菲利普·梅齐奥在中央委员会内的地位仍在很大程度上令人感到不快。

这些日子里，在广大的社会各阶层及民间，尽管有关菲利普·梅齐奥所犯错误有着各种各样的流言，但他的名望还是在持续增长。就连他的动摇不定也吸引了许多人的心灵。颇有人认为他不是一个仅仅停留在纲领上的人，而是一个勇于从事活生生的事业的人。女人们尤其喜欢怀着热切的感情为他拜访已故女王的行为辩护，认为这体现了一个骑士对女性所应采取的态度。

报摊和零售商们在到处销售菲利普·梅齐奥的肖像。他的形象以数十种姿势出现在明信片上。小酒馆里歌唱的小曲也在歌颂他光荣的历史。在各种沙龙和社会集会上人们在重复他的“言论”，而且总是比原话更尖锐或更软弱——而实际上多数这类所谓言论他都从未说过。事情发展到这个地步，以至一些古老的笑话和喜欢说俏皮话的人新编的段子也被人们无一例外地附会在菲利普·梅齐奥头上。每天在帕尔马及其他城市的所有地方都会举行群众参加的热闹的纪念菲利普·梅齐奥的示威游行。

每天都有一群群的人聚集在菲利普·梅齐奥的家门前。于是他往往被迫走到阳台上发表演讲。每天都有一群群的姑娘和女人敲他家的门，给他献花，其中有如花似玉的小姐，有律师和工程师的女儿，也有眼珠滴溜溜转个不停、衣着朴素的工厂女工，还有女教师、女大学生、生活郁闷的太太和没时间感到寂寞的女工人。

75

与此同时，在帕尔马以及首都之外还频繁发生反对坦克连德王子的示威游行。

其中有一次发生在首都帕尔马的示威游行规模尤其巨大。一群群的工人带着他们的妻子儿女从城郊沿着进城的路边走边高喊：

“打倒坦克连德！”

“坦克连德滚出帕尔马！”

矗立着金涅夫拉女王纪念碑的广场，正对着议会大厦，一群群从四面八方来的人们聚集在那里。小男孩们在议会大门口点起了篝火，在火上焚烧着坦克连德王子的画像。姑娘和女人们围绕着篝火哈哈大笑、唱歌跳舞。

人群从这里开始直接朝国王城堡走去，那里是坦克连德王子住的地方。

内阁派出一队军队以阻止示威者们。在距国王城堡不远的地方士兵们挡住了示威者前进的道路。

平静的队伍和阵阵鼓声并未造成特别强烈的影响。人群停下脚步，但并未散去。

要求解散的命令人们根本听也不听。

士兵中间有人开始悄悄抱怨。指挥这支部队的将军觉得必须尽快结束这次行动。他对副官低声说道：

“向骚乱者们开火。”

副官恭敬地服从长官的命令。随后，他神经质地用戴着白手套的左手一抖胯下那匹漂亮的黑色坐骑的缰绳，来到正带着一队士兵站在人家墙外人行道边的营长身边，向后者下达了将军的命令。

喇叭声响了，这是在告诉人们马上就要开枪了。人群里腾起一片笑声。人们深信军队不敢开枪的。

这时人们听到了口令声。可是，士兵们一动不动地站在那儿，并未服从命令。

军官们很尴尬。将军怒火万丈。嚷道：

“开枪！”

然而，这支队伍显然根本没有一点儿纪律可言，站成一排排的士兵的危险性一点儿也不亚于那群工人。

士兵队伍解散了。队伍的前排和人群混合起来了。人群中传来了友好的声音：

“军队万岁！”

“人民万岁！”

士兵和工人成了兄弟。双方交换着铜制圣像。相互亲吻。年轻的女工们向士兵抛撒鲜花。

在国王城堡里坦克连德王子身着笔挺的装饰着本国和外国的星花、勋章和奖章的少将军服，正在和朋友们交谈。坦克连德王子和他的朋友们正在急切地期待着事情的发展。

维克多·洛连纳及其他几位部长也赶到这里来了。

等待开枪令人急不可耐。坦克连德王子不时派遣一位副官去打听一下，士兵和示威者们的冲突为什么还没开始。

城里喧闹的嘈杂声使得城堡里人心惶惶。最后，有关金涅夫拉广场和国王城堡前面所发生的事件的消息终于传来了。一开始传来的都是些模糊不清的传闻。随后，开始得到副官们的报告，最后，市卫戍司令也亲自来了。他的报告引起了令人震惊的效果。

人群随时都可能进攻城堡。将军们急了也慌了。他们建议采取最极端和最激烈的措施——那就是下令用大炮轰，用血流成河来镇压正在萌芽中的造反和起义。

部长们却都比较谨慎。维克多·洛连纳说：

“工人们并没有武装起来。这不过是一次很普通的示威游行，它的确令人不快，但丝毫也不危险。工人们喊几嗓子就会回家的。明天警察局和卫戍部队再采取必要措施也不晚。”

只有维克多·洛连纳一个人很镇静。其他人已经开始设想自己如何逃跑了。

有人朦胧地谈到城堡里有一条地下暗道。可是，没有人真正知道阿拉明塔秘密宫殿的秘密。坦克连德王子愤怒地嚷道：

“当时我就说过！没人听我的——看看，闹出事儿了吧。应当毫不留情地处死这个混蛋，把这个强盗梅齐奥吊死。”

罗伯特·卡迈伯爵自信地说：

“我们会胜利的！”

可他内心里实际上却充满了幸灾乐祸的恶毒的仇恨的欣喜。如果人群冲进城堡并且把坦克连德王子杀死的话，他只会高兴得心花怒放。

卡勃连拉公爵固执地沉默着。他那张灰色的脸变得苍白，除恐惧之外，没有丝毫表情。

与此同时，人群开始向宫殿前面的广场涌来。充满威胁的呐喊声长久地回荡着。可是，人群终究没有冲击城堡。在深夜到来前就纷纷解散了。

第三部　烟与灰

76

特里罗多夫非常仔细认真地阅读着报纸上有关联合群岛王国悲剧性事件的消息。他甚至开始摘录帕尔马报纸的片段，为此，他甚至学起了西班牙语。

许许多多的思想和幻想在此期间涌上特里罗多夫的脑际。有时这类幻想甚至还会把他带到很远很远的地方。他已经能够清晰地想象得到距离彻底和平地建立一个崭新的社会制度的时代已经很近了。

在特里罗多夫看来，个人在历史中的作用永远都是牢固和明确的。

人群却只会破坏。个人却是在创造。社会则保存这种创造的结果。

人群中肆虐的是一只野兽。而从事自由创造的个人仇恨并且毒杀野兽。自由人组成的社会乃是产生新人的摇篮，新人是那些既不愿意做主人，又不愿意做奴隶，既不愿意给当局带来损害，也不愿意损害私有财产的人。他不愿意限制无论自己还是他人的自由，因为他完全懂得人类自由团结的伟大力量。在人类的这种团结统一中，每个人的自由都将随着他人的自由的增长而增长，所以能免除游手好闲的少数人对权力的贪欲。因此团结联合的意识如今在人的生活中变得日益强大了。

特里罗多夫认为社会制度是走向发达的文化社会的必然台阶。他认为这个社会将仅仅是过渡到工团主义的一个阶段，而通过这个阶段，社会才能走向一种自由的制度。

特里罗多夫认为实验表明了社会主义制度的必然性，实验也表明了社会主义制度的暂时性和过渡性质。

特里罗多夫认为应当实际从事这一实验。他认为为此可以充分利用联合群岛王国。这一王国规模不大，处于相对孤立的群岛地位，它所具有的某种独特的自然条件和风俗习惯使特里罗多夫觉得很适合进行这种实验。

如今，当联合群岛王国的王位空缺，特里罗多夫产生的一个非常诱人的想法是安插一个与王朝利益漠不相关的非王子出身的人来坐这个王位。可谁做国王合适呢？

“谁愿意谁就能。”特里罗多夫心想，“只要这个人的愿望足够强烈就成。”

于是，特里罗多夫决定尝试攫取联合群岛王国的王位，攫取奥尔特鲁达女王的遗产，在自己头上那顶带着荆棘的诗人的桂冠上，再加上一顶同样包含着荆棘、黄金和闪闪发光的宝石的王冠。

这么重要的事应该告诉伊丽莎白。特里罗多夫已经养成了把自己的任何事都告诉给自己的伊丽莎白，对她什么也不隐瞒，从一开始就形成了把自己的所有意图都告诉她的习惯。

这种充满信任和真挚的亲近感令两个人都感到异常欣悦。

伊丽莎白和特里罗多夫体验过甜蜜和可怕的岁月。这是一段他们的恋情已经得到所有人公认，因此多少略有些可笑的合法恋爱时期，未婚夫和未婚妻的心理状态既充满幸福又心怀恐惧。他们的恋情每天都在增长。

谈及自己将来的生活，伊丽莎白和特里罗多夫预想了许多美好宏伟的计划。他们想要让自己的幻想、愿望和信念能在生活中实现，能为自己创造一种美好自由的新生活。

在这座枯燥乏味沉重的城市里，自由美好的生活却变成一种不可能实现的事情。两人都滋生了想要出走的愿望。走得越远越好，走到能够重新安排生活的地方。

所有这一切都是在逼近那个充满真挚之情的天堂，那是一个在特里罗多夫的童年根本不曾有过的天堂。

特里罗多夫的童年几乎全是在毫无欢乐的状态下度过的。他有时觉得他从来就没当过孩子。要不就是他永远停留在了孩子的阶段——总是那么腼腆，那么朴实，那么一门心思地沉浸在自己的遐想和幻觉中。

晚上特里罗多夫来找伊丽莎白。

他稍稍有些激动地设想着伊丽莎白会对他怎么回答。不知为什么，他似乎已经知道伊丽莎白会对他怎么回答了。不知为什么他还知道伊丽莎白肯定会和他大吵一架的。一想到这他就感到气馁。

在他和她的关系中，气馁这种情绪还是第一次出现。可是，可爱的亲爱的大自然却如此温柔、又如此严峻地抚慰了他的心灵。

田野和森林都静悄悄的。它们的气息是那么芬芳馥郁。就连偶然能闻到的着过火的林地散发的微苦的焦糊味儿也令他感到亲切。

太阳已经西斜。日影加长了。松树的枝桠似乎蒙上了一层金色的松香。

青草清新而又柔软湿润，像在欢歌笑语——湿润的大地母亲向他的孩子的双脚袒露出她温暖的肚腹。在山下的峡谷里，沿着小河和小溪，温柔的半透明的和给人以欣悦的迷雾渐渐升了上来。峡谷那朦胧的轮廓使他回想起刚刚过去的已经不再可能复返的往事。他温柔地回想起了自己的前妻。现在前妻会对他说什么呢？她肯定会说：

“做你想做的吧，勇敢地去实现你的梦想吧。”

离拉缅耶夫家不远处，在一块傍晚十分温暖的林间草地上，特里罗多夫碰见了伊丽莎白。她一个人正在草地上走。她那蔚蓝色的眼睛充满了欢喜，她那双光着的脚被湿润的青草上的露珠爱抚着。

他们说起话来。和往常一样，他们无话不谈，谈起许许多多各种各样的事。最后，特里罗多夫终于说起奥尔特鲁达女王的死。

伊丽莎白真诚而又温柔地为女王的死感到惋惜。而特里罗多夫此刻却如此专注于自己的设想，以至怜悯和惋惜在他心灵里根本没有位置。他大谈特谈起在那个群岛幸福的自然条件下，一个可能有的政治和社会生活的未来景象。

特里罗多夫描绘了一个广阔的图景。他说：

“在这个幸福的国度里国王可以做许多事情。”

伊丽莎白反驳道：

“是呀，如果人民能选举一个真正的人的话。”

“人民会选举我的。”特里罗多夫说。

伊丽莎白吃惊地瞧了他一眼。问道：

“选你？为什么？”

特里罗多夫对她的惊奇感到好笑，说：

“原因就是我想这么做。我决定参加这个王国的王位竞选。”

无论特里罗多夫所说的这一切有多么不同寻常，可是，奇怪的是，伊丽莎白连一分钟也不曾想到这是不可能实现的。不知为什么她早已经习惯于相信特里罗多夫的力量和意志了，既然他有此愿望，那为什么就不能实现这愿望呢？可是，她却对这一意图本身并不喜欢。她争议道：

“多么奇特多么意外的念头呀！”她说，“你干吗要这么做呢？”

特里罗多夫说：

“我想要这么做。难道这还不足以成为一个充足的理由吗？有关人类的未来和人类的明天我所设想的一切，都在为我的决心辩护，促使我攫取政权的源头，以便好尝试一下是否能多少促进事情的必然进程。我在这样做时一点儿都没有刚愎自用——我是把我自己的意志和许多人的意志以及统一的世界强国的意志结合起来了。”

伊丽莎白说：

“在这里，在俄国，难道你可以做的事还少吗？我们自己周围的一切都安排得那么不好，人民在野蛮的生活条件下正在迅速地变成凶恶野蛮的野兽。”

特里罗多夫不同意地说：

“瞧，伊丽莎白，哪个地方的土壤条件准备得越好，哪里的人民也就越有用，而像我这样倾向于幻想和乌托邦的人，更是热切地想要在现实生活中实现我的理想。生活中所有美好的一切，都会通过幻想、通过意志的努力，而成为真实的生活。命运把强大的杠杆搁在我的手里，我就应紧紧把握好它。”

伊丽莎白说：

“无产阶级应当掌权。”

“是的，”特里罗多夫说，“可是，现在只有无产阶级的知识分子领袖才能掌权，但他们并非出身于工人阶层，所以对工人缺乏了解。而依据我的心灵倾向部分也依据我的出身和教养，可以说我是货真价实的无产阶级。至于说我有钱，那实在出于偶然。”

伊丽莎白问：

“可是，对于其他们所有人来说，你是个外人呀。在最好的情况下，你充其量也只是个一无用处的同情者罢了。”

特里罗多夫固执地说：

“命运引导着我。我想当国王。我会当上国王的。哪怕是为了不让坦克连德当选，我也要当这个国王。我的目的不过是为了随心所欲，为了克服和征服这个世界上的偶然性，在它们身上打下我的意志的烙印罢了。为了扩展生活的领域，增加生活的意义。”

伊丽莎白重提了一遍自己的问题：

“可是，对你个人来说，这个王位于你究竟有什么用呢？”

特里罗多夫笑着说：

“除了诗人，谁还配戴这样的王冠！”

伊丽莎白小声但却充满自信地，像是宣读命运的判决一般说：

“这是不可能的。”

看样子伊丽莎白似乎赋有卡珊德拉[1]的残忍的预言的才能，以至于他设想的不可能性在她眼里似乎一目了然。特里罗多夫坚决地说：

“我应当实施统治！谁知道可靠的路怎么走，谁就应该负有使命。”

伊丽莎白说：

“这是误会。这一想法的狭隘性令我感到吃惊和害怕。”

---

[1] 希腊神话中的人物，特洛伊国王普里阿摩斯的女儿；是女预言家，能凭阿波罗宣示预言。

“是的，”特里罗多夫说，“哪怕这真的是误会也罢，是思维的狭隘也罢。可是，我生活在这儿，在这个范围内受苦，总之，我——格奥尔基·特里罗多夫，难道就不是一场误会吗。而在我看来，这里面的误会可能会更大。”

伊丽莎白问：

“为什么？”

“因为，”特里罗多夫说，“宇宙的自我意识被牢牢束缚在这么渺小的一个点上，那可才是真正的恐怖呢。”

他一连说了好久，说得十分热烈。

最后，伊丽莎白半被说服了。她犹豫不决地说：

“我当然理解也认为你可以不妨试一试。”

随后，又更加坚决和勇敢地说：

“无论你到哪儿，我都跟着你，任何时候都不会丢下你的。”

伊丽莎白拥抱着特里罗多夫，把头贴在他胸口上。他亲吻着她，抚摸着她，可他内心里很忧郁。他看出伊丽莎白的半同意半不同意的态度是不可靠的，以后在两人之间还会发生更多的争论。而争论令他感到忧伤。

对于伊丽莎白的冷淡，特里罗多夫感到十分伤心。他感到束手无策。

这个矛盾的死结在于伊丽莎白是他的未婚妻。

伊丽莎白说：

“你居然想这么做这真奇怪！要知道你并不是追求荣誉的人呀？”

特里罗多夫吃惊地看了伊丽莎白一眼。这么一种思维方式此刻令他感到简直是格格不入。他反问道：

“荣誉？我要荣誉干吗？”

伊丽莎白不知为何脸红了，然后犹豫不决地说：

“荣誉会引起许多后果。因此，可以设想，它里面一定包含着某种强烈的诱惑力。”

特里罗多夫沮丧地说：

“可谁又拥有荣誉呢？酒馆小曲的歌唱家，男高音，自命不凡的浪漫主义者，一个人、一个闹出许多轩然大波的人，一个在自己周围制造了许多成功的广告的人。对他来说，从迟钝的、凶恶的人群那里赢来的荣誉又值几个钱！对于那些被荣誉捧上顶峰的人来说，人们怀着怎样的幸灾乐祸的心情在捕捉着有关他们每一个笨拙步骤的消息呀！当他们脚下那基座开始摇摇晃晃时，人们又是多么爱咬噬和毒害那些荣誉的囚徒呀！不，我不需要荣誉。”

伊丽莎白悄声说：

“可也有纯洁的荣誉的。”

可是，伊丽莎白那充满了温柔幻想的神情和蔚蓝色的眼睛却说明，此刻她想的完全是另外一件什么事。

特里罗多夫看出伊丽莎白越来越多地关心他们两个人未来在一起的生活，而不是他又忽然冒出的什么计划。他问：

“好吧，你们家的事怎么样了？”

伊丽莎白高兴地低声说：

“我今天又和彼得谈到了叶莲娜，谈的时间真够长的。随后又和叶莲娜谈起了他。”

特里罗多夫问：

“他的态度怎么样？”

伊丽莎白忧伤而笑着说：

“彼得不肯原谅我不自觉地背叛的事。可是，现在他完全被叶莲娜吸引过去了。他的心情变得明朗起来了。叶莲娜也很高兴。我来的时候本来也想把她叫上。可她当时正在和彼得谈话。而且我觉得这次谈话对于他们两人将具有非常重要的意义。”

特里罗多夫说：

“他们会幸福的。”

他笑了。他的头脑里飞快地涌现出一对资产阶级夫妇体面而又幸福的生活场景。伊丽莎白说：

“可在这里他毕竟还是感到痛苦和沉重。他想离开。夏天他想到挪威和英国，冬天想去彼得堡。”

特里罗多夫问：

“那叶莲娜呢？”

他觉得叶莲娜不和什么人——不光是女人和某人的女儿，姐妹，妻子和母亲——黏在一起的话，是不可能一个人留下来的。

伊丽莎白回答说：

“我认为她也想和他一块走。”

沉吟片刻后，她像是猜测特里罗多夫在想什么——或许只是因为特里罗多夫正专注地看着她，她才猜测到的吧——似的，说道：

“当然，叶莲娜是不会一个人留下来的。她总是需要依赖个什么人的。”

特里罗多夫和伊丽莎白走到拉缅耶夫家的菜园附近。他们在这里温柔地亲吻后便分手了，他们缠绵了很久以后才分开。

特里罗多夫眼前展现了一个无声的世界，它那迷雾的远方折磨着他，隐藏着他那无可言喻的沉思。

特里罗多夫在回家的路上边走边想：“伊丽莎白怎么会一个劲儿认为我的构想是不可能实现的呢？为什么？”

或许奥尔特鲁达女王只不过是我的梦想？

特里罗多夫心里再次感到分外沉重黑暗。他忧心忡忡，脸色阴沉沉的。可他用意志的力量努力克服忧伤，让自己重新欢乐起来，并且努力用意志的力量来征服这个无声的世界。

于是，他的遐想又重新欢快和明亮起来、欣悦起来，这欢快之情战胜了空间和时间。

就好像身边有人在对他说：

“无论如何也要做到！”

77

当特里罗多夫和伊丽莎白在闪烁着欢快的露珠的青草地上和温和凉爽的气息中轻轻走到一起谈论女王奥尔特鲁达的遗产问题时，在那同一时间里，在拉缅耶夫家远处的花园里，叶莲娜和彼得正坐在河边悬崖上的槭树阴影下的凉亭里。他们正用充满爱意的目光望着鲜红欲燃的落日时分的天空，谛听着急速飞过头顶的鸟儿尖利的啼鸣声，说着自己的心事。

彼得和叶莲娜最近一些天来非常投合。两人在观点、情绪以及一切精神生活领域里，表现出了广泛的相似性。只要身边没有外人他们单独在一起时便感到分外惬意和轻松。他们总是能找到聊不完的话题。甚至什么话不说光是沉默也丝毫不会让他们感到尴尬，他们相互对视着，脸上在为什么事而微笑着，或许，是在为一件非常可爱的事吧。他们的心灵在歌唱，而用话语却无法倾诉。

彼得不知为什么还没有决定向自己坦白，坦白自己其实已经爱上了亲爱的叶莲娜。但在他身上，仍然沸腾着一种奇特的骄傲感，一种不合时宜的沮丧感，当然这种感情已经成为多余的了，但就是已经僵死的忌妒心也还是时时折磨着他的内心。他羞于理解并且承认，他对伊丽莎白的感情并不深刻也不那么强烈，不然的话他不会那么轻易地就把它让给了新的更加轻松的爱情，这一爱情将来的命运也同样面临着偶然——或是巩固为永远合法的婚姻盟约，或是如果它不被一枚上面刻着名字的金戒指所固定的话，便会像轻烟一般地慢慢飘散。

彼得觉得根据自己的处境他只能有一条出路——去得远远的，在异国他乡新天地新生活的明亮喧闹五花八门的体验中，让有关他在这里如此痛苦如此甜蜜体验过的一切记忆统统丧失、消散。

疾驶在海面上的轮船在轻微地晃动，每天早晨能看到新的水面和新的浪花，挪威美丽而沉思的海岸总是一而再地出现，以至成为一道永恒的风景——挪威那明亮的雨，逶迤蜿蜒的峡湾里恬静优美的城镇，挪威北部明亮的六月夜半时分炽热的太阳，然后还有英格兰那些喧闹嘈杂的城市，她那绿色的田野，喧哗的小树林，黢黑的炊烟，喧闹的工厂轰鸣声和汽笛声，她周日的寂静宁帖，以及其他许许多多林林总总，如给人以安慰的道路上的各种印象和各种会面——所见到的某些人这辈子已经不再可能再次见到了——像万花筒一般，展现在他眼前。此外，还有彼得堡，秋天，精力充沛精神饱满地投身工作，各个季节多种多样的爱好——所有这一切已经一连好几天预先都以生动的形象在他内心里一一上演，以令人欢快的隐约的希望吸引着他的心灵。

今天一大早彼得就来到拉缅耶夫的书房，告诉他自己想走的事。彼得讲述了自己的苦闷，更多地是讲述自己将要到哪儿去，将会见到什么人，这一切将会对自己产生什么样的影响等等，讲了好久好久，讲得云山雾罩掐头去尾。他说话的样子好像一个这样的人：这人的内心有一对奇特的组合，它们混合在一起或打架或和气地交谈，一个是炽热的被否决的恋人，另一个则是冷酷的、精于算计的、只关心自己的健康状况、小心翼翼地讨论涉及自己饮食和舒适问题的资本家。

拉缅耶夫仔细认真地听完彼得的讲述，却没有试图和他分辨。拉缅耶夫心想这件事对于彼得本人和他人来说，都不失为一件好事，如果他能多少散散心的话。

拉缅耶夫只对彼得——当彼得站起来准备离开时——提了一个要求：

“叶莲娜那儿你得亲口对她说。”

彼得阴郁地回答说：

“我会告诉她的。”

说完，连他自己也感到惊奇，自己怎么会赋予这一回答以这样一种意味，就好像自己想说的是，叶莲娜究竟怎么看，他才不在乎呢。

是的，她说什么他是不在乎——可是，整整一天过去了，也没找到机会说这件事。这不，傍晚时分他们又单独坐在了一起，在聊天。从河面上飘来了一阵阵清爽的风，远方现出蔚蓝色烟雾迷蒙的样子——周围的一切万籁俱寂。

而彼得觉得此刻正是时候，该把自己的计划对叶莲娜讲一讲了，再也不能继续拖延和隐瞒下去了。

彼得起初想这件事会很简单——他找准机会找到叶莲娜告诉她：

“这两天我要出门。”

叶莲娜吃了一惊，问：

“去哪儿？”

他便说出来去哪儿。她也就理解了，这是必要的，彼得在所发生的这一切之后终究是不能继续待在这里的。

可是，每次当彼得走近叶莲娜时，就觉出一种奇特的沉重的笨拙和尴尬。

叶莲娜究竟能否理解这是必要的呢？或许叶莲娜会感到悲伤？甚至可能会哭鼻子？

彼得想象叶莲娜如何偷偷哭鼻子，如何羞涩地用双手掩面，却对什么都无所抱怨——而自己却感到极不自在起来。他心里在为叶莲娜惋惜。

原来告诉这件事远非那么简单和轻松呀。他甚至一开始告诉给了伊丽莎白，心中暗暗指望伊丽莎白能告诉叶莲娜。

伊丽莎白问：

“你还没告诉叶莲娜？”

他不得不说：

“没有，还没找到机会。”

伊丽莎白笑了。她摇摇头，低声说：

“不管怎么样，你先告诉她。她很爱你。如果她是从别人那里得知你的决定的话，那她会很委屈的。”

彼得阴沉沉地问：

“这对她来说有什么可委屈的呢？”

伊丽莎白重复说：

“她爱你呀。”

彼得想直截了当地请求伊丽莎白，要她无论如何还是承担起把这件事转告给叶莲娜的责任。可是，等他还在斟酌如何说才能具有说服力时，伊丽莎白已经离开了。是啊，是得告诉叶莲娜。

彼得从各个方面试图涉及这个话题。起先他采用暗示和含蓄的表达法。

起先叶莲娜并未弄懂所有这些暗示和双关。可是，最后她终于猜到彼得是想告诉他一件不快的事。

叶莲娜害怕了。忽然沉默不语了。她用孩子似的胆怯的目光盯着彼得。她红红的双唇间的微笑也顿时黯淡起来。嘴角隐隐有了轻微的颤动。

彼得觉得很沮丧。他想意志总应能够支配胆怯和动摇的理智的诱惑的。

要知道他已经打定主意了呀！决不能收回自己已经作出的决定，仅仅是因为软弱和怀疑的时刻总会来临！只是因为一个心地单纯的少女，一个被他的夸夸其谈逗乐了的少女，在他离开之后将会一连好几天不快乐而已。即便她哭鼻子，那也不意味着这件事有多么了不起，以至于到了非得为这件事而改变既有决定的地步。

不，我应当坚定顽强。决不能让怜悯之心支配我的心灵和意志。应当坚决斩断这一黏糊糊的惋惜和同情的蛛网，以便不让自己最终彻底地陷身泥塘。

彼得集聚起了自己所有的勇气。他用做作的欢乐语气开始对叶莲娜讲述自己的计划。

叶莲娜默默地听他讲述。她的沉默使他说的每一句话都好像坠上了铅锤一般沉甸甸地难以出口。于是他开始用一种欢快的语气飞快地说个不休，说到后来语速渐渐地慢了下来。不知为什么，一个词儿一个词儿地很难出口。

彼得沉默了。他窘迫地在手指间把玩着一根烟卷，却没点燃它。

叶莲娜转过身去低低地垂下头来不吭声。彼得从侧面偷偷地瞅了叶莲娜一眼。她的双颊和耳朵一片绯红。

彼得小心翼翼地瞅着叶莲娜的脸色。叶莲娜就哭了。彼得感到他的心怦然一动。

彼得心里既高兴又忧郁。他搂抱着叶莲娜的双肩问：

“你在哭什么呢，亲爱的叶莲娜？”

叶莲娜像小孩子一般抽泣着，并像小孩子一般用被晒得微黑的手掌擦干眼泪，而把脸始终藏在槭树的阴影里，说：

“你真讨厌！你为什么要离开？要离开什么时候不行，偏偏这时候走？”

彼得说：

“那有什么办法！我不走还能干什么呢？我会看到许多新鲜和有趣的事的。”

叶莲娜嘟囔道：

“那我怎么办？”

彼得慌乱地说：

“你？和你有什么关系？”

叶莲娜低声说：

“我爱你。”

说完，哭得更厉害了。

彼得心里就更高兴了。他那张困惑的脸上此时写满了欢乐和慌乱急速的微笑。他的心里在歌唱，他欢快地说：

“亲爱的叶莲娜，要知道这种事是不许哭鼻子的。”

叶莲娜忧伤地说：

“不，哭鼻子。那些愚蠢的少女们爱着别人，可别人却不爱她们，所以她们才哭鼻子的。”

彼得问：

“是谁没人爱呀？要知道我是爱你的呀，叶莲娜。”

叶莲娜低声喊了一声便发出笑声，她高兴地搂紧彼得的脖子，手臂的动作又快又热切，她的手臂光裸着，很纤细，她吻着他的脸，高兴的泪水打湿了他的脸颊。她说：

“讨厌的家伙，你怎么能一个人出门呢！”

彼得欢快地回答说：

“我就要这么走。拿上箱子就出门。”

叶莲娜问：

“没有我你难道不寂寞？要不你会把我忘掉？你不再爱我了？你会和别的女孩子好？”

彼得笑着说：

“我不会忘记你的。也不会不爱你的。我会苦闷和哭鼻子的。”

叶莲娜高兴地责备他道：

“你真坏！你敢嘲笑我！你想摆脱我？要是这样的话——我就跟你走。不不，请你别争辩了。”

彼得欢快地说：

“好吧，如果叔叔放你走的话，那我就带你一块儿去挪威和英国，就这么办吧。秋天再把你领回来。”

叶莲娜坚持说：

“不，我也要和你一起去彼得堡。”

彼得问：

“你能在彼得堡做什么呢?”

叶莲娜轻叹一口气，说:

“学习。这是明摆着的。我要考进一个多少有些枯燥乏味的讲习班并且勤奋地学习语言学。当然，我会勤奋地学习的。”

78

特里罗多夫的夜晚再次降临了——这是他宁静的睿智的女友，孤独而焦急的思绪的庇护女神。

特里罗多夫一个人坐在他书房那张宽大的写字台后。他久久地想着自己的计划。最后，他终于决定立即着手实施这一计划。

特里罗多夫拿起一张浅蓝色的结结实实的邮局用的信笺。他头脑里已经不再有丝毫犹豫和动摇了。他的心脏跳动得很平稳，和平常一样。和往常一样，他的思绪也在平稳有序地展开。

特里罗多夫给联合群岛王国内阁首相写了一封信，信里陈述了他想要参与王国空缺的王位竞选的愿望。

特里罗多夫仔细而长久地斟酌着自己参与竞选的动机。他不慌不忙地写了整整一个晚上。已经写好的信又经过几次改写。特里罗多夫不知为什么觉得法语那匀称轻妙的声音非常悦耳。

早晨来了，这是一个美丽的充满芬芳的多露的早晨。书房敞开的窗户里透进一抹清新的欢快的晨意。电灯的光亮在绯红的朝霞明亮的光照下迅速变得黯淡起来。园子里和高坡上传来小鸟儿欢快的啼鸣和叫声。

特里罗多夫亲自去邮局，为此而进了城。一路上他走得很轻松，很轻快，一连超过了好几辆不慌不忙赶路的灰蒙蒙的马车，马车上拉着一些正在打盹的农夫和脸颊绯红的皮肤黝黑的农妇，他们到城里卖农家自产的简单商品。马车发出吱呀声，车后拖着黄尘。马匹懒洋洋地迈着步子，睁大狡猾的眼睛，瞪着这个从后面赶上来的穿着浅色衣服的人。空气中散发着焦油和焦糊味儿。

在城里，在小铺和商场旁边，一些厨娘和女主人们已经聚集成一堆，喧哗不已，把尘土的味道和一堆堆的废话时而从这里挪到那里。

在邮局里，和平常一样，窒闷的空气令人感到厌恶。空气中充满了烟气、唾沫和垃圾。邮局里多数人都穿得肮脏破烂。几个小窗前都排着长长的队，每队队尾都发出牢骚和急不可耐的怨言。

特里罗多夫终于挤到小窗前，把信递进去。

邮局职员是一个视力很弱、萎靡不振的年轻人，他久久地端详着信封。随后开始翻阅一个已经被翻得卷了边儿的参考手册。

特里罗多夫急不可耐地问：

“怎么样？有什么问题吗？我已经在这儿站了好久了。”

职员犹豫不决地说：

“我不知道可不可以接受。”

特里罗多夫惊奇地问：

“可你们怎么会不接受呢？”

职员用萎靡不振的、拖得长长的声音说：

“这我也不知道。似乎从未有过给这么重要的人物写信的事。再说您和他认识吗？”

特里罗多夫气恼地说：

“不但认识，我们还是铁哥们儿呢！可这和您有关系吗？”

职员问：

“您这封信是公事吗？也就是说，我问您是不是谈公事的？”

特里罗多夫说：

“这您就没必要知道了吧。”

职员还在迟疑不决，手里把玩着信封，嘴里嘀嘀咕咕。

队尾有人在抱怨了。

一个和那位职员并排坐在小窗后面、身材丰腴、个头矮小的小姑娘，有一双欢快活泼的褐色眼睛，脸上洋溢着笑容，而且一笑脸上便会现出两个好看的小酒窝，给那位职员出了个主意：

“您不会去问问尼基福尔·彼得洛维奇吗？他肯定知道该怎么办。”

特里罗多夫看了她一眼，心想在这么一个灰暗肮脏气味难闻的地方，一个姑娘脸上居然能现出如此灿烂的笑容，那她内心该会有多少欢乐呀。要不就是她已经习惯于这样了？

职员充满怨气地喊叫道：

“尼基福尔·彼得洛维奇，请您瞧一瞧，这个可以接受不。”

另外一个职员走近前来，他年龄稍长，仔细地瞅了瞅信封，透过眼镜仔细打量着，然后把眼镜推到额头上，充满威信地对特里罗多夫说：

“当然可以了。”

那天特里罗多夫又一连写了好几封信给帕尔马寄去了。

闷热窒息的白天结束了。从一大早起，地平线上就现出乌黑淡紫色的乌云。在远处的蓝色的林子后面，苍白和蔚蓝相间的朝霞默默地奇特地跃出地面。在明亮的浅绿色的峡谷背景上，蓝色的雾霭在徘徊。黢黑发黄的田野上，烟雾迷蒙，充满着苦味儿和甜味儿混杂的气味。

已经接近于夕阳西下了，这时下起了一阵暴雨，雷声隆隆在特里罗多夫家园子的上空驰过。随后峡谷里笼罩着寂静，天空现出明净瓦蓝的本色。

特里罗多夫一个人单独待着。他关紧书房门一个人坐着。他不想见任何人。只是在等待着她，她总归会以某种面目来的，可对于她的真实名字，对不起，连他自己也不知道。况且又有谁能知道她那神秘的名字呢？

特里罗多夫喜欢一个人待着。甚至就连阴郁的孤独引发的倦意也能在暗中令他欢喜。甚至就连在孤独中度过的时光那充满倦意和苦味儿的惋惜和悲伤的情调，也会使他充满无可言喻的甜蜜和惬意。这种淡淡的忧伤要比尘世间日常的、世俗的喧闹和欢乐更令人感到甜蜜。

现在，在封闭书房的一片寂静里，一种似在等待的奇特感觉折磨着特里罗多夫的心灵。他还不知道承诺的欢乐究竟在于什么，但他却在急不可耐地等待着。当雷雨来时，闪电照亮了高高的窗户，雷声在房顶上轰鸣不已，当园子里雨水的声音渐渐消逝时，特里罗多夫知道她此刻很快便要来了。知道她喜欢雷雨过后的明朗和寂静。

特里罗多夫又开始了等待，等着他的前妻来找他。他等待着她会再一次告诉他一件什么事，一件被忘却的事，一件可爱的、无限制的、唯一真实的事，有关这件事的记忆早已在轻浮的、漂流的和可怜的生活中丧失掉了，但没有它生活是不可能的。他等待着，等待着他的前妻，月亮般的、如今已经变得十分神秘的前妻能来。这位最初的男人的那位像春天一样可爱、像月亮一般忧郁的但依然被他所否定了的莉莉特[①]，那个曾经当过他的白日和炎热的夏娃的莉莉特，在那个遥远的国度一度就曾是这样的。

难道说对于每个人来说被他的创造性想象所一劳永逸地创造出来的那一历史，难道不也总是在重复来重复去的吗！

一个人永远被赋予两个妻子，而且永远都被赋予两个真理。正如这两个真理既不重合也不分离一样，这两个真理总是在永恒秘密的未知的一个接一个的联盟中一个仇恨另一个，一个人的这两个妻子也总是一个仇恨着另一个。只是偶尔其中的某一个才会让人明白她们那永恒的、知名的亲近。前妻是莉莉特月亮般的理想，四周环绕着寂静、神秘和类似于寂静和神秘的坟墓。这是永恒的姐妹，亲爱而又遥远的、神秘的女友，永远在召唤他登上遥远的路的未知的女伴侣。他的第二位妻子是太阳般的、深蓝色的、黄金色的夏娃，伊丽莎白。这是永恒的情人，一个异己但亲近的女人，是他家的女主人，是他孩子的母亲，也是永远吸引他走向宁静的女人。

一个人拥有两种真理，也拥有两种认识能力。

一个真理是感性的认识。它在破坏和否定此岸的世界，并在此岸的废墟上建设着新的世界。一个人软弱的内心永远被引向这个新世界的欢乐。可是，在诞生于大地之上的所有人中，还没有任何人彻底跨越过这座在两道黝黑深渊之上的高高的闪光的桥，这是一道通向未知世界的亚当门。

你，重新产生的唯一者，你难道不是比所有活着的人都幸福吗？

另一个真理是讽刺性认识。它彻底接受这个世界。它通过对于世界的顺从的接受，揭示着我们这个世界的致命矛盾，在超人类公

---

① 希伯来语，她是亚当的第一个妻子。

正这架奇妙的天平上平衡着称量着，然后它把这个轻松的如此这般称量过了的世界又交给它的永恒的破坏者。

如月亮一般恬静的莉莉特背叛了那个同样背叛了她的人。她很早就离开了人世，对世界说出那句永恒的“不”。她去了另一个世界，去找另外一个未婚夫，一个在勇敢的人所能企及的范围之外欢呼雀跃的未婚夫那儿。

如果人们又一次长久地、热切地、并且带着极大的威力来呼唤她，那她也会极不情愿地回来的。她会对人说：

“在最致命的时刻你离开了我。在致命的十字路口上你通过和我的冷漠的亲吻告别，从此而使得那个地方永远那么黑暗、冰冷和那么可怕。你把我可怜的尸体埋在了黑暗的坟墓里。一天天陷入忘却之中的你忘掉了我。此刻你为什么还要打扰我的安宁呢？你这个残忍的家伙！难道把我交给冷酷的死神的不就是你吗？如今你为什么又要呼唤我呢？远离这个世界的我又能对你说什么好呢，这个世界对我来说已经没有欢乐和悲伤可言了呀！

月亮般的莉莉特就是这么说的。并且始终不愿意来。

可是，此刻她来找特里罗多夫了。全能的魔法，他那愿望的魔法把她给召唤来了。她无法抵御他这种魔法的引诱，因为他知道许多秘密。

他费尽了九牛二虎之力才解除了时空的束缚。他知道许多东西。如果他不知道一个人最有必要知道的东西的话，那也只能是因为对于整个人类的智慧来说，最致命的无知的诅咒不在这里罢了！

吉尔沙也和他父亲一块儿等待她的到来。吉尔沙急不可耐，和特里罗多夫一样，他希望妈妈能来找他父亲。

为什么吉尔沙会有这样的愿望呢？他自己也不知道。他那颗可怜的儿童的心灵在备受折磨，他的心灵燃烧着一个强烈的愿望，这是一个热切而又神秘的愿望。

可她原本不想来，但却来了并和特里罗多夫谈了话。她和他谈了好久。她对他说的都是朦胧奇妙的话语，讲述一些已经死了的他永远也无法企及的话语。

特里罗多夫听到她的话语既高兴又害怕。他询问起她自己的命运。还问她有关伊丽莎白的事。

她像很久以前那样笑着，说着。她用恬静的安慰和哀伤的话语对他讲述。而那个人自己也不懂得这些话语的意思，他自己在夜间长久沉思的时候也未杜撰过这类话语。

她对吉尔沙即自己的孩子说话。

是可怜他，还是不可怜他？为他而高兴吗？谁知道呢！

她来找吉尔沙时，是那么温柔、那么恬静。她安慰着孩子。

孩子恬静的泪水如雨水流淌。

说完，便走了。一切就像是她根本不曾来过似的。周围的一切又像平常一样了。

在月亮般的死者去后，活生生的白日里的那位就来了。是他的那位伊丽莎白来找他来了，那时已是晚上很晚的时候了。她的眼睛湿润蔚蓝。在她光着的脚掌上还沾着草地的露水。她的双手里捧着芬芳的鲜花，那是些只在夜间开放和散发芬芳的鲜花。她是专门为他采摘的这些花。

伊丽莎白和特里罗多夫一起围着他的家绕了一圈。在夜晚沉思的时刻她常常和他一遍遍地绕着房子转圈。她就好像是在和他一起环顾着这一生活的全部封闭的怪圈。

他们静悄悄地走进一座白色的大厅。月亮透过窗户照亮了大厅的内部。大厅墙壁上挂着的高大的镜子在幽暗中反光。镜子里映着他们两个的影像，这两幅影像的脸部似乎神情专注而又活跃。宽大的柱子的下部是淡白色的，而它那未被灯火照亮的上部则在高高的天花板下的昏暗中泛着晦暗的白光。

匆匆飞驰过去的雷雨云沉重地压在蔚蓝色的地平线上。高远的天空下的荒野显得明亮而又寂静。这天夜里的月亮似乎也非同寻常地明亮哀伤和执拗。

在清冷的哀伤的月光下，恬静的孩子们正在这个大厅里安静而忧伤地跳着环舞。他们的动作是如此轻快活泼，以至于在飞快的一瞥之下，一个人会觉得孩子们排成的队列好像是一动不动的和僵死的。就好像这只不过是一系列迷人而美丽的姿势，是什么人画在黢黑的天幕上的。

再过短暂的一刻钟——那天幕就会消失、就会变大，而在它原来的地方，则会忽然现出一道新的天幕来。天幕上会出现一些人影人形，只是稍稍有些不同而已。这一慢慢悠悠、令人疲惫而可怕的环舞似乎要无穷无尽地进行下去了。

恬静的小男孩们的脸色似乎苍白——或许是苍白的，因为当时有月光。在月亮的光照下，他们眼睛的反光有时看上去很明亮。但他们那隐约挂着微笑和翕动的嘴唇的轮廓却看上去颇有些奇特。

伊丽莎白久久地望着这恬静的夜间的环舞，脸色苍白。最后，她感到可怕起来。她胆怯地望着特里罗多夫，对他说：

“让他们别跳了。看着他们让人心里感到害怕。让他们回去睡觉吧。”

特里罗多夫温柔而又忧伤地笑笑，回答伊丽莎白说：

“不，我们最好从这里即刻离开。我们不该妨碍他们。他们有他们的生活。他们自己都知道自己的每个日期。在他们那未被生活破坏的无辜纯洁中有许多具有预言的信息，那是我们难以理解的。”

特里罗多夫和伊丽莎白走了。他们身后传来轻微的沙沙声——是那些白衣和白腿有节奏的拍打发出的沙沙声。一个迷人的环舞还在继续发展延长。看起来恬静的小男孩们甚至都没看见一度走近他们的外人，没听见他们的脚步声，而那种脚步声在寂静的昏暗的白色大厅里本该是多么响亮呀。

伊丽莎白浑身颤抖着飞快走了。她的恐惧有点儿像是坟墓里的寒冷，这种寒冷很尖锐但却无法言喻。

这天夜里特里罗多夫和伊丽莎白聊了许多他所掌握的神秘力量的事。也是在这天夜里，他向伊丽莎白公开了他的秘密，即如何把他那些恬静的孩子们从非存在的黑暗带入异在的寂静中去……

79

伊丽莎白白天去了特里罗多夫家。他们一起观赏了家里保存的由特里罗多夫本人亲自拍的他的前妻的相册。他的前妻就是那个月亮似的裸体的莉莉特。她脸上始终挂着一成不变的永恒的笑容，白皙恬静的莉莉特，永远受到排斥而永远得不到安慰的、永远陷入忧伤中的莉莉特。

她那甜美、纯洁、裸露的美再次渗透进特里罗多夫的内心，在他心里引起一种激动的想要占有这种永恒的、青春的、生动的和裸露的美的愿望。在他心里有一次滋生了一种强烈的不可克服的愿望，那就是想亲眼看见裸露在灿烂的阳光下的、明亮的巨龙双眼下的、无羞的、令人感到纯洁愉悦的伊丽莎白之美。

特里罗多夫对微笑着倾听他的伊丽莎白说：

"伊丽莎白，我热爱你的身体，我想再看一看它。我想像对待我的莉莉特亲爱的身体一样，能够随时看见你的胴体。"

伊丽莎白没说话。只是温柔地微笑着。甜蜜的幻想也在不断地诱惑着她。她的整个心灵全部被晦暗的热切的愿望之火所燃烧。

特里罗多夫对她说：

"伊丽莎白，如果你想要我高兴，那就跟我上楼去。在那个塔楼里太阳是在为我服务的。太阳在那里听话地把按照它的意志精选出来的形象刻写在玻璃上。"

伊丽莎白服从地站了起来。她在沿着旋转的狭窄的楼梯上楼时脚步很轻松，走得飞快而自信。她那双被晒得黢黑的双脚，在短裙下的黢黑的镶木楼梯梯阶上一闪一闪的。她的可爱的小脚是那么小巧，那是因为尘世间道路上的微尘只有很少一点儿能落在她的脚掌上面。

特里罗多夫走在伊丽莎白身后。他们两人同时走进塔楼。塔楼里保存着特里罗多夫所有的照相用具——这在当时是一种相当接近于艺术的手艺。

特里罗多夫轻声问：

"亲爱的伊丽莎白，你知道我想要你做的是什么吗？"

伊丽莎白以同样的口气回答说：

"是的，我知道。我愿意做你要我做的一切，亲爱的。"

特里罗多夫和伊丽莎白又一次有了单独在一起的机会。

窒闷的、赤红的、如蛇一般蜿蜒逶迤的时光烟云缭绕回旋上升。

他们有些郁闷，有些忧郁，也有些悲伤。

眼前的生活是如此黑暗、充满危险！她的回忆展开来竟是那么沉重！我们这个大地上广阔的空间里到处都充满了恐惧。

特里罗多夫沮丧地说：

“这个世界对于我们来说实在是太拥挤了、太难以忍受了。这个可怜的世界，这里的人其实是在自己为自己锻造着铁镣手铐。啊，伊丽莎白，你是否知道极乐的奥伊拉大地[①]?”

伊丽莎白平静地说：

“知道。我是从你的话里得知的。”

特里罗多夫问：

“你想不想去奥伊拉?”

伊丽莎白那双蓝色的眸子燃起喜悦的火花，她高兴地说：

“是的。跟着你我愿意到任何地方。”

特里罗多夫又问：

“你真的愿意? 地球范围内的一秒钟，要在奥伊拉得活整整一个世纪，我们因此能够好好享受一番奇妙生活所能带来的乐趣。你愿意吗?”

“是的。我愿意。哪怕为了这片土地死也值得。一秒钟和永恒难道不是都一样吗?”

特里罗多夫小声庄严地说：

---

① 这是索洛古勃系列组诗《马伊尔星》（1898~1901）中的形象。根据马·伊·季克曼的推断，“奥伊拉大地”这一名称来自奥列－鲁科耶（丹麦语意为“睁开双眼”），安徒生同名童话中的兄弟们便叫此名，他们是梦和死神的化身。马伊尔星则相似于天鹰星座中的牛郎星。试看索洛古勃是如何在其系列组诗的第一首中表达他对“永恒之美的极乐之土”的赞美的吧：

“马伊尔星辉耀在我的头顶，/啊，那颗明亮的马伊尔星星，/你为我照亮了，照亮了，/遥远的另一颗地球。//奥伊拉大地在以太的海浪里漂浮，/啊，奥伊拉大地，/熠熠闪亮的马伊尔星啊，/把奥伊拉大地照得一片光明。//在这个充满爱情和和谐的国度里，/有一条利戈伊河，/马伊尔朦胧的面容在隐约闪现，/闪现在浪花丛中。//竖琴的声音啊百花的香气，/啊，竖琴的伦音，/女人的歌声融会成一声叹息，/在赞美着马伊尔星。”

“于是，我们彻底决定了。”

一阵沉默，这是尘世间的一分钟，两人之间笼罩着阴郁的沉默，这是一种凶恶的、仇恨的沉默——就像一个恶魔用阴郁的目光瞧了他们一眼，便使两人之间产生了不和。

接着是一个尘世间非常乏味的词：

“什么时候？”

伊丽莎白叹了口气，低声说：

“等你愿意的时候。等你想要的时候。”

特里罗多夫问：

“今天你可以吗？”

伊丽莎白默默低下了头。特里罗多夫说：

“如果今天没什么妨碍你的话，那就在今天晚上在我那儿。今夜天空里的发光体对咱们的构思很仁慈，我们的奥伊拉生活的星占表从此以后会大放光芒的。”

他们分手了——分手时像平常一样很温柔，纯洁的吻持续了好久好久。

两人在沉默和寂静中为神秘的迁移作着准备。

一个昼夜的时光缓慢而又令人难耐地终于过去了。

喏，眼看天就又黑了，令人感到无比愉悦的夜晚来临了。家里人都已经入睡了。

只有那些恬静的小男孩在临睡之前，还要再荡一次秋千，看看明亮的月色——恬静生活里的发光体。

伊丽莎白轻轻走出家门，打扮得像个小男孩。

被夜露打湿的青草冰凉湿润地抚摸着她膝盖以下裸露的双腿。

她来了。特里罗多夫亲自为她打开门。问：

“你准备好了吗？”

伊丽莎白站在他家门槛上面对着他，在身后铺着沙土的小路上拖着苗条的影子，悄声说：

“是的。”

特里罗多夫又问：

“你不害怕吗？”

她答道：

“不。”

她的回答听上去天真而又朴实——煞像出自一个可爱的儿童之口。特里罗多夫说：

“那跟我来。跟着我你什么都不用怕。”

她顺从地跟在他身后。她脚步轻快地跨上一层层陡峭的台阶，脸上挂着欣喜和兴奋的微笑。狭窄的高高的楼梯把他们带到塔楼上面的正房，伊丽莎白还从未到过这个地方。

这是这座高高的塔楼上一处不大的平台，所有的墙壁和天花板都是由装着青铜框子的玻璃组成的。透过这几面玻璃几乎可以看得见整个天空——就连星星似乎也变得分外明亮、硕大，而且星星的数量似乎也多得不计其数。

房间中央放着一张红木圆桌，比平常所见的那种略高一点儿，桌腿不知为何有点儿奇特地弯曲。桌上有几个大小不等的瓶子，但所有瓶子的形状都非常奇特，像巴黎教堂顶上的怪物雕像。所有的瓶子里都盛着各种颜色的液体。其中一只瓶子里装的是像血一样的鲜红色的液体，看上去犹如被火光彻底照亮了一般。第二只瓶子里盛的是蓝色液体，似乎很轻灵，表面上烟云缭绕，泛着瓷器一般的闪光。第三只瓶子里盛的是金黄色的液体，烟气氤氲，像液体又像欢乐跳跃的火苗。第四只瓶子里盛的是浅绿色的液体，显得很结实不透明，看上去像是不祥的毒药。第五只瓶子里盛的是灰暗的淡青色液体，表面闪着珠母般的闪光。此外还有好几个瓶子，里面盛的液体，或鲜亮，或闪亮，或透明，或不太透明。

那些瓶子都被摆成一道宽宽的不规则的圆形——圆形的中央是一只碗，碗很大，边缘清晰，是用透明的蓝色玻璃做的——那碗像世界一样阔大。

特里罗多夫不慌不忙地把瓶子里的液体倒进碗里，倒空一只又一只。深深的碗里此刻燃烧着各种颜色的火苗，有蓝色的、红色的、绿色的、黄色的、青色的，火苗舔着宽宽的碗沿，随后便熄灭了。

碗里升腾起鲜洌奇特的香气。被混在一起的液体嗞嗞啸叫着泛着白沫。伊丽莎白被香气和碗里混合在一起的各种形成世界的大量的嗞嗞叫声弄得头直发晕。

可是，当最后一只瓶子里最后一滴液体也倒进碗里后，碗里混合在一起的液体忽然宁静下来变得透明了。液体变得如此透明、无色，以至能清晰地看出一幅线条清晰的画面，那纹路密密地覆盖了碗里的液体。伊丽莎白贪婪而又好奇地仔细端详着这一奇特画面的每个细节。这些线条勾画了如此丰富多样的各个国家人类生活的画面，以至给人的印象是你即便花一辈子工夫也无法仔细地看清它的全部细节。

两人心里都充满了欣悦的激动之情，当他用一把银子锻造的、上面密密地覆盖着一些奇妙的纹路的勺子，从碗里舀起一勺液体时，他们的手脚在颤抖。

两人面对面站在那儿，轮流从勺里喝了一口。

伊丽莎白说：

“或许里面生活着一些生物，它们不理解我们，我们也不理解他们吧。”

两人不由得忧郁起来。可是，这忧郁持续了并没多长时间。很快，一种先知般的欢悦之情又开始燃烧。

碗里的液体已经被他们一勺一勺地喝到底儿了。尘世的生活在他们的记忆里泛着幽光。

他们在玻璃墙壁下柔软的床上并排躺了下来，越来越强烈的欢愉感使他们觉得自己是在向无限遥远的远方急遽地升腾。

他们醒来时已经到了明亮的马伊尔星下面的奥伊拉大地。他们像孩子一般纯洁天真，他们说着一些新的亲切的话语，那话语像是天堂初创时的语言。

美妙的马伊尔星——欢乐大地上仁慈的太阳——向他们倾泻着甜蜜的蓝色的光。生存的全部印象是那么甜蜜新鲜，纯洁的自然力拥抱着他们那无邪的身体。在这种强大的欢乐生活的感受中他们在一瞬间忘掉了尘世间所有的忧烦。

这个世界里的一切都是那么和谐匀称。人们像神祇一样根本不知道什么是崇拜。

生活光明而又充实。

要是能永远不回地球就好了！奥伊拉大地是那么美丽，在他们头顶上闪耀着的马伊尔星以及伴随着它的七个恬静的月亮，向他们倾泻着令人无比欣悦的柔光。

居住在奥伊拉大地上的美丽的生物们理解什么是极乐和圆满，他们了解这个迷人的土地，了解它那在无比高远的天空之下无比广阔的延伸着的地平线。伊丽莎白和特里罗多夫与他们共同生活了一个世纪，不长也不短，身上充满了生命的意志。只是在那边他们才感觉到人是多么美丽。那是在蔚蓝的光明的利戈伊①可爱的崖岸里。

他们的整个青春时期都为甜蜜的愿望所苦恼。他们的理想在急遽增强——煞像芬芳馥郁的花朵。抒情诗——一切艺术中最完美的艺术——尚未来得及在理想的外部形象里得以体现的艺术——的庇护人和女神仁慈地统治着他们最完美的生活——没有政权也无需任何规范的生活。

可是，认识为他们揭示了世界的秘密——在神秘主义经验里向他们揭示了奇迹的必要性，而在科学中则揭示了奇迹的不可能性。

伟大的讽刺女王来了，她是这个奇妙世界的第二位女神，她揭开蒙在世界身上的幕布，一层接一层。

任何世界都无法避免的巨大悲伤、必然会有的矛盾被裸露出来了，完全对立的两面全都得到欢快的胜利。于是，在他们眼前出现了第三个，也是最后一个最强大的奇妙世界的女神，她用最后一个不复杂的安慰手段安慰着人们，那手段就是死神。

这时，两人身上都产生了急急忙忙想要回到阴暗的地球上的愿望。对于已经把自己的地球家乡忘得一干二净的他们来说这似乎显得很奇特，在他们身上产生了有关另一个世界的愿望和思念，那是一个似乎已经被遗忘的世界，在那个世界里，世界上所有最致命的矛盾都已经解决了、证实了。

或许，光明的奥伊拉大地上所有的居民，也和伊丽莎白及特里罗多夫一样，只不过是从另一个黑暗的星球来的客人，他们也只是在极短暂的时间内得以摆脱死神和时间的可怕束缚吧。

有人在催他们返回地球。于是他们便返回来了。地球上黢黑一片，一切显得十分可怕。万分惊讶的他们认出了自己所处的环境——于是他们身上对先前的尘世间的一切所怀有的仇恨、可怕凶

① 利戈伊，可能来自利果——拉丁神话中爱和幸福的女神。

恶的仇恨便又一次苏醒过来了。

他们在奥伊拉过了一个世纪，而在地球上却只不过才过了一秒钟。

而这一可恶的尘世的生活还得持续好久！啊，我们不要这样的生活，这样的土地！消灭它吗？死去吗？离开它吗？

要不就是用绝望的努力来改造这个地球，改造这个黑暗的生活？

改造吗？

城里的生活变得日益惨淡、沉重、阴暗。知识分子圈子里到处传说有人正在筹备大屠杀。街上已经出现了狂暴的斗殴。在特里罗多夫庄园附近再次出现了哥萨克分队。与此同时，抢劫和凶杀也频繁起来。

先前那种噩梦般沉重的生活以其丑陋的恐惧笼罩着城近郊区。心里感到倦怠，这是一种比功勋出现得更早更大的倦怠感，心里有如此这般的倦怠感，又何谈创造的奇迹呢？

80

宽阔的园子里早晨到处绿意浓浓、朴实简朴。绿色包裹着特里罗多夫的家，而他的家里既隐藏着他的智慧、他的事业，也隐藏着他的悲伤。草地上还有青草，灌木丛里还有露珠。到处可以听到小鸟儿的啼鸣和儿童的笑声。

蜿蜒的小路上松软的沙土欢快地接纳着伊丽莎白轻松的脚步留下的印记。她身上薄薄的漂亮的连衣裙反射着明亮的阳光。她的脸上泛着如清晨一般灿烂的微笑。

伊丽莎白和特里罗多夫小声交谈着，缓慢地走进园子。他们渐渐走到温室。

伊丽莎白看了特里罗多夫一眼。在她那忽然泛红的脸上现出一丝窘迫的表情。可就连窘迫也显得那么美丽。

特里罗多夫被她脸上那种迷人而可爱的窘迫的表情所感动，微微地鞠了一躬。他和蔼地问：

“伊丽莎白，你是不是想对我说什么话？”

伊丽莎白笑了。她手中摆弄着黄白色腰带上长长的带子，脸上表情腼腆而尴尬地说：

“我还从未仔细看过这间温室呢。我不知为什么总觉得里面应该有好多有趣的东西。或许你今天会让我看看。”

特里罗多夫说：

“如果你愿意，我们就进去看看。连我都感到奇怪，为什么我至今没给你看一看温室里的东西呢。是的，你会在里面见到许多有趣的东西的。”

他们穿过一道敞开在他们眼前的沉重的大门走进温室。这些门都是用装在钢铁框子里的厚厚的玻璃组成的。一种温软潮湿的温室的气息朝伊丽莎白迎面扑来，那种气息里蕴涵着一种唯有花的世界才会有的氤氳的香气。

温室里潮湿而又温暖。一些孩子们正在里面干活儿。那是些小男孩和小女孩，其中还有几个女教师。他们那被晒得黝黑的身体衬着蔚蓝色的温室里的空气，在茂盛的浓浓绿意中，在枝叶繁茂的灌木丛中，在叶片宽大的树木丛中跃动着、闪现着。这是一个远离不洁的人的目光，一个被一种特别令人感到愉悦的柔软的光照亮的、封闭的美丽的园子。

娜杰日达·维谢泽罗娃来到伊丽莎白身边。她和伊丽莎白说起什么事。看得出来，娜杰日达丝毫不为自己的裸体而在意，她似乎已经把这忘得一干二净了。她的微笑纯洁而朴实，她的目光明净而纯洁。

喜欢吵闹和做作的伊琳娜也走过来，又说又笑。她也装出对自己裸露的身体丝毫不介意的样子。她的眼里泛着胆怯和不洁的光。她的脸颊不时泛红。她的一双手显得很笨拙，总在做一些毫无必要的动作。然而，特里罗多夫那镇静的目光，很快就让她镇静下来。于是，她也和娜杰日达一样，也变得纯洁无辜、欢快自然了，像一朵小花一般静静地开放自如了。

温室里奇特的装备和设施，以前伊丽莎白只是偶尔扫过一两眼，此时则又一次令她感到惊奇。她开始不倦地提出各种问题。特里罗多夫详尽地回答着她的提问。

温室规模很大。在它那高高的玻璃穹顶下，甚至可以装得下一个大地主公爵那巨大的宫殿。这个强大的穹顶从河对面的远处看去，就像在蔚蓝色广阔的天宇之外，又出现一个小天空一般。

园子的地面和温室是持平的。温室坐落在一片谷底里。因此，由于特里罗多夫家庄园有一道高高的石墙，所以，温室那巨大的穹顶从田野和大路上几乎根本就看不见。

温室的外表煞像一个扣在地面上的巨大的半球体，或许不如说一半深深陷入地面下的巨大的球体。这一准确的轮廓赋予整个建筑物一种宏伟的印象，那是一个付出巨大体力才能建成的建筑物。

温室的骨架由巨大的钢梁稍加弯曲组成。一些钢梁崛起在地面上，在穹顶的顶部会合在一起。这些钢梁煞像一架巨大的地球仪上的经线。其他钢梁和一些与之相交的钢梁焊接在一起，钢梁上悬挂着一圈圈的温室层，和地面平行，煞像和赤道平行的温带圈。这些钢梁的交叉点越往上越窄。

一眼看上去显得十分奇特的是，这座温室好像没有地基似的。仔细再一看才可以发现，温室墙上的钢梁一直深入到了地底下。原来那种深入到地底下的圆球的印象不是错觉。这座温室真的是按照圆形建设的。这个圆形的下半部是深入到地底下的，和地面上的半圆是吻合的。

在温室的墙壁相互接合的那些钢铁框架上，镶嵌着整块整块的外部弯曲的蓝绿色的玻璃。玻璃的透光性并不太好，显得灰暗。所以，一个站在温室旁边的人根本看不见温室里面的情形。只有仔细并长久地盯着看一会儿，才能看出眼前有一些模模糊糊的轮廓。从温室里面往外看一切都很清晰。阳光穿透这些玻璃后被软化了，但其力量丝毫也没有减弱，变得令人感到愉悦，看上去一点儿都不刺眼。

这些玻璃都很坚硬。即使是破坏力很大的炮弹也无法给予玻璃以丝毫伤害。温室墙上用作加固的钢梁全都和玻璃浇铸在一起。玻璃的成分是特里罗多夫亲自配置的。它的秘密配方迄今还无人知道。

温室里的土壤看上去像是和园里的土壤一样。可这土壤是堆积而成。温室里面的地面全都是单调的丘陵状。一个个丘陵宛若球形表面的一个个截面。丘陵单调的匀称性看上去令人感到奇特。但这种匀称性是温室建筑的匀称性形成的。

温室的面积是由温室钢架构成的面积所决定的。每个平台都煞像一个球形的截面。它们的总和便构成一个完整的球形的表面。

所有这些丘陵都是靠焊接在地面上的结合点联结的。在这架钢铁形成的弧形中有许多结合点。这些弧形展开的形状酷似一架地球仪上的经线和纬线系统。一道又长又巨大的钢梁构成了这个圆形的直径，这直径从温室的中央部位矗立起来直顶穹顶的中央，它同时也是温室墙壁那些上升的钢梁的交汇之处。

如果让所有这些结合点和与之相连的整个钢铁弧形系统都动起来的话，那么温室的整个表面便会变成一个竖立在垂直轴上的球形的表面。这个球会悬挂在一个强大的轴上，就像一颗小小的星球，里面是水晶，外面是钢铁。

一旦把这些丘陵状都叠合在一起，温室的丘陵便会以自己为基础构成一些匀称的六角形。这些匀称的六角形之间由一些平展的沙土小路连通。这些小路可以让人走遍整座温室，而无须爬到丘陵上去。温室各处的丘陵的顶部都建有几个大小不等的蓄水池。这些蓄水池都挖在地上，四周栽种着来自温暖国度的树木和灌木，所以那水池都像一个个池塘或淡水湖。

从外面看这座温室像一条又粗又长的巨蛇蜿蜒在大地之上。它那光滑的钢铁的结合部和温室墙上的接口一样都浇铸着玻璃。在这条链子的一端焊接着一颗巨大的大理石球。这颗球放在正对特里罗多夫书房的窗外。这个球的用途是为了扩大这一系统的直径，并尽可能缩小这个球围绕其整体中心旋转时的速度。

当特里罗多夫向伊丽莎白解释这座温室的构造特点时，伊丽莎白问：

“如果我理解得正确无误的话，那么可以让这座温室变得像一颗小小的地球。它和真的地球的全部区别仅仅在于，这里的空气被封闭在坚硬的水晶天空之间，而且这个天空将悬挂在钢铁的结合点上。”

特里罗多夫说：

“是的，就是这样。门可以被关得死死的。那样的话，温室里面的空气就一点儿都跑不出去了。”

在一棵高大挺拔的棕榈树下，有一个在地上挖的玻璃花坛。特里罗多夫走近花坛，说：

“喏，在这个玻璃的圆顶帽上有一个钢铁的开关。它和温室内部的强大的机器相联。机器永远处于上紧发条的状态，时刻可以运行。开动这个杠杆就可以发动整部机器。而机器一旦开动便会使平台上所有的结合点都运动起来。平台便会被移动，那样一来，我的温室里的平面便会变成球形的表面了。”

伊丽莎白问：

“那样一来咱们便会掉到温室的玻璃底部了？”

特里罗多夫说：

“是的，会掉下去的，当然了，这是指如果我们没猜出温室的哪块会翻转到上部的话。为了不让任何人动这个杠杆，我们给它扣了一顶圆形的帽子。帽子是用和这些墙壁一样的玻璃制成的。帽子的钥匙保存在我手里。要想打破这顶帽子，在这个尘世间，目前除了我以外，还没有人有此能耐。”

伊丽莎白像一个勤奋的小学生似的又问了好多问题：

“所有这些复杂的装置当然都很贵重了。而在我们这个尘世的条件下根本不可能使用这些装置。那要它们有什么用处呢？要知道只要一旦有人想把温室变成球体，便会毁坏其所有的植物，并把这一切变作一堆漫无形状的堆在玻璃底部上的土的。”

伊丽莎白说到这里，她对答案实际已经了然于胸了。这一大胆的构想本身就已经给她以无以言喻的欢乐。

特里罗多夫说：

“只有当整个温室和土地脱离开来，并被移到相当远的距离以外时，这部机器才会被开动。到那时，温室里的所有东西都不再被大地所吸引。它们会失去其在大地上的重量。那样一来把温室变成球体的时刻就来临了。假如随后我们让这一球体旋转的速度达到我们可以预先计算的程度，那么我们便会有一颗小行星。我们可以在上面生活，或是按照我们的意愿回到地球，或是迁移到月亮上去。”

伊丽莎白说：

“可是要知道月亮上根本没有空气呀。所以，在那上面是无法生存的呀。”

特里罗多夫回答说：

“如果我们掉落在月亮上，我们会尝试在那里制造空气并把它们固定下来的。”

伊丽莎白问：

“可我们如何才能让空气保留在月亮上呢？空气会消散的呀。”

特里罗多夫说：

“我认为我们可以改变月亮围绕轴心旋转的速度。采用这种方法我们可以使这颗死亡的星球重新焕发生命。对人来说，获得这么一个非常遥远的，比新西兰岛更加遥远的殖民地，在这片土地上建设一个新世界并不坏。至少对我们来说，能够暂时离开这个世界，离开这个诗人们只会向人们宣扬对其他种族的仇恨的世界，离开这个成堆的累计的财富在腐败，而与此同时许多人却在饿死的世界，岂不是一件快事吗？”

“这么说你已经有此打算了。”伊丽莎白开口说道。

特里罗多夫说：

“是的，一旦必要，我是要迁居到月亮上去的。一旦一个幻想欺骗了我，我会追逐另一个理想的。只有一次生命对我来说是太不够了——我想为自己创造更多的别样的生活。人们如果愿意的话可以跟着我走。如果他们不愿意跟我走，那么，没有他们我也能行。”

伊丽莎白悄声说：

“我是不会丢下你的。”

特里罗多夫同样也低声回答她说：

“这我知道。”

他们两个都感到他们说的这句话，就像是永远忠诚的誓言，是向时间和空间所发的誓言。两人心中充溢着庄严的情绪。他们觉得他们的心口在怦怦地跳动不已，和数个世界火热的心脏和谐共鸣着。

一些纯洁美丽的少女从他们二人身边走过。伊丽莎白欢快地对她们说：

“我的姐妹们呀，我此刻是多么幸福呀。”

她们望一眼她欢快的脸上那欢快的微笑，以及她那无羞地裸裎的胴体，默默走过他们两人身边。

喜悦的时刻过去了。操心的事又回到心头，并用令人倦怠的疲倦折磨着他们。

81

伊丽莎白问：

“可我们究竟怎么来战胜地球引力呢？我们的身体和心脏都残忍地被地球吸引着，可这个地球对我们来说毕竟是很可爱的呀。况且即便我们能克服地球引力，我们又怎么能不受到行星间的寒冷和凶恶的阳光的刺伤呢？地球上由于有空气我们才不会受到伤害呀。”

特里罗多夫说：

“我想我对引力机制的了解会帮助我克服地球引力的。至于星星之间的寒冷和凶恶的太阳光的灼伤，我们可以靠这些玻璃来防护。它们正是为了这个目的才被安装到这里的。”

伊丽莎白说：

“或许正是因为这个原因，温室里的阳光才会变得那么柔和和愉悦吧。这里的太阳似乎和外面一样明亮，但却丝毫也不会灼伤人——在这个纯洁的世界的仁慈的阳光下，有着欢乐，却没有羞涩感。”

特里罗多夫握了握她的手，说：

“是的，你猜得很对。当然，太阳光比我们生存的大气层炽热，但却不会比地面更热了。为了战胜地球引力，我面前有两条路可走。我还没有最终决定选择其中哪一条路。第一条途径是分散玻璃墙表面的分子力，第二条是利用陈旧的心理力量。这些力量是死神所无法消灭的。它们不间断地向自然灌输生气，把物质变成能量。

起先粗陋和无生命的自然，从一个世纪到另一个世纪慢慢变得高尚和精细了。我略微向你讲述一下第一条途径。我的想法的所有数学方面我先把它搁在一边。以后，如果你愿意，我向你详细讲解一下我的推理，并帮你分析一下这个过程。这过程的确并不很复杂。我的出发点其实很简单。”

伊丽莎白喜欢数学并且对数学还颇知一二。但此刻关于这一点她却什么也没说，只是小声嘀咕道：

“我努力理解吧。”

特里罗多夫继续说：

“咱们从哪儿开始呢？姑且就从大海的涨潮和落潮谈起吧。”

伊丽莎白说：

“它们取决于月亮的引力。”

特里罗多夫说：

“我们来分析一下这个现象。用‘引力’一词的确可以说明许多现象。正如人和人之间似乎也会相互吸引一样，身体和身体之间似乎也能相互吸引。可是，这种所谓引力究竟是什么呢？是远距离作用吧，对不对？”

伊丽莎白回答说：

“是的，当然是远距离作用了。而且，即使是在精神世界里，人和人之间也是靠着把他们分割开来的自我封闭性而相互吸引的。”

特里罗多夫又说：

“例子是每个中学生都知道的：一颗脱离所生长的树木的苹果，会落到地下来的。可这是为什么呢？”

伊丽莎白像一位女学生似的听话地说：

“因为地球在吸引它呗。”

特里罗多夫说：

“苹果的落地的确看起来像是地球对它的吸引力所致。吸引与排斥。苹果落到地上。在这里，在地上，似乎隐藏着它之所以产生运动的原因。在这里，在这个地方，苹果似乎可以安定下来了。它的运动达到目的了——即抵达地面了。由此可见，这一运动是有其合理目的的。这么说来，看起来似乎是运动的原因包含在物体经过的道路的终点。这也就是说，在运动开始以前，应当先有一个什么运动，只有在此之后，才会出现原因——那就是具有吸引力的地球的能量吞没了正在急急忙忙奔向什么地方去的苹果的能量。这里多少似乎有点儿奇怪，是不是？”

伊丽莎白说：

“是的，我也总是朦胧地感到这里在概念当中似乎有点矛盾似的。”

特里罗多夫又说：

“应当寻找一下，看我们是否拥有另外一种更容易接受的解释。远距离起作用是不可能的，这是不可思议也是绝不可能的。”

伊丽莎白问：

“为什么不可思议？要知道运动本身并不存在呀。”

“是的，”特里罗多夫说，“存在的只是一些现象，对这类现象我们习惯于用吸引力的作用来加以解释。”

伊丽莎白说：

“磁石可以在远距离之外吸引东西。这么说，远距离起作用是可能的。”

特里罗多夫反驳道：

“物体被磁石吸引不是因为磁石或磁性物体身上有新的力量，所以才能产生吸引力。确切地说，磁性物体丧失了自己的部分属性，剩下的属性排斥这些物体。”

“就好像它在逐渐死去一般。”伊丽莎白说。

特里罗多夫说：

“是的，某些物体喜欢黏附在磁铁上，就像苍蝇黏附在林子里死的生物的尸体上一样。活的身体则会把一切妨碍它行动的东西推开掉的。假如我们这里有两个单独的身体，相互之间没有任何关联的身体，那么，我们所能设想的它们之间的相互作用，就只能采取推动的形式。身体是不可能一个被另一个所吸引的。因为个别身体没有为此所必需的器官。身体只能凭借某些外在力量而相互吸引。”

伊丽莎白反驳道：

“可是要知道物体并不是单独存在的呀。它们在整个世界沉浸于其中的环境是相互关联的呀。”

“是的，”特里罗多夫说，“宇宙到处都被塞得满满登登。物质的分子是一个能量的多层次系统。分子在运动过程中会释放出束缚在自己内部的能量，并把它们消耗在巨大的空间中。每个分子，如果它彻底分解的话，都会释放出数量极其巨大的能量来。整个宇宙就是由这种无以计数的向四面八方发散的能量，即我们以前管它叫做以太的能量的总和组成。整个活着的和自由的以太不具有任何可以为我们感觉得到的重量。但与此同时，它又比金刚石还要坚硬难以克服。在大量能量发生碰撞的地方往往能形成物质的原子。我们可以设想曾经有一个时期在无限的以太中仅存在着一个物质的原子。这样的一个原子可能会遭受到来自各方面的动能的作用和影响。因此，它可以经常处于平衡状态。”

伊丽莎白说：

“它的状态可以是水波不兴的安宁的极乐状态吧。”

“是的，”特里罗多夫说，“它可以是世界的中心，是世界上所有能量的焦点。如果除此之外它还是一个有理性和自由的生物的话，那么，它就会成为一个绝对有理性和自由的人。他就可以按照自己的意愿把自己的能量用于创造一个自己的世界。而我们人恰好赶上世界处于它如今这样的状态。如今世界被组织成为由原子构成的一堆消极的物质，而对于我们来说，原子的死灭则可以以徐缓的方式创造一种积极的能量。所以，可以说世界是由许许多多的大小不一的向四面八方发散的物体所构成，同时也是由无数从四面八方趋向于一个中心的物体所构成。每个物体都从各个方面体验到向它发出的推动力。每个物体的运动永远都是被与其相等的力量所推动的。哪里集聚的物质比较多，那里便会发生一些值得关注的现象。人们常常不费力地把它们解释成为是物体的相互吸引。世界的能量通过物体的传输相对来说比较弱，而如果物体的体积和规模比较大的话，传输效果便会更弱。因此对于世界的能量而言，每个物体的作用都相当于一个掩体。如果一个小物体被放在大物体旁边，那么大的物体便会遮挡住它，使它无法从其朝向大物体的那面受到推动力。其他推动力，当然也会整合自己所发挥的作用，其结果便是使得小物体被推近到大物体身边。”

伊丽莎白说：

“由此可见，地球引力是不可排除的了。吸引力中集聚了整个宇宙的影响力。谁掌握着能与整个世界的吸引力等同的力量呢？”

特里罗多夫回答说：

“为了要排除地球对于某物的引力，必须为它创造一个把它和宇宙隔开的遮蔽物。我在我自己发明的一种合金中找到了这样的遮蔽物。用此类合金制造的小薄板被装在金属盒子里，然后安装在我的温室的顶棚上。不过，一旦必要的话，这些盒子可以移动。现在，只要打开一个这样的盒子的盖儿，被这块薄板所保护的温室的那块地方的表面便会不再感受得到世界的吸引力。这样一来，整个温室都可以脱离地球，沿着趋向于薄板中心的方向运动。我的这艘船在星际空间运动中将跟随这块小薄板的运动，就像服从地球船的舵轮一样。现在，我的最近目标是用这个温室来创造一颗球，一颗和地球非常相似的球，这颗球和蛇一样，能够成为人的居所。”

伊丽莎白问：

“那这颗小地球的空气从何而来呢？”

特里罗多夫笑着说：

“空气会有的。”

伊丽莎白问：

“可是要让这颗球做旋转运动，到哪儿去找动力呢？”

特里罗多夫说：

“我们会借助于类似于镭这种物质的帮助，而这种类似于镭的物质，我会利用活着或半死半活的物体的能量来制造的。”

82

维克多·洛连纳住在内务部的办公室里。这是帕尔马最大的建筑物之一。从它的窗户里可以看到美丽的景致、海岸和古老的国王城堡。

有一天早晨，在庞大明亮的首相办公室，首相本人坐在写字台前，而在远离大写字台的窗户角落里的写字台前，则坐着首相的私人秘书。这是一个仕途被十分看好的年轻人，总是一副懒洋洋漫不经心的样子，头上梳着四分头。他的眼睛上面有两块紫罗兰色的斑，令人觉得好像他的两道眉毛上面落着一只蛾子，正在扇动着紫黑色的翅膀似的。

洛伦佐·德·拉·里卡－伊－坎达莫先生正在为维克多·洛连纳审阅他的官方来函以便汇报。一封来信引得这位年轻人发出哈哈大笑。这就是格奥尔基·特里罗多夫写来的信。

当维克多·洛连纳进来时，洛伦佐·德·拉·里卡－伊－坎达莫先生立刻换了一副严肃的面孔，装得像一位正儿八经的国家公务员似的。他毕恭毕敬又有几分慵懒地向维克多·洛连纳汇报了所收到的来信的内容。有几封信他是从头至尾地读了一遍。在汇报快结束时，这位年轻的秘书笑着递给维克多·洛连纳这封格尔奥基·特里罗多夫的来信。他说：

“阁下，这封信我斗胆做主放在最后汇报，为的是给您逗个乐子。虽然过分大胆，但实在好玩儿。”

维克多·洛连纳飞快而又神经质地读了特里罗多夫的这封信。可首相却一点也不觉得这封信有多么可笑。他沮丧地把信抛在桌子上，气愤地说：

“多么可恶！闻所未闻，匪夷所思！”

维克多·洛连纳从安乐椅上站起身来。他的整个身体此刻都表现出极端的愤怒。他迈着快速而沉重的脚步在办公室里来回走动，像是把自己那位年轻的秘书完全给忘在脑后了。维克多·洛连纳每逢为什么事生气时，就会在办公室里走来走去，他和许多大人物小人物一样，也有自己特有的习惯。

不知为什么，这封出乎意料的来信为维克多·洛连纳头脑里的一连串想法提供了一个推动力。他低声嘟囔了句什么，手里还做着各种手势。忽然，只见他发出一声笑，并用口哨吹起当时时髦歌剧中一段欢快的乐曲。他小声说：

“想得不错。谢天谢地，想得不错。”

说着，他头脑里的一些念头开始了一场匪夷所思的组合。他嘟囔道：

“谁知道呢！谁知道呢！万物各有其时。从前我怎么会不知道呢！如果说以前没有的话，那么应当把它给想出来呀。”①

维克多·洛连纳忽然在那位年轻人面前停下脚步，问：

“这是什么人，这位一心想要登上我们群岛王国王位的奇怪的先生究竟是谁？”

秘书说：

“不知道，阁下。在这封信里，他自称是个作家——写小品文和诗歌的。可是，根据我评判文学赖以为据的非常浅薄的知识，他在欧洲并没有什么知名度。要不要查询一下？”年轻人采用公事公办的口气问道。

他已经开始为自己刚才对那封信表现出来的轻浮态度感到很不好意思了，首相居然会对那封信产生兴趣。梳着四分头的年轻人本想永远站在国家事务的高度，此刻他才意识到他本应在汇报之前，先以私访方式就此信到俄国使团去查询一下。那儿的人当然知道此人是谁而且也知道他有什么靠山。梳着四分头的年轻人心想：“这个出乎意料之外冒出来的人，绝对不会没有任何人做靠山的。”

维克多·洛连纳平静地说：

“是呀，是该查询一下。而且，请您快一点儿，并且要尽可能详细一些。可是，您自己当然也知道，您的查询不能以我的名义进行。”

维克多·洛连纳就用这句话打发走了那个年轻人。当办公室里只剩下维克多·洛连纳一个人时，他的大脑还迟迟无法摆脱这封忽然飞来的信的事。他笑着想：“这封奇特的来信出自何人之手呢？是个疯子还是天才？是个大骗子、冒险家还是一个喜欢上演喜剧的幻想家呢？或许，他是一个头发长长的、目光火辣辣的、饿肚子的、灵感勃发的青年诗人，缩在自己的顶楼里写着任何人都从不会阅读的美妙诗章，描写着一些任何人连听都不愿意听的宏伟壮丽的社会制度的构想。我们为什么不把这封信打印出来呢！实质上这对我们一点儿害处也没有呀。他会有怎样的机会呢？谁会是此人的后

① 法国启蒙主义者、哲学家、作家伏尔泰（1694～1778）曾针对上帝说过此话：“如果没有上帝，那就应该想出来一个。”

台呢？这个没人知道没人了解的家伙究竟是谁呢？或许这人根本就不正常。我们当然得了解一下有关此人的详情。或许可以利用他这种奇特的乖僻，使之成为反对坦克连德王子的一把不错的武器呢。以防万一嘛。至少也不能让这个外来人太骄傲呀。好不让他以为他是不可取代的。我们还可以和他讨价还价。”

响起了一阵熟悉的、轻轻的敲门声。维克多·洛连纳脸色活跃起来。欢快地说：

“进来！”

从声音他就知道进来的是他夫人。他喜欢和夫人共同商讨他的新计划。他对夫人实际而清晰的头脑评价很高，而且他夫人有着一般女人身上很少见到的一个品质，那就是善于保守机密。此刻，他很高兴有机会和夫人谈谈他的有关想法，这些想法他是不可能跟任何人交流的。当一个举止优雅、衣着华贵、年纪轻轻、仪态万方的太太走进他这间规矩谨严、充满公事公办气氛的办公室时，他高兴得无以复加。维克多·洛连纳高兴地吻着太太那细嫩的粉红色的小手。立刻开口讲述起特里罗多夫来信的事。

洛连纳的夫人是一个身体羸弱、十分狡猾的阴谋家。她对内阁里的事情知道得很多，深知其中内幕。此刻她飞快地估计了一下形势。她很理解地默默地听完丈夫的讲述。脸上挂着微笑，她的微笑表明她完全赞同丈夫所说的一切。

维克多·洛连纳有时候喜欢“夸夸其谈一番”。他说：

“和往常一样，一种完全陌生的、不可预见的因素忽然闯了进来，打乱了我们的计划！那么，一个现实的政治家的职责在这种情况下究竟何在呢？职责在于，显而易见的是，要时刻留心出现此类意外因素的可能性，并且时刻准备把此类不利因素转变成为自己难得的机会。聪明人不仅利用环境，而且还创造环境。”

洛连纳夫人脸上挂着喜爱和赞叹的微笑说：

“真是一流的大脑！”

听到这句恭维话，维克多·洛连纳再次吻了夫人的手，说：

“所以我们要利用这个充满自信的神秘的陌生人的出场，来为自己创造机遇。实际上，我们现在处于一个比我们所想的更广义的过渡时期。无论谁当国王，他都会在一开始执政时就垮台。他的执政实质上只能在两个王朝之间持续，只能是过渡时期。”

洛连纳夫人问：

“是过渡到共和国吗？”

维克多·洛连纳已经不止一次和夫人讨论过这个问题了。他们两人早就在设想建立共和国的可能性问题了。

维克多·洛连纳说：

“当然，过渡到资产阶级共和国。资产阶级在历史中的作用远没有发挥完。我们能够建立一个共和国并且巩固这个共和国的地位。”

这个充满虚荣的女人立刻浑身充满骄傲感和希望。她喜悦地说：

“而你　我的维克多，就会成为这个共和国的第一任总统！”

维克多·洛连纳满意地笑了。他表情谦虚谨慎地说：

“现在谈这个还太早。”

洛连纳夫人兴高采烈地笑着反驳道：

“可是也该想想这件事了。”

维克多·洛连纳矜持地笑着说：

“嗯，想想也许可以。我们有朋友，有一些忠实的朋友，之所以如此，是因为这都是利益上的朋友。但且莫嚷嚷出去。当然，我知道在我这你是不会把这给兜出去的。对你我很放心。”

洛连纳夫人吻了吻丈夫的额头，轻轻走出办公室，一路上她对那些碰到的官吏们露出殷勤而又骄傲的笑容。她的心里燃烧着爱慕虚荣的热情。

在大厅里，洛连纳夫人在一个巨大的窗户跟前停下脚步，站在那里沉浸在幻想之中。从被拉到间壁墙前的沉重的帷幕后面，她瞅了瞅不远处国王城堡那发黑的阴郁的高大围墙。她已经开始想象在这座宏伟高大的宫殿内的大厅里举行盛大仪式的情景，她将在那里举行庄严的宴会和辉煌的舞会。洛连纳夫人的唇角凝固着矜持的笑容。她感觉自己的胸口跳荡着一个麦克白夫人的灵魂。

维克多·洛连纳以一种显得略有些过分活跃的神情摁了摁隐藏在青铜龙绿色嘴里的那个白色按钮。他吩咐应铃声走进来的仆人把秘书叫来。留着四分头的年轻人还没来得及走进自己那坐落在同一幢楼里的住屋，所以来得晚了。他对自己再次被召唤丝毫也不感到吃惊。对于这位过分能干的首相那慌慌张张的习性，他已经见怪不怪了。

可是，当听到首相和他再次谈起那封奇特的信件的事时，洛伦佐·德·拉·里卡－伊－坎达莫先生还是感到非常吃惊。维克多·洛连纳把那封信递给秘书说：

“把这封信拿去，交给政府发表。注意，这封信必须明天见报。”

四分头的年轻人还想提出不同意见。他恭恭敬敬地说：

“就是这封奇怪的信吗？我斗胆问阁下您一声，为什么要公布这封信呢？”

首相微妙地笑一笑，不厌其烦地解释说：

“为的是不让人们责备我们向人民隐瞒了外界对我们的呼吁。很可能那位特里罗多夫先生把这封信的内容，已经写给另一位帕尔马人了呢。如果他的请求最先发表在反对派报纸上的话，那对我们可就糟糕了。我们做事要诚实公开。这封信的命运如今要由人民来决定。我们的职责就是不要向人民隐瞒任何事情。”

维克多·洛连纳直勾勾地瞅了四分头年轻人一眼。洛伦佐·德·拉·里卡－伊－坎达莫先生会意地露出笑容。可他还是不明白首相做这件事究竟有何必要。

第二天，在帕尔马政府公告上登载了特里罗多夫的信。报纸没有给这封信附加任何解释和说明。各家报纸纷纷转载了这封信。

最初的一些日子里，特里罗多夫的发言几乎没引起人们对他的任何注意。群岛的各家报纸仅限于登载了格奥尔基·特里罗多夫的来信，然后从各自立场出发对此信做了一些冷淡的简短的评论。群岛国的居民们像读其他书信一样读过这封信和附加的按语。人们几乎对这封信连想都不想，说都不说，因为人们心里装着其他一些与此完全不同的事情。起先看起来这封信似乎会不留痕迹地过去的，正如任何偶然发生的奇思怪想一样。

在社会民主党政治局里，有人问：

“谁是这位格奥尔基·特里罗多夫？”

菲利普·梅齐奥困惑地耸一耸肩膀，笑着说：

“对他我连一点概念都没有。可是，倒是应该去查一查，以防万一。为此，我已经给我的一位住在伦敦的俄国朋友拉多梅尔先生去信打听他的事。”

费尔南多·巴列塔轻蔑地说：

“胡扯八道罢了！”

菲利普·梅齐奥不同意这种说法：

“在政治上什么都不应该忽视。一切都可能会用得着。”

过了几天，在帕尔马的一家文学杂志上，发表了一篇小文章，是谈论特里罗多夫的。这篇小传的作者写道：“格奥尔基·特里罗多夫在广大公众中间并没有什么名气，但却很有才华，是一个非常精致的俄国诗人，他以其精美的形式、奇特的内容、以描写精神变态为主的短篇小说和诗歌吸引了雅文学行家和评论家的注意。他的生活方式很奇特，喜欢独处，拥有丰厚的家产，从事对于那些被父母抛弃的孩子们的教育工作，迄今为止，没有任何迹象表明他对社会和政治问题感兴趣。”

“当然”，文章作者继续写道，“这个来自异域的作家忽然提出参与欧洲最古老最著名的王位的竞选这种奇思妙想，只能说是一个俄国颓废派作家的诸多怪癖之一的表现而已。而那些支持他竞选的人，未必能达成自己的目的的。”

只有一家帕尔马的土地党报纸叫《田野与森林》，非常神经质地对待特里罗多夫参与竞选这件事。该报就此事发表了一篇社论文章。登载了有关特里罗多夫的简短信息。这些信息未必准确，但文笔却十分犀利。人们还认为特里罗多夫的出场十分可笑，尤其是他的身材。许多文章的作者说：“很难把这一奇特的出场不当作一个令人轻蔑的玩笑。对于这样一个放肆的家伙，都不值得提出谁会愿意支持他竞选的问题，这个家伙居然敢于提出自己那可疑的名字，来与一些在我们国家境内和境外所有人口头赞誉着的荣誉的名字相抗衡。或许只有那些破衣烂衫汉们才会对这位先生的出场感到高兴吧。一个流氓无产阶级或许会认为对他来说，此人会是一个最适合当国王的人吧。而我们认为这封信只不过是一个令人气愤的大胆放肆的举动，显然，他这么做的目的，是指望国际上所有革命的坏蛋们会同情他吧。我们对待这一举动的态度是最严厉的谴责和愤怒。那些认为可以把这个可疑的家伙推举出来的政客们胆怯地躲藏在他的身后，显然，他们没有预料到他们的行为有多么不明智、多么愚蠢，显然，他们对于这一举动的可耻性是没有能力估量的。”

议会里的核心议员和右翼议员政客们满怀喜悦地通读了这篇言词尖锐的文章。

卡迈伯爵说：

“多么不明智！刺激坏蛋，有什么必要呢？对于这么无耻的举动应当哑口无言才是。这封信根本就不该发表的。”

说完，又意味深长地补充道：

“这也是阁下的意见。”

在巴黎和伦敦，人们却对特里罗多夫这封信给予极大关注，那里的人们还认为格奥尔基·特里罗多夫身后，肯定还有一个强有力的后台，有一种强大的势力。各家报纸纷纷对这封信大事炒作，引得公众也对特里罗多夫其人感兴趣起来。在那些日子里，一家报纸要想有卖点，除了这个题目以外，就找不到其他别的题目了。紧接着，在欧洲其他中心城市里人们也开始谈论起这件事来。

人们起先写道，这或许是俄国政府的一个阴谋，和往常一样，当然做得很拙劣。随后，人们开始寻找其他的可能的阴谋发动者。

83

彼得·马托夫动身到遥远国度去的行期，被一天天地推迟。所有的事情都能成为推迟的借口。总是有这样那样的事。况且，叶莲娜也不急不忙。她更喜欢待在家里。她一点都不想去遥远的国家。而伊丽莎白却忽然非常想到远方去，想看一看温暖的国家里怡人的自然，天空那明净的色彩，看一看花朵和大海，看一看热辣的目光和阳光一般明媚的笑容。有关联合群岛王国的幻想令她感到分外愉悦。

与此同时，彼得开始拜访城里以及郊区各处所有的熟人朋友们。他这是在动身到国外前与朋友熟人们告别。

宗教问题始终占据着彼得的心灵。因此，他在当地神学界总是有许多熟人。在本地教区大主教和他的神父那里他受到了很好的接待。他还和许多神学界和世俗的神学家们有着密切的通信联系。

一个节日的早晨，彼得·马托夫骑马去了郊外修道院拜访大主教。此时特里罗多夫夏令营里的学生们刚好去野游了，要去整整一个礼拜。这个礼拜的同一天，特里罗多夫也决定利用这个时间去一趟修道院。

特里罗多夫的学生们自行决定要去野游。学生们自己确定了野游的路线。当然，按照夏令营里已经形成的规矩和习惯，孩子们和女教师们一路上都是光脚走路的。所以他们一般不会感到疲劳。那些双脚拖着重物的人们是不会懂得，双脚一旦摆脱掉禁锢的束缚会感到跑起来是多么轻松呀。

回程中孩子们提议顺便去看看修道院。特里罗多夫选择的那天，恰好孩子们也在修道院。这是一个十分快乐的节日，这一天，彼得也去了修道院。

特里罗多夫一大早就坐上了船。

教区神父夏天所住的那家修道院，坐落在斯科罗坚河边，在城市稍下面一点。从城里到修道院早已建成了电力火车铁路。铁路上飞快地跑着被漆成黄色的列车。斯科罗多日城人不知为何管这些喧嚷欢快的火车叫布谷鸟。可是，夏天要是坐船去修道院的话，会更加方便和舒适。轮船从城里的码头到修道院只需半小时。城里人也十分乐意坐轻便轮船前往那里。有人坐船去祈祷，有人坐船郊游。还有些人上了船后，直奔小吃部，然后坐在里面，轮船不到他要去的终点码头就不出来，而城里距修道院大约有十五俄里。

十分碰巧的是，特里罗多夫在去修道院时，和奥斯特罗夫及其朋友们坐在了同一条船上。奥斯特罗夫竭力想要避开特里罗多夫的视线。可最终还是没躲过。

一种奇特的不安的感觉搅扰着特里罗多夫的心境，他像是感觉出身边存在着一种凶恶和仇恨的力量似的。他不时地在甲板上或船舱里来回走动，从一头走到另一头。最后，他十分意外地碰见了奥斯特罗夫，而奥斯特罗夫也感到十分意外。

奥斯特罗夫立刻拍起了特里罗多夫的马屁。在明媚的晨光下，他那部络腮胡子看上去像是火红色的。

特里罗多夫悄悄问他道：

“去偷人吗？”

奥斯特罗夫含义不明地嘿嘿笑着说：

“嘿嘿，去祷告上帝。请您留意一下宗教道德文献是如何教人赎罪的。很令人感到安慰呀。”

轮船的前甲板上有一个书籍推销员，是个又干又瘦的老头子，有一部灰白的山羊胡，头上戴一顶遮檐又长又结实的便帽，戴着一副巨大的银框眼镜，在嚷叫着：

“《上帝的审判》，传单和小册子一共两个戈比。讲述一个年轻人如何对红军和犹太人实施了渎神行为。带插图的。非常富于教益。”

书籍推销员身边有几个朴实的汉子。他们长久地翻阅那些插图，随后便买了这本教人如何生活的小册子。

奥斯特罗夫在特里罗多夫身边转来转去。一个劲儿用伪装得十分甜蜜的声音说：

“对人民的信仰并未流失。无论那些老爷们如何起劲儿，信仰毕竟还是很强大。您，嗯，格奥尔基·谢尔盖耶维奇，要不要我为您买下这本小册子？很有趣儿的！”

特里罗多夫冷淡地说：

“不需要，谢谢您。”

一个一大早就喝得醉醺醺的工厂工人，年纪很轻，骨节粗大，他抖动了一下穿在黑色条纹外套下的宽阔的肩膀，悒郁地瞅了特里罗多夫一眼，说：

“老爷们不需要这个。”

特里罗多夫连忙走开了。奥斯特罗夫冲他一挤眼，悄悄对那个工人说：

“化学家特里罗多夫先生。是个最有学问的人呐！非常聪明。可是他们不信上帝呀。”

工人更悒郁地说：

“只会煮青蛙和释放氧气。”

特里罗多夫感到和奥斯特罗夫待在一起令人厌恶。所以，当轮船靠上城郊第一座码头时，他就上岸了。这里是一座很大的果园，叫夏园。园子离码头不远处是德鲁日科夫人民之家。从那里如果坐不上船的话，可以坐电力列车布谷鸟到修道院。

特里罗多夫想顺便去一趟本地的民众醒酒所，好见识一下他们的工作。特里罗多夫知道民众醒酒所有一个免费的阅览室。这个阅览室就设在当地人民之家的楼里。

人民之家是靠本地富有的商人德鲁日科夫的捐助建成的。这个值得尊重的商人靠买卖粮食发了家。他拥有的资产有数百万之多。他喜欢荣誉，数次被选举担任城里的显赫职位，因为慈善事业曾经数次得到过爵位和勋章。

德鲁日科夫步入老年后很想效法美国人卡尔涅治。他也想赢得名震全俄的荣誉，让自己的美名永垂不朽，同时还能泽被自己的子孙。儿女们对他娶了一位没有嫁妆的女人很恼火。德鲁日科夫花费数百万资产建设医院、养老院、学校、图书馆。所有这些机构都得冠以他的名字。他对本地人民之家的捐助尤其慷慨。

德鲁日科夫的儿子们感到惊慌了。他们开始大事议论他花钱大手大脚。他们竭力想要张罗着建立一个对他能实施监控的机构。还想把他关进疯人院。可是狡猾的老头子粉碎了他们的所有狡计。他拥有许多强有力的关系网和熟人。

可是，德鲁日科夫到底还是没来得及花掉他的大笔资产。他忽然去世了。城里人都说他是被儿子们毒死的。人们说得是那么有鼻子有眼儿，以致死者德鲁日科夫的尸体被从坟墓里挖出来解剖了。结果并未找到毒药的蛛丝马迹。

德鲁日科夫人民之家根据其奠基人的遗嘱转交给了地方自治局管理。可是，那里的民众醒酒所向所有人发号施令。人民之家的监管人是格拉菲拉·帕芙洛芙娜·科诺帕茨卡娅，是一个已故将军的年轻遗孀。

一些想要取悦于他们那个领域里具有影响力的人物的女教师们，不要报酬地在人民之家和醒酒所工作。他们效法其上级的榜样。本地人民中学的校长杜列博夫和他的妻子常常拜访德鲁日科夫的人民之家。夫人杜列博娃在那里的工作尤其具有很大影响力。

杜列博夫夫妇非常珍视和科诺帕茨卡娅的关系。可在自己家里却尽情地嘲笑她，并编排了许多关于她的坏话。这也是人之常情。

特里罗多夫从码头一直走到人民之家。与此同时，格拉菲拉·帕芙洛芙娜·科诺帕茨卡娅坐着自己的马车正经过人民之家前往修道院参加晚弥撒。在船上时她对所有人都感到厌恶。她说：

"这么多农夫。气味真难闻。我的神经本来就够弱的了。"

科诺帕茨卡娅穿着一身华丽的连衣裙。戴一顶有着玫瑰色小花图案的白帽子，戴一副白手套，撑着一把白伞，腰带上别一些白花，那装扮活像一个新娘。她身上散发着一种很昂贵但又很讨厌的香水味儿。和她坐在一起的是热尔别涅夫，他穿着一身带有退伍上校肩章的白色制服。

在夏园，在人民之家门口的台阶上，他们遇见了特里罗多夫。热尔别涅夫生气地嘟囔道：

"特里罗多夫先生居然肯屈尊降贵地到人民之家来。他到这儿有何贵干呢？"

科诺帕茨卡娅仔细盯了特里罗多夫一眼。随即心脏便怦怦地跳动不已。她激动地说：

"他当然是为做宣传而来的了。"

热尔别涅夫低声说：

"恐怕您说对了，和往常一样。他这是到亵渎神圣的地方来了，煽动我们的小姐们造反来了。"

科诺帕茨卡娅脸上红一阵白一阵，说：

"我不能过去，安德列·拉夫连季耶维奇，随您的便。这是我力所不能及的——当我亲眼看着这个可怕的家伙走进我们进行神圣工作的大楼，而我却从旁边走过，这超出了我的能力。我的心已经跳出胸腔了。我要出去。"

热尔别涅夫说：

"我跟您一块走。"

于是两人一块儿向人民之家走去。特里罗多夫已经在那里了。他正快步穿过一间间宽敞明亮漂亮的建筑物和大厅，朝阅览室走去。科诺帕茨卡娅和热尔别涅夫迈着小碎步跟在他身后。他们很想偷听他会说出什么样的谋反的话。

特里罗多夫此刻还没跟任何人搭话。他边走边漫无目的地扫视着一道道墙壁。一个木头支架上陈放着果戈理的半身塑像。只有一次特里罗多夫在荣誉席上挂着的一块牌子前停下脚步，他仔细瞅了瞅牌子上雕刻的关于根据法律的全部威严对违反土地法罪犯实施惩罚的话语。

在剧院池座入口处的两边各有一间房子，就是书店和阅览室。书店出售廉价小册子。这里有许多童话和道德教育故事。阅览室里的书籍也多是廉价书和次书。报纸也只订购了具有反动倾向的，如《光明》、《莫斯科公报》、《赏心悦目的阅读》、《空闲与工作》、《斯科罗多日黑色百人团报》，此外还有几份来自首都或外省的报纸。

特里罗多夫随便浏览着阅览室里的报纸。他询问那位坐在柜台后面脸色发绿戴着眼镜的姑娘道：

“您每个节日都在这儿吗？”

姑娘有气无力地回答说：

“不是，我们轮流值班。今天我值班值到四点钟，而我的同事接替我值到十二点钟。”

说着，姑娘用她那尖尖的下巴颏指指另一位姑娘，那姑娘正在书柜前整理书籍，近视眼使她不得不把头伏在书上，像是在嗅书一样。这位值班姑娘因患了龈脓肿，左腮帮上缠着块手帕。她身上散发着石碳酸和樟脑味儿。

特里罗多夫问值班姑娘：

“可以瞧一眼目录吗？”

有气无力的姑娘冷淡而又无力地说：

“现在还没有目录。只有女监理人那里有目录。我们只凭记忆。”

她的脸上油然现出日益明显的百般无聊的神情。特里罗多夫说：

“姑娘，看来您的记性不坏呀。你们这里有普希金的作品吗？”

烦闷无聊的姑娘开始列举：

“《渔夫和金鱼的故事》、《波尔塔瓦》、《鲍里斯·戈都诺夫》、《上尉的女儿》、《商人卡拉希尼科夫之歌》。噢，不不，”她随即更正道，“这本书是莱蒙托夫写的。”

特里罗多夫问：

“有没有普希金全集？”

烦闷无聊的姑娘惊奇地看了他一眼。回答说：

“没有。这有用吗？没有人要求我们订购呀。”

特里罗多夫继续问个不停：

“新近作家里有谁吗？比方说，高尔基的什么作品？”

值班姑娘脸上现出惊恐的表情。在重新换上一副习以为常的烦闷表情之前，她脸红了，一个劲儿地眨着眼，像是受了什么委屈似的，喊道：

“高尔基的？哎呀，没有！怎么会有呢！”

身上散发樟脑味儿的姑娘快步走到自己同事面前。萎靡不振的值班姑娘惊恐万分地对同事嘀咕说：

“这人打听高尔基呢！”

科诺帕茨卡娅和热尔别涅夫躲在半开的门后在偷听。两人交换着眼色。科诺帕茨卡娅凶狠地嘀咕道：

“您听见了吗？没有，我再也无法忍受了。”

他俩走进阅览室。热尔别涅夫站在门口。使了个暗号把那两个姑娘叫到身边。开始和她们嘀嘀咕咕。科诺帕茨卡娅疾步走到特里罗多夫身边。她客气地笑着开口道：

“真是幸会啊幸会！我真是太幸运了，格奥尔基·谢尔盖耶维奇，您居然肯屈尊拜访我们。我会带您看个够。您也知道我是这儿的监理嘛。”

特里罗多夫笑着表示感谢。他说：

“我是多么想看到阅览室和书库里有更多更多的好书呀。”

格拉菲拉·帕芙洛芙娜恨得脸色惨白。可是，她毕竟还没忘了作为一个监理人的职责以及作为一个女主人对待客人应该采取的态度，便用客气解释的语气说：

“哎呀呀，您得了吧，格奥尔基·谢尔盖耶维奇，请您相信，我们知道我们在做什么。没文化的俄国人需要的就是这些。”

特里罗多夫不同意：

“光这些书还太少。对人民来说，光有一些拯救灵魂的书是远远不够的。”

格拉菲拉·帕芙洛芙娜有些气急败坏了。她按捺不住地问：

“那依您看来还需要给他们提供什么书呢？革命书籍是吗？”

“为什么非得是革命书籍呢？”特里罗多夫说，“自有人操心这类书的，你们……”

科诺帕茨卡娅打断他的话，喊道：

“不，不能把革命书籍交给普通人民的！冲这事儿人家会把我们这里关闭的，就如关闭您的学校一样。我们可不能冒这个险。不然的话，那就是违背我们的良心，违背我们的信念了。工人们已经在骚乱不安了，工厂里到处都是鼓动家。”

和两个姑娘嘀咕完了的热尔别涅夫，走到格拉菲拉·帕芙洛芙娜身边。姑娘们站在门口。她们身子笔挺地像穿裙子的士兵一样站着。她们脸上红扑扑的，两只眼睛都竭力瞪得大大的，就像一下子变傻变呆了似的。樟脑、石碳酸和科诺帕茨卡娅的香水味儿混合在一起，那气味儿简直令人难以忍耐。

格拉菲拉·帕芙洛芙娜转向热尔别涅夫，和刚才一样激愤地说：

“瞧瞧，这下有你们高兴的了！特里罗多夫先生要求咱们给人民提供革命书籍，要求咱们教育工人如何罢工。你们敢不喜欢！”

特里罗多夫笑着反驳道：

“对不起，格拉菲拉·帕芙洛芙娜，我可没说过任何类似的话。”

科诺帕茨卡娅压低声音说：

“况且面上的事儿我们也关心。您谴责我们总归徒劳。请您瞧瞧我们的剧院和舞厅，昨天我们为裁缝和侍女们举办了专场。他们对我们的关怀有很高评价。”

从窗口可以看得到一艘来自城里的轮船正在靠近码头。特里罗多夫利用这一机会连忙和科诺帕茨卡娅以及热尔别涅夫告辞。

科诺帕茨卡娅在他身后嘶哑地说：

“我的心情全让他给破坏了。一个多么可怕的家伙。”

特里罗多夫又一次坐上轮船。很快地，陡峭的岸边现出教会修道院那金色的圆顶。

84

正如俄国河流所常见的情形，这里一边的河岸陡峭凹凸，而另一边却低矮平坦而又结实。陡峭的那边岸上长着森林。而在低平的那边岸上却长着春汛时必被淹没的草地。

修道院本着规矩建在陡峭那边的岸上。修道院宫殿的金色圆顶、石头建筑物、精心护理的园林、它那铺着大块蓝灰色石块的院子，在陡峭的岸坡上，在那正向平原过渡的顶端，在古老而沉思的森林中延伸下去。从修道院的静修室和院子里，可以看到蜿蜒湍急的斯科罗坚河上美丽迷人的景致。河对岸广阔的田野一片青色，乡村、小树林以及远处教堂上的十字架都闪烁着金光。

整个修道院都被包围在一道高大的白色石头墙里面，那道墙沿着斜坡像两只多阶梯的手臂一般一直延伸到河边——像是在把整座修道院庄园搂抱在怀里一般。紧挨着围墙外面有一幢石头建筑物就是修道院的旅馆。此外还可以看到几座木头房子，是一些小铺、小卖部和小别墅。

公路上烟尘滚滚，铁轨闪烁着光芒，不时有电力列车布谷鸟嘶叫着驶过，然后停在修道院门口，一些带着铁锅、教义问答，戴着便帽、毛皮帽子，围着围巾的人从里面被吐出来。修道院门口停着许多马车。

特里罗多夫急忙去参加晚祷的结尾。

同一天里，特里罗多夫的学生们也在一大早来到修道院。学生们对一切都感到好奇，但却并非一切都令他们感到高兴。

在这个孤独和祈祷的地方，人们的注意力被十分奇特地引导向那些东西，那些牢固的建筑物、黑色的修士帽，修士们那丝织的长袍，修道院门口用来捐钱的大碗，面包房和厨房那好闻的香味。修士们——无论你看他们哪个人，都可以一眼看出这是出自一家富裕的修道院。披着昂贵华丽长袍的修士们个个脑满肠肥、身宽体胖。他们的脸色都十分红润饱满。脸色苍白的吃素者几乎一个也看不见。

教堂门口的台阶上聚集着许多信徒。教堂容纳不下所有来客。门口一片拥挤。有些人竭力想要挤进去，还有些人则往外走。人群中多数是老人，年轻人很少。女人比男人多。还有很多孩子。孩子们比其他人能挤，不知疲倦地窜来窜去，或是无法无天地瞎闹腾。孩子们有来自城里的，也有郊区的，还有被他们在修道院工作的父母为什么事操心而暂时忘记的。

教堂里外都有好多乞丐。再说那些信徒们也个个长得像乞丐。许多人从远处一路乞讨来到这里。所以几乎所有人都穿得破破烂烂，脏兮兮的，身上散发着恶臭。好多人身上裸露着疮疤和伤口。

特里罗多夫想要穿过这可怜巴巴、脸色晦暗的人群进到教堂里面去。他很走运。副省长带着夫人来了。他脸色阴郁地和特里罗多夫打了个招呼。警察们连忙殷勤地开始为副省长大人清路。特里罗多夫于是便跟在他们后面走了进来。

特里罗多夫走进教堂时，晚祷已经接近尾声了。主持仪式的是助理主教叶夫普拉克西。他用声震屋宇的宏亮嗓门大声宣告，有时又同样大声叹气，以至那些农妇们被感动得饮泣起来，而太太们则露出笑容，画着十字。唱诗班唱着动情的颂诗。修士大辅祭还没来得及喝醉，他那浑厚宽宏的低音振荡着空气。

教堂里很亮堂。白墙加上空灵的绘画使人感到悦目。祭坛前面放着一尊能创造奇迹的圣像。圣像身上那金色的袍子闪耀着贵重宝石的光彩。袍子上的祖母绿宝石和红宝石似乎显得太大。行家说所有这些宝石其实都不值几个钱，加工得很粗糙，它们的真正价值要比人们所想的低得多。

教堂里还有许多省里来的太太。那是些商人的夫人。官吏们都穿着官服。祭台前面地方比较宽敞。可是这里毕竟也显得十分拥挤，神香烟云缭绕，香气氤氲，加上太太们身上的香水味儿，更是令人喘不过气来。后面是那些大老粗们待的地方，空气让人窒息，空气中还夹杂着臭气。灰扑扑的厚呢上衣和破烂的草鞋散发着恶臭。

修士们站在旁边。看样子他们全都沉浸在虔诚的祈祷中。可是，教堂里所发生的一切全都在他们眼中。

特里罗多夫的孩子们和女教师们全都站在靠近唱诗班的席位上，穿得漂漂亮亮的，光着脚。人们看他们的眼神都充满了不满。好多人还公然嘲笑他们，对他们叽叽喳喳。

科诺帕茨卡娅对副省长耳语道：

“这是怎么搞的，阿尔达利昂·鲍利索维奇！他的学校不是被封了吗，他怎么还把这群闹闹嚷嚷的孩子们带到这儿来？这岂不成了游行示威了吗！”

副省长生气地小声回答道：

“他们快活不了几天了。他说了，这些孩子都是孤儿，他们没地方去，可要交给你们管理我还不愿意呢。”

“这家伙真无耻！”科诺帕茨卡娅几乎是大声嚷道。

“况且也没地方收容他们，”副省长继续说，“我和杜列博夫想了个办法：让他们交一笔赡养费，由杜列博夫任命官员和女教师来管理他们。可他不愿意，所以就给监护人写了封信。我看不会有什么结果的，最终还得按咱们的办法办。”

晚祷结束时，来了一队衣着华丽的修士、将军和商人——是教堂的主持司祭和两个太太，穿得很华贵，一身黑，神情晦暗，都端着杯子或碟子用来敛钱。此时祭坛上开始进行最神圣的神秘仪式——通过个别的冰冷物质，圣灵推动世界的天启与唯一的宇宙生命交往，化作真正的肉体和真正的血液，来拯救虔诚的信仰者。募集钱款的人开始在人群中穿行，妨碍着祈祷的进行。硬币叮当作响地一个接一个落进杯子和碟子里。

特里罗多夫的学生们都给碟子里或杯子里放了一枚戈比。他们自己都有钱，也都懂得应该给最神圣的上帝捐钱。

晚祷结束了。人们拥挤着走向十字架和主教领受祝福。他们泪流满面地叹息连连地向能创造奇迹的圣像鞠躬。他们都在期待着什么，指望着什么。圣像前面的盘子里硬币一枚枚地叮当作响，纷纷落下。

许多人接着又去了另一个教堂。那个教堂被叫做冷教堂。那里很少有人去。教堂里有一具有神圣力量的棺材。棺材上覆盖着一块长得拖到地上的金色盖布。棺材前面的圣像前有一盏明亮的灯，在两根高高的银烛架上点着许多枝黄色蜡烛，散发着温暖怡人的光。面对棺材，人们全都肃穆而庄严。强壮和凶恶的人在它面前也会变得驯顺，并低下他们的头，一直低到冰凉的石地板上。人们一个接一个地走上前来。硬币叮当作响，落在放在金色盖布上的盘子里。

特里罗多夫在修道院宽敞空旷的院子里走了好久，和碰到的人交谈几句，听着别人的交谈。

这里居然有人奇特地谈起上帝的意志，谈起生活中的种种琐事。但所有谈话都围绕着这个阴暗可耻的现实生活。人们根本不谈他们所向往期待的那种生活和那个世界，特里罗多夫在这里听不到他在那些分裂派教徒和教派那里听到的话语。建立在恶之上的世界，被修士们的修道院环绕着，从前却是一片荒凉，每天都充满了凶恶和操心关切。

可以看得出来人群中有许多警察、宪兵和侦探。特里罗多夫向其中一个他感到很面熟的密探走来。他小声问：

“在侦察啊？信徒有什么好侦察的？值得吗？”

侦探笑笑，并以一种俄罗斯人特有的坦诚布公的语气同样小声回答说：

“瞧您说的，怎么没必要！哪里有圣物，哪里就有基督教徒的敌人。普通人只要一聚集在一起，他们就会到那里搅浑水。”

两个修士正从旁边走过。一个保养得很好，高高兴兴的，是本地的，另一个萎靡不振、忧心忡忡的，是别的修道院来的。本地那个说：

“谢天谢地，我们这儿吃得很好，可以说吃得再好不过了。好心的神父是个好管家。”

客人抱怨道：

“我们那儿吃得又差又少。院长神父非常吝啬。话说回来，他自己也是个素食者……”

两人从旁边走过去，他们的说话声也渐渐听不见了。

修道院大门旁边有一幢虽然不大，但却能容纳好多人的石头厢房，是二层的，墙上涂着白色，有绿色屋顶和绿色的铁窗台。这座厢房的第一层被两个小铺子占着。可以看得出来小铺里的买卖很红火。两个小铺子的门不时开合，人们进进出出。特里罗多夫的几个学生也在那里。特里罗多夫也走进小铺。

其中一个小铺子卖十字架，大小不一，外形和材质也各不相同，有金色的、银色的，也有纯金或纯银的；有用棕榈树做的，也有用柏树和菩提树做的，有用乌拉尔彩色石头做的，也有用碧玉、孔雀石、石英、高山水晶、黄玉、紫水晶做的；有带链子的，有不带链子的，有大的也有小的；有修道院圣像工匠在木头上雕刻的穿金属衣饰的，有不穿的，有用黑得发光的从耶路撒冷运来的木头做的。有带有圣像的椭圆形颈饰，有圣经、福音书，赞美诗、日课经、祷告书、圣徒行传、这座寺院的历史沿革及其周边风景的石印版画，也有各地风景彩画、寺院风光明信片、带有宗教和规诫意义的小册子。大小不等的蜡烛，黄色的蜡烛，更亮的蜡烛，普通蜡烛和带有锡箔的蜡烛。一块块的和颗粒状的神香，普通的灯油，在灯碗上用的五倍子灯油，照明用的干尸油，治病用的油，装在用火漆封口的玻璃小瓶子里的油。有大小不一的灯台，有带链子的，有放在铜制的台子上专门用来拧在商亭上的。圣经历史和宗教历史图画，有木刻的还有锌板制的。各种颜色的木头念珠、彩石念珠、玻璃念珠、项链念珠，编织和手工缝制的腰带，神父用的手杖及其他许许多多物品。

柜台后面坐着一位肥胖的穿着丝绸长袍的修士。有两个长着一副圣像似的脸的仆人在里面忙乱。

特里罗多夫在铺子里买了一件他需要的东西，可是事后不知怎么又把东西给忘了。

在另一间铺子里出售的是修道院出产的各种吃的喝的，全都很可口：修道院蜂箱出产的蜂蜜，淡黄色香甜的菩提蜜、发黑微苦的荞麦花蜜，以及从其他花上采来的各种蜜，每种都有独特的香味儿，还有和花绊在一起的蜜，饮料蜜以及纯蜂蜜；蜂蜜小甜饼和蜜糖饼干，修道院自己出产的味道十分可口的黑面包，过筛面包，做圣饼用的面包，味道十分可口的修道院风味的克瓦斯[①]；干果则有

---

① 一种俄罗斯饮料。

草莓，马林果，白糖野果，有樱桃，雪地红梅苔子；野果酱，苹果酱，梨酱，胡桃酱，水果软膏和苹果软膏；干蘑菇，穿在线上的蘑菇，盐蘑菇，罐装醋渍蘑菇；干苹果，素食用糖块，干菜及其他许多素食用但很可口的食品。

出售所有这一切美食的是一位面色红润、神情欢快的修士，个头矮小，但很结实。他眯着小眼睛，笑眯眯的，不时对下属轻微地责备几句，而那两个年轻的跑腿也像他一样高高兴兴的。

到了这儿不买东西似乎是不可能的。特里罗多夫的那些偶然聚在这里的学生们几乎把这儿的所有东西都一卷而空，装在跟随他们而来的大车上。

在这同一座楼的二层楼上，挂着一块牌子，黑底金字“斯科罗多日通讯”。这家反动报纸的编辑部就在那里，近来这家报社加强了其黑色百人团的宣传活动。这家报社是前不久在当地富商和爱国者齐心协力之下创办的。报纸本身不值几个钱，三戈比就可以订阅一年。因此，尽管知识分子和工人鄙视这份报纸，但它还是拥有许多订户。

从第二家铺子出来，特里罗多夫心想：“去不去这家编辑部看看呢？”

他已经迈腿走上台阶了，可是忽然看见在同一个台阶的另一面，热尔别涅夫和奥斯特罗夫正在走来。特里罗多夫不想再次和这两个人见面。于是，便又进了院子。又开始看和听了。

一个相貌难看衣着不整的警察对坐车来的农民说：

“我们这儿警卫加强了。现在只要一个人看上去像个左派，我就可以开枪射击，而且找不到任何证人。”

农夫和农妇们默默地叹息一声。

85

特里罗多夫克服着自己特有的对于默默观察的爱好，和一个小铺的跑腿聊起来。原来他还是唱诗班的。这是个年轻人，头发发黄、很长，个子很高也很瘦。他说：

“您的那些学生都很机灵。”

特里罗多夫笑了。

“他们怎么能不机灵呢！”

跑腿的说：

“看得出，他们都没受过什么压制。而且看得出他们都很齐心。可我们在神父的合唱团里还免不了挨揍。”

特里罗多夫问：

“谁揍谁呢？”

跑腿多嘴地说：

“我们神父合唱团的监理非常严格，就是古里亚金和根纳基·伊万尼齐。他揍那些年幼的小歌手可狠呢。我们一共只有十四个小歌手。最小的九岁，最大的十五岁左右。”

有几个年幼的歌手正走过来。他们开始抱怨，说话时还小心地四下张望。他们穿着黑色的粗呢外套，非常破旧了。

跑腿的说：

“根纳基·伊万尼齐的拳头很硬。有时还用皮带没头没脑地狠抽。他从自己腰间把皮带解下来，没头没脑地抽。要不然就用脚踹。如果过失大，还用树皮抽打。”

一个高个子头发带卷儿的孩子指着自己的伙伴说：

“前几天就是他还被根纳基·伊万尼奇用皮带扣把手臂都抽出血来了。那家伙抡圆了抽得那叫狠呀！”

孩子们一个接一个讲起了故事，这些故事对特里罗多夫来说，是那么陌生奇特，就好像孩子们讲述的是另外哪个可怕而且可恶的星球上的生活似的。

“昨天还发生了这么一件事：米什卡·戈尔布欣淘气了——他是我们当中最小的一个——喏，就是他。”

九岁的孩子脸红了，小眉头也皱了起来。

“根纳基·伊万尼奇用拳头狠狠揍他，他倒在地上。根纳基·伊万尼奇以为他是故意倒地的，所以就用脚踹他的腰，把他都揍昏过去了。而且边打边骂，什么骂人的脏话都说出来了，你就听吧。”

“我们这儿没有一个男孩没挨过揍的。”

“不是用拳头，就是用皮圈。”

特里罗多夫问：

“什么是皮圈？”

孩子们解释说：

“他管皮带扣叫皮圈。”

孩子们开始活跃地起劲儿地讲述起来：

“他一说‘嗯，过来，我敲你一皮圈！’于是惩罚就开始了。”

“我们的宿舍里脏极了，地上、桌子上、椅子上、窗台上到处都是垃圾和尘土！”

“我们的衬衣、衣服、我们的一切都不够用。”

“衬衫都是破的，浑身都是补丁。”

“裤子穿在身上都不敢见人。”

“好多床上连被单都没有。”

“我们睡觉时就跟一群猪似的。”

“这不，天气都热成这样了，可我们身上还是这套黑粗呢外套，黑色便帽。”

“去年七月里我们身上全都长了疮。”

所有这一切孩子们说起来都很平静，就好像对这类现象已经习之若素了。特里罗多夫说：

“你们不会向神父告状吗？”

孩子们这下都欢快地笑了起来。其中一个孩子萎靡不振地说：

“我们那时真蠢，居然想到向他告状。”

特里罗多夫问：

“那结果如何？”

孩子们脸红了。羞涩地嘿嘿笑了，眼睛望着一边。一个年轻的跑腿说：

“最后得出了最仁慈的结论：所有告状的都用鞭子抽，并下令跪在监理面前请求宽恕。谁要是不喜欢谁就走人。可往哪儿走呢？父母都那么贫穷，穷得触目惊心，还有父母双亡的孤儿呢。”

孩子们羞涩而又胆怯地笑了。忽然他们都噤口不言了，然后一个接一个悄悄溜走。那个喜欢叨叨的跑腿急忙和特里罗多夫告别，然后装出一副急忙办正事儿的人的样子走了。原来是正在走来的彼得·马托夫把他们给吓跑了。

特里罗多夫对彼得说：

“我真不喜欢这里。”

彼得脸上现出一副冰冷苦涩的表情，就好像特里罗多夫的话涉及他似的。彼得问：

“为什么不喜欢？这里的一切都很好呀。”

特里罗多夫平静地说：

“这里的一切都太世俗了。主人会过日子，生活富裕。”

彼得似乎想反驳几句，看得出来，他的舌头上转悠着一些非常恶毒非常尖刻的话。可正在此时，一个穿着簇新的有着珠母纽扣的海蓝色长衣的侍者向彼得走来，此人瘦得像竹竿，非常年轻，还几乎是个孩子。他脸上的表情似乎显得太温顺了。他脚下的皮靴声吱呀吱呀地响着，向彼得深深鞠了一躬，说：

“最神圣的佩拉吉大主教邀请您共进午餐。还有您，特里罗多夫先生。”此人说着，同样也给特里罗多夫鞠了一躬。

彼得·马托夫和特里罗多夫于是一块去见主教。教区主教佩拉吉是个狡猾凶恶的爱慕虚荣者。可从外表看，他似乎很善良很和气，是个习惯于上流社会生活的人。他庇护着当地的黑色百人团组织。尤其与格拉菲拉·科诺帕茨卡娅友善。根据他的提议今年秋天在科诺帕茨卡娅家里成立了出版小组。这个小组出版了几本小册子和传单。其他出版物则和轮船上出售的那类书差不多。另外一些书里则是有关当代问题的布道辞。此类小册子大都是廉价出售。有时候甚至免费赠送和在学校里分发等。这类书籍短时期内很快风行全省。

佩拉吉主教的客厅坐满客人。在等待晚祷之后正在休息的大主教的时候，客人们由高级修士来招待。客人们在静静地交谈。

客人中有助理主教叶夫普拉克西，是个性格十分怪癖的家伙。他身上有着相互矛盾的特点。他既是个残忍的专制者，又是一个爱好自由的人。当他还是修士大司祭和宗教学校校长时，他的残忍就引起了学生对他的仇恨。于是有人在他家的壁炉里放了颗炸弹。炸弹爆炸了。壁炉被炸飞了。这件事给叶夫普拉克西留下了强烈的印象。据说从那以后他像是完全变了个人似的。

他是个热情洋溢口才绝佳的人。高个儿，一双炽热的黑眼睛，一头黝黑带卷儿的头发，厚厚的红唇，往往给人以强烈的印象：既有魅力，又有些荒谬。

客人中有一个是修道院副院长、修士大司祭马里伊，是个有名的黑色百人团分子。这是一个年轻的修士，宗教狂，又干又瘦。他是个有名的禁欲主义者。

还有副省长。人民中学校长杜列博夫围绕他转来转去。杜列博夫的夫人正在和副省长夫人——一个庸俗肥胖的妇人——亲切交谈。当特里罗多夫走进客厅时，两对夫妇四双眼睛仇恨地盯着他，同时做了副丑陋的怪相，就像都患了龈脓肿似的，然后又都一齐掉过视线。

特里罗多夫发现在座的人里有奥斯特罗夫时并不感到惊奇。几位太太和热尔别涅夫正在和他友好地谈话。

午餐时谈话进行得很平静，但却充满杀机。

佩拉吉主教开始和特里罗多夫谈起教育问题。原来所有在场的人都对学生们充满仇恨。围绕着餐桌人们七嘴八舌对学生指桑骂槐地指责不休：

“太放肆了！”

“太荒唐了！”

“居然想到要罢工了！”

“居然和工人一样！”

“教得也差劲儿！”

“根本就不学习！”

“人们说得一点儿不差：不学习的青年。”

“从小就惯坏了，在学校和中学。”

“学校不惩罚是不行的。”

当话题转到体罚问题时，许多客人的脸色开始变得热烈而活跃。佩拉吉主教问特里罗多夫：

“您是怎么惩罚那些犯错误的学生的呢？”

特里罗多夫问：

“可我为什么非得惩罚他们呢?”

副省长郁闷地说:

“您是在鼓励一切下流行为。正因为如此我们才关闭了您的学校。”

特里罗多夫笑着说:

“可我又开学了,如果不在这儿就在另外一个地方。”

副省长粗野地笑着说:

“嗯,这您可办不到。只有我们才有权为您做一切必要的事,我们会把您的学校交给校务委员会直接管理,再由校务委员会任命所有的教学人员。”

副省长夫人嘿嘿冷笑了一声。佩拉吉主教以教训的口气说:

“孩子们就得打。我对体罚评价很高,完全赞成。”

特里罗多夫反问:

“阁下,为什么?”

佩拉吉主教说:

“对于少年儿童来说,生活是那么轻松和无忧无虑,所以他们对生活中严峻的功勋缺乏应有的心理准备,如果他们不曾经受这个年龄段的人所应经受的痛苦的话。况且,青年人有一个危险的倾向,容易骄傲自满,容易对自己评价过高。行为轻佻的年轻人甚至常常会忘掉上帝。体罚可以给人的力量设定一个理性的尺度,告诉他你不是万能的,不是想干什么就可以干什么的。”

特里罗多夫说:

“对于所有这一切都有完全另外一套办法。况且孩子们身上的这种特点并不具有危险性。生活的目的树立得越高,那就越容易达到,无论目标是什么。”

佩拉吉主教不赞成地舔了舔干裂的嘴唇,继续说:

“骄傲会使一个少年不知天高地厚的。打他一顿,树条会教会他不要骄傲,并告诉他他的位置何在。”

副省长忧郁地说:

“当然打是必要的。关于这个没必要再争论了!并不是所有坏蛋你抚摸一下脑袋就行了的。喏,前几天在轮船上有一个中学生坐在钢琴前,居然弹起《马赛曲》了。谁都拿他没办法。我们只好把他从学校开除了。可他对于这种处理好像还求之不得呢。”

佩拉吉主教转身对特里罗多夫说：

“我知道您会说什么，会说我们说的都是黑色百人团的观点。请允许我问您一句，哪个更好，是黑色还是红色百人团？”

特里罗多夫笑了笑，没做声。副省长嘀咕道：

“看样子您是没话说了吧。是啊，给我们时间，我们会把你们的所有尾巴都剪掉的。”

佩拉吉主教意味深长地停顿了一下，那黑色眼睛严厉地扫了扫在场的所有客人，动情地说：

“至于我，我为我的黑色百人团名称而自豪。上帝在上，黑色百人团在神圣的俄国终究会胜利，在我们蒙受神恩的黑土地上终究会胜利的。”

特里罗多夫说：

“这些不幸的、黑暗的、凶恶的人的活动会在城里引发一场对知识分子的屠杀和绞杀。城里一些流氓们已经开始攻击穿戴体面的人士了。”

这番话丝毫也未能使佩拉吉主教感到窘迫。他说：

“可什么是大屠杀呢？那是上帝的愤怒，是净化被凶恶和虚假学说毒化了的空气的雷雨。”

教区助理主教叶夫普拉克西大声叹了口气，说：

“给世界带来光明的载体常常是充满凶恶和迫害的。从前如此，特里罗多夫先生，将来也这样。可是光明终将战胜黑暗。”

彼得·马托夫这段时间始终固执地一言不发。

和佩拉吉主教的谈话给特里罗多夫留下了沉重的印象。更使他惋惜的是，从奥斯特罗夫嘴里他得知了他的那些同伙们的新的阴谋。因此，他不得不把自己已经开始着手的事儿干完了。

当客人们开始散去时，特里罗多夫请求佩拉吉主教和他单独谈一次。于是佩拉吉邀请他到了自己的书房。

关于扎克拉辛神父的谈话一开始并不那么令人愉快。

佩拉吉说：

“格奥尔基·谢尔盖耶维奇，您倒是真会给自己挑选人呀。”

特里罗多夫反驳道：

“扎克拉辛是个善良勤奋的神父。”

“可他为什么要和农夫们谈话呢？他的解释连他自己都没弄明白——讲什么宪法。挑动农民反对地主，反对警察局。”

特里罗多夫费了好长时间说服主教，说他的消息来源都是一些虚假的小报告。佩拉吉起初不相信，可到底还是被特里罗多夫在某些方面说动心了。最后佩拉吉决定：

“让我再忍耐一段时期。但要让他知道，我的长久忍耐是有限度的，随时会到达极限。”

于是特里罗多夫便告诉佩拉吉，说他前不久做过一个梦，他认为这个梦很值得重视。他梦见有人在夜间秘密地把修道院里那尊能创造奇迹的圣像给盗走了。”

佩拉吉想了想，说：

“感谢您，格奥尔基·谢尔盖耶维奇。圣像保存得很好。我们不必担心。上帝不允许恶人做坏事的。”

特里罗多夫问：

“难道梦不是上帝的预告吗？难道梦里没有启示吗？”

佩拉吉严厉地盯了特里罗多夫一眼，说：

“上帝会根据其信仰给每个人以启示的。您的梦如果是上天启示的，那也是启示您要保护好自己的灵魂，您的灵魂正如修道院里的圣物一样也需要保护，人类的敌人正在准备盗窃它神圣的珍宝。提高警惕吧，但是敌人凶恶的阴谋是不可能实现的，提高警觉，加强祈祷，更加钦敬地保护好基督教会的圣物吧，有神的帮助，盗宝者会可耻地失败的。”

86

与此同时，由于过节，在修道院的园子里和草地上人们已经开始纵情狂欢了。

从前的教师莫林和教区主教的侍者关系很好。当叶夫普拉克西正在佩拉吉那里做客时，他的那位头脑简单的侍者正领着他的新朋友观看叶夫普拉克西的住宅。事出偶然，叶夫普拉克西把自己那块金表丢在家里了。莫林得以转移侍者的视线。顺手把表偷到手了。于是连忙和侍者告别。说：

“我该走了。要不然你的主人该回来了。看见外人会责备你的。”

侍者委屈地更正说：

“是主教，不是主人。他在我们这儿又不是条狗，不会叫的。”

莫林在院子里找到了自己人。说：

“喝点儿提神的，弟兄们，到草地上去。”

朋友们走出修道院。在草地上喝起了伏特加。周围没有一个修士。莫林左右观望了一下，从下摆里掏出金表让同伙们看。同伙们发出惊讶和喜悦的欢呼声：

“啊哈！”

“好一个宝贝！”

同伙们嫉妒的喜悦使莫林很高兴。他对同伙吹牛说：

“是在教区主教那里搞到的！他的侍者和我谈得很投机，我巧妙地引开了他的视线。”

雅科夫·波尔季宁粗野地责备莫林道：

“你呀你，老兄，真是个蠢货！还自称是学者呢。”

莫林好笑地问：

“你叫什么呢，你个笨蛋！修士们的钱都不是自己的。”

雅科夫·波尔季宁说：

“可你知道今天我们不该做这种事儿。我们是要干大事的，却可能因为这么区区一件东西砸了锅的。”

莫林粗野地哈哈一笑，说：

“没关系。这是小菜一碟儿。不会妨碍正事儿的。”

偷盗圣像的行动就确定在当天夜里。天色渐晚，太阳沉向西方时，最后一批客人也离开了。可酒还剩下好多。修士们都回自己的静修室去了。随后他们三三两两又聚集在另外一间静修室里。这是一次狂饮纵酒。修士们都喝多了。

从傍晚起，小偷波采卢伊契科夫和十五岁的小男孩叶菲姆·斯捷勃列夫就悄悄溜进教堂里。这个小男孩不走正路，很早就学会偷盗，喝伏特加，是个乡村教师之子。他们藏在教堂阴暗角落里一尊很大的圣像后面。躲在那里又挤，又不舒适，又害怕。当关闭教堂大门的声音传过来时，小偷们的心脏怦怦地跳动起来。他们此时知道现在在这座教堂里一个外人也没有，可是模糊的恐惧感还是迫使他们紧紧地蜷挤在角落里，说话都压低声音。

当天完全黑下来后，他们走出躲藏的角落开始行动。波采卢伊契科夫用肘部撞碎了放神像的玻璃。然后小心翼翼地把沉重的圣像端出神龛。他们干活儿很小心，周围有微弱的烛光照耀着。

教堂里一片寂静，黑洞洞的。整个无声的教堂里一片黑暗。此时忽然像是有人在寂静中叹了口气，叹气声深沉又阴暗。

莫林在外面望风。他坐在教堂旁边的一条长椅上，假装睡觉。

一个值更的修士喝得醉醺醺地走过来。莫林和他搭上了话。

修士用醉酒的声音问：

“你为什么不住旅馆?”

莫林回答说：

“在外面的空气里更自由呗。”

修士好心地嘟囔道：

“更自由，你说得一点儿不错。万一有人打我的小报告呢。”

莫林掏出为了以防万一预先准备好的四十卢布。两人又喝了一顿。聊起天来。这个修士看样子不打算回去。莫林阴暗的心中升腾起阴暗的仇恨。他粗野地说：

“快看，神圣的神父，教堂里有光。不会是小偷进去了吧。”

与此同时心想：“一旦他看见了，我就亲手掐死他。我活了这么久，经历过多少事儿，还没杀过人呢。今天就拿这个家伙开刀吧。”

修士嘟囔道：

“你眼睛里罐酒了吧，酒鬼。哪儿来的你说的灯光！我们这是块圣地。”

最后，那个喝醉的修士终于走了，嘴里嘀咕着什么，舌头都打卷儿了，摇摇晃晃的。黑暗的修道院院子里此刻变得空旷寂静。莫林敲了敲教堂的窗户。

与此同时，波采卢伊契科夫和斯捷勃列夫已经撬开了卖蜡烛的钱柜。卷走了一大堆硬币。每个人的口袋和怀里都塞满了硬币。斯捷勃列夫脱掉了身上的衬衫。扎紧衬衫的袖口，还用绳子扎紧领口。结果一只口袋就做成了。然后往里面塞满了钱。随后打碎窗玻璃，把圣像包在手巾里，扔进院子里，然后自己才出来。

小偷们逃跑时也像偷盗时很顺利。他们沿着修道院的院子走到河边，身上背着包裹好的圣像。他们一大早就在河边的灌木丛里藏起一条小船，奥斯特罗夫和波尔季宁坐上小船。随后小偷们便消失在夜的黑暗中了。

圣像被盗是在第二天一大早被发现的。天亮的时候，值班的修士打开教堂大门准备清扫。他们走近圣像，忽然，还没有来得及意识到什么，如一条沉重的鞭子一般，恐惧攫住了他们的心。圣像的不在场简直是触目惊心：眼前到处是被撬坏的铁栅，地板上到处都是玻璃碎片。钱柜也被挪动了地方。到处可见被窃的痕迹。

这是一个平静的早晨，一个充满了欢快、清新气息的早晨，一个很早起来走出家门的人来到田野上会情不自禁地被感动得无以复加的早晨。太阳紧贴在地平线上，它的光芒一点儿都不刺人，而是那么温暖和熙。青青的草被露水打湿。光点闪烁，五彩缤纷。清晨的清冷也是那么令人欢快清新。自然界的万物都露出纯洁青春的笑容。只有修士们满面愁容，忧心忡忡。他们惊惶不安地嘶叫着，在修道院里乱窜一气。

修道院里一片可怕的慌乱。

从昨天野蛮的酗酒开始，修士们几乎所有人都头昏脑涨，昏昏沉沉。他们被一阵突如其来的惊喊声和哭泣声惊醒后，就莫名其妙地跑到教堂里，对于他们耳朵里听到和眼睛里看到的，他们弄不清是梦还是白日的景象，抑或是魔鬼的诱惑。

他们被吓坏了，简直不敢相信自己的眼睛。

“现在怎么办？”

“灾难啊！”

“活到这一天了！”

“天降之灾呀！”

这个消息并未当即汇报给负责的神父，消息被附加了许多可怕的推测和可怕的细节。起先汇报给了管事的神父。随后是副主教。最后才是大主教佩拉吉。

佩拉吉当即想起昨天特里罗多夫的警告。他低下头一声不吭地坐了几分钟。最后他断定：

“必须报警。”

管事神父给警察局长打了个电话。从电话里也听得出来警察局长非常慌张和惊恐。好久好久不敢相信。于是便打电话报告给了副省长。

副省长郁闷地嚷道：

“被盗了！现在看你们还敢疏忽不？赶快派人去修道院。还有别忘了报告检察长。”

警察局长连忙赶到修道院。

警官们尤其是高级警官们都非常气愤和害怕。等待着长官的训斥。让人家从眼皮底下把东西给偷走了！

修道院上下一片喧嚷混乱。教徒们整整一天聚集在一起吵闹不休。好像忽然之间失去了对于圣物的敬意。而且几乎都不再贡献任何东西，卖东西也很少。修士们脸色都非常严峻和窘迫不安。矜持地说：

“上天降灾呀。”

“是对我们罪孽的惩罚呀。”

“大主教要回来——仁慈的上帝呀！”

神学委员会召开会议并开了好久。主教佩拉吉非常愤怒。他在地板上敲击着手杖。

教堂被士兵和卫士们围了个水泄不通。

城里人不谈别的，光是说修道院里发生盗窃的事。知识分子从理论视角出发也展开了讨论。信教的人都在痛哭，指责所有或多或少与此事可能有关的人。他们说：

“这可是凶兆！”

“可恶的家伙！”

“世界末日到了。”

不信教的人却在信口嘲弄那些信教的人和修士们。他们所开的那些恶毒的玩笑是亵渎神圣的，而且粗陋得令人难以忍受。那些头脑犹疑不定，喜欢理性推理和讨论的人也被这一事件震撼得不轻。人们喝得醉醺醺的，酒气熏天地发表着各种言论。

老百姓中间飞速流传着这个关于能创造奇迹的圣像被盗的凶信。这个消息给他们留下了迟钝和不祥的印象。人们都感到很惊奇：

“那些坏蛋们的手怎么就不枯死呢！”

有人解释道：

“这是上帝对我们罪孽的惩罚呀。”

绝望中的人们杜撰了一些传说。

“没被盗窃！是圣像自己走了，真的。她对那些修士们的行为很恼火。”

“随后还会出现的。”

警察局不遗余力地寻找线索。所有人都感觉到这件事是不会有好结果的。

修道院被窃后的第一个夜晚很快就要结束了。平原上已经泛起黎明的曙光，而森林还是像夜间一样黑乎乎一片。在雅科夫·波尔季宁和莫林寄居的那幢被他们称为别墅的房子里，在一间林间茅屋里，有两个农妇——雅科夫·波尔季宁和莫林的情妇——正在等着贼的到来。那两个农妇一个是黑眼睛，皮肤黝黑，长得像女修士的拉伊萨和肥胖的、翘鼻子的脸上略有几颗麻子的阿尼西娅。把她们和她们的房客联系起来的不是爱情，而只不过是醉酒后的情欲，以及共同参与某种黑暗勾当的同谋关系。她们的房客看不起她们，总让她们感到恐惧，而且还常常动手打她们。这两个农妇也很痛恨这两个家伙，当然也不会对她们保持忠诚。两个农妇之间也互相仇恨，当只剩下她们两个时偶尔还会打得不可开交。但两人更经常的做法是想方设法让对方被男人狠狠地揍一顿。

这两个农妇此刻都喝醉了。由于烦闷无聊都喝了好多酒，边喝边等着自己主人回来。喝着喝着两人就吵了起来。像两条狗似的厮咬，直截了当、凶狠迟钝。

有时候两个人开始打架，可是伏特加能让她们和好，所以，认真的真正的打架迄今还没有发生过。往往是打过几个响亮的耳光后便分开了。然后就是凶狠地一个瞪着另一个，等待合适机会好再次厮咬在一起。

莫林的情妇阿尼西娅对奥斯特罗夫百般逢迎。为此莫林已经不止一次揍过她。雅科夫·波尔季宁的情妇拉伊萨偷偷对莫林说阿尼西娅的坏话。因此拉伊萨很害怕阿尼西娅，对她很凶。她害怕她还因为阿尼西娅前几天窥见过拉伊萨偷偷和一个修士幽会。

阿尼西娅说：

“瞧我不把你和你的马尔达利亚的事全都告诉给雅科夫·谢尔盖耶维奇才怪呢。”

拉伊萨嚷道：

“小心我把你眼睛剜掉。”

阿尼西娅笑了笑，回答说：

“还不知道谁先把谁的眼睛剜掉呢！”

小偷们偷偷地钻进黑黑的林子里。他们眼睛里只有那恬静的树木之间的灯光在闪烁，可再一看，灯光已经近在眼前了！小偷们捧着包裹在毛巾里的圣像。

小偷们刚刚走近屋子，就听见两个妇人尖利的吵架声。小偷们嘀咕道：

“咱们的女中学生们又在吵架了，就像农贸市场上的村妇。”

“咱们临走前不是已经告诉过她们要她们安安静静地待着嘛。”

“她们离不开打架，这些臭婆娘！”

小偷们腾起一阵压抑的、轻轻的和粗野的笑声，接着便相互开起残忍的玩笑来。

他们走到了，敲敲门。轻轻的敲窗声迫使两个吵架的眼看就又要动起手来的妇人浑身颤抖起来。拉伊萨胆怯地问：

“谁？”

窗外传来一阵粗野的声音和笑声：

“哎，女主人，快开门呀。”

“快来迎接我们呀……”

“我们给你们带来……”

农妇们发出下流的、醉醺醺的、尖利的笑声。她们把门打开来，马上便有来人的声音闯进茅屋里潮湿窒闷的空气中来。靴子的嗒嗒声、人的嘈杂声，听起来就好像千军万马闯进屋似的。可进来的充其量才五个人。

莫林解开毛巾，把圣像放在地板上。在挂在墙上的铁制煤油灯昏黄的光照下，圣像身上那金黄的圣袍熠熠闪亮，圣袍上那五光十色的宝石也散发着光芒。

两个女人被吓得浑身发抖，但仍然还是战胜了恐惧。她们发出哈哈笑声，用肮脏的指头戳着金色的圣袍。满屋醉汉醉醺醺的脸上闪烁着一种愚蠢的、迟钝的笑容。他们所开的那些个玩笑都十分令人恶心。

为了看得更清楚一些，人们点亮了蜡烛。小偷们推推搡搡、骂骂咧咧的，开始擦拭宝石和黄金。小偷们瞅着由于时代久远而变得灰暗哀伤的圣像的面容而大笑不已。他们狂饮伏特加和啤酒。雅科夫·波尔季宁下令道：

“妇人们，把壁炉烧起来，快点儿。给我们找点石头来，把圣像搁火里烧。把斧头拿来，拉伊萨……”

他的话语被一阵哈哈笑声给淹没了。阿尼西娅在巨大的俄罗斯式壁炉前忙乱着，身子还在醉醺醺地摇来晃去的。拉伊萨把斧头拿来了。雅科夫·波尔季宁把圣像搁在地板上，用左手扶着，挥斧砍了起来。

“是硬木做的，好木头呀，”雅科夫·波尔季宁称赞道，“喂，叶菲姆，快收拾吧。”

叶菲姆·斯捷勃列夫把圣像碎片收集起来，扔进壁炉里。他长着一对惊恐不安愚蠢至极的眼睛，两片嘴唇笑起来就像酒鬼一样下流无耻。壁炉里很快便燃起熊熊大火。纯洁的、如天国一般明亮的火苗在被砍得粉碎的圣像的脸上蹿动。圣像也燃起火了。漆也掉了。火星四溅。

莫林嚷道：

“喂，伙计们，快分赃吧！”

奥斯特罗夫生气地看了他一眼，说：

“分就分。可话说回来，这事也不必急。最好先吃点面包，喝点伏特加。”

“不过，喂，要分就得平均分。”

奥斯特罗夫粗野地哈哈大笑着说：

“怎么会不平均呢！嫌油水不大是嘛！请你说说，是不是叶菲姆分的和我一样多？”

叶菲姆还想分辩一下：

“可我进教堂里了……”

可是，奥斯特罗夫恶狠狠地盯了他一眼，小男孩胆怯了，低头走到妇人们那边。拉伊萨对他耳语道：

“怎么样，母牛把你的舌头咬掉了吧，是不是？”

莫林发火了。冲奥斯特罗夫嚷道：

“难道得给你分大份儿吗？你算什么修士大司祭呢？”

雅科夫·波尔季宁威胁地说：

“是谁出的主意？我和奥斯特罗夫四分之三平分，你们分剩下的。”

小偷波采卢伊契科夫外表恭顺蔫头蔫脑的，忽然发起了雷霆震怒，嚷道：

“我不同意！大家全都平分。要让我和叶菲姆代替你们上绞架吗？”

小男孩的勇气又被鼓起来了。他站在莫林身后喊道：

“平分！把我的那份给我！”

奥斯特罗夫对他喊道：

“你呀，小狗崽子，你可别出头！你在我们这儿就像个学徒工，所以你分不到整份儿的。”

架吵得越来越厉害。小偷们已经不再顾忌声音的大小了，能嚷多大就嚷多大声。连妇女也参加进来了。男人们吵吵嚷嚷。莫林喊道：

“既然你们不愿意平分，那就上报吧。”

大家忽然都不做声了。莫林这才醒悟过来。窘迫地嘟囔道：

“当然，这会付出一定代价。只是……”

妇人们忽然异口同声地号啕大哭起来：

“上报，那不是要我们的脑袋嘛！”

雅科夫·波尔季宁喊道：

“啊，上报！兄弟们，揍这个家伙！”

于是，他和奥斯特罗夫扑上来揍莫林。莫林拼命抵抗。平时总是胆小谨慎的波采卢伊契科夫忽然用尖利的嗓门嚷道：

“上报！弟兄们，这是什么意思！为此打死他也不算什么！”

叶菲姆缩在角落里害怕得瑟瑟发抖。

阿尼西娅提着一把斧头进来交给了雅科夫·波尔季宁。雅科夫·波尔季宁狰狞凶恶地嚷道：

“我砍掉你的脑袋！”

他挥舞着斧头。斧头直冲冲砍在莫林的脑袋上。颅骨发出一阵轻微的碎裂声。莫林沉重地倒在地板上。

三个小偷默默地离开那具鲜血淋淋的尸体。茅屋里笼罩着一片惊恐不安的情绪。阿尼西娅尖叫道：

“杀人了！”

雅科夫·波尔季宁威胁地冲她嚷道：

“住嘴，臭猪！你是不是也想死？”

拉伊萨也责备她：

“哎呀，这个女人！斧头是她亲手拿来的，现在还嚷嚷什么呢。”

奥斯特罗夫和波尔季宁飞快地把莫林的尸体拖出茅屋。叶菲姆和波采卢伊契科夫挖了一个深坑。莫林的尸体被丢进坑里埋了。众人回到茅屋。一无争议地把钱分成四等份。然后便开始吃起晚饭来。

波尔季宁阴郁地说：

“这家伙临咽气都没吃上一口。真是去阴间人人都有自己的路。他是咎由自取。”

奥斯特罗夫瞧了叶菲姆一眼，下流地嘿嘿一笑，说：

“我担心这个孩子会捅出去。”

叶菲姆害怕得浑身冰凉。可是很快他就意识到恐惧可能会要了他的命。于是抑扬顿挫地说：

“还真有蠢货啊！不是被吊死，就是服苦役。不，弟兄们，我们大家都得守口如瓶。您最好是多想想女人吧。”

众人的目光转向女人。阿尼西娅吼叫起来。拉伊萨蔑视地嘿嘿一笑，说：

“我是不会说出去的，可是阿尼西娅我就不敢打保票了。她可是莫林的相好呀。”

阿尼西娅嚷叫道：

“你可得小心上帝！难道不是我把斧头拿进来的吗？他早就对我冷淡了，这个天地不容的东西！”

波尔季宁喝下一杯伏特加，很不高兴地说：

“不要相互咬了。我们不会杀死你们中间任何一个人的。为什么要弄脏自己的手呢！你们又不是小孩子了，也该懂事儿了——钱有的是。你们只要不开口——当个女商人没问题，可一旦说出去——那可就死无葬身之地了。”

女人们安定下来了。叶菲姆下流地呵呵一笑，得意他把灾难从自己身边引开了。他相信小偷们迟早总会出卖阿尼西娅的。而拉伊萨却一个毫毛也未动——这个狡猾的家伙。

他不知道这天夜里，临近天亮时，四个小偷早就商量好了，悄悄把他和阿尼西娅给掐死了。把该给他的那份给了拉伊萨。剩下的这个团伙很团结，共有四个可靠的成员。

87

过了几天。在斯科罗多日城里发生了最平常不过的事。作为立宪民主党执行委员的拉缅耶夫家被搜查了，但是没搜查出任何危险物和犯罪记录，可是，理所当然地搜查出了一些信件和一些书籍。任何人都不会对此结果特别感到吃惊或激动，这事简直是太寻常不过了。

而引起许多议论的是下面这件事。

副省长和警察局长一同从县里回到城里，准备去安抚什么人。深夜时分他们抵达特里罗多夫庄园附近。周围一片空旷漆黑。森林和小树林为大路让出一条长廊。

副省长问：

“上面亮着灯的地方是什么？该不会是监视我们的吧？”

警察局长往副省长指的那个方向望了一眼说：

“这是塔楼，阿尔达利昂·鲍利索维奇，是我们那位化学家特里罗多夫家的。”

副省长忧郁地问：

“怎么是个塔楼呢？”

警察局长解释道：

“是这么回事，他在他家建了两座塔楼。从塔楼上望出去景致非常迷人——河流、田野、城市，全都一目了然。”

副省长对此可不喜欢。他嘀咕道：

“造什么塔楼嘛！弄得像宫殿似的。或许此刻他正坐在那里，用望远镜在窥视着周围的一切吧。必须禁止，让他把塔楼拆了。这违反建筑条例。”

警察局长胆怯地想：“什么招儿他想不出来呀！又得我来出面受苦受累了。”

从路边低矮茂密的灌木丛里忽然传出几声枪响。副省长用嘶哑的嗓子喊道：

“别碰我，别碰我！我们这儿是圣地！”

说罢，连忙缩进车里。马儿飞快地奔驰起来。车夫把车赶得快到了极限。可令人感到害怕的是车里的声音忽然听不见了。

直到车进了城，车夫才在正对警察局的广场前把车停住。原来警察局长已经被打死了。副省长受了重伤，失去知觉，头冲下栽倒在车厢里。

这天夜里特里罗多夫走上大路。他走了很长一段路。他心里很郁闷。他走得很快。在回家的路上，已经离他家很近了，他看见一辆马车。听见了枪声。

马车从他眼前飞驰过去。车夫那苍白的脸从特里罗多夫面前一闪而过。特里罗多夫匆忙中看见车里有警察局长那笨重的身躯。看样子他是一个人出行的。

特里罗多夫回到家，陷入沉思中。忧郁的叶利科尼达在大门前遇见他，问：

“怎么样，老兄，有人开枪，没事儿吧？”

特里罗多夫回答说：

“开枪了，还是老一套——在冲警察局长开。”

城里人以各种方式议论着警察局长被杀这件事。

第二天一大早特里罗多夫和伊丽莎白坐在拉缅耶夫家俯视河面的凉亭里。特里罗多夫向伊丽莎白讲述了自己昨晚的奇遇。他说：

“或许人们会怀疑我吧。”

伊丽莎白那双蓝色的眼睛变得晦暗起来。她说：

“我觉得我会杀人的。”

特里罗多夫嘿嘿一笑。他从口袋里掏出笔记本，拿出夹在书页里的铅笔，然后伏在凉亭的小桌子上，在略高于头顶的位置，画了一个小小的圆圈。然后小声说：

“我画的圈会出现的。圈子外面就是死亡。”

他的声音听起来就像拥有伟大力量的人在诅咒似的。随后，他转向伊丽莎白，说：

“副省长受伤了。你一按我画的这个可以意会但却看不见的按钮，他就会死。”

伊丽莎白坚决地站了起来。慷慨地说：

“让这个恶人死去吧！”

说着，伸出了手。可是，当她的手指已经离那个被划定的地方很近时，她脸色忽然苍白，手不由地垂了下来。伊丽莎白低声说：

“不，我不会杀人。”

特里罗多夫笑着望着她。他温柔地拉住她的手，说：

“我把你吓坏了，我这么做只是为了让你能有机会洞察你自己的灵魂。你是不会杀人的，况且就连我的诅咒这一次也软弱无力。无论你按这个按钮多少次，也不会在一个人的命运上有多少反映。现在，当你已经知道这一点后，请你再尝试一次。”

伊丽莎白问：

“可万一他死了呢？”

特里罗多夫回答说：

“如果他死了，那也不是因为你按了按钮。”

伊丽莎白再次伸出手来，手指马上就要触到那个可怕的圈了，可还是不敢碰它。她脸色泛红，说：

“不行，剥夺别人的生命并不能给我增加意志力。杀人不是我能干的事儿。”

在斯科罗多日城里的街道上忽然出现了许多野蛮的、半裸的、粗鲁的人，他们几乎全都喝得醉醺醺的。从前这类人全都隐藏在城郊的贫民窟里。而在坟墓和阴间田野边缘安身的尤其多。如今这类人胆子大了，以致于公开露面并且充斥了整座城市。他们白天无法无天、横行霸道，夜晚偷盗抢劫。有时还会打劫中学生的财物。

胆怯而又吝啬的资本家牢骚满腹：

“这些流氓闹得我们都没法过日子了。”

中学生被允许穿便服便裙，以免流氓骚扰。

破衣烂衫汉们大闹游园会，大闹城里的主要街道，大闹夏园。立宪民主党披上了资本家的外衣。他们要钱。他们说：

“没饭吃了。连酒都喝不上了。”

资本家不喜欢这一点。他们总是想默默地从旁边走过去。破衣烂衫汉们破口大骂。资本家拿警察局威吓他们。他们说：

“给我们三天时间，我们能把你们一个个杀死，包括您，以及您那些中学生和罢课者们。”

立宪民主党人在和他们的熟人谈及这一点时，感慨道：

“您就瞧着吧！”

社会民主党人幸灾乐祸。

为了保卫这座城市，上面派来了哥萨克。几个商人以宴请的方式迎接了他们：送来了面包、香肠和茶叶。可是，资本家对哥萨克们并不满意。居民中的犯罪分子感觉到人们根本顾不上他们，所以更加利用这一时机肆行不法。抢劫事件频频发生。妇女和少女屡屡被强奸。

几天以后，特里罗多夫在他的学校举行考试以后接到这样一份文件：

М. Н. П
鲁班学区
人民中学校长
斯科罗多日省
1919年6月19日
第2136号
斯科罗多日城

致
化学博士
退休八级文官
格奥尔基·特里罗多夫

鲁班学区督学阁下在我于六月二日下发的第2007号允许上交文件指导下，提交的六月十二日第19233号文件，告知我，为了正确履行职能，他认为由阁下您，尊敬的先生，在斯科罗多日城普罗相尼林间空地村、您的领地设立的可以允许双性别孩子寄宿的学校，由于发现了该校具有有害倾向，所以，必须予以关闭，而所有教学人员从本年六月十二日起一律免除其所被聘的职务。有鉴于此，特建议您，尊敬的先生，前此向您颁发的允许开设上述寄宿学校的许可证请在接到此信后尽快交还给我的办公室，以便进而呈交给学区办公室。

校长格·杜列博夫
信件执笔者弗拉基·彼特连科

当伊丽莎白在这同一天来找特里罗多夫时，特里罗多夫给她看了这份文件。她说：

“应该向部里上诉。”

特里罗多夫平静地说：

“可这不会有什么结果的。”

伊丽莎白问：

“你究竟该怎么办？无论如何事情不能就这么过去了吧！”

特里罗多夫说：

“我要和捷利亚特尼科夫侯爵谈谈这件事。他过几天就要到了。万一连他也无法迫使那些人收回这一成命，我就得带着孩子们到温室里去，再不行就到月球上去。”

斯科罗多日城边不远处有一个小镇叫涅波戈多沃。离此小镇不远就是克尔巴赫的庄园。奥斯特罗夫有时候也会到那儿去。还有些时候，即使克尔巴赫在城里，奥斯特罗夫也会到小镇去。因为那里很不安定。

这个小镇的四郊到处都有地主的庄园在燃烧。点火的是农民。粮食、谷仓、牲口都被烧死烧掉了。与此同时，到处散发或张贴着州、乡镇管理委员会的告示，这类告示有时候是打印的，有时候则是农民们亲手从打印件上誊抄下来的。告示和传单到处被人们贪婪地阅读和口耳传送。这类印刷物里有不少是本地农民中那些识文断字者写的“货真价实”的文字。这些东西并非都写得文通字顺，但却非常具有气势，语气尖锐，怒火填膺。

克尔巴赫的经营点（他这样称呼自己的领地）坐落在涅波戈多沃镇土地的中央。它犹如一根楔子楔在农民份地和庄园的土地之间。甚至就连教堂也被克尔巴赫的领地从两面包围。教堂的围墙内有两道门，其中一道通向大路，另一道门通向经营点，后者常常是关闭的。

克尔巴赫本人很少来自己的领地。这块地是他在大约三年前买的，以非常便宜的价格偶然买到手的。人们都说这块领地实际上属于某个犹太人，而克尔巴赫只不过是个中间代理人而已。经营点上的一切都由管理员列舒克负责，他是个干练、灵活的南方省份来的人。农民们常常向克尔巴赫告管理员的状，但毫无结果。

克尔巴赫的领地里在六月初有一个放着所有财产清单的干草棚被烧了。过了一天在同一个领地里有一个很大的石头马厩被烧。死了几匹马。又过了大约两天，有两座别墅同时被烧掉。农民还砸烂了一家酒铺，然后喝得烂醉。农民们高兴得很，欢喜得很，也好逗得很。他们包围了克尔巴赫的家。他们把他的家给烧了。他的家被统统烧毁了。欢快炽热的火苗令纵火者们很高兴。钢琴、镜子、家具都被农民们拖出庄园，当街砸烂了。

全省上下到处都是纵火和凶杀。武装力量已经不敷使用。省长向首都发出了告急电报。首都的回答是已经派遣了部队，并且通知说具有极大权力的捷利亚特尼科夫侯爵终于动身前往斯科罗多日。

斯科罗多日城里的居民早已怀着战栗的恐惧在等待着捷利亚特尼科夫侯爵的到来。巨大的权力以及环绕着侯爵的英名而形成的传说，能把城里的统治者们吓死，而能使城里的小市民们心里充满好奇和恐惧。

捷利亚特尼科夫侯爵终于在六月末来了。在码头上为他举行了盛大的欢迎仪式。城里以及省里的所有官员，无论文官还是武官全都穿着盛装制服参加这一盛典。政权机关里忙得不亦乐乎。

捷利亚特尼科夫侯爵走进了省大楼。他接见了官员和市民。拜访了一些人。

城里所有人都被调动起来了。

88

国务委员会委员、议员、荣誉监护人、步兵大将、骑兵上将埃拉斯特·埃拉斯托维奇·捷利亚特尼科夫侯爵殿下，是个颇有影响力的大人物。前不久他已年满一百六十岁了。他为祖国和国王服务了一百五十多年，而且仍然还没有摆脱政务的念头。

捷利亚特尼科夫侯爵是个非常风流倜傥、非常温文儒雅的老人，一举一动都透着一个达官贵人的威仪。以他的年纪而论，他可以说保养得非常好，看样子至少比他实际年龄年轻一百岁。他每天都吃保加利亚酸牛奶，每周都喝两小玻璃瓶别列夫植物精子。可是，如果您仔细端详一下他的话，你就很容易看出他身上有好多东西是人工制作出来的。

他的右眼像瓷器一样闪光。他的所有牙齿都非同寻常地又白又齐。他的假发做得极其精致，梳得纹丝不乱。脸上皱纹的走向也经过梳理，皮肤是由隐藏在假发下的弹簧牵拉的。这种绷紧皱纹的方法捷利亚特尼科夫侯爵是大约七十年前从当时的军事部长车尔内舍夫那里学到手的。因此一直到现在侯爵都对这位国务活动家充满感恩和怀念之情。

为了使身段纤瘦，侯爵穿着紧身衣。他走路的姿态像是个木头人。每迈一步都能清晰地听到后跟敲击地面的笃笃声。侯爵的行动准确清楚明了，就好像每个姿势都是由机器完成一般。

捷利亚特尼科夫侯爵生于一七四五年。当根据当时的习俗把他编入谢苗诺夫团当列兵时，他才七岁。一七六二年他获得第一个军官官衔。

一七八二年他晋升为少将。一七九〇年捷利亚特尼科夫侯爵晋升为中将，一七九七年升为元帅，一八一二年被任命为国务委员会委员。

他曾数次担任部长，并且几乎担任过所有的部长职务。他极为出色地履行了财政部长、交通部长、人民教育部长、军事部长和外交部长的职责，而且，担任司法部长时他也不是最次的，但他的确是一个十分出色的内务部长。和别人比，他最大的特点是具有高级职务要求的旺盛和充沛的精力，而坚不可摧的意志和无所畏惧的精神在他身上那更是要多少有多少。

他所担负的侯爵爵位乃出于女皇叶卡捷琳娜二世的任性。埃拉斯特·捷利亚特尼科夫担任过女皇的侍卫武官和宠臣。尽管女皇的宠爱仅仅只持续了七周，但即使是在那之后可爱的侯爵也依然不曾失去这位伟大皇帝的好感。在欢庆侯爵荣获军衔五十周年纪念日时，捷利亚特尼科夫侯爵获得了殿下的头衔。可他却不愿意被称做伯爵，所以一直当他的侯爵，为的是表示对于那位伟大女皇的感恩和怀念之情。

在捷利亚特尼科夫侯爵手下从前的农奴和农民中，流传着关于他的很多奇特的传说。这类传说流传得很广很远。比方说，人们都说，侯爵早已经死了，甚至当时就被埋葬了，可他又从坟墓里爬了出来——大地不收他，因为他身上所犯的死罪实在太多了。这一传言之所以会流行，或许是因为捷利亚特尼科夫侯爵常常会在很长一段时间内沉入深沉的梦境，那梦境深沉得和死相差不多。

按照某位非常有影响力的大人物的俏皮说法，由于普加乔夫起义席卷整个俄国，所以，捷利亚特尼科夫侯爵作为亲眼见过真正的普加乔夫本人的大臣，被赋予了极其巨大尽管并不十分明确的全权，并被派遣担任那些看上去极其危险的职务。

话说回来，捷利亚特尼科夫侯爵来到斯科罗多日城，也是为了见一见特里罗多夫，和他密谈一下保健长寿的新方法问题。捷利亚特尼科夫侯爵心想特里罗多夫手头一定拥有长命水。因此在到达的头一天就下令邀请特里罗多夫共进早餐。

特里罗多夫前来拜访捷利亚特尼科夫侯爵。他来的时候侯爵正忙得不可开交：他正在审阅文件，为了不致在审阅文件时瞌睡打盹，他嘴里吮着每天从哈尔科夫到波克专程运送的糖果。所以，他在接待特里罗多夫时多少有点儿漫不经心，他和他聊了几分钟，把他时而当作省长，时而当作检察官，时而当作西班牙大使，最后让他走时都没说一句叫他来究竟是为什么。可是，过了两天，使大家都惊奇的是，侯爵回拜特里罗多夫来了。

这一次捷利亚特尼科夫侯爵注意力非常集中，而且对特里罗多夫十分客气。他怀着极大兴趣游览了他家的庄园，从他家高高的塔楼上欣赏了周边的景致。他们聊了好长时间。原来侯爵认识特里罗多夫的好多祖辈。在长时间的谈话中列举了特里罗多夫家的几乎所有家谱。在回忆特里罗多夫的曾祖父时，捷利亚特尼科夫侯爵明显十分满意地说：

“我本人也是一个伏尔泰主义者呀。”

可是，话说到此，侯爵马上想起特里罗多夫的祖父生前娶了一个女奴做妻子时，就极不赞成地说起了别的话题：

“白骨头和黑骨头相互之间区别可很大呀。”

特里罗多夫说：

“殿下，在您年轻的时候普通百姓生活很困难呀。”

侯爵严厉地说：

“那现在百姓生活就好了吗？”

“现在也很糟糕，”特里罗多夫说，“可那时还要更加糟糕。”

捷利亚特尼科夫侯爵不同意地说：

“有的地方好，有的地方差。聪明的地主把农民当作劳动力，所以就会关心他的生存状况。”

特里罗多夫说：

“地主当中有好多残忍的暴君和专制主以及喜欢使用暴力的家伙。述说他们的暴行令人感到可怕至极。”

“是啊，”侯爵同意说，“他们曾经像野兽。那么现在就没有野兽了吗？瞧这些凶恶狰狞的太太女士们，一个比一个更喜欢拈酸吃醋，一个瞪一个，头上的面具一个比一个丑陋，难道她们就不是野兽吗？把人家少女拖进马厩，或是把女情敌的面容永远毁掉，这难道就好受吗？”

特里罗多夫说：

“可要知道如今犯了这类事儿是要受到审判的呀。”

侯爵做了一个鄙夷不屑的鬼脸。

“这叫什么审判呀！”他说，“相反倒是会为之辩护。况且在旧时代里，不光地主们，甚至就连农民们当中，都有残忍的家伙。管家、村长、保长比老天爷更加会迫害农民。而如今谁敲骨吸髓比所有人都厉害呢？是谁把妻子儿女们往死里打呀？是谁组织了大屠杀？是谁把国家库存的金钱往自己腰包里揣？是农民们。的确，应该给那些酷爱使用暴力的人早早就戴上嚼子和笼头。可是，农民解放得也实在是太早了，而且解放得很愚蠢。让他们失去任何监护。结果人人破产。”

捷利亚特尼科夫侯爵想了想，忽然声明：

“给挨饿的人吃饱饭，是不道德的行为。”

特里罗多夫惊奇地问：

“殿下，这是为什么？”

侯爵说：

“这些喂养者们一手在喂养，另一只手却在散发传单。这一点是我坚决严厉地予以禁止的，这全都是共济会的食堂。”

特里罗多夫不同意这种说法。侯爵根本不听他的反驳，而是独自在想另外的什么心事。于是特里罗多夫便自顾自地说起来。他说：

“本地官员们在迫害我。”

“官员们？我看不起他们。”捷利亚特尼科夫侯爵说。

特里罗多夫向捷利亚特尼科夫侯爵讲述了行政当局决定关闭他那所寄宿学校的事。侯爵听完后问：

“那么孩子往哪儿去？”

特里罗多夫耸耸肩，说：

“不知道。”

侯爵简短地嘟囔道：

“我问一问这事。”

特里罗多夫又问：

“殿下，也许您有机会给上面说一声，要他们允许我们重新开办这所学校。”

捷利亚特尼科夫侯爵不假思索地同样简短地说：

“我说说看吧。”

说着，还加了一句自己十分喜爱的口头禅：

“在俄国一切都是可能的。需要的只是把所有已经开了头的事都做到底。我对自己的下属也是这么要求的。谁不完成我就惩罚谁。谁彻底做了我就很好地保护谁。”

随后侯爵谈起了长命水的事。他说：

“我不想死啊。我多么想活下去啊。老年是一生中最美好的时光。要能一直活下去多好。”

特里罗多夫答应制备一种长寿药。但他说：

“我得事先说好我不敢对结果打保票。”

侯爵好奇地问：

“可那会有什么样的结果呢？”

特里罗多夫还没来得及找到一种足够令人感到愉悦的回答方式时，侯爵就已经猜出来了。他狡猾地对特里罗多夫眨眨眼睛，说：

“活到我这把年纪，冒一次险也值了。人都说不会有两次死亡，可是就连一次死亡也都逃不过呀。”

就在同一天，捷利亚特尼科夫侯爵就把人民中学校长杜列博夫叫到了自己的办公室。问他：

“您为什么要关闭特里罗多夫的学校呢？”

杜列博夫开始讲起事情的原委。侯爵根本就没听完他的讲述。嚷道：

“光身走来走去？那好啊，那样人就可以少一些傲气。如今任何败类都敢把什么东西都往自己身上招呼，其实一肚子都是臭大粪。”

聊了不大一会儿后，杜列博夫走出捷利亚特尼科夫侯爵办公室时既激动又气愤。他不得不执行侯爵的要求向学区督学写个呈文。可第二天一大早就来了一封来自督学的电报：根据侯爵的愿望督学决定重新开设特里罗多夫的学校。

捷利亚特尼科夫侯爵对于特里罗多夫的好感和仁慈在城里引起许多议论，极大地提高了特里罗多夫的威信。

为了表示对捷利亚特尼科夫侯爵的敬意，特里罗多夫在自家举办了一次盛大的假面舞会。他给城里每个感觉到自己属于这个社会的人都发了请柬。时间确定在一个对于斯科罗多日城人来说相当晚的时间——夜里十二点钟。

天黑下来了。月亮升起来了。坐车的步行的人们陆续都到了。所有被邀请者都到了，大家都很好奇，想看一眼在特里罗多夫这座圈在高大围墙里面的庄园里究竟藏着什么东西。

被邀请的人其实不知道这座庄园的门关得很严，他们所能看到的，仅仅只是主人想给他们看的那些东西。而主人也不知道其实不该放这些人进来的。放生人进家，家就被毁了，而且会被摧毁得一点不剩。先是来看看，随后再来便是毁家的。

拉缅耶夫家的人是最先到的——父亲、伊丽莎白、叶莲娜、彼得·马托夫和米沙·马托夫以及加尔森小姐。他们全都穿戴着化装舞会所必备的带帽子的斗篷和黑色的半个面具。

随后到的是来自城里的化了装的客人。大家的脸上全戴着面具。大家全都默默地跟着音乐在屋里跳起舞来，并且不知为何都略微有些害怕。

将近夜半时分，在所有人之后，又来了一批新的客人，比前一批更沉默、更冷淡、也更安静。然而却根本没有悲哀之色。这些人只是非常专注于自身，非常内敛。原来这都是些死人。活人却没一个认得出他们来。看不出这座城里活人的生活和尸体的燃烧有一丁点儿区别。

从坟墓里出来的人走进一道秘密的门。他们和其他客人混同起来。斯科罗多日城里的居民仔细盯着他们每个人看，把他们当作自己人，竭力猜谁是谁。

只有伊丽莎白一个人当即明白这些客人是什么人。因为她闻出一股股的神香和腐烂的味儿。

伊丽莎白走近特里罗多夫。他明白她害怕。她问：

“他们是谁，这些人?”

特里罗多夫安静地说：

“你自己也知道的。”

伊丽莎白责备地问：

“你为什么要叫他们来呢?”

特里罗多夫说：

“他们又有哪点儿不如那些城里人呢?”

“可这么做有必要吗，有吗?”

“我叫活人，”特里罗多夫说，“可他们却是死的。我叫死人，那些死人比活人更活跃，比活人更有力量。在我们这个时代只有死人才是真正的统治者。谁如果愿意了解活人，那就必须把死人叫来。”

叶莲娜没察觉出任何奇怪的征象。在最初几分钟的尴尬和窘迫过去后，此刻她已经变得从容自如了。她很乐意地和所有邀请她的人跳舞，她的舞伴里既有活人也有死人。这两类人都同样不善言谈。

彼得萎靡不振地在大厅里走来走去，一个劲儿抱怨大厅里空气窒闷，人们的服装缺乏趣味。碰见两位教师，波杰耶夫和沃罗诺克便和他们激烈地争论起来，竭力想要证明人民需要的不是改革，而是精神的净化。

两个安安静静的少女神气十足地并排坐在椅子上，有节奏地摇晃着手中带花边的扇子。伊丽莎白走近这两个少女。问：

“是什么破坏了你们的安宁？为什么你们要到这里来呢?”

她们异口同声地说：

“我们是被邀请来的。”

“可你们为什么要接受邀请呢？”

“他们发给我们的。”

“那你们又为什么不跳舞呢？”

“还没有人邀请我们呗。”

身段高挑、笔直、神气十足的热尔别涅夫，发现有两个少女始终坐着不跳舞，便走近这两个姑娘，先是和其中一个跳，然后又和另一个跳。

音乐声在轰鸣。跳舞的人组成的圆圈时合时分。活人在用死人的话语相互交谈，交流做死人的思想，做着死人才做的事。活人则长得煞像死人，他们的话语听起来就像死的一样：

“我无所谓！”

“我唾弃！”

“这不关我的事。”

“我是白骨头。”

“我是黑骨头，比你的硬。”

一个身穿带帽斗篷、个头很高的人觉得太热便掀开帽子，摘下面具。伊丽莎白看见一张眼睛炽热、面色阴郁、面容瘦削的脸，认出是图马林医生，一个技艺高超的内科医生，也是一个非常喜欢拉小提琴的人。伊丽莎白走近面色阴郁的医生问：

“医生，您不是好像和上校太太皮里邦金娜住在同一个院子里吗？”

图马林用浑厚的低音回答道：

“是啊，我们是邻居！那个坏蛋！”

“什么？”伊丽莎白又问。

图马林说：

“好喝酒，肥胖，像个鞋匠。”

伊丽莎白很为皮里邦金娜感到惋惜：

“这个可怜人！”

“那个畜生！”图马林说，“整天醉醺醺的，还老用树条抽她自己的孩子。那个恶棍！”

“可您就不管吗？”伊丽莎白问。

她的阴郁的谈话伙伴悒郁地说：

“这关我什么事!”

伊丽莎白惊奇地说:

“嗯，这怎么就没关系呢！难道您不可怜那些孩子们吗?”

图马林生气地说:

“我的事还忙不过来呢。我又不是告密者!”

说完，连忙离开伊丽莎白。站在伊丽莎白身边的邮局官员冲她眨眨眼，说:

“他没时间管，整天忙着阅读新闻呢。”

伊丽莎白看了他一眼，此人是个活人，她认识。他说:

“如今到处都是新闻，公众在要求改革。我们那里也有新闻:邮箱已经不再是绿色，改成黄色的了。”

特里罗多夫的前妻走过来。她并未像别人那样把自己的脸藏在面具底下，她的样子十分可爱明朗。她身穿一件轻薄的白衣服，走动起来就像一阵非存在的清风一般。

伊丽莎白认出是她。她们说了好长时间话。

而其他死人都像活人那么可怕。活人和死人的会面有时候同样十分奇特而可怕。有时候在他们之间会爆发往日的仇怨，当然已经变得不那么强烈了。能给人以抚慰的爱情有时候也会燃起，但就连爱情也变得软弱无力了。

死人都用活人的腔调说话。活人和死人之间没有疏远感。他们能相互理解相互同情。死人那种巨大的安宁感、安定感和满足感令那些活人非常羡慕。

“我的位置很安静。”

“可我总也安定不下来。”

年轻的商人沃嘉·列耶夫一个劲儿从那些蒙着面具的人中寻找着他不认识、但非常体面也喜欢喝两盅的年轻人。他一再向他们述说自己的优点，不遗余力地祈求年轻的死人们:

“来拜访我吧，我恳切地请求您。我的地址是科西金胡同，弗拉基米尔·叶皮法诺维奇·列耶夫的家。”

沃嘉·列耶夫喜欢接待客人。

捷利亚特尼科夫侯爵认出了许多很久以前死去的熟人朋友。他为他们演唱了一些老浪漫曲。他那副老人的嗓子依然很嘹亮，而且相当悦耳。特里罗多夫一再劝说他要保重自己的身体。可是侯爵由于见到老朋友十分高兴，感慨地说：

“我年轻了一百岁！”

一个高个儿老头穿着黑色的长袍，长袍底下露出带马刺的靴子，戴着半个黑天鹅绒面具，走到格拉菲拉·科诺帕茨卡娅身边。问她道：

“喂，怎么样，格拉菲拉，过得怎么样？还像从前那么可爱吗？还和以前一样到处闲逛吗？”

格拉菲拉·帕芙洛芙娜由于一种可怕的感觉而打了个寒战。仔细听了听对方说的话。回答说：

“你的声音我听着很熟悉。太像我死去的丈夫的声音。”

已故的科诺帕茨基将军说：

“就是我呀！”

格拉菲拉·帕芙洛芙娜不自然地笑一笑。用扇子拍打了一下死者的肩膀。用淘气的方式夸张地嚷道：

“哈哈！爱开玩笑的家伙！难道您认得他？”

娜杰日达·维谢泽罗娃走过身边，摘掉面具说：

“他就是您丈夫呀。”

科诺帕茨卡娅生气地嘟囔道：

“好一个胆大的臭丫头。”

在化装舞会进行过程中特里罗多夫不知去了哪里。一切都变了样儿。一切都变得灰暗、透明，空气窒闷。就连蜡烛的光也渐渐黯淡下去。音乐也渐渐压低了，跳舞的人慢慢移动着。伊丽莎白感到害怕起来。

死人讲的故事令她感到很开心。

一个死人讲起他生病的故事。

“于是我就死了。”他说。

周围人腾起一片笑声。

化装舞会的结局显得非常奇特，令许多人感到害怕。捷利亚特尼科夫侯爵正准备第三十三次唱歌。特里罗多夫走到他身边，固执地说：

“殿下，您这么劳累对您绝对没好处。”

侯爵生气地嘶叫起来。

“我还得为迷人的伯爵夫人至少再唱一首小夜曲。”

曾经十分迷人的伯爵夫人十分迷人地笑一笑。她那张已经晦暗下来的脸依然显得很可爱，覆盖着皱纹的双手懒洋洋并且姿态优雅地挥动着白色的扇子。侯爵在她那充满魅力的目光注视下人都要被融化了。

他用颤抖不已的嗓子唱起了小夜曲，可是，侯爵突然死去了，变成一堆灰土，发出沙沙声，然后散落在一分钟前他曾经站立的地方。这一切发生得那么突然，以至并非所有人都来得及害怕。有些人心想这大概是什么人玩的把戏，便嘿嘿笑了。

新任县警察局长很快意识到这里发生了一件极不寻常极其重要的事情。他疯狂地咆哮道：

“真是无法无天了！你们这里搞什么搞，啊，特里罗多夫先生，请您费神赶快制止这场混乱。”

“侯爵化为灰土了。”有人说道。

特里罗多夫平静地说：

“侯爵寿终正寝了。当然，这很令人悲伤，可是，对于侯爵可敬的年龄来说，这十分正常。我警告过侯爵，他这么让自己受累对他会有伤害的。”

警察局长看了他一眼，凶恶地嚷道：

“您还管这叫做寿终正寝？不要紧，我们会搞清楚您是怎么把他给分解的。您千万不要以为只有您一个人是化学家。除您之外，化学家和物理学家有的是，还有好多形而上学家、炼丹术士。专家们可以把所有原因后面的根本原因找出来的，请您不要担心。”

忽然涌现出一大批警察。做了现场笔录。

客人们飞快地散去了。只有死者还不走。他们恢复安定的时间还没到。他们聚集在角落里，不停地叽叽咕咕。剩下几个侦探始终在不眨眼地观察着他们。他们以为这些迟到的家伙一定想干什么坏事，应当盯紧他们，了解他们的地址。可是这回侦探们失算了，这类客人可以人不知鬼不觉地离开的。

89

欧洲报刊上登载了一系列带有嘲弄语气的随笔和文章，讲述格奥尔基·特里罗多夫觊觎联合群岛王国王位的事。巴黎的小品文作家以其特有的轻松和大胆的隐喻笔法，讲述了一些十分尖锐甚至可笑的关于特里罗多夫的俏皮话，很适合在街头巷尾被人所传诵。

紧接着出现了一系列以特里罗多夫为题的漫画。许多报纸都转载了列昂德拉的素描。关于这幅素描人们议论纷纷。特里罗多夫被画得很像他本人，但是又非常丑陋：瘦得像根电线杆，光着脑壳，双颊深陷，鼻梁上歪歪斜斜架着副夹鼻眼镜。这幅素描对于特里罗多夫来说，不啻为一个很不错的广告——欧洲文明已经教会人们这样一种观点，只有可笑的才是值得珍重的，所有严肃的东西都令人乏味而不必要。

在维也纳一份幽默杂志上也登载了特里罗多夫的一幅肖像，他正站在一份俄国报纸编辑部的写字台前。特里罗多夫脸红扑扑的醉意醺醺。他穿着一双高筒的肮脏的靴子，披着一件红布衬衫，戴着一顶羊羔皮帽子。编辑万分惊讶地直瞪瞪地看着特里罗多夫。素描底部写着这样几句对话：

编辑：您的诗您想得到多少稿费？

诗人：一行一个王位。

德国人用这段回答编出一句双关语。

特里罗多夫名声大震。他的名字频繁出现，快赶得上前不久要求自己的新情人杀死自己的旧情人的那位妇女了。

整个欧洲被闹得沸沸扬扬。特里罗多夫的出场开始成为例行的轰动的大事，就好像饭馆里常常会有的应时的招牌菜一样。在一些小剧院和小酒馆里，人们歌唱着关于特里罗多夫的小曲，上演表现特里罗多夫的闹剧。这类闹剧有时只表现特里罗多夫一个人，有时则把他和此前不久曾轰动一时的皇帝萨拉拉放在一起表演。人们把他们作了对比，认为特里罗多夫远比后者要可笑好玩得多。

在各类报纸上关于特里罗多夫的话题成为每日必有的话题。

巴黎有三位大剧作家手脚麻利地写出了一部蠢头蠢脑十分可笑的闹剧来嘲笑特里罗多夫，这部闹剧天天演出，一连演了两年，使作者获得大笔丰厚的报酬。一位德国的作曲家写了一部小歌剧，其主人公也是特里罗多夫。

由于具有一种奇特而又任性的高傲的感情，联合群岛王国的居民们并不十分喜欢外界对于一个觊觎其国家王位的人所实施的大肆嘲弄。这类嘲弄甚至伤害了许多人的感情。

比较有节制的社会主义报纸《劳动与岁月》开始接受来自欧洲报界的挑战。这家报纸的编辑被欧洲记者们的下流无耻给激怒了。他发表了一篇热情洋溢的长篇文章为格奥尔基·特里罗多夫辩护。《劳动与岁月》写道："作为执笔的人，作为个体劳动者的欧洲的记者们是否懂得我们应当嘲笑什么现象，嘲笑什么人呢？我们居然会嘲笑一个和我们来自同一个车间、一个从事报纸杂志工作的同行，一个皇权思想和专制理想的信徒，出面争取获得王国的王位。在这种情况下，我们是否可以说这些奇特的人们事实上是在嘲笑他们自己呢？我们是否可以从他们的笑声中听出这样一个共同的告白，即我们所有并非来自一个皇室家庭的人，就只是一些下流的、贫乏可怜的人种呢？"

根据这一理由，这家报纸还回忆了有关一个宫廷高级侍从的笑话。有一次，这位宫廷高级侍从听人讲述了一位公主和一个贵族的恋情后，说：

"我无法相信这件事。这是违反自然的。"

"为什么？"有人问他。

"因为，"宫廷高级侍从说，"这对于公主来说，就犹如兽奸之于我们一样。"

"你们这些资本家和贵族们，"这篇文章继续写道，"你们想为爱慕虚荣的冒险家坦克连德王子，为这个处心积虑想要把我们国家拖进战争那可怕的困境中去的家伙投一票。这是你们的事也毫无疑问是你们的权力。可是，一旦有必要使我们群岛在一段时期内带有国王的徽号，有必要让某些文件由一个具有王位的人来签署的话，那么我们宁肯选择这位格奥尔基·特里罗多夫，一个文学家、一个没有专制祖先背景的人、一个和你我一样的人来担任这一崇高的职位。"

《劳动与岁月》编辑部以这篇文章首次参与了为格奥尔基·特里罗多夫参与竞选而展开的宣传战。

社会主义党中央委员会曾经长久地讨论了特里罗多夫的问题。由于相当多的人民仍然习惯于接受君主专制理念，所以产生了一个问题，社会民主党选择格奥尔基·特里罗多夫是否有好处。社会民主党员们开始认真讨论自己对待格奥尔基·特里罗多夫候选问题的态度。他们最终决定和特里罗多夫建立私人联系。

在菲利普·梅齐奥的杂志上出现了几封特里罗多夫回答几位帕尔马社会活动家质询的来信。大资产阶级把特里罗多夫当作自己的敌人。欧洲民主党开始对他表示同情。好幻想的太太小姐们则对他产生了浓厚的兴趣。

街头开始出售格奥尔基·特里罗多夫的肖像。随后又出现了带有其肖像的勋章奖牌。有关他的书籍被翻译成多种语言。这就更加吸引了绝大多数好读书的公众的注意力，其中多数是太太和青年人。

为特里罗多夫参加竞选而展开的宣传战愈演愈烈。资产阶级报纸出版物疯狂抨击特里罗多夫和他的支持者们。

首相本人一次也没有公开谈论他对特里罗多夫候选人资格的意见。但人们却固执而又徒劳地一再向他逼问。当维克多·洛连纳认为必须有所回答时，他说了好多话，但含义不明。他说：

"作为政府首脑在王朝更替期间，他的责任是很明确的。他已经不再单纯是一个首相，而且还应当把自己表现为一个超越党派利益之上的宪法的维护者。人民会选择自己的国王的。我们全都会在人民的选择面前俯首听命的，因为人民的选择是人民意志的自由表达。我们每个人都有自己的一票。我们这些当政的人，不会给人以这样的口实，让人指责我们对选举人的良心和意志施加压力。"

维克多·洛连纳对自己的夫人说：

“格奥尔基·特里罗多夫比坦克连德王子对我们更有利，因为坦克连德有强大的后台，而格奥尔基·特里罗多夫所拥有的，就只有幻想罢了。正如我从一开始就推断的那样，任何人都不会支持特里罗多夫的。我甚至都不理解，怎么会有那么多人产生什么人可能会支持他的想法。被什么人竭力推出来的人，绝不会自己写信表达自己想要成为候选人的愿望的。他背后没有任何人支持，而他出场的全部意义仅仅在于把坦克连德王子打掉。在此之后，我们会毫不费力地把这个俄国诗人给搞掉的。”

从国外以及“本报记者”给俄国报纸发来的电报中，俄国人也得知特里罗多夫参与联合群岛王国空缺王位竞选的事了。有关特里罗多夫的意图问题在俄国出版物上被闹得沸沸扬扬。看起来俄国报刊杂志在对特里罗多夫的詈骂和嘲笑方面是超过国外出版物的。区别仅仅在于国外人竭力想出一些俏皮的嘲笑话，而俄国人却不过是在耗费他们储藏的丰富的骂人话。在俄国，像问题一旦涉及文学家时常有的那样，如今特里罗多夫已经被人抨击得体无完肤，即便他犯了数十桩愚蠢的罪行也不过尔耳。

俄国社会普遍以其固有的迟钝和困惑不解甚至仇恨之情来谴责特里罗多夫的参与竞选。人们怀着嘲笑和鄙视之情说：

“他怎么会想出这么一出？”

“从哪方面看他像一个国王呢？”

“他连指挥一个连队都不会呀——怎么能当国王呢？”

“莫非他娶了一位公主？”

“他以为当一个国王有多么容易呢，可能比作个演讲或写些诗歌还易如反掌呢。”

“怎么偏偏是他忽然跳了出来呢？”

“该不会是他已经习惯于对他手下的孩子们发号施令，因此才会以为坐在王位上发号施令一定是世界上最简单的一件事儿了吧。”

“他大概不过是想给自己做个广告罢了。他发现他写的那些破诗没人读着急了吧，瞧着吧，瞧我玩个什么把戏，大家就都会注意我了。”

一些人已经开始怀着妒意在谈论：

“世界之大无奇不有呀。”

“尤其是那些有将军军衔的人。”

“或是有钱人。”

“或是有强大靠山的人。”

“可我又哪点比他们差?”

拥有迷人魅力的伊耶列米娅·扎戈古林娜对丈夫说:

“傻瓜,光知道打盹儿。你是人人知道的名人,而他则无人知道。可如今人家变得家喻户晓了,而你却还呆呆地坐在这儿,一声不吭,游手好闲。你倒是也去试试参与阿尔巴尼亚国王或马里索岛元帅竞选呀。古齐科夫已经动身到布尔人那里去了!而你呢,胡子比人家的黑,制服比人家的好,看脸色就像个罪犯,眼睛里透着邪恶,可这一切优点都白瞎了。”

斯科罗多日人当然也得知格奥尔基·谢尔盖耶维奇·特里罗多夫声明要参与王位竞选的事了。一些人惊讶得说不出话来,另一些人嘲笑,第三种人则生气了。还有更多人则被特里罗多夫的果敢大胆给吓蒙了。

邮政局官员甘斯基接到一封特里罗多夫写给维克多·洛连纳的挂号信,一连几天都心不在焉。他相信他和他的妻子一定会被从邮局里给赶走。同事们瞅他的眼神都透着深深的鄙视。邮政局局长是个非常善良的人,此时也摇着脑袋忧伤地嘀咕说:

“可惜可惜呀!一个很好的官员,很能干的官员,有妻子也有孩子!怎么办呢!谁也没有把握说不会要饭吃不会坐牢。”

一个活泼的邮局小姐,是个坐在柜台后面卖邮票的,穿着华丽的短衫,发型也很时髦,眼睛飞快灵活,嗓音清亮尖细,称这个倒霉蛋是“王国邮政局局长”。这个外号被接受了,而且这个可怜虫连委屈都不敢流露。很快全城人都知道“王国邮政局局长”是谁了。

“王国邮政局局长”的老婆是个电报员,从一大早一直哭到深夜。这还是在值班的时候。她的脸由于哭鼻子都哭肿了,结果鼻子终生都成了红鼻子了。她对丈夫说:“由于这个阴险的家伙你的脑袋算是掉了。我和孩子都得沦为乞丐。哎呀,我的命怎么就这么苦啊！现在我都没脸见人了呀！我当初怎么会跟你生这么一大堆孩子呢！我当初嫁给你究竟图什么呢！还不如这个世界压根儿就没我那倒好了呢！”

“王国邮政局局长”的孩子们是一对儿，一个女孩一个男孩，起初依然无忧无虑调皮捣蛋。孩子的母亲因为这个而害怕了：

“家里乱成那样，而你却还是游手好闲的！哪怕就是个好孩子处在您的位置上，看见他的父母忙得不亦乐乎，也从来不会只会嘿嘿笑的。人家好孩子会泪流满面的，我的孩子却只会当幸灾乐祸的暴君！”

于是她便毫不留情地鞭打起男孩和女孩来。孩子们消停下来了。他们急遽地消瘦了，变得野性不驯，蓬头垢面的。在院子里他们往往远离别的孩子躲在一边，就是这样她还是很少放他们到院子里玩。在家里他们并排坐在椅子上，一声不吭，瞪着一双双痴呆呆的大眼睛，垂着两条小腿。被踩得破破烂烂的鞋后跟常常从他们那瘦得变形的小脚上自行脱落掉在地板上。母亲看着他们一个劲儿饮泣。

由于无法忍受所有这一切悲伤，“王国邮政局局长”想要自杀。他带着决绝的勇敢精神决定在临终之前请求上级给予其妻儿一点儿恩典。他找到邮政电报总局局长对自己的行为表示真诚的悔过。

一个年纪很轻、穿着正规制服、带着皮制肩章的乐天的先生，胸口有两个发光的小金属片组成的大星星的先生，听完“王国邮政局局长”的讲述以后，笑了好长时间。他最后说：

“您可真幼稚呀，甘斯基先生！这种事和您一点儿关系都没有呀。在这这件事上您所负的责任，就和人们投信进去的邮箱的责任一样大。该干啥干啥去，什么都不必害怕。”

那天夜里“王国邮政局局长”家里充满一片欢呼雀跃之声。请来了许多客人，招待了丰盛的晚餐，牌戏一直持续到早晨。邮政电报总局的局长本人亲自出席。人们友好地和邮政局局长开着玩笑。他本人也一直很高兴，直到他的这一头衔的发明者不知为何叫他说：

“哎，您不是王国邮政局局长吗！”他回答她道：

“而你呢，是只邮政蜻蜓。”

大家全都为这个玩笑而开心了，从那天晚上起，活泼的小姐便被称为邮政蜻蜓，对此，小姐自己并不生气。

90

特里罗多夫的熟人们，以斯科罗多日城人所特有的粗野坦率方式常常当面开特里罗多夫的玩笑。他们嘿嘿狞笑着对他说：

“一旦您当上国王，就任命我当部长啊。”

“让我当宫廷主官吧。”

“那给我一个肥差儿，可以好好捞捞外快的。”

特里罗多夫冷笑着，平静地跟这类人开着玩笑。

特里罗多夫的朋友们对于他参加竞选感到很不好意思，千方百计劝说他放弃这一打算。

特里罗多夫不得不和拉缅耶夫多次就此问题进行谈话。

吉尔沙对父亲说：

“一旦你被选为国王，你是不是要把这里的一切都丢弃了？是不是？”

特里罗多夫笑着说：

“难道说，你，吉尔沙，还不知道，一个人在世上没有也不可能有比家更加牢固的东西吗？”

伊丽莎白对叶莲娜说：

“我预料他的这一想法是不会有什么好果子的。”

叶莲娜建议道：

“你劝劝他。”

伊丽莎白哀伤地说：

“现在说已经晚了。”

可是，关于群岛幸福的大自然的理想，作为一种遥远的可爱的回忆，日益诱惑着她。她那贫弱的感情徒劳地想要与强大的理想抗争，想要和不可抗拒的命运抗争。

俄国当局很久都未能决定该如何对待特里罗多夫参与竞选这件事。目前暂时只进行了一些调查了解。开始了一场持续很长时间的通信——当然这是一次秘密通信。建立了外交联系。当时即决定应当立即从一开始就制止这一闹剧。

为了给斯科罗多日副省长解释和说明，一拨又一拨人被派来找特里罗多夫调查，此时副省长的伤口已经痊愈了。他很被人看好，之所以暂时还没被任命为省长，只是因为作为公认的杰出的行政管理人员，他不愿意出头问津一个初次出现的空缺官位而已。

副省长害怕坐车路过当初有人躲在后面向他开枪的那片灌木丛。因此他去特里罗多夫家这次走的是水路，在河面上，他的小船坐满了荷枪实弹的警察。

喏，阿尔达利昂·鲍利索维奇坐在特里罗多夫的客厅里，痴呆而又庄重地望着特里罗多夫。他那副金边眼镜的金框熠熠闪亮，他的双颊和从前一样红润鲜亮，只是头顶上现出几缕白发而已。他神情庄重地问：

“您提出要参与王位竞选的理由和根据是什么呢？”

特里罗多夫感到进行这种毫无意义的谈话很乏味很无聊，便想尽快结束这场谈话。他严厉而又冷冷地问：

“这和您，阿尔达利昂·鲍利索维奇，又有何关系呢？”

“我们必须请求给予应有的许可。”副省长说。

他说此话时的神情是那么严肃而又可笑，以至特里罗多夫不禁笑出声来。他反驳道：

“不，阿尔达利昂·鲍利索维奇，这件事完全没必要这么做。”

副省长迟钝而又严肃地说：

“您怎么能说这没有必要呢！您这可是在说胡话了。任何事情任何时候都得请求许可的。如果任何人都可以任意做任何事的话，那可就什么秩序也没有了。您这就把政府置于困难的境地了。”

“我还没看出这对于政府有什么为难之处。”特里罗多夫反驳说。

“这是个国际问题。”副省长说。

他那阴郁的脸上现出一种奇特的恐惧的表情。他气馁而又一本正经地说：

"您在这儿缩下的结，那里的人们还得给解开。您不懂政治，您以为一切都是小事儿一桩。不能这么办呀。没有您我们操心的事就够多的了。公众都激动不安了。律师们杜撰出各种各样的党派，都是非法的，同样也都没有经过许可到处横行霸道。革命者们逼迫工人罢工，而如果工人不愿意，他们就说，我们会把你们全家杀死。工人们尽管不愿意但还是不得不罢工。农民们的土地仍然显得少。而如果所有人都想当国王，那我们就根本没活路了。"

特里罗多夫没吭声，心不在焉地望着窗外。副省长沉吟片刻，生气地说：

"我们对外发布公告，就说您这么做是出于恐惧。"

特里罗多夫冷冷地说：

"这是您自己的事儿。话说回来这倒也和事实吻合。人们立刻便会相信您的话的。"

副省长阴郁地说：

"一旦发生不测，您也休想指望我们帮助。政府不会支持您的。您自己种下的苦果，自己吃好了。"

特里罗多夫冷冷地说：

"我并未请求或是祈求任何人支持呀。"

"您应该明白，"副省长说，"您不具有任何权力。这是国家事务。"

特里罗多夫笑着说：

"这是国家事务确实不假，但只是这不是我们国家的事务。我对此又没有权力，对此进行判断的，应该是联合群岛王国的人民。一旦必要的话，那么外交官和律师也尽可以分析判断一下我以及其他人究竟应该怎么办。"

副省长悒郁地说：

"我们可以代您收回您的签名，您必须中止您的宣传大战。"

特里罗多夫惊讶地望了他一眼。笑着说：

"可你们会怎么收回呢？我可不会给您这样的签名的。"

"您必须给。"

"可我绝不会给。"

"那我们就得把您驱逐出俄国。"

特里罗多夫反驳说：

“这对我来说丝毫也无任何妨碍。”

副省长站了起来。生气地说：

“那就拜拜了。该说的话我都说过了。您如果一味固执己见的话，那是不会有好果子吃的。”

特里罗多夫欢快地笑了。说：

“怎么，阿尔达利昂·鲍利索维奇，您已经说完了吗？这就是全部？就为了这您不断派人来找我？”

副省长问：

“那您还需要什么？”

特里罗多夫说：

“您的目的是劝说我放弃这次竞选，是不是？请您肯定是不是这样？可是我却没有从您嘴里听到一句令人信服的理由和论据。假如您善于说服我的话，说不定我会同意您的看法的。要知道您是从前的教育家，因此，您应该掌握了一流的说服人的艺术。试试吧。”

说着，特里罗多夫又笑了起来。副省长愤怒地喊道：

“您没有权力嘲笑我！跟您说话的不是一个什么拙劣作家，而是斯科罗多日的副省长，现任五等文官别列多诺夫！我在和您说正事，而论据和理由我根本不屑一顾。在我身后的不是论据和理由，而是政权的崇高威望，这种威望是不可蔑视的。”

特里罗多夫的神色变得忧伤起来。他轻声说：

“政权的威信应当具有理性的根据。一个不善于自我辩解的政权，是不应该存在下去的。”

副省长气得脸红了。他凶恶地咆哮道：

“您要理性的论据和理由吗？政权依靠的是暴力，这您听说过吗？您大概也听说过意志动机这种说法吧？我的厉害您大概还不知道吧？政权这个词儿已经把一切意蕴都说尽了。不，我要严肃地告诉您，丢开您这一可怜的念头吧。趁我现在还能荣幸地向您致敬。我可没时间听您向我展示什么论据和理由，我不是化学家，更不是植物学家。”

副省长急急忙忙和特里罗多夫握了一下手，便快步离开了。

团结在《劳动与岁月》编辑部的民主党具有影响力的成员们最终通过坚定的决议，支持格奥尔基·特里罗多夫参加竞选。他们凭借这一点也吸引了其他人。许多人在重弹埃德蒙多·涅戈利的老调：

“正如古代诗人要求戴桂冠一样，这个勇敢的家伙则要求给自己王位。”

一些社会民主党成员表示原则上不反对其候选人资格。其他人则说应当更加详尽地了解一下特里罗多夫这个人的情况。

很快便只剩下了两个党派。贵族、土地党、资产阶级、大资本家支持坦克连德王子。所有民主党决定支持格奥尔基·特里罗多夫参加竞选。他们认为人民要为一个不可取代的国王所付的代价，要比一个共和国的总统更大，因为在国王身后并不像一个总统那样存在着一个政党，因而他的执政将会是完全透明的，其全部意义仅仅在于政府和签署文件。

某些地区产生了选举菲利普·梅齐奥当国王的想法。根据他的知名度他极有可能被选中。

阿夫拉劝说菲利普·梅齐奥同意这一举动。但他坚决拒绝了。他说：

“我的历史在支配着我。就让一个俄国诗人戴上这顶王冠吧，对诗人来说，理想要比信念更甜蜜。我一生的事业是消灭人类身上那种追求权力的意志。”

阿夫拉说：

“可是要知道如果我们相信他的书信的话，那么这个俄国人所向往的，也是这一套呀。”

菲利普·梅齐奥感慨道：

“这是拜占庭式的狡猾！我不愿意自己在这个问题上受到指责。”

格奥尔基·特里罗多夫的知名度意外地迅速增加。

很快维克多·洛连纳开始怀疑自己关于格奥尔基·特里罗多夫参加竞选的所有算计是否从一开始就都错了。他对夫人沮丧地皱着眉头说：

“看起来是我自己给自己找了麻烦——这麻烦关系到我们两个

人，关系到那些珍重自由、平等和博爱的神圣原则的人。我担心反对派欺骗了我。他们不害怕一个在自己本国没有任何根基的国王，他们希望能随心所欲地支配这个国王。拒绝共和派，并从自己一方面推出国王候选人，他们以为这样也就把大多数动摇不定的人都捕捉进自己的网里了，对于此类多数人来说，无论是坦克连德还是共和派都同样令人感到不愉快，但他们却会自觉或不自觉地支持坦克连德。我担心要对付这个狡猾的计划我们得花费许多工夫，会很吃力的。”

而维克多·洛连纳已经开始有些后悔他当时怎么没有把格奥尔基·特里罗多夫的第一封来信扔到桌子底下呢。

坦克连德王子和许多其他人一样，起先也为忽然冒出一个格奥尔基·特里罗多夫参加竞选而得到某种安慰。他心想这个忽然冒出来的蠢货，显然没有任何获胜的机会，所以维克多·洛连纳公布特里罗多夫的信总归是徒劳的。他对自己的朋友们说：

“由于竞选国王而遭到耻笑这是极不明智的。这会破坏君主专制制度的理念的威信的。维克多·洛连纳是个十足的小市民，尽管有这样那样的优点，但总归有些东西超出了他的理解范围。”

可是，为特里罗多夫竞选而展开的宣传大战越来越令坦克连德王子感到不安。很快就连格奥尔基·特里罗多夫的名字本身也能导致他怒火填膺。

最后，在帕尔马召开的一次喧闹的、通过了支持格奥尔基·特里罗多夫参加竞选的决议的群众大会之后，坦克连德王子拜访了维克多·洛连纳。可以看得出来，王子十分生气。他的指责如雪片般向维克多·洛连纳迎面扑来。他气愤地说：

“您怎么会杜撰出这么一个冒牌货。我完全不明白您这么做是为什么！我认为这一毫无目的的智力兴奋完全是没有必要的。”

维克多·洛连纳冷冷地回答说：

“阁下，您对我的态度是极不公正的。我从来就没有听说过有关这个格奥尔基·特里罗多夫的只言片语。对我来说，他至今也还是一个神秘的陌生人，正如欧洲对于所有人都充满神秘那样。”

维克多·洛连纳感到很沮丧。他看出坦克连德王子对于自己入选寄予了很大的希望。除此之外，维克多·洛连纳也不喜欢纠集在坦克连德王子身边的那个阴谋家和侦探的组织。

特里罗多夫自行做主推出的他的候选人资格，在首都越来越多人感到不喜欢了。内阁担心由于特里罗多夫而使得与其他强国的关系趋于复杂化。外交部长则十分关心其他国家的部长们究竟在想些什么。他向他们发出了信件，信中他雄辩地解释说政府完全不了解这个人这次的冒险行动。

于是，出现了一些具有相同内容的政府通报。

91

帕尔马社会民主党中央委员会开始和特里罗多夫建立通信联系。这一联系最初是由政府写信征询问题开始的。这封信是在和工团主义者们共同商榷下草拟的。这封信的发表引起极大争论，但最终达成一致。

在此之后，特里罗多夫针对各种问题的书信开始陆续在《劳动与岁月》上发表。特里罗多夫明确表示支持土地、生活资料和生产工具的社会主义化，讨论了一些按照他的意见应当首先予以解决的改革问题。

格奥尔基·特里罗多夫入选的机遇变得日益明显。报纸的调子也因此改变。有钱的资本家也不再为坦克连德王子的竞选宣传出钱了。

资产阶级早已对坦克连德的风流韵事感到恼火。不是因为这类风流韵事本身，而是因为这类事被闹得沸沸扬扬。虚伪的资本家们更加重视外在的体面，他们认为王子的不道德行为，尤其在他不愿意让自己的风流韵事严格保密这点上表现得尤为明显。他们心里这么想嘴里这么说：

“在个人的私生活中你爱怎么做都可以。可是，如果让私生活的秘密成为家喻户晓的绯闻，那么，这就已经是对善良风习的侮辱和丑闻了。除此之外，这还表明他根本就不在乎我们的意见。”

相当一部分资本家开始倾向于选举格奥尔基·特里罗多夫当国王。这类人开始认为一个外国人，一个根本就不熟悉本地事务和当地人态度的人，是不会有什么影响力的，他的统治将和共和派没有一点区别。

小心谨慎的资本家不愿意宣布共和制——君主专制的习惯在社会和人民中间还根深蒂固，而共和制却很可能会是一种根本就不牢靠的执政方式。可是，既然必须从两恶相权中取其轻，那么，格奥尔基·特里罗多夫看起来便要比喜欢弄权、爱慕虚荣和权高位重的坦克连德王子似乎显得没那么多风险。格奥尔基·特里罗多夫的计划越是激进，便越显得没有风险和不可实现。

在这种观点影响下，有关坦克连德王子风流韵事的街谈巷议便开始加剧。以前资本家们鼓励赞扬坦克连德王子的传单和小册子在人民中间流传。现在，他们却开始把抨击王子和描写其风流冒险之事的传闻向城乡扩散。人民中间已经开始纷纷议论坦克连德王子很不道德的事情。人们更愿意相信不好的事，甚至在这类不好的事是真事时（尽管人们也愿意相信谎言）。

欧洲报刊的调子也开始改变。

在帕尔马及其他城市里，安排召开了一系列群众大会讨论格奥尔基·特里罗多夫参与竞选的问题。反对和支持特里罗多夫的言论都可以公开发表。最后成立了一个帕尔马公民支持格奥尔基·特里罗多夫竞选的正式委员会。

坦克连德王子怒火填膺。他威胁维克多·洛连纳说自己要离开帕尔马，让他们爱选谁选谁吧。维克多·洛连纳耸耸肩膀，说：

“我能有什么办法呢！不过反正这个候选人没有任何机遇，那些强国们也并不承认他。”

菲利普·梅齐奥和埃德蒙多·涅戈利各自带着两个同志，分别离开社会主义者和工团主义者阵营，转到特里罗多夫这边来。

俄国给他们留下了强烈而又混杂的印象。彼得堡是巴黎之外最宏伟壮观、最恢弘壮丽的城市，但毕竟仍然还是个偏僻的角落，一个住着野蛮的农夫和农妇的穷乡僻壤。

夏天特里罗多夫和伊丽莎白在普罗相尼林地附近的教堂举行了婚礼。扎克拉辛神父为他们证婚。他说的话使人看不出他是忧伤还是高兴：

“这是我主持的最后一个婚礼。”

他被迫被“取消教职”——佩拉吉大主教对他宣布他的忍耐力已经达到极限，他已忍无可忍了。

当人们已经开始准备离开教堂时，下起了大雷雨。特里罗多夫和伊丽莎白站在教堂门口，望着壮观的雨景出神。借着转瞬即逝的紫色的闪电光芒，特里罗多夫望着伊丽莎白苍白的脸，说：

“雷雨昭示我们的未来该是不平静的。”

伊丽莎白说：

“雷雨是在告诉我们谁要是不喜欢平静的幸福，谁也就不希望人们有平静安宁。”

此时传来一阵飞快奔驰的车轮的辘辘声，只见大路的转弯处出现一辆四轮轻便马车，轮子都被雨水溅湿了。一个还没有长胡须被吓得惊惶失措的小伙子坐在赶车人位置上，他穿着一件黄色外套，戴着一顶被雨水打湿的闪闪发光的帽子，无情地鞭打着一对毛茸茸的马。车厢里坐着一个神父，身子在一把黑伞下蜷缩成一团，随车身颠簸着。从那把被风吹得折弯了腰的伞上，哗哗的银灰色的雨水流淌不已。

轻便马车后面还疯狂地奔驰着一辆马车，这辆车的四周围着的都是有着湿漉漉的大胡子、褐色的手臂和穿着被弄脏的靴子的农夫。传来一阵被风打得断断续续的愤怒的喊声。

轻便马车停在教堂门口的台阶下。神父机灵地从车上跳下来，跑上台阶，蹲着跳着甩掉身上的雨水。他的脸被吓得发白。

此人原来是本地的神父马特维·恰索斯洛夫斯基。他和特里罗多夫问过好，嘀咕道：

“人民真愚昧。拯救他们的灵魂真费劲儿。”

后面那辆马车也驶近前来。稍稍喝过点儿酒的农夫们从车上下来，吧唧吧唧地踩着雨水。他们懊恼而又困惑地看着神父马特维，时而骂着神父马特维，时而又骂自己那匹马，那马的背被打湿后拉车不带劲儿。一个全身灰扑扑的农夫说：

“喂，你真走运呀，老乡！真想狠狠地揍你一顿。喏，还给你——想一出是一出，居然想为新沙皇签名！”

马特维神父嗓音颤抖地说：

“真是些不开化的东西！我已经把君主签名的忠君的致敬信给你们了。”

农夫们嘿嘿笑了。他们的代表说：

“老兄，你胡说。农民是土，但他的脑袋还没被狼吃了。你和那些老爷们是一伙儿的。想把我们登记在不愿给我们土地的新沙皇名下。”

马特维神父劝说他们道：

“弟兄们，你们好好瞧瞧这份文件，瞧文件上写的是谁的名字。”

农夫们又笑了。

“你的文件关我们屁事，我们现在就把它给撕了，你别想欺骗我们。”

马特维神父扶住教堂的门框。一个老农夫说：

“算了，我们把你给吓坏了，但我们不会碰你的。在田野上我们没追上你，算你幸运，在教堂里也不会碰你的。去吧，去为我们祈祷吧。”

围绕着特里罗多夫的名字掀起的这一场喧哗，迫使当局把注意力转向特里罗多夫，并认为他有罪。州法院检察官残忍地说：

“居然想当国王，我们还是先让他尝尝监狱的滋味吧。”

然而，捷利亚特尼科夫侯爵对特里罗多夫的好感让他感到困惑，可是，当侯爵去世以后，特里罗多夫的头顶再次乌云密布。首先闹出的是自作主张挖掘坟墓的案子。与此同时又产生了其他一些针对特里罗多夫的起诉。侦察员克罗宾开始怀疑特里罗多夫杀死了警察局长，并对他在捷利亚特尼科夫侯爵去世一事上有罪过这一点更是深信不疑。奥斯特罗夫的证词更加巩固了他的怀疑。

法庭侦察员克罗宾是个瘦瘦的、个头小小的、皮肤黑黑的、头发乱乱的家伙。他说话结巴得很厉害。或许是因为他太恶的缘故吧，他的目光很凶，眼睛又小又尖锐。他喜欢喝酒并且只喝伏特加。其他酒类他觉得对他来说太硬。

克罗宾正在怀着喜悦之情收集着反对特里罗多夫的证据。而由于警察局长不是特里罗多夫杀死的，所以，他的证据都荒唐不稽。然而克罗宾却觉得所有证据的总和足以构成一个不可抵赖的证据链。

克罗宾本来会极其满意地把特里罗多夫立即拘留起来的，可是，检察长却对他说：

“鉴于所有这类情况我们必须高度谨慎才是。”

吃早饭时，克罗宾把奥斯特罗夫请来了。他自己喝了好多伏特加，也灌了奥斯特罗夫好多——为的是能搞到一些有关特里罗多夫从前生活的情况。

奥斯特罗夫信誓旦旦地说：

“特里罗多夫先生非常精通化学。把人做成一抔灰土对他来说不费吹灰之力。”

可是，关于特里罗多夫究竟是怎么做的，他已经把谁做成灰土了，这奥斯特罗夫就说不上来了。他本来很想聊聊马托夫的事，可是又怕自己给弄砸了。

事情发展到还有一些渎神的家伙出面充当反对特里罗多夫的证人。

八月初的一天早晨，特里罗多夫接待了一个来自帕尔马的代表团，都是些社会民主党人和工团主义者们。他们是按照早先特里罗多夫发给他们的邀请傍晚时分来的，并且在他家过夜。

喏，理想终于可以实现了！一种可怕的喜悦感攫住了特里罗多夫的心脏。多么高兴呀——终于可以把自己的幻想付诸实践了！

主客之间当然有过一场十分客气、气氛十分活跃的、用法语进行的谈话。法语使特里罗多夫油然想起他在帕尔马生活的那些岁月——那是多么值得人怀念的生活啊，正如一切已逝去的东西一样。

特里罗多夫和他的客人相互问询。经过好长时间的谈话以后，特里罗多夫终于和他的客人履行了正式的义务。菲利普·梅齐奥和他的伙伴以自己所在党派的名义表示要坚决支持特里罗多夫参加竞选。

可是，特里罗多夫对这些人，除了菲利普·梅齐奥以外，印象却不是很好。他们那种过分活跃的态度和夸张的姿态很让他反感。他心想这些人没有治理国家的才能，这些人中或许只有菲利普·梅齐奥可以当一个部长。他们的姿态和修辞并未让人感觉得到他们具有安定而冷静的坚定立场，足以把他们和那些工人出身的澳大利亚部长们区别开来。当然，在他的这批客人中，的确没有一个是真正的工人。

特里罗多夫觉得菲利普·梅齐奥本身倒更像是一个演说家，而非一个实际活动家；更像是一个批评家，而非一个创造者。特里罗多夫心想他只能在一个过渡时期担任政府首脑。

客人的印象则模糊而混乱。他们觉得特里罗多夫太矜持，觉得他是一个非常傲慢的人。

菲利普·梅齐奥对自己的伙伴们说及特里罗多夫：

“他能给人以深刻印象，而且他的眼睛灼灼有神，表明他心灵充实，好幻想，具有非凡的分析头脑。但他未必适合从事实际工作。但这或许会更好。这人将是一个统治意志已然消弭的透明政权的载体。”

伊丽莎白使客人们倾倒。吉尔沙并未表现出任何奇特之处，像他那个年龄的任何一个普通孩子那样平常，令客人感到他既聪明又可爱。

帕尔马的客人们是在傍晚时分离开的。

夜里伊丽莎白坐在特里罗多夫的书房里。他们读了一会儿书。聊了一会儿天。随后便沉默了。伊丽莎白问：

“您好像在等待什么？”

他的脸是不善于掩饰什么的。他的那张脸并未每时每刻都变换表情，但却精确地反映着他灵魂的一般色彩。特里罗多夫知道人们马上要对他家实施搜查了。他以鄙夷不屑的神情对伊丽莎白说：

“警察马上会来进行搜查的。”

“您知道这事？”伊丽莎白问。

“是的，”特里罗多夫说，“我是通过一种奇特的方式得知的。我的那些恬静的小男孩们全都知道。他们非常纯洁，是非存在的，所以什么都知道。他们的眼睛不能看但却什么都能看见，他们的耳朵不能听但却什么都能听到。他们无所谓欢乐也无所谓悲愁，保持着自己的心灵，他们非常完善，犹如崇高艺术的杰作珍品。通过他们我知道一切将要发生的事，所以这一点能给我以巨大的信心和安宁。”

伊丽莎白忧虑地说：

“必须收拾一下。我来帮帮你。”

特里罗多夫平静地说：

“不用。安安静静地坐着吧。”

伊丽莎白坚持己见：

“可无论如何也得采取点什么措施吧。”

特里罗多夫坚决地说：

“他们什么都找不到的。他们甚至连你都无法发现。况且我也不会允许他们真地搜查。”

又平静地补充说：

“任何人都走不进我理想的屋子。而你就是我的理想，我的伊丽莎白。愚蠢的人称你是韦托齐卡，是枝叶[①]，而对于智者而言，你是神秘的玫瑰。”

很快便传来了敲门声和跑动声：不速之客来了，还有新任警察局长和宪兵上校。特里罗多夫下楼到大厅迎接他们去了。

宪兵上校说：

“领我们到您的书房去。”

“有请，”特里罗多夫说，“从这儿走。”

可是实际上特里罗多夫领客人去的地方远离他真正的书房。他把客人领进的那间屋，和他的书房非常相像。可是比他的书房黑暗，黑得就像监狱里的囚室似的。

警察们到处搜查。警察局长是刚从远方一个县里调过来的，身上还保留着穷乡僻壤来的人的粗野刁蛮的习气，他用勾起的干枯的指头敲了敲关紧的门，说：

“这是什么？把门打开。”

特里罗多夫从口袋里掏出一把绿色的小球，故意让小球掉在地

① 俄文中“韦托齐卡”的原义为“小的枝叶”，故有此说。

板上。屋里顿时充满了奇特的蓝色的烟雾。特里罗多夫随即消逝不见了。空气中充满了苦涩和甜蜜混杂的味道。警察们似乎觉得闻出了血腥气，吮一口甜丝丝的。

警察连忙趴在地上，四肢无力。他们觉得自己变成了巨大的臭虫。他们四肢着地飞快地跑下楼梯，跑进院子，跑上大路。在黑暗中他们凭着嗅觉分辨着大路，像穿着制服的臭虫一般往城里跑去。

当他们在大路上跑着时，天就亮了。他们浑身尘土，衣衫破破烂烂。他们睡了好久。睡醒后回想不起来到过哪里，发生过什么事，他们把官方文件丢失在了哪里，更不知道如今该干什么。

92

已经是金秋最初的时节了。这是一年中最美好的季节，也是人心惶惶暴雨将至的季节。

失败的战争加剧了骚乱。战争也不可能胜利，因为支配战争趋势的是人民的精神。充当后备役的那些大胡子们心里都在想念自己离开的家，想念亲爱的家乡土地，他们不明白当官的为什么驱赶他们为别人的土地而作战。崇高的英雄主义功勋的确很辉煌，可是却没有确定目标——这只是美丽的焰火，许许多多的火花汇集在一起爆发出灿烂的光辉来，但却无法在战士心中燃起战斗的喜悦。只有不屈不挠英勇就义的决心，当然也有战胜的欲望，但却丝毫没有不屈不挠想要取胜的意志。首脑们忘记了一条，即防守者不可能获胜。

斯科罗多日各家工厂里的工人早已骚乱不安了。个别罢工事件时有发生，不是在这里就是在那里。最后，到了十月初，总罢工开始了。所提要求和各地都一样：五大自由、四种选举方式和召开立宪会议。

和那个时代常见的情形一样，罢工的理由往往是微不足道的。

黑洞洞的深夜里，工人阿列克塞·库里诺夫——一个读书很多的年轻人——正在往家走。他刚从他的一个好朋友家里出来，他的好朋友就是市中教员沃罗诺克。他和几个人晚上聚在沃罗诺卡家里读书座谈。分手时各走各的，结果库里诺夫不得不一个人走。他个头高，又很壮，什么都不怕。边走边吹着口哨。一路上回想着听来的一切，胸中燃烧着勇敢骄傲的希望。

马路中间有一群又喊又叫的人朝库里诺夫迎面走来。这群人中有几个人手里拿着的灯摇摇晃晃——城里人对城市照明缺乏信任，况且街灯在城近郊区越发稀少。这群人是黑色百人团联盟的成员。这帮人在科诺帕茨卡娅家里刚听过被恶魔般的仇恨毒化了的演说家的演说，刚在她家院子里喝过伏特加，所以，他们的爱国主义情绪被极大地调动起来。他们此刻敢于摧毁一切敌人，所以嘴里哼着下流无耻的歌谣。

这个地方很偏僻，没人——毕竟是城近郊区。库里诺夫本可以简单一点走下马路，转身进入侧面的小胡同里的，可他偏偏不这样做，凭什么呀！

他觉得逃跑是可耻的事。况且他忽然想起自己口袋里有一把手枪。

一个喝得醉醺醺的声音朝他喊道：

“站住！你是干什么的，到哪儿去呀？”

库里诺夫生气地嘟囔了一句：

“这关你什么事？我在干我的事，又没碰你。”

有人咆哮道：

“老兄，这家伙是个头发蓬松的家伙。打他！”

有人抓住库里诺夫的肩膀。他连忙掏出手枪朝天放了一枪，以免吓坏了这帮流氓。这帮家伙连忙四散奔逃。接着响起了反击的枪声，一下，一下，又一下。这帮家伙也想起他们自己也有武器，于是便不分青红皂白地乱放一气。有人凶恶地嚷道：

“杀死一条狗不负任何责任。”

“是他先开的枪！”另一个家伙喊道。

库里诺夫拔腿便跑。那帮家伙在身后紧追。枪声轰响成一片，但却并未命中目标。周围黑乎乎的，这帮家伙又都喝得烂醉，但毕竟幸运的偶然拯救了库里诺夫一条命，使他并未丧身于这帮家伙的乱枪之下。

库里诺夫终于挣扎到自己家。从墙上翻了过去。连忙拉上门闩。扑向家门。门是锁着的。他敲了敲窗户。

好久都没人开门。他听见有人在门后嘀咕。而歹徒们已经开始砸门了。嘭嘭的响声回荡在整条街上。

“快开门呀!”库里诺夫绝望地喊,“他们马上要杀死我了。”

他的女房东是个肥胖慵懒的小市民,她的两个女儿也都是慢性子,都害怕开门。她们缩在门后在叽叽咕咕地商量和发抖。这时女房东的小儿子,十五岁的小男孩米嘉从床上一跃而起。他已经快要扑到门后了,却被他母亲一把搡开,生气地对他一个劲儿嘟囔着。小男孩跑进房客住的那间屋,把那屋的窗户打开了。他大声地招呼道:

“阿列克塞·斯捷潘诺维奇,快爬进来。”

库里诺夫灵活地跳进窗户,然后把窗户关好。刚及时做好——歹徒们已经闯进了院子。他们敲门敲了好长时间,可是不知为何却不敢砸门。肥胖的寡妇和她那两个慢性子的女儿恐惧得瑟缩战栗。一家三口人站在库里诺夫那间屋的门后,用三种声音祈求库里诺夫:

“天哪,阿列克塞·斯捷潘诺维奇,瞧瞧,开开恩吧,出去见见那帮坏蛋吧。不然他们会强行闯进来,因为你而杀人的,会把小男孩杀死的。求求你了,恩人,以后我们会为你那罪恶的灵魂向上帝祷告的——孤儿的祈祷上帝能听得见呀。”

米嘉谴责她们道:

“你们就不怕上帝吗,妈妈,你这是把人往死里逼呐。而你们,姐姐们,你们难道就不害羞,你们不想如何安慰他,你们这样只会让他更伤心。”

母亲冲他嘶叫道:

“你给我住嘴,你个小强盗。你干吗放他进来?你这不是要我们大家的命嘛。你等着瞧,万一天亮我还活着,我非剥你七层皮不可。”

米嘉干练地回答:

“如今,妈妈,还没有这样的法律呢。做得不对,你只管惩罚就是，但要压迫人，没门儿。”

歹徒们在院子里吵吵闹闹，唱起了小调。

警察早晨才到：米嘉从菜园里的后门跑出去，跑到警察局报告，说一群流氓在砸他家的门。而警察们好像根本就没听见街上的吵闹声和枪声似的。

暴徒被驱散了。可是却没有逮捕其中任何一个。但却把库里诺夫的屋子搜了个底朝天，为的是以防万一。他们什么也没发现——这真是幸运的偶然：两天前这里还有一捆书籍，但却被及时快速地分发完了。而善解人意的米嘉也在天亮以前把手枪藏进菜园子里了。

这件事强烈地震撼了本来没有这事就已经激愤不已的工人们。他们说：

“这叫什么事！黑色百人团简直不让人活了呀！他们马上要动手把我们像狗似的杀了呀。”

一天之后，罢工开始了。工人队伍里响起了震耳欲聋的口号：

“打倒黑色百人团！”

罢工持续了大约两周。罢工从工厂和作坊波及到教学机构。

不巧的是，恰好此时古典中学发生了一件不愉快的事情。

一个年龄很小的中学生在课间休息时玩纸蜻蜓，朝同学和老师脸上飞，纸蜻蜓上涂了墨水。老师们狡猾地装作没发现这个小把戏的样子。于是，有一只这样的纸蜻蜓飞到了正从大厅里偶然走过的校长脸上。这个校长一贯就是个神经质和病态的人。在这只纸蜻蜓被放出去后，高年级学生哈哈大笑。校长本来就非常挑剔，易怒，学生们平时就不怎么喜欢他。

淘气鬼这下吓呆了，以致根本想不起要赶快从正朝他恶狠狠扑过来的校长面前逃跑，结果被校长扇了一个响亮的耳光。听见这记响亮的耳光，中学生们打闹起来，吹起口哨。几个身体强壮的高年级学生提着拳头朝校长扑过去。被吓坏的老头子跑回自己家，吓得再也不敢出来。

城里人关于此事议论纷纷。按照惯例，人们极大地夸张了这件事，并且还附会了许多不同寻常的细节。据说校长一脚踢倒小男孩，冲他嚷道：

“我关你禁闭!”

学生们嚷嚷起来，声称无法再这样生活下去了。他们在各个班里闹起了化学反应般的起哄。打碎了中学校长家里及其他一些教室的玻璃。他们没上课反而召开了群众大会，关闭了各个班级的门不让老师进来。最后，学生们宣布参加总罢工。

中学校长向上级部门递交了辞呈。可是，上面非但没让他辞职，反而把他调到了另一个城市，而且在新年前还给他颁发了勋章。

随后电报员、邮政职工、电车司售人员、电车站职工、铁路员工也罢工了。除一般原因外，所有人都有其各自的特殊性，有时候这类原因微不足道，但令人感到非常气愤。在所有这些地方负有一定责任的人，好像对处境的艰难一无所见似的，趾高气扬，不可一世。许多商店关门打烊了。售货员也罢工了，他们终于取得了享受公正待遇和节假日休息的权力。

这座城市有一幅奇特的外观。电车不开。电灯不亮。街上有许多游手好闲、激动不已的人。报纸和信件没人送达——偶有一二封也都出于偶然。市民们无法适应这种混乱局面。生活变得很不方便甚至很危险。一种道德的地震一天又一天震撼着动摇不定的市民的理性和市民生活的基础。

许多居民同情罢工者。还有许多人怨恨那些罢工者。同情者秘密表达自己的同情或是压根什么都不表达。仇恨者公然大声地表达他们的仇恨。这种感情表达的不平衡愈发加剧了局势的紧张。

尽管正在进行罢工，但城里到处是一片非同寻常的兴奋和激动。很难看出力量更大的是哪一方。当局并未采取果断措施——它们在等待军队的支援——但全省上下已经都调动起来了。在斯科罗多日，步兵和龙骑兵直到罢工的第十天才出现。

而此时在罢工队伍里已经出现了饥荒。以前储存下一点食物，很快就被一扫而空。局面变得日益窘迫。

人们每天聚集在奥帕里哈——人们这样称呼夏园附近那片广阔的田野——有时在这里举办群众游园会。除此之外，人们还聚集在铁路俱乐部。所有这些集会都是和平进行的。发表演说，大唱歌曲。散去时人们高呼：

“打倒战争!”

警察局只有一次想要表现一下自己的积极主动性。在罢工的第十天，城里各处张贴着副省长——由于省长到首都述职，暂由他管理省里的事务——的公告：鉴于所有集会开始带有政治色彩，禁止在奥帕里哈及其他城郊地区举行集会。工人们对这张公报大肆嘲笑。有些地方的公报被撕掉了。还有些地方的公报被一些嘲弄调侃的签名给覆盖了。

十月中旬在奥帕里哈举行例行集会。哥萨克、龙骑兵和步兵们一大早就等待着工人们到来。会议进行中，当党的鼓动家登上从旁边小酒馆里拖出来的桌子上发表演讲时，警察局长来了。他对那些哥萨克们说了句什么。哥萨克忽然挥动着马鞭朝人群冲来。几分钟内只能听见马鞭的呼呼抽打声和被抽打的人的尖叫和呻吟声。罢工者们四散逃跑。少部分人被抓住送进了警察局。更多的人跑进林子里。哥萨克们开始围捕与会者。

市民们对无节制地乱用马鞭的行为感到很恼火。甚至就连哥萨克和士兵们当中也有不少人对此感到不满。可是，谁要是对这种不满寄予希望的话，那他很快就会确信自己错了。

克尔巴赫说：

“这是合法的恐怖行动！他们想对我们制造恐怖，我们不过是以其人之道还治其人之身罢了。”

很多人不敢公开大胆地和他争辩。

圣像的被盗为黑色百人团对知识分子发动集团攻击提供了合适的借口。奥斯特罗夫散布流言，说什么圣像是被特里罗多夫偷走并烧毁了，说他之所以这么做，是因为他是一个不信上帝的人，对基督教教会心怀仇恨。总之，奥斯特罗夫在这些日子里十分卖力。波尔季宁和波采卢伊契科夫则充当他的帮凶。狡猾奸诈的拉伊萨已经迁居到城里，还没敢公开露出她的钱财，但已经取得将军夫人科诺帕茨卡娅的好感，着手帮助夫人做一些黑色百人团组织的管理工作。

俄罗斯人民联盟的成员加紧行动。克尔巴赫和热尔别涅夫向公众散发莫斯科黑色百人团出版的报纸。该报登载了许多可恶的抨击犹太人的文章。科诺帕茨卡娅为发行这份报纸提供经费。

当地知识分子小组同样努力免费分发进步报纸。但订报人却被警察局给抓进去了。在被提交法庭起诉的人中，米沙·马托夫因保存和传播非法出版物被起诉，丝毫也不考虑他年龄幼小。克罗宾本想把他送进监狱，但彼得对其弟弟提出监护，由他担保，把他给释放了。拉缅耶夫担心所有这一切不快的事情会在小男孩幼小的心灵里留下沉重的印象，决定送他到国外继续学习。

在黑色百人团小组中说特里罗多夫偷盗圣像的声浪越来越高。城里的小市民们开始相信这一传言了。

最后，克罗宾起草了拘留特里罗多夫的命令。他于是带了几个警察，带着命令前往特里罗多夫家执行。可是，民众的骚乱妨碍了这一公正法律行动的执行。克罗宾从自己家里出来的时候，恰好去往特里罗多夫家的路断了。

93

在这些日子里，观点各异的人们仅仅出于对旧制度的仇恨而团结在一起。罢工、街头杀戮、民众骚乱、当局的张皇失措、对于国家体制应该进行某种改革的普遍信念——所有这一切迫使那些渴望改革的人们心情激动，迫使他们想到自己肩负着某种历史使命和责任，他们可以而且应该做些大事。

罢工者们开始挨饿了。对世上一切都十分冷淡的小市民们对罢工带来的种种不快抱怨不已。从俄国各地传来各种流言蜚语，有的高兴，有的悲伤，但无论高兴还是悲伤都被极大地夸大了。于是，便产生了一个问题，此时此地我们究竟该怎么办呢。况且已经开始流传一种说法，说黑色百人团密谋要对知识分子下手了。

人们于是决定召开一个由工人、知识分子和学生代表联合参加的全体大会。大会确定在特里罗多夫家里召开。人们认为在他家召开更方便更合适。

大家是在白天两点钟时聚集起来的。参加者中有来自各个党派和各种信仰的人的代表。图马林医生被选为大会主席，就是那个在化装舞会上和伊丽莎白谈及皮里邦金娜寡妇的那个图马林。

与会者喧哗而又长久地争论不休。有人建议成立市警察局，以保护公民免受黑色百人团的侵犯。许多人投票赞成这一提议。

特里罗多夫也申请发言。在几个热情洋溢的发言之后，轮到他发言了。特里罗多夫反对成立警察局。他说：

“假如你们武装起自己的话，那么，你们的敌人就会说你们要发动武装起义了。你们愿意有这么个结果吗？对此你们有什么可说的呢？”

一个尖利的嗓音，显然出自一位女性，连忙喊道：

“这是一个奸细提出的问题。”

主席摇了摇铃铛。特里罗多夫又说：

“对于武装起义来说，您实在是太软弱了。您是不会和政府的军队作战的。你们和别的国家的革命力量没有联系，关于他们你们甚至连一点可靠和正面的消息都不知道。你们不是一个伟大整体的一部分，而是一小群牲口，或许已经作好了去死的准备，但是，你们究竟准备好了没有呢？你们自己也能感觉得到自己的软弱性，因此你们才会说你们不是革命者，而是警察，说你们不是在进攻，而只是在防御。可是防御者的失败仅仅是个时间问题，而且仅仅取决于敌人的顽固和顽强。得胜的永远都将是强者和进攻者。可是，由于你们手中有武器这一点，人们会杀死你们的。而在你们死后，总会有这么一个绝非善良之辈并且永远习惯于投机取巧的家伙会笑话你们，他会说：‘谁拿起剑，谁也会被剑杀死。’”

绝大多数与会者们赞成成立警察局。他们神情悒郁地听着特里罗多夫的发言。到最后他们发出嘘声并且吹起了口哨。特里罗多夫还想继续说下去。但喧嚷声更大了。一个尖细的女人的声音又喊道：

“奸细！”

有人怨恨而又活跃地喊道：

“他准是从政府那里领津贴的。”

从一个黑暗的角落里，传出一个人故意变了调的、嘶哑的声音：

"他偷走了圣像。"

特里罗多夫走到主席身边。说：

"难道您没有听见针对我的詈骂和诋毁吗？"

图马林仇恨地瞅着特里罗多夫粗野地说：

"是吗？"

特里罗多夫心情顿时欢快起来。在他眼里，这个身材细高的医生显得像是个个头矮小但却胆大狂妄的小孩。他真想伸出手来抚摸一下他的头顶。特里罗多夫和蔼地像对孩子说话似的说：

"您最好是先让他们遵守秩序。"

忧郁的医生继续顶嘴：

"啊哈！想让我们住口，您提前有了一个国王的习惯了啊！在我们这儿您这一套可行不通。"

特里罗多夫走下讲台。头发蓬松、身穿短衫、腰间扎着皮带的年轻人，脸色红扑扑不漂亮——那种脸庞是只有那些和自己很亲近的人才会有的——但却十分聪明的姑娘们，凶恶地朝他嚷着骂人的脏话。一个穿红色短上衣的高等女校学生在特里罗多夫从她身边走过时，把手圈成喇叭状，冲他吹起了尖利刺耳的口哨。一个有一头漂亮卷发长得煞像跑堂的小男孩喊道：

"您想吓唬我们吗。可我们不是拉巴兹尼科夫那样的胆小鬼。"

他说的这个拉巴兹尼科夫，是一个倒霉的本地商人。

富有的房地产商人拉巴兹尼科夫的儿子，是个大约十七岁的男孩，淘气鬼，空闲时间多数是在院子里、在街上他父亲的铺子旁边以及谷仓附近打闹，有一天忽然发现自己家院子的墙边有一张纸。原来这是一张被风吹来或是被人扔掉的传单。这类传单那个时候简直可以说多极了。

小男孩读了这份传单。传单里的话他有许多搞不懂——他所受的教育没超过市立小学的水准——但却敏锐地感觉到传单对其所属阶级的利益有所伤害。他心想这可不应该让那些小铺里的店员和小男孩们看见。于是便把传单交给他父亲。

他父亲也看了这份传单。理解得也和他差不太多。传单里那种决绝的口气和表达法令他感到恐惧。他把传单又传给房客以及国库管理员看。

这位官员刚刚下了班吃过午饭，按照习惯穿上宽大松软的睡袍，穿上松软高腰的鞑靼人式的靴子，坐在窗前读报，并观看街景。拉巴兹尼科夫给这位官员看了这份传单。问：

“我该拿它怎么办？由于我没念过中学，所以传单里有些内容看不大懂。”

穿睡袍的官员拿起传单，默默地在手里把玩着，严厉地盯了拉巴兹尼科夫一眼，连一眼也没看这份传单，就把它揉成一团纸还给了他。拉巴兹尼科夫害怕了。再也不敢多问一句。就这么糊里糊涂地离开了。

从此以后，拉巴兹尼科夫忧心忡忡，胆小怕事。睡觉不好，吃饭不香，瘦了好多。

前不久一个医疗委员会来视察拉巴兹尼科夫家的院子。拉巴兹尼科夫非常害怕。他走出院子。他躲着来客，开始用铁锹挖坑。他嘴唇发白地嘟囔道：

“得把传单藏起来。”

如今拉巴兹尼科夫完全疯了。特里罗多夫在那些拥护建立警察局的人中惊奇地认出一个熟人，年轻的电报员，非常喜欢戏剧的岑金。岑金以前偶然拜访过格拉菲拉·科诺帕茨卡娅，虽然并未正式参加她手下任何一个黑暗的组织。他是人民之家戏剧建设协会的积极成员。

岑金发表了一番言词激烈的激进演说。不过话说回来，这里发言的所有演说家的言论都非常激烈、非常坚决，在堆砌形容词上丝毫也不吝啬。当岑金结束发言时，当雷鸣般的掌声——人们对于所有发言者的演说都报以热烈的雷鸣般的掌声——停息时，当与会者的注意力转向下一个发言人时，特里罗多夫走到岑金身边。对他低声说：

“我觉得你是黑帮的人。”

岑金脸上现出庄重严肃的表情，说：

“事情会擦亮大家的眼睛。”

随后又激烈地说：

“我妈妈是俄国人，而爸爸是犹太人中非耶稣教徒改信耶稣教的，怎么，您居然以为我感觉不到种族压迫的痛苦吗？”

火车站站长戈尔文以及他的书记员沃扎科夫也是发言拥护建立警察局的与会者。他们的发言调子几乎和其他人一摸一样，就连用的话语也相差无几。

随后古典中学教师波杰耶夫发言。他竭力想要发明新的论据。他那尖细的嗓音激怒了特里罗多夫。此人个头矮小，微微发胖，头发淡黄，戴着眼镜，胡须稀疏、肩膀瘦削，样子非常酷似一个教师。关于要建立武装、自我保护的话语从他嘴里吐出来令人感到可笑。

特里罗多夫沮丧地想，一个有这么一副嗓音的人不应该大谈什么真理，因为他们是不会懂得什么是真理的，而且也不可能真正懂得真理。人的嗓音在很大程度上乃是生命感受力是否充实的标志。喉咙不光是发声器官，而且也是性器官，是一个和活的生物有机体最深刻最神秘的本质相联系的器官。高亢嘹亮的嗓音标志着机体动作的充盈和完满，标志着有机体的发达程度。一个阉人和一个心灵被挖空的人是不会拥有完满圆润的嗓音的。

可是，与会者们都很喜欢波杰耶夫，像喜欢所有发言人一样。亲人的解放的喜悦，要求有与之相应的火热言词和高亢嗓门。雷鸣般的掌声压倒了波杰耶夫的话语，当然在这种场合发表别的言论也不尽适宜。

特里罗多夫怀着惊恐和忧伤之情观看着激动不已的与会者们，观看着这些年轻的、严肃的、美丽而活跃的脸庞。他忧伤地想："我们这儿是闹不出什么结果的。仇恨人类的人会把你们的躯体丢进万丈深渊，而你们也会相互丢弃躯体，为的是用你们的躯体把深渊填满，为的是用无论什么东西把深渊填满，更何况你们的英勇精神本身要求这么做。当你们的躯体腐烂时，当你们的躯体和腐殖土混合在一起时，飞扬的风儿会把田野里的草种播撒在大地上，那时，青草会生长，纯洁的花儿会开出绚烂耀眼的花朵。随后，尘世间总有一天，在深渊上面的草地上，那些现在还没有出生的人，那些不是由你们所生的人，会通过深渊，跨越到安全安宁的彼岸。”

大厅里现在已经过渡到对实际问题的讨论上了。

原来连武器都准备好了。武器保存在郊区，藏在某个管理着一家大庄园、现在正在国外欢度悠闲岁月的将军夫人家里。

接下来开始捐款。一顶什么人的帽子在人们手里传递着。人们往帽子里丢钱——帽子里有铜币也有银币，有几张纸币，还有几枚金币。帽子上用别针别的纸标签上用铅笔写着一行字："用于购买武器"。

另外一顶帽子从另一面传递过来。这顶帽子上显然是事先别好的纸板标签上写着"给失业工人家庭"的字样。字是用紫色墨水写的，后面加了一个感叹号。

当其中一顶帽子传到特里罗多夫手中时，他问：

"这是谁的帽子？"

一个年纪轻轻、嘴唇红润、戴着眼镜的高级女中学生粗野地冲他嚷道：

"这关您什么事？是不是想告密呀！"

她旁边那位穿着斜领衬衫的大学生忧郁地说：

"这里没有小偷。"

特里罗多夫嘿嘿笑了笑。在人群中挤来挤去的特里罗多夫发现了两个小偷和两个告密者。心想，在这种场合下居然能见到这类人。

这时主席发话了：

"这个建议被采纳了。因为可能会有伤员，所以我希望从志愿者中组建一支卫生队。"

人们从四面八方喊道：

"同意！"

"表决！"

"让志愿者登记吧。"

主席宣布：

"决议通过。请志愿者开始登记。"

许多年轻人开始登记——有大学生、高等女校学生、古典中学学生。主席喊道：

"救护站设在什么地方？"

"设在这儿，"人群中有人喊，"没有比这儿更合适的地方了。"

"就设在人民之家吧。"

于是就这样决定了。

散会时却丝毫也不安静。当大家走上公路时，天已经黑了，天气很冷。天上现出明亮的星星。

大家全都很兴奋很高兴。大家全觉得他们刚刚做了一件必要和有意义的事情。歌声欢快骄傲地飞翔。

忽然从两个方向出现了哥萨克。人们不得不重新回到家里分散突围。哥萨克们分布在道路各处，一直排到城里，却没有拘留任何人。

吉尔沙很不高兴。一种阴暗的预感折磨着他的心。特里罗多夫问：

“你怎么了，吉尔沙？”

吉尔沙低声回答说：

“马上就要杀人了。”

特里罗多夫笑了。问：

“难道这有那么可怕吗？”

吉尔沙说：

“他们会害怕，会恐惧得哭泣和大喊大叫的。凶残的人，像野兽一样的家伙们会疯狂地折磨他们，蹂躏他们的躯体，焚烧他们的躯体的。我们的家也会被烧掉的。”

94

几个月以前特里罗多夫就制造了一台功率强大的不需电线就可以发电报的装置。他把其中一台装置安在了温室里。他的书面命令可以通过这台装置直通帕尔马的菲利普·梅奇奥的房间。经过几次失败之后，装置开始正常运行了，所以，特里罗多夫如今可以毫无障碍地和远方的朋友联系。在斯科罗多日城无人知道这台装置，只有两个忠于特里罗多夫的年轻工程师负责操作分别安在梅齐奥家里和温室里的这两台机器。

深夜，当人们都已散去以后，装在温室里的那台电报机告诉特里罗多夫他竞选国王的事有眉目了，明天一早议会开始国王大选的筹备工作。

此刻特里罗多夫已经不知道他是该高兴还是该悲伤。他不知道现在他是否可以中断这一种种情况的偶然巧合，这一变故等于给他脖子上套上一个紧紧的绞索。他是否可以勇敢地孤注一掷地实现自己原来的想法？铁石心肠的摩伊拉会把她疯狂的面孔中的哪一副转向他——是年迈体衰的爱萨的面孔，还是任性胡来的阿南刻那副面孔呢？

特里罗多夫和伊丽莎白这天夜里整整一宿没睡觉。他们长时间地讨论着应对之策。特里罗多夫悲伤地说：

“我相信警察局这套把戏绝不会有好果子吃的。我担心明天就会发生可怕的事。我的吉尔沙已经被预感折磨得很苦恼了。我和他们争论过，可他们硬是不听我的话。我所能做的一切，就是打开我温室的大门，放他们爱到哪儿去就到哪儿去——可以到我的新月亮上去，或是回到旧的欧洲去建设新生活，或是在他们并未播种的地方收获。”

伊丽莎白问：

“那这幢房子将来怎么办？”

特里罗多夫安静地回答说：

“会把它毁掉。那些不知道该怎么办的人将会在它的废墟上号啕大叫欢歌跳舞的。这个家里对我来说曾经十分珍贵的一切，都应该搬到温室里去。许多东西已经被我那些恬静的孩子们搬过去了。我知道他们是不会把任何我感到惋惜的东西留在这儿的。”

伊丽莎白悄声问：

“我可真喜欢这个家呀。”

说完，便哭泣起来，这是一个女人每当感到悲伤时就要流泪的一种可爱的习惯。特里罗多夫仔细地瞧了伊丽莎白一眼，问她：

“你怎么看，伊丽莎白，要不要给帕尔马发电报，要他们把大选推迟几天？”

“为什么？”伊丽莎白问。

“我们等等看这里的这件事会怎么了结。”特里罗多夫回答说。

伊丽莎白否定地摇摇头，说：

“不，没必要这么做。就让这儿和那儿的人做他们想做的事吧。延缓事情的进程，那我们无论在这儿还是在那儿都会一无所得的。只会随着多余的每一天使局势复杂化，这样这个死结也就越结越紧了。”

“是啊，伊丽莎白，的确是这样，”特里罗多夫说，“即便我不想把大选延期，也只是因为一想到我是通过大选这种手段追求个人的安全，就令我感到不自在的缘故呀。”

伊丽莎白平静地反驳道：

“什么安全？你想想马克西米里安①这个墨西哥王国皇帝是怎么被处死的，想想许多其他统治者是如何被处死的。在过去的这个世纪中，有多少这样的人都死掉了！难道他们都是暴君？”

将近夜半时分特里罗多夫和伊丽莎白走近窗口。

秋千静静地荡起又落下。恬静的孩子们又在荡秋千了，明亮的月光沐浴着他们。

平稳的摇荡的激情感染了伊丽莎白。她也想跳上秋千，就在深夜里，在无欢的哀伤的月光下，在这个可爱的死的发光体的照耀下，在近处清凉的清新的枝椏间，站在秋千上俯视明亮的雾蒙蒙的峡谷。伊丽莎白向孩子们走去。她说：

“可爱的孩子们，来荡荡我吧。”

他们把她放在秋千上，久久地平稳地摇荡着她。在明亮的秋千上，她的心灵的忧伤消解了，从无望变得充满希望。②

夏令营的孩子和教师们已经迁居到温室里来。现在他们正帮助特里罗多夫和伊丽莎白搬运东西。整整一夜不知不觉地就在搬运东

---

① 马克西米里安·费尔南多·约瑟夫（1832～1867），奥地利皇帝弗兰茨·约瑟夫的弟弟，一八六三年被拿破仑三世任命为墨西哥皇帝。一八六七年被墨西哥共和派抓住并被枪毙。

② 在索洛古勃笔下，秋千的形象可以多次见到，其中包括这首题为《秋千》（1894）的诗：“我的心灵依然被蒙上，/一个不祥而陈腐的幽灵的哀伤，/它时而贪婪地祈求腐烂，/时而又寻求欢乐与光芒。//它充满灵感地驯顺地服从着我的命运，/那宿命的前定，/在无望和希望之间，/来回地转换不停。”

西中过去了。

伊丽莎白和特里罗多夫的感情很复杂很朦胧。恐惧、忧伤、欢乐、好奇，全都巧妙地混杂在一起，魔鬼般的寒热症，残酷的游戏，而那个狡猾的、远非善良和具有永恒诱惑力的家伙一而再再而三地取笑这场游戏。

在这种情感的漩涡里也有各种微不足道的充满关切的小事使人开心。必须为上路作好最终的准备。温室里预先已经配备了一切必要的东西，但所有这一切都必须再次检查一遍，这才发现还有许多东西忘了，需要尽快补充。

第二天，城里开始给所有志愿加入警察局的人发枪。到早晨将近十点钟时，警察局已经成立了。所有人都有武器。警察被派到剧院维持秩序——一个大型的群众大会安排在那里举行。另一队警察被派到特里罗多夫家——没有任何明确的目的，只是为了以防万一。

与此同时，街道上旧警察在向路人分发到市杜马①参加黑色百人团大会的门票。

在教师进修学校的建筑物里一大早就在开会。来了大约有四百人——里面有中学生，有实科生还有古典中学学生。发表了政治演说。有一个青年人发言谈了中学里的事。但这些发言都不大招人喜欢。况且人们都匆匆忙忙：确定了到大街上举行示威游行的问题。

会议就要散了。学生们走上大街。他们成群结伙沿着大街向教堂广场走去。那里将要举行一个大型群众集会。然后从会场上直接开到工厂去。低年级的孩子们举着红旗和标语走在前面。

这一节日般的欢庆场面，全社会的盛大典礼，自由的示威游行所能给人的喜悦，就像伟大的音乐作品所能给人的灵感和欢乐一样。游行队伍行进在宽阔平展的大街小巷，这是一支具有自主意志的、勇敢的队伍，它的热情比天还高，无论它是英勇还是犯罪。难道罪犯就体会不到英雄的感觉吗，难道有时候英雄就体会不到自己

① 议会。

是个罪犯的感觉吗？只有一点把英雄和罪犯毫无疑问地联系起来了，那就是命中注定的，他们情愿走上绞刑架。

就像在光明的创造活动中才会有的忘我之情，燃烧着这个时代，点亮了人们的心灵。人们的愿望是那么果敢火热，就好像果敢意志是不会有任何边界似的。心脏在剧烈地搏动，心灵在渴望歌唱——多么好啊！

小市民们急急忙忙地从窗户里探出头来，走到自家的阳台上，脸上洋溢着好奇和欢乐的笑容。他们对示威游行者们表示欢迎，向他们挥动手帕，呼喊着“万岁”。他们觉得他们正在创建一个全民的功勋和伟业，正在确立人的自由——这是所有五种自由中最伟大最美好的自由。

游行队伍慢慢走到教堂前面的广场上。欢呼中的中学生们嚷道：

“这是前所未有的、闻所未闻的！”

“瞧人们是怎么欢迎我们的吧。”

“大家全都像兄弟姐妹！”

“组成一个伟大的家庭！”

他们还不知道前方等待他们的是什么。他们以为广场上的人民会满怀喜悦地欢迎他们的。广场上的人都是来做买卖的，因为今天是集市日。

不知从哪里涌现出了哥萨克，在孩子们的队伍后面传来细碎的马蹄嗒嗒的声音。然而，这又有什么可怕的呢——这难道不是光荣的护卫队吗？

与此同时还有人群聚集在人民中学里，那里也在举行一个群众大会。那里也来了好多警察。

市民管理局前面也聚集了一群人，大约有两百多，手臂上戴着白色的袖章。其中有二十多个人煞像改扮的警察——穿着一模一样，都穿着官方的靴子，统一的肥大的灯笼裤。里面也有一些破衣烂衫汉，斯科罗多日人管他们叫淘金者。

黑色百人团的演说家出现了。他们起劲儿地鼓动群众的情绪。号召人们打犹太人、铁路员工、大学生、那些偷盗圣像的家伙、那些反对政府的家伙。越来越多的新人加入到人群中来。

雅科夫·波尔季宁、奥斯特罗夫和波采卢伊契科夫坐在旁边的茶馆里。他们没有发表演说，也没有在人群中露面。但有一些年龄幼小的小喽啰来往于人群与他们之间传递消息。

和平的城市居民心头充满了极度的恐惧感。各家各户连忙把他们的大门小门篱笆门关好关严。小市民们躲藏在各自的家里。甚至连窗帘都放下来了。

一时间整个城里似乎只有那些大呼小叫的黑色百人团成员们，以及从他们那里跑开的、手里笨拙地端着勃朗宁手枪的警察们，还有那些哥萨克和士兵们。他们的队伍几乎是漫无目标地在城里和通往普罗相尼林地的公路上游荡：他们竭力想要把黑色百人团和警察们分割开来，但却从未达成目的。城里的人群开始抢劫犹太人的家。不知为何牙医受到的冲击最大。

“白酒专卖处”周围也有好多人聚集。一些破衣烂衫汉们不知从哪儿搞到了钱，买了些伏特加，就在大街上贪婪地大喝一气。

一群年纪幼小的淘气鬼们在追赶岑金。岑金慌不择路地跑进一家院子里。小流氓们大敲篱笆门和窗户，喊着：

“出来，岑金，不然我们就把你活活烧死。”

岑金从窗户里钻出来。一把手枪几乎连瞄都没瞄，就开了一枪。有人被打伤了。伤者发出撕心裂肺的痛苦叫声：

“哎呀，哎呀，弟兄们呀，打死我了！”

打家劫舍者们闯进屋子。岑金本想跑上阁楼，但他在楼梯上被抓住打死了。尸体被众人蹂躏得不成样子，以至后来人们都认不出他了。

还有人闯进工厂喊道：

“把学者们都交出来！”

医生、化学家、染工们害怕地躲藏起来或是逃跑了。许多人被当场打死了。

95

特里罗多夫家里藏了好多人。大家全都聚集在白厅里。人们在毫无秩序地议论着今后该怎么办的问题。又是图马林主持会议。

中午过后，人群已经把特里罗多夫家庄园给包围起来了。到处都是威胁和咒骂声。这全是一些醉汉，像是在一个经验老到的战略家的指挥下：他们站在通往所有大门的公路上，站在斯科罗坚河岸边大骂不止。

打家劫舍者们撬开大门，也有人直接从墙上翻过去，很快院子里便站满了这类人。但他们无法进入主楼。主楼的大门关得死死的。他们已经开始动手砸门了，可是，正门上方的一个小圆形窗户里冒出一股轻烟，接着便听到一声并不很响亮的手枪发射出的叭叭声。打家劫舍者们连忙向后退去。

暂时这些人还没注意到园子和温室。人群愤怒地对着主楼发疯。

石头像雪片一般朝窗户飞去。许多玻璃被打碎了。但白厅的窗户是朝着园子的，因此那里现在还很平静。

一个机灵鬼爬进了第一层楼的窗户，但是接着便发出一声尖利的叫声，从窗台上掉下来，随后消逝在人群中了。站在这扇窗前的人群胆怯而凶狠地后退了。谁都不敢再重复此人的壮举。

很快便有两辆马车拉着省里的官员和两连士兵及数百名哥萨克涌向特里罗多夫家的庄园。他们停在一边。只是观望却什么也不干。当局下不了打击爱国者的决心。

大约就在这时，奥斯特罗夫和他的朋友也出现在这里。城里的事已经完了——现在该了结这里的事了。

黑色百人团的鼓动家专门挑选园子或公路上那些军官们看不到的地方，鼓动人群捣毁火烧这幢楼房。

当天色渐暗时，白厅中央的大吊灯上亮起了几盏灯，警察局官员走进白厅，此人干瘦、骨节粗大、脸上刮得干干净净，有一张阔嘴。他说：

“先生们，我是省长先生派来的。省长先生建议你们离开。不然的话我们就被迫开枪了。”

人群中一个女人的声音惊慌地问：

“您是否会保护我们不受黑色百人团的侵犯？”

官员耸耸肩膀，说：

“那里有我们的军队。”

沃罗诺克问官员：

“您能否向我们坚决保证走出来的人的人身安全呢？”

官员摊开两手，悄声地、假装悲伤地说：

“先生们，你们注定要死的。人民已经愤怒了。无可奈何呀。”

响起了愤激的声音：

“什么，他说什么？”

官员快步走了，他干燥的嘴角露出残忍和幸灾乐祸的笑容。

“请等等，请等等，我跟您走。”一个老工程师连忙说。

说着，便急急忙忙地跟着那位官员走了。可是，官员刚刚跨上台阶，就有几块石头朝他飞来。官员朝哥萨克们站立的地方哧溜跑去。工程师则被打倒了。

娜杰日达跑到台阶上。她吃力地把老人从地上扶起来，拉进屋里，把雪片般飞来的石块挡在门外。只有一块小小的尖石头擦伤了她臂肘以上的部位。

在白厅聚集的人群中，省里那位官员说的话在辗转传送。人群发出了喧闹的喊声、哀泣声和呻吟声。一些女人歇斯底里了。

特里罗多夫走进白厅。走上阳台。他说：

“先生们，请允许我说两句话。”

叫喊和呻吟声稍稍安静了一些。特里罗多夫说：

“我建议你们大家都到我的温室里去。进温室的通道是安全的——这是一条地下通道。入口就在这里，台子下面就是进入通道的入口。温室的构造可以使它脱离地面，飞向太空。”

有人发出笑声。有人喊道：

“说什么胡话呢！”

一个阴郁的工人生气地喊道：

“人都累得要死，可他居然还在说童话，真让人头疼。”

一个声音嘹亮的女牙医呐喊道：

“特里罗多夫先生，您是个奸细。”

特里罗多夫继续平静地说：

“我发明了一种克服地球引力的方法。我可以把我的温室变成一颗和行星一样的球体，我们可以坐着它从地球上飞升起来。我会奔向哪里现在连我也不知道。这取决于环境。我发明的这种迁徙方式在地球上还没有实践过，尽管这种方法在威尔斯①的一本小说中有过描述。我唯一可以打保票的只是跟我旅行会绝对安全。我们或许可以旅行到月亮上去。愿意跟我走的可以紧随我身后。这段路程要远比到新西兰岛远，不过，很可能要比到那里有趣得多。”

大厅里响起匪夷所思的乱哄哄的嘈杂声。有人吹口哨，有人发出嘘声，有人跺脚，有人尖叫。那个声音尖细的女牙医从人群中跳出来，走上讲台，把小小的拳头伸到特里罗多夫眼前。

特里罗多夫竭力想用喊声压倒人群的喧哗，说：

“我再次建议愿意获得拯救的人跟我走。请相信我，请跟我走。瞧这道门始终是敞开着的。愿意跟我走的随时可以从这道门走进去。”

已经平息下来的嘈杂声又起风波。沃罗诺克徒劳地嚷道：

“同志们不要发火。这个不幸的家伙疯了。”

特里罗多夫离开了。门却一直敞开着。

有人跟他进去了。那个喜欢尖叫的女牙医沉吟片刻，也走进去。她喊道：

“同志们，总归得有个人跟他去看看究竟是怎么回事吧。”

温室里已经聚集起许多人。里面有拉缅耶夫、米沙、女教师们和孩子们。夏令营的孩子们起初胆怯地看着恬静的孩子们。随后便和他们说起话来。

特里罗多夫几次走进白厅，劝说留在那里的人跟他走。可是，

---

① 赫伯特·乔治·威尔斯（1886～1946），英国著名科幻作家。

由于他总是说可能要到月亮上去，所以，每次跟他走的人还不到聚在大厅里的人的一半。

温室里的人全都作好了上路的准备。通向园里的那扇门是锁死的。只要把地下通道的门一关，就可以启航了。

此时人群的暴行越来越厉害了。人群砸烂了园门，闯进园子，竭力想要捣毁温室。奥斯特罗夫一个劲儿催促别人动手，自己却缩在人群后面远远的地方。一块块石头向玻璃墙砸来。玻璃发出噼啪声，但还是完整的。石头砸在玻璃上不是碎了就是弹开了。

有几个打家劫舍的强盗闯进了这幢楼房的地下室。点燃了那里的柴火。随后勉勉强强爬进狭窄的窗户。又一个家伙勉强被人拖了出去——烟已经快让他窒息了。

很快整幢楼房便被点燃了。烈火燃着了园里的树木。屋里的人被烟呛得喘不上气来。还有几个人被地下通道给救了。但许多人即使到现在也仍然不相信特里罗多夫的话，宁愿爬到楼顶上或是从窗户里爬出去。

消防队员坐车来了，但人群不让他们工作。人群威胁地朝他们扑过来。消防队员四散逃命。

人群抢劫和杀死每个从窗户里、从烟囱里爬出来，从屋顶逃出来的，跑出来的人。在熊熊烈火之上，到处都是被杀被打的人刺耳的呻吟声、祈祷声、诅咒声，而那些野蛮的凶手们的嗷嗷声和疯狂的嘶叫声却比前者还要响亮。

渐渐地，院子里的木头房子——马厩和棚子——都燃起了大火。它们着的火就像堆堆浇满了松香的篝火。空气令人感到分外灼热。一缕缕的烟火席卷着公路和院子。人群向后退去，退得远远的，围成一圈，沿着庄园的石头围墙站着。

还有几个人从正在燃烧的建筑物里跑了出来。他们当场就被人打劫并杀死了。被砍杀得体无完肤的尸体被拖到公路上堆成一堆。尸体堆上放着一具少女的尸体。她的肚子上被扎了一个木橛子。

响起了可怕的轰鸣声。楼房被一根火柱包裹着。明亮的火星噼噼啪啪地四散飞溅。楼顶坍塌了。还留在屋里的人全部都被砸死了。

有人嚷道，说地下室和地窖里还藏着人。

"赶快把他们结果了!"

"不要让一个活口走出这座可恶的房子!"

一个喝得烂醉的小伙子怀里揣着一幅肖像，高声结巴地喊道:

"弟兄们，走啊，继续砸呀，离这儿不远，砸了拉缅耶夫家的房子。"

喝醉酒的人越来越多。人群还在围绕着温室肆虐猖狂。

特里罗多夫邀请所有走进温室的人尽量远离墙边，坐在中央大柱子旁边。庞大的温室中央地带一片寂静，外面的肆虐和咆哮这里竟然一点都听不见。这里有一丛神秘的杏树。杏树丛里藏着一个很大的蓄水池。

特里罗多夫说:

"现在我们就开始起飞了。也许你们会感到一种强大的推力。请每个人都紧紧抓住个东西并且不要害怕，如果水从这个池子或别的地方流出来——这水流不了几分钟，马上就会全部回到水道里去的。就这样，你们可以抓住大树，或者抓住池子的栏杆——我马上要发出起飞的信号了。"

他说着便打开一个玻璃罩，抓住把手，对正在摆弄旁边一个凉亭里什么东西的年轻的工程师说:

"尼古拉·德米特里耶维奇，把住舵，朝我们的北极飞。"

凉亭里很快传出一个欢快的声音:

"准备好了。"

特里罗多夫喊道:

"打开舵!"

说着，便开始慢慢转动把手。

伊丽莎白感慨道:

"身体变得多么轻快了呀！就好像脚下的大地也消失了似的。"

温室里的天空变得越来越近了——看起来好像温室长高了似的，它把人们提升起来，就像一座巍峨的宫殿。脚下响起钢铁弹簧的吱扭吱扭声。从远处池子的某个地方涌出来的水刚跑出来就又不见了。

"准备好了！出发!"年轻的工程师喊道。

一个忧心忡忡的声音喊道:

“快到这儿来，快看地球！”

园里那些打家劫舍汉们开始毁树，把树木拖到温室墙边。他们想把温室点着，心想火一烤玻璃就会化了的。

忽然，像是刮起了一阵无声的风，温室开始急遽上升，裸露出自己那圆形的、玻璃的底部。人群惊恐地连忙退向一边。

温室忽然变成行星的那一瞬间是如此奇特可怕。一个巨大的、圆形的、闪光的东西，急遽地无声地升起在空中，身上闪烁着火焰和彩虹般的斑斓色彩，像大火一样发出噼噼啪啪的声音。被一条固定在温室上的长长的链子越来越快地牵引着，温室扭断了灌木丛和树木，变成一颗庞大的球体。那球体旋转着，这颗球体又围绕着一颗正在上升的水晶球旋转着。越来越高，越来越小，最后，在西南方的星星中间，这颗由特里罗多夫的温室变成的球体消失不见了。

晚上那群暴徒来到医院。要求把挨打的人交出来。他们嚷道：

“没打够的我们要结果了他们！“

‘应当把这些坏蛋们彻底消灭！”

医生站在传染病房门口久久劝说这些暴徒。暴徒们已经爬上台阶。医生平静地说：

“不能到这来，老兄。这是儿童病房。”

有人喊道：

“那就让我们亲眼瞧一瞧，是个什么样的儿童病房。”

可是，哥萨克们及时赶到了。暴徒们四散逃跑了。

这群暴徒们猖狂肆虐了整整一夜。第二天他们继续抢劫商店和小铺。哥萨克和步兵们根本来不及保护那些地方——暴徒们的行动要比他们利索多了。这样的状况一直持续到城里来了新的军队才好转了。

省长发表了告全体公民书。呼吁书被张贴在十字路口并由扫院人四处分发。呼吁书号召居民回归正常生活秩序。它要人们相信政府已经采取了保护所有居民的措施，一视同仁地对待各个阶层和各种信仰的人。

从首都来了一封电报，询问被选举为国王的特里罗多夫的命运。由于询问电报的口气非常严厉，所以当地政权非常慌张。

法庭侦察员开始调查纵火案和凶杀案以及抢劫案。他在自己的办公室里从早一直坐到深夜。审问了许许多多的人。他感到高兴的是很快将有一件大案，凭借这件大案他可以飞黄腾达了。

一个在特里罗多夫家庄园被打的人被救起来时生命的迹象已经十分微弱了。他在医院里苏醒过来。他说特里罗多夫把所有人都叫进了温室，想坐着温室飞到月亮上去。他的话起初被当作疯话。可是有非常非常多的人亲眼看见那颗庞大的球体，如何从相传曾是一座温室的地方飞行起来，而那块地方只剩下一个巨大的土坑，像是一座水池干涸的底部。人们断定特里罗多夫最终带着自己的妻儿坐着飞行器跑了。此事被报告给了首都。

96

负有全权选举国王的帕尔马的议会终于召开了。先是开过几次预备会议，每天都举行个别商议会，有党派的，也有党派之间的。很快搞清楚了，坦克连德王子的名字已经无法号召多数人的支持了。而且多数人也并不支持实行共和制。于是议会里的所有党派便决定投格奥尔基·特里罗多夫的票。贵族和土地党尽管非常不愿意，但也决定采取这一步骤，以至少拯救君主专制的理念，以便能让他们也为其投票的新选国王，能够更清楚地感觉到站在高于党派利益之上的重要性，也就是要使自己置身于现实的政治生活。

有关格奥尔基·特里罗多夫获选有保障的消息很快就传遍全城，引起极其强烈的兴奋。

帕尔马所有街道上整夜整夜聚集着许多人，喧闹非凡。咖啡馆一开就是一宿，许多楼房上飘扬着红旗。不知从哪儿冒出来的夜间活动的孩子们在大街和广场上焚烧垃圾，并且欢快地闹嚷着从一堆篝火跑到另一堆篝火。

格奥尔基·特里罗多夫的知名度最近一些日子以来急遽增长。

在这个国家里几乎家喻户晓，几乎没有一个地方没挂其肖像的。著名的当地诗人已经把格奥尔基·特里罗多夫诗集亲手翻译过来出版了。勤奋的教师们已经在教孩子们背诵若干首他写的讲述善良的诗歌。可是，那些淘气的小男孩们拿到书后，却专门从书里寻找那些关于恶的诗来背诵，并在课堂上朗诵，这种做法令那些教师们感到非常窘迫。

教权主义的报刊杂志徒劳地重弹俄国御用刊物中关于格奥尔基·特里罗多夫的罪孽和缺陷的老调，以及这样的故事，即在他家附近，一位俄国官员被人打死，种种迹象表明特里罗多夫本人似乎难辞其咎。但这总归徒劳，任何人都不会相信他们的谎话。

被气得怒火填膺的坦克连德王子打算出走。可是朋友们固执地劝说他留下来，留在这个国家，心平气和地充分利用他在婚礼举行之前由议会法案确定给他的那些个人权力。他们要王子相信特里罗多夫的统治是不会长久的，军队和舰队时刻准备为了他们喜爱的英勇的王子揭竿而起。但要做到这一点——他们说——如果坦克连德能留在军队里的话，那么一切就会方便多了。

坦克连德说：

"可是要知道在这种情况下，我就得向这个外来人宣誓效忠呀。"

红衣主教劝说王子：

"迫于形势，教会会特许您免除宣誓这个麻烦的。人民已经由于那些不信神的政客们的蛊惑而有了深刻的教训了。"

选举国王的大会一大早就开始了。讲坛上坐满了人。外交官、太太们和上流社会人士，记者们，律师们，凡在大型会议上所能见到的所有的人，全都出席了。大厅里笼罩着欢快的气氛。政客们的脸色以及太太们精致微妙的化妆同等程度上吸引着人们的眼球。

此时，在斯科罗多日城里，法庭侦察员克罗宾正坐在自己那间昏暗的办公室里书写监禁特里罗多夫的命令，理由是他杀死了警察局长、并且还图谋杀死副省长。与此同时在斯科罗多日的街道上，黑色百人团正气焰嚣张、飞扬跋扈。

投票开始了。巨大的白厅里一片寂静。透过玻璃屋顶，大厅顶部那一半覆盖着金色阳光的穹顶像一幅黄色画布长长地展开来，投下宁静明亮的光来。从高大明亮的窗户里传来拍岸浪的喧嚣声和远处人群的嘈杂声。高级书记员单调的声音平稳地响着，他正在朗读议会成员名单。此外，还能听到手里捧着选票，四人一行排成队正在走向主席台前的代表的脚步声。

身穿燕尾服以及穿着五彩斑斓民族服装的先生们鱼贯而入。感觉到一些漂亮太太的目光凝注在自己身上，一些先生们便作出骄傲的神气，另一些先生则笨拙地弯着腰，急忙走上环绕今天变得空旷——因为今天发言的只有主席一个人——的讲坛的宽阔的楼梯。代表们在行经主席台时，把自己的选票投进包着黄铜嘴的巨大的、用美洲山毛榉做的、闪耀着光彩的色泽严峻的、封闭的投票箱的开口里。

当所有选票都投完后大厅里变得越发寂静。一个来自福尔缅捷拉–捷列斯福罗–祖尔巴诺的年轻的乡村医生最后一个投票，他慌慌张张几乎是飞跑着回到自己的座位，像个口袋似的把自己抛在座位上，黝黑的脸上红彤彤的，心想所有人一定都在看着他这个最后一个投票人。大会主席是一个肥胖的脸上刮得干干净净的长得煞像勒南①的老头儿，他站起身来，打开箱子，伸进手去，随机地拿起一张选票，慢慢地展开来，读道：

“格奥尔基·特里罗多夫。”

一个书记员拿起那张展开的选票，在上面标上了数字“1”，然后放进他面前桌子上摆的第一只红木箱子里。第二个书记员在一张纸上写下了格奥尔基·特里罗多夫的名字，在其名字旁边写了个数字，然后大声唱道：

“格奥尔基·特里罗多夫——一票。”

主席从箱子里拿出另一张纸，同样慢慢腾腾地展开来，读了同样的名字，然后同样把选票递给书记——这一程序一直重复不断。第一个书记员在选票上写下“2”的字样，而第二位记录选票的书记员则在写着格奥尔基·特里罗多夫的名字后画上逗号和数字“2”，然后大声唱票：

“格奥尔基·特里罗多夫——两票。”

① 勒南·欧内斯特（1823～1892），法国作家、历史学家、哲学家。

就这样周而复始。除九张选票外，其余选票写的都是格奥尔基·特里罗多夫的名字。

大厅里的庄严气氛渐渐被一阵阵悄声叽咕的沙沙声所打破。当书记员宣布：

“格奥尔基·特里罗多夫，二百一十一票”时，大厅里开始喧哗起来。

此时已经无人愿意继续听下去了。格奥尔基·特里罗多夫拥有多数票的大局已定——议会共有四百二十一个代表。从此一个住在遥远的俄国城市里的人，正式成为格奥尔基一世，联合王国国王，马夭尔卡和米诺尔卡的国王，巴列阿尔斯基和皮基乌斯基君主。

在激动人心的谈话声和喧哗声中，所有选票都唱完了。全部过程持续了还不到两个小时。主席的铃声响了。检票员们沿着主席台和代表座位之间的通道边跑边喊：

“安静！安静！”

多数代表在会前已经走遍了整个议会大厦，此刻急忙回到自己的座位上。通向大厅的门无声地开合。

当全体代表落座以后，主席再次摇铃，并站起身来。大家全都肃静了。在这无声胜有声的一片寂静中，在这个古老宽阔的大厅里，响起了一个庄严有力的声音：

“我宣布投票结果。出席议会的由联合群岛王国人民选举的、负有选举国王权力的代表人数为四百二十一人。投了四百二十一张选票。其中七张没有任何签名。两张写着“共和国万岁”。四百一十二张写有格奥尔基·特里罗多夫的名字。我宣布文学家、化学博士、谢尔盖·叶卡捷琳娜·特里罗多夫夫妇的儿子，一八六五年十月二十九日生于俄国的莫斯科、现住在斯科罗多日城附近自己庄园里的格奥尔基·特里罗多夫先生，为联合群岛王国国王。国王格奥尔基一世陛下的第二任夫人、伊万·拉缅耶夫先生的女儿伊丽莎白，根据一四八七年十一月二十三日议会法案，现在为我国的王后。国王的第一次婚姻所生儿子基里尔，从今天起，按照同一法案，为王位继承人。万岁，格奥尔基一世国王！”

欢呼声回荡在大厅里。随后，大厅里所有的代表跟在主席之后欢呼：

“王后伊丽莎白万岁！”

“基里尔王储万岁！”

主席和他的同志们、书记以及各部部长们走向露台，向人民宣布国王当选的好消息。人民欢呼沸腾地迎接这个从一大早就在期待的消息。

在议会建筑物里，代表们和记者们包围了电话机和电报机。

全城欢声雷动，旗帜飘扬。军舰和轮船悬挂着五彩缤纷的旗帜。商店和大街上在出售格奥尔基、伊丽莎白和基里尔的肖像。傍晚时分全城点亮了节日的彩灯。

而在斯科罗多日城，暴民们正对着特里罗多夫家疯狂叫嚣着，欣赏着空前的大火。

97

深夜一则电报信息传到帕尔马，具有反动情绪并被特里罗多夫的政治活动所激怒的斯科罗多日的暴民们，在怒发冲冠的情况下，把特里罗多夫的家给烧了。所有留在家里的人全都死了，其中包括新当选的国王格奥尔基、伊丽莎白王后和王储基里尔。

这条消息给人留下了震惊的印象。大街上再一次从一大早开始就挤满了人群，人们的情绪既愤怒又悲伤。旗帜消失了。陈列在窗口上的国王、王后和王储的肖像被蒙上了黑纱。

报纸上充满了愤怒的文章。只有菲利普·梅奇奥的报纸上登载了一条昨天晚上从无线电报上收到的消息，可这条消息谁都看不懂：“我们坐在我的坐落在斯科罗多日的温室里，保持着……”

电报在此处中断了，随后机器就一动不动了，想要从帕尔马发电报出去也无功而罢。

对特里罗多夫的计划略有所知的菲利普·梅奇奥心想，他终于得以把温室变成球体了，可是，电报被中断了，这一事实迫使他推断此后可能在温室里发生了一次灾难，从此以后无人驾驶的水晶球体开始向未知的空间驶去。

“不过，”他对阿夫拉说，“或许消息中断只是因为球体离开我们的距离实在太远了呢。”

阿夫拉正在为可爱的伊丽莎白的命运而哭泣，她和伊丽莎白是通过通信的方式认识的，不知为何她总觉得伊丽莎白非常像女王奥尔特鲁达。

帕尔马的居民绝望而又愤怒。他们的国王居然会在这样一种情况下死去令他们感到匪夷所思。在俄国使馆门前一大早便发生了示威游行。警察局在军队的帮助下才费力地安抚了人们。

坦克连德王子这天夜里在埃列奥诺拉·阿丽纳斯侯爵夫人家里吃晚饭。当他从餐桌前起身时，有人通报了新任国王的死讯。

坦克连德王子高兴得发狂。他像疯子似的哈哈大笑着，把先前的谨慎忘得一干二净，他喊道：

“坏蛋国王死于街头群殴！这对他们，对议会那帮穿燕尾服的家伙，对于那帮唠唠叨叨的人来说是个很好的教训！是个可耻的和富于教益的教训！”

埃列奥诺拉·阿丽纳斯侯爵夫人坚持要求坦克连德王子宣布自己为国王。但他还在等待议会头脑清醒过来而把王位呈交给他。

各个党派的工作立即活跃起来。每个党派都竭力想要从突然发生的事件中捞取好处。工团主义分子加紧宣传鼓动工作。社会民主党希望攫取政权，以便创建新的社会制度。自由派则加强了拥护共和制的宣传活动。所有反动分子都在卖力地为坦克连德王子效力。

街头到处都在发生暴力场面。

与此同时，电报不断从俄国带来越来越新的消息，一个比一个可怕。

议会在过了一天之后再次召开。太太们和吃得脑满肠肥、乐天知命的好好先生们再次欣喜若狂。

“议会又过节呢。”

讲坛上再次站满了人。

出于形式，提出了对于国王命运的质询。维克多·洛连纳复述了大家从报纸上业已知道的一切。但他意味深长地补充道：

“对于这一可怕消息的证实我们不但没收到，甚至相反，最近收到的电报通告，在火灾开始后不久，从燃烧着的屋里升起一个巨大的飞行器，飞得很高，随后它便在西南方向很快消失了。因此我们有理由希望陛下和王储基里尔已经得到拯救了。我们没理由认为当地政府会根本不采取任何措施保护一个外国君主及其至圣家庭的安全。因此，我们应该等待局势进一步明朗化。内阁将一如既往地信任议会，并且将照常承担其责任和权力的重任。”

议会里没人分享这一乐观主义精神。人们纷纷发表激烈言论。抨击俄国政府。

所有政党都作出了自己的决议。但没有一个决议被采纳，除了一个完全没有内容但却表达了对内阁的信任的决议。

晚上菲利普·梅奇奥的报纸登载了一篇简短的文章。文章号召：

“公民们，团结起来，组织自己的政权吧。事情的发生是不会等待我们的。”

人民的骚乱在加强。从城里传来了令人担忧的消息。

在米诺尔卡宣布成立了社会主义公社。在皮基乌斯基岛、伊维斯和福尔缅捷拉，有人竭力想要宣布成立资产阶级共和国，但人民却对它十分冷淡。在帕尔马附近成立了工会组织。

最后，在短暂的动摇之后，坦克连德王子宣布自己为国王。维克多·洛连纳曾长期劝说他不要走这一步。但心里却非常满意——他相信坦克连德的刚愎自用会毁了他自己的。

由于维克多·洛连纳拒绝在坦克连德关于他荣登王位的宣言上签署，所以坦克连德便任命卡勃连拉公爵为自己的首相，任命利林菲尔德男爵为财政部长，其他部长坦克连德则选择了土地党和贵族担任。可是，这些先生们竟然最终连一个内阁建筑物的屋子也没进去，所以只得在自己家里或在根据王后克拉拉的遗嘱留给坦克连德的新的宫殿里安置他们的临时办公室。

愤怒的议会宣布坦克连德王子为国家罪犯，并决定把他及他的同谋起诉给最高法院。议会赋予法庭最老的一个成员、国家法博士多明果·门基扎巴拉以法庭侦察的职责，而赋予司法部长以国家公诉人的责任。门基扎巴拉先生在议会大厦设立了自己的办公室，并向自称国王的坦克连德王子送信，命令他到庭候审。这样的传票还发给了坦克连德的那些部长们。

军队分为两派：一派支持坦克连德，一派支持议会。坦克连德急于把忠实于他的士兵抛向议会，以便实行自己实现国家改革的纲领——驱逐人民代表。

在议会和宫廷附近的街头发生了斗殴，虽然短暂但很残忍。坦克连德的军队遭到迎头痛击。

坦克连德企图登上一艘军舰。但在决定性时刻舰队的多数舰艇却原来忠实于国民议会。坦克连德从古老宫殿出来所坐的那艘快艇，遭到了果奇基斯军舰上的快炮轰击。不得不返回港口。

坦克连德王子躲藏在圆形的塔楼里，只见奥尔特鲁达从塔楼高处平台上缓步走出来。他在自己的避难所里听见士兵们的欢呼声。只有他一个人形影相吊。他望着满天繁星的夜空。在祈祷中寻求安慰。

此时卡迈伯爵看出出卖坦克连德的时机成熟了。于是便和国家军队里的一个指挥员聊了一会儿。紧接着一个步兵营被派遣进宫。士兵们无声地光脚踩着大理石走廊地面，紧紧跟在卡迈伯爵身后。只能听见叛徒脚后跟清晰的咯噔咯噔声。

他走近通向塔楼的门口敲了敲门。传来了坦克连德的声音：

“谁呀？“

“卡迈伯爵，阁下。”

“进来。”

门打开了。卡迈伯爵走了进来。

坦克连德高兴地欢迎他的到来。说：

“您是我最后一位朋友呀。您给我带来了什么，伯爵？”

卡迈伯爵暧昧地微笑着，回答说：

“带来了士兵，阁下。”

话音刚落，就见士兵们闯了进来，个个风尘仆仆、满脸汗水、杀气腾腾。

卡迈伯爵走到一边。

坦克连德王子愤怒而勇敢地开始自卫。他被杀死了。他那具被砍得七零八落的尸体，被从窗户丢到人行道上。

他在狂暴的首都大街上躺了整整一夜。一大早来了个吉卜赛女人。她蹲在尸体旁哀哀地啜泣起来：

“坦克连德，疯狂的坦克连德！把金币还给我！”

士兵们走来了，粗鲁地把吉卜赛女人搡到一边，抬起尸体，运进了城堡。维克多·洛连纳下令按照王族成员应有的一切礼遇安葬他。坦克连德王子在大陆上还有亲戚，而这些亲戚也不应该得罪。

卡迈伯爵的叛徒行径没有给他带来任何好处。对他提出的谴责是，在归他指挥的军队得到逮捕坦克连德王子的命令以后，他没有采取任何措施以保护王子个人的安全。卡迈伯爵被逮捕了，并被送进监狱。在大路上一群人向他的马车发动攻击，并把押送他的那小队士兵给冲散了。卡迈伯爵被从马车里拖出来，吊死在街灯柱上了。

已故坦克连德王子的拥护者们企图从帕尔马逃跑。但这些人中很少有人成功。坦克连德的各位部长也相继被捕。最高法庭判处卡勃连拉公爵枪决的死刑，其他人都被判了无期徒刑。

而坦克连德那些持有武器的拥护者们则被提交军事法庭，并被判处死刑。其他人则被人群直截了当地打死了，或是吊死在街灯柱上。红衣主教瓦连楚耶拉也被愤怒的人群给处死了。

凶恶的“市场上的太太们”又开始折磨那些服装华丽的太太们了。埃列奥诺拉·阿丽纳斯被放逐在海边公路上要她像古代勃伦基尔德一样永远流浪漂泊。只不过人们扣留的，不是她的马匹，而是她的汽车，她曾坐着汽车想从帕尔马逃出去。

基督之爱之家被毁坏了，这所公寓里的女房客挨了一顿狠狠的揍。

但谁都不知道以后究竟会怎么样，也不知道现在该怎么办。议会采取的任何措施，都无法获得议会多数票的支持。没有一个政党能够吸引联合群岛王国的全体人民跟他们走。

看起来，联合群岛王国面临着混乱的前途，不是兄弟阋于墙、血流成河的岁月，就是和其他某个邻国联合的危险，再不就是面临分裂。载着海军陆战队的外国军舰已经开始向帕尔马进发。

但是，帕尔马人忽然看见高远的天空上出现了光明的信号。火光灼灼的字母在傍晚时分的云层的衬托下宣告：

“格奥尔基国王、伊丽莎白王后、旧俄王储基里尔，已经获得拯救，并乘坐飞船向帕尔马靠近。”

清晨，在帕尔马近郊，一颗庞大的宏伟壮观的水晶球体缓缓降落，煞像一颗行星。它沉重地砸落在松软的海边沙地上，以至几乎有一半陷落在土里。一群群的人从城里和城近郊区冲这个从未见过的东西跑过来，只见这个东西又变成一个巨大的、半球形的水晶建筑物。

这个宏伟壮观的天蓝色的水晶建筑物的大门开了。格奥尔基一世踏上自己的新国家的国土，为的是统治一个充满暴风骤雨的国家。

图书在版编目(CIP)数据

创造的传奇 / （俄）索洛古勃著；张冰译．—北京：新星出版社，2006.9

ISBN 7-80225-078-1

Ⅰ.创... Ⅱ.①索...②张... Ⅲ.长篇小说－俄罗斯－近代 Ⅳ.I512.44

中国版本图书馆CIP数据核字（2006）第081125号

大端文库·止庵主持

创造的传奇

[俄] 费·库·索洛古勃著；张冰译

责任编辑：罗 晨
封面设计：孙 昊
责任印制：韦 舰

出版发行：新星出版社
出 版 人：谢 刚
社 址：北京市东城区金宝街67号隆基大厦 100005
网 址：www.newstarpress.com
电 话：010-65270477
传 真：010-65270449
法律顾问：北京建元律师事务所

经销电话：010-65512133
邮购电话：010-65276452
邮购地址：北京市东四邮局7号信箱 100010

印 刷：河北大厂彩虹印刷有限公司
开 本：660 × 980 1/16
印 张：40.5
版 次：2006年9月第一版 2006年9月第一次印刷
书 号：ISBN 7-80225-078-1
定 价：49.00元